KB083023

한국 현대시의 / 리듬

지은이

장철환 張哲煥, Jang Cheul-whoan

연세대학교 철학과를 졸업하고, 동 대학원 국어국문학과에서 석사 및 박사 학위를 받았다. 현재 서울대학교와 연세대학교에서 강의를 하고 있으며, 문학평론가로 활동 중이다. 논저로는 『김소월 시의 리듬 연구』, 『이상 문학의 재인식』(공저), 『돔덴의 시간』(평론집) 등이 있다. 최근까지 한국 근현대시가 지닌 다양한 리듬의 양상을 분별하고, 이를 통해 새로운 리듬론의 가능성을 타진하는 데 주력하고 있다.

한국 현대시의 리듬

1판 1쇄 발행 2023년 4월 30일
1판 2쇄 발행 2024년 10월 20일

지은이 장철환

펴낸이 박성모
펴낸곳 소명출판
출판등록 제1998-000017호
주소 06641 서울시 서초구 사임당로14길 15 서광빌딩 2층
전화 02-585-7840
팩스 02-585-7848
이메일 somyungbooks@daum.net
홈페이지 www.somyong.co.kr

ISBN 979-11-5905-769-4 93810
정가 42,000원

ⓒ 장철환, 2024

(재)한국연구원은 학술지원사업의 일환으로 연구비를 지급, 그 성과를 한국연구총서로 출간하고 있음.

한국연구총서 114

장철환 지음

한국 현대시의 리듬

Rhythm of Modern Korean Poetry

서문

1.

자유시와 산문시가 주종을 이루는 현대시에도 리듬은 존재하는가? 음성 발화의 생동감이 사라진 문자 언어로서의 시 텍스트에서 리듬은 어떤 방식으로 존재하는가? 사실, 자유시와 산문시에서의 리듬의 존재 문제는 상당히 오래된 것이다. 박래품으로서 서양의 시가 이 땅에 소개되었을 때, 리듬의 문제는 시의 본질과 직결된 문제였다. 정형적이고 규칙적인 운rhyme과 율meter은 전통적 작시법versification으로 존재할 수 있지만, 자유시와 산문시의 리듬 분석 지표로는 더 이상 유효하지 않다. 그렇다면 무엇으로 현대시의 시적 리듬을 측정할 것인가? 이것이 이 책의 핵심 문제의식이다.

이를 위해서는 음운, 단어, 시행line, 연stanza의 층위에서 시적 리듬의 지표를 확증하는 일이 필요하다. 현대시에서 시적 리듬의 지표를 설정하는 것은, 시적 발화의 특수성을 이해하고 시적 창조의 의의를 해명하는 방법이기도 하다. 이 책은 바로 이러한 작업의 일환으로서의 의의를 지닌다. 그러나 이 책이 논구하는 것은 극히 제한적일 뿐이다. 시적 발화 및 시적 창조의 특수성을 해명하는 일은 다층적이고 복합적이기 때문에, 이 책의 대답이 정답이 될 수 없다. 그것은 확증되지 않았기에 여전히 시론試論으로서의 의의와 한계를 지닐 뿐이다.

2.

이 책의 제1부는 한국의 자유시에서 리듬이 어떻게 탄생·성립되었는지를 논구한다. 한국 자유시 리듬의 실제적 양상에 대한 탐구라고 할 수 있다. 제1장은 김억의 후기 시에 나타난 리듬의 양상에 대한 분석이다. 모든 행을 동일한 음절수로 맞추는 '음절률'은 안서 율격 의식의 이면을 보여주는데, 그 내부에는 상대적으로 자유로운 음수율을 포괄하고 있다. 또한 '호흡률'은 정형적 리듬에 변화를 야기하여 상대적으로 자유로운 양태의 리듬감을 산출한다. 요컨대, 그의 후기 시집인『안서시집』은 다양한 리듬의 복합체로 간주될 수 있다. 제2장은 『님의 침묵沈默』의 시행을 중심으로 '호흡률'의 실제적 양상을 분석함으로써, 통상 내재율 혹은 자유율이라고 규정되는 만해 시의 독특한 리듬의 양상을 규명한다. 특별히 띄어쓰기 표지에 착목하여, 시행이 분절되는 구체적 양상을 살펴보는 것에 주안점을 두었다. 여기에는 호흡상의 휴지休止의 빈도와 호흡발산의 크기라는 요인이 개입하는데, 이러한 분석을 통해『님의 침묵』의 템포tempo가 지닌 고유한 양상을 변별해낼 수 있을 것이다. 제3장은 한국 현대시 발전에 있어 중요한 전기를 마련한 정지용 시의 리듬에 대한 탐색이다. 정지용 시의 리듬은 크게 음가音價적 반복과 비음가적 반복으로 나뉜다. 이 중 전자를 음운, 단어, 어절, 문장의 층위로 나누어 분석한다. 이를 통해 시적 언어의 음성적 효과와 미적 가치에 대해 그가 얼마나 세심한 주의를 기울였는지를 알 수 있다. 제4장은 공명도共鳴度, sonority 분석을 통한 김영랑 시의 음악성을 규명한다. 공명도는 성대의 공명실cavity이 바뀜으로써 발음이 공명되는 정도를 나타내는 개념이다. 소리의 공명 정도는 음운의 고유한 미적 특질을 나타낸다는 점에서 중요하다, 공명도 분석이 영랑 시어의 질적 특질을 측정할 유효한 지표를 제공하기 때문이다. 이를 통해 영랑 시의 서정성의 기저 층위에는 시의 음악성, 특히 시어의 음상과 음질에 대한 적극적 고려와 배치가 내재해 있다고 결론지을 수 있다.

제2부는 한국 자유시 리듬의 실제적 양상에 대한 심화된 탐구로서, 한국의 자유시에서 리듬이 어떻게 확장·변주되었는지를 논구한다. 제1장은 이상 시의 리듬에 대한 연구이다. 이상 시의 리듬을 시각적·구문적·의미적 층위로 분

별하여, 각각 '도상의 리듬', '구문의 리듬', '사유의 리듬'으로 나누어 살펴본다. 이를 통해 시의 심층부에 독특한 리듬 구조가 내재함을 확인할 수 있다. 시인 이상이 소리의 층위에서 언어의 유동성과 고정성, 소통성과 단절성, 개방성과 폐쇄성을 인식하고 있었음을 암시한다. 즉, 그의 시에서 리듬은 음운론적, 통사론적, 의미론적 층위가 상호 교섭하는 장소라고 할 수 있다. 제2장은 서정주 초기 시에 나타난 리듬의 양상과 미적 특질에 대한 분석이다. 『화사집花蛇集』의 리듬을 세 개의 층위로 분별하여, 각각의 구체적 양상 및 의미와의 연계성을 규명한다. 음운의 층위에서는 특정 자음 계열체들이 어떻게 시의 의미를 조직하는지를 분석하고, 시행의 층위에서는 호흡 마디의 분절의 템포와 어조에 어떤 영향을 끼치는지를 고찰하며, 문장의 층위에서는 종결율조cadence가 어떻게 변조되는지를 고찰한다. 이는 '생명의 열정과 모순으로 가득 찬 내면' 세계가 직정直情적 발화로 표현될 때 어떤 양상을 띠는지를 암시적으로 보여준다. 제3장은 김수영 시에 나타난 반복과 차이에 대한 연구이다. 반복과 차이가 의미론적·구문론적 층위와 긴밀히 연동되어 있음을 규명하는 데에 목적이 있다. 동일 구문의 반복의 경우, 2회 연속 반복과 수미상관의 반복이 어떻게 새로운 의미의 파생을 야기하는지를 분석한다. 비동일적 반복의 경우, 대체에 의한 반복과 증식에 의한 반복으로 대별하여 그 구체적 양상을 분석한다. 이를 통해 반복과 차이가 시적 의미를 강화하기 위한 방법일 뿐만 아니라 시적 리듬을 구현하는 장치라는 사실을 확인할 수 있다. 제4장은 김춘수 시의 리듬 분석이다. 김춘수의 시에서 정형적이고 규칙적인 양상의 리듬은 극히 일부이다. 음운, 시행, 연의 층위에서 비정형적이고 불규칙적인 반복이 주를 이루는데, 이는 후기 시에서 자유시와 산문시의 경향이 강해지는 현상과 동조한다. 이는 그의 시에 발화의 음성적 효과를 산출하는 변주 원리가 작동하고 있음을 보여준다. 김춘수 시의 리듬 분석은, 시의 각 구성 요소들이 어떠한 유기적 연관관계를 맺는지에 대한 구체적인 보기를 제공할 수 있을 것이다.

제3부는 시적 리듬의 이론에 대한 탐색이다. 제1장에서는 내재율이라는 자유시의 리듬에 대한 생각이 언제·어떻게 정립되었는지를 규명한다. 자유시는 전통적 율격에 대한 부정을 전제한다. 1920년대 내재율은 자유시의 리듬이 율격을 탈피하고 '자유로운 개성'으로서의 리듬으로 이동하는 현상을 예시한다. 여기에 카프의 성립과 국민문학파의 반발이 작동한다. 민요시운동과 시조부흥운동은 외래와 전통의 이분법을 강화하고, 율격론을 시의 본질적 계기로 재정립한다. 이로써 '시의 본질＝음악성＝형식＝외형률＝율격＝음수율'이라는 등식 체계가 성립하게 된 것이다. 제2장에서는 김억 시론에서의 시적 리듬 의식의 변화 양상을 고찰한다. 그의 시론은 자유시형에서 정형시형격조시형으로의 전환이라는 궤적을 그리는데, 이때 변화의 결정적인 계기는 리듬 개념과 언어에 대한 인식의 변화에 있다. 시인 내부의 원형적 리듬에서 시적 형식으로 표출된 언표적 리듬으로의 이동이 그것이다. 전자가 자유시형의 특징이자 한계라고 한다면, 후자는 격조시형의 의의와 한계를 규정한다고 할 수 있다. 제3장은 김기림의 모더니즘 시론에서의 시적 리듬의 위상에 대한 고찰이다. 김기림은 과거의 낡은 전통적 리듬을 용도 폐기하고, 새로운 시대에 합당한 현대적 리듬을 정초하려는 시도를 보여주었다. 그의 '신산문론'은 일상 언어와 시어의 관계에 대한 혁신적인 사고를 포함한다. 그는 일상어를 시의 '생기있고 자연스러운 내적「리듬」'으로 전환한다. 즉, 고저와 장단이라는 운율 자질을 통해 새로운 리듬론의 가능성을 정초하고 있는 것이다. 4장은 김춘수 시론에서의 시적 리듬의 위상에 대한 탐색이다. 무의미시론을 포함하여 그의 시론에서 리듬은 중요한 위치를 점한다. 그것은 시의 의미 및 이미지와 함께, 시의 본질을 결정하는 핵심적 요소로 기능한다. 이미지를 통해 관념·대상·의미를 제거하려는 그의 실험

은 이미지가 리듬의 음영에 불과하다는 사실을 확증함으로써 최종적으로 리듬론으로 귀착하게 된다. 무의미시에서 리듬은 이미지의 소멸을 위한 방법이자 최종 잔여물로 간주되고 있는 것이다.

3.

이상의 논의들은 최종적으로 시적 발화와 시적 창조의 가치에 대한 문제로 수렴된다. 이 책이 착목한 시적 리듬의 개념과 지표의 정립이 이러한 가치를 보존하는 데 어느 정도 기여할지는 알지 못한다. 다만, 시적 리듬에 대한 연구가 향후 시적 발화의 지속과 발전을 위한 초석이 되기를 희망할 뿐이다. 이러한 희망이 도로에 그치지 않고, 한 권의 '책'으로 결실을 맺게 된 것은 전적으로 '한국연구원'의 도움 때문이다. '한국연구원'의 지원과 협조가 없었다면, 이 책은 결코 빛을 보지 못했을 것이고 '한국연구총서'라는 소중한 이름 역시 얻지 못했을 것이다. 하여, 이 책이 그 명성에 조금이나마 보탬이 될 수 있기를 바라며, '한국연구원'에 다시 한번 감사의 인사를 올린다.

2023년 봄
저자 장철환

차례

제1부

자유시 리듬의
태동과 성립

제1장
김억 시의 리듬

1. 시의 음악성

안서 김억의 이력은 다채롭다. 그는 이 땅에 프랑스 상징주의를 소개한 이론가이자, 최초의 번역시집인 『오뇌의 무도』를 창간한 번역가이기도 하며, 서양 근대시의 한국적 시형詩形을 모색한 시인이기도 하다. 어디 그뿐인가? 그가 대중가요의 작사가였다는 것은 이미 잘 알려진 사실이다. 한마디로 그는 한국 근대시의 성립에 있어 일종의 "교과서적 존재"[1]라고 할 수 있다.

김억의 시적 편력은 근대 자유시에서 정형시로 귀착하는 궤적을 그린다. 시조시인을 제외한다면, 아마도 그는 한국 근현대시사를 통틀어 유일하게 정형시를 창작한 시인일 것이다. 이런 특이한 이력의 이면에는 시의 음악성에 관한 사유가 내재해 있다. 안서는 시의 음악성이란 시인의 내적 정조가 언어에 의해 형식화될 때 구현된다고 생각했다. 이때 자유시가 정형시보다 음률미가 떨어진다는 생각, 그리고 우리말이 운율적으로 빈약한 언어라는 인식은 자유율free rhythm에서 정형률로 이행하는 직접적 계기로 작용한다.[2]

1 　이은상, 「안서와 신시단」, 『동아일보』, 1929.1.16.
2 　장철환, 「김억 시론의 리듬 의식 연구」, 『어문론총』 53호, 2010.12.

김억의 시집이 이러한 이행의 궤적을 충실히 반영하고 있다는 것은 재론의
여지가 없다. 『해파리의 노래』조선도서, 1923.6에서 출발해 『봄의 노래』매문사, 1925.9
와 『안서시집岸曙詩集』박문서관, 1929.7을 거쳐 『안서시초』박문서관, 1941.7와 『민요시집
民謠詩集』한성도서, 1948.12에 이르는 시적 여정³은 그가 자유시자유율에서 정형시정형률
로 이행하는 과정을 온전히 담고 있다. 우선 처녀시집인 『해파리의 노래』는 "일
신一新된 시형태詩形態"⁴를 견지하는, 초기의 시적 경향을 대변하는 시집이다. 이
시집은 정형률이라는 외적 제약 없이 대부분 "자유율自由律에 의존하고 있"⁵는
시집이다. 이에 비해 『봄의 노래』는 정형률과 자유율이 혼재되어 있는 시집이
라고 할 수 있다. 즉 "자유로운 형식과 정형적인 형식과의 긴장감이 표출된 시
집"⁶인 것이다. 『안서시집』과 『민요시집』은 안서의 후기시적 경향을 대변하는
시집이다. 이 두 시집은 "안서岸曙 자신이 고안한 독특한 정형시定型詩, 즉 '격조시
格調詩'에 해당되는 시편들"⁷이 수록된 시집이다. 특히 안서의 율격 의식의 결정
판이라고 할 수 있는 7·5조가 지배적인 율격으로 사용되고 있어, 그의 대표작
으로 간주되어 왔다.

이러한 설명은 김억 시의 변천 과정에 대한 기존의 상식과 통한다. 즉 '초기
시=자유시 / 후기시=정형시'라는 생각, 그리고 7·5조의 율격이 격조시형의
전일적 율격이라는 생각이 그것이다. 그러나 이는 초기시와 후기시, 자유율과
정형률 사이에 넘을 수 없는 간극을 설정함으로써, 안서의 시형과 리듬에 대한
잘못된 인식을 불러올 수 있다. 그의 시적 편력이 전체적으로 자유시에서 정형

---

3 김억은 『안서시초』(박문서관, 1941.7) '권두서언'에서 자신의 시작(詩作) 시기에 대해 다음과
   같이 언급한 바 있다. "나는 내 自身을 三期에 나누었으니, 그것은 詩集의 順대로 해파리時代, 岸
   曙詩集시대 그리고 現在의 내 自身이외다." 여기서 '현재'는 『안서시초』가 발간된 1941년 7월을
   가리킨다.
4 김춘수, 『한국현대시형태론』, 해동문화사, 1958, 40쪽.
5 오세영, 『한국낭만주의시연구』, 일지사, 1997, 289쪽.
6 조용훈, 「한국 시의 원형탐색과 그 의의」, 김학동 편, 『김안서 연구』, 새문사, 1996.
7 오세영, 앞의 책, 236쪽.

시로 귀착하는 궤적을 그린다는 것은 부정할 수 없는 사실이다. 그러나 자유시에서 정형시로 이행하는 과정은 순차적이거나 단계적이지 않다. 제2장에서 후술하겠지만, 여기에는 다양한 계기들의 복합적 작용이 눈에 띈다. 이것은 시형과 리듬에 대한 김억의 의식이 단순하지 않다는 것을 암시한다. 격조시는 이러한 제계기들이 가로지르는 중심 지점이 어디인지를 분명히 보여준다. 우리는 그 구체적 양상을 『안서시집』에서 확인할 수 있다. 『안서시집』과 『민요시집』의 차이도 바로 여기에서 비롯한다.

따라서 『안서시집』을 하나의 단일한 질서와 체계를 갖는 것으로 오해해서는 안 된다. 특히 7·5조와 같은 음수율의 단일체로 간주해서는 안 된다. 『안서시집』은 7·5조 율격의 단일체가 아니다. 그것은 서로 이질적인 다양한 리듬[8]의 복합체로 간주되어야 한다. 이것은 두 가지 의미에서 그렇다. 첫째, 7·5조 이외에 다양한 율격meter으로 구성되어 있다는 의미. 즉 『안서시집』이 다양한 율격의 복합체라는 의미이다. '음절률'은 이러한 양상을 지시하기 위해 호출된 용어이다. 둘째, 음수율과 같은 정형적 율격과는 다른 차원의 리듬으로 구성되어 있다는 의미. 즉 『안서시집』이 이질적인 리듬의 혼합체라는 의미이다. '호흡률'은 이러한 이질적인 리듬의 양상을 지시하는 용어이다.

율격적 틀의 정형성과 그 안에서의 변형과 일탈이라는 현상은 『안서시집』의 리듬 구조를 이해하는 중심축이다. 여기에서 '음절률'은 정형을 산출하는 단일성의 원리로 기능하고, '호흡률'은 변형과 일탈을 산출하는 다양성의 원리로 기능한다. 이제부터 우리는 『안서시집』의 리듬 구조를 지배하는 두 원리인 '음절률'과 '호흡률'의 구체적인 양상을 살펴볼 것이다. 이러한 작업을 통해 우리는

---

8   본고에서 사용하는 리듬(rhythm)은 매우 포괄적인 개념이다. 즉 규칙적이고 순환적인 반복을 지시하는 정형률에서부터, 비정형적인 반복을 의미하는 자유율을 모두 포괄하는 개념인 것이다. 이것은 리듬이 율격(meter)과 압운(rhyme)보다 상위의 개념이라는 의미를 지닌다.

일차적으로 안서가 스스로 "가장 자신있는 시집"[9]으로 꼽은 자신감의 실체가 무엇인지 해명할 것이다. 이는 궁극적으로, 근현대시에서 자유율이라는 시적 리듬을 구현하는 실제적 장치들에 관한 사유로 우리를 인도한다. 요컨대, '음절률'과 '호흡률'은 안서의 후기시에서 간과되어 왔던 리듬의 또 다른 양상을 지시함으로써, 그의 리듬의 전체적 면모를 보여주는 데 긍정적인 기여를 할 것으로 예상된다.

2. '정형定型'과 '자유自由'의 위상

김억은 자신의 시집 가운데 『안서시집』을 "가장 자신있는 시집"으로 꼽았다. 이러한 자신감과 만족감은 어디에서 기인하는가? 그에게 시적 감동은 "의미意味와 음조音調와의 완전完全한 조화調和"[10]에 의해 산출된다. 그렇다면 그는 이 시집을 의미와 음조가 완벽히 조화된 시집, 다시 말해 내용과 리듬이 하나로 통일된 시집으로 간주했음이 틀림없다. 그런데 의미와 조화된 음조는 언어의 매개에 의해 특정의 시적 형태로 현상할 수밖에 없다. 여기서 시의 의미, 언어, 리듬, 시형 사이의 길항관계가 생긴다. 의미와 시형 사이의 길항작용은 언어와 리듬에 의해 매개되고, 그 양상에 따라 다양한 구속과 긴장이 발생한다. 김억이 이러한 내적 긴장관계를 인식하고 있었음은 매우 분명하다.

> 자유自由롭은 시상詩想을 구속拘束잇는 시형詩形에 담아노흐되 가장 자유自由롭은 것을 일허바리지 아니하도록 노력努力하는 곳에 보다 더 자유自由로음이 잇는 것이외다.[11]

---

9   김억, 「나의 문단생활 25년기」, 박경수 편, 『안서김억전집』 5, 782쪽. (이하 『전집』으로 통일)
10 김억, 「어감과 시가」, 『전집』 5, 413쪽.

"자유自由롭은 시상詩想"을 "구속拘束 잇는 시형詩形"에 담아놓으려는 그의 시도는 일반적 의미에서 내용과 형식의 조화에 대한 모색으로 해석된다. 이러한 모색에서 그는 시상의 자유로움을 끝까지 견지하려는 태도, 즉 "가장 자유自由롭은 것을 일허바리지 아니하도록 노력努力"하는 자세를 보여준다. 이는 김억이 시상과 시형 사이에 발생하는 내적 긴장을 인식하고 있었음을 명시적으로 보여준다. 우리는 여기에서 김억 시를 구축하는 두 가지 지향성을 확인할 수 있다. 하나는 시상의 자유에 대한 지향이고, 다른 하나는 시형의 구속에 대한 지향이다. 전자가 다양성을 낳는 변화의 원리라고 한다면, 후자는 단일성을 산출하는 균제의 원리라고 할 수 있다. 이러한 지향성은 시적 형태 차원에서 정형시형과 자유시형의 분화로, 시적 리듬 차원에서 정형률과 자유율의 분화로 나타난다.

김억의 시적 편력이 대체적으로 '자유시형자유율 → 정형시형정형률'으로의 방향성을 띤다는 것은 이미 앞에서 지적한 바 있다. 여기서 중요한 것은 이러한 변화가 '정형定型'과 '자유自由'라는 개념의 의미 변화와 직접적인 관련이 있다는 점이다. 안서에게 정형은 자유와 대척하는 것으로서의 의미라기보다는, 그 내부에 자유를 포함하는 의미로 확장된다.[12] 따라서 우리가 그의 시적 편력을 '자유 → 정형'으로 단순화하고 양자 사이에 가로놓인 차이와 단절만을 본다면, 우리는 김억의 시형과 리듬의 변화 양상을 제대로 파악할 수 없게 된다. 이러한 사실은 위의 인용문에서도 확인할 수 있다. 우선 "구속拘束 잇는 시형詩形"을 격조시형으로 간주해 보자. 그러면 인용문은 특정의 정형적 시형 안에서의 내용의 규율을 의미하게 된다. 이는 "보다 더 자유自由로움이 잇는 것"의 '보다 더'가 어떤 비교의 대상을 소환한다는 사실을 통해 확증할 수 있다. 즉 "구속拘束 잇는 시

---

11 김억, 「시형·언어·압운」, 위의 책, 473쪽.
12 김억의 '정형' 개념에 대한 논의는 다음을 참조할 것. 김권동, 「안서 시형에 관한 소고」, 『반교어문연구』 19집, 2005; 박승희, 「근대 초기 시의 '격조'와 '정형성' 연구」, 『우리말글』 39집, 2007.

형詩形"은 그것의 비교 대상인 '구속 없는 시형'보다 더 자유로운 시형으로 간주되는 것이다. 역설적이지만 안서는 자유시형에서보다 "구속拘束 잇는 시형詩形"에서 "보다 더" 자유로움을 추구했던 것이다.

따라서 우리는 자유시형의 자유와 정형시형 내에서의 자유의 의미를 구분해야 한다. 전자가 외적 구속이 없는 무제약적 자유를 의미한다면, 후자는 특정한 시형의 구속 안에서의 상대적 자유를 의미한다. 다음을 보자.

> (가) 신시新詩 — 자유시自由詩에는 시형詩形으로의 구속拘束이란 아모것도 업습니다 그야말로 문자文字대로의 구속拘束 업는 자유自由 그것이 잇습니다.[13]

> (나) 정형시定型詩에는 일정一定한 규준規準과 구속拘束이 잇는 것만치 시기詩歌로의 형식形式이 완전完全히 표현表現되고 아니된 것 가튼 것은 용이容易히 알 수가 잇슬 뿐 아니라 또 엇던 의미意味로는 구속拘束업는 자유自由에서보다 구속拘束 잇는 자유自由에서 좀 더 긴장緊張한 것을 볼 수가 잇습니다.[14]

(가)는 자유시가 "구속拘束업는 자유自由"에 기반하고 있다는 것을, (나)는 정형시가 "구속拘束 잇는 자유自由"에 기초한 시형이라는 것을 명시적으로 보여준다. 이 중 (나)는 김억의 자유시에서 정형시로의 이행의 내적 동기를 보여준다는 점에서 주목할 만하다. 그가 "구속拘束 업는 자유自由"를 버리고 "구속拘束 잇는 자유自由"를 선택한 것은 다음과 같은 두 가지 이유 때문이다. 첫째 이유는 정형시형이 "시기詩歌로의 형식形式이 완전完全히 표현表現되고 아니된 것 가튼 것은 용이容易히 알 수" 있기 때문이고, 둘째 이유는 정형시형에서 "좀 더 긴장緊張한 것

---

13 김억, 「시형·언어·압운」, 『전집』 5, 468쪽.
14 위의 책, 469쪽.

을 볼 수" 있기 때문이다. 전자는 정형시형이 시적 형태에 있어 자유시형보다 가시적이고 명시적이라는 것을 의미한다. 이는 김억이 외적 형태를 시적 형식을 판별하는 주요 잣대로 삼았음을 암시한다. 김억에게 있어 시적 형식의 가시성이란 문제는 시적 장르와 시적 본질을 판가름하는 중대한 문제였음을 상기할 필요가 있다.[15] 후자는 "일정一定한 규준規準과 구속拘束이 잇는" 시형이, 내용과 형식 사이의 긴장에 있어 보다 내밀한 긴장관계를 형성함을 의미한다. 이는 일반적 의미에서의 내용과 형식의 길항관계를 의미하지 않고, 특정한 시적 형태가 미리 주어진 상태하에서의 내용과 형식의 길항 관계를 의미한다. 이러한 생각은 다음의 인용문에서 명시적으로 나타나고 있다.

> 엇던 의미意味로 볼 째에는 언어사용연습言語使用練習이나 쏘는 언어言語의 미美를 채택採擇하기 위하야 얼마 동안은 정형시定型詩를 채용採用하는 것이 조흘 줄 압니다. 웨 그런고 하니 한만하고 '산만하고'의 오기로 보임 – 인용자 자유自由롭다는 감感이 넘우도 만혼 자유시형自由詩形보다는 만혼 구속拘束이 잇는 정형시定型詩의 그것에서 자기自己의 시상詩想을 보다 더 충실充實하게 표현表現해노흐랴는 수단手段으로의 언어사용言語使用에 대對한 고심苦心을 하지 아니할 수가 업기 째문이외다.[16]

위의 인용문은 김억이 "일정一定한 규준規準과 구속拘束이 잇는" 정형시를 선택한 이유를 명확하게 보여준다. 그것은 "언어사용연습言語使用練習이나 쏘는 언어言語의 미美를 채택採擇하기 위하야"라는 구절에서 보듯, 언어의 문제와 직접적으

---

15 김억은 시가의 본질을 구성하는 음악성이 시적 형태로 발현된다는 생각을 가지고 있었다. 그리고 이것이 시적 장르의 특수성, 즉 산문과 구별되는 시가의 고유한 특징이라고 생각했다. 따라서 외적 형태 차원에서 음악성이 확인되지 않는 시를 용인하기는 어려웠을 것이다. 이러한 인식은, 시의 음악성이 도외시(혹은 부정)되는 현대시에서 시적 형식이 여타의 장르들과 변별되는 특징이 무엇인가라는 물음을 제기한다.
16 김억, 「시형·언어·압운」, 『전집』 5, 472쪽.

로 결부되어 있다. 그는 정형시의 언어가 자유시의 그것보다 강한 긴장감과 음률미를 유발함으로써 더욱 뛰어난 미적 효과를 산출한다고 생각했는데, 그 이유는 정형시가 "자기自己의 시상詩想을 보다 더 충실充實하게 표현表現해노흐랴는 수단手段으로의 언어사용言語使用에 대對한 고심苦心"을 거친 시형이기 때문이다. 이는 거꾸로 말해, 자유시가 자기의 시상을 충실하게 표현한 시형도, 언어 사용에 있어 특별히 고심을 한 시형도 아니라는 것을 의미한다.

정형시와 자유시에 대한 이러한 언급은 우리말의 운율 자질prosodic feature에 대한 인식과 밀접한 관련이 있다. 안서는 우리말이 고저·장단·강약과 같은 질적 특질이 부재한 언어라고 생각했기 때문에, 음률미를 산출하기 위해서는 음수율과 압운 등의 부차적 방법을 채택하지 않을 수 없다고 생각했다. 다시 말해, 음수율이나 압운과 같은 율격을 채택한 시형만이 시적 리듬에 의한 미적 효과를 산출할 수 있다고 생각한 것이다. 그렇다면 "언어사용言語使用에 대對한 고심苦心"을 거친 정형시형만이 그 내부에 포함하고 있다고 생각되는 음률미란, 결국 우리말의 본질적 제약에서 파생된 "언어言語의 미美"에 불과한 것이 된다. 그리고 이러한 생각의 기저에는, 시적 리듬감이란 무제약적 자유가 아니라 구속 있는 자유, 즉 "일정一定한 규준規準과 구속拘束이 잇는" 시형에 의해 산출된다는 판단이 내재해 있다.

여기서 우리는 '정형'의 의미를 명시적으로 규정할 필요가 있다. 안서의 '정형시'에서 '정형'의 의미가 '정형定型'이냐 '정형定形'이냐는 것은 보다 세밀한 검증이 요구되는 작업이다. 남정희는 안서가 정형시를 '정형定型'이 아니라 '정형定形'으로 표기한 것에 주목하여, 그것이 단순한 착오가 아니라 특별한 의도를 갖고 만들어졌음을 주장한다. 즉 "정형시定形詩는 정형시定型詩와 자유시의 의미까지 포함한 용어를 생각하다보니 만들어진 용어"[17]라는 것이다. 이러한 논의의

---

17 남정희, 「김억의 시형론」, 『반교어문연구』 9집, 1998, 344쪽.

연장선상에서, 김권동은 안서의 정형시를 형식적으로 엄격하게 제한된 '정형定型'이 아니라, 무형의 것을 유형으로 형상화한다는 의미에서의 '정형定形'으로 규정한다.[18] 박승희도 안서의 '정형'이 "시 장르의 리듬과 음률을 복원하기 위한 시적 언어의 정제적 형식"[19]으로서의 '정형整形'의 의미를 띤다고 주장한다.

이러한 주장들은 "구속拘束 잇는 시형詩形" 속에서 "언어言語의 미美"를 추구하는 안서의 시적 경향을 적극적으로 표명한다는 점에서 의의를 지닌다. 다시 말해 "일정一定한 규준規準과 구속拘束이 잇는" 시형에서 시상 표현의 자유를 추구하는 안서의 시적 경향을 충실히 반영한다는 점에서 긍정적 의의를 지니는 것이다. 그러나 이러한 의의에도 불구하고, 이들의 주장은 자유시에서 자유 개념과 정형시에서의 그것을 구분하지 않는다는 점, 그리고 안서의 정형시에 나타나는 실제 율격적 경직성을 해명하지 못한다는 점에서 문제가 있다. 앞에서 보았듯 정형시의 자유가 무제약적 자유가 아니라 상대적 자유를 의미한다고 했을 때, 정형의 의미는 내용의 형상화라는 일반적 의미에서의 형식 개념이 아니라, "일정一定한 규준規準과 구속拘束이 잇는" 율격적 형태를 지시하는 개념으로 이해되어야 한다. 물론 그 율격적 형태는 율격적 틀의 규범성 내에서 변형과 일탈을 허용한다는 점에서, 하나의 획일적이고 고정된 율격적 질서로 환원되지는 않는다.[20] 격조시형에서 '격조'의 의미도 이러한 맥락의 자장 안에서 이해될 수 있다.

따라서 우리는 김억 시의 리듬에 대한 단선적 파악을 지양할 필요가 있다. 다시 말해 김억 시를 초기시를 자유시自由律로, 후기시를 정형시定型律로 규정하고, 양자 사이에 절대적 간극을 설정하는 이분법을 지양할 필요가 있는 것이

---

18 김권동, 「안서 시형에 관한 소론」, 『반교어문연구』 19집, 2005.
19 박승희, 「근대 초기 시의 '격조'와 '정형성' 연구」, 『우리말글』 39집, 2007, 21쪽.
20 이러한 특성이 『안서시집』과 『민요시집』의 차이를 규정한다. 전자가 정형적 율격 내부에서의 변형과 일탈이 비교적 뚜렷한 경우라고 한다면, 후자는 변형과 일탈의 정도가 비교적 약한 경우라고 할 수 있다. 이는 정형시 내부에서의 변형과 일탈의 정도가 시집에 따라 상대적임을 의미한다.

다. 특히 김억의 후기시를 7·5조라는 음수율이 전일적으로 지배하는 정형률로 한정하는 것[21]은 매우 위험한 태도이다. 왜냐하면 이것은 안서의 후기시에 나타난 시형과 리듬에 대한 왜곡된 인식을 산출하기 때문이다. 위에서 살펴본 대로 그의 '정형'과 '자유'의 의미는 절대적인 차원이 아니라 상대적인 차원, 즉 "일정一定한 규준規準과 구속拘束"에서의 '자유'라는 상대적 의미로 이해될 수 있다. 이것은 그의 후기시의 시형과 리듬이 그 내부에 상대적인 차원의 '자유'를 포함하고 있음을 의미한다.

따라서 본고에서는 김억 후기시의 리듬의 양상을 크게 두 층위로 분별하여 분석할 것이다. 정형적 리듬의 층위와 비정형적 리듬의 층위가 그것이다.

전자의 층위에서 핵심은 '글자수의 제약'을 통한 정형성과 규칙성의 산출이다. 주지하다시피, '음수율'은 이렇게 특정 글자수의 반복을 통해 산출되는 정형적 리듬을 지시하는 용어이다. 즉 서양 작시법에서 음수율은 '행line'을 구성하는 음절수의 반복을 지시하는 용어로 사용된다. 그러나 우리의 경우 음수율은 '행'의 차원과 별도로 특정 글자수의 반복패턴을 지시하는 개념으로 사용되어 왔다. 다시 말해 4·4조나 7·5조와 같은 '조調'가 반복되는 현상을 일컫는 용어로 사용되어 온 것이다. 이러한 개념적 착종은 시행의 구분을 중시하지 않던 우리의 정통적 율격 개념과 시행의 구분을 중시하는 서양적 리듬 개념의 혼용이라고 볼 수 있다. 문제는 김억의 후기시의 정형적 리듬이 이 두 가지 요소를 모두 함축하고 있다는 사실이다. 따라서 우리는 이 두 양상을 엄밀하게 분별할 필요가 있다. 이를 위해, 본고는 음수율이란 용어를 두 개의 의미로 구분할

---

21 다음은 이러한 경향의 대표적인 경우들이다. 김윤식, 「식민지의 허무주의와 시의 선택」, 『문학사상』 8호, 1973.5; 오세영, 『한국낭만주의시연구』, 일지사, 1986; 김은철, 「안서시의 경직성에 관한 일고찰」, 『영남어문학』 13집, 1986; 조동구, 「안서 김억 연구」, 연세대 박사논문, 1989.2; 조창환, 「1920년대 시론의 전개」, 한국현대문학연구회 편, 『한국현대시론사』, 모음사, 1992; 박경수, 『한국 근대 민요시 연구』, 한국문화사, 1998; 한수영, 「1920년대 시의 노래화 현상 연구」, 『비평문학』 24집, 2006.12.

것이다. 즉 시행과 무관하게 '조調'로서 구현되는 음수율과 시행 차원에서 특정 글자수가 반복되는 음수율로 구분하는 것이다. '음절률'은 바로 이 후자의 차원을 지시하기 위해 만들어진 용어이다.[22] 기존의 이론은 전자에만 주목하고 후자를 간과함으로써, 김억 후기의 정형적 리듬의 전모를 제대로 보여주지 못하는 한계를 지녀왔다. 따라서 김억의 후기시의 전모를 밝히는 일은, '음절률'과 같은 시행 단위의 음수율을 규명함으로써 완성될 수 있다. 그리고 이것이 바로 본고 3절의 중심내용이다.

김억 후기시에 나타난 비정형적 리듬의 층위를 지시하는 용어는 '호흡률'이다. 전술했듯이, 김억의 '정형'이란 개념에는 '자유'의 의미가 포함되어 있다. 이는 그의 후기 정형시에 자유시자유율적 요소가 있음을 의미한다. 다시 말해 그의 후기 정형시 안에는 정형률로 환원되지 않는 잉여물이 있다는 것이다. 그 잔존물은 4·4조나 7·5조 같은 '조調'에 의한 음수율이나 '음절률'과 같은 정형률로는 설명이 불가능하다. 왜냐하면 그것은 하나의 단일한 원리로 환원되는 정형적 율격이 아니라, 다양하게 분산하는 시인의 개성적 리듬으로 구성되어 있기 때문이다. 김억은 이러한 개성적 리듬이 시인의 '호흡'과 밀접한 관련이 있음을 보여준다. '호흡률'은 이처럼 정형적 율격으로 환원되지 않는 자유로운 개성적 리듬을 지시하기 위해 호출된 용어이다. 여기서 문제는 이 '호흡률'이 기존의 '음보foot' 개념과 기이한 착종관계를 형성하고 있다는 사실이다. 주지하다시피 서양의 작시법에서 '음보'는 강약, 장단, 고저와 같은 운율 자질들 prosodic features의 최소 대립쌍을 지시하는 개념이다. 따라서 음보는 들숨과 날숨이라는 인간의 기식氣息, aspiration 현상과 무관한, 해당 언어가 지닌 객관적 자

---

22 요약하면, 음수율은 두 개의 의미, 즉 광의의 그것과 협의의 그것으로 변별될 수 있다. 광의의 의미는 '기존의 '조(調)'에 의한 음수율과 '음절률'에 의한 음수율 양자를 포괄하는 개념이다. 이 중 후자의 것으로 그 의미를 한정할 때 협의의 개념이 도출된다.

질에서 도출되는 개념으로 볼 수 있다. 그러나 우리의 경우 음보 개념은 기식 개념과 착종되어 매우 특이한 사용법을 보여준다.[23] 음보를 율격적 휴지(休止)에 의한 호흡의 등장성으로 설명하는 조동일·김석연·예창해의 견해는 그 대표적인 경우들이다.[24] 아무튼 김억의 '호흡'이란 개념은 이러한 착종이 생기기 전, 시인의 자유로운 호흡에 기초한 개성적 리듬이 무엇인지 보여준다는 점에서 의미심장하다. 특히 정형시로 규정되는 김억의 후기시에서 '호흡률'의 구체적 양상을 탐색하는 일은 정형률의 배면에 작용하는 시인의 개성적 리듬을 예시한다는 점에서 각별한 의의를 지닌다. 본고의 4절은 바로 이러한 탐색의 일환이다.

이처럼 김억 후기시에서 리듬은 단일한 차원으로 환원되지 않는다. 그것은 '조(調)'를 비롯하여, '음절률'과 '호흡률'과 같은 다양한 계기들이 중층화된 복합적 양상을 띤다. 이는 그의 초기시에서 후기시로의 이행이 순차적이거나 단계적으로 이루어지는 것이 아님을 의미한다. 이제 우리는 그 복합적 계기들의 구체적 양상을 살펴볼 차례이다.

3. 음절률 – 단일성의 원리

『안서시집』이 일차적으로 율격적 정형성과 규칙성이라는 단일성의 원리에 의해 주조되고 있음은 시집 「서문」에 잘 나타나 있다. "산문(散文)과 혼동(混同)되기

---

23 우리의 음보 개념이 지닌 문제점에 대해서는 졸고, 「김소월 시의 리듬연구」(연세대 박사논문, 2009.12)의 서론과 「율격론 비판과 새로운 리듬론을 위한 시론」(『현대시』, 2009.7)을 참조할 것.
24 이러한 기형적 형태의 음보 개념은 일본 시가의 전통 율격을 8기절(氣節, breath-unit)로 분석한 도이고우찌(土居光知)에서 비롯하는 것으로 볼 수 있다. 土居光知, 『文學序說』, 동경, 岩波書店, 1969.

쉽은 자유시自由詩보다는 제한制限 잇는 격조시格調詩가 읊기에 훨신 조타는 이유理由로 이 시집詩集에는 전부全部 음절音節을 마초아노핫읍니다"[25]에서 보듯, 안서는 음절의 글자수를 맞춤으로써 율격적 정형성과 규칙성을 도모하고 있다.

> 無心한 갈매기도
> 限껏 목노하
> **여저긔** 노래노래
> 雙雙히 돌며
> 새라새봄 제興에
> 잘도 놀것다.
>
> ——「황포(黃浦)의 첫봄 2」 부분(『안서시집』, 11쪽)[26]

밑줄 친 "여저긔"는 '여긔저긔'의 준말이다. '여긔저긔'를 "여저긔"로 축약한 것은 음절수에 대한 인식 때문이다. 이 시의 리듬 패턴은 기수행의 음절수와 우수행의 음절수의 일치에 의해 형성되고 있다. 즉 1, 3, 5행의 글자수 7음절과 2, 4, 6행의 음절수 5음절이 하나의 마디를 구성하여 반복됨으로써 리듬감을 형성하고 있는 것이다. 7·5조의 분행分行으로 볼 수 있는 이러한 반복 구조는, 김억이 음절수의 제약을 통해 율격적 정형성과 규칙성을 모색하고 있다는 사실을 명시적으로 보여준다. 이는 3행의 "여저긔"뿐만 아니라, 2행의 "목노하", 5행의 "새라새봄" 등에서도 확인할 수 있다. 2행의 "목노하"는 "목노하 (울며)"에서 '울며'가 생략된 형태이며, 5행의 "새라새봄"은 '새로운'의 의미를 지닌 '새라'를 '새봄'과 결합한 형태이다. 이처럼 축약과 생략을 통한 음절수의 제한은 『안

---

25 김억, 「서문」, 『안서시집』, 박문서관, 1929.7.
26 이하 인용된 시의 출처는 본문에 직접 해당 시집과 쪽수를 표기하는 것으로 통일한다.

서시집』 도처에서 발견된다.

> 바람은살살 풀입사귀감도는
> 팔한물 거품지는 長箭바다까
> 하이한 나리꽃은 혼자서피여
> 햇듯햇듯 이저리 시달니우네

— 「나리꽃」 1연(『안서시집』, 11쪽)

　이 시의 리듬 패턴은 음수율에 의해 형성되고 있다. 특정 음절수의 반복, 말하자면 1행의 5·7조와 2~4행의 7·5조가 이 시의 리듬감을 주조하고 있는 것이다. 이러한 반복 패턴은 음절수의 강제를 통해 시적 표현을 제약하기도 하는데, 그 대표적인 경우가 바로 4행의 "이저리"이다. "이저리"는 '이리저리'의 변이형으로,[27] 7·5조의 음수율을 맞추기 위해 축약된 것으로 볼 수 있다. 이와 유사한 형태의 축약 구조는 시 「가위」에서도 확인된다. "행구行具풀고서 **이저것** 차노라니 / 그대의쓰든가위, 홀로남앗네."『안서시집』, 147쪽에서 밑줄 친 "이저것"은 '이것저것'의 축약형이다. "이저리"와 "이저것"은 첩어 부사가 음절수의 제약에 의해 축약된 경우로, 이러한 사례들은 음절수의 제한을 통해 음률미를 형성하려는 김억의 노력을 대변한다. 다음은 그의 "언어사용言語使用에 대對한 고심苦心"을 보다 분명하게 보여주는 사례이다.

> 흰돗대 서로모혀
> 숨섬을 돌고

27　김억의 시에서 '이리저리'가 사용된 경우는 다음과 같다. "엇사엇사 눈사람을 / 이리저리 굴니누나."「눈」 6연(『봄의 노래』, 98쪽)

갈매기는 雙雙히

노래하여도

하나밧게 안되는

내사랑에는

하쇼연만 **가득소**

—「흰돗대」(『안서시집』, 93쪽)

이 시에서 밑줄 친 "가득소"는 '가득(했)소'에서 '-(했)-'을 생략한 형태로
추정할 수 있다. 혹은 '가득(하)오'에서 '-하-'가 생략되고 '-ㅅ-'가 첨가된
형태로도 볼 수 있다. 그 어느 경우든 "가득소"는 원래의 형태에 변형이 가해
져, 문법상·의미상 일탈이 초래된 부분으로 볼 수 있다. 이러한 변형과 일탈
은, 김억이 문법과 의미를 초과하는 어떤 요소에 대해 강하게 인식하고 있었
음을 보여준다. 한 마디로 그것은 글자수의 제약을 통해 실현되는 외적 음률
미에 대한 인식이다. 즉 7·5조라는 음수율적 제약이 "가득소"라는 축약형을
강제하는 직접적 요인으로 작용한 것이다. 이는 김억이 시의 정형성과 규칙성
에서 발생하는 음률미를 강하게 인식하고 있었음을 보여 준다. 물론 이때의
음률미는 시의 의미적 요소와 무관한 양적 차원의 음률미이다. 이처럼 "가득
소"는 특정 글자수의 제약이 문법과 의미 구조의 파열을 야기한다는 것을 보
여주는 대표적인 사례이다.

이상의 예들은 김억의 시에서 음절수의 제약이 정형적 리듬 패턴을 산출하는
일차적 요인임을 보여준다. 그것은 안서의 시형을 단일하고 고정된 유형으로
통일시켜주는 단일성의 원리로서 기능하고 있다. 이러한 사실은 『안서시집』의
전체 율격의 양상을 살펴봄으로써 구체적으로 확증할 수 있다.

김억의 시에 나타난 음절수의 제약은 일차적으로 '調'에 의한 음수율의 형

태로 나타난다. 음수율 중에서도 특히 7·5조 율격은 안서 시를 지배하는 대표적 율격이다. 실제로 『안서시집』에서 7·5조 율격은 다른 율격들에 비해서 사용 빈도가 높다. 『안서시집』의 총 편수 122편 가운데 7·5조만으로 이루어진 시는 23편으로 전체의 18.8% 정도를 차지하고, 7·5조와 다른 조가 혼용된 경우는 27편으로 전체의 22.1% 정도를 차지한다. 여기에 5·7조와 그것의 변형 율격으로 이루어진 시 몇 편을 더 포함한다면 그 비중은 전체의 40%를 약간 상회하게 된다.

하나의 시집에서 특정한 율격이 이처럼 높은 비중을 차지하는 경우는 흔치 않다. 초기의 시집과 비교했을 때 그 차이는 더욱 두드러진다. 『해파리의 노래』나 『봄의 노래』는 모두 자유율을 채택하고 있는 시집으로서, 7·5조와 같은 정형적 율격은 예외적으로만 사용되고 있다.[28] 이는 후기의 대표적 시집인 『민요시집』과 비교했을 때도 확인할 수 있다. 『민요시집』은 거의 대부분의 작품이 정형적 율격으로만 이루어진 시집이다. 이 중 『민요시집』을 구성하는 총 90편 가운데 7·5조와 그 변형으로 이루어진 시는 51편으로 전체의 56.6% 가량을 차지한다.[29] 이러한 사실은 『안서시집』의 7·5 율격의 양적 비중이 초기 시집과 후기의 『민요시집』의 사이에 있다는 것을 보여준다. 그렇다면 이처럼 7·5조 율격으로의 편중이 드러나는 까닭은 무엇인가? 그것은 안서가 7·5조를 서정시에 가장 적합한 유형이라 생각했기 때문이다.

---

28 『해파리의 노래』의 〈北邦의 小女〉(附錄)를 구성하는 9편의 작품들 중, 네 편(「流浪의 노래」, 「난 홈의 노래」, 「망우」, 「三年의 녯날」)은 7·5조의 엄격한 정형률을 이루고 있다. 이는 『해파리의 노래』의 자유율적 경향에서 예외적인 현상으로 보인다.

29 여기에 속하는 작품은 다음과 같다. 「데그르 펑펑」, 「그래 옳소 누나님」, 「서단아가씨」, 「꾀꼬리」, 「흐르는물」 // 「복사꽃」, 「노랑꽃송이」, 「갓스물」, 「봄바람」, 「봄눈」, 「장다리꽃」, 「해당꽃」, 「실비」, 「가을국화」, 「살구꽃」, 「바슬바슬」, 「칡넝쿨」 // 「오늘도」, 「꽃을따며」, 「닛을것을」, 「가을애수」, 「마음」, 「옛발을바다싸에서」, 「갈매기」, 「밀밭」 // 「무심」, 「쌀악눈」, 「파란시름」, 「내고향」, 「귓돌이」, 「망부석」, 「등대」, 「포구야화」, 「이야기」, 「아사라」, 「오다가다」 // 「파랑새」, 「그대여」, 「우뢰」, 「열매」, 「꽃따기」, 「사공의 안해」, 「사공의 노래」, 「옛산성」, 「꿈길」, 「잃어진그옛날」, 「바다를건너」 // 「편지」(봄), 「편지」(여름), 「편지」(가을), 「편지」(겨울)

그러기에 이것을 음율적 단위音律的單位로 나호아 노하도 또한 마찬가지의 반음半

音과 전음全音과의 조회調和 잇는 음군音群이 됩니다 또는 음절수音節數가 십이十二되는

점點에서 가장 서정형抒情形에 갓갑은 보드랍고 맥근한 율동律動을 가진 형形이라 할

만하외다 내가 서정형抒情形으로 제일第一만이 이 칠오조七五調를 사용使用한 것도 이

러한 점點에 잇습니다[30]

7·5조 율격의 선택 기준이 시가의 음악성, 즉 음률미에 있음은 분명해 보인

다. 7·5조를 "가장 서정형抒情形에 갓갑은 보드랍고 맥근한 율동律動을 가진 형形"

으로 간주하는 것은 이를 명시적으로 보여준다. 여기서 주의 깊게 보아야 할 것

은 7·5조 율격을 "보드랍고 맥근한 율동律動을 가진 형形"으로 간주하는 이유이

다. 인용문은 그것을 두 가지로 제시하고 있다. 첫째는 7·5조가 "반음半音과 전

음全音과의 조회調和 잇는 음군音群"이기 때문이고, 둘째는 "음절수音節數가 12十二되

기 때문이다. 우선 전자의 경우, '반음'은 1음절로 이루어진 음률 단위를, '전음'

은 2음절로 이루어진 음률 단위를 지시하는 용어이다. '반음'과 '전음'이라는 음

률 단위로 7·5조를 분할한다면, 7·5조는 총 5개의 '전음'과 2개의 '반음'으로

구성됨을 알 수 있다. 예를 들어 7·5조의 7음절은 (4·3) 또는 (3·4)의 두 가

지 유형으로 나눠지고, 이는 다시 세분하면 ((2·2)·(2·1)), ((2·2)·(1·

2)), ((2·1)·(2·2)), ((1·2)·(2·2))의 네 가지 유형으로 나누어진다. 7·

5조의 5음절 역시 (3·2) 또는 (2·3)의 두 가지 유형으로 나눠지고, 이를 다시

세분하면 총 4가지의 유형으로 나누어진다.[31] 따라서 5개의 '전음'과 2개의 '반

음'으로 이루어진 7·5조 율격은 총 16가지의 음률 유형으로 나누어지는 것이

다.[32] '전음'과 '반음'이라는 개념은 기수奇數율과 우수偶數율에 대한 안서의 인식

---

30 김억, 「격조시형론소고」, 『전집』 5, 429쪽.
31 '(2·1)·2'와 '(1·2)·2', 그리고 '2·(1·2)'와 '2·(2·1)'이 그것이다.

과 밀접한 관련이 있다. 안서는 음절수의 구성에 있어 '전음'만으로 구성된 우수
偶數 음절보다는 '반음'을 포함하는 기수奇數 음절을 선호하는데, 그 이유는 "우수
偶數에는 음률音律의 굴곡屈曲이업고 기수奇數에는 그러한 것이 잇"[33]다는 판단 때문
이다. 그런데 앞에서 본 것처럼 7·5조는 두 개의 음군音群이 모두 '반음'을 포함
하는, 다시 말해 "두 음절音節들이 다 기수奇數인 것만큼 변화變化가 만"[34]은 율격이
기 때문에, "가장 서정형抒情形에 갓갑은 보드랍고 맥근한 율동律動을 가진 형形"이
되는 것이다.

   김억이 제시한 두 번째 이유는 "음절수音節數가 12+二되"기 때문이다. 여기서
12라는 수는 자의적으로 선택된 것은 아니다. 그것은 시의 발화에 있어 호흡과
시의 지각에 있어 청각의 구조와 밀접한 관련이 있다.[35] 즉 "12+二 음절音節되는
7음보七音步의 시詩 1행一行을 읽는 것이 가장 자연自然스럽은"[36] 호흡법이라는 것
이다. 이러한 사정 때문에 그는 "12음절音節을 두 호흡呼吸 읽"[37]는 '느린 독법'을
격조시형 분석의 표준으로 삼게 된다. 한 행을 구성하는 음절수에 대한 인식은
안서의 율격 의식의 또 다른 양상을 보여준다는 점에서 중요한 의미를 지닌다.
전술했지만, 소위 '조調'에 의한 음수율은 안서의 율격 의식의 한 차원은 이룬
다. 그는 우리 민요의 대표적 율격인 4·4조를 비롯하여, 다양한 형태의 율격을
음수율의 차원에서 시험·평가하고 있는 것이다. 그런데 이러한 양상은 하나의
행을 구성하는 전체 음절수를 맞추려는 인식과 병행하고 있다. 다시 말해 김억

---

32 7·5조 율격의 7음절과 5음절이 각각 4가지 유형으로 구성되기 때문에, 이 경우 가능한 조합은
      4×4=16가지의 경우의 수가 생긴다.
33 김억, 「격조시형론소고」, 『전집』 5, 426쪽.
34 위의 책, 429쪽. 다음과 같은 진술도 참조할 만하다. "이 音節들이 音力(發聲機官)으로는 五音에
      서 七音이라는 가장 抒情的이요 奇數的되는 點을 보입니다"(위의 책, 423쪽)
35 "프랑스의 누구는 숨을 쉬지 아니하고 十二音節 以上을 連續해서는 發音하기가 어렵다고 하얏고
      心理學者 『빈트』는 귀(耳)의 構造가 한 番에 全體로 十二 單位 以上의 記號를 連續하야 認識할 수
      가 업다고 하얏습니다" 위의 책, 426쪽.
36 위의 책, 430쪽.
37 위의 책, 426쪽.

의 율격 의식은 '조調'에 의한 음수율과 함께, '음절률'이라는 행 단위의 율격 의식으로 구성되어 있는 것이다. 그가 7·5조 율격의 선호하는 두 번째 이유로 "음절수音節數가 12+二되"는 점을 거론하는 것은 이러한 후자의 상황과 관련이 있다.

'음절률'에 대한 인식은 「격조시형론소고」에 분명히 나타난다. 「격조시형론소고」는 하나의 행을 구성하는 음절수의 길이에 따라 1음절시부터 18음절시까지 구분하여, 각각의 형태가 지닌 음률의 특징을 자세히 분석하고 있다. 이는 「격조시형론소고」에서 율격 분석의 일차적 기준이 하나의 행을 구성하는 전체 음절수의 차이에 있다는 것은 입증하는 사례이다.[38] 이처럼 안서는 '조調'에 의한 음수율과 '음절률'을 서로 구분할 뿐만 아니라, 때로는 후자의 틀 안에서 전자를 분석하기도 한다. 예를 들면,

노던벌에
오는 비는
숙랑자의
눈물이라

어얼시구 밤이간다
낸모레는 쉬집갈날

이것은 소월시素月詩로 나종에 두절節은 사사조四四調를 써서 단조單調한 것에다가 얼마큼 변화變化를 주랴고 한 듯하얏스나 조곰도 음율적효과音律的效果를 늣길수가 업는 것이외다[39]

---

38 위의 책, 426~430쪽.

인용문은 김억이 '조調'에 의한 음수율과 '음절률'을 구분하고 있음을 보여준다. 1연은 각 행 4음절의 반복이 패턴을 이루면서 율격구조를 형성하는 데 비해, 2연은 4·4조의 음수율이 율격구조를 이루고 있다. 일차적으로, 1연과 2연은 음수율의 분석 장치(반음·전음·기수·우수)로 분석해 본다면 거의 동일한 율격패턴을 보여준다. 양자 모두 두 개의 전음으로 구성된 '(2·2)'의 패턴이 반복되는 우수율로 이루어져 있는 것이다. "조곰도 음률적音律的 효과效果를 늣길 수가 업는 것"은 바로 이 때문이다. 그러나 1연과 2연은 동일한 율격이 아니다. 한 행을 구성하는 음절수의 양적 차이 때문에 양자는 서로 상이한 율격 구조를 이루고 있다. 즉 1연의 율격구조는 4음절률인 데 반해, 2연은 8음절률인 것이다. 이는 "단조單調한 것에다가 얼마큼 변화變化를 주랴고 한 듯하얏"다는 구절에서 간접적으로 확인할 수 있는데, 일반적으로 동일한 것을 통해서는 변화를 줄 수 없기 때문이다. 또한 「격조시형론소고」에서 4음절률과는 별도로 4·4조 8음절률이 논의되고 있다는 점도, 김억이 양자를 상이한 율격으로 취급하였음을 명시적으로 보여준다고 하겠다.

이런 맥락에서 같은 7음절률을 이루는 3·4조와 4·3조도 동일한 율격으로 취급될 수 없다.[40] 음수율의 구체적 양상이 상이하기 때문이다. 이는 앞에서도 말했지만, 반음을 포함하고 있는 기수율을 변화와 다양성을 야기하는 요인으로 인식했기 때문이다. 즉 기수율이 앞에 오느냐 뒤에 오느냐의 차이에 따라 음률미의 양상이 달라지는 것이다. 4·5조와 5·4조, 7·5조와 5·7조 등도 이러한 이유 때문에 상이한 율격으로 간주된다. 16음절률 이상에서 그 내부의 다양한 변화 양상 때문에 '조調'를 따지는 것이 곤란하다는 판단도 이러한 인식에서 비

---

39 위의 책, 427쪽.
40 위의 책, 428쪽. "이것은 내 自身의 『살구꽃』의 첫 節로 三四와 四三을 混同한 것이외다." 여기서 '混同'은 混用의 의미로 쓰인 것으로 이해된다. 이처럼 동일 음절률 내에서 여러 형태의 음수율의 변화를 보이는 경우는 적지 않게 발견된다.

롯하는 것으로 볼 수 있다.[41]

'調'에 의한 음수율과 '음절률'은 김억 시의 정형적 율격을 구성하는 두 중심축이다. 이것은 김억 시의 율격의 양상을 분석함으로써 구체적으로 확증할 수 있다.

> 보슬보슬 내리는실비에
> 길까버들은 움을 내이리.
> 새는只今 어스럿한저녁,
> 생각에 혼자 감겼노라니
> 鐘소리 어데서 울어나고
> 어인일가, 이날도 왼하로
> 그대에게선 消息업는가.
>
> —「회답(回答)을 기달이며」 전문(『안서시집』, 66쪽)

이 시는 연 구분 없이 7행으로 이루어진 짧은 시다. 우리는 이 시에서 비교적 단정하고 규칙적인 리듬감을 느끼는데, 그 이유는 이 시를 구성하는 글자수의 제약에서 비롯한다. 먼전 이 시의 음수율을 분석해 보면, 총 7행 가운데 세 행 (2, 4, 7행)이 5·5조로, 세 행(1, 3, 6행)이 4·6조로, 나머지 한 행(5행)이 6·4조로 구성되어 있다. 따라서 이 시는 5·5조, 4·6조, 6·4조가 혼용되어 있는 시라고 할 수 있다. 그러나 우리의 논의가 여기에 그친다면, 그것은 이 시의 율격을 제대로 설명하지 못하는 것이 된다. 왜냐하면 이 시는 '調'에 의한 음수율과는 다른 차원의 율격이 지배적이기 때문이다. 다시 보자. 이 시의 음수율은 5

---

41 "하기는 十六 音節부터는 이러캐 난홀 수가 잇고 저러캐도 갈을 수가 잇서 무슨 調라고 이름 지어노키도 어렵습니다" 위의 책, 430쪽.

·5조, 4·6조, 6·4조 세 가지 유형으로 구성되어 있다고 말했다. 이 세 가지 유형은 상이한 효과를 지닌 각기 다른 유형의 율격이다. 이러한 차이가 이 시의 율격이 하나로 통일되어 있지 않다는 인상을 줄지도 모르겠다. 그러나 이러한 인식은 이 시의 행을 구성하는 음절수를 살펴보는 순간 불식된다. 그것은 이 시의 각 행이 10음절이라는 하나의 통일된 음률로 이루어졌기 때문이다. 즉 5·5조, 4·6조, 6·4조라는 음수율의 차이에도 불구하고, 각 행은 모두 10음절률이라는 단일한 율격으로 구성되어 있는 것이다. 따라서 이 시는 10음절률이라는 하나의 율격이 지배하는 정형시로 간주할 수 있다. 또 다른 사례를 보자.

> 부는바람 順風에 돗을달고서
> 浦口를써나 한바다로갈째엔
> 애닯아라, 水夫는孤寂이외다.
>
> 돌아보니 故鄕은 저먼구름꼿
> 홀로계신어머니 생각을하니,
> 애닯아라, 水夫는눈물이외다.
>
> 쯧업는난바다의 시펄한물결
> 志向업는이몸의 身勢를보니
> 애닯아라, 水夫는근심이외다.
>
> —「수부(水夫)의 노래」 전문(『안서시집』, 53쪽)

이 시는 3연 9행으로 이루어진 비교적 짧은 시이다. 이 시의 調調를 구성하는 음수율만으로 따지자면, 이 시는 하나의 율조로 통일되어 있지 않다. 1, 4, 5,

7, 8행은 7 · 5조로, 3, 6, 9행은 4 · 8조로, 2행은 5 · 7조로 구성되어 있기 때문이다. 이 시는 음수율 상으로 하나의 지배적인 율격이 존재하지 않는다고 말할 수 있다. 그럼에도 불구하고, 이 시가 일정한 규칙적 리듬감을 산출하고 있다면, 그 이유는 각 행이 모두 12음절이라는 동일 음절수로 구성되어 있기 때문이다. 따라서 이 시는 12음절률이라는 정형적 율격으로 이루어진 정형시로 간주할 수 있다. 여기서 우리는 안서의 율격의식의 한 층위에는 각각의 행을 통일적으로 조직하는 음절률에 대한 인식이 자리하고 있음을 알 수 있다. 다음도 마찬가지이다.

元山기슭 감돌아나는 東海바다에
뒤숭숭한 이내시름을 모다던지고
이하로는 모래밧우에 늡어섯노라

맑한하늘 에도는구름은 둥귀둥귀
드나드는물결은 혼자서 찰삭찰삭
내여버린시름 하나둘 쏘밀녀든다.

—「소유(消遣) 1」(『안서시집』, 124쪽)

이 시의 1연은 하나의 단일한 음수율이 연 전체를 지배하고 있다. 1연의 지배적인 율조를 9 · 5조로 명명하든 4 · 5 · 5조로 명명하든, 이 시의 1연이 하나의 단일한 율조에 의해 직조되었다는 것은 분명하다. 그러나 2연의 경우는 다르다. 2연은 하나의 단일한 지배적인 율조를 찾을 수 없다. 2연을 구성하는 각 행의 음수율이 서로 이질적이기 때문이다. 이러한 차이는 1연과 2연이 서로 다른 율격적 구조를 취하고 있다는 결론을 정당화하는 것처럼 보인다. 그러나 이것은 반은 맞고 반은 틀린 말이다. 調를 구성하는 음수율의 차원에서 1연과 2연은 서로 완전히 다른 율격적 구조를 갖고 있는데 비해, 음절률의 차원에서 1연과 2연은 서로 동일한 율격적 구조를 갖고 있기 때문이다. 즉 1연과 2연은 모두 매행 14음절이라는 동일한 율격적 질서에 의해 구조화되고 있는 것이다.

그렇다면 『안서시집』에서 음절률의 전체적 양상은 어떻게 나타나는가? 다음은 『안서시집』의 소제목 별로 음절률의 유형과 빈도를 분석한 표이다.

〈표〉『안서시집(岸曙詩集)』의 음절률의 양상

소제목＼음절수	5	6	7	8	9	10	11	12	13	14	15	16	17	18	합계
옛마을黃浦	1	-	1	1	2			1							6
오가는 흰돛			1		1	2		5	1						10
예도는 구름			1		1		1	5							8
살구꼿			1		1	1									3
詩와술과			1		2		1	1							5
보람업는希望의								7	2	2	1	1		3	16
하로에도 맑은					3		2	15	1	1	2				24
殘香(詩譯)					1		2	6	2	1			1		13
합계	1	-	5	1	11	3	6	40	6	4	3	1	1	3	85

위의 표는 특정 음절률에 대한 김억의 선호도를 보여준다. 우선 『안서시집』 전체 122편 가운데 음절률을 보여주는 시는 85편으로 전체의 2 / 3에 해당한다. 상당히 많은 수가 음절률을 인식하고 쓰였음을 알 수 있다. 그런데 이 중 약 절반에 해당하는 40편이 12음절률로 쓰였다. 12음절률에 비한다면, 나머지 음절률은 대체로 10음절 미만으로 그 정도가 미비한 수준이다. 이것은 앞에서도 얘기한 것처럼 7 · 5조와 5 · 7조 율격에 대한 경사 때문에 생긴 현상이다. 위의 표에서 또 하나 두드러진 특징은 우수율과 기수율의 대조이다. 12음절률을 제외한다면 우수율의 작품수는 12편이고, 기수율의 작품수는 33편이다. 특히 9

음절률과 8음절률 혹은 10음절률의 대조는 상당히 두드러진 편이다. 이는 우수율보다는 기수율을 선호하는 김억의 면모가 반영된 현상으로 해석할 수 있다. 이와 관련하여 8음절률이 한 편에 불과하다는 것도 주목할 만하다. 8음절률이 4·4조라는 민요조 율격과 관련된다는 사실을 고려할 때, 이러한 수치는 적어도 율격의 측면에서는 김억의 시를 민요시로 부르는 것을 주저하게 만든다. 이는 "어떻든 안서岸曙는 한국의 전통민요傳統民謠의 음수율을 4·4조調로 보고 이를 기조基調로 하여 여러 다양한 운율을 그의 시詩에서 시도하였다"[42]는 주장이 재고의 여지가 있음을 보여준다.

4. 호흡률 – 다양성의 원리

『안서시집』에는 '조調'에 의한 음수율이나 음절률과 같은 정형적 리듬만으로는 설명이 불가능한 시적 요소들이 존재한다.

> 하소연만은 열여듧 이내心思
> 물을길업서 船倉까 홀로나가
> 하나둘 조약돌을 모흐노라면
> 어느덧 녀름날은 넘고맙니다.
>
> 써도는배는 ① 한바다의저먼곳
> ㉮ 외대백이흰돗대 幸혀보일가
> 손作亂삼아 ② 조약돌 헤노라면

---

42 오세영, 앞의 책, 283쪽.

㉯ 어느덧 외대백이 넛고납니다.

—「조악돌」전문(『안서시집』, 38쪽)

외형적으로 하나의 단일한 율격적 질서를 갖는 것처럼 보이는 위의 시는, 그러나 하나의 단일한 율격으로 환원되지 않는다. 그것은 위의 시가 여러 층위에 걸쳐 각기 다른 리듬의 질서를 갖기 때문이다. 우선 이 시는 모든 행이 12음절률로 구성되어 있다. 이러한 율격적 동일성은 1연과 2연에서 다소 상이하게 분화된다. 1연은 행의 구조가 '5·7/5·7/7·5/7·5'의 연속체로 되어 있는 반면, 2연은 '5·7/7·5/7·5/5·7'의 연속체로 되어 있다. 이러한 차이는 12음절률이라는 단일성 내에서 변화를 모색하려는 시도로 간주할 수 있다. 이는 2연에서 더욱 두드러진다. 2연의 1행과 3행은 5·7조의 음수율을, 2행과 4행은 7·5조 음수율을 지닌다. 그러나 1행과 3행, 2행과 4행이 동일한 리듬 체계를 지니는 것은 아니다. 양자 사이에는 음수율적 단일성 내에서의 차이가 존재하기 때문이다. ①과 ②를 보자. ①은 7음절이 하나의 마디를 구성하고 있는 반면, ②는 7음절이 두 개의 마디, 즉 3음절과 4음절로 분화되어 있다. 이러한 차이가 우연적이 아님은 ㉮와 ㉯의 경우에서 확인할 수 있다. ㉮와 ㉯는 모두 "외대백이"라는 동일 단어를 포함하기 때문에 군이 띄어쓰기를 다르게 표기할 필요가 없다. 그럼에도 불구하고 ㉮를 7음절의 하나의 마디로 표기하고, ㉯를 3음절과 4음절의 두 개의 마디로 표기하고 있다. 이는 특정의 의도를 지닌 의식적 표기로 간주할 수 있다. 다시 말해 안서가 동일한 음수율을 특정 마디로 분화하여 다르게 표기하는 것은, 음수율과 같은 정형적 율격 체계 이외의 특정의 리듬에 대해 의식하고 있었음을 반증한다. 이는 『안서시집』에서 특정 마디에 의한 이러한 분화 현상이 예외가 아니라는 사실을 통해서도 확인된다. 다음 시를 보자.

일一

① 하소연한 내몸에 쏫은핍니다

하소연한 내몸에 쏫은집니다,

㉮ 갓튼이봄날 어느곳 엇던쏫을

㉯ 그대 색으며 돌을줄몰으는가

이二

② 외롭은내時節에 쏫은피여서

외롭은내時節에 쏫은지나니,

써나잇는우리는 어느곳에서

엇던쏫을바라며 서로그리랴.

— 「쏫은 피고지고」 전문(『안서시집』, 129쪽)

우선 음절률의 차원에서 보면 위의 시는 12음절률의 공통점을 지니고 있다. 그러나 음수율의 차원에서 일一과 이二는 서로 상이한 율격적 질서를 지닌다. 이二의 경우 전체가 7·5조라는 하나의 調로 구성되어 있지만, 일一의 경우 서로 상이한 두 개의 조가 복합되어 있다. 즉 일一의 1~2행은 7·5조로, 3~4행은 5·7조로 구성되어 있는 것이다. 이러한 차이는 일一로 하여금 이二의 율격적 단조로움에서 다소간 벗어나게 하는 요인으로 작용한다. 그러나 이러한 차이가 인용시가 지닌 리듬의 전全 층위를 아우르는 것은 아니다. 여기서 중요한 것은 음수율적 단일성 내에 존재하는 미시적인 차원의 이질성을 발견하는 것이다. ①과 ②를 보자. 양자는 모두 7·5조라는 동일한 율격으로 되어 있다. 그러나 7·5조의 율격을 구성하는 기본 단위는 상이하다. 즉 ①의 경우, ②와는 달리 7·5조를 구성하는 음절 단위가 '(4·3)·5'로 다시 한 번 분할된다. 같은 7·5조이지만, 하나는 '7·5'의 분할을, 다른 하나는 '(4·3)·5'의 분할을 갖는 것이다. 이러한 차이는 ㉮와 ㉯의 경우에도 발견된다. ㉮와 ㉯는 모두 5·7조의 음수율로 동일한 율격을 지닌다. 그러나 미시적인 차원에서 보면 음수율적 단일성 내부에는 ㉮와 ㉯의 차이를 규정하는 이질적인 양상이 존재한다. ㉮의 경우 어절의 마디는 '5·3·4'로 분할되는 반면, ㉯는 '2·3·7'로 분할된다. ㉮가 5·7조의 '7'을 '3·4'로 재분할한 경우라면, ㉯는 '5'를 '2·3'으로 재분할한 경우에 해당한다. 이것은 같은 5·7조의 음수율이라도 내부 분할의 차이에 따라 상이한 질서를 갖는다는 사실을 보여준다. 『안서시집』의 도처에는 이를 입증하는 다양한 형태의 예들이 존재한다.

그렇다면 왜 안서는 이러한 시도를 보여주는가? 그것은 한마디로 말하자면, 율격 혹은 행 내부에서의 변화와 다양성의 모색 때문이다.

> 일—
> 이내몸은 옛마을 바다까의 모래밧을 걸어도
> 이내맘은 드나는 이바다의 어즈럽은 이물결.
>
> 이二
> 밀녀들어 발자욱씻처가는 옛마을 이바다여,
> 이저녁에 그대를울어닛고 나여긔, 돌아서네.
>
> 삼三
> 길업는한바다에 배는써서 제길을예돌아도
> 우리님발자욱은 물에씻겨 흰모래쑨이든가.
>
> —「발자욱」 전문(『안서시집』, 117쪽)

「발자욱」 일-, 이二, 삼三은 모두 한 행이 18음절로 이루어진 시다. 그러나 18음절률이라는 동일성 내부에는 서로 상이한 질서가 존재한다. 일-은 '4·3·4·4·3'의 구조를, 이二는 '4·7·3·4'의 구조를, 삼三은 '7·4·7'의 구조를 취하고 있다. 그런데 여기서 주목할 것은 일-의 구조로부터 이二와 삼三의 구조가 파생된다는 사실이다. 즉 일-의 기본 골격에서 각각의 마디를 어떻게 조합하느냐에 따라 이二와 삼三의 구조가 발생하는 것이다. 예를 들어 이二의 구조는 일-의 두 번째와 세 번째 마디를 합친 경우에 해당하고, 삼三의 구조는 일-의 첫 번째와 두 번째 마디, 그리고 네 번째와 다섯 번째 마디를 합친 경우에 해당한다. 따라서 이二와 삼三의 구조는 각각 '4·(3·4)·3·4'와 '(4·3)·4·(4·3)'로 재분석될 수 있다. 결국 위의 시는 세 가지 상이한 리듬의 복합체로서, 하나의 율격적 모형으로부터 서로 다른 양상의 리듬으로 분화된 경우라고 할 수 있다.

하나의 율격적 모형 내에서의 변화와 다양성을 모색한다는 점에서 『안서시집』은 리듬에 대한 다양한 양상의 형태적 실험을 보여준다. 이것은 주로 띄어쓰기의 차이에 의해 발생하는 리듬으로, 우리는 이러한 양상을 지시할 적절한 명칭을 가지고 있지 않다. 그러나 한 가지 분명한 것은 이것이 우리의 호흡과 직접적인 연관성이 있다는 점이다. 주지하다시피 호흡은 김억이 초기 자유시를 주창할 때부터 적극적으로 표명했던 시적 리듬의 핵심 요소이다.

> 웨스웬트가 〈poetry is breath〉라고 하엿습니다. 딕단히 조혼 말이어요. 호흡呼吸이지요. 시인詩人의 호흡呼吸을 찰나刹那에 표현表現한 것은 시가詩歌이지요.[43]

인용문에서 보듯 김억은 "시인詩人의 호흡呼吸을 찰나刹那에 표현表現한 것"이 시가詩歌라는 생각을 가지고 있었다. 이러한 인식은 워즈워드의 "poetry is breath"

---

[43] 김억, 「시형의 음률과 호흡」, 『전집』 5, 34쪽.

에서 직접적으로 영향받은 것으로 보인다.[44] 아무튼 안서에게 시인의 호흡은 시가의 본질을 결정짓는 핵심적 요소였다. 이러한 생각은 호흡이 시의 음률과 밀접한 관련이 있다고 생각에서 비롯한다. 즉 "호흡呼吸은 시詩의 음률音律을 형성形成하는 것"[45]이고, 음률은 시가를 결정하는 본질적 요소이기 때문에, "시인의 호흡呼吸과 고동鼓動에 근저根底를 잡은 음률音律"[46]이야말로 시가의 핵심이자 요체로 판단되는 것이다. 이러한 인식이 외적 형태에 대한 강박과 만날 때, 외형률과 같은 율격으로의 고착이 생긴다. '격조시형론'에서 정형적 율격으로의 경사는 이러한 과정의 결과물이다. 앞서 본 띄어쓰기의 차이에 의한 다양한 형태의 모색도 이러한 과정의 파생물로 볼 수 있다.

여기서 우리는 중요한 사실 하나를 확인할 필요가 있다. 그것은 호흡의 여러 양상 가운데 김억이 적극적으로 관심을 기울인 것은 호흡의 장단長短, 즉 빠르기라는 사실이다.

> 사람마다 돌아가는 혈관血管의 피의 느리고 쌀은 것이 다르고, **호흡呼吸의 도수度數가 다름에 쌀아서 말하는 음조音調와 글 읽은 식式이 다릇습니다.**[47]

인용문은 시의 음조와 율독律讀의 차이를 결정하는 요인으로 두 가지를 제시한다. 하나는 혈액의 순환의 차이이고, 다른 하나는 "호흡呼吸의 도수度數"의 차이이다. 혈액의 순환의 차이를 결정하는 것은 "혈관血管의 피의 느리고 쌀은것", 즉 혈액 순환의 빠르기이다. 그러나 "호흡呼吸의 도수度數"의 차이를 결정하는 것이 무

---

44 이러한 사실을 다음과 같은 구절에서도 확인할 수 있다. "엇던 詩人은 「詩는 呼吸이다」 하기도 하였습니다."(288), "워즈워드가 詩歌의 定義로 『詩歌는 人類의 呼吸』이라는 말을 하엿습니다."(367)
45 김억, 「시형의 음률과 호흡」, 『전집』 5, 35쪽.
46 위의 책, 35쪽.
47 김억, 「작시법」, 『전집』 5, 293쪽.

엇인지는 명시적으로 나와 있지 않다. 다시 말해 인간의 호흡의 차이에는 호흡발산의 힘과 빠르기라는 두 가지 척도가 관여하는데, 이 중 "호흡呼吸의 도수度數"가 어느 것을 지시하는지 불분명하다. 그러나 일반적인 의미에서 호흡의 차이가 호흡의 강약보다는 장단에 의해 결정된다는 점을 고려한다면, "호흡呼吸의 도수度數"는 호흡의 빠르기의 차이를 의미하는 것으로 보는 것이 타당하다. 이는 시가의 호흡에 대한 중요한 사유를 함축하는 「시형의 음률과 호흡」에서 명시적으로 확인할 수 있다.[48]

'호흡의 장단'에 대한 김억의 인식은 템포tempo라는 시적 리듬의 주요 구성 요소와 맥이 닿아 있다. 이런 점에서 안서는 한국 근대시의 성립과정에서 최초로 템포라는 시적 리듬을 인식한 사람이기도 하다. 템포에서 중요한 것은 분절의 마디를 설정하는 것이다. 일반적으로 구두점과 띄어쓰기는 호흡의 마디를 나타내는 주요 표지로서 기능한다. 안서 시의 경우 구두점보다 띄어쓰기가 호흡의 분절을 표시하는 데 중추적 기능을 수행하고 있음은 이미 『안서시집』에서 확인한 바다. 보다 구체적으로 말해, 안서 시에서 띄어쓰기의 차이는 율격 내부에서, 율격의 단일성을 파열하는 기능을 수행하는 것이다. 이는 다시 호흡의 차이가 시인의 고유한 정조情調와 시의 음조音調를 분절한다는 일반적 원리를 확증한다.

따라서 『안서시집』에서 '호흡의 장단'을 표시하는 호흡률은 안서 시에서 다양성의 원리로 간주되어야 한다. 격조시형이라는 정형적 틀 내부에서, 그리고 음절률과 음수율이라는 고정된 율격 내부에서, 그것은 안서의 고유한 호흡을 표현한다. 이러한 점에서 호흡률은 시인의 독특하고 자유로운 리듬감을 나타낸다고 할 수 있다. 다시 말해 그것은 자유로운 개성적 리듬의 발현인 것이다.

자유시적 경향과 정형시적 경향을 김억 시를 지배하는 두 축으로 간주한다면, 김억 시의 편력은 대체로 전자에서 후자로의 방향성을 띤다고 할 수 있다.

---

48 "呼吸의 長短에는 生理的 機能에도 關係되는 것." 김억, 「시형의 음률과 호흡」, 『전집』 5, 34쪽.

그것은 전자의 하강 곡선과 후자의 상승 곡선으로 구성되는데, 양자의 접점에 『안서시집』이 놓여 있다. 엄밀히 말하면 정형시적 경향 내부에 자유시적 경향이 잔존한다고 할 수 있다. 초기의 자유로운 개성적 리듬이 음절률과 음수율이라는 정형적 율격으로 대체되는 과정에서, 호흡률은 자유시적 경향의 잔여물이 되는 것이다. 이 흔적의 존재가 『안서시집』의 특수성을 규정한다. 그리고 이것이 『안서시집』과 『민요시집』을 가르는 결정적인 차이이다.

5. 정형과 자유의 복합체

우리는 지금까지 김억의 후기시를 대표하는 『안서시집』의 정형적 율격의 양상을 살펴보았다. 『안서시집』의 정형적 율격은 일차적으로 '調'에 의한 음수율이라는 형태로 나타나는데, 특정 글자수를 맞추기 위해 글자를 생략하거나 압축하는 등의 변형도 자주 발생한다. 이 가운데 7·5조는 안서의 정형적 율격의식의 집약체라고 할 정도로, 안서가 매우 집중적으로 사용한 調이다. 그러나 안서의 율격의식은 여기에만 머무르는 것은 아니다. 모든 행을 동일한 음절수로 맞추는 '음절률'은 안서 율격의식의 이면을 보여주는데, 빈도수의 면에서 '음절률' 가운데 중심을 이루는 것은 12음절이다. 이것은 7·5가 안서의 대표적 율격이라는 사실과 조응한다.

'調'에 의한 음수율과 음절률은 안서의 정형적 율격의식을 구성하는 대표적인 두 양상이다. 양자 모두 단일성의 원리에 기반하고, 균제의 미를 창출한다는 면에서 공통점을 지닌다. 그러나 『안서시집』의 리듬의식은 단일성의 원리로만 축조된 것은 아니다. 단일성의 원리 내부에는, 변화를 산출하는 다양성의 원리가 존재한다. '호흡률'은 이러한 원리를 지칭하기 위해 도입된 용어이다. '호흡률'은 정형적 리듬에 변화를 야기하여 상대적으로 자유로운 양태의 리듬감을 산출한다. 비록 율격적 정형성 내부에서의 비정형성이라는 한계를 지니긴 하지만, '호흡률'이 자유율의 한 양상이라는 것에는 변함이 없다. 따라서 『안서시집』은 다양한 리듬의 복합체로 간주되어야 한다. 그것은 일차적으로 다양한 율격의 복합체라는 의미에서이며, 동시에 율격으로 환원되지 않는 개성적 리듬의 복합체라는 의미에서이기도 하다.

김억 시의 편력이 자유시自由律에서 정향시定型律로 이동한다는 것은 부정할 수 없는 사실이다. 그리고 이것이 안서 시의 임계점이라는 것도 분명한 사실이다. 그러나 이것이 안서 시의 리듬에 대한 편향된 시각만을 배태하는 것이라면, 이는 상당히 문제적이다. 그동안 우리는 안서 시의 리듬을 '자유율→정형률'이라는 단선적 방식으로 이해하고, 그 사이의 다양한 긴장과 길항에 대해서는 간과한 측면이 많다. 『안서시집』의 리듬의 실제적 양상을 살펴보는 작업의 의의는 바로 여기에서 비롯한다. 그것은 『안서시집』의 리듬의 중심 요소를 이루는, '조調'에 의한 음수율·음절률·호흡률의 다양한 결합 양상들을 살펴봄으로써 안서 시의 리듬의 실체를 파악하고, 이를 통해 한국 근대시의 성립 과정에서 안서가 갖는 위상에 대한 적확한 평가를 가능케 한다. 이런 점에서 "한국근대시운동韓國近代詩運動에 끼친 안서岸曙 김억金億의 공적은 그 어떤 부정적인 관점에서 평가한다 해도 결코 비하될 수 없다"[49]는 말은 여전히 유효하다.

---

49   오세영, 앞의 책, 234쪽.

제2장
한용운 시의 리듬

1. 『님의 침묵沈默』과 리듬

　한용운 시의 리듬, 특히 『님의 침묵』의 리듬에 대한 논의는 조심스럽다. 그것은 기존의 전통적 형식의 리듬에 대한 인식론적 전환을 요청하기 때문이다. 소위 정형성과 규칙성의 탐색을 주안으로 하는 전통적 리듬론은, 그것이 음수율이든 음보율이든 『님의 침묵』의 리듬에 대해서 속수무책일 수밖에 없는데, 이는 비정형적 율격에 대한 분석 장치의 부재에서 비롯하는 현상이다. 만약 이러한 사태의 궁극적 원인이 한용운 시의 리듬이 지닌 현대적이고 개성적인 성격에서 비롯하는 것이라면, 우리의 논의는 『님의 침묵』의 리듬이 지닌 독특한 구조와 특성의 해명으로 나아가지 않을 수 없다.

　주요한은 『님의 침묵』의 리듬에 대해, "운율적韻律的 기교技巧 표현表現은 지금까지 우리가 아는 조선어朝鮮語의 운율적韻律的 효과效果를 나타낸 최고最高 작품作品의 수준水準을 나리지 안는 솜씨"[1]라고 평한 바 있다. 이러한 상찬이 우리를 난감케 하는 것은 그것이 발표된 시기가 1926년 6월이라는 점 때문이다. 1926년은 주요한이 국민문학의 건설에 매진하는 시기이다. 실제로 그는 "외국문화 전제에

---

[1]　주요한, 「愛의 祈禱, 祈禱의 愛 下—韓龍雲氏近作 『님의 沈默』 讀後感」, 『동아일보』, 1926.6.26, 3면.

서 버서나셔 국민덕 독창문학을 건설"하기 위해, "한시도 아니오 시됴도 아니오 민요와 밋동요"[2]를 유일한 발족점으로 삼을 것을 역설하고 있다. 여기서 문제는 『님의 침묵』의 형식과 리듬이 "민요와 밋동요"와 같은 국민문학의 그것과 상이하다는 점이다. 다시 말해 주요한은 "조선어朝鮮語의 운율적韻律的 효과效果를 나타낸 최고最高 작품作品"을 소위 산문적 형식의 자유시[3]의 리듬에서 찾고 있는 것이다. 따라서 우리는 다시 묻지 않을 수 없다. 국민문학파의 주도 인물로서 주요한도 인정하지 않을 수 없었던, 『님의 침묵』의 고유한 형식과 리듬의 특성은 무엇인가? 이는 우리로 하여금 산문적 형식의 자유시가 리듬을 가질 수 있는가에 대한 의문과, 그것이 실제적 양상은 무엇인가라는 리듬론에 있어 근본적인 질문을 함축한다.

이를 해명하기 위한 일차적 관문은 시행line에 있다. 시행은 "의미意味와 율격律格이 합치合致하여 되풀이되는 일정한 패턴으로서 시詩 전개展開의 기본단위基本單位"[4]이기 때문이다. 김재홍은 『님의 침묵』의 시행의 특징을 "서술적敍述的인 장형長型의 만연체로서 당대시當代詩의 유행 시형이던 짧은 민요시民謠詩의 율격律格과는 달리 산문적散文的 율격律格의 내재율內在律을 지니는 것"으로 보고 있다.[5] 이러한 진술은 한용운 시의 리듬을 분석하는 데 있어 우리가 나아가야 할 방향을 암시해 준다. 즉 『님의 침묵』의 리듬의 근본 출처가 "서술적敍述的인 장형長型의 만연체"에서 비롯함을 암시하는 것이다. 이는 만해 시의 리듬 분석의 주요 지표를, 행을 이루는 문장 구조의 특성에서 찾을 수 있음을 의미한다. 이때 만해의

---

2   주요한, 『조선문단』 2호, 1924.11, 48~49쪽.
3   『님의 침묵』은 산문시가 아니라 자유시이다. 시행(line)의 구분이 없는 산문시와는 달리, 『님의 침묵』은 매우 명확하게 시행을 구분하고 있기 때문이다. 실제로 『님의 침묵』의 시행 구분은 네 곳(「리별」의 13행, 「참어주서요」의 6행, 「論介의愛人이되야서그의廟에」의 5행과 7행)을 제외하면, 매우 분명하게 나타난다.
4   김재홍, 『한용운 문학연구』, 일지사, 1982, 131쪽.
5   위의 책, 139쪽.

시행을 구성하는 핵심적 특징은 시행의 길이의 장형화에서 비롯하는 호흡상의 패턴의 변화에 있다. 특히 행의 템포의 변화, 즉 하나의 시행이 어떻게 분절되는가는 만해 시의 호흡률의 살피는 데 있어 핵심적인 부분이다. 이제 우리는 『님의 침묵』의 시행을 중심으로 호흡률의 실제적 양상을 분석함으로써, 소위 '내재율'이라고 규정되는 산문과 운문 사이의 독특한 리듬의 양태를 축출해 낼 수 있을 것이다.

2. 호흡의 분절과 마디의 단위

먼저 『님의 침묵』에는 쉼표와 마침표와 같은 구두점이 사용되지 않았다는 사실부터 지적할 필요가 있다. 주지하다시피 쉼표와 마침표는 문장의 분절의 단위이다. 여기서 분절은 의미론적·구문론적 차원뿐만 아니라 리듬론적 차원을 포함한다. 리듬론적 차원에서 구두점은 호흡상의 마디를 표시하는 기능을 수행한다. 따라서 『님의 침묵』에 쉼표와 마침표가 없다는 것은 시행의 호흡상의 마디의 분절을 표시하는 특정한 부호가 없다는 것을 의미한다.

따라서 한용운 시의 리듬의 양상을 논하는 데 있어 출발점은 호흡의 마디, 즉 호흡이 분절되는 단위를 확정하는 것에 있을 수밖에 없다.[6] 호흡의 분절이 없다면 특정한 리듬의 양상을 지각하지 못하기 때문이다. 특히 우리말과 같이, 고저·장단·강약과 같은 운율 자질prosodic feature이 약한 언어에서 호흡의 분절이

---

6 주지하다시피 호흡을 한국 시의 리듬에 적극적으로 차용한 사람은 김억이다. 그는 '호흡률'이라는 말을 명시적으로 사용하지는 않았지만, 호흡을 시의 음악성을 구현하는 핵심 장치로 간주한다. "呼吸이지요, 詩人의 呼吸을 刹那에 表現한 것은 詩歌이지요."(김억, 「시형의 음률과 호흡」, 박경수 편, 『김억 전집』 5, 한국문화사, 1927, 34쪽)에서 보듯, 그는 "詩人의 呼吸"을 시가(詩歌)의 본질로 규정함으로써 근대 자유시에서 호흡을 통해 시의 리듬을 해명할 가능성을 제시한다.

반복·변주되는 양상은 율독의 리듬감을 결정하는 주요 인자가 된다. 즉 호흡이 분절되는 마디를 확정하는 것은 호흡률 분석에 있어 핵심 과제라고 할 수 있다. 이를 위해서 1차적으로 호흡의 마디를 표시할 지표를 확정할 필요가 있다. 만약 호흡의 마디를 나타낼 어떠한 특정한 표지도 확증할 수 없다면, 호흡률을 규명할 어떠한 방법론적 도구도 얻을 수 없을 것이기 때문이다.

다행히 『님의 침묵』에는 호흡의 마디로 추정할 수 있는 외적 표지가 있다. 띄어쓰기가 바로 그것인데, 특이하게도 『님의 침묵』에서 띄어쓰기 표기는 현재의 방식과는 매우 상이하다. 예를 들어 「군말」의 일절, "중생衆生이 / 석가釋迦의님이라면 / 철학哲學은 / 칸트의님이다 / 장미화薔薇花의님이 / 봄비라면 / 마시니의님은 / 이태리伊太利다 / 님은 / 내가사랑할뿐아니라 / 나를사랑하나니라"를 보라. 현행 어절 단위의 띄어쓰기를 준수한다면, 위의 구절에서 관형격 조사 '-의-', 주어 "내가" 그리고 목적어 "나를" 등은 띄어 써야 한다. 그러나 『님의 침묵』은 현재의 어절 단위의 띄어쓰기의 규칙을 따르고 있지 않다. 이러한 현상은 한용운에게만 국한된 것은 아닌데, "한글맞춤법통일안에 의한 띄어쓰기가 실시되기 전에는 시인들이 각자 자기대로의 띄어쓰기를 했"[7]기 때문이다. 그렇다면 이런 자의적인 양태의 띄어쓰기가 나타나는 이유는 무엇인가? 다시 말해 시인 개개인에게 고유한 띄어쓰기는 어떤 기능을 수행하는가? 이는 시인과 독자, 두 가지 층위에서 생각해 볼 수 있다.

우선 시인의 측면에서 띄어쓰기의 마디는 발화상의 호흡의 마디를 표시한다. 여기서 문자로 된 텍스트가 시인의 발화상의 호흡을 나타낼 수 있는가라는 문제가 제기될 수 있다. 현대시에서 시인의 발화와 시적 텍스트를 직접적으로 동일시하는 것은 불가능하다. 그러나 근대시 성립의 초창기에는 '소리로서의 시'와 '문자로서의 시' 사이에 엄밀한 분화가 일어나지 않았다. 즉 시인의 음성적 발화

---

7   조동일, 「김소월·이상화·한용운의 님」, 『문학과지성』, 1976 여름호, 447쪽.

와 문자에 의한 텍스트 사이에는 매우 긴밀한 연관관계가 있었던 것이다. 따라서 띄어쓰기에 나타난 『님의 침묵』의 특정 문체style적 양상은 시인의 발화상의 고유한 호흡을 표시한다고 말할 수 있다. 이는 "그의 시가 당시의 일반적 시형태와는 달리, 그때 그때의 호흡에 의해 결정되는 소박한 산문적인 모습으로 나타나게 되는 것"[8]이라는 진술과 동궤를 이룬다. 결국 『님의 침묵』의 띄어쓰기 체계는 시인의 '그때 그때의 호흡'을 나타내는 유력한 지표로 간주할 수 있을 것이다.

둘째, 독자의 측면에서 띄어쓰기의 마디는 필연적으로 율독상의 호흡의 마디를 표시한다. 왜냐하면 띄어쓰기 마디들은 독자에게 율독상의 경계를 나타냄으로써 독자의 호흡 패턴을 규제하기 때문이다. 이러한 사실은 다음과 같은 진술에서도 확인된다.

> 그리고 만해시萬海詩의 운율에서 발음하는데 소모되는 시간의 양量이란 바로 생리적 속도organic tempo인 호흡과 밀접한 연관이 있음을 발견하게 된다. 여기서 우리말로 만들어진 시詩의 운율을 해명하려고 할 때 지금까지 등한히 했던 호흡의 문제를 만해시萬海詩는 제기하고 있는 것이다.[9]

여기서 "발음하는데 소모되는 시간의 양量"은 독자가 시를 율독하는 데에 소비되는 시간의 총량을 의미한다. 이때 율독에 소모되는 시간은 시를 읽는 독자의 "생리적 속도인 호흡"과 직접적인 관련이 있다. 만약 우리가 독자의 "생리적 속도인 호흡"의 규제 원인을 시 텍스트의 율독에서 찾고, 이의 원천을 시인의 발화상의 고유한 호흡에서 찾을 수 있다면, 독자들의 율독을 규제하는 궁극적 요인은 시인의 '그때 그때의 호흡'이라고 말할 수 있을 것이다. 그러므로 독자

---

8   서준섭, 「한용운의 상상세계와 〈수의 비밀〉」, 김학동 편, 『한용운 연구』 I, 23쪽.
9   윤재근, 「만해시의 운율적 연구」, 『현대문학』 343호, 1983.7, 403쪽.

의 율독상의 호흡 패턴을 결정하는 것은 텍스트 상에서 띄어쓰기의 마디로 표시된 시인의 호흡의 마디들이 된다. 이를 정식화하면 다음과 같다. '(시인의) 호흡의 마디' → '(시의) 띄어쓰기의 마디' → '(독자의) 율독의 마디'

이러한 등식은 현대시에 두루 적용되는 보편적 준칙이 아니라, 1933년 한글맞춤법통일안이 제정되기 이전이라는 시대적 상황이 만들어 낸 특수한 법칙일 뿐이다. 여기서 분명한 것은 시인의 호흡이 『님의 침묵』의 시적 리듬을 규제하는 구심적 원리라는 사실이다. 따라서 호흡의 패턴이 창출하는 리듬은 시와 시인과 독자를 매개하는 한용운 시의 내재적 원리로 간주될 수 있다. 여기서 한 가지의 유의할 것은 호흡의 마디가 음보音步의 양적 크기를 표시하는 음보율과는 다르다는 점이다. 호흡의 마디를 결정하는 것은 시인의 고유한 호흡상의 크기호흡발산량인데 비해, 음보의 마디를 결정하는 것은 'mora'[10]와 같은 어떤 가정된 보편적 크기이기 때문이다. 즉 호흡률이 개별 시인의 발화상의 고유한 자질인데 비해, 음보율은 애초부터 시인의 발화와는 무관한 추상적 자질인 것이다. 이런 점에서 양자는 처음부터 결합할 수 없는 모순적 관계에 놓이는데, 그것의 거리는 자유율과 정형률만큼의 거리라고 할 수 있다. 따라서 호흡률은 음보율과 명확히 구별되어야 한다.

이상에서 보듯, 『님의 침묵』의 띄어쓰기 마디는 시인과 독자의 호흡상의 분절을 나타낸다. 따라서 호흡상의 분절의 마디들의 고유한 양상을 살펴보는 것은 만해 시가 지닌 리듬의 고유한 특성을 해명하는 일이 된다. 그리고 이는 다음과 같은 두 가지 방식으로 진행된다. 하나는 시행을 구성하는 호흡의 마디들의 수를 계상하는 것이고, 다른 하나는 호흡의 마디들 자체의 양적 크기를 측정

---

10 성기옥은 하나의 음절이 갖는 '音持續量'을 지시하기 위해 'mora'라는 용어를 사용한다. 여기서 'mora'는 음보의 등장성(等張性, isochronism)을 지탱하는 핵심적 개념이다. 성기옥, 『한국시가 율격의 이론』, 새문사, 1986, 97쪽 참조.

하는 것이다. 여기에는 호흡상의 휴지休止의 빈도와 호흡발산의 크기라는 요인이 개입하는데, 이의 해명을 통해『님의 침묵』의 시행이 지닌 고유한 템포tempo의 양상을 변별해낼 수 있을 것이다. 그리고 이는 궁극적으로『님의 침묵』의 고유한 호흡상의 특질이 무엇인지 보여줌으로써, 만해의 시가 지닌 고유한 리듬체계를 이해하는 데 기여할 것이다.

3. 호흡률의 양상 1–마디의 수와 휴지休止

그럼 우선, 행을 구성하는 마디의 수와 휴지休止가 시적 리듬에 어떠한 영향을 끼치는지를 살펴보자. 하나의 시행이 몇 개의 마디와 휴지를 갖는지 살펴보는 것은 매우 중요하다. 시인의 호흡이 분절되는 실제적 양상을 보여줌으로써 해당 시인의 발화 상의 특질을 규명하고, 이를 통해 시의 고유한 리듬을 예시할 수 있기 때문이다.

> 님은갓슴니다 / 아々 / 사랑하는나의님은 / 갓슴니다 /(4)[11]
> 푸른산빗을째치고 / 단풍나무숩을향하야난 / 적은길을 / 거러서 / 참어썰치고 / 갓슴니다 /(6)
> 黃金의꼿가티 / 굿고빗나든 / 옛盟誓는 / 차디찬쯰끌이되야서 / 한숨의微風에 / 나러갓슴니다 /(6)
> 날카로은 / 첫「키쓰」의追憶은 / 나의運命의指針을 / 돌니노코 / 뒤ㅅ거름처서 / 사러젓슴니다 /(6)
> 나는 / 향긔로은 / 님의말소리에 / 귀먹고 / 꼿다은 / 님의얼골에 / 눈머럿슴니다 /(7)

---

11 괄호 안의 숫자는 각 행의 호흡 마디의 수를, 사선은 마디의 분절을 표시한다.

사랑도 / 사람의일이라 / 맛날째에 / 미리 / 써날것을 / 염녀하고경계하지 / 아니한것은아니지만 / 리별은 / 쏫밧긔일이되고 / 놀난가슴은 / 새로은슯음에 / 터짐니다 / (12)

그러나 / 리별을 / 쓸데업는 / 눈물의源泉을만들고 / 마는것은 / 스々로 / 사랑을 째치는것인줄 / 아는 싸닭에 / 것잡을수업는 / 슯음의힘을 / 옴겨서 / 새希望의 / 정수박이에 / 드러부엇슴니다 / (14)

우리는 / 맛날째에 / 써날것을념녀하는것과가티 / 써날째에 / 다시맛날것을 / 밋슴니다 / (6)

아々 / 님은갓지마는 / 나는 / 님을보내지 / 아니하얏슴니다 / (5)

제곡조를못이기는 / 사랑의노래는 / 님의沈黙을 / 휩싸고돔니다 / (4)

— 「님의 침묵」 전문

시 「님의 침묵」의 전문이다. 시행을 구성하는 호흡의 마디의 수는 1행부터 10행까지 각각 4, 6, 6, 6, 7, 12, 14, 6, 5, 4개이다. 위의 시에서 호흡의 마디 수는 최소 4개에서부터 최대 14개에 이르기까지 그 편차가 매우 크다.[12] 만약 우리가 6행과 7행을 제외한다면, 위의 시는 대체로 4~7개의 마디가 주조를 이루고 있다고 말할 수 있다. 특히 가장 많은 분포를 이루는 것은 2, 3, 4, 8행의 6개의 마디로, 이는 전체의 40%에 해당한다. 여기서 재미있는 것은 이러한 수치가 시집 『님의 침묵』 전체의 1행 평균 마디수와 대체로 일치한다는 사실이다. '군말'과 '독자讀者에게'를 제외하면 『님의 침묵』을 구성하는 시편은 88편이다. 이들 88편의 총 시행 수는 841행이고,[13] 띄어쓰기 마디 수는 총 4,538개이

---

12 이러한 사실은 시집 『님의 침묵』 전체에도 동일하게 적용된다. 예를 들어, 「두견새」의 9행은 1개의 마디로 이루어진 반면, 「錯認」의 5행은 18개의 마디로 구성되어 있다.

13 저자의 조사에 따르면, 『님의 침묵』 88편의 총 시행수는 841행이다. 여기서 주의할 것은 「리별」의 13행, 「참어주서요」의 6행, 「論介의愛人이되야서그의廟에」의 5행과 7행이다. 이들 행은 명

다. 이로부터 우리는 시 한 편당 평균 시행 수가 9.55개이고, 편당 평균 마디수가 51.57개라는 사실, 그리고 1행 평균 마디수는 5.39개라는 사실을 확인할 수 있다. 『님의 침묵』을 구성하는 전체 88편의 평균 마디수의 분포는 이러한 사실을 더욱 확증적으로 만든다.

〈표 1〉 작품별 평균 마디수

평균 마디수	3미만	4미만	5미만	6미만	7미만	8미만	9미만	10미만	합계
해당 작품수	6	5	15	25	22	9	4	2	88

위의 표에서 보듯, 시집 『님의 침묵』의 시편들에서 행을 구성하는 마디의 수는 평균 2마디에서부터 9마디까지 매우 다양하다. 그러나 그 분포 양상을 자세히 들여다보면, 가장 많은 비율을 차지하는 것이 5~6마디에 걸쳐 있는 걸 알 수 있다. 대략 전체의 50% 정도가 여기에 속하는데, 만약 그 범위를 조금 더 넓혀 4마디와 7마디까지 고려한다면, 그 비율은 전체의 80%에 달할 정도이다. 이러한 수치는 시 「님의 침묵」에서 4~7개의 마디로 구성된 시행이 전체 시행에서 차지하는 비율과 정확히 일치한다. 즉 시 「님의 침묵」에서 4~7개의 마디로 이루어진 시행은 총 8개로 전체 10행 가운데 80%를 차지하고 있는 것이다. 이로부터 우리는 시집 『님의 침묵』이 대체로 4~7마디의 시행으로 이루어졌음을 확인할 수 있다. 보다 더 정확한 데이터는 『님의 침묵』을 구성하는 전체 841행의 마디수 분포가 예시한다.

확히 표시되지는 않았지만 하나의 독립된 행으로 봐야 한다. 「七夕」의 5행도 주의를 요한다. 여기서 5행 "나의머리가 당신의팔위에 도리질을한지가 七夕을 열번이나 지나고 쏘 몇번을 지내엿슴니다"는 하나의 행으로 봐야 한다.

마디수	1	2	3	4	5	6	7	8	9	10	합계
빈도	3	86	117	158	128	109	84	56	35	28	804
총 마디수	3	172	351	632	640	654	588	448	315	280	4,083
행별 마디수	11	12	13	14	15	16	17	18	19	20	합계
빈도	15	10	5	4	1	1	-	1	-	-	37
총 마디수	165	120	65	56	15	16	-	18	-	-	455

위의 표에서 보듯, 『님의 침묵』 전체 841행의 마디수의 분포는 1~18마디까지 매우 폭넓게 분포되어 있다. 이 중 가장 많은 분포를 보이는 것은 4마디로서 전체의 18%가 여기에 속한다. 다음으로 많은 분포를 보이는 것은 전체의 15% 가량을 차지하는 5마디이고, 이어서 3마디14%, 6마디13% 2마디10%, 7마디10% 의 순으로 되어 있다. 3~6마디에 해당하는 행을 합산하면 총 512행으로 전체의 61%에 이를 정도이다. 이러한 수치는 앞의 〈표 1〉 '작품별 평균 마디수'와는 다소 차이를 보인다. 〈표 1〉에서 가장 많은 분포를 이룬 것은 4~6마디이지만, 〈표 2〉에서는 3~6마디가 중심을 이루는 것이다. 이것은 3마디가 작품별 평균 마디수와는 달리, 행별 마디수에서는 큰 변수로 작용하고 있음을 보여준다. 즉 작품의 평균 마디수가 3마디인 시편은 5개로 전체의 5.6%에 불과하지만, 3마디로 이루어진 시행은 총 117행으로 전체의 14%를 차지하고 있는 것이다. 이러한 사실은 2마디의 경우도 동일하다. 작품의 평균 마디수가 2마디인 작품은 총 6개로 전체의 7%에 지나지 않지만, 2마디로 이루어진 시행은 총 86 행으로 전체의 10%에 이르고 있다. 그리고 양자를 합치면 24%라는 적지 않은 구성비를 얻을 수 있다.

이것의 결과, 〈표 2〉는 〈표 1〉보다 중심축이 좌측으로 이동한 양상을 띤다. 우리가 시집 전체의 평균 마디수가 동일하다는 사실을 고려한다면, 〈표 2〉의 좌측 편이 현상은 그것을 상쇄할 또 다른 요인이 내재해 있음을 암시한다. 즉 〈표 2〉에는 〈표 1〉에서 볼 수 없었던 10마디 이상의 시행이 다수 존재하는 것이다. 이들의 수효는 총 65행으로 전체 841개 시행의 7.7% 정도에 지나지 않지만, 이들 시행을 구성하는 마디수는 총 736개로 전체 4,538개 마디의 16.2%에 해당한다. 이처럼 적지 않은 시행이 10개 이상의 마디로 구성되어 있기 때문에 2~3개의 마디와 균형을 이룰 수 있는 것이다. 이로부터 우리는 『님의 침묵』의 시편들이 다양한 마디수를 가진 시행들로 구성되어 있다는 사실을 추론할 수 있다.

그렇다면 이렇게 마디수의 차이가 유발하는 리듬상의 효과는 무엇인가?

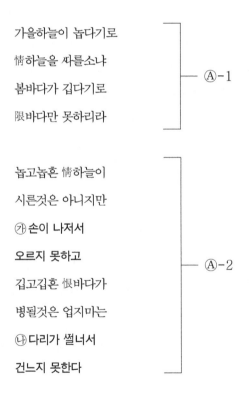

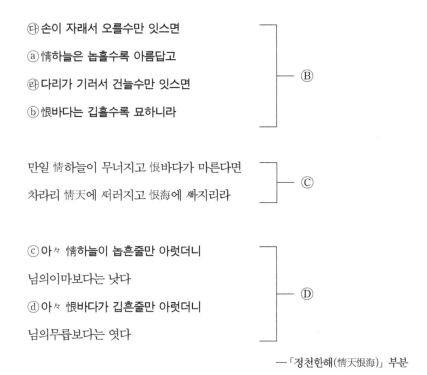

㉰ 손이 자래서 오를수만 잇스면

ⓐ 情하늘은 놉흘수록 아름답고

㉱ 다리가 기러서 건늘수만 잇스면

ⓑ 恨바다는 깁흘수록 묘하니라

                             Ⓑ

만일 情하늘이 무너지고 恨바다가 마른다면

차라리 情天에 써러지고 恨海에 싸지리라

                             Ⓒ

ⓒ 아々 情하늘이 놉흔줄만 아럿더니

님의이마보다는 낫다

ⓓ 아々 恨바다가 깁흔줄만 아럿더니

님의무릅보다는 엿다

                             Ⓓ

                       — 「정천한해(情天恨海)」 부분

    위의 시는 한 행을 구성하는 마디의 수가 다충적인 양상을 띠고 있다. Ⓐ는 2 개의 마디, Ⓑ는 4개와 3개의 마디, Ⓒ는 5개의 마디, Ⓓ는 4개와 2개의 마디로 구성되어 있다. 그런데 Ⓐ는 Ⓐ-1과 Ⓐ-2가 상이한 양상을 띠고 있다. 즉 Ⓐ-1 은 행을 구성하는 마디가 4음절을 기준으로 단일한 양상으로 나타나는 반면, Ⓐ-2는 행을 구성하는 마디가 4음절을 기준으로 하는 것과 3음절을 기준으로 하는 것, 두 가지 충위로 이루어져 있는 것이다. Ⓐ-2에서 강조한 ㉮("손이 나저 서 / 오르지 못하고")와 ㉯("다리가 쩔너서 / 건느지 못한다")는 3음절을 중심으로 이루 어진 마디이다. 따라서 Ⓐ-2는 행의 마디수는 동일하지만, 마디의 크기, 즉 마 디를 구성하는 음절수는 상이하다고 할 수 있다.[14] 그런데 주목할 것은 Ⓐ-2의

14 마디의 크기의 차이가 유발하는 리듬상의 효과는 다음 절에서 논의할 것이다.

3음절 마디가 ⑧에서 그 양상을 달리한 채 반복되고 있다는 사실이다. ⑧의 ㉰ ("손이 자래서 오를수만 잇스면")와 ㉱ ("다리가 기러서 건늘수만 잇스면")가 그것이다. 여기서 ㉰와 ㉱는 ㉮와 ㉯에서 두 개의 행으로 나누어졌던 문장이 약간의 변형을 거쳐 하나의 행으로 결합된 형태이다. 즉 하나의 행에서 동일 크기의 마디가 그 수가 증가한 형태이다. ㉮와 ㉯에서 ㉰와 ㉱의 변화에서처럼 하나의 행을 이루는 마디 수의 증가는 필연적으로 마디 사이의 휴지 수의 증가를 수반한다. 이러한 휴지 수의 증가는 휴지의 길이의 변화와 율독 패턴의 변화, 그리고 템포의 변화를 야기한다는 점에서 주목할 필요가 있다.

먼저 ⓐ의 율독 패턴은 일정하다. 각 행이 두 개의 부분으로 균등하게 분할되어 있어, 중간 휴지를 두고 2개의 마디로 율독하게 된다. 이러한 율독 패턴에 가장 큰 영향을 주는 것은 이 시의 시작 부분인 ⓐ-1의 정형성이다. 4음절 마디의 규칙적 반복이 이러한 율독 패턴을 조성하고 있는 것이다. ⓐ-2는 이러한 율독 패턴의 지속을 보여준다. 여기서 문제는 ㉮와 ㉯처럼 율독 마디의 크기가 변화하는 지점이다. ㉮와 ㉯가 안정적으로 지속되어 오던 율독 패턴에 변화를 준다는 것은 분명해 보인다. 문제는 이러한 변화가 1행 2마디의 패턴에 어느 정도의 영향을 미치는지를 가늠하는 것이다. 즉 1행 2마디의 율독 패턴 내부에서의 변화인지, 아니면 그것을 깨뜨리는 변화인지를 가늠할 필요가 있는 것이다. 만약 전자의 경우라면 우리는 ㉮와 ㉯의 음절수의 차이를 보상하기 위해, ㉮와 ㉯의 발음 시간을 연장해서 율독하게 된다. 쉽게 말해, "손이 / 나저서"를 "소오니 / 나아저서"로 읽게 되는 것이다. 그러나 후자의 경우 우리는 ㉮의 "손이 나저서"를 하나의 마디로 율독하게 된다. 이렇게 되면 각 행을 두 마디로 율독하는 패턴에 급격한 변화가 생길 수밖에 없다.

율독의 패턴의 지속과 변화는 ⑧에서 매우 현저하게 나타난다. 이것은 동일 크기의 마디가 증가함으로써 호흡의 패턴에 변화가 생기기 때문이다. 여기서 변화의 중심부에는 반행hemistich의 휴지[15]가 자리한다. 일반적으로 마디 사이의 휴지와 시행 사이의 휴지 이외에, 시행 중간에는 반행의 휴지가 존재하고, 그 길이는 대체로 마디와 시행 사이의 휴지의 중간 정도의 길이를 갖는다. 따라서 우리는 위의 Ⓑ의 ㉓를 다음과 같이 율독하게 된다. "손이 / 자래서 // 오를수만/ 잇스면 ///"(여기서 '/'은 마디의 휴지, '//'는 반행의 휴지, '///'는 시행의 휴지를 표시한다) 이것을 Ⓐ의 ㉠와 비교하게 되면, 1행 두 마디의 율독 패턴이 1행 네 마디의 율독 패턴으로 변화한다. 그렇다면 이러한 패턴의 변화가 산출하는 리듬상의 효과는 무엇인가? 가장 분명한 것은 휴지의 길이의 감소로 인한 템포의 변화이다. 위의 ㉓에서처럼 마디수의 증가는 상대적으로 휴지의 길이의 감소와 율독 속도의 증가를 야기한다. 즉 위의 ㉓에서 늘어난 마디의 수만큼 휴지의 감소와 속도의 증가를 통해 보상하려는 것이다. 이러한 보상 작용이 생기는 것은 일차적으로 호흡발산력의 한계 때문이다. 여기에 Ⓐ의 율독 패턴의 영향도 무시할 수 없다. 즉 Ⓐ의 1행 두 마디 율독의 관성 때문에 위의 ㉓를 "손이 자래서 // 오를수만 잇스면"의 형태로 율독할 가능성이 존재한다. 만약 우리가 위의 ㉓를 이처럼 두 마디로 분절하여 율독한다면, 이는 템포의 급격한 증가를 산출할 수밖에 없을 것이다. 이는 ㉣의 경우도 마찬가지이다. 호흡발산력의 한계 때문이는 율녹 패턴의 관성 때문이든, ㉓와 ㉣가 ㉠와 ㉡보나 템포의 증가를 야기한다는 것은 분명해 보인다. 이러한 템포의 증가로 인한 리듬감의 변화는 시조의 장별 배행과 구별 배행 사이의 차이에서도 확인할 수 있다.

㉠~㉣에서 보듯, 짝수 마디의 반행은 대체로 시행의 중간에 위치한다. 그러나 홀수 마디의 시행의 경우는 반행의 위치가 확정적이지 않다. 예를 들어 Ⓑ의

---

15 A. Preminger에 따르면, 'hemistich'는 휴지에 의해 분할된 시행의 반토막이고, 독립적인 단어 그룹(colon)을 이룬다. A. Preminger, *The New Princeton Encyclopedia of Poetry and Poetics*, Princeton Univ. Press, 1974(Enlarged Edition), p.343.

2, 4행은 홀수 마디로 구성되어 있어 반행의 위치가 명확하지 않다. 이런 경우 반행의 휴지는 대체로 구문론적 질서를 따르는 경우가 많다. 즉 주어부와 서술부 사이 반행의 휴지가 올 가능성이 높은 것이다. 이렇게 되면 위의 2, 4행은 "정情하늘은 // 높흘수록 / 아름답고 ///"와 "한恨바다는 // 깁흘수록 / 묘하니라 ///"로 율독된다. 이러한 율독 패턴은 ㉓㉔와의 상관성을 고려했을 때 더욱 가능성이 높아진다. 즉 ㉓와 ⓐ의 두 번째 반행의 시작부 "오를수만"과 "높흘수록"의 음가音價적 유사성, 또 ㉔와 ⓑ의 "건늘수만"과 "깁흘수록"의 유사성은 "정情하늘은"과 "한恨바다는" 다음의 반행 휴지를 강제하는 것이다.

ⓒ의 경우는 문장 전체를 수식하는 부사어"만일", "차라리"때문에 반행의 휴지가 복합적인 양상을 띠게 된다. 즉 반행의 휴지가 "만일"과 "차라리" 다음에 올 수도 있고, "정情 하늘이 무너지고"와 "정천情天에 써러지고" 다음에 올 수도 있으며, 또는 양자 모두에 올 수도 있다. 여기서 관건은 "만일"과 "차라리" 다음의 반행 휴지를 설정하느냐 마느냐의 여부이다. 만약 위의 구절을 "만일 // 정情하늘이 / 무너지고 // 한恨바다가 / 마른다면 ///"으로 율독한다면, 위의 구절의 템포는 비교적 느리고 완만하게 전개될 것이지만, "만일 / 정情하늘이 / 무너지고 // 한恨바다가 / 마른다면"으로 율독한다면, 위의 구절의 템포는 비교적 빠르고 급박하게 전개될 것이다. 이것은 "차라리 정천情天에 써러지고 한해恨海에 싸지리라"의 경우도 동일하다. 양자 중 어느 것이 자연스러운 율독인지는 결정하기 어려운데, 왜냐하면 그것의 효과는 상대적이기 때문이다. 그러나 한 가지 분명한 것은 한 행을 구성하는 마디수의 증가는 필연적으로 휴지의 길이와 호흡 패턴의 변화를 산출한다는 것이다. 그리고 이는 필연적으로 시의 템포의 변화를 야기한다. 이때 변화의 폭은, 행의 길이가 호흡발산력의 한계를 초과하는 정도와 비례한다.

ⓓ의 경우는 시행의 마디수의 차이가 유발하는 템포의 변화를 매우 분명히

보여준다. ⑩는 4마디와 2마디가 하나의 연에 혼합·교체되는 형태이다. 이 중 4마디 시행은 ⓐⓑ의 세 마디 시행에 감탄사 "아々"가 추가되어 4마디 시행을 이루는 경우이고, 2마디 시행은 세 마디 시행으로 간주될 수 있는 형태에서 수식어구와 피수식어구가 하나의 마디를 형성하여 '7/2'의 음절수를 구성하는 경우이다. 그렇다면 '4마디 → 2마디 → 4마디 → 2마디'로의 마디수의 변화가 유발하는 리듬상의 효과는 무엇인가? 이러한 변화가 무엇보다도 율독 패턴의 급격한 변화를 야기한다. 여기서 변화의 중심 지점은 2마디 시행의 끝부분, 즉 "낫다"와 "엿다"에 있다. 이것은 일차적으로 시행 내분의 '7→2'로의 음절수의 급격한 감소 때문에 생기는 현상으로 볼 수 있다. 이때 우리가 간과할 수 없는 것은 형태론과 의미론 사이의 상관성이다. 즉, 음절수의 양적 크기는 '님'의 위대성을 나타내는 하나의 표지로 기능하고 있는 것이다. 따라서 7음절에서 2음절로의 마디수의 급격한 감소는 '님'의 위대성과 달리, "정情하늘"과 "한恨바다"의 열등성"낫다", "엿다"을 더욱 두드러지게 부각한다. 음절수의 급격한 감소에 나타나는 형태론적·의미론적 상관성은 템포의 층위에서 리듬론과 연계된다. 이를 이해하기 위해서는, 1행의 반행 "놉흔줄만 아럿더니"와 2행의 "낫다" 사이의 차이를 알 필요가 있다. 전술했듯이 "낫다"과 "엿다"는 호흡의 패턴이 급격히 변화하는 부분이다. 이 말은 "낫다"가 "놉흔줄만 아럿너니" 만큼의 형태론적, 의미론적 초점이 부여되는 부분임을 의미한다. 이것을 호흡의 패턴 차원에서 말하면, "낫다"는 "놉흔줄만 아럿더니" 만큼의 호흡발산력이 실리는 부분임을 의미한다. "낫다"에 이렇게 강력한 호흡발산력이 실리는 까닭은, 1행의 반행 "아々 情하늘이"와 "놉흔줄만 아럿더니", 그리고 2행의 "님의이마보다는"이 일정한 호흡발산력을 유지하면 특정 패턴이 지속되기 때문이다. 여기서 "낫다"의 출현은 패턴의 변화를 야기하고, 그것이 최종적으로 호흡의 급격한 폐색閉塞을 야기하는 이유이다. 이러한 급격한 호흡의 폐색이 "정情하늘"의 "낫다"를 의미론적으로 강화하고 있음은 재론의 여지가 없다. 그리고 이는 "한恨바다"의 "엿다"에도 동일하게 적용된다.

이상에서 보는 것처럼, 『님의 침묵』의 시편들은 대체로 다양한 마디수로 구성되어 있어, 템포가 다양한 양상으로 나타난다. 시집 전체에서 동일한 마디수로 이루어진 정형적 율격의 시는 단 1편에 불과하다는 것도 이러한 사실을 예증한다. 「꿈이라면」만이 6개의 시행 모두가 2마디로 균등하게 구성되어 있을 뿐, 나머지 87편은 상이한 마디수의 시행으로 구성되어 있는 것이다. 이들 87편의 작품 중에서도 마디수의 편차가 적은 작품보다는 큰 작품이 주종을 이룬다. 실제로 최소 마디와 최대 마디의 차이가 5개 미만으로 비교적 그 차이가 작은 작품은 모두 22편[16]으로 전체의 25%에 해당하지만, 나머지 73.86%에 해당하는 65편은 마디의 편차가 5이상으로 그 차이가 비교적 크게 나타난다. 이 중 최소와 최대 마디의 편차가 10개 이상인 작품도 9편이나 있는데, 「착인錯認」의 경우는 그 편차가 14마디에 달할 정도이다. 이러한 사실은 만해의 시가 대체로 규칙적인 정형적인 호흡 패턴을 취하지 않음을 보여준다.

그렇다면 시행의 마디수의 편차가 적은 작품과 큰 작품이 유발하는 리듬상의 차이는 무엇인가? 이제 우리는 양자의 비교를 통해, 양자의 호흡률에 어떤 차이가 있는지 살펴볼 차례이다.

(가)

밤근심이 / 하 / 길기에 /(3)

꿈도길줄 / 아럿더니 /(2)

---

16 여기에 해당하는 작품은 다음과 같다. 「알ㅅ수업서요」, 「나는잇고저」, 「길이막혀」, 「차라리」, 「사랑의測量」, 「꿈과근심」, 「情天恨海」 「첫키쓰」, 「심은버들」, 「讚頌」, 「사랑하는까닭」, 「당신의 편지」, 「거짓리별」, 「滿足」, 「反比例」, 「最初의님」, 「두견새」, 「나의꿈」, 「우는째」, 「생의藝術」, 「거문고탈째」, 「오서요」

님을보러 / 가는길에 / (2)

반도못가서 / 쌔엇고나 / (2)

새벽쑴이 / 하 / 써르기에 / (3)

근심도 / 짜를줄 / 아럿더니 / (3)

근심에서 / 근심으로 / (2)

싯간데를 / 모르것다 / (2)

만일 / 님에게로 / (2)

쑴과근심이 / 잇거든 / (2)

차라리 / (1)

근심이 / 쑴되고 / 쑴이 / 근심되여라 / (4)

─「쑴과 근심」 전문

(나)

닷과치를일코 / 거친바다에漂流된 / 적은生命의배는 / 아즉發見도아니된 / 黃金
의나라를 / 쑴꾸는 / 한줄기 / 希望이 / 羅針盤이되고 / 航路가되고 / 順風이되야서
/ 물ㅅ결의한끗은 / 하늘을치고 / 다른물ㅅ결의한끗은 / 쌍을치는 / 무서은바다에
/ 배질함니다 / (16)

님이어 / 님에게밧치는 / 이적은生命을 / 힘껏 / 써안어주서요 / (5)

이적은生命이 / 님의품에서 / 으서진다하야도 / 歡喜의靈地에서 / 純情한 / 生命
의破片은 / 最貴한寶石이되야서 / 쪼각~이 / 適當히이어저서 / 님의가슴에 / 사랑
의徽章을 / 걸것슴니다 / (12)

님이어 / 싯업는沙漠에 / 한가지의 / 깃듸일나무도업는 / 적은새인 / 나의生命을

/ 님의가슴에 / 으서지도록 / 써안어주서요 /(9)

　그러고 / 부서진 / 生命의쪼각~에 / 입마춰주서요 /(4)

—「생명(生命)」 전문

　(가)와 (나)는 극명한 대조를 이룬다. 양자의 차이는 1차적으로 시행의 길이의 차이에서 비롯한다. (가)의 마디는 총 28마디이지만, (나)의 시는 총 42마디로 되어 있다. (가)에서 가장 긴 시행은 4마디로 이루어진 반면, (나)의 가장 긴 시행은 16마디로 이루어져 있다. 만약 우리가 (나)의 16마디로 이루어진 첫 시행의 길이를 음절수로 환산하여 생각한다면, 그 길이는 95음절로 (가)의 전체 98음절에 육박할 정도이다. 즉 하나의 시행이 한 편의 시의 길이를 갖는 것이다. 여기서 시행의 길이의 차이는 시행의 마디수의 편차를 야기하는 직접적 원인으로 작용하고, 그 결과 시행의 길이는 마디수의 편차와 비례하게 된다. 예를 들어, (가)의 경우는 시행의 길이가 짧기 때문에 마디수의 편차도 그 길이에 비례해서 작을 수밖에 없지만, (나)에서는 시행의 길이가 길기 때문에 마디수의 편차도 커질 수밖에 없다.

　이것은 (가)가 (나)보다 작품을 구성하는 시행의 균질도가 높다는 것을 의미한다. (가)의 시행의 균질도가 높은 까닭은 일차적으로 시인이 시 전체의 균제미symmetry를 고려하면서 시행을 구성하였기 때문이다. 즉 시의 동일성을 도모하려는 시인의 의도가 시의 균질도를 높인 원인인 것이다. 이는 시인이 시행을 구성할 때 균제미와 동일성을 산출하기 위한 어떤 특정한 기준을 설정하였음을 의미한다. 다시 말해 시행을 질서지우는 특정한 척도가 있다는 말이다. 이를 보다 자세히 알기 위해서는 마디수의 편차가 적은 작품들을 살펴볼 필요가 있다. 마디수의 편차가 5미만인 작품 22편 중에서, 시행의 균질도가 높은 작품은 「알ㅅ수업서요」, 「나는잇고저」, 「차라리」, 「꿈과근심」, 「정천한해情天恨海」「첫키쓰」,

「심은버들」, 「찬송讚頌」, 「사랑하는까닭」, 「당신의편지」, 「반비례反比例」, 「두견 새」, 「나의꿈」 등이 있다. 그런데 위의 작품들은, 「나는잇고저」와 「두견새」를 제외하면, 모두 하나의 공통적 특징을 공유하고 있다. 그것은 구문론적 질서의 반복, 즉 특정 구문이 반복됨으로써 시행의 균질도가 증가하고 있다는 것이다. 이는 대체로 다음과 같은 세 가지 양상으로 나타난다. ① 연stanza 단위의 반복. 「꿈과근심」의 1~2연을 포함, 「심은버들」, 「찬송讚頌」, 「사랑하는까닭」, 「당신의 편지」, 「반비례反比例」가 여기에 속한다. ② 행line 단위의 반복. 「알ㅅ수업서요」, 「차라리」, 「나의꿈」이 여기에 속한다. ③ 2행 단위의 동일 구문이 반복. 이는 행 과 연의 반복의 중간지대를 이루는 것으로 「정천한해情天恨海」와 「첫키쓰」가 여 기에 속한다. 완전히 동일한 마디수의 시행으로 이루어진 「꿈이라면」도 여기에 속한다. 이처럼 시행의 마디수의 균질도가 높은 시편들은 대체로 특정 구문의 반복에 따른 유사성을 공유하고 있다.[17]

이러한 사실은 시행의 마디수의 편차가 시의 호흡과 리듬에 어떤 작용을 하 는지를 탐색하는 데 있어 매우 중요한 참조점이 된다. 왜냐하면, "구문적인 병 행성syntactic parallelism이 독특한 구문 리듬 형태rhythmico-syntactic figure를 형성"[18] 하기 때문이다. 즉 시행의 마디수의 편차는 구문론적 규칙성의 정도가 유발하 는 리듬적 효과를 예시하고 있는 것이나. 구문론적 반복이 시행 마디의 규칙적 율독 패턴을 산출하는 1차적 요인이라는 것은 재론의 여지가 없다. 여기서 우 리는 시의 규칙적인 템포와 안정적인 호흡을 유지한다. 이처럼 "질서바른 단순 한 구조를 지닌 간단하고 균형미를 갖춘"[19] 리듬의 양상을, 볼프강 카이저는

---

17 물론 시행의 마디수의 편차가 큰 작품에도 구문론적 유사성이 존재한다. 그러나 그 유사성은 부 분적이거나 제한적이다. 마디수의 편차가 작은 작품에서 나타나는 전체적이고 전면적인 동일성 과는 그 양상이 다르다.
18 양병호, 「한용운 시의 리듬 연구」, 전북대 석사논문, 1988, 44쪽.
19 볼프강 카이저, 김윤섭 역, 『언어예술작품론』, 대방출판사, 1982, 401쪽.

'유동적流動的인 율동律動'으로 명명한 바 있다. 유동적 리듬의 주요 특징은 "운동의 계속적인 절박성, 비교적 낮은 억양, 휴지의 경쾌함과 규칙성, 각기 최소 운율단위의 현저한 대응, 각 시행詩行의 중요한 기능" 등이다. 그렇다면 이러한 규칙성과 안정성을 바탕으로 한 유동적 리듬이 시의 호흡에 끼치는 영향은 무엇인가? 결론적으로 말하자면, 그것은 휴지의 연장이다. 시행의 규칙성과 율독의 안정성을 특징으로 하는 유동적 리듬은 각 호흡의 마디 사이의 휴지를 늘이는 효과를 산출하는 것이다.

예를 들어 위의 (가)에서 1행과 5행의 둘째 마디 "하"의 경우를 살펴보자. 우리는 위의 시를 율독할 때, "하"가 장음화되는 현상, 또는 "하" 뒤의 휴지가 상대적으로 길어지는 현상을 발견할 수 있다. 『님의 침묵』에서 더 이상 "하"의 용례가 발견되지 않아[20] 1행과 5행의 각 마디의 호흡의 길이를 정확히 확증하기는 어렵지만, 위의 시행에서 "하"가 장음화된다는 것은 재론의 여지가 없어 보인다. 이것은 "하"의 위치, 즉 "밤근심이"와 "길기에"의 마디 길이가 "하"의 장음화에 영향을 주기 때문이다. 이러한 현상은 유동적 리듬에 변이가 발생하는 9행의 "만일"과 11행의 "차라리"에서도 발견된다. 특히 "차라리"의 경우는 시행 말미의 휴지와 연동하여 그 변화의 폭이 크기 때문에 휴지도 더욱 길어진다. 또한 "차라리"는 마지막 행, "근심이 / 꿈되고 / 꿈이 / 근심되여라 /"의 휴지에도 강한 영향을 끼친다. 다시 말해 "근심이 / 꿈되고"와 "꿈이 / 근심되여라 /"의 분절을 강화하여, 그 사이의 휴지를 연장하는 것이다. 한 마디로 "차라리"는 다음 행의 반행hemistich에 의한 휴지를 연장하는 데도 영향을 미치고 있는 것이

---

20 "달은밝고 당신이 하도귀루엇습니다"(「달을 보며」, 106)에 유일하게 나타나는 용례가 있지만 이는 직접적인 비교가 불가능해 보인다. 「님의 침묵」 이외의 시편에서, "하"의 용례가 발견되는 것은 「還家」에서이다. "갔다가 다시 온들 / 츰 맘이야 변하리까 / 가져올 것 다 못 가져와 / 다시 올 수 없지만은 / 님께서 주시는 사랑 / 하 기루어 다시 와요"(『佛敎』 84 · 85합호, 1931.7, 최동호, 『한용운 시전집』, 340쪽에서 재인용)

다. 이처럼 (가)의 유동적 리듬에서는, 마디와 반행 그리고 행의 분절에 의해 야기되는 휴지가 다른 리듬의 양태보다 길어지는 양상을 띤다. 이것은 구문론적 규칙성과 안정성이 호흡의 패턴을 유지하려는 시도의 결과이다.

이와 달리 (나)는 마디 사이의 휴지가 단축되는 양상을 띤다. (나)의 1행은 이러한 사실을 보여주는 매우 적절한 예이다. 1행은 총 16마디로 구성되어 있다. 이것은 이 행의 율독에 있어 16번의 휴지가 있다는 것을 의미한다. 하나의 행에 이렇게 많은 마디와 휴지가 있게 되면 당연히 호흡률에도 변화가 생길 수밖에 없다. 즉 (가)의 비교적 단형의 짧은 행을 율독할 때의 호흡의 양상(마디의 장음화와 휴지의 연장)은 바뀔 수밖에 없는 것이다. 1행의 휴지는 2행 "근심이 / 쑴되고 / 쑴이 / 근심되여라 /"의 휴지와 그 길이와 양상에 상당한 영향을 끼칠 수밖에 없다. 비록 시행의 처음에는 동일한 길이로 호흡한다고 하더라고, 율독이 진행되면서 점점 호흡은 짧아지고 급박해지는 양상을 띠게 될 것이다. 이러한 현상은 행을 구성하는 마디의 수의 차이가 마디 사이의 휴지의 길이에 영향을 미치기 때문에 발생한다. 분행되지 않고 이어지는 마디의 연속이 마디 사이의 휴지를 단축하고 율독의 속도를 증가시키는 것은 당연해 보인다. 바로 호흡발산력의 한계 때문이다.

이러한 현상은 (나)의 2행과 4행의 비교를 통해서도 확인할 수 있다. 2행("님이어 / 님에게밧치는 / 이적은生命을 / 힘껏 / 쩌안어주서요 /")과 4행("님이어 / 긋업는沙漠에 / 한가지의 / 깃듸일나무도업는 / 적은새인 / 나의生命을 / 님의가슴에 / 으서지도록 / 쩌안어주서요 /")은 기본적으로 동일한 문장 유형, 즉 "님이여~生命을~쩌안어주서요"라는 통사론적 구조로 되어 있다. 그러나 구문론적 구조의 동일성에도 불구하고 시행을 구성하는 마디의 수는 상이한데, 이러한 차이가 두 행의 호흡률 상의 변화를 야기한다. 우리는 2행보다 4행을 빠르게 율독하는데, 이는 2행의 마디의 휴지가 4행의 그것보다 길어지기 때문이다. 물론 2행과 4행의 처음 마디

("님이어")를 발화할 때는 마디 사이의 휴지가 동일할 수도 있다. 그러나 행의 마지막 마디("써안어주서요")를 발화할 때는 그 길이의 차는 커진다. 즉 4행의 후반부로 갈수록 휴지의 길이가 짧아지고, 이러한 결과 율독의 속도가 점점 증가하는 것이다. 이는 휴지의 단축과 율독의 빠르기를 통해 행을 발화하는 데 필요한 제한된 호흡발산력을 보상하려 하기 때문에 생기는 현상이다.

그렇다면 이러한 호흡률의 변화가 산출하는 리듬상의 효과는 무엇인가? (가)의 경우 각 마디가 연동되는 효과를 주는 반면, (나)의 경우는 각 마디가 분절되는 효과를 야기한다. 즉 전자는 악보의 슬러slur와 같은 효과를, 후자는 스타카토staccato와 같은 효과를 유발하게 되는 것이다. 물론 마디 수의 편차가 큰 작품의 경우, 이러한 두 가지 효과는 혼재되어 나타난다.

> 리별은 / 美의創造입니다 /(2)
> 리별의美는 / 아츰의 / 바탕(質)업는 / 黃金과 / 밤의 / 올(糸)업는 / 검은비단과 / 죽엄업는 / 永遠의生命과 / 시들지안은 / 하늘의푸른꼿에도 / 업습니다 /(12)
> 님이어 / 리별이아니면 / 나는 / 눈물에서죽엇다가 / 우슴에서 / 다시사러날수가 / 업습니다 / 오々 / 리별이어 /(9)
> 美는 / 리별의創造입니다 /(2)
>
> ─「리별은 미(美)의 창조(創造)」 전문

총 4행의 위의 시에서, 1행과 4행은 구문론적 유사성을 띤다. 두 개의 마디로 이루어진 짧은 시행은 모두 유동적 리듬의 양상을 띠고 있다. 따라서 우리는 "리별은"과 "미美는" 다음에서 휴지가 연장되어, 마디 사이가 부드럽게 이러지는 슬러 현상을 목격하게 된다. 그러나 2행과 3행의 경우, 특히 2행은 1행과 4행과는 다른 양상을 띤다. 모두 12개의 마디로 이루어진 긴 시행은, 1행과 4행과는 전혀 다른 구문론적 질서를 갖고 있다. 그리고 이것이 각 마디 사이의 호흡의 변이를 유발한다. 즉 마디 사이의 휴지가 짧아져, 전체적으로 촉급함을 야기하는 스타카토식 율독을 하게 되는 것이다. 이러한 현상은 2행의 첫 마디 "리별의미美는"과 4행의 첫 마디 "미美는"과의 비교를 통해 확인할 수 있다. 즉 우리는 전자에서 휴지의 단축을, 후자에서 휴지의 연장을 목격하게 되는 것이다. 이러한 차이는 2행의 "리별의미美는"과 2행의 "바탕質업는", "올糸업는", "죽엄업는", "시들지안는"과의 비교를 통해서도 확인할 수 있다. 즉 끝이 모두 "-는"으로 종결되는 공통점에도 불구하고, 후자는 전자보다 더욱 짧은 휴지를 두게 된다. 이는 마디의 수가 늘어남으로써 호흡발산력에 제약이 생기기 때문이다. 즉 호흡발산력의 한계를 율독 시간의 단축을 통해 보상하려는 시도인 것이다.

여기서 주의할 것은 호흡발산력의 한계를 보상하는 방식이 매우 다양하다는 것이다. 위의 시에서 어떤 마디는 휴지의 연장으로, 다른 마디는 휴지의 최소화에 의해, 또 어떤 마디는 스타카토식 분절을 통해 호흡발산력의 한계를 보상하고 있다. 구체적으로 말하자면, "아츰의 바탕質업는 황금黃金과"의 마디 사이에는 휴지가 최소화된다. 이는 "밤의 올糸업는 검은비단과", "죽엄업는 영원永遠의 생명生命과", "시들지안는 하늘의푸른쏫에도"에서도 동일하게 발견된다. 이들 마디에서 휴지가 최소화되는 것은 이들이 서로 상관성이 높은 마디들로 구성되어 하나의 단위로 율독하려는 경향을 띠기 때문이다. 즉 J. Lotz의 "응집력 있는 cohesive 단어 그룹"[21]을 의미하는 'colon'으로 볼 수 있는 것이다. 마디의 상호 결속은 마디 사이의 휴지를 최소화하고, 이것이 이러한 단위들의 앞과 뒤에 상이한 리듬적 효과를 산출한다. 따라서 2행의 전반부에는 휴지의 연장에 따른 슬러의 효과(~)가, 후반부에는 유사 구조의 반복에 따른 스타카토식 효과(∨)가 산출된다고 말할 수 있다. 이상을 정리하면 다음과 같다.

---

[21] J. Lotz, "Metric Typology", *Style in language*, M.I.T Press, 1960, p.139.

리별의美는 / (~) (아츰의 바탕(質)업는 黃金과)/(∨)

(밤의 올(糸)업는 검은비단과)/(∨)

(죽엄업는 永遠의生命과)/(∨)

(시들지안는 하늘의푸른곳에도)/(∨) 업습니다/

　여기서 우리는 휴지의 차이가 유발하는 리듬상의 효과를 목격할 수 있다. 시행이라는 일정한 구간을 조금 쉬는 것과 많이 쉬는 것이 유발하는 다양한 리듬상의 차이를 볼 수 있다. 따라서 우리는 행을 구성하는 마디의 수에 의한 호흡 패턴의 변화가 시행의 리듬감을 조성하는 1차적 요인이라고 말할 수 있다. 그러나 호흡 패턴의 변화를 야기하는 동인은 마디의 수에만 한정되지 않는다. 마디의 수와 함께 마디 자체의 크기가 호흡 패턴에 매우 큰 영향을 끼친다. 따라서 우리는 마디의 양적 크기 자체가 호흡발산력에 어떤 영향을 주고, 그것이 호흡 패턴과 어떤 상관성을 지니는지 살펴보지 않을 수 없다.

4. 호흡률의 양상 2–마디의 크기와 호흡발산력

　『님의 침묵』의 시행이 지닌 템포를 파악하는 두 번째 관문은 호흡의 마디의 크기를 측량하는 것이다. 호흡의 마디가 크다는 것은 일차적으로 호흡발산력이 크다는 것을 의미하고, 이는 결국 호흡의 길이가 길다는 것을 의미하기 때문이다. 긴 호흡과 짧은 호흡의 차이는 시의 템포에 변화를 줌으로써 시의 율독상의 리듬감을 산출하는 핵심 요인이다. 따라서 시행을 구성하는 마디의 수, 그리고 마디를 구성하는 음절의 수는 호흡의 크기를 가늠하는 잣대가 된다. 마치 하나의 시행의 양적 크기가 그것을 구성하는 호흡의 마디의 수에 의해 결정되듯, 호흡의 마디의 크기를 결정하는 것은 마디를 구성하는 음절의 수인 것이다. 이제 우리는 『님의 침묵』에 나타나는 시행과 마디의 길이를 구체적으로 살펴봄으로써, 호흡상의 템포에 어떤 영향을 끼치는지를 확인할 차례이다.

시 「님의 침묵」으로 돌아가 보자. 「님의 침묵沈默」에서 시행의 마디를 구성하는 음절의 수는 매우 다양하다. "아々"와 "나는"처럼 2음절이 하나의 마디를 이루기도 하고, "단풍나무숲을향하야난"와 "써날것을넘녀하는것과가티"처럼 10음절 이상이 하나의 마디를 구성하기도 한다. 이처럼 다양하게 나타나는 마디의 크기를 일괄하면 다음과 같다.

〈표 3〉 「님의 침묵」의 마디의 크기(마디별 음절수)

행	마디수	마디별 음절수	총 음절수
1	4	6 2 8 4	20
2	6	8 10 4 3 5 4	34
3	6	6 5 4 9 6 6	36
4	6	4 7 8 4 5 6	34
5	7	2 4 6 3 3 5 6	29
6	12	3 6 4 2 4 8 9 3 7 5 6 4	61
7	14	3 3 4 9 4 3 9 5 6 5 3 4 5 7	70
8	6	3 4 12 4 6 4	33
9	5	2 6 2 5 7	22
10	4	8 6 5 6	25
합계	70	-	364

주지하다시피, 시집 『님의 침묵』의 시행의 길이는 매우 긴 편이다. 보통 한 행의 음절수는 평균 28.1개이고, 시집 전체에서 40음절이 넘는 시행도 160개에 이를 정도이다.[22] 시 「님의 침묵」의 시행의 길이는 시집 전체에서도 상당히 긴 편에 속한다. 산술적으로 계산해서 총 10행의 음절수는 364개이므로, 1행 평균 음절수는 36.4개가 된다. 시집의 평균치 28.1개보다 6.3음절이나 긴 셈이

---

22 조장기, 「한용운의 『님의 침묵』 연구—주로 문체론적 접근」, 숙명여대 석사논문, 1980.8, 9쪽.

다. 그런데 마디의 크기의 경우는 그 양상이 다르다. 시 「님의 침묵」에서 총 음절수 364개를 총 마디수 70개로 나누면, 마디별 평균 음절수는 5.2개가 된다. 이러한 수치는 시집 『님의 침묵』 전체의 마디별 평균 음절수 5.21개와 크게 다르지 않다.[23] 이것은 시 「님의 침묵」의 시행의 길이는 시집 전체 평균값보다 크지만, 마디의 길이는 평균치와 유사하다는 것을 보여준다. 마디별 음절수의 분포도 이를 잘 보여준다.

〈표 4〉 「님의 침묵」의 마디별 음절수 분포표

마디별 음절수	1	2	3	4	5	6	7	8	9	10	11	12	합계
횟수	-	5	10	16	10	14	4	5	4	1	-	1	70
구성비(%)	-	7	14	23	14	20	6	7	6	1	-	1	100
총 음절수	-	10	30	64	50	84	28	40	36	10	-	12	364
구성비(%)	-	3	8	18	14	23	8	11	10	3	-	3	100

위에서 보듯, 「님의 침묵」에서 가장 많은 분포를 이루는 것은 4음절로 구성된 마디이다. 그리고 다음으로 6음절, 3음절, 5음절 마디의 순으로 되어 있다. 그런데 음절수의 총량을 따져보면, 가장 높은 비중을 차지하는 것은 6음절 마디이고, 다음으로 4음절, 5음절, 8음절, 9음절 마디의 순서로 되어 있다. 이러한 분포는 「님의 침묵」 전체에서 마디별 평균 음절수 5.21개와의 상관성을 보여준다. 즉 가장 높은 빈도를 차지하는 것은 4음절 마디이지만, 음절수의 총량에서 가장 높은 빈도는 6음절 마디가 차지하고 있으며, 이 때문에 마디 평균 음절수는 4음절이 아니라 6음절에 가깝게 나타나는 것이다.

이는 『님의 침묵』이 자유시의 리듬으로 되어 있어 특정 음수율의 규칙적 반복에 따르지 않음을 보여준다. 그런데 여기서 주목할 것은 『님의 침묵』이 보여주는 자유율 또는 내재율의 실제적 내용이다. 만약 우리가 위의 시에서 규칙적

---

23 마디의 평균 음절수는, 시집 전체의 1행 평균 음절수 28.1개를 1행 평균 마디수 5.39개로 나눈 수치이다.

음수율의 부재에도 불구하고 호흡 패턴상의 리듬감을 인지한다면, 그것은 호흡 마디의 다양한 크기가 조성하는 반복과 변주 때문이다. 이를 자세히 알기 위해서, 무엇보다도 먼저 만해가 호흡의 마디를 어떻게 구성했는지 살펴볼 필요가 있다. 즉 마디 구성에 있어 정합성과 규칙성을 발견하고 그것에 내재한 특정의 원리를 규명할 필요가 있는 것이다. 이를 통해 마디의 크기의 패턴이 산출하는 호흡상의 효과가 무엇인지 규명할 수 있을 것이다.

「님의 침묵」의 9행, "아ㅺ 님은갓지마는 나는 님을보내지 아니하얏습니다"로 돌아가 보자. 이 행을 구성하는 마디의 수는 5개이고, 마디를 구성하는 음절수는 각각 '2 / 6 / 2 / 5 / 7'개이다. 마디의 크기만을 염두에 두었을 때, 이 행에서 특징적인 것은 감탄사 "아ㅺ"와 주어 "나는"의 띄어쓰기이다. 마디의 길이가 시집 전체의 평균치에 비해 극히 짧기 때문이다. 여기서 감탄사의 띄어쓰기는 시 「님의 침묵」에만 국한되지 않고, 시집 전체에 공통적으로 나타나고 있다. 이는 감탄사가 짧은 길이에도 불구하고 매우 강력한 호흡발산력을 지니고 있기 때문에 나타나는 현상이다. 즉 감탄사에 실린 의미의 초점은 매우 강력한 호흡의 발산을 야기하고, 이것이 호흡의 분절을 야기하는 직접적 원인이 되는 것이다. 이것은 호격呼格의 경우도 마찬가지이다. 『님의 침묵』에는 매우 다양한 호격의 양상이 나타나는데, 이들은 모두 그 길이와 상관없이 매우 강력한 호흡의 발산을 야기한다. 예를 들어, '님'을 향한 주체의 강력한 지향은 "님이어"라는 강력한 탄식으로 표출되면서 자연스럽게 호흡의 분절을 산출하고 있다. 결국 감탄사와 호격이 지닌 강력한 호흡발산력은, 이들을 하나의 독립된 의미 단위로 띄어 쓰게 만드는 원인으로 작용하고 있는 것이다. 그 양상은 다르지만 접속어의 경우도 모두 띄어 쓰고 있는 점도 주목을 요한다.

그렇다면 "나는"을 띄어 쓴 까닭은 무엇인가? 우선, 그 원인을 구문론적 차원에서 찾을 수 있다. 주어는 문장의 중심 부분이기 때문에, 마디의 크기가 작음에도 불구하고 띄어 쓰고 있는 것이다. 이는 4행의 "나는"과 8행의 "우리는"을 띄어 쓴 이유를 설명한다. 그러나 동일하게 문장의 주체인 9행의 "님은"을 띄어 쓰지 않은 이유를 설명하지 못한다. 즉 1행의 "님은갓슴니다"와 9행의 "님은갓지마는"에서 보듯, "나는"과는 달리 "님은"의 경우는 띄어 쓰지 않고 있는 것이다. 그렇다면 우리는 다시 묻지 않을 수 없다. 동일한 문장성분임에도 불구하고 띄어쓰기의 차이가 발생하는 이유는 무엇인가? 이것은 구문론적 이유 말고 또 다른 이유가 있음을 암시한다.

다음으로 우리가 살펴봐야 할 것은 의미론적 차원이다. 4행의 "나는"과 8행의 "우리는"과 달리, 1행의 "님은갓슴니다"와 9행의 "님은갓지마는"을 붙여 쓴 이유는 주어와 서술어 사이에 강력한 의미상의 결속이 존재하기 때문이다. 다시 말해, 위의 시에서 '님'과 '님의 떠남'은 두 개의 독립된 사건이 아니라, 하나의 사건으로 공고히 결합되어 있는 것이다. 이는 주체에게 '님'이 하나의 독립된 실체라기보다는 '떠남'이라는 부재의 사건 속에서만 인식되는 존재라는 사실을 암시한다. 이에 비해, "나는"은 특정한 행동이나 사건으로 국한되지 않는 비교적 자유로운 주체로서 기능하고 있다. "나는"이 후속하는 서술어와 다양하게 결합할 수 있는 것은 이 때문이다. 다시 말해, "님은"과는 달리, "나는"의 경우는 주어와 서술어 사이의 의미상의 자립도가 크다고 할 수 있다. 따라서 우리는 주어와 서술어의 띄어쓰기에 있어 다음과 같이 말할 수 있다. 주어와 서술어는 띄어 쓰는 것이 원칙이지만, 의미상의 자립도가 낮은 경우 붙여 쓸 수 있다. 이는 주어와 서술어 사이의 의미상의 자립도에 따라 띄어쓰기가 달라진다는 것을 의미한다.

시집 『님의 침묵』에서 의미상의 자립도에 따라 띄어쓰기의 양상이 달라지는 경우는 다음과 같다. 우선, 일반 사물이 주어인 경우를 포함하여 비인칭 주어는 대체로 띄어 쓰는 것이 일반적이지만, 상황에 따라서 띄어쓰기의 표기가 달라지기도 한다.[24] 또한 뒤에 '있다'나 '없다' 형의 서술어가 오는 경우, 거의 대부분 띄어쓰기를 하지 않는다. 이와 유사한 경우가 '되다, 아니다' 앞의 보어의 띄어쓰기이다. 비록 주어는 아닐지라도, '되다, 아니다' 앞의 보어는 대부분 붙여 쓰고 있다. 「님의 침묵」의 "아니한것은아니지만"과 "차듸찬쯰싈이되야서", 「알ㅅ수업서요」의 "다시기름이됩니다"가 대표적인 경우이다.[25]

의미상의 자립도가 낮아 붙여 쓰는 대표적인 경우는 수식어구의 표기이다. 일반적으로 수식어의 의미상의 자립도는 낮아 대부분의 수식어구는 뒷말에 붙여 쓴다. 이는 수식어구와 피수식어구와의 사이에 긴밀한 연관관계가 형성되고, 대체로 의미상의 방점이 피수식어구에 찍히기 때문이다. 위의 시에서 "사랑하는나의님은, 적은길을, 황금黃金의꼿가티, 첫「키쓰」의추억追憶은, 나의운명運命의지침指針을" 등은 관형어구를 붙여 쓴 대표적인 경우이고, 「알ㅅ수업서요」에서 "고요히써러지는, 서풍에몰녀가는, 언쯧ㅅㅅ, 가늘게흐르는, 곱게단장하는" 등은 부사어구를 붙여 쓴 대표적인 경우이다. 그러나 부사어 중에서 예외적으로 1음절의 부사어는 띄어 쓰고 있어 주의할 필요가 있다.[26]

---

24 예를 들어, "당신과나의距離가멀면, 사랑의量이만하고 距離가가까으면 사랑의量이 적을것입니다"(「사랑의測量」)에서 보듯, 대부분의 경우 주어와 서술어는 붙여 쓰고 있다. 그러나 "사랑의量이 적을것입니다"는 "사랑의量이만하고"와는 달리 띄어 쓰고 있다. 하나의 문장 내부에서 이러한 차이가 발생하는 것은, 띄어쓰기와 관련해 의미론적 차원 이외에 제3의 요인(리듬론적 요인)이 개입한다는 사실을 암시한다.

25 그러나 다음과 같은 예도 있어 주의할 필요가 있다. "한쏘각붉은마음이 되야서"(「秘密」), "버들실이 되야서"(「桂月香에게」)의 경우가 그러한데, 여기서 호흡이 분절되는 이유는 의미론적 차원 바깥에서 구할 수밖에 없어 보인다.

26 "그러나 究竟, 萬事가 다 저의조아하는대로 말한것이오 행한것입니다"(「自由貞操」, 26쪽), "당신이아니더면 포시럽고 맥그럽든 얼골이 웨 주름살이접혀요"(「당신이아니더면」, 33쪽), "당신이 어듸 그진주를 가지고서요 잠시라도 웨 남을빌녀주서요"(「眞珠」, 40쪽), "당신은 나를보면 웨 늘 웃기만하서요 당신의 씽그리는얼골을 좀 보고십흔데"(「당신은」, 46쪽), "닭의소리가 채 나기 전에 그를맛나서 무슨말을하얏는데 쑴조처 분명치안슴니다 그려"(「밤은고요하고」, 51쪽), "아ㅅ 惑星가티빗나는 님의微笑는 黑闇의光線에서 채 사러지지아니하얏슴니다"(「잠꼬대」, 111쪽), "자 그러면 속하면 하루ㅅ밤 더듸면 한겨울 사랑하는桂月香이어"(「桂月香에게」, 114쪽), "만일 조혼文章만을 사랑한다면 웨 내가 꼿을노래하지안코 버들을 讚美하여요"(「「사랑」을사랑하야요」, 138쪽)

의미상의 자립도에 따라 띄어쓰기의 양상이 달라진다는 것은 목적어와 서술어의 사이에서도 확인된다. 목적어와 서술어는 띄어쓰기와 붙여 쓰기가 혼재하는 대표적인 경우이다. 시 「님의 침묵」에서도 양자를 띄어 쓴 경우와 붙여 쓴 경우가 동시에 발견되고 있다.[27] 심지어 하나의 작품에서 동일한 구절을 다르게 표기한 경우도 발견된다. 예를 들어, 「행복幸福」의 1행은 "당신을사랑하고"이지만, 5행은 "당신을 / 사랑하지도안코"로 표기되고 있다. 「복종服從」의 경우도, 4행은 "다른사람을복종服從하랴면"으로 되어 있지만, 5행은 "다른사람을 / 복종服從하랴면"으로 되어 있다. 그렇다면 이러한 차이가 발생하는 이유는 무엇인가? 여기서 구문론적 차원과 의미론적 차원의 설명은 더 이상 유효하지 않다. 「복종服從」의 4행("다른사람을복종服從하랴면")과 5행("다른사람을 / 복종服從하랴면")은 구문론적으로도 의미론적으로도 아무런 차이가 없기 때문이다. 이러한 차이를 우연의 산물로 치부하는 것은 문제의 해결이 아니라 문제의 은폐에 가깝다. 문제의 핵심은 이러한 차이가 유발하는 실질적인 효과를 확인하고, 그것이 산출하는 실제적인 효과의 구체적 양상을 논구하는 것에 있다. 즉 호흡 마디의 크기의 차이가 유발하는 율독 패턴의 변화와 그에 따른 리듬상의 효과의 차이를 규명하는 것, 그것이 핵심인 것이다.

이런 점에서 「사랑의 측량測量」의 6행 "나를 / 울닙니다"와 8행 "나를울니는것은"의 차이를 규명하는 것은 중요하다. 앞서 보았듯, '나'의 의미상의 자립도는 매우 강해, '나'가 주어일 경우 대부분 띄어 쓰고 있기 때문이다. 우선, 『님의 침묵』 전체에서 "나를"을 띄어 쓴 경우와 붙여 쓴 경우는 다음과 같다.

---

27 "적은길을 / 거러서", "나의運命의指針을 / 돌니노코", "써날것을 / 염려하고경계하지", "리별을 / 쓸데업는", "눈물의源泉을만들고 / 마는것은", "슯음의힘을 / 옴겨서", "다시맛날것을 / 밋슴니다", "님의沈黙을 / 휩싸고돕니다"가 띄어 쓴 경우라면, "푸른산빗을깨치고", "단풍나무숩을향하야난", "사랑을깨치는것인줄", "써날것을넘녀하는것과가티", "제곡조를못이기는", "님을보내지"는 붙여 쓴 경우에 해당한다.

(가) "나를"을 띄어 쓴 경우 : "나를 도러보지도안코", "나를 짓밟음니다"(「나루ㅅ배와행인行人」), "나를 어린아기갓다고"(「진주眞珠」), "나를 보고도"(「두견새」), "나를 하늘로오라고 손짓을한대도"(「칠석七夕」), "나를 당신기신째처럼"(「쾌락快樂」), "나를 게으르다고 꾸짓슴니다"(「사랑의씃판」)

(나) "나를"을 붙여 쓴 경우 : "나를사랑하련마는"(「씀에고서」), "自己를더사랑하는것이다"(「리별」), "나를책망하랴거든, 나를아니보랴거든"(「차라리」), "나를도라보지마서요, 나를사랑하지마러주서요"(「참어주서요」), "나를읽은"(「선사禪師의설법說法」), "나를울니기에는"(「쩌날째의님의얼골」), "나를위로하여"(「우는째」), "나를깃부게하는"(「타골의시詩를읽고」), "나를사랑하지아니할째에"(「'사랑'을사랑하여요」), "나를버리지아니하면"(「버리지아니하면」), "나를주랴고"(「당신의마음」), "나를 용서하고"(「칠석七夕」), "나를아신다고, 나를두고"(「쾌락快樂」), "나를嘲弄할째에, 나를찻다가"(「고대苦待」)

"나를"의 표기의 경우, 이중적인 표기는 매우 두드러진다. 이것은 "나를"의 의미를 규정하는 맥락의 다양성 때문에 생기는 것으로 보인다. 즉 앞뒤 문맥의 차이에 따른 다양한 의미상의 분기가 "나를"의 띄어쓰기의 차이를 결정하는 섯이다. 여기서 간과해서는 안 되는 것은, "나를"의 앞뒤 문맥을 구성하는 요소들이 여러 가지가 존재한다는 사실이다. 이것은 의미론적 맥락 이외에도 띄어쓰기를 결정하는 또 다른 요인이 있다는 것을 의미한다. 이러한 사실은 「사랑의 측량測量」에서 매우 두드러지게 나타난다.

질겁고아름다은일은 量이만할수록 조혼것입니다
그런데 당신의사랑은 量이적을수록 조혼가버요

당신의사랑은 당신과나와 두사람의새이에 잇는것입니다

사랑의量을 알야면 당신과나의距離를 測量할수밧게 업습니다

그레서 당신과나의距離가멀면 사랑의量이만하고 距離가가까우면 사랑의量이 적을것입니다.

그런데 적은사랑은 ㉮ 나를 웃기더니 만한사랑은 ㉯ 나를 울님니다

뉘라서 사람이머러지면 사랑도머러진다고 하여요

당신이가신뒤로 사랑이머러젓스면 날마다날마다 ㉰ 나를울리는것은 사랑이아니고 무엇이여요

—「사랑의 측량(測量)」 전문

위의 시에서 밑줄 친 ㉯ "나를 울님니다"와 ㉰ "나를울리는것은"의 띄어쓰기 차이를 결정짓는 요소는 무엇인가? 우선 구문론적 맥락에 대한 고려는 불필요해 보인다. ㉯와 ㉰ 모두 '목적어+서술어'의 구조로 되어 있기 때문이다. 여기서 의미론적 맥락에 대한 고려도 무력해 보인다. 양자 사이에는 뚜렷한 의미론적 차이가 존재하지 않기 때문이다. 그렇다면 구문론적, 의미론적 차이 이외에 우리가 위의 맥락에서 고려할 것은 무엇인가? 즉 "나를"의 표기상의 차이를 발생시키는 제3의 요인은 무엇인가? 결론적으로 말해, 그것은 해당 문맥의 호흡상의 패턴이다. 쓰기와 읽기의 흐름을 결정하는 호흡의 패턴이 "나를"의 띄어쓰기의 차이를 유발한 궁극적 원인이 된다. 여기에는 자연스런 패턴의 지속과 단조로운 패턴의 변화라는 두 가지 요구가 내재해 있다.

먼저, 이 시 전체의 호흡의 패턴을 살펴보자. 여기서 1차적으로 고려할 것은 행을 구성하는 호흡 마디의 크기이다. 위의 시에서 마디를 구성하는 음절의 수는, '1행 : 9 6 6 / 2행 : 3 6 6 5 / 3행 : 6 5 7 6 / 4행 : 5 3 8 6 4 / 5행 : 3 10 8

7 5 6 / 6행 : 3 5 2 4 5 2 4 // 7행 : 3 7 8 3 / 8행 : 7 8 6 7 6 5'이다. 여기서 우리는 이 시의 초반부가 비교적 안정된 호흡 패턴이 지속된다는 사실을 알 수 있다. 마디의 크기가 큰, 그러니까 음절수가 비교적 많은 마디들이 안정적인 율독 패턴을 이루고 있는 것이다. 그런데 이러한 패턴은 6행에 이르면 일련의 변화가 생긴다. 6행을 구성하는 마디들은 이전의 율독 패턴과는 달리 비교적 적은 수의 음절들로 구성되어 있다. 이러한 차이가 안정적인 호흡 패턴에 변화를 야기한다. 이는 각 행별로 마디의 평균 음절수를 보면 정확히 알 수 있다. 각 행별 마디의 평균 음절수는 '7 / 5 / 6 / 5.2 / 6.5 / 3.57 / 5.2 / 6.5'이다. 여기서 우리는 매우 분명이 6행의 마디의 크기가 급격히 감소하고 있는 것을 확인할 수 있다.

그렇다면 6행에 이르러 이러한 변화가 생기는 까닭은 무엇인가? 6행에서 일정한 호흡 패턴에 변화를 가져온 시작점은 ㉮이다. ㉮는 3~5행까지 전개되어 온 흐름과는 다소 상이한 내용으로 되어 있다. 그것은 웃음과 울음에 대한 기존의 상식적 사고를 전복하는 것이다. "적은사랑"이 웃음의 원천이 된다는 새로운 내용의 전개가 바로 그것이다. "그런데"의 등장과 함께 예비된 이러한 전환은, "웃기더니"라는 새로운 의미소의 출현에 의해 확장된다. 이것은 "웃기더니"에 의미의 초섬이 있고, 그 결과 의미의 자립도가 높나는 것을 보여준나. ㉮에서 "나를"과 "웃기더니"를 띄어 쓴 것은 이러한 이유에서이다. 이러한 맥락의 연장선상에서 ㉮와 ㉯의 관계를 설명할 수 있다. 우선, 우리는 위의 시가 전체적으로 대구와 같은 구문론적 유사성을 띠고 있다는 사실을 확인할 필요가 있다. 6행은 1~2행 사이와 5행의 반행伴行 사이에서 발견되는 구문론적 유사성의 영향 하에 있다. 특별히 ㉯를 띄어 쓸 이유가 없음에도 불구하고 띄어 쓴 까닭은 바로 이러한 구문론적 유사성의 영향 때문이다. 이러한 변화가 호흡 패턴 상에 일정한 변화를 수반한다는 것은 필연적이다. 그러나 이러한 변주는 1연의

종결과 함께 종료되고, 2연에서부터는 다시 원래대로의 호흡 패턴으로 귀환한
다. ㉯와 ㉰의 "나를"의 띄어쓰기의 차이는 이렇게 설명될 수 있다.

　우리는 위의 예로부터 한용운 시의 마디 분할이 구문론적·의미론적·리듬론
적 요소들의 복합적 관계에 의해 도출된다는 사실을 확인할 수 있다. 특히 리듬
론적 요소와 관련해 시의 행을 구성하는 마디 자체의 크기가 호흡의 패턴의 변
화에 매우 큰 변수라는 사실을 알 수 있다. 그리고 이것은 정형적이고 규칙적인
형식상의 규제 원리가 부재한 자유시에서, 시 한 편에 고유한 리듬을 찾아내는
유력한 방법을 예시한다. 그렇다면 이제 우리는 보다 구체적으로 마디의 크기
가 유발하는 리듬상의 효과가 무엇인지를 살펴볼 차례이다. 이를 위해 먼저 마
디의 수는 동일하지만, 그 크기가 다른 두 편의 시를 비교할 필요가 있다.

　　(가)
　　손이 / 자래서 / 오를수만 / 잇스면 / (4)
　　情하늘은 / 놉흘수록 / 아름답고 / (3)
　　다리가 / 기러서 / 건늘수만 / 잇스면 / (4)
　　恨바다는 / 깁흘수록 / 묘하니라 / (3)

― 「정천한해(情天恨海)」 3연

　　(나)
　　내가본사람가온대는 / 눈물을眞珠라고하는사람처럼 / 미친사람은 / 업슴니다
/ (4)
　　그사람은 / 피를紅寶石이라고하는사람보다도 / 더미친사람입니다 / (3)

― 「눈물」 부분

(가)는 현재의 띄어쓰기와 다를 바가 없을 정도로 매우 정확하게 어절 단위로 띄어 쓰고 있다. (가)와 (나)는 모두 3~5개의 마디가 하나의 시행을 이루고 있다. 그러나 각각의 마디를 구성하는 음절의 수에 있어서는 큰 차이를 보인다. 우선 (가)는 2~4개의 음절수가 하나의 마디를 구성하고 있는 반면, (나)는 4~15개의 음절이 하나의 마디를 구성하고 있다. 이러한 차이는 (가)와 (나)의 마디별 평균 음절수가 잘 예시하고 있다. 즉 (가)의 마디별 평균 음절수는 3.5음절(총 음절수 84음절을 총 마디수 24개로 나눈 수치)인데 비해, (나)의 마디별 평균 음절수는 8.28음절(총 음절수 58절을 총 마디수 7개로 나눈 수치)을 이루고 있다. 이처럼 (가)와 (나)의 마디별 평균 음절수는 2배 이상이나 차이가 난다.

그렇다면 (가)와 (나)처럼 마디의 수는 동일하지만 그 크기가 다를 때, 리듬상의 효과에는 어떤 차이가 발생하는가? 여기서 우리는 마디의 크기와 율독의 빠르기 사이의 길항관계를 확인할 수 있다. 우선, 율독의 차원에서 마디의 크기는 절대적인 크기가 아니라는 사실에 유의할 필요가 있다. 모든 시에, 모든 마디에 보편적으로 적용할 절대적인 양적 크기의 척도는 없다. 마디를 구성하는 최소 단위인 음절의 절대적 크기를 가정하는 것은 불가능하다. 예를 들어, (가)의 1행 "손이 / 자래서 / 오를수만 / 잇스면 /"과 (나)의 1행 "내가본사람가온대는 / 눈물을진주眞珠라고하는사람저럼 / 미친사람은 / 업습니다 /"의 율독 시간의 절대적 크기를 비교하는 것은 불가능하다. (나)의 율독 시간이 (가)보다 오래 걸리는 것은 분명하지만, 그 시간의 크기가 음절의 수와 양에 절대적으로 비례하는 것은 아니다. 다시 말해 (가)의 음절수가 12개2/3/4/3이고, (나)의 음절수가 31개9/13/5/4이기 때문에, (나)의 율독 시간이 (가)에 비해 2.58배 더 걸린다고 말할 수는 없는 것이다.

이처럼 마디의 율독 시간이 산술적으로 계산되지 않는 이유는 율독의 상대성 때문이다. 즉 특정 마디의 율독은 주위 마디의 율독에 많은 영향을 받게 된다.

특히 선행 마디의 율독 패턴은 연속하는 마디의 율독에 매우 큰 영향을 끼친다. 예를 들어, (나)의 1행 "내가본사람가온대는 / 눈물을眞珠라고하는사람처럼 / 미친사람은 / 업습니다 /"에서 셋째, 넷째 마디의 율독은 첫째, 둘째 마디의 율독에 영향을 받는다. 그 결과 위의 구절은 첫째, 둘째 과다過多 마디의 영향으로 셋째, 넷째 마디의 율독 시간이 연장되는 결과를 초래한다. 이러한 결과는 (가)의 1행 "손이 / 자래서"와 3행 "다리가 / 기러서"의 율독에서도 동일하게 발견된다. 그렇다면 이렇게 율독 시간이 상대적인 까닭은 무엇인가? 그것은 율독의 항상성, 즉 안정된 호흡의 패턴을 유지하려는 의식적·무의식적 노력 때문이다. 특정 마디의 길이가 다른 마디보다 과도하게 길거나 짧을 경우, 해당 마디의 율독 시간을 통해 그 길이의 차를 보상하려는 시도인 것이다.

율독의 항상성을 유지하는 방법은 크게 두 가지이다. 하나는 과다過多 마디의 율독의 속도를 증가하는 방법이고, 다른 하나는 과소過小 마디의 율독의 속도를 감소하는 방법이다. 무엇이 선택될지 결정하는 것은 시의 문맥에 따른 호흡 패턴이다. 예를 들어 "닭의소리가 / 채 / 나기전에 / 그를맛나서 / 무슨말을하얏는데 / 쑴조처 / 분명치안슴니다 / 그려 //"「밤은 고요하고」에서, "채"와 "그려"는 주위의 마디들보다 음절수가 적은 과소 마디이다. 이때 "닭의소리가"에서 시작한 율독 패턴이 "채"와 "그려"의 율독에 영향을 주게 된다. 우리가 율독 패턴의 항상성을 유지하려면, 필연적으로 과소 마디의 율독 시간을 연장할 수밖에 없는 것이다. 이는 그 양상은 다르지만, "자 / 그러면 / 속하면 / 하루ㅅ밤 / 더듸 / 면 한겨울 / 사랑하는계월향桂月香이어 //"「계월향(桂月香)에게」에서도 동일하게 발견된다. 여기서 "자"는 과소 마디이고, "사랑하는계월향桂月香이어"는 과다 마디이다. 후행하는 과다 마디의 경우, 선행하는 마디의 율독 패턴에 따라 그 속도를 증가시켜 율독하는 것이 자연스럽다. 그러나 과소 마디인 "자"의 경우는 그 상황이 다른데, 항상성을 유지하기 위해 준수해야 할 선행하는 율독 패턴이 없기 때문이다. 그렇다면 "자"에서 시작한 율독의 속도가 전체 시행의 율독 패턴을 규정한다고 봐야 하는데, 그렇게 되면 이후의 마디들 전체가 과다 마디가 되어 율독의 템포가 급격하게 상승하는 문제가 발생한다. 따라서 "자"의 율독은 선행하는 율독 패턴이 아니라, 후행하는 율독 패턴에 의해 결정된다고 보는 것이 타당하다.

이러한 추론은 얼핏 모순적인 것처럼 보일 수도 있다. 그러나 다음과 같은 두 가지 가정 하에서는 충분히 성립 가능하다. 우선 율독의 방향은 순행적일 뿐만 아니라 역행적이기도 하다는 사실. 율독을 하나의 방향으로 순차적으로 진행되는 단선적 운동으로 가정할 어떠한 필연적 이유도 없다. 오히려, 순방향과 역방향이 복합적으로 진행되는 순환적 운동으로 가정하는 것이 타당해 보인다. 다른 하나는 표준화된 율독 속도를 가정하는 것. 이는 과소 마디와 과다 마디의 기준이 되는 표준 마디의 존재를 가정하는 것이다. 대체로 우리의 율독 관습이 4음절 1마디를 기준으로 행해진다면, 위의 "자"의 율독 속도를 규정짓는 것은 우리의 일상화된 율독 관습이 된다. 여기서 무엇이 옳은지 확정하는 것은 본고의 한계를 초과한다.[28] 그러나 한 가지 분명한 것은, 율독 속도의 조절을 통해 과소 혹은 과다 마디를 보상하려는 궁극적 원인이 호흡발산력에 있다는 점이다. 만약 우리가 하나의 행을 율독할 때 일정한 호흡발산력이 필요하고, 대체로 하나의 시에서 그 힘이 행 단위로 일정하게 반복한다고 가정한다면, 과소 마디의 율독 속도를 연장하고 과다 마디의 율독 속도를 단축하는 이유를 이해할 수 있게 된다. 즉 전자는 호흡발산력의 잉여 때문에, 후자는 호흡발산력의 결여 때문에 템포의 변화가 생기는 것이다. 이를 정리하면 다음과 같다.

---

28 어느 가정이 옳은 것인지 확정하는 것은 불가능하다. 특히 후자의 경우, 우리의 율독 관습에 대한 엄밀한 실증적 조사가 선행되어야 하기 때문이다. 설사 통계에 의해 표준 율독 속도가 확증되었다고 하더라도, 그것을 개별 시 텍스트에 곧바로 적용할 수 있을지는 미지수이다. 따라서 이에 대한 엄밀한 논의는 추후의 과제로 미룰 수밖에 없다.

(가) 호흡발산력의 잉여 → 과소 마디의 연장 → 율독의 항상성과 안정적 호흡의 유지 → 율독 시간의 연장 → 템포의 감소 → 완만한 리듬감

(나) 호흡발산력의 결핍 → 과다 마디의 단축 → 율독의 항상성과 안정적 호흡의 유지 → 율독 시간의 단축 → 템포의 증가 → 급박한 리듬감

이것은 궁극적으로 마디의 크기가 시행의 리듬상의 효과에 큰 영향을 끼친다는 사실을 매우 잘 보여준다.

5. 『님의 침묵』 리듬의 의의

우리는 지금까지 만해 시행의 띄어쓰기 표지에 착목하여, 시행이 분절되는 구체적 양상을 살펴보았다. 여기서 시행의 분절 양상은 시의 호흡상의 패턴을 조직하고, 나아가 시의 템포의 변화를 규제하는 중심 지점임을 알 수 있었다. 즉 『님의 침묵』의 시행을 중심으로 '호흡률'의 실제적 양상을 분석함으로써, 통상 내재율 혹은 자유율이라고 규정되는 만해 시의 독특한 리듬의 한 양상을 규명할 수 있었던 것이다. 이를 통해 그의 '호흡률'이 단순한 형식 차원의 문제가 아니라, 구문론적·의미론적·리듬론적 제 요소들이 교차하는 중심지점이라는 사실을 확증할 수 있다. 따라서 우리는 『님의 침묵』의 리듬이 지닌 위상에 대해 다음과 같이 말할 수 있다.

한용운 시에서 리듬은 읽기의 속도를 유지시키는 기능을 갖는다. 독자들이 율독할 때 감지하는 속도는 곧 시의 전개 속도와 연결되며, 이것은 시인의 사유 속도를 의미한다.[29]

이는 시의 리듬이 시인의 사유와 시의 의미를 조직하고 분절하는 조직화의 원리일 수 있음을 보여준다. 특히 한용운의 경우, 율독 상에서 감지되는 호흡의 패턴과 변화의 양상은 그의 시의 리듬의 전체 구조를 지탱하는 한 축이다. 그리고 이것은 현대 자유시와 산문시의 리듬의 실제적 양상을 해명하는 것과 동궤를 이룬다. 만약 우리가 현대시의 비음가적 리듬의 양상을 호흡상의 리듬과 억양상의 리듬으로 구분할 수 있다면, 즉 율독의 마디와 휴지에 의해 구현되는 템포로서의 리듬과 문장 구조의 반복과 변주를 표시하는 억양에 의해 구현되는 멜로디로서의 리듬으로 변별할 수 있다면, 만해 시의 호흡률의 해명은 현대 자유시와 산문시의 리듬의 한 축을 해명하는 일이 된다. 이로써 우리는 만해 시가 "조선어朝鮮語의 운율적韻律的 효과效果를 나타낸 최고最高 작품作品"이라는 주요한의 평가가 허언이 아님을 확증할 수 있다.

---

29 장석원, 「한용운 시의 리듬」, 『민족문화연구』 48호, 2008.6, 174쪽.

제3장

정지용 시의 리듬
음가의 반복을 중심으로

1. 시적 언어의 참신성

정지용이 한국 근현대시사에서 하나의 큰 획을 긋는다는 사실은 재론의 여지가 없다. 김기림이 "최초의 모더니스트"[1]로 평가한 이래, 그는 글자 그대로 "시인詩人의 시인詩人"[2]으로 평가되어 왔다. 이러한 상찬에 값할 만큼, 그는 한국 현대시의 발전에 있어 중요한 전기를 마련한 시인이며, 동시에 한국 현대시의 큰 틀을 완성한 시인이기도 하다. 이것은 그의 시가 한국문학사에서 중요한 의미를 지닌다는 것뿐만 아니라, 그의 시 자체에 거부할 수 없는 매력을 지니고 있음을 뜻한다. 그렇다면 그의 시가 지닌 이 거부할 수 없는 매력은 어디에서 비롯하는가?

정지용 시의 매력이 일차적으로 빼어난 언어 감각에서 비롯한다. "문자와 언어에 혈육적 애愛를 느끼지 않고서 시를 사랑할 수 없다"[3]는 말은, 그가 언어의 가치와 중요성에 대해 얼마나 깊이 통찰하고 있었는지를 잘 보여준다. 분명 그

---

1 김기림, 「모더니즘의 역사적 위치」, 『김기림 전집』 2, 심설당, 1988, 57쪽.
2 박용철, 「신미시단의 회고와 비판」, 『중앙일보』, 1931.12.6.
3 정지용, 「시의 옹호」, 『정지용 전집 2. 시론』, 민음사, 1988(1999), 243쪽.

는 우리말의 미세한 울림을 포착하여 그 고유한 결texture에 따라 독특한 무늬를 짤 줄 아는 시인이었다. 그의 시가 우리말의 울림과 신비를 잘 반향하고 있다는 것은 분명해 보인다. 만약 그의 시가 '최초의 모더니스트'라는 이름에 합당한 참신성과 혁신성을 갖는다면, 그것은 바로 언어에 대한 세련된 감각이 존재하기 때문이다.

정지용 시의 리듬 분석은 바로 이러한 바탕 위에서 성립한다. 그의 시가 지닌 참신성과 혁신성의 원천을 탐색하는 것. 이때 시적 리듬은 지용 시를 이해하는 하나의 중심축이다. 이는 시적 리듬이 시적 이미지 및 의미와 함께 시를 구성하는 핵심적 자질이라는 일반적 의미에서뿐만 아니라, 시적 리듬이 지용의 시를 구축하는 조직화의 원리라는 의미에서도 그러하다.[4] 실제로 그의 시에서 시적 리듬은 내적 조직화의 원리로서 의미와 형식을 통합하는 기능을 수행하고 있다. 이런 의미에서 지용의 시는 "자유시自由詩 – 산문시散文詩에서 내재율內在律을 찾아내려는 고전주의적 시인의 시실험"을 여실히 보여준다고 하겠다. 따라서 우리는 그의 시에 나타난 리듬의 실제적 양상을 추적함으로써 그의 시가 지닌 미적 실체에 보다 가까이 접근할 수 있는 것이다.

그렇다면 정지용 시의 리듬 분석의 구체적 영역은 어디인가?[5]

서양의 전통적 작시법versification에 따르면 시의 리듬은 운韻, rhyme과 율律, meter의 결합으로 이해되어 왔다.[6] 즉 시적 리듬은 특정한 위치에서 동일 음운이 반복하는 운과, 강약·고저·장단과 같은 운율 자질들의 규칙적 반복인 율로

---

4 조재룡, 『앙리 메쇼닉과 현대비평』, 길, 2007; 조시 부라사, 조재룡 역, 『리듬의 시학을 위하여』, 인간사랑, 2007.

5 정지용 시의 리듬 체계 분석에서 대상이 되는 것은 『정지용 시집』(시문학사, 1935)과 『백록담』(문장사, 1941)을 포함하여 전집에 수록된 총 138편의 작품이다. 여기서 『정지용 전집 1. 시』(민음사, 1988)에 실린 일본어시 26편과 번역시 17편은 제외한다.

6 김준오는 리듬의 개념을 다음과 같이 정의하고 있다. "일반적으로 시의 리듬은 운율, 곧 운(rhyme)과 율(meter)을 지칭하는 개념이다." 김준오, 『시론』, 삼지원, 1997, 135쪽.

이해되어 온 것이다. 여기서 문제는 운과 율이 정형화되어 규범화된 양식 체계로 간주되고, 다시 그것이 시적 리듬의 전체로 간주될 때 발생한다. 다시 말해 정형성과 규칙성이 시적 리듬의 요체로 간주됨으로써, 비정형성과 불규칙성은 리듬의 부재를 나타내는 지표로 간주되어 온 것이다. 이러한 인식은 근대시의 성립 단계에서부터 시적 리듬 개념을 지배해 왔다. 그 결과 시적 리듬에 대한 논의는 정형성과 규칙성의 지표를 확정하고 그것의 실제적 양상을 규명하는 것에 초점이 맞춰지게 된다. 특히 강약·고저·장단과 같은 운율 자질들을 우리말과 시에 적용하는 것으로 집중되어 왔다.

그러나 규칙적인 운율 자질(강약, 고저, 장단)의 부재가 리듬 자체의 부재로 간주될 수는 없다. 왜냐하면 리듬론의 본 영역을 구성하는 것은 음가音價 자체의 반복이기 때문이다. 만약 우리가 시적 리듬의 실제적 원천을 운율 자질의 반복이 아니라 시를 구성하는 언어의 음가에서 찾는다면, 음성적 차원이 의미적·형태적 차원과 매우 긴밀하게 연결되어 있음을 확인할 수 있다. 여기서 우리는 음악적 리듬의 세계가 아니라 언어의 리듬의 세계로 진입하며, '내용—형식의 통합체'로서의 리듬의 가능성을 목격한다. 이것은 서양식 리듬 분류법, 특히 J. Lotz의 구분법[7]의 지양과 밀접한 관계가 있다. 우리는 그동안 서양식 리듬 개념에 기초한 운율 자질을 찾기 위해 수많은 노력을 경주해 왔다. 그러나 그것이 지닌 긍정적인 가치에도 불구하고, 추상적이고 공허한 논의들이 시적 담론에서 시적 리듬을 소외시키는 결과를 초래해 왔음도 사실이다.

따라서 본고는 시적 리듬 개념을 전통적인 운율론 또는 작시법과 구분하고,[8]

---

[7]　주지하다시피 롯츠(J. Lotz)는 율격을 단순율격과 복합율격으로 구분하고 있다. 전자는 특별한 운율 자질이 없는 '순수 음절 율격(pure-syllabic meter)'이고, 후자는 특정의 운율 자질이 율격 단위를 형성하는 '음절-운율 율격(syllabic-prosodic meter)'이다. J. Lotz, "Metric Typology", *Style in language*, M.I.T Press, 1960, p.142.

[8]　이에 대해서는 다음을 참조할 것. 벤야민 호루쇼브스키, 「현대시의 자유율」, 박인기 편역, 『현대시의 이론』, 지식산업사, 1989, 121쪽.

시적 리듬을 음가音價적 반복과 비음가적 반복의 두 가지 양상으로 구분하여 고찰하고자 한다. 전자는 시적 리듬의 질적 차원을 구성하고, 후자는 양적 차원을 구성한다. 전자의 경우, 반복되는 단위의 크기에 따라 음운·단어·어절·문장 층위의 세부 항목으로 미분될 수 있다. 여기서 핵심은 동일 혹은 유사 음가가 반복되는 실제적 양상을 고찰하는 것이다. 다음으로 비음가적 반복은 다시 두 가지 양상으로 구분되는데, 하나는 호흡상의 리듬이고, 다른 하나는 억양상의 리듬이다. 전자는 율독律讀의 마디와 휴지休止에 의해 구현되는 템포로서의 리듬을, 후자는 문장의 구조의 반복과 변주를 표시하는 억양에 의해 구현되는 멜로디로서의 리듬을 의미한다. 전자의 핵심 지표가 띄어쓰기 및 구두점에 의한 분할의 양상이라면, 후자의 핵심 지표는 문장의 종결 양상의 차이에 의한 종결율조cadence의 변화이다.[9]

2. 음가音價의 반복 양상

동일 음가의 반복에 의해 산출되는 리듬은 정지용 시집의 리듬의 본령을 이룬다. 그러나 동일 음가의 반복이 성형적이고 규칙적인 양상을 띠는 경우는 극히 드물다. 즉 음가의 반복이라는 차원에서 정형적 리듬은 거의 발견되지 않는 것이다. 이것은 하나의 작품 전체를 지배하는 정형적 율격 모형이 존재하지 않음을 의미한다. 이는 역으로 자유율 내지 내재율이 그의 시를 지배하는 내적 원리임을 보여준다. 따라서 연구의 방향은 그의 시 전체를 지배하는 중심적 율격

---

9 정지용 시에 나타난 음가적·비음가적 리듬의 양상을 전체적으로 조망하는 데에는 많은 시간과 노력이 든다. 본고의 한계상, 비음가적 리듬에 대한 논구는 별도의 지면을 할애할 수밖에 없음을 밝혀 둔다.

을 연역하는 것이 아니라, 개별적 시에 편재하는 비정형적이고 불규칙적인 리듬의 양상을 논구하는 것에 있다. 이하에서는 정지용 시의 리듬의 양상을, 반복되는 단위의 크기에 따라 네 가지 하위 항목문장, 구절, 단어, 음운으로 세분하여 각각의 구체적 내용을 살펴보고자 한다.

1) 문장 층위의 반복

정지용 시에서 문장 층위의 반복은 동일 문장의 반복과 유사 문장의 반복으로 나뉜다.

저 어느 새떼가 저렇게 날러오나?
저 어느 새떼가 저렇게 날러오나?

사월ㅅ달 해ㅅ살이
물 농오리 치덧하네.

하눌바래기 하눌만 치여다 보다가
하마 자칫 잊을번 했던
사랑, 사랑이

비듥이 타고 오네요.
비듥이 타고 오네요.

— 「비듥이」(43쪽) 전문

위의 시에서 1연과 4연에 나타난 동일 문장의 반복은 이 시의 전체의 리듬적 질서를 지배하고 있다. 일반적으로 리듬감은 반복되는 단위의 크기와 비례하기 때문에, 문장과 같은 큰 단위의 반복은 시 전체의 리듬적 질서를 통어할 수 있다. 그런데 지용의 시에서 문장 단위의 반복이 실현되는 양상은 매우 다양하다. 위의 시에서 보듯 시행line 차원에서의 반복으로 나타나기도 하지만, 「산넘어 저쪽」55쪽의 "산넘어 저쪽 에는 / 누가 사나?"에서처럼 연stanza 차원에서의 반복으로 나타나기도 한다. 혹은 「발열發熱」63쪽 8행 "나는 중얼거리다, 나는 중얼거리다"와 「풍랑몽風浪夢 1」의 "북이 웁니다, 북이 웁니다"에서 보듯, 하나의 행안에 동일 문장이 반복되는 경우도 있다. 출현 빈도에 따라서도 그 양상이 달라지는데, 이를 테면 「향수」46쪽의 "그 곳이 참하 꿈엔들 잊힐리야"에서처럼 후렴의 양상을 띠기도 하고, 「압천鴨川」62쪽의 1연과 7연에서처럼 수미상관과 같은 형태로 표출되기도 한다.[10]

행과 연 층위에서 발생하는 문장 단위의 반복은 시적 리듬의 조성에 큰 영향을 끼친다. 이것은 음악성을 중시하는 전통적 시가詩歌에서 수미상관과 후렴구와 같은 장치들이 빈번하게 출현하는 이유를 설명한다. 문장 단위의 반복은 시의 정형성과 규칙성을 강화하고, 이것이 필연적으로 음악적 효과의 산출로 귀결되기 때문이다. 이렇게 해서 산출된 리듬은 매우 안정적이고 통일적인 양상을 띠는데, 우리는 이러한 리듬의 양상을 "구조적 리듬"[11]이라고 부를 수 있다. 구조적 리듬이 안정적이고 통일적인 리듬을 산출할 수 있는 것은 그것이 지닌 구문론적 차원의 안정성과 동일성 때문이다.

이처럼 동일 문장의 반복에 의한 구조적 리듬은 지용 시의 리듬의 한 양상을 이룬다. 여기서 한 가지 주의할 점은 이런 리듬의 양상이 주로 초기 시에

---

10 정지용 시에서 수미상관의 용례는 단 두 군데에서 발견된다. 「鴨川」의 1연과 7연, 그리고 「조약돌」(95)의 1연과 3연이 그것이다. 엄밀한 의미에서 「故鄕」의 1연과 6연은 수미상관으로 볼 수 없다.
11 볼프강 카이저, 김윤섭 역, 『언어예술작품론』, 대방출판사, 1982, 404쪽.

한정되어 나타난다는 사실이다. 대체로 1927년 이후의 시편들에서는 동일 문장의 반복이 거의 나타나지 않는데, 이는 시적 리듬에 대한 그의 관심이 전통적 차원을 벗어나 새로운 차원으로 진입하고 있음을 암시한다. 즉 동일성의 차원에서 비동일성의 차원으로의 전이가 그것이다. 이는 동일 문장 내부에서 다양한 변화를 모색하고 있는 것과 궤를 같이 한다. 유사 문장의 반복에서 나타나는 다양한 변주들은 이를 잘 보여준다.

바람.
바람.
바람.

늬는 내 귀가 좋으냐?
늬는 내 코가 좋으냐?
늬는 내 손이 좋으냐?

내사 왼통 빩애 젔네

내사 아므치도 않다.

호 호 칩어라 구보로!

— 「바람 2」(117쪽) 전문

위의 시 2연은 유사 문장의 반복을 보여주는 전형적인 예이다. 반복의 단위가 시행의 층위에서 문장 단위로 이루어지고 있지만, 문장을 구성하는 요소는 완전히 동일하지는 않다. 즉 위의 세 문장은 구문론적으로는 동일하지만, 그 구성 요소 "귀가", "코가", "손이"가 다르기 때문에 음가의 차이가 발생하는 것이다. 이러한 차이는 문장을 구성하는 요소의 양상에 따라 각기 상이하게 나타난다. 예를 들어 「산에서 온 새」56쪽의 2연, "산엣 새는 파랑치마 입고. / 산엣 새는 빨강모자 쓰고."의 경우, 주어("산엣 새는")는 동일하지만 목적어("파랑치마, 빨강모자")와 서술어("입고, 쓰고")가 상이하다. 여기서 우리는 문장의 음가적 동일성과 구문론적 동일성을 구별할 필요가 있다. 이를 통해 유사 문장을 구성하는 음가적 동일성이 필연적으로 다양한 양태를 갖는다는 사실을 확인할 수 있다. 즉 「바람 2」처럼 구문론적 유사성에 비례하여 음가적 동일성이 강한 시가 있는가 하면,[12] 구문론적 동일성과 달리 음가적 차이성이 두드러지게 나타나는 시가 있는 것이다.

蘭草닢은
차라리 水墨色.

蘭草닢에
엷은 안개와 꿈이 오다.

蘭草닢은
한밤에 여는 담은 입술이 있다.

蘭草닢은
별빛에 눈떳다 돌아 눕다.

---

12 여기에 속하는 대표적인 시가 「띠」(21)와 「병」(23)이다. 두 편의 시는 구문론적 동일성이 전체 연의 구조를 지배하고 있다.

蘭草닢은

드러난 팔구비를 어짜지 못한다.

蘭草닢에

적은 바람이 오다.

蘭草닢은

칩다.

— 「난초」(90쪽) 전문

이 시에서 가장 두드러진 특징은 연의 길이의 점층과 점강이 이루는 대칭에 있다. 즉 4연을 기점으로 1~3연과 5~7연이, 마치 데칼코마니처럼 상하 대칭을 이루고 있는 것이다. 이것이 시각적 차원에서 도상적iconic 리듬감을 형성하는 일차적 요인이다. 행의 길이의 점층과 점강에 의해 산출되는 도상적 리듬감은 의미론적 차원에서의 시상의 강화와 약화와도 대위적인 관계를 이룬다. 위의 시의 시상은 1연의 "수묵색水墨色"에서 출발해, 2연의 "엷은 안개와 꿈"으로 서서히 진행되다가, 3연의 "한밤에 여는 담은 입술"의 농밀함으로 고조되고 있다. 위의 1~3연은 내용적으로 난초의 모습을 여인이 살포시 잠드는 과정에 빗대서 점층적으로 그려내고 있는 것이다. 재밌는 것은 4연의 전환이다. 4연은 난초가 살짝 잠이 깬 순간을 포착하고 있는데, 이때부터 1~3연의 점층과는 정반대의 순서로 점강이 진행된다. 따라서 위의 시는 연의 형식적 특질과 의미적 특질 사이에 대위적인 조응관계가 형성되고 있다고 말할 수 있다.

형식과 의미 사이의 대칭성은 연의 층위에서 구현되고 있는 구문론적 유사성과 그 맥이 닿아 있다. 2연과 6연에 나타나는 "난초蘭草닢에~이 오다"라는 구문의 반복, 그리고 1, 3, 4, 5, 7연에 나타나는 "난초蘭草닢은~"이라는 구문의 반복이 그것이다. 여기서 구문론적 유사성이 가장 높은 쌍은 2연과 6연이다. 그것은 구문론적 유사성과 함께 음가적 동일성이 가장 크기 때문이다. 이에 비해 1연과 7연의 쌍, 그리고 3연과 5연의 쌍은 구문론적 유사성에 비해 음가적 동일성이 적은 편이다. 그 결과 음가의 반복에 의한 리듬감이 상대적으로 적게 느껴질 수밖에 없다. 그렇다면 1~7연의 쌍과 3~5연의 쌍을 비교했을 때, 어느 쪽이 리듬감이 더 크게 지각되는가? 개인적인 편차는 있겠지만, 1~7연이 쌍이 3~5연의 쌍에 비해 리듬감이 더 크게 지각된다. 왜냐하면 1연과 7연은, 그것이 비록 음운의 차원이긴 하지만 동일한 위치에 /ㅊ/이라는 음이 동일하게 반복되기 때문이다. 이러한 사실은 구문론적 유사성 자체만으로 시적 리듬감이 결정되는 것은 아니라는 사실을 보여준다. 다시 말해, 구문론적 유사성 내부에 음가적 동일성이 존재할 때에야 비로소 소리 층위의 리듬이 지각되는 것이다. 이것은 시적 리듬의 핵심적 변별 자질이 음가적 동일성에 있음을 의미한다.[13]

지금까지 우리는 지용의 시에서 행과 연의 층위에 나타난 구문론적 반복의 양상을 살펴보았다. 이를 통해 지용의 시에서 구문론적 반복은 동일한 문장보다는 유사 문장이 반복되는 경우가 주를 이루고 있음을 알 수 있었다. 이는 그가 동일성 내부에서도 차이와 변화에 대해 분명히 의식하고 있음을 예증한다. 하나의 시편에서도 구문론적 유사성의 정도는 매우 상이하게 나타나는 바, 이때에도 음가적 동일성의 정도가 리듬감의 차이를 결정한다는 것을 확인할 수 있었다. 이는 정지용이 구조적 리듬과 같은 동일성의 차원에만 함몰되지 않고, 그 내부의 다양한 차이에 의해 유발되는 리듬적 효과에 주의를 기울이고 있음

---

13 구문론적 리듬 자체의 성립 가능성에 대해서는, 강홍기, 『현대시 운율 구조론』, 태학사, 1999, 26~27쪽을 참조할 것.

을 보여준다. 이러한 사실은 문장보다 작은 단위인 구句와 단어의 층위에서 더욱 두드러지게 나타난다.

2) 구절句節 층위의 반복

지용의 시에서 구절 층위의 반복은 비교적 자주 등장하는 편이다. 그러나 그 양상은 대개 규칙적이고 정형적인 형태를 띠지 않는다. 대개의 경우 불규칙적이고 비정형적 양상이 주를 이루며, 시 전체의 리듬 구조를 지배하지도 않는다. 즉 구절 단위의 반복은 대부분 부분적으로 실현되기 때문에, 반복의 실제적 양상과 효과는 매우 다양하고 산발적인 것이다. 여기서 특별히 주목할 것은 반복되는 구절 내부의 다양한 변주의 양상들이다.

>   눈 머금은 구름 새로
>   힌 달이 <u>흐르고,</u>
>
>   처마에 서린 탱자나무가 <u>흐르고,</u>
>
>   외로운 촉불이, 물새의 보금자리가 <u>흐르고……</u>
>
>   표범 껍질에 호젓하이 쌓이여
>   나는 이밤, 〈적막한 홍수〉를 누어 건늬다.
>
>   　　　　　　　　　　　　　　　　　　　　　　── 「밤」(91쪽) 전문

위의 시 1~3연에는 모두 동일한 어구 "흐르고"가 반복되고 있다. 그런데 자세히 보면 반복되는 것은 "흐르고"만은 아니다. 구문론적 차원에서 본다면, "흐

르고"뿐만 아니라 "흐르고"의 주체도 반복되고 있다. 1연의 "달이", 2연의 "탱자나무가", 그리고 3연의 "촉불이, 보금자리가" "흐르고" 있는 것이다. 그런데 이런 구문론적 반복은 지각하기가 어렵다. 왜냐하면, 여기에서는 음가적 동일성의 정도가 매우 미약하기 때문이다. 이러한 현상은 주체를 수식하는 말, 즉 1연의 "흰", 2연의 "처마에 서린", 그리고 3연의 "외로운"과 "물새의"에 의해서 더욱 강화되고 있다. 위의 1~3연은 〈수식어＋주어＋서술어〉라는 구문론적 동일성에도 불구하고, 음가적 동일성이 "흐르고"라는 하나의 서술어에 집중됨으로써 리듬감이 매우 약하게 인지되는 것이다. 이처럼 지용이 동일한 구문론적 질서 내에서 여러 변화를 모색함으로써, 다양한 리듬적 효과를 산출하고 있음을 보여준다.

여기서 우리는 구문론적 변주 내부에서 이루어지는 또 다른 양태의 변화에 주목해야 한다. 이것은 변주의 중심축인 주어부 내부에 또 다른 미세 변주가 있음을 의미한다. 위의 시에서 구문론적 동일성이 변주되는 지점은 '수식을 받는 주체'이다. 그런데 그 내부에 아주 미세한 음가적 변주가 발생하고 있다. 주격 조사 '-이'와 '-가'의 교체, 다시 말해 1연의 "-이", 2연의 "-가", 그리고 3연의 "-이"와 "-가"의 교체이다. 주어부의 수식어구 때문에 잘 인지되지 않았던 주격조사 '-이'와 '-기'는 특정한 패턴으로 반복 교체됨으로써 또 다른 리듬감을 산출한다. 특히 1연과 2연에서 독립해 있던 '-이'와 '-가'가 3연에 이르러 동시에 출현함으로써 율독의 패턴 상의 변화는 더욱 증대된다. 이처럼 정지용 시에서 반복의 변주는 복합적인 양상을 띤다. 이러한 사실은 다음의 시에서도 확인할 수 있다.

> 가을 볕 째앵 하게
> 내려 쪼이는 잔디밭.

함빡 피여난 따알리아.

한낮에 함빡 핀 따알리아.

(…중략…)

함빡 피여 나온 따알리아.

피다 못해 터저 나오는 따알리아.

— 「따알리아」(27쪽) 부분

위의 시는 동일 혹은 유사 어구의 반복 내부에 다양한 변화가 파생되고 있음을 매우 분명히 보여준다. 그것은 "따알리아"를 꾸며주는 어구의 반복으로 나타나는데, '함빡', '피다', '나오다'를 근간으로 "따알리아"를 수식하는 말들이 조금씩 변주되고 있다. 다시 말해, "따알리아"를 수식하는 말들이 "함빡 피여난", "한낮에 함빡 핀", "함빡 피여 나온", "피다 못해 터저 나오는"으로 변주되고 있는 것이다. 그런데 "따알리아"의 수식어구에 나타나는 이런 중층적 변화는 이 시의 내용과 밀접한 관계를 가진다. "따알리아"를 수식하는 말의 점층적 증가는, 1연에서 언급한 "가을 볕 째앵 하게 / 내려 쪼이는" 한낮에 "따알리아"가 만개滿開하는 과정과 호응하고 있는 것이다. 이는 구문론적 차원에서 "따알리아"의 수식어구의 증가가 내용적 차원에서 "따알리아"의 개화開花 정도와 대위적 관계를 이루고 있음을 보여준다.

이때 변주의 양상은 중층적이다. 만약 우리가 수식어구의 길이의 변화만을 염두에 둔다면, 변주의 양상은 점층적인 증가라는 단일한 양상을 띠고 있는 것처럼 보일 것이다. 그러나 변주의 내부 층위를 보면, 그 양상은 여러 겹의 변주로 구성되어 있다. 일차적으로 위의 변주는 '피다' 층위의 확장, 곧 "핀→피여난→피여 나온"에서 보듯 '피다'라는 동사의 어미변화를 통해 이루어진다. 그러나 여기에는 "나온→터저 나오는"으로의 변화와 "한낮에"의 첨가가 또 다른 층위를 구성하고 있다. 이렇게 변주가 중층적인 양상을 띠는 것은, 그가 동일 어구 내에서 변주뿐만 아니라 그 변주 내부의 또 다른 변주를 지향하고 있기 때문이다. 즉 그는 '핀→피여난→피여 나온→피여 나오는'과 같은 특정 알고리즘의 변주를 보여주는 대신, 변주 내부의 알고리즘 자체에도 변화를 도모하여 위와 같은 복합적 변주를 보여주고 있는 것이다. "함빡 핀"이 "함빡 피여난"보다 후행하는 것은 이러한 이유에서이다. 이것은 궁극적으로 시인이 대칭 반복보다는 비대칭 반복을 지향하고 있음을 암시한다.

3) 단어 층위의 반복

이제 우리는 구문론적 차원의 반복에 이어 단어 층위의 반복을 살펴볼 차례이다. 단어 층위의 반복은 정지용 시의 리듬을 이해하는 중심지점 가운데 하나이다. 우선 다음의 시를 보자.

어적게도 홍시 하나
오늘에도 홍시 하나

까마귀야. 까마귀야.
우리 남게 웨 앉었나.

우리 옵바 오시걸랑.
맛뵐라구 남겨 뒀다.

후락 딱 딱

훠이 훠이!

— 「홍시」(22쪽) 전문

위의 시에서 리듬을 형성하는 요인은 다양하다. 가장 현저한 것은 특정 음절 수의 연속에 의한 율독 패턴의 반복이다. 소위 4 · 4조의 반복이 그것이다. 이와 함께 1, 4, 5, 6행에 끝에 있는 양성모음 / ㅏ /의 반복도 이 시의 리듬을 형성하는 주요 요인이다. 소위 각운end rhyme의 반복이 그것이다. 이와 함께 동일 어휘의 반복도 리듬 형성에 있어 빠뜨릴 수 없는 주요 항목이다. 1연의 "홍시 하나"의 반복, 2연의 "까마귀야"의 반복, 4연의 "딱 딱"과 "훠이 훠이"의 반복이 그것이다. 이 세 가지 요소가 복합적으로 이 시의 리듬 구조를 지배하고 있다. 그런데 그 지배 양상은 서로 상이하다. 4 · 4조의 반복이 양적 차원의 리듬을 구성하는 반면, 각운과 동일 어휘의 반복은 질적 차원, 즉 음가의 차원의 리듬을 구성하고 있다. 또한 4 · 4조의 반복과 각운의 형성이 이 시 전체의 구조와 관계한다면, 어휘 차원의 반복은 이 시의 특정 부분의 구조와 관계한다.

이처럼 어휘 층위의 반복은 지용의 시의 리듬을 구성하는 중심축 가운데 하나이다. 그런데 지용의 시에서 단어 층위의 음가적 반복은 대체로 두 가지 양상으로 나타난다. 하나는 음성 상징어의 반복이고, 다른 하나는 일반 어휘의 반복이다. "딱 딱"과 "훠이 훠이"가 전자에 해당한다면, "홍시 하나"와 "까마귀야"의 반복은 후자에 해당한다. 이 중에서 음성 상징어의 반복은 어휘 층위에 나타난 시적 리듬의 양상을 이해하는 데 있어 중요한 구실을 한다.

"사꿋 사꿋"   — 「슬픈 인상화(印象畵)」(17쪽)

"…덜크덕…덜크덕…덜크덕…"   — 「파충류동물(爬蟲類動物)」(18쪽)

"호. 호.", "냥. 냥.", "훨, 훨,"	—「삼월(三月) 삼질 날」(25쪽)
"「호-이」/「호-이」", "활 활"	—「산엣 색씨 들녁 사내」(29쪽)
"오·오·오·오·오", "철석, 처얼석"	—「바다 1」(34쪽)
"반짝 반짝", "끼루룩 끼루룩"	—「바다 4」(37쪽)
"휘잉. 휘잉.", "풀. 풀"	—「새빩안 기관차(機關車)」(39쪽)
"호·호·호·호"	—「내 맘에 맞는 이」(40쪽)
"동글 동글", "씩 씩", "사알랑 사알랑", 포르르 포르르"	—「이른봄아침」(44쪽)
"느으릿 느으릿"	—「슬픈 기차(汽車)」(52쪽)
"아름 아름"	—「산에서 온 새」(56쪽)
"소근 소근"	—「오월소식(五月消息)」(59쪽)
"깜박 깜박", "씩 씩", "술 술", "반쟉 반쟉"	—「황마차(幌馬車)」(59쪽)
"늬긋 늬긋"	—「선취(船醉)」(61쪽)
"호! 호! 호! 호! 호! 호!", "쉿! 쉿! 쉿!"	—「말 2」(68쪽)
"바쟉 바쟉"	—「저녁해ㅅ살」(77쪽)
"도글 도글"	—「조약돌」(95쪽)
"소올 소올", "쫄 쫄 쫄"	—「말 3」(118쪽)
"지리 지리 시리리……"	—「종달새」(120쪽)
"쫙— 쫙—"	—「류선애상(流線哀傷)」(122쪽)
"뾰족 뾰족, 조롱 조롱, 귀염 귀염"	—「폭포(瀑布)」(127쪽)
"하롱 하롱"	—「소곡(小曲)」(136쪽)
"움매— 움매—"	—「백록담(白鹿潭)」(142쪽)
"머흘 머흘", "촉 촉"	—「조찬(朝餐)」(145쪽)
"따로 따로", "위잉 위잉", "어마 어마"	—「진달래」(155쪽)
"뚜우 뚜우"	—「선취(船醉) 2」(157쪽)

"이욧! 이욧!"

— 「곡마단(曲馬團)」(168쪽)

지용의 시에서 음성 상징어의 반복은 매우 폭넓게 나타나고 있다. "…덜크 덕…덜크덕…덜크덕…"과 "오·오·오·오·오"와 같은 경우를 제외하면, 그 양상은 대체로 동일어가 2회 연속 반복되는 경우가 대부분이다. 일반적으로 음성 상징어의 반복에 의해 산출되는 리듬의 효과는 매우 국부적인 차원에서 이루어 진다. 위의 구절은 첩어疊語처럼, 하나의 단어로 인식될 수도 있을 듯하다. 그러나 분명한 것은, 음성상징어의 음가적 반복이 음성적 차원에서 매우 현저한 리듬적 효과를 산출한다는 사실이다. 따라서 음성상징어는 청신한 감각을 표현하는 데 적합하다. 음성상징어가 현저한 리듬적 효과를 통해 청신한 감각을 표현하는 데 적합한 이유는, 일차적으로 음성상징어의 자체의 언어적 감각에서 찾을 수 있다. 주지하다시피, 지용에게 감각은 "세계에 대한 지각을 일정한 예술 형식으로 빚어내는 조정과 질서의 원리"[14]이다. 그리고 그는 사물의 특질을 음성상징어의 매개를 통해 미적 감각으로 실현시킬 수 있는 특별한 재능의 소유자이기도 했다.

이러한 능력은 언어 자체의 질감의 표현에만 한정된 것은 아니다. 그는 율독시 발생하는 호흡과 박자상의 리듬에 대해서도 매우 특별한 감각을 지니고 있었다. 음성상징어의 경우 대체로 첩어 형식이 일반적인 구조를 이룬다. 그런데 지용은 첩어를 이루는 말 사이에 구두점을 두거나 띄어쓰기를 함으로써 양자 사이를 명시적으로 분리하고 있다. 이러한 방식은 음성상징어를 율독할 때 2마디 2박자의 호흡을 두드러지게 만든다. 여기서 우리가 2마디 2박자의 리듬에 주목하는 것은, 그것이 시 내부에서 특정한 리듬상의 효과, 즉 율독 상의 변조를 야기하기 때문이다. 우리말의 조어법의 특성상, 대체로 3음절 또는 4음절이

---

14 김신정, 『정지용 문학의 현대성』, 소명출판, 2000, 202쪽.

하나의 어절을 형성하고 그것이 1박을 구성하는 경우가 대부분이다. 그런데 지용은 음성상징어의 반복 어구를 둘로 분절함으로써 4음절 1박이 아니라 2음절 1박의 2회 반복으로 변화시키고 있는 것이다. 이렇게 해서 생긴 율독상의 박자의 변화는, 빠른 템포의 리듬에서 산출되는 경쾌함을 더욱 현저하게 만든다. 이러한 사실은 다음의 시에서 보다 구체적으로 확인할 수 있다.

배난간에 기대 서서 회파람을 날리나니
새까만 등솔기에 八月달 해ㅅ살이 따가워라.

ⓐ 金단초 다섯개 달은 자랑스러움, 내처 시달품.
ⓑ 아리랑 쪼라도 찾어 볼가, 그전날 불으던,

ⓑ 아리랑 쪼 그도 저도 다 닞었읍네, 인제는 버얼서,
ⓐ 금단초 다섯개를 삐우고 가쟈, 파아란 바다 우에.

담배도 못 피우는, 숭닭같은 머언 사랑을
홀로 피우머 가노니, ⓒ 늬긋 늬긋 흔들 흔들리면서.

— 「선취(船醉) 1」(61쪽) 전문

위의 시에서 단어 층위의 반복이 출현하는 곳은 2연, 3연, 4연의 ⓐ, ⓑ, ⓒ이다. 이 중 2연과 3연의 "금金단초 다섯개"와 "아리랑 쪼"는 반복의 양상이 대칭적이다. 즉 2연의 1행 서두에 처음 출현한 "금金단초 다섯개"는 두 행을 건너 띄어 3연 2행에 다시 나타나고 있으며, "아리랑 쪼"는 2연 2행에서 처음으로 나타난 뒤 다음 행인 3연 1행에서 반복 출현하고 있는 것이다. 전체적으로 본다

면, Ⓐ와 Ⓑ의 반복은 마치 포옹운과 같은 양상을 띤다고 말할 수 있다. 여기서 우리가 고려해야 하는 것은 어휘 층위의 반복에서 리듬감을 인지할 수 있는 최소치의 정도이다. 특정 단어의 반복이 리듬적 효과를 산출하기 위해서는 일정 정도의 거리가 유지되어야 한다. 예를 들어 위의 Ⓐ와 Ⓑ에서 Ⓐ는 Ⓑ보다 리듬의 효과가 떨어진다고 할 수 있다. 이것은 반복되는 두 단어 사이의 거리가 멀어 반복의 현저성이 떨어지기 때문에 발생하는 현상이다. 그렇다면 리듬의 효과가 발생하는 조건, 즉 우리가 리듬의 연속성을 인지할 수 있는 최소한의 거리는 어느 정도인가? 행 혹은 연보다 엄밀한 연구가 선행되어야 하겠지만, 대체적으로 행이 리듬의 연속성을 인지하는 최소 단위로 간주될 수 있을 듯하다. 반복의 양상이 행을 넘어 연 차원에서 이루어지고 있다면, 반복의 단위가 크지 않은 이상 명시적으로 지각되기는 어려워 보인다(물론 여기에는 연의 크기와 행의 길이라는 또 다른 변수가 존재한다). 서양의 소네트에서 각운의 반복이 행 단위로 이루어지는 것도 이러한 측면에서 이해할 수 있을 것이다.

아무튼 지용의 시에서 단어 층위의 반복은 대체로 연속된 나열이 주를 이룬다. 그 결과 단어 층위의 반복은 매우 국소적인 반복이긴 하지만, 매우 강력한 리듬적 효과를 산출한다. 위의 4연의 마지막 행("늬긋 늬긋 흔들 흔들리면서")에서 보듯, 음성상징어 "늬긋 늬긋"과 용언의 어간 "흔들 흔들"이 연속적으로 반복됨으로써, 매우 현저하고 강력한 율독상의 박자를 인지하게 되는 것이다. 이는 박자가 연속하는 여러 음들 사이의 특정한 패턴에 의해 창출되기 때문이다. 주지하듯이 박자는 연속하는 비분절음을 강약이라는 특정한 패턴으로 분절하는 방식이다. 예를 들어, 우리는 시계의 초침이 움직이는 비분절적 연속을 '똑딱'이라는 2박자로 분절하여 인식한다.[15] 그런데 분침이 움직이는 비분절적 연속은

---

15 여기서 박자는 음보율에서처럼 행을 구성하는 음보의 마디의 숫자를 의미하지 않는다. 오히려 하나의 행이 특정 마디로 분할될 때, 그 마디를 구성하는 음절의 크기의 차이를 의미한다. 예를

별도의 박자로서 인식하지 않는다. 이것은 분침의 움직임 내부에 하위 단위로서 초침이 연속적으로 움직이기 때문에 군이 분침의 움직임을 박자로 분절하여 인식할 필요가 없기 때문이다. 같은 이유로 우리는 문장 단위의 반복에서도 특별히 박자를 인식하지 않지만, 그보다 작은 단위인 단어 층위의 연속에서는 매우 분명하게 박자를 인식한다. 우리가 "늬긋 늬긋 흔들 흔들"에서 2박자 리듬을 매우 선명하게 인지할 수 있는 것도, 바로 박자의 형성 단위로서 음절이 분절적으로 연속되기 때문이다. 또한 이것은 변박과도 긴밀한 상관성을 갖는다. "늬긋 늬긋 흔들 흔들"이 조성하는 2박자 리듬은 앞부분의 율독에서 조성되는 박자와 차이를 보인다. "담배도 / 못 피우는, / 숯닭같은 / 머언 사랑을"에서의 4박자 리듬은 약간의 차이가 있긴 하지만, "홀로 피우며 / 가노니"에서도 그 기조를 유지하며 지속되고 있다. 그런데 이러한 기조가 "늬긋 / 늬긋 / 흔들 / 흔들"에 이르러 2박자 리듬으로 변하는 것이다. 여기서 우리가 해당 구절을 4박자 리듬, 즉 "늬긋 늬긋 / 흔들 흔들"으로 율독하는 것은 불가능해 보인다. 왜냐하면 마디를 구성하는 음절수의 크기보다 음가의 동일성이 전면화됨으로써, 2박의 반복이 더욱 현저하게 지각되기 때문이다.

이처럼 지용은 음성상징어뿐만 아니라 일반 어휘에서도 2마디 2박자로 분절 표기함으로써 매우 강력한 리듬적 효과를 산출하고 있다. 다음은 정지용 시에 나타난 일반 어휘의 2마디 2박자 분절 표기의 예들이다.

"電燈. 電燈.", "汽笛소리 …… 汽笛소리",

"旗ㅅ발, 旗ㅅ발"　　　　　　　　　　　　　　　—「슬픈 인상화(印象畵)」(17쪽)

"나는 나는", "슬퍼서 슬퍼서"　　　　　　　—「파충류동물(爬蟲類動物)」(18쪽)

들어 우리가 초침의 움직임을 '똑딱'으로 분절하면 2박이 되고, '똑딱딱'으로 분절하면 3박이 되는 것이다.

정지용 시에서 첩어의 형식을 띤 어휘의 반복은 적지 않다. 명사에서 부사, 그리고 동사에 이르기까지 첩어의 반복은 매우 다양하게 나타나고 있다. 여기서 특징적인 것은, 특별한 경우가 아니라면 어휘의 반복이 대체로 2회 반복으로 되어 있다는 사실이다. 일반적으로 어휘의 반복은 의미를 강조하기 위함이 대부분이다. 그러나 지용의 시에서 어휘의 반복은 의미의 강조로 환원될 수 없는 경우가 있다. 특히 리듬적 효과에 대한 고려는 어휘 단위의 반복을 야기하는 매우 중요한 요인이다. 예를 들어, "멀리 멀리"「지는 해」와 "까마귀야. 까마귀야"「홍시」, "이실이이실이"「「마음의 日記'에서」의 경우는 매우 분명하게 음절수의 차이를 보상하려는 인식 때문에 반복되고 있다고 할 수 있다. 한편 "주곤 주곤" 「禮裝」은 회화적 효과에 대한 고려를 매우 분명히 보여준다. 눈 내리는 형상을 이미지화하기 위해 특정 어휘를 반복하고 있는 것이다. 여기서 우리는 이러한 양상을 정지용 시에 고유한 리듬의 양상이라고 할 수 있는지 묻지 않을 수 없다. 시인이라면 누구나 어휘 층위의 반복을 통해 리듬적 효과를 도모하지 않는가? 많은 시인들이 어휘 차원의 반복을 통해 의미와 이미지와 리듬의 효과를 산출하고 있는 것은 분명하다. 그러나 지용에게 있어 어휘의 반복은 다른 시인들의 경우와는 그 양상이 다르다. 그는 동일 어휘를 인접하여 반복하되, 양자 사이를 분리하여 표기힘으로써, 매우 독특한 음성적, 도상적 효과를 산출하고 있는 것이다. 이러한 사실은 1920~30년대 다른 시인들과의 비교를 통해 확인할 수 있는데, 그 빈도수와 현저성에 있어서 비교가 되지 않는다.[16]

---

16 한용운의 경우는 동일 어휘의 연속적 반복이 극히 드물다. 있다고 해도 매우 제한적인 차원에서 이루어지고 있을 뿐이다. 즉 『님의 침묵』에서 "구븨구븨", "생각생각", "아니다아니다", "날마다날마다", "쪼각쪼각", "고히고히", "도막도막", "날마다날마다", "방울방울" 정도의 용례가 발견될 수 있을 뿐이다. 비교적 많은 빈도수를 보이는 시인은 소월이다. 『진달래꽃』에서 동일 어휘가 연속적으로 반복되는 경우는 다음과 같다. "사랑, 사랑"(「자나깨나 안즈나서나」), "불붓는山의, 불붓는山의"(「千里萬里」), "아직도아지도, 그러나그러나"(「새벽」), "쏘아리는소리, 쏘아리는소리"(「悅樂」), "부르는소리, 부르는소리"(「무덤」), "내사랑 내사랑"(「鴛鴦枕」), "不歸 不歸"(「山」), "山에 / 山에"(「山有花」), "잔듸 / 잔듸"(「金잔듸」), "쇠쭈요, 쇠쭈요"(「닭은 쇠쭈요」) 그

이상의 고찰을 통해, 우리는 지용이 매우 미세한 지점에서도 음가의 반복에 의해 산출되는 다양한 효과에 대해 매우 세심한 주의를 기울였음을 확인할 수 있다. 그리고 이는 음운 층위의 반복에서 더욱 분명하게 드러난다.

4) 음운 층위의 반복

음운 층위의 반복을 규칙적인 형태와 불규칙적인 형태로 양분할 수 있다면, 지용의 시에는 압운押韻과 같은 규칙적인 형태의 반복이 거의 발견되지 않는다. 음수율에 대한 자각을 보이던 초기 시에서도 정형적인 압운은 극히 예외적인 현상이었다.

> 어적게도 홍시 하나.
> 오늘에도 홍시 하나.
>
> 까마귀야. 까마귀야.
> 우리 남게 웨 앉었나.
>
> 우리 옵바 오시걸랑.
> 맛뵐라구 남겨 줬다.
>
> 후락 딱 딱
> 훠이 훠이!

— 「홍시」(22쪽) 전문

러나 소월의 경우도 지용의 시에서 발견되는 다양한 층위의 용례에 비한다면 그 수는 매우 적은 편이다.

위의 시에서 각운은 매우 분명하게 인지된다. 1, 2, 4, 5, 6, 7행의 끝에 모음 /ㅏ/가 지속적으로 반복되고 있다. 여기서 /ㅏ/음의 반복이 산출하는 리듬적 효과는 1, 2행의 어휘 층위의 동일성("하나"), 4행의 음절 차원의 동일성("-나")에 의해 더욱 강화되는 것처럼 보인다. 또한 "우리 옵바"의 '-바'에서의 /ㅏ/와 "후라 딱 딱"의 '-라'과 '-딱'에 보이는 /ㅏ/가 형성하는 모운母韻, assonance도 이 시의 리듬적 효과에 이바지하는 바가 크다. 그러나 지용의 시에서 이런 정형적 양상의 운의 반복은 매우 예외적이다. 특히 중기와 후기 시로 넘어가면 각운과 같은 음운의 반복은 거의 나타나지 않는다. 심지어 4·4조 음수율의 정형을 준수하고 있는 「애국愛國의 노래」, 「사사조오수四四調五首」 그리고 시조 「마음의 일기日記'에서」에서도 규칙적인 형태의 압운은 찾아볼 수 없다. 이는 지용의 시에서 음운 층위의 반복이 정형률적 양상에서 벗어나 있음을 보여준다. 다시 말해 압운과 같은 정형적 리듬은 그의 시의 리듬을 규제하는 내적 원리가 아니다. 이것은 그의 시가 지닌 현대성의 일면을 설명한다. 즉 그의 시의 리듬은 율격적 정형성이라는 과거의 규범적 리듬에서 벗어나, 각각의 시에 고유한 자유롭고 개성적인 리듬, 곧 내재율 혹은 자유율이라고 부르는 현대적 리듬으로 구성되어 있는 것이다. 그런데 여기서 주의할 것은 정지용 시에서 압운의 부재가 곧 음운의 반복의 부재, 나아가 시적 리듬의 부재를 의미하는 것은 아니라는 사실이다. 비록 하나의 시편 전체를 통어하는 음운 층위에서의 규칙적 반복은 부재하지만, 국소적인 차원에서 음운의 불규칙적 반복은 매우 분명하게 나타나기 때문이다.

가을 볕 째앵 하게
내려 쪼이는 잔디밭.

함빡 피여난 따알리아.
한낮에 함빡 핀 따알리아.

시약시야, 네 살빛도
익을 대로 익었구나.

젓가슴과 붓그럼성이
익을 대로 익었구나.

시약시야, 순하디 순하여 다오.
암사심 처럼 띄여 다녀 보아라.

물오리 떠 돌아 다니는
힌 못물 같은 하늘 밑에,

함빡 피여 나온 따알리아.
피다 못해 터저 나오는 따알리아.

— 「따알리아」 (27쪽) 전문

　위의 시에서 리듬을 조성하는 핵심적인 층위가 어구 차원의 반복에 있음은
앞서 살펴본 바이다. 즉 2연과 7연에서 보는 것처럼, "따알리아"를 중심으로 그
것을 수식하는 어구("함빡"과 '피다' 등)의 반복과 변화가 이 시의 리듬의 중핵을
이루고 있는 것이다. 그런데 여기서 우리는 음운 층위에서의 특정 음의 반복을
놓쳐서는 안 된다. 예를 들어, "함빡 피여난 따알리아. / 한낮에 함빡 핀 따알리

아."에서 각 음절을 구성하는 모음에 주의한다면, 우리는 특정 모음의 반복이 매우 두드러진다는 사실을 확인할 수 있을 것이다. / ㅏ · ㅏ · ㅣ · ㅕ · ㅏ · ㅗ · ㅏ · ㅏ · ㅣ · ㅏ / ㅏ · ㅏ · ㅔ · ㅏ · ㅏ · ㅣ · ㅏ · ㅏ · ㅣ · ㅏ /에서 보듯, 2연을 구성하는 19음절 가운데 68%에 해당하는 13음절이 모음 / ㅏ /로 이루어져 있다. 따라서 우리는 여기에서 양성모음 / ㅏ /의 반복에 의해 산출되는 특정한 리듬감을 지각하게 된다.[17] 게다가 '피–'와 '–리–'에서의 / ㅣ /의 반복, '–빠'과 '따–'에서의 경음硬音의 반복, 그리고 2연 1행의 '함–', 2연 2행의 '한–' 및 '함–'에서의 / ㅎ /의 반복이 산출하는 중층적 효과는 위의 구절을 더욱 리듬적이게 만든다. 비록 규칙적인 양상을 띠는 것도 시 전체를 지배하는 것도 아니지만, 위의 구절은 특정 부분에서의 특정 음운의 반복이 강력한 리듬적 효과를 산출한다는 것을 매우 분명히 보여준다.

특정 음운의 반복에 의해 산출되는 음악적 효과가 우연에 의한 것인지 아니면 시인의 의도에 의한 것인지 단정하는 것은 어려운 일이다. 그러나 지용이 음운의 반복에 의해 산출되는 음악적 효과에 대해 매우 분명히 인식하고 있었다는 것은 자명해 보인다. 이는 그가 언어의 선택과 사용에 있어 주의를 기울였다는 일반적 사실뿐만 아니라, 음악적 효과를 산출하기 위해 특정 음운에 대해 선호를 보여준다는 사실을 통해서도 확인할 수 있다. 위의 5연은 이를 명시적으로 보여준다. 5연은 2연에서와 같은 특정 음운의 지배 현상이 나타나지 않는다. 그럼에도 불구하고 5연은 특정한 리듬적 효과를 산출하는데, 그것은 특정 자음과 모음의 중첩 때문에 생기는 현상이다. 우선 자음 / ㅅ /의 반복, 곧 "시약시",

---

17 양성모음과 음성모음의 음상(音相)의 차이에 의한 모음조화 현상은 「바다 9」(121)의 7연 "찰찰 넘치도록 / 돌돌 굴르도록"에서 매우 잘 드러난다. 우선 "찰찰"의 양성모음 / ㅏ /는, 대구를 이루는 다음 행 "돌돌"의 양성모음 / ㅗ /와 호응한다. 이러한 양상은 "넘치–"의 음성모음/ ㅓ · ㅣ /와 다음 행의 "굴르–"의 음성모음 / ㅜ · ㅡ /에서도 반복된다. 7연 전체에서 모음의 반복은 미묘한 음상의 교대를 중층적으로 보여준다고 하겠다.

"순하디 순하여", "암사심"에 나타나는 /ㅅ/음의 반복에 주목해 보자. 그런데 /ㅅ/음의 반복은 특정 모음의 반복과 중첩된다. 다시 말해 "시약시", "순하디", "암사심"에서 보이는 /ㅣ/ 모음이 /ㅅ/과 중첩되어, "시약시"와 "암사심"에서의 /시/음을 조성하고 있는 것이다. 이러한 확인이 중요한 까닭은 "암사심"에서의 '-심'이 시인에 의해 새롭게 변형된 말이기 때문이다. 다시 말해 "암사심"은 '암사슴'에서 온 말이다.[18] 그가 '사슴'을 '사심'으로 바꿔 쓴 것은, "시약시"에서 조성된 /시/음과의 연동을 위해, 즉 특정 음운의 반복을 통해 특정한 리듬적 효과를 창출하기 위해서이다. "암사심" 다음의 "처럼"을 띄어 쓴 것도 이러한 사실을 입증하는 하나의 증거이다.[19] 만약 지용이 의도적으로 특정 단어의 철자를 바꾼 것이라면, 이는 그가 음가의 반복에 의해 산출되는 리듬적 효과를 의식하고 있었음을 보여준다.

이러한 사실은 하나의 음운이 반복적으로 출현하는 다음의 시에서도 확인할 수 있다.

산엣 새는 산으로,

들녁 새는 들로.

산엣 색씨 잡으러

---

18 이 시에서 "암사심"이 '암사슴'의 변용이라는 사실은, 「九城洞」(138)의 "사슴"을 통해서 확인할 수 있다.

19 지용에 있어, '-처럼'의 띄어쓰기는 매우 중요한 의미를 지닌다. '-처럼'의 띄어쓰기의 용례는 산문시에 등장하는 띄어쓰기와 함께, 그의 시의 호흡과 템포를 규명하는 유용한 자료이기 때문이다. 그는 대개의 경우 명사 다음의 '처럼'을 띄어 쓰지만, 붙여쓰기를 한 곳도 여러 곳에서 발견된다. 그런데 여기서 문제는 하나의 시편에서 두 가지 경우가 모두 발견된다는 점이다. 「갑판우」의 경우, "유리판 처럼"은 '-처럼'을 띄어 썼지만 "김승처럼, 기폭처럼"은 붙여 쓰고 있다. 이런 용례는 「슬픈 汽車」, 「홍역」, 「슬픈 우상」 등에서도 발견된다. 단순한 표기상의 실수가 아닌 이상, 이런 이중적 표기는 의도적인 것으로 봐야 한다. 따라서 우리는 그가 띄어쓰기의 차이에 의한 시의 호흡과 템포의 변화를 인식하고 있었다고 추정해 볼 수 있다. 그의 시에서 띄어쓰기의 차이가 유발하는 리듬상에서의 효과에 대해서는 별도의 논의를 기약할 수밖에 없다.

산에 가세.

작은 재를 넘어 서서,
큰 봉엘 올라 서서,

「호—이」
「호—이」

산엣 색씨 날래기가
표범 같다.

치달려 다러나는
산엣 색씨,
활을 쏘아 잡었읍나?

아아니다,
들녁 사내 집은 손은
참아 못 놓더라.

산엣 색씨,
들녁 사내 잡은 손은
참아 못 놓더라.

산엣 색씨,

들녁 쌀을 먹었더니
산엣 말을 잊었읍데.

들녁 마당에
밤이 들어,

활 활 타오르는 화투불 넘어
넘어다 보면—

들녁 사내 선우슴 소리,
산엣 색씨
얼골 와락 붉었더라.

—「산엣 색씨 들녁 사내」(29쪽) 전문

위의 시에서 특정 음운, 즉 /ㅅ/음의 출현은 매우 두드러진다. 1연에서 보듯,
초성이 /ㅅ・ㅆ/으로 시작하는 음절은 "산", "새", "색씨"를 비롯해 총 9음절이
다. 이는 전체 24음절의 1/3을 상회하는 수치이다. 1연에서 현저하게 사용되
는 /ㅅ/음은, 이후 2연의 "서서", 4연의 "산엣 색씨", 5연의 "산엣 색씨, 쏘아",
6연의 "새내, 손", 7연의 "산엣 색씨, 쌀, 산엣" 등을 통해 지속적으로 반복된다.
그리고 마지막 연에 이르면, /ㅅ/음은 "들녁 사내 선우슴 소리, / 산엣 색씨"를
통해 다시 한 번 현저하게 반향된다. 이 시의 전체를 지배하는 /ㅅ/음의 반복이
어떤 알고리즘을 지니고 있는지 확증하는 것은 불가능에 가깝다. 그럼에도 불
구하고, 한 편의 시에서 특정 음운의 지속적 출현이 시의 리듬감을 형성한다는
사실, 그리고 지용이 음운적 차원에서 리듬적 효과를 매우 분명히 인식하고 있

었음은 분명해 보인다. 「이른봄 아침」44쪽과 「산에서 온 새」56쪽에서의 /ㅅ/음의 반복적 출현 또한 이를 확증적으로 보여준다.[20]

여기서 우리는 특정 음운의 반복이 시의 의미와 어떻게 길항하는지 확인할 필요가 있다.

옵바가 가시고 난 방안에
숫불이 박꽃처럼 새워간다.

산모루 돌아가는 차, 목이 쉬여
이밤사 말고 비가 오시랴나?

망토 자락을 녀미며 녀미며
검은 유리만 내여다 보시겠지!

옵바가 가시고 나신 방안에
時計소리 서마 서마 무서워.

— 「무서운 시계(時計)」(89쪽) 전문

주지하다시피, 이 시는 "옵바"가 사라진 상황 속에서 홀로 남겨진 화자의 불안과 고독감을 표현하고 있다. 이때 "시계時計소리"는 주체의 불안과 공포 의식을 표현하는 대표적인 시적 장치이다. 특히 "서마 서마"는 "낯설거나 어색한 것과 연관된 '서먹서먹하다'란 말을 유추적으로 변형시킨"[21] 단어로, 주체의 불안

---

20 특정 부분에서의 /ㅅ/음의 반복은, 「고향」(97)의 5연, 「다른 한울」(106)의 3연, 「또 하나 다른 太陽」(107)의 5연, 「玉流洞」(128)의 4연과 5연에서도 발견되고 있다.
21 유종호, 『시란 무엇인가』, 민음사, 1995, 18쪽.

의식이 음성적 차원에서 어떻게 반향하는지를 매우 분명히 보여주는 지점이다. 여기서 우리는 특정 음운이 시의 내용과 얼마나 긴밀히 호응하고 있는지를 확인할 수 있다. 마지막 연의 2행을 다시 보자. "시계時計소리 서마 서마 무서워"에서 기본 주저음을 이루는 것은 /ㅅ/음의 반복이다. 특히 "시계時計소리 서마 서마 무서워"에서 보듯, 2박자의 /ㅅ/음의 규칙적 반복은 실제로 시계의 초침소리의 반복과 닮아 있다. 이러한 규칙적 반복이 주체의 불안과 공포 의식과 얼마나 잘 어울리고 있는지는 재론할 필요가 없다.

/ㅅ/음의 규칙적 반복은 "옵바가 가시고 나신 방안에"서의 변형을 산출하는 근본 원인이다. "가시고 나신"은 문법적으로 잘못된 형태이다. 왜냐하면 주체 높임 선어말어미 '-시-'가 이중적으로 사용되었기 때문이다. 이는 1연의 "옵바가 가시고 난 방안에"와 비교하면 그 차이를 분명히 알 수 있다. 문제는 왜 이런 문법적 오류가 생겼느냐는 것이다. 이것은 1행의 "가시고 난"이 아니라 8행의 "가시고 나신"으로 바뀔 때, 후자가 산출하는 독특한 음운론적·구문론적·의미론적 특성이 무엇인지 규명함으로써 해명될 수 있다. 여기서 가장 두드러진 것은 /ㅅ/음이 첨가됨으로써 산출되는 음성적 효과이다. 즉 "가시고 나신"은 "시계時計소리 서마 서마 무서워"에서의 /ㅅ/음의 규칙적 반복과 호응하고 있는 것이다. 이러한 음성적 반복이 의미론적으로 주체의 불안과 공포의식을 더욱 강화한다는 것은 재론할 필요가 없을 듯하다.

이처럼 특정 음운의 반복은 시의 의미와 긴밀히 호응한다. 이는 지용의 시가 그 어느 것보다 음운론적·의미론적 차원이 단일하게 통합되어 있음을 보여준다. 여기서 시적 리듬은 각각의 구성요소를 통합하는 내적 조직화의 원리로서 작동하고 있다. 이러한 양상은 비단 /ㅅ/음에만 국한된 것은 아니다. 특정 자음이 반복되는 현상은 지용 시편 곳곳에서 발견되고 있다. 앞서 본 「따알리아」 2연의 "함빡", "한낮에 함빡"에 나타나는 /ㅎ/음의 반복도 그 가운에 하나이다.

(가)

흙에서 자란 내 마음

파아란 하늘 빛이 그립어

함부로 쏜 활살을 찾으려

풀섶 이슬에 함추름 휘적시든 곳,

─그 곳이 참하 꿈엔들 잊힐리야.

─「향수」(46쪽) 5~6연

(나)

슬픈 논방울소리 마춰 내 한마디 할라니.

해는 하늘 한복판, 금빛 해바라기 돌아가고,

파랑콩 꽃타리 하늘대는 두둑 위로

머언 흰 바다가 치여드네.

─「말 3」(118쪽) 부분

위의 시 「향수」와 「말 3」의 특정 부분에서는 /ㅎ/음이 불규칙적으로 반복되고 있다. (가)에서 "흙→하늘→함부로→활살→함추름→휘적시든"으로 이어지는 두음 /ㅎ/의 반복은 지상에서 천상으로, 그리고 다시 지상으로 이어지는 특정의 의미 계열체를 형성한다. 그리고 이는 다시 후렴구에서 "참하→잊힐리야"의 여운으로 반향되고 있다. 이는 (나)의 경우도 마찬가지이다. "한마디할라니"에서 시작한 /ㅎ/음의 연속은 "해→하늘→한복판→해바라기"라는 일련의 의미 계열체를 형성하면서 진행되다가, 다음 행의 "하늘"과 "흰"에 의해 반향되고 있는 것이다. 이러한 현상은 우리가 음운의 반복에서 특정 모음의 음상의 변화뿐만 아니라, 특정 자음의 반복에 대해서도 주목해야 하는 이유를 설명한다. 그것은 자음이 소리의 변별성을 높이고 시의 전체적 어감의 형성에 미치는 영향력이 크기 때문이다. 일반적으로 음운론에서 음소音素를 구별할 때, 자음의 발음 방식의 차이가 가장 큰 변별적 자질이 되는 것도 이와 관련한다.

이밖에도 「은혜」102쪽의 2연과 「폭포瀑布」126쪽의 3연에 나타나는 /ㄱ/음의 반복,[22] 「갈릴레아 바다」103쪽의 6연과 「나무」109쪽의 4연에 나타나는 /ㅈ/음의 반복,[23] 그리고 「풍랑몽 1」65쪽의 6연과 「압천鴨川」62쪽의 3연에 나타나는 /ㅈ, ㅊ, ㅉ/음의 반복[24] 등도 매우 특이한 음운 계열체를 이루고 있다. 이처럼 단일 음운의 연속적 배치는 지용의 시에서 언어의 음성적 · 음악적 효과를 산출하는 주요 방법으로 기능하고 있다. 게다가 그는 매우 뛰어난 언어 감각으로 이를 훌륭하게 성취하고 있다. 단일 음운의 층위에서 그가 이룩한 미적 성취는 자음과 모음의 혼합, 그리고 자음간의 교차와 같은 복합 음운의 반복에서 더욱 빛을 발한다. 우선, 자음과 자음이 혼합된 복합 음운의 반복은 「유리창 1」73쪽과 「갑판甲板우」33쪽의 일절이 잘 보여주고 있다.

(가)

새까만 밤이 밀려나가고 밀려와 부디치고,

물먹은 별이, 반짝, 보석처럼 백힌다.

---

22 "깁실인듯 가느른 봄볕이 / 골에 굳은 얼음을 쪼기고", "가재가 긔는 골작 / 죄그만 하늘이 갑갑했다"
23 "오늘도 나는 조그만 〈갈릴레아〉에서 / 主는 짐짓 잠자신 줄을—.", "나의 적은 年輪으로 이스라엘의 二千年을 혜였노라. / 나의 存在는 宇宙의 한낱焦燥한 汚點이었도다."
24 "窓밖에는 참새떼 눈초리 무거웁고", "찬 모래알 쥐여 짜는 찬 사람의 마음,/ 쥐여 짜라. 바시여라. 시언치도 않어라."

(나)

젊은 마음 꼬이는 구비도는 물구비

두리 함끠 굽어보며 가비얍게 웃노니.

(가)는 지용의 시에서 음운 단위의 반복이 단일한 양상이 아니라 복합적인 양상으로 이루어지고 있음을 보여준다. 즉 "새까만, 밀려나가고, 밀려와, 물먹은"에서의 /ㅁ/음, "밤이, 부디치고, 별이, 반짝, 보석, 백힌다"에서의 /ㅂ/음의 반복이 그것이다. 이처럼 /ㅁ/과 /ㅂ/음의 미묘한 교대가 이룩하는 **빼어난** 음성적 효과는 당시로서는 보기 드문 경우이다. 여기에 "밀려나가고, 밀려와, 물먹은, 별이"에서의 /ㄹ/음의 반복을 추가하면, 이 두 구절에서 지각되는 음성적 효과와 그것에 의해 성취되는 미적 효과는 실로 놀랍기까지 하다. 이는 (나)의 경우도 마찬가지이다. 우선 "구비도는, 물구비, 굽어보며, 가비얍게"에서 /ㄱ/음의 반복은 이 구절에서 리듬감을 산출하는 주요 원인이다. 그러나 여기에서 산출되는 리듬은 단일 자음의 반복을 넘어 복합적 양상을 띤다. 이는 두 가지 방향으로 진행되는데, 하나는 경음이라는 자음의 중첩에 의한 것이고, 다른 하나는 다른 자음과의 복합에 의한 것이다. 전자는 "꼬이는"과 "함끠"에서의 /ㄲ/에서 확인할 수 있고, 후자는 "구비도는, 물구비, 굽어보며, 가비얍게"에서의 /ㄱ/과 /ㅂ/의 연속적 출연에서 확인할 수 있다. 즉 (나)의 기본 주저음인 /ㄱ/음은 /ㄲ/과 /ㄱㅂ/을 통해 소리의 울림을 확장하고 있는 것이다. 이러한 사실은 지용이 단일 자음의 반복뿐만 아니라, 자음의 교차를 통해 소리의 중층적 효과에 대해서도 매우 분명하게 인식하고 있었음을 보여준다.

이는 자음과 모음의 교체에서도 마찬가지이다. 「폭포瀑布」의 일절은 이를 매우 분명히 보여준다.

ⓐ **돌뿌리 뾰죽 뾰죽** 무척 고브라진 길이

아기 자기 좋아라 왔지!

하인리히 하이네ㅅ적부터

동그란 오오 나의 太陽도

겨우 끼리끼리의 발굼치를

ⓑ **조롱 조롱 한나잘** 따러왔다.

산간에 폭포수는 암만해도 무서워서

ⓒ **긔염 긔염 긔며** 나린다.

—「폭포(瀑布)」(126쪽) 부분

　　우리는 위의 시 ⓐⓑⓒ에서 그가 얼마나 자음과 모음의 반복에 있어 세심한 주의를 기울이고 있는지를 확인할 수 있다. ⓐ의 경우, 자음 /ㅃ/의 규칙적 반복은 매우 독특한 리듬감을 산출한다. 앞서 보았듯, 2박자의 경쾌한 리듬이 위의 구절을 더욱 두드러지게 하는 효과를 자아낸다. 이것은 /ㅃ/음이 지닌 음상音相이 '－리'와 '－죽'의 그것과 대조를 이루면서 강약의 차이를 매우 현저하게 만들기 때문이다. 그러나 이와 함께 모음의 교체가 ⓐ의 리듬감을 조성하는 데 있어 중요한 작용을 하고 있다는 사실도 간과해서는 안 된다. 즉 /ㅗ·ㅜ·ㅣ·ㅛ·ㅜ·ㅛ·ㅜ/에서 보듯, 양성모음과 음성모음의 규칙적 반복 또한 ⓐ의 리듬 형성에 큰 기여를 하는 것이다. 그런데 더욱 재밌는 것은 자음과 모음의 반복 양상이 완전히 일치하지 않는다는 점이다. 이것은 "돌뿌리"가 2음절이 아니라 3음절 단어이기 때문에 발생하는 현상이다. 따라서 "돌뿌리"의 '－뿌

−'는 자음에 의한 반복과 모음에 의한 반복이 이중적으로 교차하는 매우 특수한 지점이라고 말할 수 있다. 다시 말해, 자음의 측면에서는 "−뿌리/뾰죽/뾰죽"의 반복이, 모음의 측면에서는 "돌뿌−/뾰죽/뾰죽"의 반복이 전경화前景化되는 것이다. 자음과 모음이 이루는 이런 복합적 리듬의 양상은 ⓑ와 ⓒ에서도 동일하게 확인된다. ⓑ의 경우, "조롱 조롱"에서 독립적으로 반복되는 자음 /ㅈㄹ/이 "한나잘"의 '−잘'에 이르면, 하나의 음절로 통합되어 출현한다. 자음 /ㅈㄹ/의 반복 내부에서의 이러한 변형은 양성모음의 반복 양상에서도 드러난다. "조롱 조롱"의 경우 양성모음 /ㅗ/의 반복이 "한나잘"에 이르면 양성모음 /ㅏ/로 대체된다. 따라서 '−잘'은 자음과 모음의 리듬이 중첩되는 중심 지점이다.[25] ⓒ의 경우, 어절의 초성에 자음 /ㄱ/의 반복과 함께, 모음 /ㅟ/가 반복되고 있다. 또한 '−염'과 '−며'에서 보듯 /ㅕ/가 각 어절의 끝에서 반복되고 있다. 이 두 가지 요소가 ⓒ의 리듬을 형성하는 중심지점이다. 그러나 여기서 우리는 또 다른 요소의 반복과 변주를 간과해서는 안 된다. 그것은 '−염'과 '−며'에서의 자음 /ㅁ/의 반복이다. "귀염 귀염"에서 종성에서 반복되던 /ㅁ/ 음이 "귀며"에 오면 초성에서 출현하고 있다. 따라서 우리는 '−며'가 리듬감의 변이의 중심지점이라고 말할 수 있고, 바로 이러한 변이에 의해 독특한 리듬감이 형성된다고 말할 수 있다. 사음과 모음이 중첩되면서 이루는 이러한 복합적 운의 반복과 변이는, 「바다 4」37쪽의 2연의 일절("반짝 반짝 깜박", "갈메기 떼 끼루룩 끼루룩")과 「석류石榴」49쪽의 3연의 일절("어린 녀릿 녀릿") 등에서도 동일하게 발견된다.

---

25 「바다 6」(74), 「溫井」(135)에는 "한나잘"의 또 다른 용례가 발견된다.

3. 시적 리듬의 미적 가치

이상의 분석에서 드러나듯, 정지용은 한 편의 시에서 언어가 갖는 음성적 효과와 그것이 유발하는 미적 가치에 대해 매우 세심한 주의를 기울인 시인이다. 즉 그는 "말의 신비神秘를 알고 말을 휘잡아 조종操縱하고 구사驅使하는데 놀라운 천재天才를 가진 시인詩人"[26]이었던 것이다. 비록 단편적이고 부분적이긴 하지만, 그의 시에 나타나는 시적 리듬의 미적 가치는 한국 근현대시사에서 매우 소중한 자산임에 틀림없다. 우리가 그의 시를 더욱 꼼꼼히 본다면 이런 소중한 자산은 더 많이 발견될 수 있을 것이다. 정지용 시의 리듬 연구의 후속 작업이 지속적으로 요청되는 것도 바로 이러한 이유에서이다. 이렇게 발견된 자료들이 정지용 시의 전체적 양상을 조망하는 데 있어 훌륭한 밑거름이 될 것이기 때문이다.

우리는 시인이 심혈을 기울여 다듬어 놓은 우리말의 음성적 가치에 대해 묵과하거나 방관해서는 안 된다. 이때 절실히 요청되는 것은 언어의 미적 가치를 해명할 새로운 리듬론의 수립이다. 그것은 새로운 리듬론이 형식상의 규칙으로서의 작시법이 아니라 내용과 형식의 통일체로서의 작시법을 의미하기 때문이다. 송욱이 지용의 시를 시적 본질에서 벗어난 "아주 짧은 산문散文을 모아 놓은 작품"[27]이라고 폄하했을 때, 그가 이해할 수 없었던 것이 이것이다. 지용의 시는 운문/산문의 이원론에 근간한 '짧은 산문散文'으로 환원되지 않는다. 그의 시가 구축한 음성적 질서의 세계가 얼마나 견고하고 아름다운지 알기 위해서는 그의 시의 일절의 율독만으로도 충분할 것이다.

---

26 이양하, 「바라든 지용·詩集」, 『조선일보』, 1935.12.7~15.
27 송욱, 『시학평전』, 일조각, 1983, 196쪽.

제4장

김영랑 시의 리듬

1. 서정성과 시적 리듬

시문학 동인이자 친우인 박용철은 김영랑의 시에 대해 "좁은 의미意味의서정주의抒情主義 의한 극치極致"[1]라고 말한 바 있다. "좁은 의미意味의 서정주의抒情主義"를 어떻게 규정하느냐에 따라 그 함의가 달라지겠지만, 용아의 평가가 김영랑의 시의 중심부를 관통하고 있다는 것은 분명해 보인다. 왜냐하면 영랑 시에 대한 기존의 평가가 긍정적이든 부정적이든, 이들은 모두 김영랑의 일종의 '서정주의'에 근거하고 있기 때문이다. 이를 테면 "영랑永郎으로 인하야 조선 현대 서정시의 일맥혈로가 열리어온 것"[2]이라는 상찬이라든가, "사춘기思春期에 있는 귀동녀貴童女의 책상冊床 머리에다나 갖다 놓고 싶은 고갈枯渴된 리리크"[3]라는 혹평 등은 모두 영랑 시의 서정성에 대한 가치평가에서 배태되고 있는 것이다.

서정성 자체에 대한 가치평가는 자칫 공소한 이원론으로 귀결될 수 있기에 주의를 요한다. 영랑의 시에 대한 기존의 평가는 대체로 이러한 한계에서 벗어나지 못하고 있는데, 문제의 핵심은 서정성 자체에 대한 윤리적 평가가 아니라, 서

1　박용철, 「문단 1년의 성과」, 『조광』 14호, 1936.12, 40쪽.
2　정지용, 「영랑과 그의 시」, 『정지용 전집』 2, 민음사, 1988, 260쪽.
3　위의 책, 260쪽.

정성이 구현되는 시학적 메커니즘을 해명하는 데 있음을 자각할 필요가 있어 보인다. 이는 서정성의 기원과 그것의 실제적 양상에 대한 탐색과 동궤를 이룬다. 그렇다면 그의 서정성의 기원은 어디인가? "정조情調, mood라든가 분위기가 주는 느낌이 앞서는 시詩", 또는 "음악성音樂性이 강強한 색조色調를 띠고 있기도 하다"[4] 라는 평가에서 보듯, 그것은 대체로 '정조'와 '음악성'의 차원으로 수렴되는 듯하다. 그렇다면 우리는 영랑시의 '정조'와 '음악성'의 실체가 무엇인지 다시 묻지 않을 수 없다.

'정조'는 그것이 지닌 개별성과 상대성 때문에 규정하기 어려운 말이다. 만약 우리가 정조의 실제적 양상을 탐색하려면 그것이 외화되는 구체적 양태인 언어와 형식에 대해 고민하지 않을 수 없다. 영랑 시의 리듬과 음악성에 대한 탐색이 지속적으로 수행되어 온 건 이러한 까닭에서이다. 그러나 기존의 연구는 리듬에 대한 형해화된 형태의 탐색으로 제한되어 왔는데, 이는 대체로 다음과 같은 두 가지 방향으로 진행되어 왔다. 우선 영랑 시의 음수율에 대한 고려를 들 수 있다. 대표적으로 김춘수는 영랑의 시가 "시형태상詩形態上으로는 더 많이 정형시定型詩의 쪽에 기울어질 가능성可能性을 가졌다"[5]고 전제한 뒤, 그의 시가 3·3, 3·4, 4·3조와 같은 "음률音律을 중심中心한 유동流動하는 정형시定型詩에 더 가까운 형태形態를 가졌다"[6]고 파악한다. 이러한 견해는 한국어의 특색상 3음절 또는 4음절이 하나의 어절을 구성한다는 사실 앞에서 무기력한 것처럼 보인다. 다음으로 음보율에 대한 고려를 들 수 있는데, 조동일은 영랑의 시를 "3음보격의 변형"[7]으로 간주한다. 그러나 이러한 견해는 음보foot를 우리 시의 작시법의 원리로 규정할 수 있는지에 대한 원론적 문제가 선결되지 않았다는 데에 문제

---

4 김용직, 『한국현대시연구』, 일지사, 1974, 235쪽.
5 김춘수, 『한국현대시형태론』, 해동문화사, 1958, 68쪽.
6 위의 책, 69쪽.
7 조동일, 『한국시가의 전통과 율격』, 한길사, 1984, 152쪽.

의 소지가 있다. 소리의 질적 자질에 대한 고려 없이 형태상의 격자를 리듬의 척도로 삼는 것이 그것이다. 그 어떤 것이든 형해화된 틀을 통해 시적 리듬을 규정하려는 시도는 적절한 해결책이 될 수 없다. 따라서 우리는 영랑 시가 지닌 음악성의 탐색에 있어 기존의 방법론에 의존할 수 없다. 물론 이것이 음악적 탐색의 포기를 뜻하는 것은 아니다. 문제의 핵심은 새로운 방법론의 수립에 있다.

영랑의 시에서 부정할 수 없는 사실은 그가 우리말의 사용에 있어 매우 신중한 태도를 지니고 있었다는 점이다. 그리고 이것이 그의 시의 미적 성취를 가능케 하고 있음도 분명해 보인다. "그의 조선어의 운용과 수사에 있어서는 기술적으로 완벽임에 틀림없다"[8]는 지용의 단언이나, "여기 저 일제日帝 30여三十餘 년간年間의 왼갖 유명有名을 회피廻避하고 숨어서 이 나랏말의 운율韻律만을 고르고 있든 이의 선택選擇된 정서情緒들을 조용히 보라"[9]는 서정주의 언사는 이를 명시적으로 보여준다. 이것은, 만약 우리가 영랑 시의 리듬의 실제적 양상을 규명하고자 한다면, 그의 언어 자체로 육박해 들어가야 함을 의미한다. 이런 의미에서, 정한모의 언급은 영랑 시의 리듬을 탐색하는 현재의 작업이 나아갈 바를 분명히 보여주고 있다.

원천적源泉的 정시情緒의 언어言語에 의한 새구성再構成 — 영랑永郎의 작업은 여기에 집중되었다. 새로운 서정抒情을 위해 한국어韓國語가 가지는 모든 기능을 발휘시키려 하였다. 음질音質의 선택, 음운音韻의 조화調和, 나아가서는 음상音相의 변혁變革에 이르기까지 시언어詩言語의 재구성再構成을 위해 경주傾注된 영랑永郎의 노력의 자취는 영랑시永郎詩의 도처到處에서 찾아볼 수 있다. 이리하여 우리의 서정시抒情詩는 비로소 한국적韓國的 개성個性과 밀도密度를 언어言語 그 자체 속에 가지게 된 것이다.[10]

---

8   정지용, 「영랑과 그의 시」, 앞의 책, 264쪽.
9   서정주, 「跋詞」, 『영랑시집』, 중앙문화사, 1949.11.

인용된 구절은 영랑의 시의 요체가 "원천적源泉的 정서情緖의 언어言語에 의한 재구성再構成"에 있음을 밝히고 있다. 여기서 우리는 "원천적源泉的 정서情緖"가 시적으로 재구성될 때 나타나는 실제적인 영역이 어디인지를 목격할 수 있다. "음질音質의 선택, 음운音韻의 조화調和, 나아가서는 음상音相의 변혁變革", 이 세 가지가 시적 정조가 재구성되어 음악적으로 발현될 때 나타나는 핵심 지점인 것이다. 그렇다면 이제 우리는 어떠한 방법으로 "음질音質의 선택, 음운音韻의 조화調和, 나아가서는 음상音相의 변혁變革"의 실제적 양상을 다룰 것인지 묻지 않을 수 없다.

2. 공명도共鳴度, sonority 분석의 의의

"음질音質의 선택, 음운音韻의 조화調和, 나아가서는 음상音相의 변혁變革"은 영랑 시가 지닌 "원천적源泉的 정서情緖의 언어言語에 의한 재구성再構成"의 실제적 양상이다. 이것은 영랑의 시에서 음악성의 구현이 소리의 최소단위인 음운音韻, phoneme의 배치와 구성에까지 이르렀음을 보여준다. 여기서 문제는 음운의 운용 양상을 평가할 객관적 방법의 수립 여부이다.

이것에 대한 기존의 연구, 특히 오하근과 양병호의 연구는 시사하는 바가 많다.[11] 오하근은 김영랑 시에 나타난 음운의 다양한 양상을 실증적으로 분별하고 있어 주목을 요한다. 그러나 분석의 대상이 「모란이 피기까지는」에만 한정되어 영랑 시 전체로 확장하기에는 무리가 따른다. 양병호의 연구는 음수율과 음보율이라는 전통적 운율 개념에서 벗어나서, 음운의 반복 양상을 포괄적으로

---

10 정한모, 『현대시론』, 민중서관, 1973(1977), 173쪽.
11 오하근, 「김영랑의 '모란이 피기까지는'의 음운과 구조와 의미 분석 연구」, 전북대 석사논문, 1974; 양병호, 「김영랑 시의 리듬 연구」, 『한국언어문학』 28집, 1990.

다루고 있다는 점에서 상당히 긍정적이다. 그러나 그러한 반복이 높은 음악성으로 구현되는 이유와 그것의 메커니즘에 대한 규명에 이르지는 못한다는 점에서 한계를 지닌다. 따라서 음운의 배치와 구성의 양상을 전체적으로 조감하기에는 미흡해 보인다. 이처럼 영랑 시의 음악적 양상에 대한 기존의 연구는 대체로 이러한 단편성의 한계 내에 머무르고 있다. 즉 사투리의 사용, 음성상징어의 활용, 모음조화의 도모와 같은 개별적 양상의 지적에 그치고 있는 것이다.

문제의 핵심은 개별적 특성의 나열이 아니라, 그러한 요소들이 음악적 효과를 산출하는 메커니즘을 분별해내는 것이다. 이를 위해서는 일차적으로 탐색의 영역을 확장하여, 그의 시어가 지닌 음상과 음질의 독특한 구조를 도출해 낼 필요가 있어 보인다. 여기서 자음과 모음의 사용 빈도와 양상에 대한 탐구는 분석의 중심점이 될 것이다. 이런 의미에서 음절 구조를 중심으로 김영랑 시의 음운론적 특성을 규명하는 조성문의 연구는 특별히 주목할 만하다.[12] 그는 『영랑시집』의 음절을 초성, 중성, 종성으로 나누어 그것의 빈도수를 조사하였는데, 이는 언어학적 측면에서 김영랑 시의 특성 및 문체를 실증적으로 확인한다는 의의를 지닌다. 그러나 그것이 시 자체의 어조와 의미의 분석과 연계되지 못한 점은 아쉬움으로 남는다. 이러한 한계를 지양하기 위해서는 영랑 시의 음운이 지닌 미적 자질을 평가할 잣대부터 마련해야 한다.

결론적으로 말해, 공명도共鳴度, sonority 분석은 영랑 시의 음운의 질적 자질을 측정할 지표를 제공한다. 공명도는 소리가 들리는 정도를 표시하는 개념인데, 이는 발음할 때 성대의 공명실cavity 모양이 바뀜으로써 공명resonance이 되는 정도가 다르기 때문에 나타나는 현상이다.[13] 공명도 분석은 음운의 차원에서 소

---

12 조성문, 「김영랑 시의 음운론적 특성 분석」, 『동아시아 문학연구』 47집, 2010.5.
13 공명도의 다양한 정의에 대해서는 김현, 「공명도 및 관련 음운 현상에 대한 음성학적 접근」, 『어문연구』 39권 4호, 2011 겨울, 141~147쪽을 참조할 것.

리의 반향反響 정도가 해당 음운의 고유한 특질을 예시한다는 점에서 시적 리듬의 유력한 지표가 될 수 있다. 특정 음운의 공명도의 차이는 음색音色과 음상音相 등의 뉘앙스의 차이를 유발하는 실제적 원인이기 때문이다.

> 음성音聲은 각기各其들을 이hearer의 귀에 도달到達하는 그 에너지의 양量이 다른데, 이것은 「쏘너리티sonority」라 한다. 쏘노리티는 각各 음성音聲의 음질音質, quality 자체自體에 의依해서 결정되는 것이며 그 소리의 길이나 강세强勢에서 오는 소리의 크기와는 구별區別해야 한다. (…중략…) 쏘노리티는 대체大體로 성문聲門 상태狀態와 간극間隙에 의依해 결정決定되는 것인데 유성음有聲音은 그에 해당하는 무성음無聲音보다 크며, 간극間隙이 크면 소노리티도 따라서 커진다.[14]

허웅은 공명도를 소리의 길이, 높이, 세기와 같은 운율자질prosodic features들과 구분한다. 이것은 공명도가 소리에 부가된 외적 자질이라기보다는 "각 음성의 본디 바탕에 의해서 결정되는" 고유한 자질임을 뜻한다. 공명도가 지닌 이러한 특질 때문에 공명도의 차이는 해당 음운의 질적 특질의 상이성을 보여준다고 할 수 있다. 따라서 공명도 분석은 특정 언어와 시에서 활음조euphony와 악음조cacophony와 같은 소리의 결texture이 지닌 미세한 차이를 설명하는 유용한 도구가 될 수 있다. 공명도의 위계 양상은 음성적 차원에서 그 언어가 지닌 미적 자질을 밝혀주는 유력한 지표가 되는 것이다.

Jespersen은 공명도의 위계를 다음과 같이 8단계로 분류한 바 있다.

1단계 : (1) 무성 파열음 /p, t, k/ (2) 무성 마찰음 /f, θ, s, ś/ (3) 무성 성문음 /h/
2단계 : 유성 폐쇄음 /b, d, g/

---

14 허웅, 『국어음운학』, 정음사, 1965(1977), 99쪽.

3단계 : 유성 마찰음 /v, ð, z, ʒ/

4단계 : 비음 /m, n, ŋ/설측음 /l/

5단계 : 반전 반모음 /r/

6단계 : 폐모음 /i, u/반모음 /j, w/

7단계 : 반폐모음 /e, o, ɛ, ə/

8단계 : 개모음 /ɔ, æ, ɑ, ʌ, a/[15]

Jespersen의 분류를 우리말에 곧바로 적용하는 것은 무리가 따른다. 우리말에는 파열음과 마찰음의 유/무성음 구분이 분명하지 않다. 그것은 파열음과 마찰음의 유성음화는 조음 위치, 즉 유성음 사이에서 발생하는 것이므로 위의 분류 체계와 일치하지 않기 때문이다. 이는 반전 반모음의 경우도 마찬가지이다. 따라서 Jespersen의 공명도 위계를 우리말에 적용하기 위해서는 다소간의 변형이 필요하다. 이러한 점에서 Selkirk의 공명도 위계 분류는 매우 유용한 참조가 된다. 그녀는 자음과 모음의 공명도의 위계를 다음과 같이 분류하고 있다.

1단계 : 파열음 /p, t, k, b, d, g/

2단계 : 마찰음/파찰음 /v, ð, z, ʃ/

3단계 : 비음 /m, n, ŋ /

4단계 : 유음 /r, l/

5단계 : 활음 /j, w/

6단계 : 모음 /ɑ, ɔ, eɪ, i, u/[16]

---

15 김원희, 「불가리어 발달에서 공명도의 역할과 위상」, 『슬라브어 연구』 10권 27호, 2005, 28쪽에서 재인용.
16 앤드류 스펜서, 김경란 역, 『음운론』, 한신문화사, 1999, 121쪽.

이에 따라 우리말의 자음과 모음의 공명도 위계를 설정하면,

> 1단계 : 파열음 /ㅂ, ㅃ, ㅌ, ㄷ, ㄸ, ㅌ, ㄱ, ㄲ, ㅋ/
>
> 2단계 : 마찰음/파찰음 /ㅅ, ㅆ, ㅎ, ㅈ, ㅉ, ㅊ/
>
> 3단계 : 비음 /ㅁ, ㄴ, ㅇ/
>
> 4단계 : 유음 /ㄹ/
>
> 5단계 : 고모음 /ㅣ, ㅟ, ㅡ, ㅜ/, 중모음 /ㅔ, ㅚ, ㅓ, ㅗ/, 저모음 /ㅐ, ㅏ/

이로써 우리는 김영랑 시의 리듬 분석에 있어 하나의 유용한 도구를 얻은 셈이다. 이제부터 우리는 그의 시를 초기와 중기로 나누어 각 시기의 공명도의 양상을 분석할 것이다. 여기서 초기 시는 '4행시'와 그 밖의 시로 나누어 고찰될 것인데, 이는 영랑의 시에서 '4행시'가 갖는 위상에 대한 고려 때문이다. 양자의 비교 분석은 영랑의 초기 서정시에서 음운의 선택과 배치를 지배하는 원리가 무엇인지를 규명하는 데 초점이 맞춰질 것이다. 무엇보다도 서정시의 진수라 일컫는 초기 시의 공명도를 분석함으로써 소리의 결texture과 리듬이 어떤 관계를 맺는지를 실증적으로 규명할 수 있을 것이다. 이는 영랑의 중기 시 이후의 산문율화된 자유시의 리듬 양상을 변별하는 데 있어서나, 영랑 시 전체의 음악성의 실체를 규명하는 데 있어서도 유용한 자료가 될 것이다. 미약하나마 현재 답보 상태에 있는 리듬 연구에도 하나의 유익한 방법론을 제공할 수 있을 것으로 기대해 본다.

3. 초기 시의 공명도 분석 1 – 4행시의 경우[17]

4행시는 영랑의 초기 시의 요체이다. 박용철이 "그의 사행소곡四行小曲은 천하일품天下一品"[18]이라고 평한 이래, 4행시는 영랑의 시를 대표하는 작품이 되었다. "자네 예적같은 4행四行이나 8행八行이 아니 나오나. 그런 미시형美詩形을 완성完成한 사람이 조선朝鮮 안에 자네 내놓고 누가 있나"[19]라는 말에는 4행시에 대한 상찬과 4행시 창작의 단절에 대한 아쉬움이 내재해 있다. 영랑의 4행시가 지닌 일반적 특질은 "의미나 리듬의 흐름으로 보아 안정과 균형감의 바탕 위에 자연스러운 감정의 토로를 보여주는 것"[20]으로 규정할 수 있다. 이는 4행시의 가장 중요한 특성이 구조적 안정성과 운율적 효과를 통해 서정성의 극대화에 있음을 보여준다. 이런 의미에서 4행시는 영랑의 초기 시의 서정과 리듬을 이해하는 관문과 같은 역할을 수행한다고 말할 수 있다.

10

님두시고 가는길의 애끈한 마음이여

한숨쉬면 꺼질듯한 조매로운 꿈길이여

이밤은 감감한 어느뉘 시골인가

이슬가치 고힌눈물을 손끗으로 깨치나니

---

17 1935년 시문학사에 간행한 『영랑시집』에는 총 53편의 시가 제목 없이 연번 순으로 수록되어 있다. 이 중 10번부터 37번까지 총 28편이 4행시로 되어 있다. 이들 작품들은 대개가 『시문학』 1~3호에 수록된 것들로서, 1호에는 「四行小曲 7首」라는 제하에 4행시 7편, 2호에는 5편, 3호에는 5편이 수록되어 있다. 이들 시편들은 모두 1연 4행의 단일한 구조로 되어 있는데, 본고에서 다루는 4행시는 바로 이러한 협의의 4행시를 의미한다.

18 박용철, 「신미시단의 회고와 비평 (2)」 『중앙일보』, 1931.12.8.

19 박용철, 「영랑에게의 편지」, 『박용철 전집』 2, 현대사, 1940, 347쪽.

20 조창환, 「김영랑 시의 운율적 위상」, 『남도의 황홀한 달빛』, 우리글, 2008, 89쪽.

11

허리띄 매는 시악시 마음실가치

꽃가지에 으늘한 그늘이 지면

힌날의 내가슴 아즈랑이 낀다

힌날의 내가슴 아즈랑이 낀다

14

밤ㅅ사람 그립고야

말업시 거러가는 밤ㅅ사람 그립고야

보름넘은 달그리매 마음아이 서어로아

오랜밤을 나도혼자 밤ㅅ사람 그립고야

15

숨향긔 숨길을 가로막엇소

발끝에 구슬이 깨이여지고

달따라 들길을 거러다니다

하룻밤 여름을 새워버렷소[21]

　여기서 보듯 4행시는 1연 4행의 단일한 시형으로 조직되어 있어 구조적으로 매우 안정된 형태라고 할 수 있다. 그러나 구조적 동일성 이면에는 각 시편에만 고유한 상이성이 존재한다. 이것은 대체로 반복의 양상의 다양성으로 나타난다. 예를 들어, 10의 경우에는 1행과 2행의 "−이여"라는 공통점 이외에는 별다

21　김영랑, 『영랑시집』, 시문학사, 1935. 인용된 네 편 가운데, 10은 『시문학』 1호에, 11은 2호에, 14는 3호에, 15는 『영랑시집』에 수록된 작품이다.

른 반복이 나타나지 않지만, 11은 "힌날의 내가슴 아즈랑이 낀다"라는 행 자체의 반복, 14는 "밤ㅅ사람 그립고야"라는 어절의 3회 반복, 15는 특정 글자수과 음절('올'과 '오')의 반복을 통해 운율적 효과를 산출하고 있다. 이는 4행시라는 동일한 시형이라 할지라도 각각의 시편에서 리듬을 조성하는 장치가 상이하다는 것을 보여준다.

그런데 이들 시편은 대체적으로 유사한 시적 정조를 공유하고 있다. 나아가 4행시 대부분이 은은함과 그리움의 정서가 주를 이루고 있다. 이것의 일차적 원인은 내용적 유사성, 곧 이들 시편들이 "내 마음의 정서를 형상화"[22]하고 있는 데서 찾을 수 있다. 그리고 이로부터 음질音質 혹은 음상音相 면에서의 공통적 특질이 유래한다. 각각의 시편에서 리듬적 장치의 상이성에도 불구하고 대체로 유사한 시적 정조가 발생하는 이유가 바로 이것 때문이다. 그렇다면 위의 4편을 포함한 초기 4행시의 음질 혹은 음상의 실제적 양상은 어떠한가? 이를 알기 위해서는 4행시 전체의 자음의 분포 양상[23]을 확인할 필요가 있다.

〈표 1〉에서 보듯, 4행시의 자음 사용 빈도는 그 편차가 매우 큰 편이다. 가장 높은 빈도를 나타내는 것은 'ㅇ'으로 총 51회 사용된 반면, 'ㅍ, ㅃ, ㅆ, ㅉ'의 경우는 단 1회도 사용되지 않았다. 네 편의 시에서 자음의 사용 빈도수를 순서대로 나타내면, 'ㅇ〉ㄹ〉ㄴ〉ㄱ, ㅁ〉ㅅ〉ㅂ〉ㅎ〉ㄷ, ㄲ〉ㅈ〉ㅊ〉ㅋ, ㄸ〉ㅌ〉ㅍ, ㅃ, ㅆ, ㅉ'의 순이다. 여기서 1차적으로 확인할 수 있는 것은 비음 'ㅁ, ㄴ, ㅇ'과 유음 'ㄹ'의 현저성이다. 1~4위가 모두 유성음으로 되어 있는데, 'ㅇ'은

---

22 양병호, 「김영랑 시의 인지시학적 연구」, 『현대문학이론 연구』 42호, 2010, 49쪽.

23 자음의 분포 양상을 분석하는 데 있어 1차적인 관심 대상은 자음의 표기 양상이다. 자음의 소리값이 아니라 표기를 대상으로 삼은 까닭은 'ㅇ'의 음가 문제, 음운 변동 현상, 7종성법 등 미해결의 문제가 산재해 있기 때문이다.

24 여기서 분석의 대상은 『영랑시집』(시문학사, 1935)에 수록된 시편이다. 분석은 각 시에 나타난 자음의 표기를 기준으로 하며, 음운변동 현상 등의 변수는 고려하지 않았다. 소수점은 소수점 이하 첫째 자리까지 표기했고, 둘째 자리 이하는 절삭하였음을 밝힌다.

작품	음운	ㄱ	ㄴ	ㄷ	ㄹ	ㅁ	ㅂ	ㅅ	ㅇ	ㅈ	ㅊ	ㅋ	ㅎ	ㄲ	ㄸ	소계
10	횟수	8	18	2	9	10	1	8	15	2	2	2	5	5	-	87
	비율	9.1	20.6	2.2	10.3	11.4	1.1	9.1	17	2.2	2.2	2.2	5.7	5.7	-	-
11	횟수	6	15	2	7	6	-	5	13	4	2	-	4	3	1	68
	비율	8.8	22	2.9	10.2	8.8	-	7.3	19.1	5.8	2.9	-	5.8	4.4	1.4	-
14	횟수	9	6	2	14	11	9	5	12	1	-	-	1	-	-	70
	비율	12.8	8.5	2.8	20	15.7	12.8	7.1	17.1	1.4	-	-	1.4	-	-	-
15	횟수	8	1	4	15	4	4	8	11	1	-	-	2	2	1	61
	비율	13	1.6	6.5	24.5	6.5	6.5	13.1	18.0	1.6	-	-	3.2	3.2	1.6	-
평균	합	31	40	10	45	31	14	26	51	8	4	2	12	10	2	286
	비율	10.8	13.9	3.4	15.6	10.8	4.8	9.0	17.7	2.7	1.3	0.6	4.1	3.4	0.6	-

51회, 'ㄹ'은 45회, 'ㄴ'은 40회, 'ㅁ'은 31회가 사용되고 있다. 이들 네 자음의 총합167회은 전체 자음의 58.1%에 이를 정도로 유성음의 구성비가 높은 편이다. 이러한 구성비는 영랑의 시가 지닌 음악적 양상의 요체가 무엇인지를 설명한다. 즉 그의 시는 "음이 가지는 고유의 요소에 의해 조성되는 리듬감, 호음조의 특색"[25]을 잘 보여주고 있는 것이다. 그렇다면 이러한 양상을 그의 초기 시, 특히 4행시의 전반적 양상으로 일반화할 수 있는가? 다음은 4행시 전체의 자음 분포 양상이다.

〈표 2〉 4행시 전체(10~37)의 자음 분포표

음운	ㄱ	ㄴ	ㄷ	ㄹ	ㅁ	ㅂ	ㅅ	ㅇ	ㅈ	ㅊ	ㅋ	ㅌ	ㅍ	ㅎ	ㄲ	ㄸ	ㅃ	ㅆ	ㅉ	소계
초성	179	152	67	135	91	68	132	282	71	20	7	5	17	79	26	15	5	10	12	1,373
비율	13.0	11.0	4.8	9.8	6.6	4.9	9.6	20.5	5.1	1.4	0.5	0.3	1.2	5.7	1.8	1.0	0.3	0.7	0.8	-
종성	39	165	2	164	84	28	30	28	3	4	-	4	1	-	-	-	-	-	-	553
비율	7.0	29.8	0.3	29.6	15.1	5.0	5.4	5.0	0.5	0.7	-	0.7	0.1	-	-	-	-	-	-	-
전체	218	317	69	299	175	96	162	310	74	24	7	9	18	79	26	15	5	10	12	1,926
비율	11.3	16.4	3.5	15.5	9.0	4.9	8.4	16.0	3.8	1.2	0.3	0.4	0.9	4.1	1.3	0.7	0.2	0.5	0.6	-

---

25 양왕용, 『현대시 교육론』, 삼지원, 2000, 91쪽.

『영랑시집』에서 4행시는 총 28편으로 10~37까지의 시편이 여기에 속한다. 전술한 대로 4행시는 영랑 초기 시의 미적 특색, 특히 "음질音質의 선택, 음운音韻의 조화調和, 나아가서는 음상音相의 변혁變革"을 잘 나타내고 있는 시편들이다. 이는 자음 분포 양상에도 그대로 반영되어 있다. 위의 표에서 보듯, 전체 4행시의 자음 빈도는 'ㄴ〉ㅇ〉ㄹ〉ㄱ〉ㅁ〉ㅅ〉ㅂ〉ㅎ〉ㅈ, ㄷ〉ㄲ〉ㅊ〉ㅍ〉ㄸ〉ㅉ〉ㅆ〉ㅌ〉ㅋ〉ㅃ'의 순으로 되어 있다. 이러한 빈도는 앞의 표 1의 분포 양상('ㅇ〉ㄹ〉ㄴ〉ㄱ, ㅁ〉ㅅ〉ㅂ〉ㅎ〉ㄷ, ㄲ〉ㅈ〉ㅊ〉ㅋ, ㄸ〉ㅌ〉ㅍ, ㅃ, ㅆ, ㅉ')과 큰 차이가 없다. 여기서 가장 높은 빈도를 보이는 것은 'ㄴ'으로 총 371회 사용되었는데, 'ㅍ, ㄸ, ㅉ, ㅆ, ㅌ, ㅋ, ㅃ'이 20회 미만으로 사용되고 있는 것과 극명한 대조를 이룬다. 다음으로 높은 빈도를 보이는 것은 'ㅇ'인데 총 310회 사용되었고, 'ㄹ'이 299회, 'ㄱ'이 218회, 'ㅁ'이 175회 사용되었다. 'ㄱ'이 'ㅁ'보다 43회 더 많이 사용된 것이 이채롭지만, 전체적인 양상에서는 큰 차이를 보이지는 않는다. 이러한 사실은 유성음의 구성 비율에서도 확인할 수 있다. 4행시 전체의 유성음 비율은 57.1%인데, 앞의 네 편의 4행시의 비율 58.1%와 별다른 차이를 보이지 않는 것이다.

이를 통해 1차적으로 확인할 수 있는 것은 영랑이 "[＋공명성] 자질을 가진 소리를 선호했다"[26]는 사실이나. ㄴ는 시어의 선택에 있어 울림노가 높은 소리를 선호한다. 이러한 사실은 그가 된소리나 거센소리보다는 울림소리와 같은 공명도가 큰 자음을 선택했다는 사실에서 확인할 수 있다. 공명도가 높은 음운이 시어의 음상과 음질을 부드럽게 함으로써 시의 음악성을 구현하는 데 있어 탁월한 효과를 지니고 있기 때문이다.

---

26 조성문, 앞의 글, 212쪽.

4. 초기 시의 공명도 분석 2—기타 시의 경우

『영랑시집』에는 4행시 이외에도 영랑을 대표하는 많은 시들이 수록되어 있다. 「동백닢에 빛나는 마음」1쪽, 「내마음 고요히 고흔봄 길우에」2쪽, 「누이의 마음아 보아라」5쪽, 「내마음을 아실이」43쪽, 「모란이 피기까지는」45쪽, 「청명」53쪽과 같은 작품들이 여기에 속한다. 영랑의 대표작으로 간주되는 이들 작품들은 서정성과 음악성을 겸비하고 있는 것으로 평가된다. 그렇다면 이들 작품들도 높은 공명도를 가진 음운들이 주축을 이루고 있을 것으로 예상할 수 있다. 이제 『영랑시집』에 수록된 4행시 이외의 초기 시의 자음 사용 빈도를 분석함으로써 이를 검증할 것이다. 4행시와 비교 분석은 이들 작품이 갖는 미적 특수성을 확증하는 데 도움을 줄 것이다.

(가)

돌담에 소색이는 햇발가치
풀아래 우슴짓는 샘물가치
내마음 고요히 고흔봄 길우에
오날하로 하날을 우러르고십다

새악시볼에 떠오는 붓그럼가치
시(詩)의가슴을 살포시 젓는 물결가치
보드레한 에메랄드 얄게 흐르는 실비단 하날을 바라보고십다

(나)

모란이 피기까지는

나는 아즉 나의봄을 기둘리고 잇슬테요

모란이 뚝뚝 떠러져버린날

나는 비로소 봄을여흰 서름에 잠길테요

오월(五月)어느날 그하로 무덥든날

떠러져누은 꼿닙마져 시드러버리고는

천지에 모란은 자최도 업서지고

뻐처오르든 내보람 서운케 문허젓느니

모란이 지고말면 그뿐 내 한해는 다 가고말아

삼백(三百)예순날 하냥 섭섭해 우웁내다

모란이 피기까지는

나는 아즉 기둘리고잇슬테요 찬란한슬픔의 봄을[27]

인용된 두 편의 시는 모두 영랑의 대표작이다. (가)는 「내마음 고요히 고흔봄 길우에」이고, (나)는 「모란이 피기까지는」이다. 『영랑시집』에는 제목 없이 연 번 2와 45로 게재되었다. 두 편 모두 영랑 시 중에서도 높은 미적 가치를 구현 하고 있는 것으로 평가받아 왔다. 곧 이들은 "〈마음〉의 한정된 테두리 안에서 곱고 아름다운 율조律調를 고른 영랑永郎의 시詩"[28]를 내표하고 있는 것이나. 위의 시에서 음악성을 구현하는 장치는 여러 가지인데, 그중 맑고 부드러운 소리의 윤색에 의한 미적 정조의 창출은 손꼽히는 특질이다. 자음의 분포 양상은 이를 구체적으로 예증한다.

(가)의 경우, 자음의 분포는 'ㄹ〉ㅇ〉ㄴ, ㅅ〉ㄱ〉ㅁ〉ㅂ, ㅎ〉ㄷ〉ㅊ〉ㅈ, ㅍ〉ㅌ, ㄸ'의 순이다. 여기서 가장 두드러진 것은 'ㄹ'의 증가이다. 유성음 가

---

27 김영랑, 『영랑시집』, 시문학사, 1935.
28 김학동 편, 『모란이 피기까지는』, 문학세계사, 1981, 245쪽.

<표 3> (가)와 (나)의 자음 분포표

구분	ㄱ	ㄴ	ㄷ	ㄹ	ㅁ	ㅂ	ㅅ	ㅇ	ㅈ	ㅊ	ㅋ	ㅌ	ㅍ	ㅎ	ㄲㄸㅃㅆㅉ	합
횟수	14	17	7	26	10	8	17	19	2	4	-	1	2	8	1	136
비율	10	12.5	5.1	19.1	7.3	5.8	12.5	13.9	1.4	2.9	-	0.7	1.4	5.8	0.7	-
횟수	19	49	9	34	19	14	16	32	13	4	1	3	3	8	9	233
비율	8.1	21.0	3.8	14.5	8.1	6.0	6.8	13.7	5.5	1.7	0.4	1.2	1.2	3.4	3.7	-
합	33	66	16	60	29	22	33	51	14	8	1	4	5	16	10	369
비율	8.9	17.8	4.3	16.2	7.8	5.9	8.9	13.8	3.7	2.1	0.2	1	1.3	4.3	2.6	-

운데에서도 유음 'ㄹ'은 공명도가 가장 높은 자음이다. 'ㄹ'의 증가는 이 시가 음악적 방면의 효과에 있어 얼마나 주의를 기울이고 있는지를 예증한다. 이는 시어의 선택에도 고스란히 반영되어 있는데, 이 시의 주요 어휘 대부분이 유음 'ㄹ'을 포함하고 있다. "돌담, 햇발, 풀, 샘물, 오날하로, 하날, 볼, 살포시, 물결, 에메랄드, 실비단" 등의 시어는 그 대표적인 경우이다. 그런데 유성음의 전체 비율은 4행시 평균값 57.1%보다 4.3% 가량 감소한 수치를 보인다. 이것은 유성음 가운데 'ㄴ'과 'ㅇ'이 감소했기 때문에 벌어지는 현상이다. 구체적으로 말해, 'ㄴ'은 16.4%에서 12.5%로 3.9% 감소했고, 'ㅇ'은 20.5%에서 13.9%로 6.6%가 감소했다. (가)에서 'ㅅ'의 빈도가 증가한 것도 'ㄴ'과 'ㅇ'의 감소로 인한 상대적인 효과로 보인다. 이처럼 유성음 전체가 감소했음에도 불구하고, 우리는 위의 시에서 빼어난 음악적 효과를 인지한다. 이것은 전술한 것처럼 유음 'ㄹ'의 작용과 효과 때문이다. 시행의 특정 위치에서 반복되는 유음 'ㄹ'의 효과가 유성음의 수를 압도하면서 시 전체에 반향하고 있는 것이다. 이것은 우리에게 매우 중요한 사실 하나를 시사하는데, 그것은 시의 음악적 효과를 산출하는 데 있어 유성음의 수와 함께 그것의 배치와 구성 역시 큰 역할을 발휘한다는 점이다. 영랑의 시에서 음악성의 효과는 "주로 소리와 소리 간의 청각적聽的 조응 照應이 주류主流를 이루고"[29] 있는 것이다.

(나)의 경우, 자음의 분포는 'ㄴ〉ㄹ〉ㅇ〉ㄱ, ㅁ〉ㅅ〉ㅂ〉ㅈ, ㄷ〉ㅎ〉ㅊ, ㄸ〉ㅌ, ㅍ, ㄲ〉ㅃ〉ㅋ'의 순이다. 여기서 눈에 띄는 것은 'ㄴ'의 증가이다. 'ㄴ' 은 총 49회 출현하여 전체의 21.0%를 차지하고 있다. 전체의 1/5이 단 하나의 자음으로만 이루어진 것이다. 다른 유성음과 비교해보면, 'ㄹ'보다는 6.5%, 'ㅇ' 보다는 7.3%, 'ㅁ'보다는 12.9% 증가한 수치이다. 이러한 수치는 (가)의 'ㄴ'과 비교했을 때 더욱 두드러진다. (가)의 'ㄴ'이 전체 자음 가운데 12.5%를 차지하 는 것에 비한다면 그 차이는 대략 1.8배 정도에 이른다. 이러한 차이는 4행시의 자음 분포와 비교했을 때도 확연하게 드러나는데, 4편의 4행시의 평균값 13.9% 와 전체 4행시의 평균값 16.4%와 비교했을 때, 대략 1.4배에서 1.6배 정도의 차 이가 난다.

'ㄴ'의 빈출은 (나)의 시어 선택과 밀접한 관계가 있다. (나)에서 시적 화자 는 직접적으로 노출되어 있는데, 그것도 매우 여러 번 출현하고 있다. 2행의 "나는 아즉 나의봄을 기둘리고 잇슬테요"에서 시작해서 마지막 행의 "나는 아 즉 기둘리고잇슬테요 찬란한슬픔의 봄을"에 이를 때까지, '나(내)'는 총 여섯 번 나타난다. 시의 길이가 그렇게 긴 편이 아니라는 점을 고려한다면, 6회에 이르 는 시적 화자의 노출은 매우 특이한 현상이라고 할 수 있다. 이렇게 'ㄴ'의 빈출 은 시적 화자인 '나(내)'의 출현과 긴밀한 관계를 맺고 있다. 여기서 주격조사와 어미 '-는(은)'의 사용도 간과할 수 없다. "나는"과 "피기까지는"에서 보듯, 시 어와 시행의 말미에서 '-는'의 반복은 이 시의 어조 형성에 큰 작용을 하고 있 다. 이 외에도 "모란"과 "날"의 'ㄴ'의 반복적 사용은 이 시의 리듬을 조성하면 서 'ㄴ'의 빈출을 야기한 또 하나의 원인이 된다.

'ㄴ'의 증가는 상대적으로 다른 자음의 비율의 감소를 야기할 수밖에 없다. 대표적인 것이 'ㅇ'의 감소이다. (나)에서 'ㅇ'의 비율은 13.7%이다. 4행시 전

---

29 서준섭, 「金永郎詩에 대한 比較文學的 考察」, 『국어교육』 33호, 1978, 21쪽.

체에서 'ㅇ'의 비율이 20.5%임을 감안한다면, 그 감소의 폭이 어느 정도인지 가늠할 수 있다. 여기서 우리는 유성음 전체의 빈도수에 주목할 필요가 있다. 앞에서 보았듯, (가)의 유성음 비율은 52.8%로 4행시 전체의 유성음 비율 57.1%에 비해 4.3% 정도 감소했다. 그렇다면 (나)의 경우에 전체 유성음의 빈도에는 어떤 변화가 있는가? 놀랍게도 (가)와는 달리, (나)의 유성음 비율은 57.3%로 4행시 전체의 비율과 별다른 차이가 없다. 이것이 의미하는 것은 무엇인가? 이것은 일차적으로 개별적인 시에서 특정 유성음의 사용이 두드러진다는 사실을 보여준다. 선호하는 시어의 반복으로 말미암아 특정 음운의 반복이 두드러지고, 이것이 개별 시의 음질과 음상의 결texture을 결정하며, 마침내 해당 시의 리듬에 영향을 끼치는 것이다. (가)의 'ㄹ'과 (나)의 'ㄴ'이 대표적인 경우이다.

이와 함께 간과할 수 없는 사실은 전체 유성음의 비율이 시적 리듬에 관여하는 정도의 판단이다. 공명도의 측면에서 본다면, 유성음의 비율이 높다는 것은 해당 시의 음악성이 뛰어남을 보여주는 자료가 될 것이다. 그러나 음악성이 뛰어난 시 모두가 유성음의 구성비가 높은 것은 아니다. 유성음의 높은 비율은 해당 시의 음악성의 구현에 있어 충분조건은 아니라는 말이다. 비록 전체에서 유성음이 차지하는 비율은 낮지만, 높은 음악성을 구현하는 시가 있을 수 있다. (가)의 경우가 이를 예증한다. (가)는 비록 유성음의 비율은 낮지만, 'ㄹ'음의 적절한 반복으로 매우 높은 음악성을 구현하고 있다. 따라서 우리는 (가)의 유성음의 비율이 낮다는 사실 때문에 (가)의 음악성이 떨어진다고 말할 수는 없다. 이것은 음악성의 척도에 있어, 전체 유성음의 비율보다 유성음의 조직과 배치가 더욱 중요한 요소임을 반증한다.

여기서 우리는 제3의 요소를 고려하지 않을 수 없다. 그것은 유성음의 위치와 관련된 것이다. 우리말의 특성상 자음은 음절의 초성과 종성에 이중적으로 쓰일 수 있는데, 이것이 유성음의 조직과 배치와 관련하여 고려해야 할 제3의 요소인 것이다. 즉 초성과 종성에 있어 자음의 분포와 배치가 음상과 음질을 결정하는 또 다른 변수인 것이다.

〈표 4〉 초성과 종성의 구분에 따른 (가)와 (나)의 자음 분포표

구분	ㄱ	ㄴ	ㄷ	ㄹ	ㅁ	ㅂ	ㅅ	ㅇ	ㅈ	ㅊ	ㅋ	ㅌ	ㅍ	ㅎ	ㄲㄸㅃㅆㅉ	합
초성	13	9	7	9	4	8	13	19	2	4	-	-	2	8	1	99
종성	1	8	-	17	6	-	4	-	-	-	-	1	-	-	-	37
합	14	17	7	26	10	8	17	19	2	4	-	1	2	8	1	136
비율	10.2	12.5	5.1	19.1	7.3	5.8	12.5	13.9	1.4	2.9	-	0.7	1.4	5.8	0.7	-
초성	14	24	9	18	11	8	12	31	13	-	1	3	3	8	9	164
종성	5	25	-	16	8	6	4	1	-	4	-	-	-	-	-	69
합	19	49	9	34	19	14	16	32	13	1.7	1	3	3	8	9	233
비율	8.1	21.0	3.8	14.5	8.1	6.0	6.8	13.7	5.5		0.4	1.2	1.2	3.4	3.7	-

〈표 4〉는 〈표 3〉을 초성과 종성에 따라 재분류한 것이다. 여기서 우리는 음절의 위치에 따라 자음의 분포 양상이 상이하다는 사실을 분명히 알 수 있다.

먼저 (가)의 경우, 초성의 자음 분포는 'ㅇ〉ㄱ, ㅅ〉ㄴ, ㄹ〉ㅂ, ㅎ〉ㄷ〉ㅁ, ㅊ〉ㅈ, ㅍ〉ㄸ'의 순이다. 이는 전체 자음의 분포 'ㄹ〉ㅇ〉ㄴ, ㅅ〉ㄱ〉ㅁ〉ㅂ, ㅎ〉ㄷ〉ㅊ〉ㅈ, ㅍ〉ㅌ, ㄸ'의 순과 상당한 차이를 보인다. 'ㅇ'을 제외하고 유성음 'ㄴ, ㄹ'이 'ㄱ, ㅅ'보다 적을 뿐만 아니라, 유성음 'ㅁ'이 'ㅂ, ㅎ, ㄷ'보다 적은 것이다. 게다가 초성의 유성음 비율은 41.4%로 전체의 52.8%에 비해 큰 폭으로 감소했다. 초성의 자음 분포 양상만으로 본다면 (가)의 시가 다른 시에 비해 공명도가 높다가 말할 하등의 이유도 없어 보인다. 그러나 종성의 경우는 다르다. 종성의 자음 분포는 'ㄹ〉ㄴ〉ㅁ〉ㅅ〉ㄱ, ㅌ' 순이다. 대부분의 자음이 'ㄴ, ㄹ, ㅁ' 중심의 유성음으로 되어 있어 여타의 다른 자음들은 눈에 띄지 않는다. 종성의 전체 자음 37개 가운데 유성음이 31개로 전체의 83.7%에 이를 정도이다. 이러한 양상은 (나)에서도 동일하게 발견된다. (나)에서 종성의 자음 분포는 'ㄴ〉ㄹ〉ㅁ〉ㅂ〉ㄱ〉ㅅ〉ㅇ'의 순이다. 종성에서 유성음의 비율은

전체의 76.9%에 달하는데, 이러한 압도적인 구성비는 매우 인상적이다.

이러한 구성비는 (가)와 (나) 전체에서 유성음의 비율을 상승시키는 일차적 원인으로 작용한다. 앞서 보았듯, (가)에서 최다 빈도수를 보여주는 자음은 유성음 'ㄹ'이었다. 그런데 'ㄹ'은 초성에서보다 종성에서 훨씬 많이 나타나고 있다. 초성에서는 9회 출현하는 반면, 종성에서는 거의 두 배에 달하는 17회가 출현하고 있는 것이다. 따라서 (가)에서 'ㄹ'이 최다 빈도를 구성하는 데 결정적인 작용을 한 것은 종성의 'ㄹ'이라고 말할 수 있다. 이는 (나)의 'ㄴ'도 마찬가지이다. 초성의 'ㄴ'은 총 24회 출현하는데, 이는 'ㅇ'의 31회에는 미치지 못한다. 그러나 종성에서 'ㄴ'은 모두 25회 출현하여 다른 자음들에 비해 압도적인 우위를 점한다. 따라서 (나)에서 'ㄴ'이 최다 빈도의 자음이 될 수 있었던 것은 종성의 영향이 컸다고 결론내릴 수 있다. 이러한 사실로부터 우리는 초성보다 종성에서 유성음이 더욱 현저하게 드러난다는 것을 확인할 수 있다. 'ㅇ'의 공소성空疎性을 고려한다면 이는 더욱 확연해진다. 즉 초성의 'ㅇ'이 음가音價가 없음을 감안한다면, 'ㅇ'의 공명도의 실질적인 위치는 초성이 아니라 종성인 것이다.

지금까지 우리는 두 편의 시에서 초성과 종성의 자음 분포 양상을 고찰하였다. 이를 통해 자음의 위치에 따라 유성음의 공명도의 현저성의 다르다는 사실을 확인할 수 있었다. 그러나 두 편이라는 제한된 자료만 가지고 이러한 사실을 일반화하기에는 무리가 따른다. 이를 보완하기 위해서는, 4행시를 제외한 나머지 초기 시 전체에서 자음의 분포 양상을 분석할 필요가 있다. 다음은 4행시 이외의 초기 시 전체의 자음 분포를 분석한 결과이다.

〈표 5〉에서 보듯, 4행시 이외의 초기 시의 자음 분포는 'ㅇ〉ㄴ〉ㄹ〉ㄱ, ㅅ〉ㅁ〉ㄷ〉ㅂ, ㅎ〉ㅈ〉ㅊ〉ㅍ〉ㄲ, ㄸ〉ㅌ〉ㅆ〉ㅋ〉ㅃ, ㅉ'의 순이다. 가장 높은 빈도를 나타내는 것은 'ㅇ'으로 총 858회 출현하여 전체의 17.2%를 차지하

〈표 5〉 4행시를 제외한 초기 시의 자음 분포표

구분	ㄱ	ㄴ	ㄷ	ㄹ	ㅁ	ㅂ	ㅅ	ㅇ	ㅈ	ㅊ	ㅋ	ㅌ	ㅍ	ㅎ	ㄲㄸㅃㅆㅉ	소계
초성	366	374	262	365	218	186	299	738	192	73	11	24	45	240	122	3,515
비율	10.4	10.6	7.4	10.3	6.2	5.2	8.5	20.9	5.4	2.0	0.3	0.6	1.2	6.8	3.2	-
종성	83	450	2	365	191	56	152	120	3	24	-	14	7	-	-	1,467
비율	5.7	30.6	0.1	24.8	13.0	3.8	10.3	8.1	0.2	1.6	-	0.9	0.4	-	-	-
전체	449	824	264	730	409	242	451	858	195	97	11	38	52	240	122	4,982
비율	9.0	16.5	5.2	14.6	8.2	4.8	9.0	17.2	3.9	1.9	0.2	0.7	1.0	4.8	2.3	-

고 있다. 다음으로 'ㄴ'이 총 824회 출현하여 전체의 16.5%를 점유하고 있는 데, 이는 'ㅇ'의 횟수에 버금가는 수치이다. 다음으로 'ㄹ'이 730회로 14.6%, 'ㄱ'과 'ㅅ'이 449회로 9.0%를 차지하고 있다. 여기서 눈에 띄는 것은 마찰음 'ㅅ'이 'ㄱ'과 마찬가지로 유성음 'ㅁ'보다 높은 빈도를 보이고 있다는 점이다. 이는 앞의 〈표 2〉에서 유성음 'ㅁ'이 치음 'ㅅ'보다 높은 빈도를 보이는 것과 대 조된다. 한편, 위의 시편들에서 유성음의 비율은 56.6%를 차지하는데, 이러한 수치는 4행시의 유성음 비율 57.1%에 비교해서 그렇게 큰 차이가 나는 것은 아니다. 이것은 4행시와 그 외의 초기 시 사이의 유사성을 암시한다. 즉 『영랑 시집』은 시의 형식과 무관하게 공명도가 높은 유성음으로 주조되어 있는 것이 다. 이는 영랑이 "공명성이 높은 소리를 선호했다"[30]는 추정을 가능케 한다. 일 반적으로 울림이 큰 소리는 소리의 음상과 질감을 표현하고 전달하는 데 효과 적이다. 따라서 영랑이 공명도가 높은 유성음을 선호했다는 것은 그가 시의 음 색과 리듬에 대해 얼마나 큰 관심을 기울였는지를 예증한다.

그런데 유성음의 비율은 그것의 위치, 즉 초성이냐 종성이냐에 따라 확연한 차이를 보인다. 표에서 보듯, 초성에서 자음의 분포는 'ㅇ〉ㄴ〉ㄹ〉ㄱ〉ㅅ〉ㄷ 〉ㅎ〉ㅁ〉ㅈ〉ㅂ〉ㅊ〉ㄸ〉ㅍ, ㄲ〉ㅌ〉ㅆ〉ㅋ〉ㅃ〉ㅉ'의 순이다. 여기에서

---

30 조성문, 앞의 글, 211쪽.

가장 눈에 띄는 것은 파열음 'ㄱ'과 유성음 'ㄴ,ㄹ'의 비율이 유사하다는 점이다. 자음 전체의 분포에서 'ㄱ'이 9.0%, 유성음 'ㄴ'과 'ㄹ'이 각각 16.5%와 14.6%를 차지하고 있는 것과는 현저한 대조를 이룬다. 또한 유성음 'ㅁ'이 장애음 'ㅅ, ㄷ, ㅎ'보다 빈도수가 낮은 것도 인상적이다. 이것은 초성에서 유성음의 사용이 크게 두드러지지 않는다는 사실을 보여준다. 이러한 사실은 초성에서 유성음의 비율이 48.2%에 불과하다는 것을 통해서도 확인할 수 있다. 그러나 종성의 경우는 완연히 다르다. 종성에서 자음의 분포는 'ㄴ〉ㄹ〉ㅁ〉ㅅ〉ㅇ〉ㄱ〉ㅂ〉ㅊ〉ㅌ〉ㅍ〉ㅈ〉ㄷ'의 순이다. 여기서 유성음은 총 76.7%에 이를 정도로 압도적인 비율을 차지하고 있다. 최다빈도를 보이는 'ㄴ'의 경우, 총 450회 출현하여 종성 전체에서 30.6%에 이를 정도이다. 초성에서의 'ㄴ'의 빈도와 비교한다면, 횟수로는 176회가 증가한 것이고 구성비로는 대략 3배 이상이 증가한 것이다. 이러한 수치가 보여주는 것은 종성에서의 유성음의 사용의 현저성이다. 이는 유성음의 공명도의 발현이, 음절의 초성보다는 종성에서 더욱 변별적인 기능을 수행함을 의미한다. 이러한 사실은 중기 및 후기 시의 공명도의 양상을 이해하는 데 있어 중요한 참조가 된다.

5. 중기 시의 공명도 분석

영랑의 초기 시1930~1935에 나타난 음악적 특성을 제대로 변별하기 위해서는 그의 중기 시1938~1940 또는 후기 시1947~1950와의 비교 작업이 필수적이다. 이는 중기 또는 후기 시가 대조군을 형성함으로써 초기 시의 미적 특질을 더욱 현저하게 드러내기 때문이다. 그런데 영랑의 후기 시는 해방 후에 해당되는 시편들이므로 시기적으로 초기 시와의 상당한 거리가 있다. 따라서 본고에서는 분석의 대상을 중기 시로 한정하여 자음의 분포 양상을 조사하고, 이를 초기 시과 비교 검토하고자 한다.[31] 이때 초점이 되는 것은 유성음의 구성비의 변화와 유성음의 배치의 변화 양상이다.

우선, 중기의 대표작으로 손꼽히는 다음의 시를 보자.

내 가슴에 독을 찬지 오래로다

아직 아무도 해한 일 없는 새로 뽑은 독

벗은 그 무서운 독 그만 흩어버리라 한다

나는 그 독이 벗도 선뜻 해할지 모른다 위협하고,

독 안 차고 살어도 머지않어 너 나 마주 가버리면

누억천만 세대가 그 뒤로 참잣고 흘러가고

나중에 땅덩이 모지라져 모래알이 될것임을

「허무한듸!」 독은 차서 무엇 하느냐고?

아! 내 세상에 태어났음을 원망않고 보낸

어느 하투가 있었넌가, 「허무한듸!」, 허나

앞뒤로 덤비는 이리 승냥이 바야흐로 내 마음을 노리매

내 산체 짐승의 밥이되어 찢기우고 할퀴우라 네 맡긴 신세임을

나는 독을 품고 선선히 가리라,

---

31 본고에서 후기 시의 분석을 제외하는 것은 1차적으로 저자의 능력의 한계 때문이다. 그러나 후기 시의 공명도 분석이 복합적이고 중층적인 양상을 띤다는 것도 간과할 수 없는 사실이다. 따라서 후기 시의 공명도 분석은 별도의 지면을 할애할 수밖에 없다.

마금날 내 깨끗한 마음 건지기 위하여

— 「독(毒)을 차고」 전문[32]

중기 시의 대표작인 「독을 차고」는 초기 시가 '내 마음'의 서정을 노래하는 것과는 달리, "그의 역사의식을 아주 각명刻明하게 드러내 주는 작품作品"[33]이다. 이 시는 초기 시에 나타난 베를렌느 풍의 "모종의 불투명하고 나른한 정조情調와 몽롱한 선율旋律과 미묘한 뉘앙스"[34]의 '암시적 무드'와는 달리, 자신의 생각을 매우 직설적으로 표현하는 남성적 어조로 표현되어 있다. 이것은 시의 내용적 변화가 시의 어조 상의 변화를 초래할 수밖에 없음을 암시한다. 여기서 우리는 내용 및 어조 상의 변화가 시어의 사용과 배치, 나아가 시의 음질과 음상의 변화와 어떤 상관관계가 있는지 묻지 않을 수 없다. 현재의 작업에서 이에 대해 100% 만족할 만한 답변을 하는 것은 불가능하다. 다만 초성과 종성의 자음 분포의 분석이 이러한 질문에 대답하기 위한 하나의 방편이라는 점은 분명하게 말할 수 있다. 그렇다면 다음의 시 자음 분포 양상은 어떠한가?

〈표 6〉 「독을 차고」의 자음 분포표

구분	ㄱ	ㄴ	ㄷ	ㄹ	ㅁ	ㅂ	ㅅ	ㅇ	ㅈ	ㅊ	ㅋ	ㅌ	ㅍ	ㅎ	ㄲㄸㅃㅆㅉ	합
초성	25	25	23	19	19	8	16	53	11	6	1	1	1	21	6	235
비율	10.6	10.6	9.7	8.0	8.0	3.4	6.8	22.5	4.6	2.5	0.4	0.4	0.4	8.9	2.4	-
종성	9	30	-	14	11	4	9	7	1	-	-	2	1	-	2	90
비율	10.0	33.3	-	15.5	12.2	4.4	10.0	7.7	1.1	-	-	2.2	1.1	-	-	-
전체	34	55	23	34	30	12	25	60	12	6	1	3	2	21	8	326
비율	10.4	16.8	7.0	10.4	9.2	3.6	7.6	18.4	3.6	1.8	0.3	0.9	0.6	6.4	2.4	-

---

32 김영랑, 「毒을 차고」, 김학동 편, 『모란이 피기까지는』, 문학세계사, 1981, 71쪽.
33 정한모·김용직, 『한국 현대시요람』, 박영사, 1974, 336쪽.
34 서준섭, 앞의 글, 11쪽.

초성과 종성을 합친 전체 자음의 분포는 'ㅇ〉ㄴ〉ㄱ, ㄹ〉ㅁ〉ㅅ〉ㄷ〉ㅎ〉ㅂ, ㅈ〉ㅊ〉ㅌ〉ㅍ, ㄲ, ㄸ, ㅆ〉ㅋ, ㅃ, ㅉ'의 순이다. 이는 4행시 전체의 자음 분포('ㄴ〉ㅇ〉ㄹ〉ㄱ〉ㅁ〉ㅅ〉ㅂ〉ㅎ〉ㅈ, ㄷ〉ㅊ〉ㅍ〉ㄸ〉ㅉ〉ㅆ〉ㅌ〉ㅋ〉ㅃ〉ㅋ')와 4행시를 제외한 초기 시의 자음 분포('ㅇ〉ㄴ〉ㄹ〉ㄱ, ㅅ〉ㅁ〉ㄷ〉ㅂ, ㅎ〉ㅈ〉ㅊ〉ㅍ〉ㄲ, ㄸ〉ㅌ〉ㅆ〉ㅋ〉ㅃ, ㅉ')와 대동소이하다. 유성음의 비율은 54.9%로, 4행시의 구성 비율 57.1%^(표 2)와 4행시 이외의 초기 시의 비율 56.6%^(표 5)에 비해 1.8~2.3% 정도 감소했다. 여기서 관건은 1.8~2.3% 정도의 감소폭을 어떻게 평가할 것인가에 달렸다. 만약 이러한 감소를 유의미한 변화로 간주할 수 없다면, 우리는 다음과 같은 모순된 결론에 빠지고 만다. 즉 기존의 평가와는 달리 중기 시가 유성음의 현저한 사용으로 빼어난 음악성을 구현하고 있다고 결론짓거나, 아니면 중기 시는 음악성이 빼어나지 않기 때문에 초기 시도 역시 그렇다고 결론을 내릴 수밖에 없다. 어느 것이든 초기 시와 중기 시의 음악성에 대한 기존의 견해와는 배치될 수밖에 없는데, 이러한 모순에서 벗어나기 위한 유일한 방법은 1.8~2.3% 정도의 감소를 유의미한 변화로 간주하는 것이다. 이를 위해서 초성과 종성의 자음 분포를 구분하여 살펴볼 필요가 있다.

초성에서 자음의 빈도는 'ㅇ〉ㄱ, ㄴ〉ㄷ〉ㅎ〉ㄹ, ㅁ〉ㅅ〉ㅈ〉ㅂ〉ㅊ〉ㄲ, ㄸ〉ㅋ, ㅌ, ㅍ, ㅃ〉ㅆ' 순이다. 압도적인 다수를 차지하는 'ㅇ'을 제외한다면, 'ㄷ'과 'ㅎ'이 'ㄹ, ㅁ'보다 우위를 차지하고 있다는 것이 특징이다. 이러한 현상은 초기의 4행시의 분포('ㅇ〉ㄱ〉ㄴ〉ㄹ〉ㅅ〉ㅁ〉ㅎ〉ㅈ〉ㅂ〉ㄷ〉ㄲ〉ㅊ〉ㅍ〉ㄸ〉ㅉ〉ㅆ〉ㅋ〉ㅌ, ㅃ')와 4행시를 제외한 초기 시의 분포('ㅇ〉ㄴ〉ㄹ〉ㄱ〉ㅅ〉ㄷ〉ㅎ〉ㅁ〉ㅈ〉ㅂ〉ㅊ〉ㄸ〉ㅍ, ㄲ〉ㅌ〉ㅆ〉ㅋ〉ㅃ〉ㅉ')와 비교했을 때 더욱 두드러진다. 이것은 초성에서 유성음과 장애음의 우세를 가리는 것이 쉽지 않다는 것을 보여준다. 유성음의 비율이 49.3%라는 것도 이를 확인시켜 준다. 49.3%는 표 2와 표 5의 비율 48.0%와 48.2%에서 1.1~1.3%가 감소한 수치이다. 이러한 감소치는 자음 전체에서 확인된 유성음의 감소치 1.8~2.3%보다 적은 양이다. 따라서 초성에서 유성음의 비율의 변화는 음성적 효과를 판별하는 데 있어 변별적 기능을 수행하고 있다고 보기 어렵다.

그럼 종성의 경우는 어떠한가? 종성에서 자음의 분포는 'ㄴ〉ㄹ〉ㅁ〉ㄱ, ㅅ〉ㅇ〉ㅂ〉ㅌ〉ㅍ'의 순이다.[35] 이는 4행시의 자음의 분포('ㄴ〉ㄹ〉ㅁ〉ㄱ〉ㅅ〉ㅂ, ㅇ〉ㅊ, ㅌ〉ㅈ〉ㅍ')와 4행시 이외의 초기 시의 자음 분포('ㄴ〉ㄹ〉ㅁ〉ㅅ〉ㅇ〉ㄱ〉ㅂ〉ㅊ〉ㅌ〉ㅍ〉ㅈ〉ㄷ')와 큰 차이가 없다. 그러나 유성음의 비율은 68.8%로 4행시에서의 유성음의 비율 79.5%⟨표 2⟩와 4행시 이외의 초기 시에서의 비율 76.6%⟨표 5⟩와 큰 차이를 보인다. 다시 말해 종성의 경우에, 중기 시의 유성음의 비율은 초기 시의 그것에 비해 7.8~10.7%나 감소한 것이다. 이것은 종성에서 유성음의 비율의 변화가 초성의 경우와는 달리 변별적인 기능을 수행하고 있음을 의미한다. 유음과 비음과 같은 유성음의 사용에 있어, 영랑의 언어감각의 초점은 초성보다는 종성에 맞춰지고 있는 것이다. 효과의 층위에서 본다면, 이것은 영랑이 초성이 산출하는 환기성보다는 종성이 산출하는 여운의 효과에 보다 세심한 주의를 기울였음을 암시한다.

만약 우리가 중기 시 전체에서 동일한 결과를 확증한다면, 위의 추론을 일반화해도 무방할 것이다. 이에 분석의 범위를 중기 시 전반으로 확장해서 그 결과를 초기 시와 비교할 필요가 있다. ⟨표 7⟩은 중기 시 전체의 자음 분포표이다.

초성과 종성을 합친 자음 전체의 분포는 'ㅇ〉ㄴ〉ㄹ〉ㄱ〉ㄷ〉ㅁ〉ㅅ〉ㅈ〉ㅎ〉ㅂ〉ㅊ〉ㅆ〉ㄲ〉ㅍ〉ㅌ〉ㄸ〉ㅋ, ㅃ〉ㅉ'의 순이다. 이는 4행시를 비롯한 초기 시의 자음 분포 양상과 유사한 패턴을 보여준다. 유성음의 비율도 55.9%로, 4행시의 비율 57.1%와 4행시를 제외한 초기 시의 비율 56.6%와 별

---

35 종성의 받침 중, 'ㅄ'은 'ㅂ'으로 'ㄶ'은 'ㄴ'으로 표기했다. 이 외에 겹자음은 대표음으로 표기했음을 밝혀둔다.

<표 7> 중기 시 전체의 자음 분포표

구분	ㄱ	ㄴ	ㄷ	ㄹ	ㅁ	ㅂ	ㅅ	ㅇ	ㅈ	ㅊ	ㅋ	ㅌ	ㅍ	ㅎ	ㄲㄸㅃ ㅆㅉ	소계
초성	238	235	224	238	147	100	165	507	141	61	11	14	31	139	95	2,346
비율	10.1	10.0	9.5	10.1	6.2	4.2	7.0	21.6	6.0	2.6	0.4	0.5	1.3	5.9	3.7	-
종성	62	319	4	225	102	31	53	100	6	9	1	13	10	4	61	1,000
비율	6.2	31.9	0.4	22.5	10.2	3.1	5.3	10.0	0.6	0.9	0.1	1.3	1	0.4	6.1	-
전체	300	554	228	463	249	131	218	607	147	70	12	27	41	143	156	3,346
비율	8.9	16.5	6.8	13.8	7.4	3.9	6.5	18.1	4.3	2.0	0.3	0.8	1.2	4.2	4.4	-

다른 차이가 없다. 0.7~1.2% 정도의 미세한 감소만이 눈에 띌 뿐이다. 이러한 양상은 자음의 빈도와 유성음의 구성비에 있어서 중기 시와 초기 시가 별다른 차이가 없음을 보여준다. 그러나 이는 영랑의 중기 시의 리듬에 대한 기존의 평가, "초기 시의 경우와 비교해 볼 때, 중기시의 리듬은 리듬감에 있어 대체로 무디고 미약한 것"[36]이라는 지적과 정면으로 배치된다. 이것은 중기 시에 시어의 음질과 음색에 대한 영랑의 고려가 반영되어 있을 것이라는 추정을 가능케 한다. 그런데 문제는 유성음의 총량만으로는 중기 시의 리듬의 실제적 구현 양상을 파악하기 어렵다는 점이다. 이러한 난국을 돌파하기 위해서는 무엇보다도 위치에 따른 자음의 분포를 분석해야만 한다. 즉 음절의 초성과 종성을 구분하고 각각의 자음의 분포 양상을 살필 필요가 있는 것이다.

〈표 7〉에서 보듯, 초성에서 자음의 분포는 'ㅇ〉ㄱ, ㄹ〉ㄴ〉ㄷ〉ㅅ〉ㅁ〉ㅈ〉ㅎ〉ㅂ〉ㅊ〉ㄲ〉ㅍ〉ㄸ〉ㅌ〉ㅋ〉ㅆ, ㅉ〉ㅃ'의 순으로 되어 있다. 이것은 초기 4행시의 분포, 그리고 4행시 이외의 초기 시의 분포와 큰 차이가 없어 보인다. 게다가 유성음의 비율도 47.9%로 초기 4행시의 비율 47.9%와 4행시 이외의 초기 시의 비율 48.2%와 대동소이하다. 그러나 여기에는 초기와 중기 시의 미묘한 차이가 내재해 있다. 이는 자음 분포에서 특정 음운의 변화를 통해

---

36 양병호, 「김영랑 시의 리듬 연구」, 『한국언어문학』 28집, 1990, 172쪽.

확인할 수 있다. 파열음 'ㄷ'의 빈도의 변화는 초기 시에서 중기 시의 변화를 감지하는 바로미터로 기능한다. 초기 4행시에서 초성 'ㄷ'의 비율은 4.8%에 불과했다. 그러나 4행시를 제외한 초기 시에서 7.4%로 늘어나고, 중기 시에서는 9.5%까지 확대된다. 이것은 다른 자음의 변동폭에 비해 매우 큰 폭의 변화이기 때문에, 그 수치는 유의미한 변화로 간주할 수 있다. 파열음 'ㄷ'의 확대는 필연적으로 중기 시에서 음질과 음상의 변화를 초래하고, 궁극적으로 중기 시의 리듬에 변화를 초래할 수밖에 없을 것이다. 이는 음운의 선택에 있어 초기 시의 긴장이 이완되었음을 의미한다. 게다가 이러한 변화는 시적 화자의 생각과 감정의 자유로운 분출과 상관적이다. 초기 시가 내용적으로 '내 마음'이라는 순수 서정의 세계를 노래하였다면, 중기 시는 민족적 현실에 대한 자각에서 비롯한 일상세계에서의 삶을 노래한다. 이때 '독毒'의 'ㄷ'에서 느껴지는 강렬한 음상은 "굴절된 역사에 타협함으로써 얻는 안녕 따위는 강하게 거부하겠다는 신념"[37]을 표현할 수 있게 된다.

그런데 초성과는 달리, 종성에서의 자음의 분포는 'ㄴ〉ㄹ〉ㅁ〉ㅇ〉ㄱ〉ㅅ〉ㅆ〉ㅂ〉ㅌ〉ㅍ〉ㅊ〉ㄲ〉ㅈ〉ㄷ, ㅎ, ㅃ〉ㄸ, ㅉ'의 순이다. 초기 시의 자음 분포 양상과 비교했을 때 두드러진 특징은 파열음 'ㄷ'의 변화가 눈에 띄지 않는다는 점이다. 이는 자음 구성이 초성보다 제한되어 주로 유성음이 주축을 이루고 있기 때문에 생기는 현상이다. 실제로 종성에서의 유성음의 비율은 매우 높은 편인데, 중기 시의 경우 그 비율은 74.6%에 달할 정도이다. 이를 초기 시와 그것과 비교하면 양자의 차이가 분명히 드러난다. 즉 초기 4행시에서 유성음의 비율은 79.5%이고, 4행시 이외의 초기 시에서 유성음의 비율은 76.6%이다. 이것은 초기 시에 비해 중기 시의 유성음의 비율이 2~4.9% 감소했음을 보여준다. 이를 통해 우리는 초성과는 달리 종성의 위치에서 유성음의 변화가 보

---

37 김현자, 「영랑 시와 민족 언어」, 한국시학회 편, 『남도의 황홀한 달빛』, 우리글, 2008, 73쪽.

다 명확히 드러난다는 것을 확인할 수 있다. 이처럼 종성에서의 유성음 총량의 변화 양상은 음질과 음색, 나아가 리듬의 변화를 감지하는 지표로서의 역할을 수행하고 있다.

그러나 이보다 중요한 것은 종성에서의 유성음 구성비의 변화 양상이다. 종성의 유성음의 배치 양상은 각각의 시편에서 모두 상이하게 나타난다. 만약 종성의 위치가 유성음의 공명도가 현저하게 발현되는 공간이라면, 종성에서 발현되는 유성음의 배치 양상에 따라 해당 시의 음색과 음질이 달라질 것이라는 추정은 정당하다. 다시 말해, 종성에서의 유성음 'ㄴ, ㄹ, ㅁ'의 수와 종류의 차이가 해당 시의 음색과 음상을 재는 척도로서 기능할 수 있는 것이다. 마치 색조합표에서 기본이 되는 빛의 3원색적/녹/청의 구성비가 다양한 색을 결정하는 것처럼, 유성음의 구성비는 해당 시의 고유한 음색과 음질을 결정하는 데 매우 큰 영향을 끼친다는 할 수 있다.

〈표 8〉은 중기 시 13편의 종성의 자음 분포를 나타낸 것이다. 13편의 작품에서 종성의 총합은 1,000개이다. 여기서 가장 높은 빈도수를 보이는 것은 'ㄴ'이고, 'ㄹ'과 'ㅁ'과 'ㅇ'이 그 다음 차례를 이루고 있다. 여기서 네 개의 유성음 'ㄴ : ㄹ : ㅁ : ㅇ'의 구성비는 대체로 3 : 2 : 1 : 1의 비율(319 : 225 : 102 : 100)을 이룬다. 그러나 개별 시편들이 보이는 'ㄴ : ㄹ : ㅁ : ㅇ'의 구성비는 상이하다. 이것은 전체 유성음의 구성비와 개별 시편들의 구성비 사이에 다양한 편차가 있음을 의미한다. 여기서 흥미로운 것은 전체와 개별의 구성비를 비교했을 때 다양한 유형의 개별 시편들이 몇 가지 유형으로 분류된다는 사실이다. 즉 평균값과 근사한 시편들(「연1」, 「묘비명」, 「우감」, 「춘향」), 'ㄹ'의 비율이 우세한 시편들(「가야금」, 「달마지」, 「오월」, 「강물」, 「호젓한 노래」), 'ㄴ'의 비율이 우세한 시편들(「거문고」, 「독을 차고」, 「한줌흙」, 「집」)로 유형화되는 것이다. 여기서 첫 번째 부류가 대체로 유성음의 고른 분포를 보여주는 것에 비해, 두 번째 부류는 유음 'ㄹ'의 영향 때

〈표 8〉 중기 시의 종성의 자음 분포표

작품	ㄱ	ㄴ	ㄷ	ㄹ	ㅁ	ㅂ	ㅅ	ㅇ	ㅈ	ㅊ	ㅋ	ㅌ	ㅍ	ㅎ	ㄲㄸㅃㅆㅉ	합
거문고	5	31	2	12	7	2	4	6	-	-	-	2	1	1	3	76
가야금	4	3	-	5	2	1	1	1	-	-	1	2	-	-	1	21
달마지	1	4	-	7	4	2	-	4	-	1	-	-	-	-	1	24
연1	4	25	1	19	5	5	4	2	1	-	-	3	1	1	4	75
오월	2	16	-	19	5	3	2	9	-	4	-	-	-	-	3	63
독을 차고	9	30	-	14	11	4	9	7	1	-	-	2	1	-	2	90
묘비명	1	10	-	6	3	2	-	2	-	-	-	1	-	-	-	25
한줌흙	3	19	-	8	3	1	7	7	-	-	-	1	-	-	5	54
강물	2	14	-	16	8	2	3	6	-	-	-	-	1	-	8	60
우감	7	20	-	16	7	2	4	8	3	1	-	-	1	2	4	75
호젓한 노래	3	11	-	18	3	3	5	8	-	1	-	-	-	-	-	52
춘향	18	102	1	66	36	3	7	39	1	1	-	2	4	-	24	304
집	3	34	-	19	8	1	7	1	-	1	-	-	1	-	6	81
합	62	319	4	225	102	31	53	100	6	9	1	13	10	4	61	1,000
비율	6.2	31.9	0.4	22.5	10.2	3.1	5.3	10.0	0.6	0.9	0.1	1.3	1	0.4	6.1	-

문에 음악적 효과가 우세하게 나타나고, 세 번째 부류는 상대적으로 음악적 효과가 약하게 나타난다고 할 수 있다. 이렇게 유성음 가운데 'ㄹ'을 중심으로 몇 가지 유형을 나눌 수 있는 것은 종성에서 'ㄹ'이 지닌 특별한 위상 때문이다. 이를 보다 구체적으로 알기 위해서는 초기와 중기 시의 변화 추이를 확인할 필요가 있다.

〈표 9〉 초기 및 중기 시의 종성의 자음 분포표

작품	위치	ㄱ	ㄴ	ㄷ	ㄹ	ㅁ	ㅂ	ㅅ	ㅇ	ㅈ	ㅊ	ㅋ	ㅌ	ㅍ	ㅎ	ㄲㄸㅃㅆㅉ	합
4행시	종성	39	165	2	164	84	28	30	28	3	4	-	4	1	-	-	553
	비율	7.0	29.8	0.3	29.6	15.1	5.0	5.4	5.0	0.5	0.7	-	0.7	0.1	-	-	-
나머지 초기시	종성	83	450	2	365	191	56	152	120	3	24	-	14	7	-	-	1,467
	비율	5.7	30.6	0.1	24.8	13.0	3.8	10.3	8.1	0.2	1.6	-	0.9	0.4	-	-	-
중기시	종성	62	319	4	225	102	31	53	100	6	9	1	13	10	4	61	1,000
	비율	6.2	31.9	0.4	22.5	10.2	3.1	5.3	10.0	0.6	0.9	0.1	1.3	1	0.4	6.5	-

〈표 9〉는 초기 시와 중기 시 사이의 유성음의 구성비의 변화 추이를 그대로 보여주고 있다. 여기서 주목할 것은 유성음 'ㄴ, ㄹ, ㅁ, ㅇ'의 변화 추이이다. 유성음 'ㄴ, ㄹ, ㅁ, ㅇ'의 변화 양상을 보면, 'ㄴ'의 경우 초기 시와 중기 시 사이에 별다른 차이가 없음을 확인할 수 있다. 대체로 종성의 자음 중에서 31%를 기준으로 ±1% 정도의 미세한 변동이 있을 뿐이다. 이것은 유성음 가운데 'ㄴ'이 상수常數의 역할을 수행할 가능성이 있음을 보여준다. 역으로 이것은 공명도 척도에서 유성음 'ㄴ'이 변별적 자질이 아님을 보여준다. 그렇다면 'ㄴ'을 기준점으로 다른 유성음과의 비율을 계산하고, 이를 통해 시기별 변화 양상을 확인할 수 있을 것이다.

'ㄴ'과는 달리 나머지 유성음들은 시기별로 뚜렷한 변화 양상을 보여준다. 특히 유음 'ㄹ'의 경우는 초기 시에서 중기 시로의 변화의 폭이 매우 큰 편이다. 4행시에서 29.8%였던 것이 중기 시에는 22.5%로 급감하고 있다. 이러한 추이는 유성음 'ㅁ'의 경우에도 동일하게 발견된다. 4행시에서 15.1%를 차지했던 것이 나머지 초기 시에서는 13%로 감소하고, 중기 시에 이르면 10.2%로 급감하게 된다. 여기서 흥미로운 것은 'ㅁ'의 감소율이 'ㄹ'의 감소율과 유사한 패턴을 보인다는 점이다. 게다가 'ㅇ'의 점증과는 대위적 양상을 이루고 있다. 이것은 'ㄹ'과 'ㅁ'의 변화가 'ㅇ'의 추이와는 반대의 방향으로 연동하고 있음을 보여준다. 이를 통해 우리는 영랑이 소리의 음상과 음질을 향상시킬 때, 특정 위치에 특정 자음군을 집중적으로 배치하고 있다는 사실을 알 수 있다.

이는 유성음 전체의 구성비의 변화 추이를 통해서도 확인할 수 있다. 4행시에서 유성음 ㄴ : ㄹ : ㅁ : ㄷ의 구성비는 ('ㄴ'을 100으로 보면) 100 : 100 : 50 : 17이고, 4행시 이외의 초기 시의 구성비는 100 : 80 : 40 : 26이며, 중기 시의 구성비는 100 : 70 : 30 : 30이다. 이것은 'ㄴ'을 기준으로 'ㄴ'과 나머지 유성음의 비가 점점 감소하고 있음을 보여준다. 즉 초기 4행시에서 'ㄴ'과 나머지 유성음의 비는 167인데, 4행시 이외의 초기 시에서는 146으로 떨어지고, 중기 시에 이르면 130까지 감소하고 있는 것이다. 이러한 양상은 종성에서 유성음의 빈도수와 현저성이 감소하고 있음을 구체적으로 예증한다. 이로부터 우리는 최종적으로, 종성에서의 'ㄹ'과 'ㅁ'이 유발하는 공명도가 가장 큰 것은 초기의 4행시이며, 나머지 초기 시와 중기 시에 이를수록 그 정도가 점점 감소하고 있다는 결론에 도달할 수 있다.

6. 공명도 분석의 미적 가치

우리는 지금까지 공명도의 분석을 통해 영랑 시의 음악성의 실제적 양상을 살펴보았다. 이로부터 얻게 되는 결과는 다음과 같다.

첫째, 영랑 시의 서정성의 기저 층위에는 시어의 음상과 음질에 대한 관심과 고려가 내재해 있다. 음운의 공명도 분석은 이를 확인할 수 있는 유력한 지표이다. 둘째, 영랑은 시의 음악적 효과를 높이기 위해 자음 중에 공명도가 높은 유성음을 의식적으로 사용하고 있다. 이때 유성음의 빈도와 위치는 음악적 효과에 큰 영향을 끼친다. 셋째, 유성음의 현저성은 초성보다는 종성에서 더욱 두드러진다. 따라서 종성에서 유성음의 비율의 변화는 음성적 자질을 판별하는 데 있어 변별적 기능을 수행하고 있다고 할 수 있다. 넷째, 종성에서의 유성음 'ㄴ, ㄹ, ㅁ, ㅇ'의 수와 종류의 차이는 해당 시의 음색과 음상을 재는 척도가 된다. 여기서 'ㄴ'은 상수로서, 'ㄹ'은 핵심 변수로서 기능한다. 다섯째, 영랑의 시는 초기에서 중기로 진행될수록 유성음 'ㄹ'과 'ㅁ'이 감소하는 추세를 보인다. 이는 그가 소리의 음상과 음질을 향상시킬 때, 특정 위치에 특정 자음군을 집중적으로 배치하고 있음을 보여준다.

그렇다면 이제 우리는 영랑 시의 음악성의 원천이 어디인지 물을 수 있다. 김학동은 "영랑永郎의 음악에 대한 심취나 조예가 그의 시적 운율을 이루고 있"[38]다고 단언한 바 있다. 이것은 언어의 소리에 대한 지속적 관심과 애정이야말로 시의 리듬, 나아가 시의 음악성을 산출하는 근본 동력이라는 사실을 잘 보여준다. 우리가 현대시에서 소리의 울림과 작용에 대해 재고해야 하는 것도 바로 이러한 이유에서 비롯한다.

---

[38] 김학동 편, 「감각적 구경과 자아의 확충」, 『모랑이 피기까지는』, 문학세계사, 1981, 252쪽.

제2부

자유시 리듬의
확산과 변주

제1장

이상 시의 리듬 연구

『오감도烏瞰圖』를 중심으로

1. 기이한 리듬

이 글은 다음과 같은 단순한 질문에서 출발한다. '이상 시에 리듬이 존재하는가?'

한국 근현대시사에서 자유시와 산문시의 성립 이후 현재에 이르기까지 '리듬rhythm'의 문제는 미해결의 상태에 있는 것으로 보인다.[1] 리듬이 시의 본질과 직결된 문제라면, 리듬을 어떻게 정의하느냐에 따라 시의 본질은 상당히 달라질 수 있다. 이는 언어에서 음악성을 구현하는 방법에 대한 상이한 이해 방식을 대변한다. 전통적인 운율론은 리듬을 압운rhyme과 율격meter, 곧 특정 음운과 운율자질prosodic feature의 규칙적이고 정형적인 반복으로 이해해 왔다. 그런데 우리의 경우, 한국어가 지닌 고유한 성격으로 말미암아 서양식 운율론을 직접 적용할 수 없다는 문제가 발생한다. 한국식 '음수율'의 탄생은 이러한 고충에서 비롯한다고 할 수 있다. 그러나 이러한 이론들에는 리듬을 시의 형식

---

1 본고에서는 '운율'이라는 말 대신에 '리듬'이라는 용어를 사용한다. 전자가 규칙적이고 정형적인 언어의 반복을 표현하는 말이라면, 후자는 불규칙적이고 비정형적인 언어의 결(texture)과 흐름(stream)을 표현하는 말로 현대시에서의 다양한 언어의 양상을 표현하기에 보다 적합하기 때문이다.

혹은 형태로 환원하는 문제가 내재한다. 그 결과 외적으로 압운과 율격이 명시적이지 않은 자유시와 산문시에 과연 리듬이 존재하는가라는 문제가 제기되었다. 소위 '내재율'과 '자유율'은 이러한 문제점을 우회하는 일종의 궁여지책으로 볼 수 있다. 핵심은 내재율과 자유율이라는 용어의 창안이 아니라, 외적으로 명시되지 않는 자유시와 산문시에서 시적 언어의 고유한 리듬을 발견하는 데에 있다. 이 지점에서 기존의 이론은 크게 두 가지 방향으로 갈라지는 것처럼 보인다. 하나는 자유시와 산문시에서 리듬의 존재를 부정하는 길이고, 다른 하나는 '음보율'과 같은 특수한 형태로 리듬의 가능성을 모색하는 길이다. 전자는 자유시와 산문시에서도 시적 언어가 갖는 고유한 결texture과 흐름 stream을 무시한다는 점에서, 후자는 자의적이고 비실체적인 개념을 사용함으로써 리듬의 핵심을 왜곡한다는 점에서 수용하기 어렵다.

　이러한 역사적 맥락에서 이상 시의 리듬을 논한다는 것은 무슨 의의가 있는가? 리듬의 부정과 왜곡이라는 이중적 재난 상황에서, 가장 반-음악적이고 반-리듬적으로 간주되어 온 이상 시의 리듬을 논한다는 것 자체가 황당한 일처럼 보일 수 있다. 실제로『조선중앙일보』에 '오감도烏瞰圖'가 연재된 직후, "정신이상자精神異常者의 잠꼬대"[2]라는 독자들의 반응은 '오감도'를 '시'로 간주하지 않는 태도를 잘 보여주고 있다. 더욱 심각한 것은 문단 내부에서의 평이었는데, 김억은 이상에게 "한갓디이기지機智나 경구警句를 희롱하면서 시가詩歌의 길을 더럽혀서는 아니될 일"[3]이라는 엄중한 경고를 보낸 바 있다. 김억의 이러한 힐난은, 이상의 시가 "구독句讀에 니르러서는 일자반구一字半句를 쎄지 아니하고 대패질하듯이 그대로 밋그러지고 말았"다는 전제로부터 그의 시는 "가장 조선朝鮮 말답지 못한 이 산문散文"이라는 판단에서 비롯한다. 여기에서 우리는 이상의 시에

2　박태원, 「이상의 편모」, 『조광』, 1937.6, 303쪽.
3　김억, 「詩는 機智가아니다」, 『매일신보』 1935.4.11.

관한 아주 중요한 사실 하나를 확인할 수 있다. 그것은 이상 시의 '구두법句讀法'의 특이성, 곧 행갈이 및 띄어쓰기를 하지 않은 것이 그의 시를 산문으로 간주하는 주요 원인이 되었다는 점이다. 여기에는 운문과 산문의 이원론이 존재한다. 김억이 이상의 시를 산문으로 간주한 것도 바로 이러한 이원론에 기초한 것으로 볼 수 있다. 그러나 시의 리듬은 압운과 율격의 존재 유무를 척도로 하는 운율로 한정될 수 없다. 이때 우리가 판별해야 할 것은 이상 시에서 압운과 율격의 바깥의 층위에서 언어적 리듬의 실제적 출현 양상이다. 따라서 우리가 이상 시의 리듬의 존재를 판별할 때 가장 우선적으로 경계해야 할 것은 바로 운문과 산문의 이원론이다.

그러나 이상 시의 리듬에 대한 기존의 연구는 거개가 이러한 이원론의 틀 내에서 이루어져 왔다.[4] 즉 이상 시의 리듬을 형태적 차원에서의 규칙적인 반복에서 찾는 시도가 가장 일반적인 형태였던 것이다. 예컨대, 이어령은 이상 시의 리듬을 '활자의 물결'[5]로 규정하고 있다. 김주연은 구두점, 띄어쓰기의 무시, 숫자의 도입 등과 같은 형식적 자유를 '운율의 내재화 과정'[6]으로 이해하고 있다. 이상 시의 리듬 연구의 방법론적 한계는 그의 시에 대한 기존 연구의 한계와 상관관계가 있다. 주지하다시피, 이상 시에 대한 기존의 연구는 문학적인 접근뿐만 아니라, 미술, 건축학, 수학, 의학, 철학, 사회학, 수사학 등 다양한 영역에서 접근을 시도해 왔다. 기존 연구가 이상 시에 대한 여러 주목할 만한 성과들을 축적해 왔음은 사실이다. 그럼에도 불구하고 여전히 이상 시는 그 특유의 난해성으로 인해 해석이 불가능한 의미의 결여 지점들이 존재한다. 이것은 기존의 연구가 이상 시의 언어 체계의 근본적 특성을 해명하는

4　문덕수, 「현대시의 해설과 감상」, 이우출판사, 1982, 197~199쪽.
5　이어령, 「이상의 소설과 기교」, 『문예』 1권 2호, 1978, 32쪽.
6　김주연, 「깨어진 거울의 혼란」, 『68문학』, 한명출판사, 1968.

데 있어 일정한 한계가 있음을 보여준다. 요컨대 기존의 연구는 이상 시의 내용, 시작詩作 방법론, 구문론, 표기법 그리고 음성적 조직에 대한 총괄적인 인식을 제공하고 있지 못한 것이다. 이상 시의 리듬에 대한 기존의 연구도 이러한 문제점을 공유하고 있다. 다시 말해, 이상 시의 리듬을 형태의 차원에서 '구두법句讀法'에 관한 논의로 한정함으로써, 그의 시의 의미론적·구문론적·리듬론적 연관성을 제대로 논구하지 못한 것이다. 이렇게 되면 이상 시의 리듬은 형태의 문제로 축소되어 그의 시적 언어가 갖는 독특한 미적 가치를 간과하게 된다.

그러므로 본고에서는 리듬을 시적 언어의 결과 흐름의 표현으로 이해하고, 그의 시의 의미와 형태와 소리의 층위가 어떻게 조직되는지를 탐색할 것이다. 본론에서는 그의 시적 리듬의 층위를 '도상의 리듬', '구문의 리듬', '사유의 리듬'으로 분별하여 고찰할 것이다.[7] 이를 통해 이상 시의 독특한 의미 구조를 규명하는 한편, 그의 시가 지닌 미적 가치를 해명하고자 한다. 이는 공시적·통시적 차원에서 이상 시가 지닌 의의와 가치를 확증하는 것과 동궤를 이룬다. 이상 시의 음성적 자질이 시의 의미 및 구문의 조직과 불가분의 관계가 있다는 사실을 확증하고, 결국 한 편의 시는 소리와 표현과 의미가 긴밀하게 호응하면서 하나의 전체로서 구조화된다는 사실을 보게 될 것이기 때문이다.

---

7   원명수는 이상 시의 리듬을 '시각률', '대립률', '생성률'로 구분하고, 그를 "새로운 한국시의 형식을 보여 준 시인"으로 평한 바 있다. 이러한 이해는 이상의 리듬의 다양한 유형들을 포괄한다는 점에서 좋은 참조가 된다. 원명수, 「이상시의 형식고」, 『김춘수교수회갑논문집』, 형설출판사, 1982.

2. 이상 시 리듬의 세 가지 양상

이상 시의 리듬의 실제적 면모를 확인하기에 앞서, 그의 시의 문체가 산문 문체와 엄격히 구별되지 않는다는 사실부터 지적할 필요가 있을 것 같다. 이러한 현상은 이상 시의 문체가 기존의 운문 문체와는 판이하게 다르기 때문에 생기는 현상이다. "이상 문학 연구에 있어서 시와 소설, 수필이라는 전통적인 장르 구분이 불필요한 것으로 인식되었다는 사실"[8]도 여기에서 비롯한다. 주지하다시피, 그의 시는 압운rhyme과 율격meter이라는 전통적 작시법versification의 원리를 따르지 않는다. 그 결과 그의 글쓰기에는 운문과 산문의 전통적 이분법이 존재하지 않는데, 이런 이유로 그의 시는 운문이 아니라 "도저到底한(音律에 完全히 無關心한) 산문散文"[9]으로 간주되어 오기도 했다. 여기에서 우리는 이상의 시가 "작품work에서 텍스트text로 나아가는 식민지 문학의 한 가지 양상"[10]임을 확인할 수 있다.

그렇다면 이상의 시가 다른 장르와 구분되는 변별적 자질은 무엇인가? 여기에서 우리는 이상의 시에 리듬이 존재하는가라는 질문과 대면하게 된다. 즉 이상의 시가 산문과 명확히 구별되지 않는다면, 그의 시에서 리듬은 존재하는가, 그리고 만약 리듬이 존재한다면 그것을 어떻게 발견할 것인가? 이상의 글쓰기에서 장르 사이의 상호 간섭은 그가 기존의 운문 문체에 대한 의식이 부재하기 때문에 생기는 현상으로 볼 수 있다. 이때 이상 시의 리듬은 대부분 압운이나 율격과 같은 정형률에서 벗어나 있기 때문에, 전통적 개념과 분석틀로 그의 리듬의 실제를 분별할 수는 없을 것이다. 예컨대,

---

8 　김승구, 「이상 문학에 나타난 욕망과 기호생성의 상관성 연구」, 서울대 박사논문, 2004, 8쪽.
9 　김춘수, 『한국현대시형태론』, 해동문화사, 1958, 99쪽.
10 　이경훈, 「소설가 이상 씨(MONSIEUR LICHAN)의 글쓰기」, 『사이間SAI』 17호, 2014.11, 310쪽.

이상1910~1937의 시 중에는 애송되는 시가 거의 없다. 그의 시가 난해하다는 것은 일반적으로 알려진 일이다. 그의 시가 갖는 음악성을 살펴보면 그의 시의 난해성에 걸맞는 현상을 발견하게 된다. 이상의 시의 리듬은 미궁으로 **빠**지려는 경향을 갖고 있다. 판단을 불능케 하고 리듬 분절을 허용치 않음으로써 아예 그 인식을 거부하려는 듯한 태도를 보인다.[11]

서우석의 고백은 이상 시의 리듬 연구가 처한 곤혹을 잘 보여준다. 무엇보다도 이상의 시는 리듬에 대한 "판단을 불능케 하"여 "미궁으로 **빠**지려는 경향"의 인정이 그러하다. 이러한 인정은 이상 시가 갖고 있는 주요한 성격, 곧 "리듬 분절을 허용치 않음"에서 기인하는 것으로 볼 수 있다. 이는 이상 시의 음성적 질서가 '작시법'과 같은 외적 규범에 의해 제어되지 않고, 각각의 시편에 내재한 의미와 구문론적 질서 하에서 조직되기 때문에 벌어지는 현상이다. 그런데 역설적이게도 서우석의 고백은 이상 시의 리듬 연구의 방향을 설정하는 데 있어 주요한 참조점이 된다. "리듬 분절"과 "반복"의 문제를 제기하기 때문이다. 서우석은 이상 시에 나타나는 반복이 띄어쓰기의 거부에 의해 분절되지 않음으로써, 그의 시적 리듬이 일종의 '혼란' 혹은 '어지러움'을 유발하는 것으로 간주하고 있다. 즉 "리듬 인식 기능을 마비시키는 반복적인 단어의 출현으로써 어지러움을 수반하는 부정적 방향"[12]으로 작동하고 있다는 것이다. 그러나 반복이 이상 시의 주요 특징이라면, 띄어쓰기의 거부가 반복의 효과를 완전히 무화할 수는 없다. 오히려 반복이 주는 효과가 띄어쓰기의 거부에 의해 어떻게 변주되는가가 논의의 핵심이 되어야 한다. 그러므로 이상 시의 리듬 연구는 다양한 반복이 어떻게 구문론적 질서를 분절하여 시적 의미를 드러내는가를 해명하는 것이

---

11 서우석, 『시와 리듬』, 문학과지성사, 1981, 93쪽.
12 위의 책, 97쪽.

어야 한다. 이하에서는 그러한 반복의 양상을 도상, 구문, 사유의 층위에서 살펴보고자 한다.

1) 도상적iconic 리듬의 양상

(가) 「시제사호(詩第四號)」[13]

患者의容態에關한問題

```
·0987654321
0·987654321
90·98765432
890·9876543
7890·987654
67890·98765
567890·9876
4567890·987
34567890·98
234567890·9
1234567890·
```

診斷 0·1
26·10·1931
以上 責任醫師 李 箱

(나) 「진단(診斷) 0:1」 (73)

어떤患者의容態에關한問題

```
1234567890·
123456789·0
12345678·90
1234567·890
123456·7890
12345·67890
1234·567890
123·4567890
12·34567890
1·234567890
·1234567890
```

診斷 0·1
26·10·1931
以上 責任醫師 李箱

(가)의 「시제사호詩第四號」는 '뒤집어진 숫자판'의 해석상의 난점이 존재한다. 이를 해명하는 일차적인 관문은 "1234567890"이라는 연속된 숫자와 온점 ("·")의 의미의 확정에 있다. 여기서 대각으로 연속된 온점을 '뒤집어진 숫자판'의 분할선의 표식으로 가정할 경우, 두 개의 삼각형의 대칭성을 발견할 수 있다. 그러나 그것이 왜 "환자患者의 용태容態에 관關한 문제問題"이고 "진단診斷 0·1"인지는 이해하기 어렵다. 만약 온점을 "1234567890"의 외부에서 내부로 점진적으로 이동하는 어떤 존재로 가정한다면, 위의 시는 숫자체계의 파열의 도식으로 이해할 수 있다. 이때 온점의 위치는 "환자患者의 용태容態"의 정도를 표시하고, "진단診斷 0·1"은 온점이 1과 0 사이의 내부 숫자를 잠식하였음을 나타내는 기호가 된다. 그렇다면 이 시의 대칭성은 '뒤집어진 숫자판'을 분할하는 두

---

13 이상, 「詩第四號」, 김주현 주해, 『정본 이상문학전집 1 : 시』, 소명출판, 2009, 89쪽. 이상 시의 인용은 김주현 주해본의 편집에 따라 제목과 쪽수만을 표기하는 것으로 대체한다. 이는 소설과 수필의 경우도 마찬가지이다.

삼각형의 대칭이 아니라, 숫자체계 내부와 외부의 대칭이라고 할 수 있다. 따라서 '뒤집어진 숫자판'은 "책임의사責任醫師 이李 상箱"과 "환자患者" 사이의 전도를 보여주는 장치이다. 여기에 두 번째 대칭성이 은폐되어 있는데, 숫자판을 사이에 둔 환자와 의사의 대칭이 그것이다. 이는 궁극적으로 이상이 환자이기도 하다는 사실을 암시적으로 보여준다.[14]

따라서 '뒤집어진 숫자판'은 온점의 이동에 의한 숫자체계의 분절과 그것의 흐름을 보여주는 도상이라고 할 수 있다. 이때 좌상에서 우하로 이동하는 온점은 "1234567890"을 연속적으로 분절하면서 고유한 시각적 리듬을 창출한다.[15] 상술하면, 온점은 숫자판을 두 개의 도상적 리듬을 분기하는데, 우상의 숫자의 양이 감소하는 방향의 리듬과 좌하의 숫자의 양이 증가하는 방향의 리듬이 그것이다. 따라서 시각적 층위에서 숫자판은 수량數量의 증감이 대칭적으로 존재하는 도상적 리듬을 예시한다고 할 수 있다. 이것은 숫자에 의한 도상적 리듬의 가능성을 타진하는 계기가 된다는 점에서 매우 흥미롭다.

여기서 한 가지 더 숙고할 것은 '숫자판'을 음성적으로 발화하는 경우이다. (나)의 숫자판을 보자. 「진단 0:1」의 숫자판을 눈으로만 보지 않고 발화를 한다면, 예컨대 "일이삼사오육칠팔구공 / , 일이삼사오육칠팔구 / 공, 일이삼사오육칠팔 / 구공"('/'는 분절 표시)으로 분절하여 연속적으로 발화한다면, (나)의 숫자판은 도상적 리듬뿐만 아니라 음성적 리듬을 가질 수 있다. 그렇다면 음성적 층위에서도 (나)는 발화의 음량音量의 증감에 의한 대칭적 리듬을 지각할 수 있게 된다. 그렇다면 (가)의 '뒤집어진 숫자판'에서도 이러한 발화가 가능한가? (가)의 '뒤집어진 숫자판'은 정상적인 발화가 불가능하다. 그러나 뒤집어진 숫

---

14 장철환, 「이상 글쓰기의 방법적 원리로서 '대칭성' 연구」, 『한국학연구』 39호, 2015.11, 193~220쪽.

15 이는 수열의 리듬과 흡사하다. 「線에關한覺書 3」의 "∴nPn=n(n-1)(n-2)······(n-n+1)"는 이를 예시한다.

자라고 할지라도 발화의 가능성이 완전히 차단되는 것은 아니다. 정상적인 숫자와의 형태적 유사성이 존재하는 한에서, 곧 동일하지는 않지만 숫자를 가늠할 수 있는 한도 내에서는 발화의 가능성이 존재하는 것이다. 「선線에 관關한 각서覺書 6」을 보자.

數字의 方位學

4 ㅜ ㅗ ㅏ(① – 인용자 표시)

數字의 力學

時間性(通俗思考에依한歷史性)

速度와 座標와 速度

4 + ㅜ

ㅜ + ㅗ

4 + ㅏ

ㅏ + 4

— 「선(線)에 관(關)한 각서(覺書) 6」 부분

인용 부분은 "수지數字의 방위학方位學"이란 말이 보여주듯, 숫자 '4'와 방위 표시의 기호인 '4'와의 형태적 유사성에서 착안하고 있다. "4 ㅜ ㅗ ㅏ"(①)은 숫자 '4'를 회전시켜 네 개의 방위를 표시한다. 주의할 것은 ①이 '4'의 연속적 회전에 의한 배치가 아니라는 점이다. ①이 90도 각도의 회전체의 나열이라면 "4 ㅜ ㅗ ㅏ"와 같은 형태를 취할 것이다. ①의 배치는 "4 ㅜ : ㅗ ㅏ"(':'은 대칭의 표시)의 대칭을 보여주기 위한 것이다. 이때 좌항의 내항과 우항의 내항, 좌항의 외항과 우항의 내항은 각각 180도의 회전체이다. 이는 6행~9행의 경우도 마찬가지인데, 회전체의 대칭이라는 이중적 구조를 예시한다. 여기서 우리는 도상적 리듬을 확인할 수 있다. 즉 ① 내부의 회전체의 대칭성에서 출발하여, 6행에서 9행까지의 일련의 변화를 통해 시각적 리듬을 지각하게 되는 것이다.

그렇다면 「선에 관한 각서 6」의 회전에 의해 전도된 기호들은 발화가 가능한가? 전도된 기호들을 숫자로 본다면, 발화는 불가능하다. 예컨대, "↙ + ↘"를 '사 더하기 사'로 인위적으로 발화한다면, 이는 시각적 인지에 의한 산법과 충돌할 것이다. 7행, 8행, 9행도 마찬가지이다. 그런데 전도된 기호들을 방위의 표지로 읽는다면, 사정은 달라진다. 예컨대, "↙ + ↘"를 '동 그리고 서'로 발화할 수 있다면, 다음 행들 또한 '서 그리고 동', '북 그리고 남', '남 그리고 북'로 발화될 것이다. 이 경우 6행~9행은 도상적 리듬뿐만 아니라 음성적 리듬의 효과를 지니게 된다. 이는 '뒤집어진 숫자판'과 '전도된 기호'의 경우일지라도, 음성적 리듬을 가질 수 있음을 보여준다. 그렇다면 다음의 도식의 경우는 어떤가?

前後左右를除하는唯一의痕迹에잇서서

翼殷不逝 目大不都

胖矮小形의神의眼前에我前落傷한故事를有함.

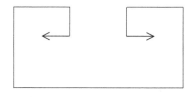

臟腑라는것은浸水된畜舍와區別될수잇슬는가.

— 「시제5호(詩第五號)」 전문

「시제5호詩第五號」는 일문시 「22년二十二年」과 상호 텍스트성을 지닌다.[16] 우선

---

16 양자의 관련성에 대해서는 다음을 참조할 것. 이경훈, 『이상, 철천의 수사학』, 소명출판, 2000,

위의 시의 그림(선)은 좌우대칭이라는 사실을 확인할 필요가 있다.[17] 그런데 리듬 연구에서 주목할 것은 대칭성 자체가 아니라 대칭성이 연속에 의해 특정한 흐름을 가질 때이다. 이런 면에서 위의 그림(선)은 시각적 리듬을 산출하지 않는 것처럼 보인다. 그러나 그림(선)의 양끝에 있는 화살표에 주목한다면 상황은 달라진다. 화살표가 그림(선)의 방향성을 부여함으로써, 선의 운동에 의한 연속적 흐름을 상정할 수 있기 때문이다. 예컨대, 위의 그림(선)은 다음과 같은 운동 과정을 함축한다. ① 하나의 점에서 출발하여 반대 방향으로 운동하는 선→② 1차 방향 전환 : 위쪽으로 운동하는 선→③ 2차 방향 전환 : 마주보며 운동하는 선→④ 3차 방향 전환 : 아래쪽으로 운동하는 선→⑤①의 방향으로의 회귀…… 여기서 ①과 ③, ②와 ④는 서로 반대 방향의 운동이다.

전체적으로 ①부터 ⑤까지의 운동은 순환하는 운동의 한 싸이클을 이룬다. 이것은 위의 그림(선)이 특정 방향으로의 운동의 변환과 연속을 표시한다는 것을 의미한다. 따라서 위의 그림(선)에서 우리가 지각 또는 상상하는 것은 정지된 대칭성만이 아니라, 선의 운동에 의한 반복과 변주의 흐름이다. 선의 운동 상태를 나타내는 화살표가 현재 상태 이전과 이후의 선의 운동을 지각하게 하는 것이다. 이러한 '선의 방위학'은 「선에 관한 각서 6」의 "수자數字의 방위학方位學"과 매우 흡사하다. 만약 위의 그림(선)을 조감도로 본다면, 선의 운동은 와류渦流의 운동과 같은 도상적 리듬을 보여준다고 할 수 있다.

그렇다면 이러한 도상적 리듬이 시의 전후 맥락에서 어떤 의미를 갖는가? 마지막 문장("臟腑라는것은浸水된畜舍와區別될수잇슬는가.")은 "장부臟腑"가 "침수浸水된

213~215쪽; 박현수, 「이상 시학의 기원에 이르는 통로」, 『13인의 아해가 도로로 질주하오』, 수류산방, 2013, 185~213쪽.

17 이 시에서 대칭성은 그림에만 존재하는 것은 아니다. "翼殷不逝 目大不都"는 문자의 대칭성을 보여주는데, 일문시 「二十二年」의 "二十二" 또한 이러한 대칭성을 지닌다. 그리고 1행과 3행은 호흡 마디의 대칭성을 보여준다. 전자는 "前後左右를除하는 / 唯一의痕迹에잇서서"로, 후자는 "胖矮小形의神의眼前에/我前落傷한故事를有함"으로 분절되기 때문이다.

축시^{畜舍}"와 같이 제 기능을 수행하지 못한다는 의미로 해석할 수 있다. 여기서 "장부^{臟腑}"는 신체 기관의 일부로 해석하는 것이 적절하다.[18] 이상이 여러 작품들에서 보여준 자신의 신체, 특히 얼굴·피부·내부 기관에 대한 관심은 이를 방증한다. 따라서 그림(선)의 운동 방향은 밖으로 나가지 못하고 안으로 소용돌이치는 상태를 나타내는 표상으로 간주할 수 있다. 이는 "침수^{浸水}된 축시^{畜舍}"의 내부의 물의 흐름과 일치한다. 「22년^{二十二年}」의 마지막 문장이 괄호로 묶여있다는 사실은 이를 암시한다. 즉 괄호는 내용적으로 그림에 대한 부가 설명일 뿐만 아니라, 시각적으로도 "침수^{浸水}된 축시^{畜舍}"의 내부 흐름을 보여주는 기호인 것이다.

시의 전반부의 진술들 역시 "장부^{臟腑}"와 "침수^{浸水}된 축시^{畜舍}"와의 관련성을 보여준다. 박현수는 수필 「애야^{哀夜}」 및 문종혁의 진술[19]을 토대로 "전후좌우^{前後左右}를 제^除하는 유일^{唯一}의 혼적^{痕迹}"을 매춘부의 육체를 해석한 바 있다.[20] 그런데 "전후좌우^{前後左右}"라는 방위를 '사지^{四肢}'로 간주하는 것, 그리고 '몸통'을 여성의 생식기관과 등치시키는 것은 납득하기 어렵다. 오히려, 이 구절은 사방^{四方}이 구분되지 않는 상황에서의 물체의 운동상태의 혼적으로 봐야 한다. 이는 "翼殷不逝 目大不覩"의 의미와 연결되는데, '날개'와 '눈'이라는 신체기관이 제 기능을 수행하지 못하는 상태는 "전후좌우^{前後左右}"를 구분하지 못하는 상태이기 때문이다. "반왜소형^{胖矮小形}의 신^神의 안전^{眼前}에 아전낙상^{我前落傷}한 고사^{故事}"는 바로 이러한 상태를 시적 주체가 체험한 적이 있음을 암시한다. 이때 "반왜소형^{胖矮小形}의 신^神"은 제 기능을 수행하지 못하는 '신'이라는 의미로, '낙상'은 그러한 열등한 신보다 더욱 열등한 경험을 하였음을 의미한다. 결국 위의 시의 전반부

---

18 김정은은 "臟腑"를 '丈夫'로 해석한 바 있다. 김정은, 「해체와 조합의 시학」, 『문학사상』, 1985.12.

19 문종혁, 「심심산천에 묻어주오」, 『여원』, 1969.4.

20 "이때의 전후좌우란 사지(四肢)라 할 수 있으며, 이것을 제한 '유일의 혼적'은 몸통 자체, 즉 몸통이 비만하여 사지가 상대적으로 위축된 상태를 의미하는 것이다.(그리고 그 몸통의 핵심인 여성의 자궁을 가리킨다)", 박현수, 앞의 글, 203쪽.

는 제 기능을 수행하지 못하는 신체기관에 대한 표현으로 볼 수 있다. 여기서 와류를 표시하는 선의 운동은 제 기능을 수행하지 못하는 '장부'의 상태를 도해한다. "전후좌우前後左右를 제除하는 유일唯一의 흔적痕迹"은 방향 없는 물체의 운동에 방점이 찍히고, "침수浸水된 축사畜舍"는 그러한 운동의 원인으로서 주체의 내부의 병에 방점이 찍힌다.[21] '위독危篤'의 다음 시편들은 이러한 해석의 가능성을 높여 준다.

> (가) 죽고십흔마음이칼을찾는다. 칼은날이접혀서퍼지지안으니날을怒號하는焦燥가絶壁에끈치려든다. 억찌로이것을안에떼밀어노코또懇曲히참으면어느결에날이어듸를건드렷나보다. 內出血이빽빽해온다. 그러나皮膚에傷차기를어들길이업스니惡靈나갈門이업다. 가친自殊로하야體重은점점무겁다.
>
> —「침몰(沈歿)」(119쪽)

> (나) 입안에짠맛이돈다.血管으로淋[ ]한墨痕이몰려들어왔나보다. 懺悔로벗어노은내구긴皮膚는白紙로도로오고붓지나간자리에피가롱저매첫다. 尨大한墨痕의奔流는온갓合音이리니分揀할길이업고다므른입안에그득찬序言이캄캄하다. 생각하는無力이이윽고입을빼거제치지못하니審判바드려야陳述할길이업고謫愛에잠기면버언저滅形하야버린典故만이罪業이되어이生理속에永遠히氣絶하려나보다.
>
> —「내부(內部)」(123~124쪽)

(가)는 '칼날'에 의한 내부의 상처가 일으킨 "내출혈內出血"의 사태를 기술하고 있다. 흥미로운 것은 "억찌로 이것을 안에 떼밀어노코 또 간곡懇曲히 참으면"에서 보듯, '칼날'을 신체 내부로 집어넣는 기이한 행위이다. 신체 내부의 상처

---

21 이상이 처음으로 각혈한 것은 1931년 여름으로 추정되는데, 「二十二年」의 발표 시기와 겹친다.

와 '내출혈'은 이러한 행위의 결과이다. 따라서 '내출혈'은 내부의 장기가 제 기능을 상실한 상태를 보여준다. 이런 맥락에서 「시제5호」의 '화살표'는 '칼날'의 형상화라고 추정할 수도 있겠다. 아무튼 내부의 출혈은 밖으로 분출하지 못하는데, 이는 '칼날'을 삼켜버려 "피부皮膚에상傷차기를어들길이업"기 때문이다. 여기서 신체 내부를 폐쇄된 공간으로 사유하고 있다는 점에 주목할 필요가 있다. 밀폐된 공간의 이미지는 그의 시와 소설의 곳곳에서 출현하는데, 위의 시에서는 "악령惡靈나갈 문門이업다"로 표현되고 있다. 그 결과 내출혈에 의한 피의 흐름은 폐쇄된 신체 공간 속에서 와류와 같은 운동을 띠게 된다.

(가)의 연장선상에서 (나)는 '내출혈'의 상태를 글쓰기 및 발화發話에 빗대고 있어 흥미롭다. "입안에짠맛"은 상처에 의한 '내출혈'의 지각이다. 울혈鬱血로 추정되는 피맺힘 역시 내부의 상처를 보여주는 흔적이다. 이상은 이를 백지에 붓 지나간 흔적인 "묵흔墨痕"에 빗대고 있다.[22] 여기서 우리는 '피부 : 울혈＝백지 : 묵흔'이라는 유추를 확인할 수 있다. "다므른입안에그득찬서언序言이 캄캄하다"는 구절은 외화되지 않는 내적 발화의 상태를 표현하고, "생각하는무력無力"은 생각 및 의지와는 달리 조음기관이 제 기능을 수행하지 못하는 상태를 표현한다. 그렇다면 입은 왜 발화하지 않는가? "참회懺悔"와 "심판審判"은 발화되지 못한 진술이 진실의 고백과 관련됨을 암시한다.

위의 시에서 "다므른입"은 이중적인 기능을 수행하고 있다. 우선 내출혈이 "죄업罪業"의 결과라고 한다면, 그것은 발화를 통해 해소되어야 한다.[23] 그러나 "멸형滅形"이 암시하듯 내출혈은 죄의 원인이 되는 행위를 소멸시키기도 한다. 이것

---

22 '묵흔'은 내출혈의 흔적이다. 이는 「詩第五號」의 "前後左右를除하는唯一의痕迹"과 관련이 있어 보인다.
23 「詩第九號」의 "쏘아라. 쏘으리로다"는 발화에 대한 의지를 보여준다. 여기에는 발화되지 않는 '내출혈'의 상태가 유발하는 강렬한 고통이 내재해 있다. 그러나 시의 마지막 진술("한방銃彈대신에나는참나의입으로무엇을내여배앗헛드냐")은 이러한 발화가 적중하지 못했음을, 즉 내부의 고통을 해소하지 못했음을 보여준다.

은 "죄업罪業"이 밖으로 휘발되지도 않고 안으로 용해되지도 않았음을 암시한다. 따라서 주체는 이중적 긴장 상태에 놓이게 되는데, 그 결과 "죄업罪業"은 생리 속에 잠복한 채로 주체를 기절시킨다.("生理속에永遠히氣絶하려나보다") 이상은 이러한 주체의 상태를 표현하기 위해 "익애溺愛"라는 단어를 사용하고 있다. "익애溺愛"의 '애愛'는 "반왜소형胖矮小形의 신神의 안전眼前에 아전낙상我前落傷한 고사故事"와의 관련성을 암시하고, '익溺'은 그러한 사태에 의해 촉발된 주체의 내출혈의 상태를 함축한다. 「시제5호」의 그림(선)이 보여주는 내부의 운동은 이와 관련한다.

2) 구문적 리듬의 양상

이상 시의 표층 구조에서 특별히 주목할 것은 구두점의 사용과 띄어쓰기의 여부이다. 기호화 수식이 주로 초기 일문시에서의 두드러진 경향이라면, 구두점의 사용과 띄어쓰기의 여부는 이상 시 전체에 지속적으로 나타나는 경향이다. 이상 시에서 구두점과 띄어쓰기의 용례는 크게 네 가지 양상으로 구별된다.[24] 이 중 구두점이 없는 시보다 띄어쓰기를 하지 않은 시편이 훨씬 많은데, 그만큼 띄어쓰기의 무시는 이상 시의 문체적 특질을 대표한다고 할 수 있다. 그

---

24 이를 예시하면 다음과 같다. ① 구두점도 있고 띄어쓰기도 하고 있는 시 : 「I WED A TOY BRIDE」, 「無題」(1), 「無題」(2), 「內科」, 「遺稿 1」, 「習作쇼오윈도우數點」(중간형), 「一九三一(作品第一番)」. ② 구두점은 없으나 띄어쓰기는 하고 있는 시 : 「普通紀念」, 「明鏡」, 「破帖」, 「悔恨의 章」, 「與田準一」, 「月原橙一郞」. ③ 구두점은 있으나 띄어쓰기는 하지 않은 시 : 〈異常한 可逆反應〉 중 1편(「異常한 可逆反應」), 〈鳥瞰圖〉 중 7편(「二人……1……」, 「二人……2……」, 「神經質的으로肥滿한三角形」, 「LE URINE」, 「狂女의 告白」, 「興行物天使」), 〈三次角設計圖〉 중 6편(「線에關한覺書」 1, 2, 3, 5, 6, 7), 〈建築無限六面角體〉 중 5편(「AU MAGASIN DE NOUVEAUTES」, 「熱河略圖No.2」, 「出版法」, 「且8氏의出發」, 「대낮」), 「꽃나무」, 「이런詩」, 「一九三一, 六, 一」, 〈鳥瞰圖〉 14편(「詩第一號」, 「詩第三號」, 「詩第四號」, 「詩第五號」, 「詩第六號」, 「詩第七號」(온점 사용 및 약간의 띄어쓰기), 「詩第八號」, 「詩第九號」, 「詩第十號」, 「詩第十一號」, 「詩第十二號」, 「詩第十三號」, 「詩第十四號」, 「詩第十五號」), 〈易斷〉 5편 전체, 「街外街傳」, 〈危篤〉 11편 전체, 「蜻蛉」, 「한個의 밤」, 「隻脚」, 「距離」, 「囚人이만들은小庭園」, 「肉親의章」, 「骨片에關한無題」, 「街衢의추위」, 「아침」, 「最後」. ④ 구두점도 없고 띄어쓰기도 하지 않은 시 : 〈異常한 可逆反應〉 중 「異常한 可逆反應」 외 5편, 〈鳥瞰圖〉 중 2편(「얼굴」(중간형), 「運動」(중간형)), 〈三次角設計圖〉 중 1편(「線에關한覺書」 4), 「거울」, 「詩第二號」, 「·素·榮·爲·題·」, 「正式」, 「紙碑」(중간형), 「紙碑」 2(중간형).

렇다면 띄어쓰기의 무시가 주는 효과는 무엇인가? 일차적으로 '낯설게 하기'[25]와 같은 외적 효과를 생각할 수 있다. 하지만 본고에서는 띄어쓰기의 무시가 시의 의미와 형태와 소리의 조직에 끼치는 내적 효과에 주목한다.

> 달빗속에잇는네얼굴앞에서내얼골은한장얇은皮膚가되여너를칭찬하는내말슴이
> 發音하지아니하고미다지를간즐으는한숨처럼冬柏꽃밧내음새진이고잇는네머리털
> 속으로기여들면서모심듯키내설음을하나하나심어가네나
>
> —「·소(素)·영(榮)·위(爲)·제(題)·」부분

인용문은 띄어쓰기의 무시가 의미 전달의 방해 요인임을 보여준다. 물론 띄어쓰기를 하지 않은 시편이 모두 의미 전달을 방해하는 것은 아니다. 그렇다면 위의 인용문을 다음과 같이 분절하여 표기한다면 어떻게 될까? "달빗속에잇는네얼굴앞에서 / 내얼골은한장얇은피부皮膚가되여 / 너를칭찬하는내말슴이발음發音하지아니하고……" 마디의 분절을 통해 상대적으로 의미 전달의 가능성이 높아지고 있다. 이는 띄어쓰기에 의한 분절이 시의 율독scansion 및 의미 전달에 영향을 끼치고 있음을 보여준다. 시의 형태는 소리 및 의미와 밀접한 관련을 맺기 때문인데, 「시제1호詩第一號」는 이를 명시적으로 보여준다.

> 十三人의兒孩가道路로疾走하오.
> (길은막달은골목이適當하오.)
>
>
> 第一의兒孩가무섭다고그리오.

---

25 "이상문학에서 띄어쓰기 금지는, 일단 이러한 낯설게하기의 한 가지 기교라 할 수 있다." 김윤식, 「'지도의 암실' 해제」, 『이상문학전집』 2, 문학사상사, 1991, 178쪽.

第二의兒孩도무섭다고그리오.

第三의兒孩도무섭다고그리오.

第四의兒孩도무섭다고그리오.

第五의兒孩도무섭다고그리오.

第六의兒孩도무섭다고그리오.

第七의兒孩도무섭다고그리오.

第八의兒孩도무섭다고그리오.

第九의兒孩도무섭다고그리오.

第十의兒孩도무섭다고그리오.

第十一의兒孩가무섭다고그리오.

第十二의兒孩도무섭다고그리오.

第十三의兒孩도무섭다고그리오.

十三人의兒孩는무서운兒孩와무서워하는兒孩와그러케뿐이모혓소.

(다른事情은업는것이차라리나앗소)

그中에一人의兒孩가무서운兒孩라도좃소.

그中에二人의兒孩가무서운兒孩라도좃소.

그中에二人의兒孩가무서워하는兒孩라도좃소.

그中에一人의兒孩가무서워하는兒孩라도좃소.

(길은뚫닌골목이라도適當하오.)

13人의兒孩가道路로疾走하지아니하야도좃소.

—「시제1호(詩第一號)」전문

시의 리듬에서 소리의 반복과 변주가 차지하는 중요성은 재론의 여지가 없다. 소리의 반복과 변주야말로 시의 음성적 자질을 실현하는 중심지점이기 때문이다. 「시제1호」는 시 전체에서 동일어구가 집중적으로 반복되고 있다는 점에서 강한 음악적 효과를 지닌다고 할 수 있다. 그럼에도 불구하고, 기존의 해석은 주로 '13', '아해', '공포', '골목', '질주' 등의 의미를 추출하는 것에만 집중되어 왔다. 그렇다면 이 시가 지닌 소리의 반복에 의한 미적 가치는 무엇인가?

「시제1호」에서 반복은 시행line 단위로 이루어지고 있다. 각 시행은 하나의 문장으로 이루어졌으므로 리듬 분석은 문장(시행) 구조의 반복과 변주를 중심으로 이루어져야 한다. 여기서 주목할 것은 이 시의 반복이 무작위가 아니라 특정한 질서에 따라 구축되고 있다는 점이다. 1연과 5연, 4연의 1~2행과 3~4행 사이의 '데칼코마니적 대칭성'이 그것이다. 또한 반복되는 문장 안에서의 어휘의 변화, 특히 주격 조사의 반복과 변주는 의식적인 제어의 산물로 볼 수 있다. 따라서 이 시의 리듬은 문장(시행)의 층위에서의 대칭성과 어휘의 층위에서의 반복과 변주로 이루어진다고 할 수 있겠다.

먼저, 2연과 3연의 "아해兒孩가무섭다고그리오."의 연속적 반복은 리듬 형성의 중심 지점이다. 띄어쓰기를 하지 않은 이 문장에서 주목할 것은 호흡 마디의 분절에 의한 이중적 의미의 분기이다. 간접화법을 표시하는 "그리오"의 주어를 누구로 볼 것인가에 따라 두 개의 의미가 분기하기 때문이다. 기존의 해석은 "그리오"의 주어를 "아해兒孩"로 보고, 무서워하는 주체를 "아해"로 설정한다. 그러나 "그리오"의 주어를 "제1第一의아해兒孩가무섭다"는 발화의 생략된 주체로 본다면, "아해兒孩"는 무서워하는 자가 아니라 무서운 자가 될 수 있다. 즉 누군가가 "아해"를 무서워하는 것이다. 그러니까 위의 문장은 "그리오"라는 서술어의 주체와 대상를 어떻게 설정하느냐에 따라 두 가지로 해석될 수 있는 것이다. 4연의 "무서운아해兒孩"와 "무서워하는아해兒孩"의 구분은 이로부터 야기된다.

이런 의미의 불확정성이 이상의 시에서 갖는 함의는 매우 크다.[26]

리듬론의 차원에서 본다면, 이러한 불확정성은 호흡 마디의 분절의 결과라고 할 수 있다. 즉 전자는 '제1第一의아해兒孩가 / 무섭다고그리오'의, 후자는 '제1第一의아해兒孩가무섭다고 / 그리오.'의 결과인 것이다. 이것은 띄어쓰기의 무시에 의한 호흡 분절의 임의성이 시의 다양한 의미를 분기하는 요인으로 작동하고 있음을 보여준다. 독자에게 주어진 호흡 분절의 자유가 이상 시를 "다양한 의미의 분기를 하나의 공간 속에서 동시적으로 인정하는 텍스트"[27]로 만들고, 그 결과 독자들의 기존의 해석 방식 및 체계를 재편하는 단초가 되는 것이다. 따라서 「시제1호」의 리듬은 '음보율'과 같은 정형적 율격으로 환원되지 않는다. "음절수에 의한 율격보다 음보수에 의한 율격을 중심으로 할 때 이 시는 4음보격이 중심이 된다"[28]는 주장은 재고되어야 한다.

다음, 특정 음운의 반복과 변조는 이 시의 리듬을 형성하는 또 다른 기제이다. '-하오'체의 반복[29]은 어조tone의 동질성과 안정성을 부여한다. '-하오'체의 반복은 얼핏 이 시의 리듬이 각운에 의해 주조되고 있다는 인상을 준다. 그러나 이러한 판단은 일면적인데, 이 시에는 압운으로 포괄할 수 없는 리듬이 내재하기 때문이다. 주격조사 "-가"의 반복과 "-도"의 변주가 일으키는 음상의 변화기 대표적이다. 2연에서 "-가"에 이은 "-도"의 출현과는 달리, 3연 ㅣ

---

26 장철환, 「오감도, 난해, 기타」, 『계간 파란』 창간호, 2016 봄, 95~126쪽.

27 위의 책, 117쪽.

28 이승훈, 「〈오감도 시제1호〉의 분석」, 김윤식 편, 『이상문학전집』 4, 문학사상사, 1995, 336쪽. 율격에 대해서는 문덕수, 「오감도 시제1호」, 『현대시의 해석과 감상』, 이우출판사, 1982, 197~199쪽 참조.

29 주로 서간문에서 쓰이는 '-하오'체가 「詩第一號」에서도 사용되고 있다는 것은 흥미롭다. 『조선중앙일보』라는 매체와 독자에 대해 고려를 추정케 하는 대목이다. 참고로 일부의 시(「狂女의告白」의 서두, 「꽃나무」, 「거울」)와, 소설 「날개」의 서두(262), 「지주회시」의 편지(299) 「종생기」의 일절(386)에서도 '하오'체가 쓰이고 있다. 서간문의 경우 「사신(2)」에서부터 「사신(8)」이 '-하오'체를 쓰고 있다. 여기서 김기림에게 보내는 편지와 H형에게 보내는 편지 및 여동생에게 보내는 편지의 문체의 차이는 주목을 요한다.

행에서의 "ㅡ가"의 출현은 특이하다. "제11第十一의아해兒孩"가 "제10第十의아해兒孩"의 반복이라면 "ㅡ가"보다는 "ㅡ도"가 자연스럽기 때문이다. 이는 "제10第十의아해兒孩"까지 연속된 반복이 종결되고, "제10第十一의아해兒孩"부터 새로운 반복이 시작됨을 암시한다. "제10第十의아해兒孩"와 "제11第十一의아해兒孩" 사이의 연stanza 구분 또한 이를 방증한다. 따라서 특정 음운의 반복과 변조에서 주목할 것은 "자유운, 곧 비슷한 자음을 소유하는 낱말들이 병치될 때 창조되는 소리의 유형"[30]이다.

그렇다면, 「시제1호」와는 달리 짧은 어구의 나열로 되어 있는 「시제7호詩第七號」는 어떠한가?

①久遠謫居의地의一枝 · ②一枝에피는顯花 · ③特異한四月의花草 · ④三十輪 · ⑤三十輪에前後되는兩側의 明鏡 · ⑥萌芽와갓치戱戱하는地平을向하야금시금시落 婚하는 滿月 · ⑦淸澗의氣가운데 滿身瘡痍의滿月이 劓刑當하야運泣하는 · ⑧謫居 의地를貫流하는一封家信 · ⑨나는僅僅히遮戴하얏드라 · ⑩濛濛한月芽 · ⑪靜謐을 蓋掩하는大氣圈의遙遠 · ⑫巨大한困憊가운데의一年四月의空洞 · ⑬縈散顚倒하는 星座와 星座의千裂된 死胡同을跑逃하는巨大한風雪 · ⑭降霜 · ⑮血紅으로染色된嚴 鹽의粉碎 · ⑯나의腦를避雷針삼아 沈下搬過되는光彩淋漓한亡骸 · ⑰나는塔配하는 靑蛇와가치地平에植樹되어다시는起動할수업섯드라 · ⑱天亮이올때까지숫자는 인용자

— 「시제7호(詩第七號)」 전문

인용문에서 온점('·')은 의미 마디의 분절로 사용되고 있다. 「시제4호詩第四號」

---

30 "또한 이 시에는 자유운, 곧 비슷한 자음을 소유하는 낱말들이 병치될 때 창조되는 소리의 유형이 있다. 「무섭다고그리오」의 ㄱ음이 그것이다. 하기야 이런 현상은 「도로로질주하오」의 ㄹ음에서도 나타난다." 이승훈, 〈오감도 시제1호〉의 분석」, 김윤식 편, 『이상문학전집』 4, 문학사상사, 1995, 336쪽.

의 경우처럼 이 시의 온점은 의미상의 분절을 표시하는 구문론적 기호이다. 총 18개의 분절에서 ⑦, ⑨, ⑰, ⑱을 제외한 나머지는 모두 명사형으로 종결되고 있다. 이 중 ④와 ⑭를 제외한 나머지는 '수식어+피수식어'의 구조로 되어 있다. 또한 ⑦을 ⑧의 "謫居"의 수식어로 간주한다면 이 역시 '수식어+피수식어'의 구조가 된다. 그렇다면 ⑨와 ⑰만이 완결된 문장으로(⑰과 ⑱은 도치 구문) 다른 분절들과 구분된다고 할 수 있다. 즉 ⑨와 ⑰은 주체의 상태를 표현하는 반면, 나머지는 사물이나 풍경을 묘사하는 것이다. 흥미로운 것은 ⑨와 ⑰이 주어 "나"와 서술어의 어미 "-드라"의 반복에 의해 구조적 유사성을 띤다는 점이다. 따라서 이 시는 ①~⑨의 의미단락과 ⑩~⑱의 의미단락으로 나뉘는데, 양자는 동일한 구조의 반복에 의한 대칭성을 띤다고 할 수 있다.

이 시는 각각의 분절이 비유와 연상에 기초해 있어 의미의 보폭이 넓다.[31] 전반부는 "현화顯花 → 만월滿月 → 일봉가신一封家信"으로의 의미소의 연쇄를 보이고, 후반부는 "대기권大氣圈의요원遙遠 → 거대巨大한풍설風雪, 강매降霾 → 광채임리光彩淋漓한망해亡骸"로의 연쇄를 보인다. 일종의 연쇄법이라고 할 수 있다. 전반부의 '꽃'과 '달'은 상이한 두 개의 사물로 봐야 하는데, 그 이유는 "양측兩側의명경明鏡"이라는 말 때문이다. 그렇다면 전반부는 "30륜三十輪"(만월)이 이동하면서 "현화顯花"에 비추는 풍광의 묘사라고 할 수 있다. 여기서 "일봉가신 封家信"은 실세의 '편지'라기보다는 '달빛'의 비유로 보인다. "일봉가신一封家信"을 직접적으로 수식하는 말인 "혼륜渾淪하는"과 "관류貫流하는"의 주체가 "만신창이滿身瘡痍의 만월滿月"이기 때문이다. 이때 "나는근근僅僅히차대遮戴하얏드라"는 "나는 그 편지에 기대어 간신히 무너지는 것을 막아섰다"[32]는 의미가 아니라, "만신창이滿身瘡痍의

---

31 "이 시는 개연성이 거의 없어 보이는 선택항들의 집합체만으로 이루어져 있어 수용자에게 고도의 주의집중과 처리수단을 필요로 하는, 3차 정보성이 들어나는 텍스트이다." 문호성, 「이상 시의 텍스트성」, 『한국 문학이론과 비평』 8호, 2000, 18쪽.

32 권혁웅, 「13인의 아해를 만나기까지」, 『13인의 아해가 도로로 질주하오』, 수류산방, 2013, 262쪽.

만월滿月"의 달빛(집으로부터 온 안 좋은 소식)을 외면하고 부정하였다는 의미로 해석된다.

후반부의 해석의 출발점은 "거대巨大한곤비困憊"라는 사태의 원인이 되는 "대기권大氣圈의요원遙遠"이라는 기후의 변화에 있다. "1년4월一年四月의공동空洞"은 "특이特異한4월四月의화초花草"의 비유로 읽히는데, "공동空洞"인 이유는 4월(4월의 달)이 1년의 빈자리이기 때문이 아니라, 꽃이 "공동空洞"과 같은 모양을 하기 때문이다. "반산전도攀散顚倒하는성좌星座"는 시간의 경과를 나타내는 별자리의 이동을 의미하고, "성좌星座의천열千裂된사호동死胡同을포도跑逃하는풍설風雪"은 무수한 별 혹은 별자리 사이를 움직이는 "풍설風雪"을 의미한다. 이때 "풍설風雪"은 (4월에 눈이 내리는 것은 불가능하므로) 일종의 비유로 봐야 한다. 전반부를 참조컨대, 흩날리는 '꽃잎'이나 쏟아지는 '달빛'의 비유일 가능성이 높다. 같은 맥락에서 "혈홍血紅으로염색染色된암염巖鹽의분쇄粉碎"와 "강매降霾"는 분분한 '꽃비' 혹은 '달빛'의 표현으로 볼 수 있다. 따라서 "나의뇌腦를피뢰침避雷針삼아침하반과沈下搬過되는광채임리光彩淋漓한망해ㄷ骸"는 '나의 머리 위로 떨어지는 꽃의 잔해'이거나 '나의 머리 위로 반사된 몽몽한 달빛'이 된다. 양자 모두에 해당할 수도 있다. "일봉가신一封家信"을 집으로부터 온 안 좋은 소식으로 간주한다면, ⑰과 ⑱은 해가 뜰 때까지 이러한 충격적 상태에서 벗어나지 못했음을 보여준다.[33]

다소 장황하지만 지금까지의 분석은 이 시의 리듬을 이해하는 출발점이다. 전술했듯 각각의 분절은 주로 명사형에 의해 종결되고 있다. 그렇다면 명사형 종결의 연속에 의한 리듬적 효과는 무엇인가? 호흡의 급격한 폐색閉塞에 의한 억양의 고조. 왜냐하면 "명사형 종결은 구문론적 축약으로 인해 높은 강도의 긴장을 유발"하여 "상승조의 억양을 일으키는 일차적 요인"[34]이 되기 때문이다.

---

33 이러한 해석은 이 시가 시「月傷」(140) 및 수필「첫 번째 방랑」의 "濛濛한 大氣"(197) 그리고 "별의 보슬비"(200)와 같은 비유와 연결되고 있음을 보여준다.

그 결과 각각의 분절들은 의미론적·구문론적·리듬론적 차원에서 강한 독립성을 지닌다. 그런데 흥미로운 것은 전반부에서는 이러한 독립성이 약화되고 있다는 사실이다. 이는 다음과 같은 이유에서 비롯하는 것으로 보인다. 첫째, 전반부의 분절들은 연쇄법이라는 수사적 장치에 의해 연결되고 있다는 점. 연쇄법은 전반부의 분절들의 자연스런 연계를 가능케 한다. 둘째, 전반부의 분절들은 동일 혹은 유사 음운의 반복에 의해 연결되고 있다는 점. ①과 ②의 "일지一枝"의 반복, ②의 "현화顯花"와 ③의 "화초花草"의 'ㅎ', ④와 ⑤의 "30륜三十輪"의 반복, ⑤의 "명경明鏡"과 ⑥의 "맹아萌芽"와 ⑦의 "만신창이滿身瘡痍의만월滿月"의 'ㅁ', ⑦의 "혼륜渾淪하는"과 ⑧의 "관류貫流하는"의 'ㄹ'이 대표적인 경우이다. 이러한 이유로 전반부는 비교적 자연스런 연계를 통해 유연한 리듬의 흐름을 보여주고 있다.

이에 비해 후반부는 전반부와 같은 연쇄와 반복에 의한 효과가 약하다. 이는 후반부가 "곤비困憊, 공동空洞, 풍설風雪, 강매降霾, 분쇄粉碎, 반과搬過" 등과 같은 소요하고 분분한 이미지의 표현에 집중하기 때문이다. 이런 점에서 후반부의 소리의 비유사성 및 단속적 흐름은 역으로 내용의 표현에 기여한다고 할 수도 있겠다. 후반부의 리듬과 관련해서 추가할 것은, ⑩부터 ⑬까지의 의미 및 소리의 점층이 ⑭에 이르러 급격히 축약된다는 점이다. ④와 비교하면 그 효과의 차이가 두드러지게 나타난다. 이러한 급감에 의한 효과는 마치 실제 하강의 느낌을 강화함으로써 후반부의 의미 표현에 기여한다. 이러한 이유로 「시제7호」는 한자어의 과도한 사용[35]에도 불구하고, 의미론적·구문론적·리듬론적으로 독특

---

34 장철환, 「김소월 시의 리듬 연구」, 연세대 박사논문, 2009, 152쪽.
35 한자어의 과도한 사용이 나타나는 시편들은 다음과 같다. 「詩第五號」, 「詩第七號」, 「詩第八號」, 「街外街傳」, 〈異常한 可逆反應〉 중 「異常한 可逆反應」, 「▽의遊戲」 / 「BOITEUX·BOITEUSE」 / 〈烏瞰圖〉 중 「二人……1……」, 「二人……2……」, 「LE URINE」, 「狂女의 告白」, 「興行物天使」 / 〈三次角設計圖〉 중 「線에關한覺書」 4 / 〈建築無限六面角體〉 중 「AU MAGASIN DE NOUVEAUTES」 / 「出版法」, 「且8氏의出發」, 「대낮」, 「I WED A TOY BRIDE」, 「無題」(1936), 「一九三一 (作品第

한 효과를 발산한다. 이는 「시제7호」의 비유와 연상에 기초한 의미의 전개가 시의 구조 및 형태, 나아가 음성적 가치와 긴밀히 호응하고 있음을 보여준다. 또한 이상이 시어의 의미, 표현, 소리에 대해 상당히 주의를 기울이고 있음을 예증한다.

이러한 의미에서 「시제7호」는 이상의 언어 및 문체 실험의 또 다른 예라고 할 수 있다. 이상은 〈위독〉이 "기능어機能語. 조직어組織語. 구성어構成語. 사색어思索語. 로 된 한글문자文字 추구시험追求試驗"[36]임을 고백한 바 있다. 이는 「위독」 연작시[37]가 일차적으로 내적 사고의 구성과 표현을 위한 새로운 언어 조직이라는 것을 보여준다. 여기에는 시적 리듬의 조직화도 포함된다. 그렇다면 「위독」 연작시는 어떤 면에서 "한글문자文字 추구시험追求試驗"인가?

①꼿이보이지안는다. ②꼿이香기롭다. ③香氣가滿開한다. ④나는거기墓穴을판다. ⑤墓穴도보이지안는다. ⑥보이지안는墓穴속에나는들어안는다. ⑦나는눕는다. ❶또꼿이香기롭다. ❷꼿은보이지안는다. ❸香氣가滿開한다. ❹나는이저버리고再처거기墓穴을판다. ❺墓穴은보이지안는다. ❻보이지안는墓穴로나는꼿을

一番)」

36 "요새 朝鮮日報學藝欄에 近作詩 「危篤」 連載中이오. 機能語. 組織語. 構成語. 思索語. 로 된 한글文字 追求試驗이오. 多幸히 高評을 비오. 요다음쯤 一脈의 血路가 보일 듯하오."(「私信(5)」, 259쪽)

37 「危篤」은 총 12편의 단시로 되어 있다. 각각의 제목은 「禁制」, 「追求」, 「沈歿」, 「絶壁」, 「白晝」, 「門閥」, 「位置」, 「賣春」, 「生涯」, 「內部」, 「肉親」, 「自像」이다. 일단 이상이 "한글文字 追求試驗"이라고 했을 때, "한글文字"를 순 우리말로 한정할 것인가의 문제가 제기된다. 그러나 9편 모두 단 한 편의 예외도 없이 모두 한자어로 된 제목들이다. 이것은 그의 "한글文字"가 한자어를 포함할 가능성을 높이는데, 이렇게 되면 '인공어'는 그 외연이 넓어지게 된다. 또 하나 흥미로운 점은 「禁制」, 「追求」, 「位置」, 「生涯」의 경우 시의 제목이 본문에 직접 삽입되어 있다는 사실이다. "나는必死로禁制를알는(患)다."(「禁制」), "내집내未踏의痕迹을追求한다."(「追求」), "重要한位置"(「位置」), "新婦의生涯를浸蝕하는"(「生涯」)을 보라. 더욱 흥미로운 것은 「沈歿」, 「絶壁」, 「門閥」은 다른 시에 해당 제목이 그대로 제시되어 있다는 사실이다. 예컨대, 「沈歿」은 「自像」의 "은근히沈沒되어잇다"와, 「絶壁」은 「沈歿」의 "焦燥가絶壁에끈치려든다"와, 「門閥」은 「肉親」의 "내門閥과내陰謀"와 상호 관련성이 있다. 여기에 어떤 의도가 내재해 있는지는 별도의 탐색이 요청된다.

깜빡이저버리고들어간다. ❼ 나는정말눕는다. ⑴아아. 꽃이또香기롭다. ⑵보이지
도안는꽃이 — 보이지도안는꽃이. 숫자 및 기호는 인용자

—「절벽(絶壁)」전문

이 시는 문장 단위의 반복에 의해 리듬이 형성되고 있다. 특히 "꽃이 香기롭
다"와 "나는 거기 묘혈墓穴을 판다"의 반복이 그러하다. 각운은 그 결과이다. 그
런데 이러한 반복은 일정한 질서와 규칙에 의해 조직화되고 있다. 위의 시는 세
개의 단락, 곧 ①~⑦의 Ⓐ단락, ❶~❼의 Ⓑ단락 그리고 ⑴~ ⑵의 Ⓒ단락으로
분절된다. ❶의 "또"와 ⑴의 "아아"는 새로운 단락의 시작을 표시한다. 각 단락
은 유사한 내용의 반복으로 되어 있는데, '꽃의 향기 → 묘혈 파기 → 들어가 눕
기'의 반복이 그것이다. 그런데 여기에는 일정한 변주가 포함된다. 첫째, Ⓐ의
①과 ②는 Ⓑ의 ❷와 ❶로 도치되어 있다. 둘째, Ⓐ에서 Ⓑ로 반복될 때, 각 문장
은 미세하게 변화한다. ①의 "꽃이"는 ❷의 "꽃은"으로 조사가 바뀌었고, ❹에
서는 "이저버리고재再처"가 추가되었으며, ⑤의 "묘혈墓穴도"는 ❺의 "묘혈墓穴은"
으로 변경되었다. ⑥의 "묘혈墓穴 속에나는들어안는다"는 "묘혈墓穴로나는꽃을깜
빡이저버리고들어간다"로 확장되었고, ❼에서는 "정말"이 추가되었다. Ⓐ에서
Ⓑ로의 이동은 특정 단어의 변화와 단어 및 어절의 추가에 의한 점층적 반복의
양상을 띤다고 할 수 있다.

리듬론과 관련해 주목할 것은 조사의 변화에 의한 리듬의 변주이다. 주격조
사의 경우, Ⓐ의 '이-이-가-는-도-는-는'의 연쇄는 Ⓑ에서 '이-은-가-
는-은-는-는'으로 변화하였다. Ⓑ에서 주격조사 '은/는'이 강화된 것이다.
이러한 변화가 야기하는 음성적 효과는 무엇인가? 우선, ①과 ②의 주격조사
'-이'는 앞뒤의 소리와 조응한다. "꽃이보이지"의 'ㅗㅣ ㅗㅣㅣ'와 같은 모음의
연쇄로 되어 있는데, 이것이 독특한 소리의 리듬감을 산출한다. ②의 "꽃이香

기"의 경우도 마찬가지이다. ③의 "향기香氣가만개滿開"는 조사 '-가'가 '향기'와 '만개' 사이에 위치함으로써 독특한 음성적 효과를 산출한다. 또한 ⑥의 조사 '-는'은 앞의 구절 "안는" 및 뒤의 구절 "안는다"와 조응하고 있다. ⑦의 "나는 눕는다"는 ⑥을 반향한다. 이처럼 특정 조사에 의한 음성적 울림과 반향의 효과는 각운('-다')의 건조한 반복과는 별도로 이 시의 리듬을 산출하는 주요 계기가 되고 있다.

나아가 이러한 효과는 Ⓑ의 반복과 변주에 의해 증폭되고 있다. ❷ "꽃은보이지안는다"의 조사 '-은'은 ①의 '-이'가 변용된 것이다. 이때 ①의 "꽃이"와 "보이"의 친연성이 ❷의 "꽃은"과 "안는다"의 친연성으로 이동한다. 그 결과 ①의 '-이'의 반복의 효과는 감소하고, 대신 "안는다"와의 반복의 효과는 증가한다. 이러한 차이는 특정 음운의 변형이 문장의 억양에 영향을 준다는 것을 간접적으로 보여준다. ❺의 "묘혈墓穴은보이지안는다"도 마찬가지이다. 이처럼 ❷와 ❺의 주격조사 '-은'의 추가는 Ⓑ에서 '은/는'의 소리의 반향을 증폭시킨다. 이것은 ❹, ⑥, ⑦에서 내용이 추가됨으로써 반감된 주격조사와 서술어 사이의 음성적 조응을 상쇄시키는 효과를 낳는다.

이와 함께 "꽃이향香기롭다"와 "향기香氣가만개滿開한다"의 한자어의 표기의 차이가 유발하는 리듬적 효과에도 주목할 필요가 있다. 질문은 이렇다, 왜 동일한 단어를 "향香기"와 "향기香氣"로 이중적으로 표기한 것인가? 한 마디로 말해, 그것은 "향香기"에서 "향香"을 강조하기 위함이다. 이는 "향香기"라는 표기가 "꽃이향香기롭다"의 호흡 분절의 변화가 야기하기 때문에 생기는 현상이다. 즉 "향香기"라는 표기는 위의 문장을 "꽃이 / 향香 : 기롭다".('/'은 호흡 분절, ':'은 半-분절을 나타냄)로 분절한다. 이는 "꽃이향香기롭다"를 '꽃이 향기香氣롭다'로 변형했을 때의 호흡 마디와는 다르다. 후자는 주어와 서술어 사이에서 분절되는데, 곧 "향기香氣가 / 만개滿開한다"에서처럼 '꽃이 / 향기香氣롭다'로 분절되는 것이다.

결국 "향鼻기"라는 독특한 표기는 호흡 분절의 차이에 의해 "향鼻"의 음성적 실현을 부각시킴으로써, 꽃의 "향鼻"이 만연한 상태를 표현하는 데 기여를 하고 있는 것이다. 후속하는 ❶의 "또 / 꽂이 / 향鼻 : 기롭다"와 (1)의 "아아. / 꽂이또 / 향鼻 : 기롭다"의 반복 변주는 이러한 효과를 더욱 강화한다. 이러한 사실은 "기능어機能語. 조직어組織語. 구성어構成語. 사색어思索語. 로 된 한글문자文字 추구시험追求試驗"이 단지 의미의 조직화와 관련되는 것만은 아니라는 것을 암시한다. 여기에는 시어의 표기의 차이가 유발하는 음성적·리듬적 효과에 대한 고려가 존재한다. 「꽂나무」와의 비교는 이를 명시적으로 보여준다.

> 벌판한복판에 꽂나무하나가잇소 近處에는 꽂나무가하나도업소 꽂나무는제가생각하는꽂나무를 熱心으로생각하는것처럼 熱心으로꽂을피워가지고섯소. 꽂나무는제가생각하는꽂나무에게갈수업소 나는막달아낫소 한꽂나무를爲하야 그러는것처럼 나는참그런이상스러운숭내를내엿소.
>
> —「꽂나무」전문(80쪽)

이 시의 리듬은 주로 서술어의 어미의 반복에 의해 주조되고 있다. "잇소", "업소", "섯소", "업소", "달아낫소", "내엿소"에서의 어미의 반복이 그것이다. 특히 마지막 문장 "이상스러운숭내를내엿소"는 이러한 효과가 집약되는 지점이다. 주목할 것은 '흉내' 대신 사투리 "숭내"를 사용하는 점이다. '흉내'와 "숭내"가 의미상의 차이가 없다면, "숭내"를 사용하는 것은 이 단어가 주는 음상의 차이와 효과 때문이라고 할 수 있다. 다시 말해 "숭내"의 출현은 전후의 "이상스러운"과 "–엿소"에서의 마찰음 'ㅅ'에 의한 음성적 효과에 대한 고려인 것이다.[38] 위의 시에서 이러한 효과는 예외적인 현상이 아니다. "벌판한복판"에서

---

[38] 「얼굴」의 "숭내내는性質"(51)에서 "숭내"는 "性質"의 'ㅅ'과 음성적으로 조응한다. 반대로 "猿猴

"한"을 중심으로 이루어지는 "벌판"과 "복판"의 음성적 반복, "나무 하나"에서 "나무"와 "하나"의 반복 또한 동일한 효과를 산출하고 있다. 이런 다양한 용례들은 이상이 소리의 직조에 의한 미적 효과를 자각하고 있었음을 암시한다.

> 지용芝溶의 「유리창」 ─ 또 지용芝溶의 「말」 중간中間 「검정콩 푸렁콩을 주마」는 대문이 저에게는 한량限量없이 매력魅力있는 발성發聲입니다.
>
> ─ 수필 「나의 애송시(愛誦詩)」(229쪽)

> 그리고는 지용芝溶의 시詩 어느 구절엔가 「검정콩푸렁콩을주마」하는 「푸렁」 소리가 언제도 말했지만 잊을 수 없는 아름다운 말솜씨입니다.
>
> ─ 수필 「아름다운조선말」(230쪽)

인용문은 이상이 소리의 결에 대한 인식하고 있음을, 그리고 그것의 미적 효과를 향유하고 있었음을 분명히 보여준다. 비록 정지용이나 김영랑과 같은 부드러운 음조를 추구한 것은 아니지만, 분명 이상은 소리의 배치에 의한 음성적 효과의 미적 가치에 대한 고려하고 있었던 것이다. 그의 시에서 다양한 음성적 배치와 조직이 나타나는 것은 이 때문이다.

3) 사유의 리듬의 양상

(가) 나의아버지가나의겨테서조을적에나는나의아버지가되고또나는나의아버지의아버지가되고그런데도나의아버지는나의아버지대로나의아버지인데어쩌자고나

를흉내내이고있는마드무아젤"(「AU MAGASIN DE NOUVEAUTES」, 71)은 "흉내"가 "猿猴"의 'ㅎ'과 조응하고 있음을 보여준다.

는작고나의아버지의아버지의아버지의……아버지가되니나는웨나의아버지를껑충
뛰어넘어야하는지나는웨드듸어나와나의아버지와나의아버지의아버지와나의아버
지의아버지의아버지노릇을한꺼번에하면서살아야하는것이냐

— 「詩第二號」 전문

 (나) 싸흠하는사람은즉싸홈하지아니하든사람이고또사흠하는사람은싸홈하지아
니하는사람이엇기도하니까싸홈하는사람이싸홈하는구경을하고십거든싸홈하지아
니하든사람이싸홈하는것을구경하든지싸홈하지아니하는사람이싸홈하는구경을하
든지싸홈하지아니하든사람이나싸홈하지아니하는사람이싸홈하지아니하는것을구
경하든지하얏으면그만이다.

— 「詩第三號」 전문

 (가)에 나타난 '아버지 되기'는 위계상으로는 상승의 운동이지만, 시간상으
로는 과거로의 회귀의 운동이다. 이 시의 리듬은 '나'와 '아버지'의 중층적 반복
과 교차에 의해 형성되고 있다. 서우석은 "이 시에는 리듬이 없"고, "끊임없는
반복에 의한 어지러움"[39]만 있다고 했다. 그러나 리듬이 반복에 의한 효과라면,
리듬이 없고 "끊임없는 반복"이 있다는 말은 모순적이다. "어지러움"이 해석의
난해에서 비롯하는 현상이라면, 이는 시의 리듬이 의미의 중층적 조직에 의한
사유의 전개과정과 밀접한 관련이 있음을 암시한다. 이를 알기 위해 (가)를 의
미의 마디에 따라 다음과 같이 분할해 보자.

 (가-1)
  ① 나의아버지가나의곁에서조을적에 ② 나는나의아버지가되고 ③ 또나는나의아

---

39 서우석, 앞의 책, 94쪽.

버지의아버지가되고 ④ 그런데도나의아버지는나의아버지대로나의아버지인데 ⑤
어쩌자고나는작고나의아버지의아버지의아버지의……아버지가되니 ⑥ 나는웨나의
아버지를껑충뛰어넘어야하는지 ⑦ 나는웨드듸어나와나의아버지와나의아버지의아
버지와나의아버지의아버지의아버지노릇을한꺼번에하면서살아야하는것이냐

이 시의 내용은 "나"와 "나의 아버지"의 관계를 중심으로 전개되고 있다. '졸
음'은 "나의 아버지"가 '아버지의 기능'을 제대로 이행하지 못하는 상태를 암시
한다. 그러한 상황에서 "나"는 '아버지의 기능'을 대행하는 역할이 부여된다.
마지막 문장은 그러한 상황에 대한 부정 의식을 표현한다. 요컨대, 이 시의 중
심의미는 '아버지의 기능 상실'에 따른 '대리자로서의 나'의 역할에 대한 부정
의식이라고 할 수 있다. 이렇듯 단순한 주제에도 불구하고 이 시는 해석상의
"어지러움"을 유발하는데, 그 이유는 중심의미에서 파생된 의미의 효과 때문이
다. 즉 ③에서 발흥하여 ⑤에서 확장되는 "나의아버지의아버지의아버지의……
아버지"로의 시간의 무한소급 운동. ⑥과 ⑦은 이러한 소급 운동에 대한 부정을
내포하는데, 그 이유는 ④에 표현된 무한소급에도 불구하고 여전히 실존하는
'아버지'의 존재 때문이다. 아무튼 이 시의 핵심은 '아버지 되기' 자체가 아니
라, '아버지 초월하기'라는 제어되지 않으면서 무한히 이어지는 반복적 소급 운
동에 있다고 할 수 있다.[40]

---

40 이러한 반복적 소급 운동은 이상 시의 주요 특질 가운데 하나이다. 「運動」의 일절 "一層우에있는
二層우에있는三層우에있는屋上庭園"(51), 「線에關한覺書 1」의 "그것을幾十倍幾百倍幾千倍幾萬
倍幾億倍幾兆倍하면사람은數十年數百年數千年數萬年數億年數兆年의太古의事實이보여질것이아
닌가"(59), 「線에關한覺書 5」의 "祖上의祖上의祖上의星雲의星雲의星雲의太初를未來에있어서보
는두려움"(65), 「AU MAGASIN DE NOUVEAUTES」의 "四角形의內部의四角形의內部의四角形
의內部의四角形의 內部의 四角形. 四角이닌圓運動의四角이닌圓運動 의 四角 이 닌 圓"(70), 「且8
氏의出發」의 "熱心으로疾走하고 또 熱心으로疾走하고 또 熱心으로疾走하고 또 熱心으로疾走하
는 사람 은 熱心으로疾走하는 일들을 停止한다."(78) 참고로, 소설에서는 다음과 같은 용례가 보
인다. 「地圖의 暗室」의 "원숭이는 그를흉내내이고 그는원숭이를흉내내이고 흉내가흉내를 흉내
내이는것을 흉내내이는것을 흉내내이는것을 흉내내이는것을흉내내인다"(156)와 "백지와색연

"아버지"라는 기표의 중층적 반복은 이러한 소급 운동을 표현하는 방법이다. 예컨대 "나의아버지의아버지"는 의미상으로는 '할아버지'이겠지만, 리듬의 층위에서는 '할아버지'로 대체할 수 없는 효과를 지닌다. 이것은 ③과 ④의 경우도 마찬가지이다. 이는 '아버지'의 반복이 단순 반복이 아니라 시간의 역행에 따라 점층적으로 누적되면서 '아버지'의 무게를 증가시키기 때문이다. 소리의 누적은 이와 긴밀한 연관관계가 있다. "나와나의아버지와나의아버지의아버지와나의아버지의아버지의아버지노릇"에서 보는 것처럼, 반복에 의해 누적되는 '아버지'의 기표는 시간을 소급하는 주체의 운동의 물질적 현현이라고 할 수 있는데, 이러한 무한 소급 운동이 일으키는 와류, 곧 소용돌이에서 우리는 이 시의 리듬을 지각할 수 있는 것이다.

이와 함께 ④의 "나의 아버지"의 동어 반복적 연쇄가 일으키는 리듬 또한 주목의 대상이다. "나의아버지대로"는 '아버지'라는 존재의 거부할 수 없는 실존을 암시한다. 이때 조사 "-대로"의 'ㄷ'은 소리의 층위에서 근거리의 "그런데도" 및 "-인데"와 호응하고, 원거리에서는 "되고"와 "되니"와 조응한다. "드디어"는 이들의 중첩이라고 할 수 있다. 흥미로운 것은 잇몸소리인 'ㄷ'이 '아버지'에서의 구개음 'ㅈ'과 연접되어 있다는 사실이다. "아버지"의 'ㅈ'이 "조을적", "어쩌자고", "작고", "히는지" 등과 연동되어 있다는 짐을 감안할 때, "아버지대로"는 "아버지"의 'ㅈ' 계열과 "-대로"의 'ㄷ' 계열이 만나는 지점이라고 할 수 있다. 요컨대, ④는 '데도-아버지-아버지-대로-아버지-인데'와 같은 'ㄷ'와 'ㅈ'의 음성적 교차의 구조를 띤다고 하겠다. 그렇다면 이러한 연접이 산출하는 음성적 효과는 무엇인가? 한 마디로 그것은 "아버지대로"의 음성적

필을들고 덧문을열고문하나를 여언다음또문하나를여은다음 또열고또열고또열고또열고 인제는어지간히들어왓구나 생각히는째쯤하야서"(164), 「終生記」의 "나는 속고 또속고 또 쏘 속고 쏘 쏘 또 속았다."(392)

현저성이다. 띄어쓰기가 되어 있지 않은 ④에서 "나의아버지"의 3회 반복은 단조로움을 야기한다. 그런데 구개음 'ㅈ'이 치조음 'ㄷ'과 만날 때 변화된 조음 위치는 "−대로"의 선명성을 부각시키면서 "나의아버지"를 분절하는 효과를 지닌다. "아버지의아버지의아버지의……아버지"로 무한 소급하는 시 전체의 와류의 리듬의 회로에서, ④의 "−대로"는 침잠하는 "나의아버지"의 거부할 수 없는 현존을 표시하는 음성적 층위에서의 부표浮漂라고 할 수 있는 것이다.

(나-1)

싸홈하는사람은즉싸홈하지아니하든사람이고(ⓐ-1)

또싸홈하는사람은싸홈하지아니하는사람이엇기도하니까(ⓐ-2)

싸홈하는사람이싸홈하는구경을하고십거든(ⓑ)

싸홈하지아니하든사람이싸홈하는것을구경하든지(ⓒ-1)

싸홈하지아니하는사람이싸홈하는구경을하든지(ⓒ-2)

싸홈하지아니하든사람이나싸홈하지아니하는사람이싸홈하지아니하는것을구경하든지하얏으면그만이다.(ⓒ-3)

(나-1)은 「시제3호詩第三號」의 구조를 명료하게 보여준다. 이 시는 '전제(ⓐ) →가정(ⓑ) →결론(ⓒ)'이라는 추론 과정을 기술하고 있다. 즉 "싸홈하는사람"에 대한 규정(ⓐ-1, ⓐ-2)에서 출발하여, "싸홈하는구경을하고십거든"이라는 가정(ⓑ)을 실현하는 세 가지 방법(ⓒ-1, ⓒ-2, ⓒ-3)을 결론으로 도출하고 있는 것이다. 이러한 구조적 단순성에도 불구하고 이 시가 난해하게 느껴지는 이유는 ⓐ-1과 ⓐ-2의 차이가 선명하게 분별되지 않았기 때문이다. 양자는 "같은 종류의 사람"[41]이 아니라 다른 양상의 사람으로 봐야 한다. 양자가 동일하다면,

---

41 황현산은 양자를 "같은 종류의 사람"(황현산, 앞의 책, 344쪽)으로 간주한다. 기존의 해석도 이

위의 추론에서 결론은 세 개가 아니라 두 개가 될 수밖에 없기 때문이다.

우선 ⓐ-1과 ⓐ-2이 "싸훔하는사람"이라는 현재적 상태를 과거의 상태로 접속시키고 있다는 것은 분명하다. 문제는 ⓐ-1의 "-든(딘)"과 ⓐ-2의 "-엇(엇)-"의 의미상의 차이이다. 이는 "-든(딘)"과 "-엇(엇)-"이 구문론적·의미론적으로 어디에 한정되는지를 살펴봄으로써 해결의 실마리를 얻을 수 있다. 과거시제의 표시 "-든(딘)"이 "싸훔"에, "-엇(엇)-"이 "사람"에 한정된다고 할 때, ⓐ-1은 "싸훔하는사람"에서 과거의 행위의 부정을, ⓐ-2는 과거의 사람의 부정을 의미한다고 할 수 있다. 다시 말해, ⓐ-1은 과거에 싸움을 하지 않던 사람이 현재 싸움을 한다는 뜻이고, ⓐ-2는 과거에는 싸움을 하는 사람이 아니었는데 현재는 싸움하는 사람이 되었다는 의미이다.

이러한 구분이 중요한 것은 결론부 ⓒ-1의 "싸훔하지아니하든사람"과 ⓒ-2의 "싸훔하지아니하는사람"의 차이와 직결되기 때문이다. 논리의 진행과정에서 ⓒ-2의 "싸훔하지아니하는사람"은 ⓐ-2의 "싸훔하지아니하는사람이엇기도하니까"의 변형이다. 이때 ⓒ-2의 "싸훔하지아니하는사람"은 ⓐ-2에서 과거시제 "-엇(엇)-"을 생략함으로써, 과거와 현재의 착종을 야기한다. 이는 ⓒ-3의 "싸훔하지아니하는사람"에서 다시 반복된다. 여기에 고의성이 있는지는 확증하기 어렵지만, 이러한 착종이 논리 전개의 오류라는 것만은 분명하다.[42] 이러한 변형에 의한 착종은 다른 곳에서도 확인된다. 즉 ⓒ-1의 "싸훔하는것을구경"에 나타난 명사화는 ⓑ의 "싸훔하는구경"의 변형인데, 이는 '싸우는 행위'에서 '싸우는 사실'로의 의미상의 변주를 야기한다. 따라서 ⓒ-1과 ⓒ-2는 각각

와 크게 다르지 않다.

42 즉 ⓐ-2에서의 '과거와 현재' 및 '긍정과 부정'의 동일시가, ⓒ-2에서는 현재 상태에서의 '긍정과 부정'의 동일시로 왜곡된다. 이는 ⓐ-1에서 ⓒ-1로의 전개 과정과 다르다. 따라서 ⓒ-2는 'A가 A가 아니며 동시에 A이다'라는 모순율로 볼 수 있다. 이러한 오류는 ⓒ-3의 "싸훔하지아니하는사람이싸훔하지아니하는것을구경하든지"와 같은 오류로 반복된다.

ⓐ-2와 ⓑ의 변형을 포함하고 있다. 다시 말해, ⓒ-1의 후반부는 "싸홈하는구경"에서 "싸홈하는것의구경"으로의 명사화를, ⓒ-2의 전반부는 "사람이엇기"에서 "사람"으로의 현재화를 포함하는 것이다. 이러한 변형은, 추측컨대, ⓒ-1의 "싸홈하지아니하든사람"과 ⓒ-2의 "싸홈하지아니하는사람"의 대칭을 강화하기 위한 조작으로 볼 수 있다. 이는 역으로 ⓒ-1의 "싸홈하는것을구경"과 ⓒ-2의 "싸홈하는구경" 사이의 대칭과 교차한다.

이러한 차이가 시의 리듬과 관계하는 것은 ⓒ-1과 ⓒ-2의 분절의 차이를 야기하기 때문이다. "싸홈하지아니하든사람이싸홈하는것을구경하든지"에서 문장의 주어와 서술어는 무엇인가?

> 통사적으로도, "싸움 아니하던 사람이 싸움하는 것을 구경하든지" 같은 구절에서 "싸움 아니하던 사람이"에 호응하는 동사가 '싸움하다'인지 '구경하다'인지 모호하다. 그 모호함이 세 차례나 거듭되면서 그때마다 긴 관형절을 만들어낸다. 이상은 어떤 깊이를 그리워하지만, 제 스스로를 물고 늘어지는 메마른 말들의 중첩과 띄어쓰기가 안 된 문장의 혼란으로만 그 깊이와 비슷한 것을 만들어낼 수 있었다.[43]

「시제3호」의 문장이 지닌 통사적 모호성에 대한 지적은 옳다. 그러나 이러한 모호성이 이하의 모든 문장에서 반복된다는 것과 이러한 사실로부터 이상이 "문장의 혼란으로만 그 깊이와 비슷한 것을 만들어낼 수 있었다"는 단정은 재론의 여지가 있다. 왜냐하면 ⓒ-1의 "싸홈하는것을구경"과 ⓒ-3의 "싸홈하지아니하는것을구경"은 ⓑ와 ⓒ-2의 "싸홈하는구경"과 다르게 해석되기 때문이다. 즉 ⓑ와 ⓒ-2의 "싸홈하는구경"은 주어와 서술어 사이의 의미의 모호성이 없다. ⓑ와 ⓒ-2에 호응하는 서술어는 "구경"이다. 이에 비해 ⓒ-1과 ⓒ-3은

---

43 황현산, 앞의 책, 344쪽.

주어가 "싸홈"과 호응하는지 "구경"과 호응하는지 확정하기 어렵다. 이러한 차이는 두 가지 이유에서 비롯하는데, 하나는 휴지에 의한 분절의 차이이고, 다른 하나는 "싸홈하는것"에서 '것'의 삽입에 의한 차이이다.

전자와 관련하여, "싸홈하는사람이싸홈하는구경을하고십거든(ⓑ)"은 휴지(休止)의 설정에 따라 두 가지 의미가 파생된다. 즉 "싸홈하는사람이 / 싸홈하는구경을하고십거든(ⓑ-1)"과 "싸홈하는사람이싸홈하는 / 구경을하고십거든(ⓑ-2)"의 차이가 그것이다. ⓑ-1은 "싸홈하는사람"이 (자기의 혹은 타인의) 싸움을 구경한다는 이중적 의미로 해석할 수 있지만, ⓑ-2는 "싸홈하는사람이(자기가)싸홈하는" 것을 구경한다는 하나의 의미로 해석할 수 있다. 이때 ⓑ-2가 실제로 가능한지의 문제는 논외로 해야 한다. 왜냐하면 위의 시는 실제 사건에 대한 진술이 아니라, 그러한 가능성에 대한 논리적 진술이기 때문이다. 이러한 의미의 분기는 「시제1호」의 경우처럼 호흡의 휴지에 의한 차이에서 비롯한다. 이로부터 우리는 ⓒ-1과 ⓒ-2의 호흡의 휴지를 어떻게 설정할 것인가, 혹은 문장 내부의 운율구 prosodic phrase를 어떻게 설정할 것인가의 문제에 부딪친다. 예컨대, "싸홈하지아니하는 사람이 싸홈하는 구경을 하든지"를 "싸홈하지아니하는사람이 / 싸홈하는구경을하든지"(ⓒ-2-1)로 분할하느냐 "싸홈하지아니하는사람이싸홈하는 / 구경을하든지"(ⓒ-2-2)로 분할하느냐에 따라 운율구의 경계가 달라지게 된다.

ⓒ-1과 ⓒ-2의 운율구의 경계는 이로부터 영향을 받는다. 즉 ⓒ-1은 "싸홈하지아니하든사람이 / 싸홈하는것을구경하든지"(ⓒ-1-1)와 "싸홈하지아니하든사람이싸홈하는것을 / 구경하든지"(ⓒ-1-1)로 분할할 수 있다. 그런데 ⓒ-2-2와는 달리 ⓒ-1-1은 발화의 부자연스러움이 심하다. 이는 ⓒ-1-1에 '-하는 것'이 삽입되어 있기 때문이다. 동일한 이유로 "싸홈하지아니하는사람이 / 싸홈하지아니하는것을구경하든지"(ⓒ-3-1)가 "싸홈하지아니하는사람이싸홈하지아니하는것을 / 구경하든지"(ⓒ-3-2)보다 더 자연스럽다. 이러한 결과는 "-것"을

통한 명사화가 의미상의 분절을 강화하기 때문에 생기는 현상이다. 통사적으로 "싸홈하는것"과 "싸홈하지아니하는것"은 앞의 운율구와의 분절성을 강화함으로써, 의미상으로 주어부의 독립성을 강화한다. 따라서 위의 시의 리듬은 다음과 같은 반복과 변주의 흐름에 의해 형성된다고 할 수 있다. "싸홈하는사람"을 A로 대체하면,

$$[A \rightarrow \text{ⓐ}-1] \; \& \; [A \rightarrow \text{ⓐ}-2]$$
$$[A \rightarrow \text{ⓑ}],$$
$$[\text{ⓐ}-1 \rightarrow \text{ⓑ}'] \; or$$
$$[\text{ⓐ}-2' \rightarrow \text{ⓑ}] \; or$$
$$\{[\text{ⓐ}-1] \; or \; [\text{ⓐ}-2']\} \rightarrow \text{ⓑ}''$$

그러니까 이 시에서 리듬은 "싸홈, 사람, 구경"이라는 의미소의 반복이 현재와 과거 시제의 변주, 그리고 긍정어와 부정어의 변주에 의해 확장됨으로써 실현되고 있는 셈이다. 위의 도식에서 반복과 변주는 상호 교차되면서 대칭적으로 얽혀 있는데, 이것은 의식적인 조직화의 산물로 볼 수 있다. 각 운율구의 길이의 차이는 또 다른 증거이다. 예컨대, 위의 도식에서 각각을 하나의 운율구로 본다면, [(단-장), (단-장)], [(단-단)], [(장-단 혹은 중), (장-단)], [(장-장), (장-장)]과 같은 길이의 연쇄를 확인할 수 있는 것이다.

이 시의 리듬을 형성하는 또 다른 층위는 음운의 반복과 변주이다. 음운 'ㅅ(ㅆ)'은 이 시에서 가장 많이 반복되는 부분이다. 곧 "싸홈하는사람"에서 'ㅆ → ㅅ'으로의 연결과 그 중간의 'ㅎ'음의 반복은 독특한 효과를 산출한다. "싸홈하는사람"과 "싸홈하는구경"을 비교해 보라. 특히 주목할 것은 "싸홈"과 "사람"의 음절의 길이 및 명사형 종결('ㅁ')의 유사성이다. 이러한 유사성에 기초해, "싸

홈하는사람"을 '싸홈−하는−사람'과 같이 세 개의 마디로 분할하고, 이를 '◎−□−○'와 같은 형태로 도식화해 보자. 그리고 이를 "싸홈하지아니하든사람"과 "싸홈하지아니하는사람"에 적용하면, 각각 '◎−目−◇−Ⅲ−○'과 '◎−目−◇−□−○'의 형태로 도식화된다. 여기서 확인할 수 있는 것은 '◇'을 중심으로 한 '소리의 대칭성'[44]이다. 같은 방법으로 "싸홈하는구경"과 "싸홈하는것을구경"은 '◎−□−△'과 '◎−□−☆−△'으로 도식화할 수 있다. 그리고 이를 ⓒ-1과 ⓒ-2에 적용하면, '◎−目−◇−□−○' → '◎−□−☆−△' 혹은 '◎−目−◇−□−○' → '◎−□−△'이 되는데, 이는 위의 시가 대칭적인 소리의 흐름을 가지고 있음을 보여준다.

이처럼 「시제2호」와 「시제3호」의 리듬은 시의 의미의 전개와 밀접한 관계가 있다. 이를 요약하면, 시의 전체에서 사유의 흐름에 의해 생성되는 와류의 리듬[45]은 특정 부분에서의 소리의 대칭에 의해 변조된다고 할 수 있다. 이런 와류의 리듬은 「·소素·영榮·위爲·제題·」에서도 확인할 수 있는데, 특히 시 「얼굴」은 그 정도가 심하다.

Ⓐ 저사내어머니의얼굴은薄色임에틀림이없겠지만 / 저사내아버지의얼굴은잘생겼을깃임에틀림이없다고함은 // 저사내아버지는워낙은富者였넌것인데 / 서사내어머니를娶한後로급작히가난든것임에틀림없다고생각되기때문이거니와 //

---

44 '소리의 대칭성'이 시의 일부분에 나타나는 경우는 다음과 같다. "圓內의一點과圓外의一點", "發達하지도아니하고發展하지도아니하고"(「異常한 可逆反應」), "사람은絶望하라, 사람은誕生하라, 사람은誕生하라, 사람은絶望하라"(「線에關한覺書 4」), "위에서내려오고밑에서올라가고위에서내려오고밑에서올라간사람은밑에서올라가지아니한위에서내려오지아니한밑에서올라가지아니한위에서내려오지아니한사람"(「AU MAGASIN DE NOUVEAUTES」), "벌판한복판"(「꽃나무」), "거울속에는소리가업소"(「거울」)

45 와류의 리듬은 다음과 같은 시편에서도 확인할 수 있다. 「LE URINE」(47), 「얼굴」(50), 「運動」(51), 「·素·榮·爲·題·」(100), 「正式」(102), 「紙碑」(105). 다음도 참고할 것. 33, 43, 53, 59, 61, 63, 78.

ⓑ 참으로兒孩라고하는것은아버지보담도어머니를더닮는다는것은 / 그무슨얼굴
을말하는것이아니라性行을말하는것이지만 // 저사내얼굴을보면 / 저사내는
나면서以後大體웃어본적이있었느냐고생각되리만큼험상궂은얼굴이라는점으
로보아 / 저사내는나면서以後한번도웃어본적이없었을뿐만아니라울어본적도
없었으리라믿어지므로 // 더욱더험상궂은얼굴임은 / 卽저사내는저사내어머
니의얼굴만을보고자라났기때문에그럴것이라고생각되지만 //

ⓒ 저사내아버지는웃기도하고하였을것임에는틀림이없을것이지만 / 大體로兒孩
라고하는것은곧잘무엇이나숭내내는性質이있음에도불구하고 // 저사내가조
금도웃을줄을모르는것같은얼굴만을하고있는것으로본다면 / 저사내아버지는
海外를放浪하여 / 저사내가제법사람구실을하는저사내로장성한後로도아직돌
아오지아니하던것임에틀림이없다고생각되기때문에 //

ⓓ 또그렇다면저사내어머니는大體어떻게그날그날을먹고살아왔느냐하는것이問
題가될것은勿論이지만 // 어쨌든간에저사내어머니는배고팠을것임에틀림없
으므로 / 배고픈얼굴을하였을것임에틀림없는데 // 귀여운외톨자식인지라서
/ 사내만은무슨일이있든간에배고프지않도록하여서길러낸것임에틀림없을것
이지만 //

ⓔ 아무튼兒孩라고하는것은 / 어머니를가장依支하는것인즉 // 어머니의얼굴만
을보고 / 저것이정말로마땅스런얼굴이구나하고믿어버리고선 / 어머니의얼
굴만을熱心으로숭내낸것임에틀림없는것이어서 // 그것이只今은입에다金니
를박은身分과時節이되었으면서도 / 이젠어쩔수도없으리만큼굳어버리고만것
이나아닐까고생각되는것은無理도없는일인데 //

ⓕ 그것은그렇다하드라도 / 반드르르한머리카락밑에어째서저험상궂은배고픈
얼굴은있느냐. //기호 및 단락 분절 표시-인용자

— 「얼굴」 전문

「얼굴」은 한 사내의 "험상궂은배고픈얼굴"을 보고 그 이유를 추리하고 있는 시이다. 그런데 그 의미를 분별하는 것은 쉽지 않다. 그 까닭은 띄어쓰기를 하지 않았다는 점, 더욱이 전체 단락이 하나의 문장으로 이루어졌다는 데서 찾을 수 있다. 인용문에서 보듯, 의미 단락의 분절은 시의 내용을 이해하는 데 도움을 준다. 여기서 특별히 주목할 것은 Ⓐ~Ⓓ의 추론의 과정이다. Ⓔ는 Ⓐ~Ⓓ의 추론의 결과로서 사내의 "험상궂은배고픈얼굴"이 어머니의 얼굴을 흉내낸 결과라는 비교적 명료한 내용을 진술하고 있다. 먼저, Ⓐ는 어머니의 '박색'과 그로 인한 가난에 대한 진술(전제①)이고, Ⓑ는 아이가 일반적으로 어머니를 닮는다는 사실로부터 사내가 "어머니의얼굴만을보고자라났"을 것이라는 추론(추론①)이다. Ⓒ는 사내가 아버지의 얼굴을 닮을 수 없는 상황, 곧 아버지의 해외 유랑이라는 상황 설정(전제②)이고, Ⓓ는 이러한 유랑이 초래한 가난과 어머니의 "배고픈얼굴"의 진술(추론②)이다. 이로부터 Ⓔ는 사내의 얼굴이 어머니의 애초의 "薄色"과 아버지의 해외 유랑이 야기한 어머니의 "배고픈얼굴"의 흉내에서 비롯함을 결론으로 도출하고 있다. 이러한 분별은 이 시가 표층의 난해성과는 달리 일정한 논리적 연관관계에 의해 직조되고 있음을 암시한다. 즉 전제①→추론①까지는 사내의 "험상궂은얼굴"의 이유를, 전제②→추론②는 사내의 "배고픈얼굴"의 이유를 추론하고 이를 Ⓔ의 결론으로 종합하고 있는 것이다.

이는 이 시의 리듬의 중심점이 의미 단락의 논리적 연관관계에 있음을 보여준다. 즉 위의 시의 리듬은 각 분절들의 논리적 연관관계의 반복과 변주에 의해 산출되고 있는 것이다. 따라서 위의 시의 리듬 분석은 어휘들의 반복보다는 각 단락의 의미적 연관관계에 초점을 맞춰야 한다. 이때 먼저 주목할 것은 의미의 단락들이 주로 역접逆接에 의해 나열되고 있다는 사실이다. "틀림이없겠지만", "말하는것이지만", "그럴것이라고생각되지만", "틀림이없을것이지만", "성질性質이있음에도불구하고", "물론勿論이지만", "틀림없을것이지만" 등이 그 예이다. 더욱

이 이러한 역접의 어미들이 이유 및 인과의 어미들 "생각되기때문이거니와", "험상궂은얼굴이라는점으로보아", "믿어지므로", "틀림이없다고생각되기때문에", "틀림없는것이어서" 등과 혼재되어 사유의 진행 추이를 명확히 분별하는 것을 방해하고 있다.

대표적으로 Ⓐ의 리듬 구조를 분석해 보자. Ⓐ는 크게 두 개의 분절로 분할될 수 있는데, 각각의 분절들 내부는 다시 두 개의 미세 분절들이 포함되어 있다. 즉,

① 저사내어머니의얼굴은薄色임에틀림이없겠지만 /

② 저사내아버지의얼굴은잘생겼을것임에틀림이없다고함은 //

③ 저사내아버지는워낙은富者였던것인데 /

④ 저사내어머니를聚한後로급작히가난든것임에틀림없다고생각되기때문이거니와 //

①~④는 모두 "저사내"로 시작하고 있다. 이것이 Ⓐ의 리듬의 첫 번째 양상이다. ①~②와 ③~④는 대칭의 구조를 띠고 있다. 이러한 대칭은 두 가지로 분별되는데, 하나는 ①~②의 '어머니-아버지'의 연속이 ③~④의 '아버지-어머니'의 연속과 대칭을 이룬다는 것이고, 다른 하나는 ①~②의 '박색임-잘생겼을것임'이 ③~④의 '부자-가난'과 대칭을 이룬다는 것이다. 이것이 Ⓐ의 리듬의 두 번째 양상이다. ③~④의 문장 구조는 ①~②의 문장 구조의 반복이다. 즉 ③~④의 "것인데 → 것임"의 구조는 ①~②의 "없겠지만 → 없다고함"의 패턴의 반복인 것이다. 이것이 Ⓐ의 리듬의 세 번째 양상이다. 마지막으로, "틀림이없다"의 반복과 변주는 Ⓐ의 리듬의 네 번째 양상으로 볼 수 있다. ①의 "틀림이없겠지만"→ ②의 "틀림이없다고함"→③의 생략→④의 "틀림없다고생각되기때문이거니와"로 이어지는 흐름은 "틀림"을 중심으로 본다면 소위 'aaba'의 형식을

띤다. 특히 ③의 생략은 ①~②와 ③~④의 대칭성을 변주한다. ②의 "틀림이없다"가 ④에서 조사 '-이'가 생략되어 "틀림없다"로 변화된 것도 흥미롭다.

Ⓐ의 리듬 구조의 분석은 이 시가 표층의 무질서와는 달리 의미와 문장과 소리가 일정한 원리에 의해 조직되고 있음을 잘 보여준다. 이것이 이상 시의 고유한 리듬을 산출하는데, 그 결과 음성적 흐름은 결코 단조롭지 않다. 이는 Ⓑ, Ⓒ, Ⓓ의 경우도 마찬가지이다. 더욱 흥미로운 것은 각 분절들에 내재한 고유한 리듬이 시 전체에서 사유의 궤적에 의해 산출되는 와류의 리듬으로 수렴되고 있다는 사실이다. 이는 이 시의 마지막 분절인 Ⓕ의 존재 때문이다. Ⓕ는 Ⓐ부터 Ⓔ까지의 추론 전체를 무화無化하고, 사유의 흐름을 원점으로 회귀시킨다.[46] 이미 Ⓔ에서 자신의 추론이 "무리無理도없는일"이라고 단정하고, (이는 Ⓕ의 "그것은그렇다하드라도"에 의해 재승인된다), 곧바로 "어째서저험상궂은배고픈얼굴은있느냐"고 반문하는 것은 Ⓐ부터 Ⓔ까지의 추론 전체가 만족할 만한 해답을 주지 못했음을 암시한다. 그 결과 우리는 최초의 물음 앞에 다시 서게 된다. 그러니까 Ⓕ는 추론의 종착점이 추론의 시작점으로 다시 이어지는 순환 고리의 연결점이 된다. 이는 "한 마리의 뱀은 한 마리의 뱀의 꼬리와 같다. 또는 한 사람의 나는 한 사람의 나의 부친父親과 같다"遺稿 162는 역설 속에 담긴 순환의 고리와 같다.

이것이 함의하는 바는 무엇인가? 그것은 이 시의 사유의 흐름이 사후적으로 적층된 구조를 갖는다는 사실이다. 만약 우리가 Ⓕ가 지시하는 방향을 따라 다시 한 번 사유의 회로 속으로 진입한다면, 우리는 사유의 흐름이 정지되지 않은 순환 속에서 누적될 뿐이라는 것을 알 수 있다. 마치 에셔의 「폭포」처럼 사유의 부단한 흐름만이 존재하는 폐쇄회로가 그것이다. 그렇다면 이러한 폐쇄회로가 산출하는 가치는 무엇인가? 이상에 따르면 그것은 '절망'이다. "어느시대時代에

---

46 「시제1호」의 마지막 진술과 「시제2호」 및 「시제3호」의 마지막 진술을 보라. 「시제6호」와 「시제8호」의 마지막도 비슷하다.

도 그현대인現代人은 절망絶望한다. 절망絶望이기교技巧를낳고 기교技巧때문에또절
망絶望한다"[47]에서 보듯, 와류의 리듬은 절망의 리듬으로 귀결된다. 그러나 여기
서 우리는 한 가지를 더 물어야만 한다. Ⓐ→Ⓕ로의 사유의 흐름은 폐쇄회로
속의 동일한 반복만으로 존재하는 것일까? 혹시 이러한 폐쇄회로에서의 반복
일지라도 아직 발견되지 못한 잉여가 있을 가능성은 없는가? 그것은 잠재적으
로 있는 것이지만, 이상의 시는 우리에게 그러한 잠재성을 넘는 문턱에 대해 사
유하게 한다. 이것이 이상 시의 텍스트가 지닌 개방성과 확장성이라고 할 수 있
다. 이상 시의 리듬의 변주가 갖는 의의이기도 하다.

3. 개방과 폐쇄의 새로운 리듬

지금까지 우리는 이상 시의 리듬이 존재하는가라는 문제의식에서 출발하여,
이상 시의 리듬의 실제적 양상을 논구하였다. 이는 시적 리듬이 규칙적이고 정
형적인 반복이 아니라, 시적 언어의 결texture과 흐름stream이라는 이해를 전제
한다. 이러한 전제를 바탕으로, 본문에서는 이상 시의 리듬을 시각적·구문적·
의미적 층위로 분별하고, 각각 '도상의 리듬', '구문의 리듬', '사유의 리듬'으로
나누어 살펴보았다.

「선에 관한 각서 6」의 '뒤집어진 숫자판'은 수량數量의 증감이 대칭적으로 존
재하는 도상적 리듬을 예시한다. 「시제4호」의 좌우대칭 그림(선)은 화살표에 의
해 방향성을 획득하는데, 이는 와류渦流의 운동과 같은 도상적 리듬을 보여준다.
그리고 이상 시에서 띄어쓰기의 무시에 의한 호흡 분절의 임의성은 시의 다양한
의미를 분기한다. 「시제1호」에서는 "그리오"라는 발화의 주체와 대상을 어떻게

---

47 이상, 「권두언」, 『시와 소설』 창간호, 1936.3, 3쪽.

설정하느냐에 따라 그 의미가 달라진다. 「시제7호」는 의미의 전개가 시의 음성 및 구조와 긴밀히 호응한다는 것을 예증한다. 이와 함께 특정 음운의 반복과 변조가 리듬의 주조하는 예를 「절벽」에서 발견할 수 있다. 이는 이상이 시의 의미, 표현, 소리의 배열과 조직에 세심한 주의를 기울이고 있음을 보여준다. 한편, 「시제2호」와 「시제3호」는 복잡한 사유의 전개가 시적 리듬을 산출할 가능성을 예시한다. 즉 기표의 점층적 반복에 의해 생성되는 와류의 리듬은 사유의 추이와 흐름을 반영하는 것이다. 특히 「얼굴」에서 각 분절들의 역접, 인과, 이유의 논리적 연관은 반복 순환하는 폐쇄회로의 운동을 보여주는데, 이는 이상의 '절망→기교, 기교→절망'의 순환구조의 일단을 보여준다고 할 수 있다.

이러한 분석을 통해 의외로 많은 시편들이 표층의 무질서와는 달리 심층부에서는 매우 독특한 리듬 구조를 보여주고 있음을 확인할 수 있다. 이러한 결과는 이상이 소리의 층위에서 언어의 유동성과 고정성, 소통성과 단절성, 개방성과 폐쇄성에 대해 의식하고 있었다는 사실을 명시적으로 보여준다. 즉 그는 시의 소리와 형태와 의미가 서로 결합하는 방식에 대해 적극적으로 사유하고 있었던 것이다. 바로 여기에서 이상 시의 리듬의 의의가 도출된다. 이상 시에서 리듬은 음운론적 · 통사론적 · 의미론적 층위가 상호 교섭하는 장소인 것이다.

제2장
서정주 초기 시의 리듬

1. 『화사집花蛇集』의 리듬

서정주는 한국 현대시사에서 "가장 강력한 영향력을 미친 시인"[1] 가운데 한 명이다. 그럼에도 불구하고, 서정주 시가 지닌 시적 리듬의 고유한 양상과 미적 자질에 대해서는 제대로 논구되지 않고 있다. 이러한 현상은 현대시의 시적 리듬 연구의 수준과 한계를 반영한다. 즉 기존의 리듬 연구는 대체로 음수율과 음보율과 같은 정형적 율격론metrics에 토대를 두고 진행되었기 때문에 자유시의 리듬 연구는 한계를 노정하고 있는 것이다. 서정주 시의 리듬에 대한 기존의 논의가 매우 드물 뿐만 아니라, 그것도 주로 음수율에 기대어 7·5조 정형률 분석에 치우쳐 온 이유도 여기에서 찾을 수 있다.[2]

기존의 연구는 '내용/형식'의 이분법적 사유에 기초해, 시적 리듬의 실질적 판단 기준을 음수율이나 음보율과 같은 정형적 율격의 존재 여부에 두고 있는데, 문제는 정형적 율격의 분석이 시인의 정신세계와 시의 의미와 무관하게 이루어진다는 점이다. 이러한 분석은 "뜻과 소리의 조화를 꾀하면서 음률성을 확

---

1   김현, 『한국문학사』, 민음사, 1973, 443쪽.
2   이에 대해서는 다음의 논문을 참조할 것. 장보미, 「서정주의 시 「귀촉도」의 음상 분포 분석」, 『민족문화연구』 62호, 2014, 212쪽 각주 5번.

보하는 있는"[3] 서정주 시의 리듬의 근본적 특색을 도외시할 가능성이 있다. 서정주 시의 음률성이 지닌 '뜻과 소리의 조화'를 제대로 분석하기 위해서는 처음부터 시의 소리와 의미가 어떻게 하나의 시편으로 통합되는지를 고찰할 필요가 있는 것이다.

주지하듯 자유시와 산문시의 리듬은 불규칙적이고 비정형적인 양상을 띠고 있다. 이는 시인의 내적 정신세계가 자유롭게 표출되기 때문에 벌어지는 현상으로, 서정주의 초기 시는 이를 명시적으로 보여주는 예라고 할 수 있다. 실제로 서정주는 시작詩作에 있어 정형적 율격의 한계를 자각하고 있었는데,[4] 이는 그의 시가 "내재율에 대한 고려"[5]에서 비롯하고 있음을 암시한다. 이 장에서는 이러한 문제의식에서 출발해 서정주 초기 시의 리듬을 규명하는 것을 일차적인 목적으로 삼는다. 주지하다시피『화사집花蛇集』1941은 "생명의 열정과 모순으로 가득 찬 내면"[6]이 "직정언어直情言語"[7]로 표출되는 시집이다. 따라서 초기 시에서 직정 언어가 발화되는 양상의 분석은 시인의 정신세계와 시의 의미를 탐구하는 것과 동궤를 이룬다고 할 수 있다. 서정주 시편에 나타난 '정신과 언어와 소리의 율동'의 길항 양상을 고찰할 필요성은 여기에서 도출된다. 먼저,『화사집』에 나타난 시적 리듬의 다양한 양태들을 음운·호흡·종결 양상을 분석하고, 이를 통해 서정주 초기 시에 나타난 소리와 의미의 길항 양상을 논구하고사 한나.

서정주 초기 시의 리듬 분석에서 중요한 것은 '뜻과 소리의 조화'가 구체적으

---

3 유종호,『서정적 진실을 찾아서』, 민음사, 2001, 159쪽.
4 서정주,「시의 운율,『서정주 문학전집』2, 일지사, 1972. 특히 다음의 구절에 주목할 것. "우리가 뼈 아프게 반성해야 할 것은 이상과 같은 고시와 단선율을 대치할 만한 새로운 시의 운율을 개화 이후의 시단이 산출한 일이 있느냐"(326쪽).
5 서정주,「1960년대의 한국시」,『서정주 문학전집』2, 일지사, 1972, 277쪽.
6 최현식,『서정주 시의 근대와 반근대』, 소명출판, 2003, 327쪽.
7 "直情言語 ─ 수식 없이 바로 사람의 심장을 건드릴 수 있는 그러한 말들", "나는 詩를 우리말의 日常語에서 찾으려고 한 사람이다." 서정주,「나의 시인생활 약전」,『서정주 문학전집』4, 일지사, 1972, 200쪽.

로 어떻게 발현되는지를 탐색하는 것에 있다. 바꿔 말하면, 내면의 정신세계가 소리의 율동과 만나 고유한 시적 리듬으로 나타나는 현상을 규명하는 데에 있다. 이를 위해서 시적 리듬 개념을 정형률과 같은 율격론으로 한정하지 않고, 시 속 다양한 소리의 자질들이 의미화될 때의 '소리의 결texture과 흐름stream'으로 파악할 필요가 있다. 전통적 이론이 자유시의 리듬과 정형시의 리듬을 모순관계로 인식하는 반면, 이 장에서 정형시의 리듬을 시적 리듬의 특수한 발현태로 간주하는 이유가 여기에 있다. 이는 정형률의 부재가 곧바로 시적 리듬의 부재로 이어지지 않는다는 것을 의미한다. 바로 이러한 전환으로부터 서정주 초기 시의 리듬이 지닌 중층성을 통합적으로 이해할 가능성을 얻을 수 있다. 이는 규칙적이고 외형적인 율격에 의해 가려졌던 자유시의 리듬 분석으로 육박해 들어가는 계기가 될 수도 있을 것이다.

2. 음운 층위의 리듬 분석

음운의 층위에서의 정형적 리듬은 운韻, rhyme이다. 운은 특정한 위치에 동일한 음가音價를 지닌 음운의 반복을 일컫는다.[8] 그러나 서정주 시에서 이러한 정형적이고 규칙적인 양상의 음운의 배열은 직접적으로 표출되지 않는다. 이것이 시인이 음운의 배열을 통해 형성되는 소리의 결과 흐름에 주의를 기울이지 않았음을 의미하는 것은 아니다. 유종호의 갈파처럼 그의 시는 매우 유려한 "음률성을 확보"하고 있기 때문이다. 이런 맥락에서 서정주 시의 음운의 층위에서 특별히 주목해야 할 것은 불규칙적 음운의 배치와 산포이다. 특히 '프로조디 prosodie', 곧 특정 음운이 하나의 계열을 이루면서 의미를 조직하는 양상에 주

---

8   장철환, 『김소월 시의 리듬 연구』, 소명출판, 2011.

목할 필요가 있다.[9]

서정주 초기 시에서 가장 특징적인 음운 계열체 가운데 하나는 'ㅅ'계열체이다. 그 대표적인 예는 잘 알려진 「화사花蛇」가 명시적으로 보여준다.

司香 薄荷의 뒤안길이다.

아름다운 베암‥‥

을마나 크다란 슬픔으로 태여났기에, 저리도 징그라운 몸뚱아리냐

꽃다님 같다.

너의할아버지가 이브를 꼬여내든 達辯의 혓바닥이

소리잃은채 낼룽그리는 붉은 아가리로 푸른 하눌이다. ‥‥물어뜯어라. 원통히무러뜯어,

다라나거라. 저놈의 대가리!

돌 팔매를 쏘면서, 쏘면서, 麝香 芳草ㅅ길 저놈의 뒤를 따르는것은

우리 할아버지의안해가 이브라서 그러는게 아니라

石油 먹은듯‥‥ 石油 먹은듯‥‥ 가쁜 숨결이야

바눌에 꼬여 두를까부다. 꽃다님보단도 아름다운 빛

크레오파투라의 피먹은양 붉게 타오르는 고혼 입설이다. 슴여라! 베암.

---

9   루시 부라사, 조재룡 역, 『앙리 메쇼닉 리듬의 시학을 위하여』, 인간사랑, 2007.

우리순네는 스믈난 색시, 고양이같이 고흔 입설 …… 슴여라! 베암.

— 「화사(花蛇)」 전문[10]

서정주의 대표작 「화사」는 자음 'ㅅ'을 중심으로 매우 강렬한 음률성을 구현하고 있다. 1연의 "사향麝香"에서 시작하여 "슬픔"으로 이어지는 자음들은 'ㅅ 계열체'의 도입부를 형성하고 있다. 여기서 간과할 수 없는 것은 "화사花蛇"의 'ㅅ'이 "사향麝香"과 "슬픔"이라는 이중적 의미로 분절되고 있다는 사실이다. 전자는 4연에서 보다 강화된 형태로 나타나는데, "쏘면서, 쏘면서"에서의 'ㅅ'과 'ㅆ'의 반복은 "사향麝香"의 후각적 매혹을 배가하는 음성적 장치로 기능하고 있다. "석유石油"와 "숨결"에서 반복되는 'ㅅ' 또한 이러한 후각적 매혹을 관능적인 차원으로 발산시키는 기능을 지닌다고 할 수 있다. 한편, 후자의 "슬픔"은 3연의 "소리잃은채"와 연결되면서, "화사花蛇"의 그것이 단순한 '센티멘탈리즘'이 아니라 생명의 근원적 상실에서 비롯하는 원초적 성질의 것임을 암시한다. 이는 전자의 관능적 이미지가 후자의 원초적 한계에서 비롯한다는 것을 암시하는 것처럼 보인다. 이러한 해석은 마지막 두 연의 "베암"과 "순네"의 "입설" 사이의 병치를 통해서도 간접적으로 확인할 수 있다.

마지막 두 연에서 더욱 격앙된 화자의 어조는 "순네"에 대한 내밀한 심리를 암시한다는 점에서 흥미롭다. 화자는 "베암"이 "순네"의 "입설"에 스미기를 갈구하고 있는데, 이는 역으로 "순네"가 "베암"의 관능성과 원초성을 결여하고 있음을 암시한다. 다시 말해, 시적 주체는 "순네"가 욕망의 원인으로 재탄생하기를 강력하게 염원하고 있는 것이다. 이러한 내밀한 욕망은 마지막 연의 'ㅅ' 계열의 반복과 확장에 의해 한층 강화되고 있다. "순네", "스물", "색시", "입설", "슴여라"에서 다섯 차례나 반복되는 'ㅅ'은 날름거리는 뱀의 혓바닥처럼 끊임

---

10 서정주, 『花蛇集』, 한성도서, 1941. 이하 서정주 시의 인용은 이 책의 표기를 따름.

없이 내밀한 욕망을 날름거리고 있다. 이것은 'ㅅ'이라는 마찰음이 지닌 고유한 음상이 뱀의 이미지와 연동되어 있을 뿐만 아니라, 화자의 내밀한 욕망을 간접적으로 드러내는 장치로 기능하고 있음을 보여준다.[11]

『화사집』에서 'ㅅ' 계열체와 함께 주목할 것은 'ㅂ' 계열체이다. 'ㅂ' 계열체는 크게 두 가지로 분별될 수 있는데, 하나는 시적 주체와 욕망의 대상인 타자에 대한 비유이고, 다른 하나는 시적 주체의 정조를 간접적으로 환기하는 배경이다. 앞서 「화사」에서 보았듯, 전자를 대표하는 것은 "배암"이다. "배암"은 "가시내"의 대리자로서 기능하고 있는데, 이는 "배암"이 욕망의 대상의 객관적 상관물임을 암시한다. 「맥하麥夏」는 이를 보다 명시적으로 보여준다.

> 땅에 누워서 배암같은 게집은
> 땀흘려 땀흘려
> 어지러운 나─ㄹ 업드리었다.
>
> ―「맥하(麥夏)」 부분

마치 뱀처럼 "땅에 누워" 유혹하는 "배암같은 게집"은 관능적인 이미지의 전형이다. 여기서 주목할 것은 "나─ㄹ" 유혹하는 "게집"이 보나 적극적으로 행동하고 있다는 사실이다. 이는 「화사」에서의 내밀한 욕망이 구체적인 행위의 차원에서 실현되고 있음을 암시한다. 상상적 차원이든 아니든, 이는 주체의 욕망을

---

11 「花蛇」 이외에도 'ㅅ' 계열체가 두드러지게 드러나는 시편은 「自畵像」, 「문둥이」, 「입맞춤」, 「가시내」, 「手帶洞詩」, 「서름의 江물」, 「正午의언덕에서」, 「門」, 「西風賦」 등이 있다. 이들 시편들에서 'ㅅ' 계열체의 중심적인 부분은 다음과 같다. "병든 숫개"(「自畵像」), "문둥이는 서러워"(「문둥이」), "가시내두 가시내두 가시내두 가시내두"(「입맞춤」), "입술"(「가시내」), "샤알 보오드레 ─르처럼 설ㅅ고 괴로운 서울여자"(「手帶洞詩」), "서름의 江물"(「서름의 江물」), "우슴웃는 짐생, 짐생 속으로,"(「正午의언덕에서」), "가슴속에 匕首감춘 서릿길"(「門」). 이들 'ㅅ' 계열체는 시적 주체와 욕망의 대상, 그리고 양자 사이의 어긋남에서 기인하는 억제되지 않은 주체의 감정을 기술하는 중심지점에 위치하는데, 이에 대해서는 보다 자세한 논구가 필요해 보인다.

실현하는 방식에 있어 매우 중요한 함의를 지닌다. 왜냐하면, 주체의 욕망이 자기의 능동적인 행위가 아니라 대상이 되는 타자의 적극적인 행위에 의해 실현되고 있기 때문이다. 이때 "게집"은 "배암같은" 존재가 되어야만 한다. 혹은 그렇게 만들어야 한다. 욕망하는 주체가 자신의 욕망을 실현하는 이러한 방식은 주체의 수동성 내부에 타자를 변용시키려는 능동성이 내장되어 있음을 암시한다. 따라서 "게집"이 "나-ㄹ 업드리었다"는 사실이 중요한 것이 아니라 그녀가 그렇게 행위하도록 만드는 것이 중요하다. 「화사」의 "슴여라! 배암"이 표현하는 것은 이러한 주체의 욕망을 "순네"가 자각하기를 욕망하고 있다는 사실이다.

> **복사꽃** 픠고, **복사꽃** 지고, 뱀이 눈뜨고,
> 초록제비 무처오는 하늬바람우에 혼령있는
> 하눌이어. 피가 잘 도라… 아무病도없으면
> 가시내야. 슬픈일좀 슬픈일좀, 있어야겠다.
>
> —「봄」 전문

"뱀"은 "가시내"의 대리자로 기능한다고 볼 수 있다. 여기에도 욕망의 대상에 대한 시적 주체의 내밀한 감정이 스며 있기 때문이다. 마치 "봄"에 "뱀"이 동면冬眠에서 깨어나듯, "가시내" 역시 욕망의 눈을 뜨기를 바라는 마음이 그것이다. 계절의 측면에서도 「봄」과 「맥하」의 비교는 흥미로운데, "봄"에 욕망의 자각이 이루어진다면, 여름에 욕망이 실현되기 때문이다. 특이한 것은 이러한 욕망이 "슬픈일"이 생겼으면 좋겠다는 소망으로 표출되고 있다는 점이다. 이는 앞서 "순네"의 "입술"에 "배암"이 스미기를 바라는 마음과 동궤를 이루는데, 이때 "슬픈" 소망은 "병病"이라는 또 다른 'ㅂ' 계열체로 변주되고 있다. 따라서 "병病"은 신체적 차원이 아니라 욕망의 차원에서 이해되어야 한다.

또한, 이 시에서 'ㅂ' 계열체는 시적 주체의 정조를 간접적으로 환기하는 기능을 수행하고 있다. "복사꽃", "제비", "하늬바람"의 'ㅂ'이 그것들인데, 이들은 모두 "봄"의 계열체의 변주들로 간주될 수 있다. 여기서 우리는 'ㅂ' 계열체가 "봄"의 배경으로서의 기능 또한 수행하고 있다는 것을 확인할 수 있다. "봄"은 직접적이든 간접적이든 『화사집』의 주요 계절적 배경을 이루고 있는데, 이는 『화사집』이 시적 주체의 태동하는 욕망을 표현하고 있다는 것과 관계있다. 「서름의 강江물」은 이를 다음과 같이 보여준다.

> 못오실니의 서서 우는듯
>
> 어렌고 거긔 이슬비 나려오는
>
> 薄暗의 江물 소리도 없이……
>
> 다만 붉고 붉은 눈물이
>
> 보래 핏빛 속으로 젖어
>
> 낮에도, 밤에도, 거리에 서도
>
> 문득 눈우슴 지우려 할때도
>
> 이마우에 가즈런히 밀물처오는
>
> 서름의 江물 언제나 흘러……
>
> 봄에도, 겨울밤 불켤때에도,

— 「서름의 강(江)물」 전문

마지막 행인 "봄에도, 겨울밤 불켤때에도,"에 주목한다면, 우리는 이 시에서 'ㅂ' 계열체가 어떻게 확장되고 있는지를 가늠할 수 있을 것이다. "봄"이라는 계절적 배경이 "겨울밤 불켤때"라는 시간적 배경과 연동되어 시적 주체의 "서름"을 강조하고 있는 것이다. 특히 "이슬비"와 "박암薄暗"은 애상적 정조를 드러내는 도입부의 역할을 하면서 시적 주체의 애상을 강화하고 있다. 여기서 우리는 "붉고 붉은 눈물"이 "보래 핏빛"과 융회되는 장면에서 시적 주체의 정조가 계절적·시간적 배경 속에서 물드는 광경을 목도할 수 있다. 이러한 시간적 배경은 "강江물"에 반사된 "박암薄暗"과 "불"의 잔영이라는 점에서 공간적 배경과도 잘 융회되고 있다. 이러한 사실들은 시의 내용 혹은 정조가 특정한 소리의 반복과 결합할 때, 매우 독특한 시적 효과를 산출할 수 있음을 보여주는 예시들이다.

'ㅂ' 계열체와 관련하여 한 가지 추가할 것은 "봄"과 "밤"이 "바람"의 'ㅂ'과 계열을 형성하고 있다는 점이다. 앞서 본 「봄」의 "하늬바람"이 그러하고, 다음의 구절들 또한 마찬가지이다.

> 바람뿐이드라, 밤허고 서리하고 나혼자 뿐이드라
>
> ―「단편(斷片)」
>
> 서녘에서 부러오는 바람속에는 / 한바다의 정신ㅅ병과 / 징역시간과
>
> ―「서풍부(西風賦)」

「단편」의 경우, "바람"은 "밤" 동일한 의미의 계열체를 이루고 있다. 『화사집』에서 "밤"이 "바람"과 친연관계를 이루고 있는 이유는 「서풍부西風賦」가 잘 보여준다. 위의 인용된 구절이 명시하듯, "부러오는 바람"은 "한바다의 정신ㅅ병"을 소환하는 존재이다. 이때 "바람"의 'ㅂ'은 "바다"와 "병"의 'ㅂ'과 계열을 형성한다. 이는 일차적으로 "바다"가 해방의 공간이긴 하지만 "병"과 "징역"의 시간을 불러일으키는 공간이기도 하다는 사실을 암시한다. 이러한 사실을 확인하는 것은 중요한데, 왜냐하면 이를 통해 「바다」의 강렬한 절규가 "서름"의 완전한 일소가 아니라 그것의 분출임을 확인할 수 있기 때문이다. 다시 말해, "침몰沈沒하라. 침몰沈沒하라. 침몰沈沒하라."의 절규는 해소되지 않은 "밤"의 "병"과 "징

역"의 시간의 폭발인 것이다. "벽壁차고 나가 목매어 울리라! 벙어리처럼, 오-
벽壁아,"壁는 이러한 폭발이 음성적 형태로 분출하고 있음을 보여주는 또 다른
예이다.

　이러한 분출이 'ㅂ' 계열체의 변주인 'ㅍ' 계열체를 이해할 단서를 제공한다.
서정주의 초기 시에서 흥미로운 것은 양순 파열음 'ㅍ'의 출현 빈도가 상당히 높
다는 것이다. 『화사집』에 실린 총 24편의 시[12] 가운데 양순 파열음 'ㅍ'이 등장
하는 시편은 모두 19편이다. 전체의 약 79% 시에서 'ㅍ'이 나타나고 있는 것이
다. 이러한 비율은 시의 의미, 나아가 서정주 초기 시의 특성을 파악하는 데 유
의미한 지표가 될 수 있는가? 이 문제와 관련해 주목할 것은 'ㅍ'의 발생 빈도가
특정 단어와 연동되어 있다는 사실이다. "피"가 그것인데, 이는 양순 파열음
'ㅍ'이 시의 의미와 강력히 결속되어 서정주 초기 시의 주요 특질인 "생명의 열
정과 모순으로 가득 찬 내면"을 보여주고 있음을 암시한다. 요컨대, 'ㅍ'은 시의
의미와 연동된 소리의 계열체로 간주될 수 있는 것이다. 다음의 예들을 보자.

몇방울의 피	-「자화상(自畫像)」
크레오파투라의 피먹은양	-「화사(花蛇)」
强한 향기로 흐르는 코피	-「대낮」
피 흘리고 간 두럭길	-「맥하(麥夏)」
피가 잘 도라…	-「봄」
보래 피빛 속으로 젖어	-「서름의 강(江)물」
푸른 하눌속에 내피는 익는가	-「단편(斷片)」

12　1부 〈자화상〉의 「自畫像」 // 2부 〈花蛇〉의 「花蛇」, 「문둥이」, 「대낮」, 「麥夏」, 「입마춤」, 「가시
　내」 // 3부 〈노래〉의 「瓦家의傳說」, 「桃花桃花」, 「手帶洞詩」, 「봄」, 「서름의 江물」, 「壁」, 「葉書」,
　「斷片」, 「부훙이」 // 4부 〈地歸島詩〉의 「正午의언덕에서」, 「高乙那의 딸」, 「雄鷄(上)」, 「雄鷄
　(下)」 // 5부 〈門〉의 「바다」, 「門」, 「西風賦」, 「復活」.

피빛 저승의무거운물결이 그의쭉지를 다적시어도	—「부흥이」
내입설의 피문은 입마춤과	—「정오(正午)의언덕에서」
어찌하야 나는 사랑하는자의 피가 먹고싶습니까	—「웅계(雄鷄)(下)」
밤과 피에젖은 國土가있다.	—「바다」
피와 빛으로 海溢한 神位에	—「문(門)」
그들의눈망울속에, 핏대에, 가슴속에 드러앉어	—「부활(復活)」

"피"는 'ㅍ' 계열체의 중심 부분이다. 산술적으로 본다면, 『화사집』의 24편의 시 가운데 "피"가 등장하는 시편은 모두 13편으로 전체의 54%를 상회한다. 그만큼 "피"는 서정주의 『화사집』을 이해하는 주요 지점이라고 할 수 있다. 위의 인용된 시편들에서 "피"는 다양한 양상을 띠고 있다. 그것은 생명의 원동력이기도 하고, 시적 주체의 내적 슬픔이기도 하며, 암울한 현실의 표상이기도 하다. 여기서 특별히 주목할 것은 "피"가 존재하는 방식이다. 『화사집』에서 "피"는 특정 장소에 고여 있지 않은데, 그것은 끊임없이 "흐르고" "흘리고" "적시"며 때로는 넘치기도 한다. 이렇듯 유동하는 존재로서의 "피"는 시간의 층위에서 본다면 현재형으로 존재한다. "피"는 과거의 회상이나 미래의 예기 속에 존재하지 않으며, 시적 주체의 눈앞에서 유출되고 있는 것이다. 이것은 "피"가 추상적 상징이 아니라 구체적·감각적 존재임을 암시한다. 그렇다면 유로하는 "피"는 시적 주체에게 어떤 작용을 하는가? 「웅계雄鷄(下)」는 이를 다음과 같이 암시적으로 보여준다.

어찌하야 나는 사랑하는자의 피가 먹고싶습니까
「雲母石棺속에 막다아레에나!」

닭의벼슬은 心臟우에 피인꽃이라

구름이 왼통 젖어 흐르나

막다아레에나의 薔薇 꽃다발.

傲慢히 휘둘러본 닭아 네눈에

蒼生 初年의 林檎이 瀟洒한가.

임우 다다른 이 絶頂에서

사랑이 어떻게 兩立하느냐

해바래기 줄거리로 十字架를 엮어

죽이리로다. 고요히 침묵하는 내닭을죽여….

카인의 쌔빩안 囚衣를 입고

내 이제 호올로 열손까락이 도도도떤다.

愛鷄의生肝으로 내워오는 頭蓋骨에

맨드램이만한 벼슬이 하나 그윽히 솟아올라….

— 「웅계(雄鷄)(下)」 전문

「웅계雄鷄(下)」는 다층적인 기독교적 인유引喩가 작동하고 있는 시이기 때문에 이해가 쉽지 않다. 게다가 이 시는 「웅계(上)」과는 다른 맥락 속에 놓임으로써 이해를 더욱 어렵게 하고 있다. 이 시를 이해하는 관건은 "사랑하는자의 피"를 중심으로 "운모석관雲母石棺속에 막다아레에나!"와 "닭"의 연관성을 해명하는 데에 있음은 분명해 보인다. 먼저, 초기 기독교에서 "닭"이 부활의 상징이었음을 이해할 필요가 있다. 실제로 초기 기독교인들은 "닭"을 석관石棺 위에 그려 넣었다고 한다. 이러한 사실을 참조컨대, "닭"은 부활의 기표로 이해해도 무방할 듯하다. 부활의 기표로서 "닭"은 "벼슬"을 비유하는 표현들에 의해 보다 구체화되고 있는데, 2연의 "심장心臟우에 피인꽃"과 "막다아레에나의 장미薔薇 꽃다발"이 그것들이다.

문제는 이러한 존재를 죽이겠다는 시적 주체의 결기 속에 담긴 함의이다. 5연의 "죽이리로다. 고요히 침묵하는 내닭을죽여…"에서 보듯, 시적 주체는 "침묵"하고 있는 "닭"을 죽이고자 하는데, 이는 「웅계(上)」와의 관련 속에서 해명될 수 있다. 「웅계(上)」의 마지막 연("結義兄弟가치 誼 좋게 우리는 / 하눌하눌 國旗만양 머리에 달고 / 地歸千年의 正午를 울자")은 "닭"이 시적 주체와 미래를 함께 할 "결의형제結義兄弟"로 상정되고 있음을 보여준다. "닭"은 시적 주체와 "피"로 연결된 관계로 상정되고 있는 것이다. 「웅계(下)」에서 이러한 존재를 죽이겠다는 것은 "닭"이 "결의結義"를 배반하였기 때문으로 볼 수 있다. 다시 말해 "지귀천년地歸千年의 정오正午를 울자"는 굳은 맹서를 "닭"은 지키지 않은 것이다. 그러니까 "닭"의 "침묵"이 죽음의 원인이다. 「웅계(下)」의 3연과 4연은 "닭"의 배신에 대한 시적 주체의 반문反問으로 볼 수 있는데, "네눈에"는 "창생蒼生 초년初年의 임금林檎"이 깨끗하게 보이지 않을 것임과 '너의 사랑'은 이미 "양립"해 버렸음을 질책하는 내용을 담고 있다.

이러한 이해는 "어찌하야 나는 사랑하는자의 피가 먹고싶습니까"의 함의를 이해하는 단서를 제공한다. 여기서 "사랑하는자"는 연인이나 성모聖母를 직접적으로 지시하는 것으로 간주되기는 어렵다. "사랑하는 자"가 직접적으로 지시하는 것은 "닭"이고, 성모의 "장미薔薇 꽃다발"은 "닭의 벼슬"의 비유로 볼 수 있기 때문이다. 「웅계(上)」의 일절, 곧 "자는 닭은 나는 어떻게 해 사랑했든가"

의 표현도 이를 방증한다. 따라서 "사랑하는 자의 피가 먹고싶"다는 것은 "카인"의 죄를 짓더라도, "닭"과 결의했던 '부활'의 약속을 완수하겠다는 의지로 해석될 수 있다. 마지막 연은 그 결과로서 "닭"으로 현현하는 모습을 포착하고 있다. "애계愛鷄의 생간生肝"을 먹음으로써 "닭"의 "피"를 분유分有하고, 스스로 "닭"으로 변신하는 과정은 시적 주체의 강력한 열정과 의지를 보여준다고 할 수 있겠다. 여기서 간과할 수 없는 것은 "벼슬"이 "두개골頭蓋骨"에서 솟아오르고 있다는 사실이다. "닭"의 외양만을 본다면, 이러한 표현은 자연스럽게 보일 수도 있지만, 2연에서 "닭의 벼슬"이 "심장心臟 우에 피인꽃"임을 감안할 때, "심장心臟"에서 "두개골頭蓋骨"로의 변주는 예사롭지 않다. 이는 시적 주체가 결여하고 있는 것이 "피"뿐만이 아니라, 그것을 펌프질하는 "심장心臟"이기도 하다는 사실을 암시하는 것처럼 보인다. 다시 말해 이지理智의 존재가 강력한 생명력의 원천인 "생간生肝"의 섭식을 통해 강력한 생명력의 부활을 완수하고자 하는 것이다.

이처럼 서정주의 초기 시편들에서 "피"를 중심으로 하는 'ㅍ' 계열체는 시적 주체의 강렬한 열망을 드러낸다. 그것은 외적으로는 '슬픔'의 양태로 나타나지만 내적으로는 죽음과 부활의 신념을 표상하고 있으며, 시적 주체가 결여하고 있는 강력한 생명력은 주체의 충동과 욕망의 원천으로 기능하고 있는 것이다. 이는 "피"와 '슬픔'에서 양순 파열음 'ㅍ'이 가지고 있는 음성적 특징이 서정주 초기 시의 특성과 유기적으로 연결되어 나타나는 현상으로 볼 수 있다. 'ㅍ'이 두 "입술"에 갇힌 공기가 파열하면서 나올 때 생기는 소리이듯, "피"는 "벽"과 같은 한계를 뚫고 '피어나는' 강한 생명의 원천이라고 할 수 있겠다. 이는 자신의 시적 발화에는 "몇방울의 피"「自畵像」가 섞여있다는 선언, 소리를 읽은 "배암"「花蛇」이 자신의 발화를 회복하기를 염원한다는 점, 그리고 "복사꽃"이 필 때 "슬픈일"「봄」이 생겨야 한다는 소망 등과 상응한다. 이렇듯 서정주 초기 시에서 'ㅍ'

계열체는 소리와 의미의 긴밀한 조응의 결과라는 것을 보여주는 실례라고 할 수 있다.

3. 시행line 층위의 리듬 분석

서정주의 초기 시에서 불규칙으로 산포散布하는 음운의 의미론적 기능을 이해하는 것은 중요하다. 현대 자유시에서는 음운의 반복은 '압운rhyme'과 같은 정형적인 형태를 띠지 않는다. 앞서 보았듯이, 서정주의 초기 시에서도 음운의 반복은 규칙과 정형의 양상이 아니라 불규칙과 비정형의 양상을 띠고 있었는데, 이는 1933년 한글맞춤법통일안의 시행 이후 시적 발화가 일상적 발화에 가까워지고 있음을 뜻한다. 이와 관련하여 1930년대 김기림이 모더니즘 및 이미지즘을 제창하였다는 사실 또한 주목을 요한다. 이는 시의 핵심적 자질이 '소리'에서 '이미지'로 이동하고 있음을 보여준다. 주지하다시피, 김기림의 모더니즘 및 이미지즘은 "센티멘탈 로맨티시즘과 편내용주의"[13]에 대한 부정에서 출발하였다. 이때 "센티멘탈 로맨티시즘"은 주로 김소월 식의 낭만성을 겨냥한 것이지만, 여기에는 시의 음악성을 탈각하고 회화성을 산출하는 것이 시의 현대성을 간취하는 방편으로 인식되었다는 맥락이 놓여 있다. 물론 김기림은 일상 언어의 고유한 리듬을 바탕으로 한 '신산문시 운동'을 제창하지만, 이는 대체로 도로에 그치고 만다. 이러한 맥락에서 서정주의 초기 시, 특히 『화사집』의 출현은 매우 각별한 의미를 지니는데, 그의 초기 시는 "자기가 숨쉬고 생명 영위하기에 적합한 세계를 정신과 언어와 언어의 율동으로 꾸미려는 노력"[14]을 반영

---

13 김기림, 『김기림 전집』 2, 심설당, 1988, 55쪽.
14 김윤식 · 김현, 『한국문학사』, 민음사, 1973, 429쪽.

하기 때문이다. 따라서 『화사집』은 시인의 정신세계가 일상 언어 및 시적 언어의 리듬을 통해 어떻게 조직·발산되는가를 보여주는 중요 지점이라고 할 수 있다. 이는 음운의 층위에서 뿐만 아니라 시행 및 연stanza의 층위에서도 확인할 수 있다.

시행詩行의 층위에서 자유시와 산문시의 리듬을 형성하는 주된 장치는 호흡과 억양이다. 이는 『화사집』의 경우도 마찬가지이다. 『화사집』의 호흡 패턴에서 특별히 주목할 것은 시행의 길이에 따른 율독律讀의 변화이다. 시행의 길이는 율독의 속도인 템포tempo에 영향을 주는데, 템포에 영향을 주는 요인은 율독의 편이성이 아니라 의미와의 상관성이다. 시행의 호흡 패턴을 분석하는 일차적인 이유도 여기에 있다. 즉 시의 의미와 길항하는 호흡의 양상은 시적 발화의 특성을 나타내는 하나의 지표로 간주될 수 있는 것이다. 『화사집』의 경우 호흡 패턴의 양상은 크게 두 가지로 대별될 수 있는데, 하나는 짧은 시행의 호흡 패턴이고 다른 하나는 긴 시행의 호흡 패턴이다. 애상적인 것을 드러낼 때는 주로 전자가 사용되었으나, 격렬한 감정의 분출과 유장한 사유를 나타낼 때에는 주로 후자가 이용되었다. 전자의 대표적인 것은 「문둥이」이다.

해와 하늘 빛이
문둥이는 서러워

보리밭에 달 뜨면
애기 하나 먹고

꽃처럼 붉은 우름을 밤새 우렀다

— 「문둥이」 전문

일반적으로 짧은 시행은 율독scansion의 속도를 늦추는 작용을 한다. 시행의 길이와 율독의 속도는 대체로 반비례한다고 할 수 있는데, 이는 시적 발화의 관습적 특성 가운데 하나로 볼 수 있다. 음악처럼 정해진 빠르기가 존재하지는 않지만, 관습적으로 일정한 발화 속도를 유지하려는 경향 때문으로 볼 수 있다. 「문둥이」의 경우, 1연과 2연의 짧은 시행은 율독의 템포를 느리게 만드는데, 이때 호흡 마디의 분절은 다양한 양태를 띠게 된다. 먼저 1행을 "해와"와 "하늘빛이"와 같은 두 개의 호흡 마디로 분절하여 율독할 수 있다. 이 경우 "문둥이"를 서럽게 하는 것은 "해"와 "하늘 빛"이 된다. 그러나 1행을 "해와", "하늘", 그리고 "빛이"처럼 세 마디로 분절하여 읽는다면, "문둥이"가 서러워하는 것은 '햇빛'과 '하늘빛'이 된다. 이러한 뉘앙스의 변화는 미세한 것이지만, 그 실체를 부정할 수 없을 만큼 분명히 존재한다.

이러한 뉘앙스의 변주는 다른 시행의 율독에서도 확인할 수 있는데, 특별히 흥미로운 것은 2연 1행의 율독의 경우이다. 우리는 "보리밭에 달 뜨면"을 하나의 호흡 마디로도 두 개의 호흡 마디로도 율독할 수 있다. 후자의 경우, "보리밭에 / 달 뜨면"과 "보리밭에 달 / 뜨면"[15]의 뉘앙스는 다르다. 일상적인 발화의 측면에서 본다면 전자가 자연스럽지만, "달"이 주는 여운의 측면에서 본다는 후자가 훨씬 효과적이다. "달" 이후의 휴지休止가 주는 미묘한 리듬 효과는 일반적으로 명사형 종결이 갖는 효과 때문으로 볼 수 있다. 특히 명사형 종결은 놀람과 영탄뿐만 아니라 불안과 공포 등의 여운을 살리는 데 효과적인데, 위의 경우는 후자에 가깝다고 할 수 있다. 같은 맥락에서 2연 2행을 "애기 / 하나 먹고"로 율독하는 것과 "애기 하나 / 먹고"로 율독하는 것은 차이가 있다. 위의 행을 하나의 호흡 마디로 읽을 때와는 다르게, 호흡을 분절하여 읽을 경우에는 분절의 앞뒤에 강세가 산출되는데, 이러한 강세의 여부가 미묘한 의미의 차이를 만드

---

15 여기서 "/"는 호흡 마디의 분절을 나타낸다.

는 것이다.

여기서 하나의 질문이 제기된다. 그렇다면 호흡 마디의 설정은 규칙적인 것인가, 아니면 자유로운 것인가? 일단 전자는 쉽게 부정될 수 있다. 근현대 자유시와 산문시의 경우 규칙적인 율독은 존재하지 않는다. 이것은 근현대 자유시와 산문시에서 한국식 음보foot 개념이 존재하지 않는다는 것을 의미한다. 심지어 시조의 경우도 4음보로 볼 수 없다. 그렇다면 자유시와 산문시의 호흡 마디 설정은 개인의 율독 방식에 따라 모두 다른 것인가? 이것은 확정하기 어려운 문제지만, 율독할 때 호흡 마디의 설정이 개별적으로 흩어지는 것처럼 보이지는 않는다. 이러한 예는 3연이 제공한다. 3연은 다른 연들과 달리 하나의 시행으로 되어 있다. 3연은 형태적으로는 다섯 개의 어절로 되어 있으나, 호흡 마디는 그렇지 않다. 3연은 가능성의 차원에서는 다양한 율독 방식을 허락하지만, 실제로는 두 개 또는 세 개의 호흡 마디로 분절하여 읽는 것이 자연스럽다. 예컨대, "꽃처럼 붉은 우름 / 밤새 우렀다", "꽃처럼 / 붉은 우름을 / 밤새 우렀다", "꽃처럼 붉은 우름을 / 밤새 / 우렀다", "꽃처럼 붉은 / 우름을 / 밤새 우렀다" 등.[16] 여기서 중요한 것은 이들 가운데 어떤 것이 가장 적합한 분절 방식인가를 확정하는 것이 아니라 이러한 분절을 제약하는 요인을 아는 데에 있다.

1933년 한글맞춤법통일안이 제정되어 어질 단위의 띄어쓰기가 확립되기 이전에 띄어쓰기의 마디는 호흡의 마디와 거의 일치한다고 볼 수 있었다. 그러나 한글맞춤법통일안 제정 이후, 띄어쓰기는 시적 발화의 호흡 마디와 상관이 없어졌다. 이는 한글맞춤법통일안이 시적 발화, 특히 호흡 마디 분할에 영향을 끼쳤음을 암시한다. 실제로 1920년대 시편들의 띄어쓰기에 나타난 호흡 마디와

---

16 이외에도 여러 다른 방식으로 호흡 마디를 분절할 수 있겠지만, 예컨대 "꽃처럼 / 붉은 / 우름을 / 밤새 우렀다", "꽃처럼 / 붉은 우름을 / 밤새 / 우렀다" 등등. 이러한 예들은 1연과 2연의 발화의 연속선상에서 볼 때 예외적인 것으로 간주할 수 있다.

1930년대 후반의 그것은 상당한 차이가 존재한다. 서정주의 초기 시는 후자에 속하기 때문에, 그의 시에서 호흡과 템포의 고유성을 표출하는 방식이 무엇인지를 묻는 것은 자연스럽다. 「문둥이」의 3연은 이에 대한 단서를 제공한다. 우선, 3연은 형태적으로 1연과 2연의 변주로 볼 수 있다. 정지용의 경우처럼 1연 2행시의 형태를 취하고 있지만, 3연은 이와 달리 하나의 행으로 되어 있다. 이러한 차이는 3연의 템포를 증대시킨다. 그리고 템포의 변화는 정조의 급박함을 표시한다. 특히 "밤새 우렀다"에 담긴 슬픔의 강도를 증가시키는 작용을 한다. 이러한 효과는 3연을 1·2연처럼 두 개의 행으로 분절하여 율독하였을 때 더욱 도드라진다. 만약 3연을 두 개의 행으로 분절한다면, "밤새 우렀다"에는 슬픔의 격렬함보다는 애상의 여운이 증대될 것이다. 따라서 「문둥이」의 3연은 회상조로 애상의 여운을 강화하기보다는 온밤 내내 슬픔의 비통에 빠져 있었음을 표현한다고 볼 수도 있겠다. 이러한 차이는 호흡 마디의 분절이 시의 정조의 미묘한 변화를 야기한다는 사실을 보여주는 대표적인 사례로, 서정주의 초기 시에 나타난 호흡의 특이한 양상이라고 할 수 있다.

(가)
덧없이 바래보는 壁에 지치어
불과 時計를 나란이 죽이고

어제도 내일도 오늘도 아닌
여긔도 저긔도 거긔도 아닌

꺼저드는 어둠속 반딧불처름 까물거려
停止한 「나」의

「나」의 서름은 벙어리처럼

이제 진달래꽃 벼랑 햇빛에 붉게 타오르
는 봄날이 오면
壁차고 나가 목매어 울리라! 벙어리처럼,
오―壁아.

— 「벽(壁)」 전문(『화사집(花蛇集)』)

이 시의 행의 분절과 관련해 선결해야 할 문제가 있다. 『화사집』1941의 경우, 세로쓰기에서 시행이 길 경우 다음 행으로 이어쓰기를 했는데, 문제는 이 경우 그것이 원래 시작의 행의 분절인지 아니면 조판상의 이유로 인한 분절인지가 불분명하다는 것이다. 「벽」의 3연과 4연은 대표적인 경우이다. 인용문에서 보 듯, 「벽」의 3연과 4연은 1·2연의 1연 2행과는 다른 형태를 취하고 있는 것처 럼 보이지만, 사실 이는 조판상의 문제로 인해 생긴 오해이다. 4연의 "이제 진 달래꽃 벼랑 햇빛에 붉게 타오르"와 "는 봄날이 오면"는 독립된 시행처럼 보이 지만, 조판상의 이유로 분절된 것이 분명하다. 그럼 3연의 "꺼저드는 어둠속 반 딧불저름 까물거리"와 "停止한 「나」의"의 경우는 어떠한가? 이는 마지막의 "壁 차고 나가 목매어 울리라! 벙어리처럼,"과 "오― 壁아."의 경우도 마찬가지이 다. 이들은 마치 각각 독립된 시행처럼 보이지만, 사실은 하나의 시행을 조판상 의 이유로 분절하여 쓴 것이다. 1938년 1월 3일 『동아일보』에 게재한 「벽」은 이러한 사실을 분명이 보여준다.

(나)
덧없이 바라보든 壁에 지치여

불과 時計를 나라—ㄴ이 죽이고—

어제도 내일도 오늘도 아닌.
여긔도 저긔도 거긔도 아닌.

꺼져드는 어두움 속, 반디불처럼 까물거려 停止
한「나」의
나의 서름은 벙어리 처럼.

이제 진달래 꽃 비렁 해볓에 붉게 타오르는
봄날이 오면 壁차고 나가 목메어 울리라, 벙어리
처럼……오 壁아.

—「벽(壁)」전문(『동아일보』)

『동아일보』게재 「벽」은 박스 안에 세로쓰기로 되어 있어, 3연 "한 「나」의"와
4연 "처럼……오 벽壁아."가 박스 안 공간의 문제 때문에 분리되어 쓰였음을 여
실히 보여준다. 그러니까 「벽」은 총 4연 8행, 1연 2행으로 된 시인 것이다. 따
라서 3연과 4연은 다음과 같이 다시 쓰일 수 있다.

(다)
덧없이 바라보든 壁에 지치여
불과 時計를 나라—ㄴ이 죽이고—

어제도 내일도 오늘도 아닌.

여기도 저기도 거기도 아닌.

꺼져드는 어두움 속, 반디불처럼 까물거려 停止한「나」의
나의 서름은 벙어리 처럼.

이제 진달래 꽃 비렁 해볓에 붉게 타오르는
봄날이 오면 壁차고 나가 목메어 울리라, 벙어리처럼……오 壁아.

— 「벽(壁)」 전문(『동아일보』)

잘 알다시피, 1연 2행의 시는 정지용의 영향으로 볼 수 있다. 「벽」은 연의 구
조상으로 정지용의 자장 속에 있다고 할 수 있다. 문제는 이것이 단순한 형태상
의 문제만을 제기하는 것은 아니라는 데에 있다. 시행의 분절은 시의 호흡 및
템포와 긴밀히 연동되어 있기 때문에, 시행의 분절을 어떻게 하느냐에 따라 시
의 호흡과 템포가 산출하는 효과가 달라진다는 사실이 중요하다. (다)에서 보
듯, 「벽」은 1연에서 4연으로 이어지는 과정에서 시행의 길이가 증대하고 있다.
이러한 증가는 연이 진행될수록 호흡과 템포의 증가를 야기한다. 3연의 "꺼져
드는 어두움 속,"의 발화 이후 호흡과 템포의 속도는 증대되는데, "반디불처럼
까물거려 정지停止한「나」의" 관형격 조사 "-의"가 다음 행의 "나의"로 이어지는
부분에서 속도는 더욱 빨라진다. 이러한 속도의 증가는 4연의 마지막 행에 이
르러 보다 강화되는데, 이는 다음과 같은 통사적·의미론적 관여 때문으로 볼
수 있다. 먼저 "붉게 타오르는"은 다음 행의 "봄날이 오면"과 통사적으로 인접
해 있다. 이런 이유로 4연의 1행과 2행은 발화 사이의 휴지休止는 짧다. 보다 중
요한 또 다른 이유는 급격한 시적 정조의 분출 때문이다. 1~3연까지의 시적
주체의 침잠된 정조는 4연에 이르러 폭발적으로 분출한다. "벽壁차고 나가 목메

어 울리라"의 강렬한 어조가 호흡과 발화 속도의 증가를 야기하는 것은 자연스러운 일이다. 이러한 강렬한 어조가 산출하는 효과는 "벙어리처럼……"의 발화에도 영향을 주는데, "벙어리"라는 처지가 야기하는 역설적 상황은 "목메어 울리라"의 슬픔을 더욱 격렬하게 만든다. 이는 3연의 "나의 서름은 벙어리 처럼"의 호흡 및 템포와 비교하면 금방 드러난다. 또한 "오 壁아"의 영탄은 이러한 한계 상황의 격렬함과 역동을 동시에 보여주고 있다. 여기서 우리는 호흡과 템포의 변화가 서정주 초기 시의 직정적 언어가 분출하는 한 양상을 이룬다는 사실을 확인할 수 있다.

실제로 서정주의 『화사집』에는 「벽」의 마지막 행에서처럼 영탄·말줄임·호명의 급격한 어조가 혼재되어 있는 시편들이 다수 존재하는데, 대표적인 예는 「바다」이다.

> 귀기우려도 있는것은 역시 바다와 나뿐.
> 밀려왔다 밀려가는 무수한 물결우에 무수한 밤이 往來하나
> 길은 恒時 어데나 있고, 길은 결국 아무데로 없다.
>
> 아— 반딧불만한 등불 하나도없이
> 우름에 젖은얼굴을 온전한 어둠속에 숨기어가지고… 너는,
> 無言의 海心에 홀로 타오르는
> 한낫 꽃같은 心臟으로 沈沒하라.
>
> 아— 스스로히 푸르른 情熱에 넘처
> 둥그란 하눌을 이고 웅얼거리는 바다,
> 바다의 깊이우에

네구멍 뚫린 피리를 불고…. 청년아.

애비를 잊어버려

에미를 잊어버려

兄弟와 親戚과 동모를 잊어버려,

마지막 네 게집을 잊어버려,

아라스카로 가라 아니 아라비아로 가라 아니 아메리카로 가라 아니 아프리카로

가라 아니 沈沒하라. 沈沒하라. 沈沒하라!

오―어지로운 心臟의 무게우에 풀닢처럼 훗날리는 머리칼을 달고

이리도 괴로운나는 어찌 끝끝내 바다에 그득해야 하는가.

눈뜨라. 사랑하는 눈을뜨라……청년아,

산 바다의 어느 東西南北으로도

밤과 피에젖은 國土가있다.

아라스카로 가라!

아라비아로 가라!

아메리카로 가라!

아푸리카로 가라!

―「바다」 전문

「바다」는 직정적 언어의 분출이 매우 선명하게 나타나는 시편이다. 『화사집』 전체에서도 이 시보다 강렬한 감정이 발산되는 시편은 드물 만큼 이 시는 시적 주체의 감정과 신념을 강하게 표출하고 있는 것이다. 1연과 6연의 호흡과 템포

의 차이를 비교해 보라. 1연은 「자화상自畵像」의 호흡 및 템포와 유사한데, 특히 「자화상」 마지막 연의 그것과 매우 흡사하다. 이는 「바다」의 1연이 감정의 분출보다는 시적 주체가 처한 상황, 그리고 그에 대한 내적 판단을 주되게 드러내기 때문이다. 이에 비해 마지막 연은 내적 판단의 행동으로의 이행을 촉구하고 있다. 명령형의 어조는 동일한 통사적 형태 및 유사한 어휘의 반복에 의해 한층 고조되고 있는데, 2연에서 5연까지는 이러한 이행의 과정을 잘 보여주고 있다. 감정이 조금씩 누적되는 양상을 띠고 있다고 말할 수 있겠다.

2연 도입부의 영탄("아―")은 상승조의 시작 부분이다. 이는 다음 행의 "우름에 젖은얼굴을 온전한 어둠속에 숨기어가지고…"의 빠른 호흡과 종결의 생략에 의해 강화되고 있다. 그 결과 "너는,"에는 영탄의 어조가 실리게 된다. 이는 3연의 4행에서도 마찬가지이다. "청년아"는 "네구멍 뚫린 피리를 불고…"의 여운 다음에 옴으로써 호명하는 자의 강렬한 심정을 나타낸다. 그 결과 4연의 강력한 어조는 자연스럽다. 유사 문장의 반복이 주는 효과 또한 이러한 강렬한 감정의 표출에 이바지한다. 흥미로운 것은 4연 3행의 발화 속도가 1행과 2행의 발화 속도보다 빠르다는 사실이다. 이는 강렬한 감정의 표현이 급격한 호흡의 전개로 나타남을 예증한다. 템포의 증가는 5연에서 절정에 이르는데, 가장 긴 시행이 가장 빠른 템포를 보여주는 예이다. "아라스카로 가라"에서 시작해 "침몰沈沒하라!"로 끝나는 시행은 단문의 연속으로 총 7개의 호흡 마디가 연속되면서, 가장 빠른 템포를 보여주고 있다. 이는 격렬한 감정을 표현하는 데 효과적으로, '이곳'이 아니 '다른 곳'으로 탈주 욕망이 최고조에 달했음을 보여준다. 이러한 급박한 전개는 "눈뜨라. 사랑하는 눈을뜨라……청년아,"에 이르러 2연과 3연의 호흡을 회복한다. 그리고 마지막 연은 다시 한 번, 짧고 격렬한 명령형의 어조로 전체 시의 어조를 마무리하고 있다.

요컨대, 이 시는 1연에서부터 점차적으로 상승해 5연과 6연에서 최고조에 달하는 직정적 언어를 분출하고 있다. 여기에는 템포의 증가로 인한 호흡발산력의 증대가 작용하고 있다. 호흡발산력은 템포와 어조의 차이를 야기하는 중요 요인 가운데 하나이다. 일반적으로 호흡발산력의 잉여는 율독의 항상성과 안정적 호흡을 유지하게 함으로써 느린 템포와 완만한 리듬감을 구현한다. 이에 비해 호흡발산력의 결핍은 호흡의 안정성을 흐트러뜨리며 빠른 템포와 급박한 리듬감을 산출한다. 「바다」의 5연은 후자의 대표적인 경우라고 할 수 있다. 이는 시의 정조에 내재한 호흡발산력의 차이가 호흡 마디의 패턴에 영향을 주고, 최종적으로 시의 템포와 리듬의 산출에 작용함을 보여준다. 역으로 말하자면, 호흡발산력의 차이는 시의 의미와 정조의 표출 방식에 의해 결정되는 것이다. 서정주의 『화사집』은 이러한 메커니즘을 보여주고 대표적인 사례로서, 다양한 호흡 패턴들은 『화사집』이 "생명의 열정과 모순으로 가득 찬 내면"의 발화임을 여실히 보여준다.

4. 구문론적 층위의 리듬 분석

문장의 층위에서 시적 리듬을 구현하는 주요한 장치는 억양intonation이다. 억양은 시적 발화를 수렴하거나 분산시키면서 의미를 주조하는 기능을 수행한다. 이는 서정주 초기 시에서도 마찬가지인데, 실제로 그의 초기 시편들의 억양 구조는 직정적 언어를 드러내는 데 효과적인 장치로 기능하고 있다. 특히 행과 연 stanza의 종결어미의 양상은 이를 구체적으로 보여주고 있는데, 이는 '종결율조 cadence'가 구문론의 측면에서 초기 시의 리듬의 특질을 보여주는 지표임을 의미한다.

우선, 『화사집』에서 행과 연이 구분되지 않는 산문시는 두 편이다. 「봄」과

「부활復活」이 그것인데, 전체 24편의 시와 비교할 때 그리 많은 수효라고 할 수는 없지만, 이 두 편이야말로 서정주 초기 시의 직접적 발화의 임계치가 어디인지를 보여준다는 점에서 소중하다. 특히 「부활」이 보여주는 감정적 영탄의 발화 방식은 산문시라는 장르적 형태와 긴밀히 호응하고 있는데, 이는 후기 산문시와의 관련성을 고려할 때 시사하는 바가 적지 않다. 초기의 산문시에서 가장 두드러진 특징은 격렬한 감정의 직접적 표출을 위해 행과 연의 구분이 없는 산문의 형태를 활용하고 있다는 점이다. 「부활」의 억양 구조는 이를 예시한다.

> 내 너를 찾어왔다 臾娜. 너참 내앞에 많이있구나 내가 혼자서 鐘路를 거러가면 사방에서 네가 웃고오는구나. 새벽닭이 울때마닥 보고싶었다… 내 부르는소리 귓가에 들리드냐. 臾娜, 이것이 몇萬里時間만이냐. 그날 꽃喪卓 山넘어서 간다음 내눈동자속에는 빈하눌만 남드니, 매만저볼 머릿카락 하나 머릿카락 하나 없드니, 비만 자꾸오고…. 燭불밖에 부흥이우는 들門을열고가면 江물은 또 몇천린지, 한번가선 소식없든 그어려운住所에서 너무슨 무지개로 내려왔느냐. 鐘路네거리에 뿌우연이 흐터저서, 뭐라고 조잘대며 햇빛에 오는애들. 그중에도 열아홉살쯤 스무살쯤되는 애들. 그들의눈망울속에, 핏대에, 가슴속에 드러앉어 臾娜!臾娜!臾娜!너 인제 모두 다 내앞에 오는구나.

> ―「부활(復活)」 전문

「부활」은 다양한 종결율조를 보여주고 있다는 점에서 주목을 요한다. 이 시의 기본 정조는 상실한 "유나臾娜"에 대한 비애감이 주조를 이루고 있다. 그러나 여기에는 재회에 대한 욕망과 그러한 욕망을 환상 속에서 실현하고 있는 주체의 환희가 포함되어 있음을 간과해서는 안 된다. 이러한 복합적 감정은 시의 종결율조의 변화 속에 고스란히 살아 있다. 먼저, 이 시는 "내 너를 찾어 왔다 유나哭娜"의 평서형 어조로 시작된다. 이러한 어조는 이어지는 "너참 내앞에 많이있구나"와 "네가 웃고오는구나."을 거치며 조금씩 상승되다가, 그리움을 직정적으로 드러내는 "보고싶었다…"에 이르러 한 차례 고양된다. 이때 말줄임표는 그동안 참았던 그리움을 간접적으로 드러내는 장치로 기능하면서 비애감을 증폭시키는 기능을 한다. 이러한 고조된 감정은 이어지는 의문형 종결과 영탄적 호명에 의해 보다 강화되어 나타난다. 즉 "내 부르는소리 귓가에 들리드냐. 유나哭娜, 이것이 몇만리시간萬里時間만이냐"는 마치 김소월의 「초혼」에서처럼 삶과 죽음의 경계를 넘고자하는 시적 주체의 소망을 강하게 표출하는 것이다.

이러한 비애의 표출은 "그날"과 "꽃상탁喪卓"으로 명시된 죽음 장면의 회상에 의해서 더욱 배가되는데, 여기서 "남드니,"와 "없드니,"의 대구와 "자꾸오고…"의 생략은 끊어질 듯 이어지는 비애를 드러내기에 효과적이다. 왜냐하면 "남드니"와 "없드니"를 이어지는 회상의 율조는 "자꾸오고…"의 생략 속에서 더욱 짙은 여운을 주고, 이는 전반부의 "새벽닭이 울때마다 보고싶었다…"의 여운과 호응하기 때문이다. 말줄임표 이후 이어지는 문장은 "이것이 몇만리시간萬里時間만이냐"의 구체적 진술이라고 할 수 있는데, 이 시에서는 과거의 회상에서 다시 현재의 시간으로 돌아오는 장치로 작동한다. 이는 "내려왔느냐"와 "몇만리시간萬里時間만이냐"의 문장 형태의 비교 속에서 확인할 수 있다. 여기서 주의할 것은 양자는 동일한 의문형의 문장이지만, 종결율조는 같지 않다는 점이다. 전자는 강력한 비판조의 어조가 주조를 이루지만, 후자는 상상적 재회의 가능성에 대한 확정되지 않는 의문이 주조를 이루고 있다. 이는 전자가 "유나哭娜"에게 직접 향하는 시적 주체의 발언인데 비해, 후자는 자기 자신에게로 향하는 발화라는 사실과도 관련된다. 재회에 대한 소망과 "무지개"로 현신할 수도 있다는 가능성에 대한 자각이 이러한 차이를 낳는다고 하겠다.

이러한 변조의 과정을 통해 시의 마지막에서는 급격한 상승율조에 도달한다. 이것은 "종로鐘路네거리" 한복판에서 무수한 "유나臾娜"를 만나는 상상적 체험이 가져다주는 환희 때문에 가능한 일이다. "눈망울속에, 핏대에, 가슴속에"의 반복이 이를 간접적으로 보여준다면, "유나臾娜!유나臾娜!유나臾娜!"라는 다급한 호명은 이를 직접적으로 보여준다. 그 결과 마지막 문장 "너 인제 모두다 내앞에 오는구나."에서 영탄은 사라지지 않고 그 고조를 유지하게 된다. 이것이 처음 부분의 영탄("너참 내앞에 많이있구나")과의 차이를 설명한다. "너참 내앞에 많이 있구나"가 상상적 재회의 자각에 초점이 맞춰져 있다면, "너 인제 모두다 내앞에 오는구나."는 재회의 순간을 향유하는 주체의 환희에 초점이 맞춰져 있다. 이러한 차이는 종결율조가 그 형태적 유사성에 의해 결정되는 것이 아니라, 시의 의미와 긴밀히 호응하고 있음을 암시한다.

요컨대, 「부활」은 현실에서의 상실의 비애와 상상에서의 재회의 기쁨이 이중적으로 교차하는 율조로 이루어진 시라고 말할 수 있다. 구조적으로 보았을 때 전자는 후자에 의해 안긴 형태로 되어 있는데, 이는 이 시의 지배적인 정조가 후자에 있음을 암시한다. 흥미로운 것은 두 개의 말줄임표가 이러한 감정적 전환의 문턱 구실을 한다는 데에 있다. "보고싶었다…"는 비애의 감정으로의 전환점을, "비만 자꾸오고…"는 기쁨의 감정으로의 전환점을 이루고 있는 것이다. 도식적으로 말해, 전자는 하강조의 율조를, 후자는 상승조의 율조를 띤다고 할 수도 있겠다.

이처럼 서정주의 초기 시에는 다양한 종결율조가 혼재되어 있다. 이는 문장의 종결 형태에 의해 명시적으로 표현되고 있는데, 일반적인 완료형 종결과 비완료형 종결을 가리지 않고 모두에게서 나타나는 현상이다. 『화사집』에 가장 많이 나타나는 종결형은 평서형 종결이다. 예컨대, "사향 박하의 뒤안길이다" 「화사」와 같은 종결 유형은 『화사집』 전편에서 공통적으로, 그리고 가장 많이 사용되는 있는 종결 방식이다. 그러나 억양의 변조에 주목해서 본다면, 이런 평서형 종결보다는 의문형, 감탄형, 명령형 등의 종결 방식이 시의 리듬에 보다 직접적인 영향을 끼친다. 이는 직정적 언어의 다양한 표출 양상을 보여준다는 점에서 중요하다.『화사집』에 등장하는 대표적인 예는 다음과 같다.

(가) 의문형 종결

- 오− 그 아름다운 날은…… 내일인가. 모렌가. 매명년인가.　　「단편(斷片)」

- 물에서 나옵니까　　「고을나의 딸」

- 자는 닭을 나는 어떻게해 사랑했든가　　「웅계(雄鷄)(上)」

- 사랑이 어떻게 양립하느냐　　「웅계(雄鷄)(下)」

- 이리도 괴로운나는 어찌 끝끝내 바다에 그득해야 하는가.　　「바다」

(나) 감탄형 종결

- 다라나거라. 저놈의 대가리!　　「화사(花蛇)」

- 해와함께 저므러서 네집에 들리리라.　　「도화도화(桃花桃花)」

- 벽차고 나가 목매어 울리라! 벙어리처럼,　　「벽(壁)」

- 손톱이 갑푸처럼 두터워가는것이 기쁘구나.　　「엽서(葉書)」

- 아−어찌 참을것이냐!　　「정오(正午)의언덕에서」

- 가라 아니 침몰하라. 침몰하라. 침몰하라!　　「바다」

- 뉘우치지 않는사람아!　　「문(門)」

(다) 명령형 및 청유형 종결

- 물어뜯어라, 원통히무러뜯어.　　「화사(花蛇)」

- 아조 아조 인제는 잊어버려,　　「수대동시(手帶洞詩)」

- 인제 죽거든 저승에서나 하자.　　　　　　　　　　　　「엽서(葉書)」

- 내 숫사슴의 춤추며 뛰여 가자.　　　　　　　　「정오(正午)의언덕에서」

- 지귀천년 정오를 울자.　　　　　　　　　　　　「웅계(雄鷄)(上)」

- 아라스카로 가라!　　　　　　　　　　　　　　　　「바다」

- 집과 이웃을 이별해 버리자.　　　　　　　　　　　　「문(門)」

　이상에서 보는 것처럼, 『화사집』에서 문장이 종결되는 양상은 매우 다채롭다. 평서형 종결을 위시하여, 의문·감탄·명령 및 청유형 종결의 사용 빈도가 매우 높으며, 심지어 한 편에서 여러 종류의 서술형 종결 방식이 이용되기도 한다. 「화사花蛇」, 「엽서葉書」, 「정오正午의언덕에서」, 「웅계雄鷄(下)」, 「부활復活」 등은 대표적인 경우이다. 이러한 사실은 서정주의 초기 시의 억양 패턴이 매우 다채롭다는 것을 보여준다. 그리고 이는 시적 주체의 정서의 폭과 분출의 정도가 크다는 것을 암시한다. 한 편의 시에서 하나의 정조가 나머지를 이끌어 간다기보다는, 다양한 억양 패턴의 출현은 시의 리듬 구조를 다채롭게 하는 장점을 지닌다. 그러나 역으로 시적 주체의 정조를 발화하는 방식이 안정되어 있지 않음을 반증하기도 한다. 이러한 사실은 비완료형 종결의 문장 유형에서도 동일하게 확인할 수 있다.

　(가) 명사형 종결

- 손톱이 깜한 에미의아들.　　　　　　　　　　「자화상(自畵像)」

- 사랑 사랑의 석류꽃 낭기 낭기　　　　　　　　　　「입마춤」

- 뽕나무에 오디개 먹은 청사　　　　　　　　「와가(瓦家)의전설(傳說)」

- 쬐그만 이휴식　　　　　　　　　　　　　「도화도화(桃花桃花)」

- 별 생겨나듯 도라오는 사투리.　　　　　　　　「수대동시(手帶洞詩)」

– 외임은 다만 수상한 주부.　　　　　　　　　　　　「부흥이」

– 오색 산초채에 묻처있는 낭자　　　　　　　「고올나(高乙那)의 딸」

– 막다아레에나의 장미 꽃다발.　　　　　　　「웅계(雄鷄)(下)」

– 오- 이 시간. 아까운 시간.　　　　　　　　　　「문(門)」

– 자는 관세음　　　　　　　　　　　　　　　　「서풍부」

(나) 생략형 종결

–어매는 달을두고 풋살구가

　꼭하나만 먹고 싶다하였으나……　　　　　「자화상(自畵像)」

–꽃다님보단도 아름다운 빛……　　　　　　「화사(花蛇)」

–님은 다라나며 나를 부르고……　　　　　　「대낮」

–구비 강물은 서천으로 흘러 나려……　　　　「입마춤」

–연순이는 어쩌나……　　　　　　　　　　　「가시내」

–검푸른 하늘가에 초롱불달고…….　　　「와가(瓦家)의전설(傳說)」

–등잔불 벌서 키어 지는데……　　　　「수대동시(手帶洞詩)」

–피가 잘 도라……　　　　　　　　　　　　　「봄」

–서름의 상물 언세나 흘러……　　　　　　「서름의 강(江)ㅅ물」

–〈나〉의 서름은 병어리처럼…….　　　　　「벽(壁)」

–오- 그 아름다운 날은……　　　　　　　　「단편(短篇)」

–보지마라 너 눈물어린 눈으로는……　　「정오(正午)의언덕에서」

–입설이 저…… 잇발이 저……　　　　　「고올나(高乙那)의 딸」

–내 나체의 삿삿이……　　　　　　　　　「웅계(雄鷄)(下)」

–맨드램이만한 벼슬이 하나 그윽히 솟아올라……　「웅계(雄鷄)(下)」

–눈뜨라. 사랑하는 눈을뜨라……　　　　　　「바다」

－ 내 너를 찾아왔다……　　　　　　　　　　　　　　　「부활(復活)」

(다) 도치형 종결

－ 다라나거라. 저놈의 대가리!　　　　　　　　　　　「화사(花蛇)」

－ 벽차고 나가 목매어 울리라! 벙어리처럼,　　　　　　「벽(壁)」

－ 네구멍 뚫린 피리를 불고……청년아.　　　　　　　　「바다」

－ 보지마라 너 눈물어린 눈으로는……　　　　「정오(正午)의언덕에서」

　　인용된 구절들에서도 확인할 수 있듯,『화사집』은 다양한 종결율조의 종결유형을 보유하고 있다. 실제로 명사형 종결은 거의 모든 시편에서 사용하고 있으며, 생략형 종결은 명사형 종결보다 더 많은 용례가 발견된다. 이밖에도 관형절혹은 부사절 등의 형태로 종결되는 경우도 다수 발견된다. 전체 24편이라는 그리 많지 않은 시편들에서 이렇게 다양한 종결유형이 등장한다는 것은, "생명의열정과 모순으로 가득 찬 내면" 세계의 다양성과 혼재성을 반영하는 것으로 볼수 있다. 여기에 어떤 일반적 경향이 있는지는 아직 확정하기 어렵다. 다만 그의 초기 시의 종결율조의 다양성은 시의 의미론적 자질들의 변주에서 비롯한다는 것은 분명해 보인다. 종결율조가 산출하는 리듬의 효과는 행과 연을 구성하는 문장들의 선율적 구조와 긴밀한 연관관계가 있기 때문에, 억양의 변조가 야기하는 선율적 구조의 양상에 대한 분석은 시의 의미를 규명하는 중요한 지표로 간주될 수 있을 것이다. 그리고 이것이 산문시의 리듬과 의미의 연동을 파악하는 시금석이 될 것이라는 것 또한 분명하다.

5. 직정적 언어의 리듬

서론에서도 밝혔듯, 이 장의 목적은 『화사집』을 통해 서정주 초기 시의 리듬의 양상을 분석하고 그의 초기 시가 지닌 미적 자질을 규명하는 것에 있었다. 만약 서정주의 초기 시가 "생명의 열정과 모순으로 가득 찬 내면"의 직정적 표현으로 이루어져 있다면, 이는 그의 시적 발화가 주정적 내면의식을 어떻게 독특한 음률성으로 구현하고 있는가의 문제를 제기한다. 주지하다시피, 그의 초기 시와 후속 시편들 사이에는 편차와 간극이 가로 놓여 있다. 『화사집』의 리듬 분석이 중요한 또 다른 이유가 여기에 있다. 리듬 분석이 시인의 정신세계와 시의 의미를 탐구하는 것과 동궤를 이룬다고 할 때, 초기 시의 리듬 분석은 서정주의 시적 변화와 궤적을 가늠하는 중요한 계기가 되기 때문이다.

이에 본론에서는 『화사집』의 리듬을 세 개의 층위(음운·호흡·억양)로 분별하여, 각각의 구체적 양상 및 의미와의 연계성을 규명하였다. 이러한 작업은 시의 발화의 여러 층위에 대한 세밀한 주의를 요하는 것으로, 시적 발화의 미적 자질을 구성하는 다양한 소리의 양상을 종합적으로 파악하였을 때 비로소 가능한 일이다. 이런 점에서 지금까지의 논의는 아직 미완이라고 할 수 있다. 특히 산문시의 리듬을 이해하는 주요 지표인 억양의 분석이 미진하다고 할 수 있으며, 음운·호흡·억양을 종합적으로 고려하여 한 편의 시에서 이러한 지표들이 어떻게 길항하는지에 대해서는 논구하지 못했다.

그럼에도 불구하고, 지금까지의 논의는 서정주 시 연구에 있어서의 통합적 사유의 필요성을 제기한다는 의의를 지닌다. 서정주 시인이 한국 현대시의 형성과 발전에 끼친 영향은 실로 막대하다. 서정주는 한국 현대시사를 가로지르는 핵심 문제, 즉 전통과 외래, 순수문학과 참여문학이라는 이원론적 대립의 중심 지점에 놓인 시인이다. 서정주의 위상과 가치에 대한 평가가 매우 상이한 것은 여기에서 비롯한다. 문제는 서정주를 평가함에 있어 그 대상과 기준이 단편적이고 일면적이라는 데에 있는데, 이를 지양하기 위해서는 포괄적이고 체계적인 분석과 사유가 요청된다. 이는 시인 및 시의 실천적·주제적 요소에 대한 고려뿐만 아니라 한국어의 시적 운용에 대한 것을 포괄해야 한다. 왜냐하면 시의 미적 특질을 제대로 규명하기 위해서는, 시의 음운론적·구문론적·의미론적 차원을 통합적으로 분석해야 하기 때문이다. 그러므로 서정주 초기 시의 리듬 연구는 기존에 간과되어 왔던 시적 리듬의 제요소들을 규명함으로써 서정주 시를 총괄적으로 사유하는 데 일조할 수 있을 것이라 기대해 본다.

제3장
김수영 시의 리듬
4 · 19혁명 이전 시기를 중심으로*

1. 반복과 차이

일찍이 김현은 김수영을 "해방 이후의 시에 가장 강력한 영향을 미친 시인"[1] 가운데 한 명으로 고평한 바 있다. "김수영의 새로움의 시학은 모더니즘이 한국 시에 수용된 이후 가장 날카로운 표현을 본 시론"[2]이라는 평가에서 보듯, 김수 영은 현대 한국시의 발전에 지대한 공헌을 한 시인임에 틀림없다. 여기서 "새로 움의 시학"은 문학 이론의 영역에만 국한된 것이 아니라, 시인의 세계관과 창작 방법의 현대적 갱신이라는 요구를 아우르는 규정이라고 할 수 있다. 실제로 김 수영 스스로도 시인을 "영원한 배반자"[3]로 규정하고 있는데, 이는 '배반의 정 신'을 통한 부단한 갱신이야말로 시적 창작의 원동력이었음을 보여주고 있다.

김수영 시에 대한 기존의 연구[4]는 대부분 여기에 집중되어 왔다. 그만큼 많은

---

* 여기에서는 김수영의 시편 가운데 해방 직후부터 1960년 4 · 19혁명 이전까지의 작품들을 분석 대상으로 삼는다. 이는 지면의 한계 때문이기도 하지만, 이 시기에 대한 탐색이 4 · 19혁명 이후 김수영 시의 리듬의 변모 양상을 논구하는 데 있어 중요한 토대가 된다는 인식 때문이기도 하다.
1 김현, 『한국문학사』, 민음사, 1973(1996), 443쪽.
2 위의 책, 445쪽.
3 김수영, 「시인의 정신은 미지」(1964.9), 『김수영 전집 2 – 산문』, 민음사, 1981, 189쪽.
4 오형엽, 「김수영 시의 반복과 변주 연구」, 『한국언어문화』 51집, 2013, 59~61쪽 참조.

연구자들이 그의 정신세계의 탐구에 몰두하였으며, 그 결과 많은 연구 성과들이 누적되어 왔다. 그렇다면 김수영 시에 대한 방대한 논의에서 시적 리듬의 연구가 차지하는 위상은 어떠한가? 안타깝게도 김수영 시의 리듬에 관한 연구는 양적으로 상당히 미흡한 것이 사실이다. 현대 자유시와 산문시에 적합한 시적 리듬 개념과 연구 방법론의 부재는 이러한 미진함의 원인 가운데 하나이다. 음수율이나 음보율과 같은 전통적 율결론은 산문/운문의 이원론에 토대를 두고 있기 때문에, 현대의 자유시와 산문시의 리듬 분석에는 적합하지 않다.[5]

> 산문성과 운문성의 독특한 긴장을 통해 형성된 김수영 시의 리듬구조는 음수율이나 음보율로 대변되는 전통적 운율론만으로는 접근하기 어렵다. 김수영 시의 리듬을 제대로 해명하기 위해서는 소리와 의미의 역동적 관계를 포섭할 수 있는 리듬의 개념을 재정의할 필요가 있다.[6]

김수영 시의 리듬 분석에 있어 관건은 "소리와 의미의 역동적 관계"를 파악하는 것에 있다. 이를 위한 토대로서 현대 자유시에도 적용 가능한 새로운 리듬 개념의 정립이 요청된다. 또한 소위 자유율이라는 추상적 리듬의 실체를 온전히 규명하기 위해서는 실제적인 리듬 분석 방법론의 확립도 필요하다. 왜냐하면 시적 리듬은 규칙적이고 반복적인 운문과 동일시되었으며, 김수영 시의 산문성은 리듬의 부재로 간주되어 왔기 때문이다. 그의 시에서 산문성의 부각은 시적 리듬의 부재로 간주되어 왔고, 이것이 리듬 연구를 방해한 주된 요인으로 작동한 것이다. 그러나 내용과 형식의 통합체[7]로서의 시적 리듬이 반복과 차이

---

5   장철환, 『김소월 시의 리듬 연구』, 소명출판, 2011, 제1장 참조.
6   나희덕, 「김수영 시의 리듬구조에 나타난 행과 연의 문제」, 『현대문학의 연구』 37호, 2009, 304쪽.
7   조재룡, 『앙리 메쇼닉과 현대 비평』, 길, 2007.

에 의해 발생하는 것이 틀림없다면, 산문성의 강화가 시적 리듬의 생성을 방해한다고 볼 수는 없다.

> 시간과 공간 속의 반복, '재시작'과 회귀, 즉 율律, measure이 없다면 리듬도 없다. 그러나 무한하게, 동일성을 유지하는 절대적인 반복은 존재하지 않는다. 여기서 반복과 차이의 관계가 도출된다. 일상생활, 의례, 의식, 축제, 규칙과 법 어느 것이든 언제나 예상하지 못한 것, 새로운 것이 반복적인 것 속에 끼어들기 마련이다. 이것이 바로 차이다. (…중략…) 우리는 우선 차이와 반복의 매개를 찾아내야 한다. 그리고 리듬이라는 개념 속에 이미 내포된 차이와 반복의 관계를 실재의 리듬 속에서 발견하고 인식해야 한다.[8]

반복되고 회귀하는 단위로서의 "율"은 전통적 율격론의 '율격meter'과 구분되어야 한다. 왜냐하면 후자는 "동일성을 유지하는 절대적인 반복"이기 때문이다. 인용문에서 보듯, "예상하지 못한 것, 새로운 것"의 생성 때문에 절대적이고 규범적인 리듬은 존재할 수 없다. 리듬은 "이미" "차이와 반복의 관계"를 내포한다. 문제는 실제의 다양한 리듬 속에서 그러한 관계를 발견하고 인식하는 것, 다시 말해 "차이와 반복의 매개" 지점들을 포착하는 것에 있다. 앙리 르페브르의 논의는 김수영 시의 리듬의 실제를 이해하는 데 있어 좋은 참조점이 되는데, 그의 리듬 의식의 중핵을 구성하는 것이 바로 이러한 반복과 차이의 관계로 볼 수 있기 때문이다.

반복과 차이는 김수영의 시작詩作에서 내용과 형식을 새롭게 변용한다는 점에서 특별한 주목을 요한다. 김수영은 "시의 어머니는 어디까지나 언어. 따라서 나는 시의 내용에 대해서 고심해본 일이 없고, 나의 가슴은 언제나 無. 이 無 위

---

8 앙리 르페브르, 정기현 역, 『리듬 분석』, 갈무리, 2013, 59~61쪽.

에서 파괴와 창조가 동시에 이루어진다"[9]고 진술한 바 있다. 이러한 표명은 시작의 과정이 특정한 종교적·사상적 내용을 필사하는 것이 아님을 암시한다. 오히려 시작은 기존의 것이 언어화의 과정 속에서 파괴되고 새롭게 창조되는 과정으로 이해되는데, 이런 면에서 시적 창조는 새로움의 탄생을 위한 실천적 행위라고 할 수 있다. 만약 우리가 그의 시에서 반복과 차이가 유발하는 이중적 질감을 동시에 감지한다면, 이는 그의 시적 언어가 "파괴와 창조"를 동시에 수행하고 있음을 뜻한다. 즉 반복과 차이는 이러한 이중적 변용 행위의 과정이자 결과인 것이다. 그러므로 시적 언어에 내재해 있는 반복과 차이를 살피는 일은 새로운 의미가 생성되는 과정을 이해하는 일이며 궁극적으로 그의 '시정신'[10]의 중핵을 이해하는 일이 될 것이다.

그렇다면 그의 '시정신'이 발화의 층위에서 표면화되는 곳은 어디인가?

그것은 참말로 안하무인 격의 반복이지만 조금도 그것이 지루한 감을 주지 않는다. 오히려 극도로 간결한 인상을 준다. 물론 반복의 기술이 능란하기 때문에 그렇게 느껴진다고 볼 수 있다. 전후관계에 따라서 똑같은 문장이 번번이 뜻하지 않은 새로운 의미와 반항을 불러일으키고 있으니까. 그러나 좀더 큰 비밀은 그녀의 문장의 질 그 자체에 있는 것 같다. 그것은 반복에 견딜 수 있는 문장인 것이다.[11]

---

9   김수영, 앞의 책, 287쪽.
10   '시정신'의 중요성에 대한 김수영의 강조는 곳곳에서 확인된다. 예컨대, "간단히 말해서 정의와 자유와 평화를 사랑하고 인류의 운명에 적극 관심을 가진, 이 시대의 지성을 갖춘, 시정신의 새로운 육성을 발할 수 있는 사람을 오늘날 우리 사회가 요청하는 '시인다운 시인'이라고 생각하면서"(위의 책, 139쪽). 특히 시적 자유를 통한 새로운 시정신의 생성은 그가 특별히 강조한 바이다. "오늘날의 詩가 가장 골몰해야 할 가장 큰 문제는 인간의 회복이다. 오늘날 우리들은 인간의 상실이라는 가장 큰 비극으로 통일되어 있고, 이 비참의 통일을 영광의 통일로 이끌어나가야 하는 것이 시인의 임무다. 그는 언어를 통해서 자유를 읊고, 또 자유를 산다. 여기에 시의 새로움이 있고, 또 그 새로움이 문제되어야 한다."(위의 책, 196쪽)
11   김수영, 「죽음에 대한 해학」, 『창작과 비평』, 2001 여름, 283쪽.

인용문은 뮤리엘 스파크의 소설 『위로하는 사람들』에 나타난 반복에 대한 김수영의 진술로 리듬에 대한 그의 문제의식을 응축하고 있다. 질문은 이렇다. 반복되는 문장이 부정적 효과를 산출하지 않는 이유는 어디에 있는가? 그것은 반복임에도 불구하고 "새로운 의미와 반향"을 일으키기 때문이다. 여기서 관건은 동일한 문장이 어떻게 "새로운 의미와 반향"을 일으키는가를 규명하는 것에 있다. "전후관계에 따라"는 이를 암시하는데, 동일한 문장이라도 전후의 맥락 속에서 새로운 의미가 출현한다는 사실을 함축하기 때문이다. 여기서 우리는 동일 문장의 반복이 동일성으로 회귀되는 것이 아니라 차이를 파생하는 까닭을 추정할 수 있다.

더욱 흥미로운 것은 그가 "전후관계"와 함께 "문장의 질"을 언급하고 있다는 점이다. 여기서 말하는 "문장의 질"이 정확히 무엇을 뜻하는지는 분명치 않다. 그러나 "반복을 견딜 수 있는 문장"을 통해 추정컨대, 그것은 반복에 의한 의미론적 마모를 견디는 문장의 구조적 강도를 뜻하는 것으로 볼 수 있다. 여기에는 반복의 되풀이가 독자뿐만 아니라 문장 자체에도 부정적인 효과를 야기한다는 생각이 전제되어 있다. 이때 반복 속에서 차이가 태동한다. 따라서 "문장의 질"은 반복과 차이의 길항에서 발생하는 문장의 내구력이고, 문장은 차이가 생성되는 중심 지점이 된다. 이러한 사실은, 그가 '너무 매끄럽고 빅자가 질 맞는 시'에 대해 혐오하였을 뿐만 아니라, 문장이 제대로 갖춰지지 않은 시에 대해서도 비판적인 태도를 견지하고 있었다는 사실에서도 간접적으로 확인할 수 있다.[12]

이러한 점에서 반복과 차이에 주목하여 김수영 시의 리듬을 분석한 연구들은 우리의 논의에 유익한 밑거름이 될 수 있다. '반복에 의한 강조와 주술의 효과',[13]

---

12 "시인이 되기 전에 우선 인간공부부터 먼저 하고, 詩를 쓰기 전에 문맥이 틀리지 않는 문장공부부터 먼저 하라는 말이다." 김수영, 「문맥을 모르는 시인들」, 『김수영 전집 2-산문』, 224쪽.
13 황동규, 「정직의 공간」, 『김수영의 문학』, 민음사, 1983, 120~128쪽.

'단순한 구조의 반복과 이미지의 전환',[14] '층위적 리듬, 발산적 리듬, 주술적 리듬',[15] '전통에서 벗어난 리듬의 새로움',[16] '은유적 리듬에서 환유적 리듬으로의 이행',[17] '카니발의 언어와 리좀적인 리듬',[18] '반복과 변주의 리듬 구조에 나타난 시의식의 내면적 동력'[19] 등은 대표적인 예들이다. 그러나 이러한 연구들은 특정 시편들의 분석에만 치우치고 있어 김수영 시의 리듬을 전체적으로 조망하는 데는 한계를 지니고 있는 것도 사실이다. 이는 보다 다양한 작품 분석을 통해서 김수영 시의 리듬의 양상을 추적할 필요성을 제기한다. 이 장은 이러한 작업의 일환으로 해방 직후부터 4·19혁명까지의 시편들에 나타난 반복과 차이의 양상을 분석할 것이다. 이 시기에 나타난 반복과 차이의 고찰은 그의 정신세계와 시의 의미가 언어 속에서 어떻게 직조되는지를 보여주는 중요 지점이기 때문이다. 특히 그동안 간과되어 왔던 작품들의 반복 양상들을 다양하게 살핌으로써 기존 논의의 미진한 점들을 보완하고자 한다. 요컨대, 1960년대 이전까지 그의 시에 나타난 반복과 차이의 제반 양상들을 살펴봄으로써, 시적 리듬이 어떻게 형성·발전되어 왔는지를 고찰하는 데에 본고의 일차적 의의가 있겠다.

2. 동일 구문의 반복 양상 – 2회 반복과 수미상관

이 시기 김수영의 시에서 가장 먼저 살펴야 할 것은 동일 문장 혹은 시행line의 반복이다. 시에서 시행은 매우 중요한 역할을 수행한다. 특히 현대 자유시와

---

14   서우석, 『시와 리듬』, 문학과지성사, 1981, 142~160쪽.
15   이승규, 「김수영 시의 리듬 의식 연구」, 『어문론총』 46호, 2007.6.
16   김영희, 「김수영 시의 리듬 연구」, 한국어문학국제학술포럼, 2007.6.
17   나희덕, 「김수영 시의 리듬구조에 나타난 행과 연의 문제」, 『현대문학의 연구』 37호, 2009.
18   장석원, 「김수영 시의 '반복' 연구」, 『한국근대문학연구』 2권 2호, 2001.
19   오형엽, 「김수영 시의 반복과 변주 연구」, 『한국언어문화』 51집, 2013.

산문시에서 시행의 기능은 간과할 수 없는 중요성을 지닌다. 유리 로트만이 지적한 대로, 시행은 "리듬 – 인토네이션적일 뿐 아니라 의미론적인 통일체"[20]이기 때문이다. 이것은 자유시의 성립 이후, 그러니까 운rhyme과 율meter의 해체 이후에, 주로 시행 단위에서 의미와 리듬의 통합이 구현됨을 암시한다. 김수영의 자유시의 리듬을 논구하는 데 있어 문장 혹은 시행이 일차적인 주목을 요하는 것도 바로 이러한 이유에서이다.

> 기운을 주라 더 기운을 주라
> 江바람은 소리도 고웁다
> 기운을 주라 더 기운을 주라
> 달리아가 움직이지 않게
> 기운을 주라 더 기운을 주라
> 무성하는 채소밭가에서
> 기운을 주라 더 기운을 주라
> 돌아오는 채소밭가에서
> 기운을 주라 더 기운을 주라
> 바람이 니를 마시기 진에
>
> ― 「채소밭 가에서」(1957) 전문[21]

리듬의 측면에서만 본다면, 위의 시는 김수영의 시편 가운데 예외적인 것에 속한다. 왜냐하면, "기운을 주라 더 기운을 주라"라는 시행이 1, 3, 5, 7, 9행에서 아무런 변주 없이 5회 연속 반복되기 때문이다. 10행이라는 짧은 길이를 고

---

20 유리 로트만, 『예술 텍스트의 구조』, 고려원, 1991, 273쪽.
21 김수영, 「채소밭 가에서」, 『김수영 전집 1 ― 시』, 민음사, 1981, 104쪽.

려하면, 동일 시행의 연속적 반복의 비중은 더욱 크게 느껴진다. 게다가 반복되는 시행은 두 개의 반복되는 반행半行으로 되어 있는데, 이를 고려하면 핵심 구절인 "기운을 주라'는 총 10회 반복되고 있다고 할 수 있다. 그만큼 시적 주체의 염원, 곧 "바람"이 불기 전에 "채소"가 잘 자라기를 바라는 마음이 고스란히 표현되어 있는 것이다. 따라서 이 시에서 시행의 반복은 시적 주체의 간절한 염원을 부각시키는 역할을 한다고 할 수 있다.

이와 유사한 방식의 리듬을 구현한 시가 바로 「자장가」[22]이다. 제목이 명시하듯, 이 시는 "아가"에게 불러주는 "엄마"의 자장가에 대해 시이다. 4연 16행의 이 시는 각 연이 모두 동일한 구조로 이루어져 있다. 이러한 구조에서 안정적인 리듬감을 산출하는 중심 요소는 각 연 1행과 3행의 반복, "아가야 아가야"와 "엄마가/는"의 반복 구조이다. 주목할 것은 각 연의 1행이 모두 "아가야"가 2회 반복되고 있다는 점인데, 이러한 반복 패턴은 「채소밭 가에서」의 그것과 별다른 차이를 보이고 있지 않다. 이런 면에서 「채소밭 가에서」와 「자장가」는 연 stanza의 단위에서 반복 구조의 유사성을 보여주는 시편들이라고 할 수 있다.[23] 이때 전자의 반복은 간절한 염원을, 후자의 반복은 자장가의 안정감을 야기한다는 점에서 시의 내용에 부합하는 적절한 장치가 된다. 여기서 우리는 김수영 초기 시에서의 반복의 주요 양상 하나를 포착할 수 있는데, 그건 바로 동일 구절의 2회 반복이다.

---

22 시 전문은 다음과 같다. "아가야 아가야 / 열발구락이 다 나와있네 / 엄마가 / 만들어준 빨간 양말에서 // 아가야 아가야 / 기저귀 위에는 나이롱종이까지 감겨져있네 / 엄마는 / 바지가 젖는 것이 무서웁단다 // 아가야 아가야 / 돌도 아니된 너는 머리도 한번 깍지를 않고 / 엄마는 / 너를 보고 되놈이라고 부르지 // 아가야 아가야/네 모양이 우스워서 노래를 부르자니 / 엄마는 / 하필 국민학교놈의 국어공책을 집어주지"(「자장가」)

23 연 단위의 구조적 유사성을 바탕으로 특정 시행 또는 구절이 반복되는 시편들은 다음과 같다. 「여름뜰」(1956), 「봄밤」(1957), 「하루살이」(1957), 「曠野」(1957), 「變奏曲」(1959), 「파밭 가에서」(1959), 「미스터 리에게」(1959)

㉠

가까이 할 수 없는 書籍이 있다

(…중략…)

가까이 할 수 없는 書籍이여

가까이 할 수 없는 書籍이여.

— 「가까이 할 수 없는 서적(書籍)」(1947) 부분

㉡

팽이가 돈다

(…중략…)

팽이가 돈다

팽이가 돈다

(…중략…)

팽이가 돈다

팽이가 돈다

— 「달나라의 장난」(1953) 부분

㉠과 ㉡은 초기 시편들에서 특정 시행이 어떻게 반복되는지를 예시적으로 보여준다. 이 시기 빈도가 높은 반복 유형은 동일 문장 또는 어구의 2회 연속 반복이다. 예컨대, ㉠에서 "가까이 할 수 없는 서적書籍이여"가 2회 반복되고, ㉡에서는 "팽이가 돈다"가 2회 연속으로 반복되고 있다. 「변주곡變奏曲」1959의 1연 1~2행, "일어서있는 너의 얼굴 / 일어서있는 너의 얼굴"도 동일한 반복 패턴을 보이고 있다. 여기서 우리는 1940년대 후반부터 1960년 이전까지 여러 시편들에서 빈번히 발견되는 동일 구문의 2회 반복이 그의 리듬 패턴 가운데 하나라는 사실

을 확인할 수 있다.[24] 동일 시행의 2회 연속 반복이 매우 특징적으로 드러나는 시편으로 「동맥冬麥」을 들 수 있다.

ⓒ
내 몸은 아파서
태양에 비틀거린다
내 몸은 아파서
태양에 비틀거린다

믿는 것이 있기 때문이다
믿는 것이 있기 때문이다
光線의 微粒子와 粉末이 너무도 시들하다
(壓迫해주고 싶다)
뒤집어진 세상의 저쪽에서는
나는 비틀거리지도 않고 墮落도 안했으리라

— 「동맥(冬麥)」(1958) 부분

인용 부분에서 보듯, 이 시는 1연부터 동일 구문이 연속적으로 반복되고 있다. 1~2행은 두 개의 시행으로 분행되었지만, 구문론적 차원에서는 하나의 문장으로 볼 수 있다. 따라서 1연의 반복은 하나의 문장이 2회 반복되는 경우라고 할 수 있다. 동일 시행이 반복되는 2연 1행과 2행은, 형태적으로는 1연과 분리되었지만 의미론적으는 "비틀거린다"의 이유를 강조한다는 점에서 1연과 긴

---

24 1960년 이전의 시편들과는 달리, 1960년 4·19 혁명 이후의 「新歸去來」 연작의 경우는 연속적 반복이 점증하는 양상을 띤다. 이에 대해서는 별도의 지면에서 살펴볼 예정이다.

밀한 호응을 이룬다. 말하자면 이 시는 "내 몸은 아파서 / 태양에 비틀거린다 // 믿는 것이 있기 때문이다"가 2회 반복된 것으로 간주할 수 있는 것이다. 그러나 김수영은 본문에서처럼 첫 번째 문장을 두 개의 행으로 분절하여 반복하고, "믿는 것이 있기 때문이다"를 다른 연에 독립적으로 배치함으로써 매우 독특한 반복의 효과를 산출하고 있다.

「동맥多脈」은 시의 앞부분에 동일 구문이 2회 반복되는 경우이지만, ㉠과 ㉡에서 보듯 초기 시편들에서 동일 구절의 2회 반복은 대체로 시의 끝부분에 나타난다. 이러한 양상은 이 시기의 다른 시편에서도 확인할 수 있다. 「기자記者의 정열情熱」의 마지막 두 행은 "너는 아예 놀라지 말아라"의 반복이고, 「사무실事務室」의 마지막은 "어떻게 하리"의 2회 반복으로 종결된다. 이는 그가 시의 종결 부분에서 시행 배열에 각별한 주의를 기울이고 있었음을 암시한다. 특히 반복을 통한 다층적 의미의 확산을 염두에 두고 있다는 점에서 더욱 그러하다. 수미상관은 이러한 양상을 더욱 선명하게 보여준다.[25] ㉠과 ㉡을 다시 보자. 두 편 모두 시의 처음과 끝이 동일하게 반복되는 수미상관의 구조를 취하고 있는데, ㉠은 첫 행의 일부분("가까이 할 수 없는 書籍")이 마지막 두 행에서 2회 반복하고, ㉡은 첫 행("팽이가 돈다")이 중간에서 2회 연속 반복한 뒤, 마지막 두 행에서 다시 반복하고 있음을 확인할 수 있다.

    새로운 目標는 이미 나타나고 있었다

---

25 「달밤」(1959)의 1연은 처음과 끝이 동일 시행("언제부터인지 잠을 빨리 자는 습관이 생겼다")으로 되어 있다. 「너는 언제부터 세상과 배를 대고 서기 시작했느냐」(1955)에서는 "너는 언제부터 세상과 배를 대고 서기 시작했느냐"가 첫 행과 끝 행에 상관적으로 반복된다. 「國立圖書館」(1955)에서도 "모두들 공부하는 속에 와보면 나도 옛날에 공부하던 생각이 난다"의 시행이 반복되고 있다. 시행 전체는 아니지만, 그 일부가 변형된 채로 수미상관의 구조를 취하고 있는 시편으로는 「事務室」(1956)을 들 수 있다. 1행의 일부인 "어떻게 하리"는 시의 마지막 두 행에서 연속적으로 반복되고 있다는 점에서 특징적이다.

죽음보다도 嚴肅하게

귀고리보다도 더 가까운 곳에

종소리보다도 더 玲瓏하게

(…중략…)

새로운 目標는 이미 나타나고 있었다

죽음보다도 嚴肅하게

귀고리보다도 더 가까운 곳에

종소리보다도 더 玲瓏하게

— 「영롱(玲瓏)한 목표(目標)」(1957) 부분

「영롱玲瓏한 목표目標」는 총 21행의 단연으로 되어 있는 비교적 짧은 시이지만, 매우 큰 마디의 시행들이 수미상관의 형태로 반복되고 있다는 점에서 흥미롭다. 인용문에서 보듯, 서두의 1~4행과 마지막 네 행이 동일하게 반복되고 있는 것이다. 문제는 이런 수미상관의 반복 구조가 산출하는 효과가 무엇이냐는 것이다. 먼저, 처음과 끝에 마디가 큰 동일한 구절을 반복함으로써 구조적 안점감을 도모할 수 있다. 특히 구문론적으로 유사한 유형의 문장을 반복함으로써 안정감이 배가되고, 안정적인 리듬의 효과가 생성된다. 그러나 무엇보다도 이러한 반복 구조는 의미론상으로 "새로운 목표目標"의 출현을 강조하는 효과를 지닌다.

여기서 우리는 동일 구문의 반복이 산출하는 '새로운 의미'에 대해 묻지 않을 수 없다. "반복은 규정된, 고정된, 닫힌 의미의 단위를 새로운 의미의 영역으로 이동시킨다. 반복은 기존의 의미에서 벗어나 새로운 의미를 만들어내는 김수영 시의 공통 질료다"[26]를 보건대, 동일 구문이 반복되는 경우에도 '새로운 의미'의 생성을 목도할 수 있기 때문이다. 말하자면, 위의 시에서 반복에 의해 추가 생성

---

26 장석원, 앞의 책, 237쪽.

되는 것은 "새로운 목표目標"가 이미 출현했다는 사실이 아니다. 그러한 사실을 반복 진술함으로써 새롭게 생성되는 의미는, 이미 "새로운 목표目標"가 출현했음에도 그것을 모르거나 부정하는 자들에게로 향한 인정과 각성의 촉구이다. 여기서 수미상관은 반복을 통해 기존의 의미를 넘어 새로운 시정신의 영역으로 인도한다. 이것은 적층되면서 부가되는 의미의 다층적 맥락이 '새로운 의미'의 탄생과 관계가 있음을 보여준다. 차이에 의해 변주되는 반복은 이를 명시적으로 보여준다.[27]

3. 비동일적 반복의 두 가지 양상

전술했듯이, 김수영 시에서 반복되는 문장은 차이가 태동하는 태반이다. 그러니 이제 우리가 살펴야 할 것은 그의 시에서 반복되는 구절과 문장이 어떻게 차이를 발생시켜 변주를 야기하는가에 있다. 초기 시편들에서 이러한 비동일적 반복의 양상은 매우 다양하지만, 여기서는 그 양상을 크게 두 가지 유형으로 분별하여 논하고자 한다. 동일한 문장 구조에서 특정 단어와 구절을 대체하는 유형과, 유사한 문정 구조를 점층적으로 확징하는 유형이 그것이다. 이 중 첫 번째 유형은 다음과 같다.

1) 대체에 의한 변주

우리들의 敵은 늠름하지 않다

---

27 황동규는 김수영 시의 반복이 지닌 이러한 효과를 '주술적 효과'라고 명명한 바 있다. "분위기를 위해서가 아니라 강조하기 위하여, 그리고 강조를 통해 논리를 뛰어넘기 위하여 사용한 사람은 없었다고 생각된다." 황동규, 『김수영의 문학』, 민음사, 1983, 123쪽.

우리들의 敵은 카크 다글라스나 리챠드 위드마크 모양으로 사나웁지 않다

그들은 조금도 사나운 惡漢이 아니다

그들은 善良하기까지도 하다

그들은 民主主義者를 假裝하고

자기들이 良民이라고도 하고

자기들이 選良이라고도 하고

자기들이 會社員이라고도 하고

電車를 타고 自動車를 타고

料理집엘 들어가고

술을 마시고 웃고 雜談하고

同情하고 進擊한 얼굴을 하고

바쁘다고 서두르면서 일도 하고

原稿도 쓰고 치부도 하고

시골에도 있고 海邊가에도 있고

서울에도 있고 散步도 하고

映畵館에도 가고

愛嬌도 있다

그들은 말하자면 우리들의 곁에 있다

—「하······ 그림자가 없다」(1960) 부분

4·19혁명 직전에 쓰인 이 시는 동일한 문장 구조 안에서 어휘들이 변주되면서 시적 리듬을 창출하는 대표적인 경우이다. 인용된 부분은 "적敵"의 양태들을 몇 개의 문장 구조로 열거하고 있다. 종결어미의 유형으로 구분한다면 '-아니다', '-하다/고', '있다'의 세 가지 유형으로 나눌 수 있고, 주어의 유형으로 나

눈다면 "우리들의 적敵", "그들은", "자기들이"와 생략된 형태9~18행로 구분할 수 있다. 요컨대, 인용문은 동일한 문장 구조의 반복 하에서 명사와 동사 등의 단어 층위의 변주가 있어나고 있음을 보여주고 있다. 여기서 중요한 것은 이러한 반복과 변주가 하나의 의미 계열로 수렴된다는 점이다. 마지막 행인 "그들은 말하자면 우리들의 곁에 있다"가 명시하듯, "적敵"은 다른 세상의 존재들이 아니라 "우리들의 곁"에 같이 존재하는 자들이다. 그러므로 숱한 이름들과 행위들의 차이는 "우리들의 곁"이라는 자장 속으로 수렴될 때 의미를 지닌다. 여기서 우리는 이러한 의미의 수렴이 지닌 의의와 한계, 즉 차이를 관통하는 강력하고 단일한 시정신의 존재가 부각함을 확인할 수 있다. 시정신의 진리치에 대한 확실성이 전제되지 않는다면 이러한 반복은 유지되기 어렵다.[28]

①
저것이야말로 꽃이 아닐 것이다
저것이야말로 물도 아닐 것이다.

— 「구라중화(九羅重花)」(1954) 부분

②
오늘의 憂鬱을 위하여
오늘의 輕薄을 위하여

— 「바뀌어진 지평선(地平線)」(1955) 부분

---

28 「未熟한 盜賊」의 1~3행의 반복 또한 이러한 유형에 속한다. 1~3행에서 시간의 추이에 따른 서로 다른 행위들의 변주는 모두 "기진맥진"에 귀속된다. 이것은 궁극적으로 "臨終"이라는 최종의 시간으로 수렴되면서, 시는 죽어가는 현재의 자기의 삶에 대해 고발한다.

③

巨大한 悲哀를 갖고있는 사람이기 때문이리라

巨大한 餘裕를 갖고있는 사람이기 때문이리라

— 「파리와 더불어」(1960) 부분

　①과 ②와 ③은 동일한 문장 구조 안에 특정 단어만을 교체한 경우의 예들이다. 1960년 이전의 시편들에서 이러한 유형은 적지 않은데,[29] 특정 계열체에 속하는 어휘들이 대체되면서 반복되는 경우에 해당한다. 이때 계열체 사이의 유사성 정도에 따라 반복이 '새로운 의미'를 파생하는 정도는 달라진다. ①에서 "꽃"과 "물", ②에서 "우울憂鬱"과 "경박輕薄", ③에서 "비애悲哀"와 "여유餘裕"는 유사성을 쉽사리 인식하기 어렵다는 점에서 그 거리가 멀다고 할 수 있다. 특이하게도 김수영은 유사성의 정도가 약한 이질적인 두 개의 어휘를 동일한 문장 구조 안에 병치함으로써 독특한 효과를 창출해 내는데, 이러한 효과는 유사한 계열에 속한 어휘들의 나열과 비교했을 때 더욱 두드러진다. 다시 말해, 그는 구조적 반복 안에서 상이한 의미소들을 병치함으로써 변주의 폭을 확장되고 새로운 의미의 파생을 의도하고 있는 것이다. 반복되는 요소가 의미의 강조에 기여한다면, 이질적인 요소는 의미의 차이를 증폭시키고 그 결과 새로운 의미의 생성을 강화한다. 이러한 사실은 다음의 예들을 통해서도 확인할 수 있다.

④

죽음이 싫으면서

29　예컨대, 「書册」(1955)의 "누구를 향하여 앉아서도 아니된다 / 누구를 향하여 열려서도 아니된다", 「너는 언제부터 세상과 배를 대고 서기 시작했느냐」(1955)의 "너와 나 사이에 세상이 있었는지 / 세상과 나 사이에 네가 있었는지"를 보라.

너를 딛고 일어서고

시간이 싫으면서

너를 타고 가야 한다

—「레이판탄(彈)」 부분

⑤

무엇때문에 不自由한 생활을 하고 있으며

무엇때문에 自由스러운 생활을 피하고 있느냐

(…중략…)

여름뜰을 흘겨보지 않을 것이다

여름뜰을 밟아서도 아니될 것이다

—「여름뜰」(1956) 부분

④의 1~2행과 3~4행은 동일한 문장 구조를 취하고 있지만, 특이하게도 "너를 딛고 일어서고"와 "너를 타고 가야 한다" 사이의 의미의 유사성을 확증하는 것은 쉽지 않다. "죽음"과 "시간" 사이의 의미적 거리도 마찬가지다. 이것은 서로 다른 의미의 병치가 주는 효과에서 비롯하는 문제이다. 예긴대, ④는 "레이판탄彈"이라는 최신의 무기에 대한 시적 주체의 이중적 태도를 보여주는 병치이다. "레이판탄彈"이 대표하는 현대성은 극복의 대상이면서 동시에 의존의 대상이기도 한 것이다. 이때 부상하는 것은 현대성에 대한 이중적 태도의 딜레마를 돌파하는 새로운 방법론의 요청이다. 이는 유사한 문장 구조의 반복 속에서 이질적인 의미소의 병치가 새로운 의미를 산출하는 효과적인 장치일 수 있음을 암시한다. 이렇게 말할 수도 있겠다, 반복과 차이는 그가 "썩어빠진 어제"(「우선 그놈의 사진을 떼어서 밑씻개로 하자」)와 결별하는 방식이라고.

⑤는 보다 흥미롭다. 서로 대립하는 두 의미소의 반복과 변주를 통해 새로운 의미의 창출을 보다 극적으로 보여주기 때문이다. 먼저, "부자유不自由"와 "자유自由"의 차이는, "하고"와 "피하고"의 차이를 낳는다. 이때 주목할 것은 "부자유不自由한 생활을 하"는 이유와 "자유自由스러운 생활을 피하"는 이유가 같지 않다는 점이다. 전자는 시적 주체의 생활에 대한 반성을 내포하고, 후자는 시적 주체의 의도를 내포하기 때문이다. 김수영은 "부자유不自由한 생활"에서 "자유自由스러운 생활"을 회피하는 기만성에 대해 반성하고 있는 것이다. 다른 대립항들 "合理와 非合理", "秩序와 無秩序"에 대해서 동일하게 말할 수 있다. 이러한 반성의 과정을 통해, "그러나 속지 않고 보고 있을 것"이라는 부정의 시정신은 더욱 강화된다.

2) 점층에 의한 변주

꽃이 열매의 上部에 피었을 때
너는 줄넘기 作亂을 한다

나는 發散한 形象을 求하였으나
그것은 作戰같은 것이기에 어려웁다

국수—伊太利語로는 마카로니라고
먹기 쉬운 것은 나의 叛亂性일까

동무여 이제 나는 바로 보마
事物과 事物의 生理와
事物의 數量과 限度와

事物의 愚昧와 事物의 明晳性을

그리고 나는 죽을 것이다

— 「孔子의 生活難」(1945) 전문

구문론적인 안정성에도 불구하고, 이 시는 그 진의를 파악하기 쉽지 않다. 무엇보다도 "꽃", "줄넘기 작난作亂", "국수"로의 급격한 이행이 의미론적 맥락을 파악을 방해하기 때문이다. 그러나 마지막 두 연에 담긴 정신, 곧 유종호의 해석대로 공자의 '조문도석사가의朝聞道夕死可矣'의 정신을 담고 있음은 분명해 보인다. 시적 리듬의 관점에서 본다면, 이러한 결연한 태도가 "사물事物"이라는 어휘의 반복을 통해 강화되고 있다는 점은 흥미롭다. "사물事物"의 이치를 깨달겠다는 정신적 태도가 특정 어휘의 반복을 통해서 실현되고 있기 때문이다. 더욱 흥미로운 것은 이러한 반복이 단순 반복이 아니라 수식 구조의 변주를 통한 확장적 반복이라는 점이다. 이러한 리듬의 특성은 시 속에 담긴 시정신과 긴밀히 연동되는데, 조사의 반복과 변주, 그리고 수식 구조의 반복과 변주는 이를 예증한다.

먼저, 조사의 변주를 보자. 4연에서 "바로 보마"의 대상, 곧 목적어는 조사 "외"와 "괴"에 의해 대등히게 나열되고 있다. 그런데 그 순시를 보면 무직위로 나열되지 않고, 시행의 길이의 안정성을 유지하는 가운데 밀도가 점증적으로 증가되는 구조를 취하고 있다. 예컨대, ⓐ"사물事物" → ⓑ"사물事物의 생리生理" → ⓒ"사물事物의 수량數量과 한도限度" → ⓓ"사물事物의 우매愚昧와 사물事物의 명석성明晳性"으로의 확장이 그것이다. 이는 수식을 통한 "사물事物"의 구체화의 과정으로 볼 수 있는데, 여기서 착목할 것은 ⓒ과 ⓓ의 확장이 지닌 차이점이다. ⓒ는 "한도限度" 앞의 "사물事物"을 생략한 형태인데, 이때 접속조사 "−과"는"수량數量"과 "한도限度"를 대등적으로 기능하는 역할을 수행한다. 이에 비해 ⓓ는

"명석성明晰性" 앞의 "사물事物"을 생략하지 않은 형태로서, 접속조사 "와"는 "사물事物의 우매愚昧"와 "사물事物의 명석성明晰性"을 대등적으로 연결하는 기능을 수행한다.

이러한 차이는 시행 단위의 구조적 안정성을 고려한 결과로 볼 수 있다. "사물事物"의 수식의 확장에도 불구하고 4연이 형태적으로 안정적인 구조를 취하는 것은 이 때문이다. 또한 이러한 확장에서 변주, 곧 "사물事物"의 생략과 반복은 매우 독특한 리듬을 생성하고 있다. 이러한 확장적 리듬은 의도적인 고려의 결과로 볼 수 있다. 만약 4연의 시어들이 '사물의 ○○'와 같은 형식으로 반복되었다면, 4연은 극히 단조로운 형태를 띠었을 것이기 때문이다. 이는 4연의 반복이 단조롭지 않은 이유를 설명한다. 즉 접속조사 '와/과'의 교대, 수식어의 생략과 노출이 야기한 관형격 조사 '의'의 교차가 마치 징검다리처럼 이어지는 것이다. 따라서 4연 2~4행에서 단어들을 연결하는 조사들은 '과−의−와−의−과−와−의−와−의−을'로 연속되는데, 이는 두 박이 교차하는 리듬감을 산출하게 된다.

여기에 각 연의 종결 방식의 반복과 변주의 양상을 추가할 수 있다. 특히 종결어미의 변주가 눈에 띈다. 1연과 2연의 평서형 종결 구조("한다", "어렵다")는 3연의 의문형 종결("叛亂性일까")과 4연의 약속형 종결("하마")로 변주되고, 5연에서는 다시 평서형 종결("것이다")로 끝나고 있다. 이러한 종결방식에서 "사물事物"의 수식과 나열 부분은 4연을 양적으로 확장하는 기능을 수행한다. 5연(1행의 단문)의 급격한 마무리는 변조를 더욱 강화한다. 연의 종결 방식이 산출하는 이러한 급격한 변화는 4연의 "바로 보마"의 의미를 강조하는 효과를 지닌다. 5연의 '죽음'에 대한 고지告知 역시 "바로 보마"를 강화하는데, 4연의 조사와 어미의 반복과 변주는 각 연의 구조들의 변주와 함께 "바로" 보겠다는 강력한 신념의 선포에 이바지하고 있다. 여기서 우리는 초기 시에서 확산적 리듬이 그의 정신성, 곧 주체와 세계를 올바로 인식하겠다는 시정신을 강화하는 데 복무한다는 사실을 확인할 수 있다.

"사물事物"들로 지시된 세계를 "바로" 보겠다는 정신성의 표출은 투명성을 주요 특질로 하는 유리에 대한 태도에서도 확인할 수 있다. 시 「너는 언제부터 세상과 배를 대고 서기 시작했느냐」의 일절 "음탕할만치 잘 보이는 유리창"이란 표현에서 보듯, "유리창"은 "세상"을 보여줌으로써 자기 자신을 은폐하는 역설적 존재로 인식된다. 시적 주체는 "너"의 이러한 태도를 조소하면서, 우회적으로 "나"와 "세상"의 관계가 단일하지 않음을 암시하고 있다. "유리창"의 이면을 바로 봄으로써 "사물"의 양가성을 놓치지 않으려는 태도는 다른 시편들에서도 확인할 수 있다. 「달나라의 장난」의 "정말 속임없는 눈으로 / 지금 팽이가 도는 것을 본다"는 진술, 「여름뜰」의 "묵묵默默히 묵묵默默히 / 그러나 속지 않고 보고 있을 것이다"와 같은 구절은 대표적이다. "나의 눈이랑 한층 더 맑게 하여다우" 「도취(陶醉)의 피안(彼岸)」도 이와 동궤를 이룬다. 여기서 우리는 시적 인식을 다층적으로 사유하고 있음을 확인할 수 있는데, "시적 인식이란 새로운 진실(즉 새로운 리얼리티)의 발견이며 사물을 보는 새로운 눈과 각도의 발견"[30]이라는 표명은 이를 요약한다. "세상"이든 "사물"이든, 김수영은 새로운 현상의 발견과 함께 그것을 인식히는 주체의 시선과 대도의 갱신을 적극적으로 요청하고 있는 것이다.

적층되면서 증식되는 반복이 세계에 대한 각성과 동궤를 이룬다는 사실은 다른 시편들에서도 확인된다. 이때 호격의 반복 양상이 두드러지는데, 대표적인 경우는 다음과 같다.

㉮

차라리 앉아있는 기계와같이

---

30 김수영, 『김수영 전집 2 – 산문』, 399쪽.

취하지 않고 늙어가는

나와 나의 겨울을 한층더 무거운 것으로 만들기 위하여

나의 눈이랑 한층 더 맑게 하여다우

짐승이여 짐승이여 날짐승이여

도취의 피안에서 날아온 무수한 날짐승들이여

— 「도취(陶醉)의 피안(彼岸)」(1954) 부분

㉯

생활이여 생활이여

잊어버린 생활이여

너무나 멀리 잊어버려 天上의 무슨 燈臺같이 까마득히 사라져버린 귀중한 생활

들이여

말없는 생활들이여

마지막에는 海底의 풀떨기같이 혹은 책상에 붙은 민민한 판대기처럼 감각하게

될 생활이여

— 「구슬픈 육체(肉體)」(1954) 부분

우선, ㉮의 마지막 두 행부터 살펴보자. 여기서 우리는 "짐승"이라는 시의 의미소가 4회 반복되고 있음을 볼 수 있다. 이때 반복은 점증하는 확장적 구조를 띠고 있다. 즉 "짐승"→"짐승"→"날짐승"→"날짐승들"로의 확장이 그것이다. 이때 일차적으로 점증하는 것은 양적 팽창, 곧 "짐승"과 "날짐승"이 모여 "날짐승들"로 확장한다는 점이다. 이러한 증식은 수식어구의 증가와 맞물리는데, 마지막 행에서 "날짐승들"을 수식하는 "도취의 피안에서 날아온 무수한"이라는 어절은 점증하는 불안의 심리를 간접적으로 예증한다. "날짐승"에 대한 이러한

심리는 자신의 생활에 대한 불만과 이어져 있는 것으로 볼 수 있다.

　다음, ㉯는 "생활"→"생활"→"생활들"→"생활들"→"생활"로의 추이를 보여주고 있다. 이러한 추이는, ㉮의 단수에서 복수로의 양적 확장과 궤를 같이하며, 수식어구의 증식과 변주라는 양상을 띠고 있다. 1~2행은 어절 단위의 AABA 반복 구조를 보여주는데, 이런 구조는 전통적으로 계승되어 온 반복과 변주의 한 양상이라는 점에서 흥미롭다. 여기서 우리는 김수영이 전통 시가의 리듬 구조를 계승했다고 말하기는 어렵다. AABA 리듬 구조는 주로 영탄적 호격의 경우에 한정되고 있는데,[31] 이는 그가 전통적 리듬을 차용하더라도 제한된 영역에서만 의식적으로 사용하고 있음을 보여주기 때문이다. 김수영 시에서 반복과 변주의 리듬을 제어하는 것은 전통이라는 외재적 원리가 아니라 다층적 의미의 구현을 통한 시정신의 구현이라는 내재적 원리이다. "그의 시는 전통적 운율과 전통적 시어를 거의 사용하지 않는다"[32]는 김현의 진술이나, "고어古語도 연구해본 일이 없고 시조時調에 대한 취미도 없다"는 진술 등은 이를 방증한다.

　㉯에서 보다 관심을 기울일 것은 수식어구의 확장과 증식이다. "생활"이 "생활들"로 증식하는 과정은 그것을 수식하는 구절들의 확장과 궤를 같이한다. 3행의 수식어구 "너무나 멀리 잊어버려 천상天上의 무슨 등대燈臺같이 까마득히 사라져버린 귀중한"에서 망각의 시간은 공간적 거리의 증대로 표상되고 있다. 수식어구의 양적 증가가 "귀중한 생활들"로의 시간을 연장시키고 있는 것이다. 이는 수식어구의 확장이 리듬적·도상적 효과를 동시에 지니고 있음을 보여준다. "귀중한 생활들"은 시간과 공간의 층위에서 리듬적·도상적으로 "너무나 멀리" 떨어져 있는 것이다. 다음 행에서 수식어구("말없는")의 급격한 감소는 이와

31　「나비의 무덤」(1955) "나비야 나비야 더러운 나비야"와 「末伏」(1959)의 "밤이여 밤이여 피로한 밤이여".
32　김현, 앞의 책, 448쪽.

반대의 효과를 유발하는 것으로 볼 수 있다. 의미론적으로 침묵하는 "생활들"을 표현하기 위해서 수식어구의 양적 감소 및 발화 시간의 단축은 매우 효과적이라고 할 수 있다. 마지막 행의 긴 수식어구 역시 "마지막"이라는 시간적 거리를 표상한다는 점에서 전술한 효과를 지닌다고 할 수 있겠다.

3) 「눈」과 「폭포」의 반복과 차이

이 시기 김수영의 시에서 반복이 적충되면서 차이를 증식하는 대표적인 작품은 「눈」과 「폭포」이다. 특히 「폭포」는 김수영 스스로 "현대시로서의 진정한 자질을 갖춘 처녀작"[33]으로 칭한 바 있어 더욱 주목을 요한다. 먼저, 「눈」부터 살펴보자.

> 눈은 살아있다
> 떨어진 눈은 살아있다
> 마당 위에 떨어진 눈은 살아있다
>
> 기침을 하자
> 젊은 詩人이여 기침을 하자
> 눈 위에 대고 기침을 하자
> 눈더러 보라고 마음놓고 마음놓고
> 기침을 하자
>
> 눈은 살아있다
> 죽음을 잊어버린 靈魂과 肉體를 위하여
> 눈은 새벽이 지나도록 살아있다

---

33 김수영, 「연극하다가 시로 전환—나의 처녀작」, 『김수영 전집』 2, 230쪽.

기침을 하자

젊은 詩人이여 기침을 하자

눈을 바라보며

밤새도록 고인 가슴의 가래라도

마음껏 뱉자

— 「눈」 전문(1956)

전체적으로 「눈」은 두 개의 의미소가 "사슬의 형식으로 꿰뚫어 의미의 전환을 성취"[34]하고 있는 시이다. 1연의 "눈은 살아있다"와 2연의 "기침을 하자"는 3연과 4연에서 반복 및 변주되면서 시의 전체 의미를 관류하고 있다. 이러한 반복 구조는 안정적 리듬감을 산출하는 일차적 요인이 된다. 여기에 각 연의 시행 길이의 유사성, 종결 어미의 유사성 등이 추가될 수 있겠다. 각 연의 종결어미의 유사성, 곧 1, 3연의 '-다'와 2, 4연의 '-자'의 종결은 각운의 효과뿐만 아니라 연 단위의 ABAB의 반복 리듬을 구현한다. 그렇다면, 동일 구절의 반복 과잉[35]에도 불구하고 이 시가 단조롭지 않은 이유는 무엇인가? 그건 시의 중심을 가로지르는 반복들의 다양한 변주들 때문이다.

먼저, 이 시의 첫 번째 의미소에서 주체는 "눈"이다. 주목할 것은 "눈은 살아있다"의 반복이 확장되면서 마치 "눈"이 쌓이듯이 적층되고 있다는 점이다. 즉 1연에서 보듯, "눈"→"떨어진 눈"→"마당 위에 떨어진 눈"으로 확장되면서, 쌓이는 "눈"의 형상을 리듬화하고 있는 것이다. 이러한 점층적 반복은 각각의 시행의 차이를 증폭시키면서 "눈"을 바라보는 시선과 태도를 강조하는 기능을 수행한다. 비록 "떨어진 눈"이지만 죽지 않고 살아 있는 존재임을 강조하고 있

---

34 서우석, 앞의 책, 146쪽.
35 "눈은 살아있다"는 총 5회, "기침을 하자"는 총 6회 반복되고 있다.

는 것이다. 2연도 같은 구조와 기능을 수행한다. "기침"은 "눈 위에 대고"→"눈 더러 보라고 마음놓고 마음놓고"에서 보듯 반복적으로 적층되는데, 이때 "마음 놓고"의 2회 반복은 확산되는 리듬의 양상을 강화한다. 왜냐하면 "마음놓고"의 반복은 "기침의 하자"를 분행分行하는 결과를 낳기 때문이다. 이로써 2연의 첫 행과 끝 행은 수미상관의 형태를 띠면서 구조적 안정성을 보강하게 된다. 또한 2연에는 "기침을 하자"의 주체인 "젊은 시인詩人"을 호명하는 별도의 행을 추가 함으로써, 연 단위에서도 확산되고 적층되는 리듬을 예시하고 있다. 2연의 반 복과 변주는 의미소가 어떻게 적층되면서 증식하는 리듬을 산출하는가를 보여 주는 대표적인 예라고 할 수 있다.

이때 3연은 중요한 역할을 수행한다. 3연은 1연의 반복 사슬[36]이지만, 2연의 지배적 의미소를 호명한다는 점에서 양자를 매개하는 기능을 수행하기 때문이 다. "죽음을 잊어버린 영혼靈魂과 육체肉體를 위하여"는 2연의 "젊은 시인詩人"을 불러들이는데, 이는 "눈"과 "젊은 시인詩人"이 떼려야 뗄 수 없는 존재임을 암시 한다. 여기서 3연의 "새벽이 지나도록"은 4연의 "밤새"라는 어둠의 시간이 소 멸될 것임을 미리 보여준다. 이로써 "눈은 살아있다"는 시간의 층위에서 "젊은 시인詩人"의 인내의 시간을 요청한다. 4연 역시 같은 맥락에서 2연의 반복과 변 주를 예시한다. 마지막 세 행은 "기침"의 이유, 곧 "밤새도록 고인 가슴의 가래" 를 뱉어야 한다는 의도를 확증한다. 이때 이유의 선포가 어떻게 변주를 야기하 는지를 살펴보자. 먼저, "눈을 바라보며"는 2연의 "눈 위에 대고" 및 "눈더러 보 라고"와 연결되는데, 이러한 의미의 적층은 같은 행의 "기침을 하자"를 생략하 게 만드는 결과를 초래한다. 이는 의미론적 하중 때문에 생기는 현상으로 생략 을 통한 하중의 경감이 리듬에 변조를 야기하는 예이다. 그리고 4행의 "밤새도

---

[36] "이 시작 행들의 사슬을 abab로 표시될 수 있는데 이것을 시적으로 옳게 얽어 놓은 것이 말하자 면 이 시가 성취하고 있는 점이다." 서우석, 앞의 책, 145쪽.

록"은 3연의 "새벽이 지나도록"과 연결되는데, 이는 "가래"가 오랜 시간의 적층의 산물이라는 사실을 암시적으로 보여준다.[37] 4연의 생략과 시행 길이의 변주로 인한 리듬은, 적층된 "눈"의 하중과 "젊은 시인"의 시간의 하중을 감쇄하려는 시정신의 산물로 볼 수 있다.

이처럼 「눈」은 초기 시의 다양한 리듬 구조들이 중층적으로 집약된 형태의 리듬을 보인다. 다양한 양상의 반복과 차이는 시의 내용과 형태를 직조하면서 세계를 바로 보겠다는 냉철한 시정신을 각인하고 있다. 이런 의미에서 이 시는 의미론·구문론·리듬론적 층위에서 미적 성취를 이루고 있다고 말할 수 있다. 이승규의 지적처럼, "어찌 보면 인위적일 정도로 계산된 형식적 리듬이 시를 이끌어서 단조롭게 보일 수 있지만, 오히려 절도 있는 리듬이 '눈'으로 표상된, 불의와 타협하지 않는 냉엄한 순결한 시인의식과 효과적으로 어우러진다"[38]는 점에서 이 시가 갖는 위상은 낮지 않다고 할 수 있다.

여기서 우리는 흥미로운 사실 하나를 추가로 확인할 필요가 있다. 그것은 1956년을 기점으로 이전과 이후의 시가 갖는 차이이다. 특정하기는 어렵지만, 1956년 무렵에 구조와 리듬 상에서의 주목할 변화 변화가 나타나고 있다. 「병풍屛風」, 「눈」, 「지구의地球儀」, 「꽃(2)」 이전과 이후의 시들을 비교해 보라. 시의 구조와 형태의 측면에서 상당한 차이를 느낄 수 있는데, 이는 "문장의 길"이 강화되어 일정 수준의 반복을 견딜 수 있을 상태에 이르렀음을 간접적으로 예증하는 것처럼 보인다. 이때 반복과 차이가 야기하는 리듬적 효과에 대한 고려를 무시할 수 없다. 1957년에 쓰인 「폭포瀑布」는 이를 방증하는데, 「눈」과 함께 하강하는 존재의 변용[39]을 보여주는 이 시 역시 반복과 변주가 그의 시정신과 맞

---

37 "가래"의 의미에 대해서는 다음의 해석을 참조할 것. "눈과 비교해서 역동성과 생명력을 지니지 못하는 현재의 자신에 대한 분노가 역설적 공격성으로 나타난다."(오형엽, 앞의 책, 63쪽)
38 이승규, 앞의 책, 336쪽.
39 김혜순은 「김수영 시의 연구」(동국대 박사논문, 1993)에서 이 시를 "하강이 공간적으로 변주된

닿아 있음을 예증한다.

　　瀑布는 곧은 絕壁을 무서운 기색도 없이 떨어진다

　　規定할 수 없는 물결이

　　무엇을 向하여 떨어진다는 意味도 없이

　　季節과 晝夜를 가리지 않고

　　高邁한 精神처럼 쉴사이없이 떨어진다

　　金盞花도 人家도 보이지 않는 밤이 되면

　　瀑布는 곧은 소리를 내며 떨어진다

　　곧은 소리는 소리이다

　　곧은 소리는 곧은

　　소리를 부른다

　　번개와같이 떨어지는 물방울은

　　醉할 瞬間조차 마음에 주지 않고

　　懶惰와 安定을 뒤집어놓은 듯이

　　높이도 幅도 없이

　　떨어진다

—「폭포(瀑布)」(1957) 전문

시"(189쪽)로 규정하고 "퇴락의 시간의 공간화"(190쪽)를 발견한다.

이 시의 핵심 의미는 1연 "폭포瀑布는 곧은 절벽絶壁을 무서운 기색도 없이 떨어진다"가 요약한다. 여기서 자연물 "폭포"를 바라보는 시적 주체의 태도는 부사절 "무서운 기색도 없이"가 압축적으로 제시하고 있다. 1연이 단행의 한 문장으로 제시되어 있는 것은 "폭포"의 떨어지는 모양을 횡적으로 형상화하고 있다고도 볼 수 있다. 이런 식으로 1연은 2연으로 확장되는데, 주체인 "폭포瀑布"는 "규정規定할 수 없는 물결"로 확장되고, "떨어진다"를 수식하는 세 개의 부사절("~ 意味도 없이", "~ 가리지 않고", "~ 쉴사이없이")은 다양한 맥락에서 "물결"의 양과 속도를 표상한다. 이러한 확산은 5연에서 반복된다. "물결"은 "번개와같이 떨어지는 물방울"로 확장되며, 수식어구 역시 세 개의 부사절에 의해 확장되고 있다.[40]

전체의 반복적 흐름에서 3연과 4연은 변주가 시작되는 지점이다. 「눈」과 마찬가지로 3연의 "밤"은 변주가 탄생하는 시간적 배경을 이루는데, 1연과 2연에서 강조된 "폭포瀑布"의 다양한 시각적 양태가 어둠에 의해 은폐되면서 "소리"의 청각성을 부각하기 때문이다. "곧은 소리를 내며"는 이에 부합한다. 이때 "곧은"이라는 수식어가 직선과 같은 형태에 대한 진술이 아니라 '올바른'과 같은 뜻의 "고매高邁한 정신精神"을 표상한다는 사실은 무척 흥미롭다. 이는 "폭포瀑布"라는 자연물을 통해 특정의 정신성을 획득하려는 시적 주체의 태도를 보여주기 때문이다. 같은 맥락에서 5연의 "번개와 같이"는 무명無明 속에서의 정신적 자각, 곧 "나타懶惰와 안정安定" 속에 기거하는 존재들의 "번개"와 같은 각성을 촉구한다고 볼 수 있다.[41]

---

40 떨어지는 주체의 변주("瀑布" → "물결" → "물방울")는 이 시가 원경에서 근경으로 관찰자의 시선이 이동하고 있음을 암시적으로 보여주는 듯하다. 자연물로서의 "폭포"가 "물결"과 "물방울"로 미분화되는 과정은 물의 양의 증대를 암시한다. 수식어구의 증대는 이와 동조한다.

41 여기에 낙하에 대한 시적 주체의 두려움과 반성이 내포되어 있는 것처럼 보인다. "살아가기 어려운 세월들이 부닥쳐올 때마다 나는 피곤과 권태에 지쳐서 허수룩한 술집이나 기웃거렸다. 거기서 나눈 우정이며 현대의 정서며 그런것들이 후일의 나의 노우트에 담겨져 詩가 되었다고 한다면 나의 시는 너무나 불우한 메타포의 단편들에 불과하다. 우리에게 있어서 정말 그리운 건 평화이고 온 세계의 하늘과 항구마다 平和의 나팔소리가 빛나올 날을 가슴졸이며 기다리는 우리들의

이처럼 "곧은 소리"를 내며 떨어지는 "폭포瀑布"는 반복과 변주를 통해 "고매高邁한 정신精神"이라는 시정신을 강화하고 있다. 4연의 1행 "곧은 소리는 소리이다"는 서술어가 주어에 포함되어 있다는 점에서 동어반복이지만, 시에서 다양한 기능을 수행한다는 점을 볼 때 간과할 수 없는 중요성을 지닌다. 4연 1행의 존재는 이를 예증한다. "폭포瀑布는 곧은 소리를 내며 떨어진다"에서 곧바로 "곧은 소리는 곧은 / 소리를 부른다"로 이어진다면, 우리는 이내 형태적·리듬적으로 급격한 단절을 느끼게 될 것이다. 다시 말해, 이 시가 산출하는 "층위적 리듬"[42]이 깨진다고 할 수도 있겠다. 4연 2행 "곧은"과 3행 "소리"가 분행[43]된 것도 이러한 효과에 대한 고려 때문으로 볼 수 있다. 이러한 변주는 최종적으로 "소리를 부른다"를 부각시키는데, 이는 의미의 초점이 폭포의 폭과 규모에서 호명하는 소리로 이동되었음을 암시한다.

시적 리듬의 변조가 의미의 생성과 긴밀히 연동되어 있음을 보여주는 또 다른 예가 5연의 마지막 행 "떨어진다"가 독립 시행으로 분절되었다는 사실이다. 이는 두 가지 의도에서 비롯된 것으로 추측된다. 먼저, 도상적 차원에서 시행의 배열을 하강하는 이미지로 형상화하기 위한 것으로 볼 수 있다. 5연은 2연과 구조적으로 동일하지만, 시행 배열에 있어서는 상이하다. 5연은 시행의 길이가 층위적으로 감소하는데, 이는 "폭포瀑布"가 떨어지는 형상을 시각적으로 표현한 것으로 볼 수 있다. 리듬의 속도 차원에서 본다면, 이러한 층위적 리듬은 템포 tempo, 곧 율독의 속도와 긴밀히 연결된다. 시행 길이의 단축은 감소되는 양에 비례하여 율독의 시간에 변화를 준다. 이는 율독의 속도를 일정하게 지속하려

오늘과 내일을 위하여 詩는 과연 얼마만한 믿음과 힘을 돋구어 줄 것인가." 김수영, 「시작 노우트 1」, 『김수영 전집 2 - 산문』, 286쪽.

42 이승규, 앞의 책, 334쪽.
43 김수영 시의 시행 엇붙임의 양상과 효과에 대해서는 황정산, 「김수영 시의 리듬」, 『김수영』, 새미, 2003(2015), 275~294쪽 참조.

는 경향 때문에 생기는 현상이다. 따라서 1~3연의 점증하는 시행을 율독할 때와 4~5연의 감소하는 시행을 율독할 때 템포는 달라지게 된다. 전자의 템포가 증가하는 반면, 후자의 템포는 감소하게 되는 것이다. 3연과 4연에서 시행의 길이가 점진적으로 감소되는 것은, 템포의 급격한 변조를 막고 율독을 부드럽게 이어가기 위함으로 볼 수 있다. 이로써 의미의 초점은 가장 천천히 발화하는 마지막 행 "소리를 부른다"에 놓일 수 있게 되었다. 5연의 마지막 행 "떨어진다"가 분행도 같은 맥락으로 설명될 수 있을 것이다.[44]

4. 의미와 리듬의 관계

지금까지 우리는 김수영의 시편들에서 시행이 반복·변주되는 양상을 중점적으로 살펴보았다. 김수영 시에서 리듬의 문제는 주변부의 문제로 치부되어온 경향이 있다. 1960년 이전의 시편들에 나타난 반복과 차이의 양상에 대한 무관심은 여기에서 비롯하는 것으로 볼 수 있다. 이 장에서는 4·19혁명 이전의 시편들에서 반복과 변주의 실제적인 양상들을 비교적 세밀히 고찰함으로써, 반복과 차이가 어떻게 의미론적·구문론적 층위와 긴밀히 연동되어 있는지를 확인하였다. 먼저, 반복과 차이의 매개 지점으로서 문장에 대한 김수영의 생각을 고찰하였고, 반복의 양상에 따라 동일 구문의 반복과 비동일적 반복으로 나누어 각각의 양상들을 살펴보았다. 동일 구문의 반복의 경우에는 2회 연속 반복과 수미상관의 반복이 어떻게 새로운 의미의 파생을 야기하는지를 분석하였으며,

---

44 김수영 시의 리듬에서 '템포'의 문제는 매우 중요하다. '속도'에 대한 그의 인식, 그리고 시의 내용에 따른 '템포'의 변화 추이는 '현대성'을 이해하는 주요 지점 가운데 하나이기 때문이다. 다만, 지면의 한계상, 이에 대한 본격적인 논의는 추후의 과제로 남겨 둔다.

비동일적 반복의 경우에는 특정 어휘의 대체에 의한 반복과 수식어구의 증식에 의한 반복으로 대별하여 그 구체적 양상들을 분석하였다. 이런 맥락에서 이 시기의 대표작인 「눈」과 「폭포瀑布」의 반복과 차이의 양상들을 살펴보았다. 그 결과 우리는 김수영이 시적 리듬에 대해 분명히 인식하고 있었을 뿐만 아니라, 시행의 반복과 변주를 통해 시정신을 강화하는 데 많은 노력을 기울였음을 확인할 수 있었다.

이러한 규명에도 불구하고, 김수영 시에서 반복과 차이가 생성하는 리듬에 대해 전체적으로 조망하기 위해서는 추가적으로 해명되어야 할 것들이 있다. 무엇보다도 4·19혁명 시기를 거치면서 그의 시적 발화가 어떻게 변이되는지에 대한 추가 연구가 필수적이다. 자유와 새로움을 추구하는 그의 시정신은 시적 사유와 시적 발화를 부단히 갱신한다. 이는 시적 리듬의 중요한 지표 가운데 하나인 발화의 속도, 곧 템포tempo의 변화와 갱신을 자세히 살펴볼 필요성을 제기한다. 여러 논자들이 간파한 것처럼, 김수영 시에서 '속도'는 현대성을 이해하는 중심 지점 가운데 하나이기 때문이다. 이와 더불어 앙장브망enjambment의 문제, 곧 시적 리듬의 주요 지점인 억양의 변주에 대한 논의도 후속 연구에서 추가될 필요가 있다. 이러한 후속 작업들은 "자본주의적 생산 사이클의 기계적 반복이 어떻게 우리의 생체적 리듬 속에 강요되는지에 대한 분석"[45]을 위한 토대를 제공할 것이다.

---

45 앙리 르페브르, 앞의 책, 45쪽.

제4장

김춘수 시의 리듬

1. 무의미시와 리듬

정치적 성향 및 양심[1]에 대한 논란에도 불구하고, 김춘수金春洙, 1922~2004가 한국 현대시 발전에 적지 않은 영향을 끼쳤다는 것은 재론의 여지가 없어 보인다. 김현은 그를 "서정주, 김수영과 함께 해방 이후의 시에 가장 강력한 영향을 미친 시인"[2]으로 규정하고, "존재의 시나 내면 탐구의 시"[3]에 상당한 영향을 끼쳤음을 명시적으로 표명한 바 있다. 그의 시의 중핵이 존재론적 탐구에 있음을 명확히 한 것이다. 김춘수에 대한 기존의 연구[4]도 대개 이러한 맥락에서 진행되어 왔는데, "김춘수 시 연구에 관한 논의는 모두 직간접적으로 '무의미시', '처용', '존재론'에 관련되어 있다"[5]는 진술은 이를 잘 요약한다. 그러나 '무의미시'와 '존재론'에로의 집중과 경사는, 역설적으로 김춘수 시와 시론 전체를 조망하는

---

1 정한아, 「빵과 차-무의미 이후 김춘수의 문학과 정치」, 연세대 박사논문, 2016; 김유중, 「김춘수의 실존과 양심」, 『한국시학연구』 30호, 2011.
2 김윤식·김현, 『한국문학사』, 민음사, 1973(1996), 443쪽.
3 위의 책, 443쪽.
4 김춘수의 시와 시론에 대한 기존의 연구는 다음을 참조할 것. 오형엽, 「김춘수 시의 구조화 원리 고찰」, 『비평문학』 41호, 2011.9, 213쪽; 최석화, 「김춘수 시 연구」, 중앙대 박사논문, 2013, 10~15쪽.
5 이강하, 「김춘수 시 연구의 현황과 전망」, 『국어문학』 46호, 2009, 185쪽.

데 방해 요인이 되어 왔음도 간과할 수 없어 보인다. 그의 시와 시론에서 리듬이 주변부의 문제로 치부되어 온 사정도 이와 무관치 않은데, 김춘수 시의 리듬에 대한 연구가 미진한 것은 이러한 현상의 결과라고 할 수 있겠다.

그러나 김춘수의 시와 시론에서 리듬은 매우 중요한 위치를 점하고 있다. 이론적 층위에서뿐만 아니라 시작詩作의 층위에서도 리듬은 시의 형태와 장르를 규정하는 중핵으로 간주되고 있으며, 이미지 및 의미와 함께 시의 본질을 결정하는 핵심적 요소로 기능하고 있다. "리듬까지를 지워 버릴 수는 없다"[6]와 "이미지는 리듬의 음영에 지나지 않는다"[7]는 그의 단언은 이를 명시적으로 보여준다. "김춘수는 자신이 정의한 '리듬'과 '이미지'의 개념에 따라 시를 창작하고 이 두 요소를 극단적인 상황으로 몰고 가는 시적 실험을 하였다"[8]는 진술도 이와 동궤를 이룬다고 하겠다. 요컨대, 김춘수의 시작의 편력에서 리듬의 문제는 시 창작 방법론의 핵심적 문제로 작동해 왔다. 초기의 관념적 경향에서 출발해 서술적 이미지에 집중하여 무의미시의 창작에 몰두했던 시기, 그리고 다시 무의미시에서 후기 산문시의 창작에 이르는 시기까지, 리듬은 시적 전회의 고비마다 창작 방법론의 상수常數와 같은 기능을 담당해 온 것이다.[9]

따라서 김춘수 시의 리듬 분석은 그의 시작의 전시기를 포괄할 때, 그리고 시론에서의 리듬에 대한 사유와 연계될 때 비로소 온전히 조망될 수 있다. 이 글은 바로 이러한 작업의 일환이라는 위상을 지니지만, 지면의 한계 때문에 일단 특정 시기, 곧 무의미시가 본격적으로 창작되기 이전의 시기[10]에 집중할 수밖에 없다. 시집으로 말하자면, 『타령조打令調 · 기타其他』문화출판사, 1969가 간행되기

6　김춘수, 『김춘수 전집 2 시론』, 문장, 1982, 395쪽.
7　위의 책, 398쪽.
8　최석화, 「김춘수 시 연구」, 중앙대 박사논문, 2013, 7쪽.
9　장철환, 「김춘수 시론에서의 리듬 의식 연구」, 『우리어문연구』 55호, 2016.
10　김춘수 시의 시기 구분을 둘러싼 논의에 대해서는 다음을 참조할 것. 이강하, 「김춘수 무의미시의 정체성 재규정」, 『인문사회과학연구』 16권 4호, 2015, 91~95쪽.

직전인 1960년대 상반기 무렵, 곧 타령조 연작에 몰두하던 시기이다. 시집의 후기에서는 이 시기를 "또 한 번의 실험기實驗期"로 규정하고, "장타령場打令이 가진 넋두리와 리듬을 현대現代 한국韓國의 현상황現狀況에서 재생再生"[11]시키려 했다고 그 의도를 직접적으로 표명한 바 있다. '장타령'이라는 전통적 장르를 현대시 창작에 적극적으로 도입하려는 기획은 성공 여부를 떠나 매우 중요한 의의를 지닌다. 그건 바로 그의 시가 부단한 시적 모색의 귀결이며, 특히 시의 근본 요소인 "리듬과 이미지에 대한 치밀한 탐색"[12]을 통한 갱신의 시도였다는 사실이다. 따라서 이 장에서는 '무의미시'에 비해 상대적으로 덜 분석되었던 초기 시의 리듬의 실제적 양상을 중점적으로 분석할 것이다. 이를 통해 그가 도달하려고 했던 전통적 리듬의 현대적 변용의 실제가 무엇이었는지를 규명하고자 하며, 현대시에서 리듬과 이미지가 어떻게 길항하는지를 조망하는 데에도 일조할 수 있기를 기대해 본다.

2. 리듬 분석의 지표와 반복

김춘수 시의 리듬을 본격적으로 분석하기 전에 해결해야 하는 것은 '어떻게 시적 리듬을 분석할 것인가'의 문제이다. 시적 리듬의 분석 지표를 설정하는 일이 선결될 필요가 있는 것이다. 현대시에는 '작시법'과 같은 규범이나 규칙이 존재하지 않는다. 다시 말해, 각각의 시편들에는 리듬을 산출하는 고유의 요소들이 내재하고, 그 결과 시대와 장소 및 시인에 따라 다양한 양태의 시적 리듬이 존재하게 되는 것이다. 그렇다면 김춘수 시에는 리듬을 구현하는 핵심적 자

---

11 김춘수, 『김춘수 전집 1 시』, 문장, 1982, 209쪽.
12 최석화, 앞의 책, 4쪽.

질과 지표는 무엇인가?

　먼저, 그의 시에는 음수율이나 음보율과 같은 전통적인 율격meter의 규칙적 리듬이 거의 존재하지 않는다는 사실부터 확인할 필요가 있다. 예외적이지만, 해방 후에 출간된 『늪』문예사, 1950의 「네가 가던 그날은」에서는 7·5조의 음수율이 발견된다. 매우 특수한 경우이므로 확인이 필요하다.

　　　네가 가던 그날은
　　　나의 가슴이
　　　가녀린 풀잎처럼 셀레이었다

　　　하늘은 그린 듯이 더욱 푸르고
　　　네가 가던 그날은
　　　가을이 가지 끝에 울고 있었다

　　　구름이 졸고 있는
　　　산마루에
　　　단풍잎 발갛게 타며 있었다

　　　네가 가던 그날은
　　　나의 가슴이
　　　부질없는 눈물에
　　　젖어 있었다

　　　　　　　　　　　　　　　　—「네가 가던 그날은」(62쪽)[13] 전문

13　김춘수,『김춘수 전집 1 시』, 문장, 1982, 62쪽. 이하에서는 별도의 출처 표기 없이 책의 쪽수만

총 4연 13행으로 되어 있는 이 시는 7·5조의 연속과 변형으로 축조되어 있다. 우선, 1연과 4연은 모두 두 개의 전형적인 7·5조로 되어 있다. 다만, 1연이 7/5/7+5의 형태를 띠는 반면, 4연은 7/5/7/5의 형태를 띤다는 차이를 보이고 있다. 이에 비해, 2연과 3연은 기본적 형태의 변형으로 되어 있다. 7+5/7/7+5에서 보듯 2연은 기본형에서 확장된 형태를 띠지만, 3연은 글자가 한 자씩 감소한 7/4/6+5의 형태를 띠고 있다. 이렇게 그는 7·5조의 기본형과 함께 다양한 변이형을 시험하고 있는 것이다. 극히 일부이지만 초기 시집에서 7·5조와 같은 율격이 나타난다는 사실은, 김소월식의 "전통적傳統的 정형률定型律"[14]의 다양한 변이 효과를 인식하면서 시작의 방법으로 차용하고 있음을 보여준다. 특히 내용과 형식의 관계에서 리듬의 역할에 대해 분명히 인식하고 있었던 것으로 보인다. "소월素月의 시형태詩形態는 시詩의 내용과 불가분리의 관계에 있다. 정서情緖의 한국적韓國的 원형原型을 보여 준 그는 시형태詩形態의 한국적韓國的 원형原型을 또한 보여 주었다"[15]는 이를 명시적으로 보여준다. 더욱 흥미로운 것은 7·5조라는 전통적 정형률의 변형에서 소위 자유율이라는 새로운 리듬이 출현하는 과정에 대한 인식이다. 김소월의 시 「가는길」의 7·5조 분행分行에 대한 논평은 이를 암시적으로 드러낸다.

일종의 정형시이긴 한데 그 7·5의 음수를 적절히 행 구분하여 미묘한 분위기를 자아내고 있는 점, 자유시의 호흡呼吸을 잘 섭취하고 있다고 할 것이다. 김씨가 자기대로 생각하고 있었던 시 그것이 이러한 형태를 만들어 간 것이다. 형태가 먼저 있어 가지고 그에 맞추어 된 시가 아님을 알 수 있지 않은가?[16]

을 괄호 속에 명기함.

14 김춘수, 『김춘수 전집 2 시론』, 문장, 1982, 103쪽.

15 위의 책, 103쪽.

16 위의 책, 129쪽.

그는 김소월의 7·5조 변형과 시행의 운용에 대해 "미묘한 분위기를 자아내고 있"다고 말한 뒤, 그것을 "자유시의 呼吸"으로 간주하고 있다. 이것은 김춘수의 시적 리듬의 전개 과정에서 상당한 의의를 지닌다. 그가 이미 초기의 시작에서부터 전통적 율격을 탈각하면서 자유시의 리듬으로 나아가고 있음을 보여주기 때문이다. 그렇다면 음수율을 탈각한 그의 "자유시의 呼吸"은 어떤 방향으로 개진되는가? 이에 대해서는 서우석의 언명이 좋은 참조가 된다.

> 김춘수의 시를 읽으며 느끼는 것은 리듬의 어떤 전형을 찾을 수 없다는 것이다. 그는 자신의 시에서 어떤 리듬적인 모형을 만들고 싶어하지 않는 듯이 보인다. 그것은 그의 시가 주지주의적인 경향을 지니고 그의 시가 우리에게 주는 이미지가 철학적 해명에 관련되는 것이기 때문이기도 하다. 그의 시에는 박자의 억양이나 행의 말미에 있어서 변화가 나타나지 않는다. 그래서 그의 리듬은 사변적이고 사색적인 것이라고 할 수 있다. 그것은 관념들이 서로 연관될 때 얻어지는 일종의 사고의 속도와 관련된 것이기 때문이다. 이러한 속도가 그의 시에 나타나는 방법은 동어 반복이다.[17]

서우석은 김춘수의 시에서 "어떤 전형" 또는 "어떤 리듬적인 모형"이 발견되지 않는다는 사실에 주목하고, 이를 그의 "주지주의적 경향"에서 비롯한다고 설명하고 있다. 그리고 그 근거를 "박자의 억양이나 행의 말미에 있어서 변화"가 없다는 사실에서 찾고 있다. 여기서 "행의 말미에 있어서 변화"는 각운脚韻을 의미하는 것이 분명하다. 이에 비해, "박자의 억양"은 다소 불분명하지만, 후행하는 부분에서 '박자'를 시행詩行, line의 분할 마디로 사용하고 있는 점[18]을 고려할

---

17 서우석, 『시와 리듬』, 문학과지성사, 2011, 128쪽.
18 위의 책, 129쪽. "이 속도를 돕기 위해 그는 세 박자 또는 두 박자로 진행된 행 다음에 몇 음절 안 되는 한 박자의 행을 끼워 넣는 수법을 즐겨 쓰고 있다."

때, 그것은 시행에서의 "박자 수에 의한 어떤 운율적 질서"[19]를 통칭하는 것으로 볼 수 있다. 물론 그것이 성기옥의 음보율을 지시하는지 아니면 조창환이 소개한 'colon'[20] 개념을 지시하는지는 불분명하다. 여기서 핵심은, 정형적 리듬의 지표로는 김춘수 시의 "사변적이고 사색적인" 성격의 리듬을 제대로 포착할 수 없다는 데에 있다. 우리가 주목해야 할 것은 "동어 반복"이 "사고의 속도"를 표현하는 주요 방법이라는 언급이다. "동어 반복"이 구체적으로 무엇을 의미하는지는 「분수噴水」와 「나목裸木과 시詩, 서시序詩」의 리듬 분석에서 확인할 수 있다.

두 개의 문장은 그 구문적 구조로 보아 어느 정도 시퀀스를 이루고 있다. 〈시詩일까〉 하는 어미를 선택한 것은 단언적 정의를 내리기를 피하기 위함이고 모든 어미를 비종지적 어미 즉 여운이 있는 어미로 만들고 싶었기 때문일 것이다. 이 시는 산문과 운문의 경계를 이루는 지점에 있다고 할 것이다. 여러 가지 상응 관계가 있기는 하지만 만일 〈시詩일까〉의 일치가 없다면 그것이 운문이라고 말하기 어려워질 것이다. 다음에 인용한 「나목裸木과 시詩」 역시 앞서의 시와 비슷한 구조를 가지고 있다.[21]

인용문에서 주목할 것은 "구문적 구조"의 유사성이다. 서우석은 김춘수의 시 「噴水」, 「裸木과 詩, 序詩」 그리고 「裸木과 詩」를 분석하면서, 이들 시편들이 모두 "비슷한 구조"를 이루고 있다는 것과 이러한 "구문적 구조"의 유사성이 김춘수의 시를 온전히 운문으로 만든다고 말하고 있다. 우리가 "동일한 문장이나 그 형식의 반복. 즉, 서술문·명령문·의문문·청유문·감탄문 등의 문장 형식을 반복함으로써 리듬을 창조하는 것"[22]임을 인정한다면, 문장의 종결 유형과 그

---

19 위의 책, 130쪽.
20 조창환은 음보(foot) 대신에 J. Lotz의 '긴밀하게 결합된 접착적인 단어군'으로서의 'colon' 개념을 사용하자고 제안한 바 있다. 조창환, 『한국 현대시의 운율론적 연구』, 일지사, 1986, 44쪽.
21 서우석, 앞의 책, 136쪽.

에 따른 종결어미의 반복과 유사성이 김춘수 시의 리듬의 핵심 지표라는 사실을 수용할 수 있을 것이다. 이러한 사실은 우리에게 본고의 리듬 분석이 나아가야 할 방향을 암시한다. 그것은 '등시성isochronism'에 기반한 "통사체의 발화 속도 패턴"[23]의 유사성보다는 서우석이 말한 "동어 반복"이다. 보다 엄밀히 말하면, 구문적 층위에서의 동일 어구의 반복, 그리고 구문적 유사성에 기반한 유사 어구의 반복과 변이가 그것이다. 이를 특정하기 위해 '동어 반복'이라는 용어보다는 '구조적 리듬'[24]이라는 용어를 사용하고자 한다. 이로써 우리는 김춘수 시에서의 리듬의 주요 지표이자 현재의 연구의 출발점을 획득한 셈이다. 이제 그 실제적인 양상을 구체적으로 살펴보자.

3. 구름과 장미薔薇와 『늪』에서의 동어 반복의 양상

우리는 앞서 김춘수 시의 구조적 리듬의 양상을 크게 두 가지로 구분한 바 있다. 하나는 연聯, stanza 또는 시절詩節 단위에서의 동일 구문의 반복이고, 다른 하나는 유사 구문의 반복과 변조이다. 그의 시는 타령조 연작에 이를 때까지 대체로 전자에서 후자로의 경사를 보여준다. 예컨대, 제1시집 『구름과 薔薇』행문사, 1948는 동일 구문의 반복이 주를 이루고 있다.

　　山은 모른다고 한다.

22　오규원, 『현대시 작법』, 문학과지성사, 1990(2006), 402쪽.
23　윤지영, 「자유시의 리듬에 대한 시론」, 『현대문학이론연구』 40호, 2010, 112쪽.
24　볼프강 카이저는 리듬의 유형을 네 가지(유동적 율동, 충일적 리듬, 구조적 리듬, 무용적 리듬)로 구분하는데, 이 중 '구조적 리듬'은 연(聯, stanza) 혹은 시절(詩節)이 조성하는 리듬 유형으로 비교적 통일적이고 규칙적인 구조를 지닌다고 한다. 이에 대해서는 볼프강 카이저, 김윤섭 역, 『언어예술작품론』, 대방출판사, 1982, 404쪽을 참조할 것.

물은

모른다 모른다고 한다.

속잎 파릇파릇 돋아나는 날

모른다고 한다.

내가 기다리고 있는 것을

내가 이처럼 너를 기다리고 있는 것을

山은 모른다고 한다.

물은

모른다 모른다고 한다.

―「모른다고 한다」(39쪽) 전문

시에서 보듯, 1연과 3연은 완전히 동일한 문장의 반복으로 되어 있다. 이러한 연 단위의 반복은 아무도 이해하지 못하는 나의 마음, 곧 "너를 기다리고 있는 것"의 의미를 강화하기 위한 장치로 볼 수 있다. 그러나 역설적이게도 이러한 답답한 심정은 연 단위의 반복이 야기하는 구조적 안정감과 대조된다. 이는 그의 초기 시가 내면의 고뇌의 표현에 있어서도 감정의 격정적 토로로 나타나지 않는 이유를 설명한다. 『구름과 薔薇』에는 이런 식의 동일 어구의 반복이 빈번하게 나타나는데, 「少年」, 「언덕에서」, 「瓊이에게」, 「밤이면」, 「날씨스의 노래」는 대표적인 경우이다.

희맑은 / 희맑은 하늘이었다

―「소년(少年)」(32쪽)

(한송이는 바다로 흐르고

한송이는 바다로 흘러가고)   -「언덕에서」(37쪽)

풀덤불 속으로

노란 꽃송이가 갸우뚱 내다보고 있었다.   -「경(瓊)이에게」(38쪽)

불이 켜인다 / 밤이면 집집마다

불이 켜인다   -「밤이면」(44쪽)

(아름다왔노라 / 아름다왔노라)고,   -「날씨스의 노래」(45쪽)

　이들의 특징은 모두 독립된 연聯 또는 시절詩節 단위에서 동일 어구가 반복된다
는 점이다. 문장의 길이와 무관하게, 하나의 독립된 연이 몇 개의 시행으로 분절
되어 반복되고 있는 것이다. 내용적으로 본다면, 이러한 반복은 단일한 풍경과
정서를 직설적으로 표백하는 경우가 다수이다. 여기에 시행 내부에서 동일 어
구가 반복되는 경우를 추가할 수 있다. 이런 작은 단위의 반복은 구문적 반복보
다 훨씬 더 빈번하다.[25] 이러한 예들은 그의 초기 시가 주로 동일 어구의 반복에
의해 리듬을 형성하고 있음을 명시적으로 보여준다.[26] 『구름과 薔薇』에 수록된

---

[25] 대표적인 예는 다음과 같다. "임은 / 구름과 薔薇되어 오는 것"(「구름과 薔薇」, 29쪽), "바다!"(「女
子」, 31쪽), "뉘가 울간을 울리고 있다"(「黃昏」, 43쪽), "불이 켜인다"(「밤이면」, 44쪽), "불꽃"
"불 속으로" "멜로디" "어드메서"(「革命」, 46쪽), "아무 것도 아니고 아무 것도 아니라는데"(「西風
賦」, 48쪽), "이것이 무엇인가?" "눈시울에 눈시울에" "실낱 같은 것"(「눈물」, 49쪽), "이리로 오너
라"(「숲에서」, 52쪽), "스스로 울며"(「東海」, 54쪽), "벌 끝에 횃불 날리며, 원하는 소리 소리"(「밤
안祭」, 55쪽).

[26] 이것은 초기 시편들에서만 이러한 반복이 나타난다는 뜻은 아니다. 이후의 시편들에서도 이러
한 동일 어구의 반복이 출현하지만, 그 비중이나 경향을 볼 때, 이러한 반복은 주로 초기 시편들
에서 두드러지게 나타난다고 할 수 있겠다. 「많은 앵초」의 경우, "하나는 늙고 / 하나는 절룩이며
가고 있더라"의 반복이 나타난다. 「눈에 대하여」의 경우, "눈은 희다고만 할 수는 없다 / 눈은 /
우모처럼 가벼운 것도 아니다"가 첫 세 행과 마지막 세 행에서 반복하고, "우리들의 말초신경에
바래고 바래져서 / 눈은 / 오히려 병적으로 희다"는 2회 연속 반복한다. "어느 봄 날 / 강화백의
파이브에서"(「강화백의 파이프」)의 반복과, "젖은 모발은 가고 / 누가 신나게 신나게 시들고 있
다."(「소리 위에」)의 반복도 확인할 수 있다. 「처용단장 1-4」에서는 "눈보다도 먼저 / 겨울에 비
가 오고 있었다 / 바다는 가라앉고"가 반복하는데, 이러한 반복은 「처용단장」 여러 곳에서 나타
나고 있다. 「죽도에서」의 경우, "날이 새면 너에게로 가리라. / 시인이 되어 나귀를 타고 / 너에
게로 가리라"는 시행의 순서가 바뀐 채 재배열되고 있기도 하다.

28편 가운데, 거의 대부분에서 이런 반복이 보인다는 것은 이를 예증한다.

동일 구문 또는 어구의 반복이 주를 이루기 때문에, 『구름과 薔薇』에서는 유사 어구의 특정 부분이 생략 또는 변형되는 경우는 매우 드물다.[27] 그러나 제2시집 『늪』(문예사, 1950)에 오면 이런 유형의 리듬이 여러 곳에서 눈에 띈다. 대표적으로 「하늘」, 「네가 가던 그날을」, 「嶺에서」, 「가을 저녁의 詩」, 「갈대 섰는 風景」, 「비탈」 등을 예로 들 수 있다. 이 중에서 「갈대 섰는 風景」을 보자.

이 한밤에

푸른 달빛을 이고

어찌하여 저 들판이

저리도 울고 있는가(①)

낮동안 그렇게도 쏘대던 바람이

어찌하여

저 들판에 와서는

또 저렇게도 슬피 우는가(②)

알 수 없는 일이다(③)

바다보다 고요하던 저 들판이

어찌하여 이 한밤에

서러운 짐승처럼 울고 있는가(④)

— 「갈대 섰는 風景」(71쪽) 전문(강조 및 숫자는 인용자─이하 동일)

---

27 「歸蜀道 노래」(40쪽)의 2연과 4연을 보라. 비교적 단순하지만, 이러한 구문적 변형조차도 『구름과 薔薇』에서는 쉽게 발견되지 않는다.

위의 시는 구조적으로 안정되어 있다. 형태적으로 세 개의 연 모두 4행으로 되어 있다는 점이 구조적 안정감을 유발한다. 이와 더불어 각 연의 핵심 구문이 모두 '어찌하여 ~는가'로 되어 있다는 점도 이러한 안정감을 유발하는 데 일조하고 있다. 여기서 주목할 것은 문장에서의 변이 지점, 곧 동일 구조에서 차이가 발행하는 지점들이다. 이러한 변이의 지점들이 김춘수 초기 시의 리듬을 다양화하는 분기점이 되기 때문이다.

시에서 보듯, 1연의 "어찌하여 저 들판이 / 저리도 울고 있는가"는 2연에서는 "바람이 / 어찌하여 / 저 들판에 와서는 / 또 저렇게도 슬피 우는가"로 확장되고, 3연의 "저 들판이 / 어찌하여 이 한밤에 / 서러운 짐승처럼 울고 있는가"로 종결되고 있다. 여기서 우리는 몇 개의 변이의 지점들을 포착할 수 있다. 우선, 주어가 "들판이"에서 "바람이"로 바뀌었다가 다시 "들판이"로 바뀌는 것을 확인할 수 있는데, 이것이 부사어 "어찌하여"의 어순 변화와 중첩되고 있다. 1연의 부사어+주어 순서가, 2연과 3연에 이르면 주어+부사어의 순서로 바뀌는 것이다.

여기서 우리는 두 가지 주목할 만한 사항을 확인할 수 있다. 첫째, 유사 구문의 반복은 대체로 점증하는 양상을 띤다. 구문이 반복하면서 수식어구의 양이 점층적으로 증가하는 양상을 띠는 것이다. 「갈대 섰는 풍경風景」을 보면, 1연의 "저리도"는 2연에서 "저 들판에 와서는 / 또 저렇게도"로 확장하고, 3연에서는 "이 한밤에 / 서러운 짐승처럼"으로 수식어구가 증가됨을 보여주고 있다. 이런 양상은 시집의 다른 시편들에서도 공통적으로 발견된다. 「영嶺에서」는 "안개처럼 일다가 사라지는가"가 1연의 "골짜기 골짜기의 아름다운 꿈들은 / 사라지는가"와 4연의 "저 봄풀처럼 타다가 / 고스란히 간데없이 / 사라지는가"로 확산되는 양상을 보여주고 있다. 이러한 양상은 「가을 저녁의 시詩」, 「비탈」, 「늪」, 「오랑캐 꽃」에서도 동일하게 확인된다.[28]

---

28 「가을 저녁의 詩」의 경우, "누가 죽어 가나 보다"가 1연의 "누가 죽어 가는가 보다"와 2연의 "그

둘째, 이러한 시들 가운데 일부는 기승전결起承轉結이라는 4단 구조를 띤다. 즉, 전체 리듬의 내부가 '기본 → 확장 → 변이 → 종결'의 구조로 되어 있는 것이다. 「가을 저녁의 詩」의 각 연 마지막 행의 변주는 이를 예시한다. 즉, 기("누가 죽어 가는가 보다") → 승("그 누가 죽어 가는가 보다") → 전("가을의 저 슬픈 눈을 보아라") → 결("어디로 물같이 흘러가 버리는가 보다")로 되어 있다. 「갈대 섰는 풍경風景」에서는 ① 이 기에 해당하고, ②가 승, ③이 전, 그리고 ④가 결에 해당한다. 이러한 기승전결의 구조는 대체로 네 개의 연으로 구성된 시에서 주로 발견되는데, 「갈대 섰는 풍경風景」에서는 특이하게도 ③, 곧 "알 수 없는 일이다"가 세 번째 마디를 이루고 있다. 이 외에도 「네가 가던 그날은」과 「영嶺에서」도 부분적으로 이러한 기승전결의 4단 구조를 확인할 수 있다.

이처럼 김춘수의 초기 시집은 음수율적 정형률을 탈각하면서 자유시의 리듬을 실현한다. 그것도 주로 구문론적 층위에서의 리듬, 곧 동일 또는 유사 구문의 반복과 변주를 통해서 시적 리듬을 구현하고 있는 것이다. 수식어구의 증가에 의한 점층의 양상을 띠고 있다는 것과 이러한 점층적 반복의 중간에 내적 변이를 포함하고 있다는 특징도 부가할 수 있다.

4. 구조적 리듬의 확산과 중층화 과정

구조적 리듬은 『꽃의 소묘素描』백자사, 1959에 오면 한층 강화되어 복합적인 양

누가 죽어 가는가 보다"로 미세하지만 시행의 길이가 증가하는 양상을 보여준다. 「비탈」에서의 "네 심정을 알겠다"가 2연의 "네 그 심정을 알겠다"와 3연의 "네 심정을 나는 알겠다"로 점증하는 양상과 유사하다. 이외에도, 「늪」에서는 "슬픈 이야기가 하나 있다"가 "저마다 하나씩 / 슬픈 이야기가 있다"로 증가하며, 「오랑캐 꽃」에서는 "너는 서서 있고나"가 4연의 "나는 거기에 서서 있고나"로 수식어구가 증가하고 양상을 보여주고 있다.

상을 띤다. 이러한 변모는 『늪』 발간 이후 대략 10년이라는 시간적 경과가 영향을 끼친 것으로 볼 수 있다. 김춘수는 『늪』 이후 『꽃의 소묘素描』 발간 전까지 세 편의 시집을 간행하는데, 『기旗』 문예사, 1951, 『인인隣人』 문예사, 1953, 『제일시집第一詩集』 문예사, 1954이 그것이다. 이 중 『기旗』는, 「후기後記」에서 밝힌 바대로 일종의 "소묘素描"[29]이다. 이러한 형식은 그의 시작에 있어 중심 방법이라고 보기는 어렵기 때문에, 논외로 하더라도 큰 무리는 없을 듯하다. 『인인隣人』과 『제일시집第一詩集』은 이전 시편들의 선집이다. 여기에 추가된 시편들도 거의 없을뿐더러 추가된 시들조차 "이념理念이 앞서고 情緒가 뒤쳐져"[30] 있기에, 초기 시의 시적 리듬을 논구하는 데 있어 크게 언급할 사항이 없다. 그러나 존재와 언어에 대한 본격적 탐구가 드러나는 『꽃의 素描』 백자사, 1959는 다르다. 여기에는 구조적 리듬이 복합적인 양상을 띠고 나타나는데, 김춘수 시의 리듬의 대강을 이해하는 데 매우 중요한 정보를 제공한다.

> 눈을 희다고만 할 수는 없다.
>
> 눈은
>
> 羽毛처럼 가벼운 것도 아니다. (①-1)
>
> 눈은 보기보다는 무겁고,
>
> 우리들의 靈魂에 묻어 있는
>
> 어떤 사나이의 검은 손때처럼
>
> 눈은 검을 수도 있다.
>
> 눈은 검을 수도 있다. (②-1)

---

29 김춘수, 「後記」, 『김춘수 전집 1 시』, 102쪽. "나는 스스로도 벅찬 나의 呼吸을 素描했다. 素描는 勿論 나의 文學의 最良의 形式은 아니다. 지금의 나에게 알맞은 形式일 따름이다. 나는 앞으로도 이런 것을 더 쓸 게다. 내가 이 世上에서 무엇인가를 要求할 수 있는 동안은,"
30 김춘수, 「後記」, 『김춘수 전집 1 시』, 114쪽.

눈은 勿論 희다.

우리들의 末梢神經에 바래고 바래져서

눈은

오히려 病的으로 희다. (㉑)

우리들이 일곱 살 때 본

福童이의 눈과 壽男이의 눈과

三冬에도 익는 抒情의 果實들은

이제는 없다.

　이제는 없다. (②-2)

萬噸의 憂愁를 싣고

바다에는

軍艦이 한 雙 닻을 내리고 있다.

뭇 발에 밟히어 진탕이 될 때까지

눈을 희다고만 할 수는 없다.

눈은

羽毛처럼 가벼운 것노 아니다. (①-2)

— 「눈에 대(對)하여」 (123쪽) 전문

　이 시는 동일 구문의 반복이 뚜렷하게 나타나고 있다. 먼저, 수미상관. 1~3
행의 "눈을 희다고만 할 수는 없다. / 눈은 / 우모羽毛처럼 가벼운 것도 아니다"
가 시의 마지막 세 행에서 동일하게 반복되고 있다. 또한 시의 중간부에는 "눈
은 검을 수도 있다"와 "이제는 없다"가 2회 연속적으로 반복하고 있다. 이러한
반복 양상은 이 시가 내용적으로 크게 두 부분으로 나뉘는 것과 관계가 있다.

표면적으로 이 시는 "軍艦이 한 雙 닻을 내리고 있다"에서 연 구분이 되어 있지 만, 내용적으로 볼 때는 "오히려 病的으로 희다"에서 연을 구분할 수 있다. 이곳 (㉮)을 경계로 전반부는 "눈"이 우리의 상식과 배치되는 특징, 예컨대 무겁거나 검을 수 있음을 말하고, 후반부는 과거의 "눈"과 "바다"의 풍경에 대한 회상을 제시하여 있다. 이러한 이미지의 병치가 시의 동일어구의 반복이 조성하는 리 듬과 호응한다. 시의 처음과 끝의 반복(①-1, ①-2)은 마치 두 개의 눈처럼 분 할된 두 개의 이미지의 저장소처럼 기능하고, 각각에는 다시 한 번 더 동일 구 절(②-1, ②-2)이 반복됨으로써 이미지의 병치를 강화하는 것이다. 이때 반복 되는 구절은 눈동자처럼 두 개의 이미지의 중핵을 이루고 있다.

이런 반복은 시인의 의식적인 산물의 소산일 수밖에 없는데, 이러한 의도적 인 배치가 더욱 두드러진 것은 「六月에」이다. 우리는 여기서 점층적으로 변주 되는 구조적 리듬의 양상을 구체적으로 확인할 수 있다.

빈 꽃병에 꽃을 꽂으면(㉮)

밝아 오는 室內의 그 가장자리만큼

아내여,(①)

당신의 눈과 두 볼도 밝아 오는가,(ⓐ)

밝아 오는가,

壁인지 監獄의 창살인지 或은 죽음인지 그러한 어둠에 둘러 싸인

芍藥

薔薇

四季花

金盞花

그들 틈 사이에서 수줍게 웃음짓는 銀髮의 少女 마아가렛

을 빈 꽃병에 꽂으면(㉯)

밝아 오는 室內의 그 가장자리만큼

아내여,(②)

당신의 눈과 두 볼에

한동안 이는 것은

그것은 微風일까,(ⓑ)

阡의 나뭇잎이 일제히 물결치는

그것은 그러한 旋律일까,

理由없이 막아서는

어둠보다 딱한 것은 없다.

피는 血管에서 軌道를 잃고

사람들의 눈은 돌이 된다.

무엇을 警戒하는

사람들의 몸에서는 고슴도치의 바늘이 돋치는데,(㉰)

빈 꽃병에 꽃을 꽂으면

아내여,(③)

당신의 눈과 두 볼에는

하늘의 비늘 돋친 구름도 두어 송이

와서는 머무는가,(ⓒ)

—「육월(六月)에」(121쪽) 전문

이 시에서 가장 눈에 띄는 반복은 호격 "아내여,"의 3회 반복이다. 시의 처음
(①)과 중간(②)과 끝(③)에 세 차례 반복적으로 환기하면서 강렬한 여운을 조
성하고 있다. 여기서 주목할 것은 "아내여,"의 전후에 유사한 어구들이 변형되

면서 반복되고 있는 현상이다.[31] 첫 번째 "아내여,"의 전후에는 "빈 꽃병에 꽃을 꽂으면"과 "밝아 오는가"가 2회 반복한다. 그런데 이것이 ②에 이르면, ㉮의 "꽃"이 ㉯로 대폭 확장되고, 후반부도 "그것은 미풍微風일까,"(ⓑ)와 "그것은 그러한 선율旋律일까,"로 확장하면서 분기하고 있다. 이는 구조적 리듬이 점층적으로 확장되는 양상을 여실히 보여준다. 그리고 ③에서는 첫 번째의 "아내여,"와 유사한 구문으로 대체되지만, ㉰가 추가된다는 점과 ⓒ의 확장이 있는 점에서 차이를 보이고 있다. 이때 20~23행에 나타난 평서형의 문장은 전체 의문형의 유형과 비교할 때 특이한 변이 지점이라고 할 수 있다. 이러한 변이는 시 전체의 기승전결 구조에서 전轉에 해당하는데, 문장 종결의 변이가 시의 의미와 리듬의 변주와 상응한다는 사실을 알 수 있다. 즉 "아내여"라는 호명과 의문형의 종결 유형이 호응하고 있는 것이다. 호격은 아니지만 특정 부사가 의문형과 결합하여 시 전체를 지배하고 있는 시는 「분수噴水」가 대표적이다.

---

31 호명의 반복과 전후 어구의 변주는 매우 강력한 리듬적 효과를 산출한다. 이 시기 김춘수의 시에서는 이러한 결합이 반복적으로 사용되고 있는데, 「雨季」의 "少女여"와 "뉴우케아여"가 "비가 내린다"의 점층적 확산과 결합하는 양상, 그리고 「부다페스트에서의 少女의 죽음」의 "부다페스트의 少女여"가 "흐를 것인가"와 호응하는 양상 등은 대표적인 예이다. 이밖에도 "아가야"(「그 이야기를……」)의 2회 반복, "열린 窓이여"(「昆蟲의 눈」)의 2회 반복, "돌이여"(「돌」)의 3회 반복, 그리고 「꽃의 素描」의 "꽃이여"의 3회 반복과 「歸鄕」의 "산토끼야, 산토끼야"의 반복 등도 흥미롭다. 이것이 흥미로운 것은 두 가지 이유 때문이다. 먼저, 『꽃의 素描』(1959) 이전의 시에서는 이러한 형태의 반복이 거의 눈에 띄지 않는다. 「밤의 詩」의 "밤이여"의 2회 반복을 제외한다면, 『구름과 薔薇』와 『늪』에서는 이런 방식의 호명이 반복되는 것은 거의 없다. 반대로 명사의 영탄적 반복이 주를 이룬다. 예를 들어, 「女子」에서 "바다!"의 2회 반복, 「蛇」에서 "배암!"의 2회 반복, 「薔薇의 行方」의 "바다!", 「北風」의 "마음!", 「山嶽」의 "이 모습!", 「旗」의 "立像!" 등이 현저하다. 이처럼 누군가를 호명하는 행위는 『꽃의 素描』(1959) 이전에는 거의 나타나지 않는다. 이것은 대상과의 거리에 대한 어떤 변화를 암시하고 있다. 두 번째, 이러한 호명은 『打令調·其他』에서도 동일하게 반복적으로 나타난다. 여기에는 이미지와 리듬에 대한 변화된 인식과 함께, 시적 주체가 호명을 통해 대상과의 거리를 좁히려는 의지가 내재한 것으로 볼 수 있다. 이에 대한 구체적 논의는 별도의 지면을 기약할 수밖에 없을 듯하다.

1

발돋움하는 발돋움하는 너의 姿勢는

왜 이렇게

두 쪽으로 갈라져서 떨어져야 하는가,

그리움으로 하여

왜 너는 이렇게

산산이 부서져서 흩어져야 하는가,

2

모든 것을 바치고도

왜 나중에는

이 찢어지는 아픔만을

가져야 하는가,

네가 네 스스로에 보내는

離別의

이 안타까운 눈짓만을 가져야 하는가,

3

왜 너는

다른 것이 되어서는 안 되는가,

떨어져서 부서진 무수한 네가

왜 이런

선연한 무지개로

다시 솟아야만 하는가,

— 「噴水」(146쪽) 전문

   널리 알려진 대로, 이 시는 지상적 존재의 상승에 대한 의지와 좌절이라는 존재론적 성찰을 내용으로 하고 있다. "지상적 존재의 자기부정과 자기초월의 욕망"[32]이 잘 드러난다는 점에서 「꽃」[33]과 함께 이 시기를 대표하는 작품으로 인정받고 있다. 그리고 여기에는 시적 주체의 존재 탐구에 대한 강한 열망이 내재해 있는데, 이러한 열망은 의문형의 구문적 반복으로 표현된다.

   총 6연 19행으로 되어 있는 「분수噴水」는 각 연이 모두 하나의 의문형 문장으로 되어 있다. 4연을 제외하면 나머지 연들은 모두 "왜"라는 의문 부사를 포함하는 의문형의 문장 형식을 취하고 있는 것이다. 이러한 단일한 구문론적 형식은 우리들에게 "종결어미에 대한 관심과 그 어미의 통일성에 의해 성취되는 형식감"[34]을 부여한다. 흥미로운 것은 죽음에 대한 의식을 본격적으로 드러낸 「죽음」과는 달리, 「분수噴水」에서는 구문적 반복이 점층적인 양상을 취하지 않는다는 점이다. 예컨대, 「죽음」에서는 "죽음은 갈 것이다"가 3연의 "죽음은 다시 / 돌아올 것이다"와 4연의 "죽음은 / 네 속에서 다시 / 숨쉬며 자라갈 것이다"로 점층적으로 확장되는데 비해, 이 시에서는 질문과 회의만이 특별한 순서 없이 병렬적으로 제시되고 있는 것이다.[35] 이것은 「분수噴水」의 존재론적 질문이 아

---

32 손병희, 「김춘수의 시와 존재의 슬픔」, 『국어교육연구』 50집, 2012.2, 537쪽.

33 "김춘수의 〈꽃〉은 생명의 극치요 절정을 뜻하고 있으며 아울러 〈나〉를 더욱더 存在論的 고뇌와 불안에 떨게 만드는 그런 至美至純의 세계를 형상화한 것으로 결론지을 수 있다." 조남현, 「김춘수의 「꽃」 ─ 사물과 존재론」, 『한국현대시 작품론』, 문장, 1996, 348쪽.

34 서우석, 앞의 책, 135쪽.

35 시 「壁이」의 1~2행도 마찬가지다. "壁이 걸어온다. 늙은 홰나무가 걸어온다. / 머리가 없는 인형

직 해결되지 못한 상태를 암시적으로 보여주는 듯하다. 그만큼 존재 탐구에 대한 열망만이 강하게 표출되고 있다고 말할 수도 있겠다. 특히 마지막 연의 종결에서는 이러한 질문이 종료되지 않고 마치 분수처럼 "다시" 반복될 것이라는 것을 암시하는 것처럼 보인다.

여기서 우리는 구문적 반복이 생성하는 리듬적 효과와 함께, "왜"의 반복이 생성하는 두운의 효과와, '-가'의 반복이 생성하는 각운의 리듬적 효과를 주의해야 한다. 특히 '-가'와 같은 의문형 종결어미에 의해 형성되는 리듬감은 각별한데, 그의 시에서 리듬을 형성하는 주요 요인 가운데 하나이기 때문이다. 위의 시에서도 연의 마지막에 '-가'가 일정하게 반복되는 것은 단지 의문형 어미의 구문적 특성에서만 기인하는 것은 아니다. 시적 리듬의 반복적 효과에 대한 시인의 의식적이고 의도적인 고려가 있기 때문이다. 이를 보여주는 첫 번째 증거는 6연의 "네가"이다. 주격조사 '-가'는 마치 의문형 종결어미 '-가'처럼 시적 주체의 존재 탐구에 대한 강렬한 열망이 지속되고 있음을 암시한다. 두 번째 증거는 '-가'가 다른 음절의 음운과 일정한 간격으로 배치되고 있다는 점이다. 1연의 "姿勢는", 3연의 "나중에는", 4연의 "보내는", 그리고 5연의 "너는"이 그것이다. '-는'은 아니지만 '-ㄴ'으로 종결되는 6연의 "이런"과, 시행 중간에 삽입되이 있는 숱한 '-는'을 고려한다면, 이 시의 압운은 매우 특징적이라고 할 수 있다. 이는 「나목裸木과 시詩, 서장序章」에서도 분명히 인지된다.

겨울하늘은 어떤 不可思議의 깊이에로 사라져 가고,

있는 듯 없는 듯 無限은

茂盛하던 잎과 열매를 떨어뜨리고

無花果나무를 裸體로 서게 하였는데,

─────────────
이 걸어온다."

그 銳敏한 가지 끝에

닿을 듯 닿을 듯하는 것이

詩일까,

言語는 말을 잃고

잠자는 瞬間,

無限은 微笑하며 오는데

茂盛하던 잎과 열매는 歷史의 事件으로 떨어져 가고,

그 銳敏한 가지 끝에

明滅하는 그것이

詩일까,

—「나목(裸木)과 시(詩), 서장(序章)」(164쪽) 전문

　　정효구는 이 시를 "김춘수가 나라는 존재 이전에 태초부터 존재했던 세계에 집착을 하고 그 속에 깃든 진리, 즉 이데아를 밝혀내고자 노력한 모습"[36]이 가장 잘 나타난 작품이라고 칭한 바 있다. 총 14행의 단연으로 되어 있는 이 시에서 우리가 주목할 것은 각 행의 종결 방식의 유사성와 차이점이다.

　　이 시는 크게 1~7행과 8~14행 두 부분으로 나눌 수 있는데, 양자는 모두 "…고 …는데 …가지 끝에 …하는 (그)것이 詩일까"의 구문을 공유하고 있다. 여기서 홍미로운 것은 "詩일까,"의 반복이 각운의 효과를 산출하는 것처럼 나머지 행들의 마지막 음운에서도 일정한 각운의 리듬감을 확인할 수 있다는 사실이다. 1~7행의 마지막 음절만을 순서대로 정리하면 '-고/-은/-고/-데/-에/-이/-까'이고, 8~14행은 '-고/-간/-데/-고/-에/-이/-까'이다. 여기서 우리는 두 부분 사이의 유사성을 확인할 수 있다. 5~7행은 12~14행과 완전히 동일하다.

36　정효구, 「김춘수 시의 변모 과정 연구」, 『개신어문연구』 13집, 1996.12, 425쪽.

1행은 11행과 동일하고, 3행과 4행은 각각 11행 및 10행과 동일하다. 유일한 차이는 2행의 "-은"과 9행의 "-간"에만 나타날 뿐이다. 이렇듯 각 행의 음절 또는 음운의 반족이 산출하는 각운의 효과는 구조적 리듬과 함께 이 시의 리듬감을 조성하는 주된 요인 가운데 하나이다. 이것은 구조적 유사성 내부에서의 차이와 변주가 리듬적 효과를 산출하는 경우에 해당한다. 시의 의미와 함께 형태 및 리듬적 효과에 대해 복합적으로 고려하였음을 암시적으로 보여주고 있다.

이러한 사실은 「눈에 대對하여」의 각운에서도 확인할 수 있다. 이 시에서 각운은 일차적으로 평서형 종결어미 '-다'에 의해 형성되고 있다. 1행의 "없다"와 3행의 "아니다"에서 시작해, 7행과 8행의 "있다", 9행과 12행의 "희다", 16행과 17행의 "없다"를 거쳐, 마지막에는 다시 1행과 3행의 "없다"와 "아니다"가 반복하면서 종결되고 있다. 이러한 형태의 종결 방식은 주관적 정서 표현을 억제하고 이미지의 객관적 서술에 치중한 결과로 판단된다. 그런데, 위의 시에는 또 다른 유형의 각운, 곧 주격 조사와 부사격 조사 '-는'과 관형격 어미 '-ㄴ'이 형성하는 각운이 내재한다. 2행의 "눈은", 5행의 "있는", 11행의 "눈은", 13행의 "본", 15행의 "과실들은", 19행의 "바다에는", 23행의 "눈은"이 그것들이다. 결국 「눈에 대對하여」는 '-다'의 종결과 함께 '-ㄴ'의 종결이 교체하면서 각운의 리듬감을 형성하고 있는 것이다. 이리한 교체는 '-다'와 '-는'의 음성적 자질의 차이가 유발하는 효과와 밀접한 관계가 있어 보인다. 모음 '아'가 유발하는 개방성과 이어짐은 '-는'이 야기하는 폐쇄성와 단절감과 교차하면서 여러 변화와 다양성을 부여하고 있다는 뜻이다. 이러한 양상은 시 「모른다고 한다」의 각운 '-다'와 '-ㄹ'의 중첩이 유발하는 효과에서도 다시금 확인할 수 있다. 서우석이 분석한 대로, 「나목裸木과 시詩」의 경우도 "〈할까〉라는 질문형의 어미와 〈한다〉라는 단정의 어미가 조화를 이루며 구성되어 있다"[37]는데, 이것도 역시 같은 맥락으로 이해할 수 있다.

5. 타령조 연작시 리듬의 세 가지 양상

이제 우리는 그의 시적 여정의 제1기 가운데 마지막 시기인 타령조 연작을 쓰던 1960년대 상반기를 살펴볼 차례이다. 먼저, 김춘수는 자신의 타령조 연작에 대해 다음과 같이 말한 바 있다.

(가)

第四詩集以後 十年 동안 나는 또 한번의 實驗期를 겪게 되었다. 그것은 六〇年代의 上半期에 걸친 連作詩 「打令調」를 통해서다. 場打令이 가진 넋두리와 리듬을 現代 韓國의 狀況下에서 再生시켜 보고 싶었다. 이러한 처음의 意圖와는 달리 結果的으로는 하나의 技巧的 實驗이 되어 버린 듯하다. 그러나 이러한 過程이 나에게 있어서는 헛된 일은 아니었다고 생각한다. 「打令調」以後의 나의 詩作에 이때의 技巧的 實驗이 陰陽으로 作用하고 있다는 것을 충분히 짐작하고 있기 때문이다.[38]

(나)

꽃을 素材로 하여 形而上學的인 觀念的인 몸짓을 하게 되었다. 이런 상태가 한 10년 계속되다가 60년으로 들어서자 또 어떤 懷疑에 부닥치게 되었다. 내가 하고 있는 몸짓은 릴케 기타의 詩人들이 더욱 멋있게 하고 간 것이 아닌가, 남의 조각을 핥고 있는 것이 아닌가, 또 하나 중요한 문제는 觀念이란 시를 받쳐 줄 수 있는 기둥일 수 있을까 하는 懷疑다. 그래서 어쩔 수 없이 나는 눈을 딴 데로 돌리게 되었다. // 내 앞에는 T. S. 엘리어트의 詩論과 우리의 옛노래와 그 가락들이 나타나게 되었다. 그 중에서도 나는 아주 品格이 낮은 場打令을 붙들고, 여기에다 엘리어트의 理

---

37 서우석, 앞의 책, 140쪽.
38 김춘수, 「後記」, 『김춘수 전집 1 시』, 209쪽.

論을 적용시켜 보았다. 새로운 연습이 시작되었다. 40代로 접어들면서 나는 새로운 試驗을 내 자신에게 강요하게 되었다.[39]

(가)는 시집 『타령조打令調·기타其他』의 후기이고, (나)는 산문 「거듭되는 懷疑」의 일절이다. 타령조 연작의 창작이 "기교적技巧的 실험實驗"이든 아니든, 인용문은 타령조 연작이 의식적인 모색의 산물이었음을 잘 보여준다. 특히, "장타령場打令이 가진 넋두리와 리듬을 현대現代 한국韓國의 상황하狀況下에서 재생再生시켜 보고 싶었다"는 언명은 타령조 연작이 어떤 의도로 창작되었는지를 명시적으로 보여준다. 장타령이 장돌뱅이 등이 시장에서 물건을 팔기 위해 부르던 상업 노동요를 총칭하는 의미일 때, 타령조 연작은 바로 이러한 장타령의 현대적 변용을 모색한 시편인 것이다. 이런 의미에서 『타령조打令調·기타其他』는 "전통과 실험의 극단을 조화시키려는 노력"[40]이라고 할 수 있다. 이런 의미에서 "거짓말"이라는 김춘수 자신의 혹평에도 불구하고, "관념적인 절망의 극단에서 전통적인 타령조를 선택했다는 것은 그 나름으로 무의미시의 확장이라는 점에서 현명한 선택이었다"[41]고 볼 여지가 있겠다.

타령조 연작의 창작이 새로운 시적 실험이었음을 보여주는 글은 (나)이다. 릴케 등에서 영향을 받은 "꽃을 소재素材로 하여 형이상학적形而上學的인 관념적觀念的인 몸짓"에 대한 회의는 김춘수의 관심을 T.S. 엘리어트의 시론으로 돌리게 한다. 소위 '객관적 상관물'과 '전통의 현대적 변용'으로 요약되는 엘리어트의 시론을 수용하게 된 것이다. "우리의 옛노래와 그 가락들"에 대한 관심은 바로 이러한 전환의 결과물이다. 특히 "아주 품격品格이 낮은 장타령場打令"을 현대적으

---

39 김춘수, 「거듭되는 懷疑」, 『김춘수 전집 2 시론』, 351쪽.
40 최동호, 「시와 시론의 문학적 사회적 가치」, 『한국시학연구』 22호, 2008, 62쪽.
41 위의 책, 62쪽.

로 변용하려는 시도가 1960년대 상반기를 "새로운 시험試驗"으로 인도한 것이다. 여기서 우리가 각별히 주의를 기울여야 할 것은 "장타령場打令이 가진 넋두리와 리듬"이다. "넋두리"는 타령조 연작의 내용과 정서를 지시하고, 리듬은 창작 방법으로 기능하기 때문이다. 먼저, 타령조 연작의 주된 내용 및 정서는 일반적으로 "결딴난 사랑에서 오는 절망, 기원, 체념, 회의, 자학, 동정, 비탄, 자조, 냉소 등"[42]으로 요약할 수 있다. 다음, 장타령의 리듬 특성은 다음과 같다.

「장타령」의 리듬은 보통 2음보 4·4조로 되어 있는데, 앞에 네 자 뒤에 세 자로 된 것이 많고, 유사한 사설 구조가 각 장마다 되풀이되며, 장이 바뀔 때마다 입방구가 앞·중간·끝에 장식적으로 반복된다. 장단은 이분박二分拍의 보통 빠르기인 네 박자를 쓴다.[43]

문제는 노래로서의 장타령이 지닌 이러한 특성이 타령조 연작시의 리듬으로 직결되지 않는다는 것이다. 장타령은 노래이기 때문에 리듬을 구현하는 요소가 타령조 연작시와는 다를 수밖에 없다. 일단 김춘수의 장타령 연작시는 특정의 박자와 템포로 환원되지 않는다. 이는 시적 리듬의 층위에서는 음수율이나 음보율과 같은 정형적 리듬이 없다는 것과 것을 뜻한다.

사랑이여, 너는
어둠의 변두리를 돌고 돌다가(①)
새벽녘에사

---

42 이창민, 「김춘수의 연작시 「타령조」의 전통 수용 양상」, 『현대시의 전통과 창조』, 열화당, 1998, 320쪽.
43 위의 책, 321쪽.

그리운 그이의

겨우 콧잔등이나 입언저리를 發見하고

먼동이 틀 때까지 눈이 밝아 오다가

눈이 밝아 오다가, 이른 아침에

파이프나 입에 물고

어슬렁 어슬렁 집을 나간 그이가

밤, 子正이 넘도록 돌아오지 않는다면

어둠의 변두리를 돌고 돌다가

먼동이 틀 때까지 사랑이여, 너는(②)

얼마만큼 달아서 病이 되는가,

病이 되며는

巫堂을 불러다 굿을 하는가,

넋이야 넋이로다 넛반에 담고

打鼓冬冬 打鼓冬冬 구슬채찍 휘두르며

役鬼神하는가,

아니면, 모가지에 칼을 쓴 春香이처럼

머리길 옆 빌이나 풀어뜨리고

저승의 山河나 바라보는가,

사랑이여, 너는

어둠의 변두리를 돌고 돌다가……(③)

— 「타령조 1」(169쪽) 전문

이 시에서 우리는 일정한 음수 혹은 음보의 패턴을 발견할 수 없다. 다.시 말해, 노래 장타령의 "2음보 4·4조"와 같은 리듬 특성을 찾을 수 없는 것이다. 그

대신 우리가 발견하는 것은 동일 구절의 반복이다. 이것은 크게 두 가지 유형으로 나뉘는데, 하나는 일정한 거리를 두고 반복하는 시절 또는 행 단위의 반복이고, 다른 하나는 연속하는 어절 단위의 반복이다. 첫째 유형의 대표적인 사례는 ①의 반복이다. 시의 첫 두 행(①)은 마지막 두 행(③)에서 수미상관의 구조로 반복된다. 말줄임표가 부가되었다는 차이는 있지만, 반복되는 구절에는 어떠한 변화도 없다. 흥미로운 것은 이 구절이 시의 중간 부분에 다소간의 변형을 포함한 채로 반복되고 있다는 점이다. ②에서 보듯, 순서가 도치되었고 "먼동이 틀 때까지"가 추가되었다. 이것은 앞서 말한 구조적 리듬의 대표적인 사례라고 할 수 있다. 송승환은 이러한 양상의 구문론적 반복을 "동일 문장의 반복과 순환을 통한 리듬"[44]이라고 칭하고 있다. 명칭과 상관없이, 이러한 구조적 리듬은 시의 중심 내용인 사랑의 아픔이라는 '넋두리'를 표현하는 데 적합한 장치라고 할 수 있다. 둘째 유형은 구조적 리듬보다 작은 단위의 반복으로, 어구를 연속적으로 반복하는 형태다. 위의 시에서는 6~7행의 "눈이 밝아 오다가/눈이 밝아 오다가", 9행의 "어슬렁 어슬렁", 16행의 "넋이야 넋이로다", 그리고 17행의 "타고 동동打鼓冬冬 타고동동打鼓冬冬"이 그것이다. 이러한 어구 단위의 반복은 시의 의미를 강화하는 동시에 앞의 구조적 리듬과 중층적으로 연계되면서 리듬의 효과를 강화하는 기능을 수행한다. 오형엽은 이를 다음과 같이 요약하고 있다.

이 시의 리듬 구조는 말미 A에서 수미쌍관을 통해 다시 초두로 회귀하는 순환의 구조로 귀결된다. 결국 이 시는 음절·단어·어절·문장 등의 '회기'와 병렬적·연쇄적·점층적 '대구' 등을 '대칭 구조'와 '순환 구조' 속에 삽입시킴으로써, 사랑을 추구하며 방황하고 갈등하는 시적 자아의 내면 무의식을 표현하는 동시에, 그 추구가 실패하고 좌절되는 과정의 허무를 회의적으로 질문하면서, 이 과정이 순환적으

---

44 송승환, 「김춘수 사물시 연구」, 중앙대 박사논문, 2008, 111쪽.

로 연속되리라는 예감까지도 표현하는 것이다.[45]

  오형엽은 이 시의 중층적 리듬 구조, 곧 "회기"와 "대구" 등을 내포한 '대칭 및 순환' 구조가 "사랑을 추구하며 방황하고 갈등하는 시적 자아의 내면 무의식"의 순환적 반복을 예감하고 있다고 기술하고 있다. 타령조 시편의 리듬 구조가 시의 의미와 긴밀히 호응하고 있음을 보여준다. 여기서 우리가 놓쳐서는 안 되는 것이 각 행의 말미에 나타나는 각운의 리듬적 효과이다. 이 시에서 리듬 형성의 기저에는 "돌고 돌다가"의 반복이 있다. 2행, 11행, 23행에서 보이는 "돌고 돌다가"의 반복은 "어둠의 변두리"를 배회하는 주체의 상황을 잘 보여준다. "어슬렁 어슬렁"은 이를 형태적으로 표현하는 말이다. 여기서 주목할 것은 의문형 '-가'의 종결이 이 시의 각 행에서 여러 가지 형태로 중첩되어 나타난다는 점이다. 두 번째 "돌고 돌다가"의 출현을 기점으로 전반부의 조사 등에 의한 중첩과 후반부의 의문형 종결어미에 의한 중첩이 그것이다. 전자는 3행의 "새벽녘에사"(조사), 6행의 "오다가"(어미), 9행의 "그이가"(조사)에서 확인된다. 후자의 의문형 종결어미 '-가'의 반복은, 13행의 "되는가", 15행의 "하는가", 18행의 "역귀신役鬼神하는가", 21행의 "바라보는가"에서 확인할 수 있다. 전체 23행 가운데 10행이 모음 '이' 모음으로 종결되는 것이다. 또한 배치의 측면에서도 독특한 리듬감을 산출되고 있다는 것도 간과할 수 없다. 시행의 말미의 음절만을 보면, 위의 시는 '-는/-가/-사/-의/-고/-가/-에/-고/-가/-면/-가/-는/-가/-는/-가/-고/-며/-가/-럼/-고/-가/-는/-가'의 순서로 각 행이 종결되고 있다. '-ㅏ' 모음이 일정한 간격으로 '-는', '-의', '-고', '-에', '-면', '-며', '-럼'과 교차하면서 독특한 각운의 리듬감을 조성하고 있는 것을 확인할 수 있다.[46]

45 오형엽, 「김춘수 시의 반복과 변주 연구」, 『어문연구』 76호, 2013.6, 183~184쪽.

타령조 연작시 전편을 몇 개로 유형화하는 일은 쉽지 않다. 대부분의 타령조 연작시들은 구문론적 단위의 반복에 의한 구조적 리듬, 어구의 2회 반복에 의한 내부적 리듬, 그리고 종결 어미 및 조사에 의한 각운 형성이라는 미시적 리듬을 다양한 양상으로 포함하기 때문이다. 이 세 가지 척도 가운데 우리가 첫 번째로 고려할 것은 구조적 리듬이 수미상관의 구조를 취하는지의 여부이다. 구문적 단위의 반복이 시의 처음과 끝에 반복적으로 나타나는 것을 수미상관이라고 한다면, 이러한 기준에 따르는 시편은 「타령조 1」, 「타령조 3」[47], 「타령조 4」, 그리고 「타령조 6」이다. 이 중 「타령조 3」은 1~2행의 "지귀志鬼야, / 네 살과 피는 삭발削髮을 하고"가 시의 중간 10~11행에서는 동일하게 반복되지만, 마지막 20~21행에서는 "네 살과 피는 삭발削髮을 하고 / 지귀志鬼야,"의 형태로 도치된다. 처음과 끝의 구문적 리듬으로만 본다면 데칼코마니식 수미상관이라고 할 수 있다. 「타령조 4」에서는 처음의 1~3행이 마지막 세 행에서 그대로 반복하고 있다. 이 시의 또 다른 특징은 9~10행의 "가슴을 펴고 활개를 치며 / 당신은 가려거든 가거라,"가 13~14행에서 재차 반복된다는 점이다. 이것은 앞서 본 「타령조 1」의 구문적 리듬 안의 또 다른 내부적 리듬이 존재하는 구조와 유사하다. 「타령조 6」에서는 1~5행이 시의 마지막 18~23행까지 확장된 형태로 반복된다. 즉 1행의 "그해 여름은"이 18~19행에서는 "그녀의 마당에서 그해 여름은 / 쿵 하고 쓰러져선 일어나지 못했을까"로 확장되면서 수미상관을 이루

---

46 전술한 대로 김춘수의 시편에는 의문형 종결어미 '-가'가 중첩되거나, 다른 음운과 층위적으로 연결되는 현상이 여러 곳에서 발견된다. 예를 들어, 「풍경」에서는 "우는가"의 반복이 나타나고 있으며, 「타령조 2」에서는 전반부의 "갈카나"와 후반부의 "되었는가"의 반복이 나타나고 있다. 「처용단장 2」에서는 "어디 있는가"의 '-가'가 "사바다"의 모음 '아'와 중첩되어 특정 음운의 반복 효과를 강화한다. 이러한 사실들은 김춘수가 시행의 종결에 있어 특정 음운의 반복에 의한 효과를 의식하고 있음을 보여줄 뿐만 아니라, 다양한 유형의 반복 효과에 대해서도 등한시하지 않았음을 잘 보여준다.

47 「타령조 3」은 수미상관으로 볼 수도 있지만, 1~7행과 10~16행의 거대한 구문적 반복을 중심으로 마지막 두 행을 부수적인 반복으로 간주할 수도 있다.

고 있는 것이다. 타령조 연작에서 구조적 리듬과 함께 주목할 것은 인접한 유사
어구의 2회 반복이다.

저

머나먼 紅毛人의 都市

비엔나로 갈까나,

프로이드 博士를 찾아갈까나, (㉮)

뱀이 눈뜨는

꽃피는 내 땅의 三月 初旬에

내 사랑은 (①)

西海로 갈까나 東海로 갈까나, (㉯)

엘리엘리나마사박다니

나마사박다니, (㉰) 내 사랑은

먼지가 되었는가 티끌이 되었는가, (㉱)

굴러가는 歷史의

차바퀴를 더럽히는 지린내가 되었는가

구린내가 되있는가, (㉲)

썩어나 果木들의 거픔이나 된다면

내 사랑은

뱀이 눈뜨는

꽃피는 내 땅의 三月 初旬에, (②)

― 「타령조 2」 전문

이 시에서 5~7행의 ①("뱀이 눈뜨는 / 꽃피는 내 땅의 삼월三月 초순初旬에 / 내 사랑

은")은 마지막 세 행(②)에서 순서가 도치된 채로 반복된다. 수미상관식 반복은 아니지만 이 시가 구조적 리듬을 중심으로 축조되었음을 보여주고 있다. 그런데 이러한 구조적 리듬과 함께 이 시의 내부 곳곳에는 유사 어구가 연속적으로 반복되고 있다. 예컨대 ㉮를 시작으로, ㉯와 ㉰를 거쳐, ㉱와 ㉲로 계속되는 것이다. 구조적 리듬 부분을 제외하면, 시의 거개에서 유사 어구가 연속적으로 2회 반복함을 확인할 수 있다. 이러한 양상은 「타령조 1」과 「타령조 4」에서는 동일 어구의 반복으로 나타나고, 「타령조 5」에서는 6~7행의 "그래서 녀석의 새끼들은 / 간뗑이 곪았지,"와 10~11행의 "그래서 녀석의 새끼들은 뿔이 돋쳤지,"와 같은 특정 어휘가 변이된 채 대구의 형식으로 나타난다. 「타령조 8」에서도 이를 확인할 수 있다.

등골뼈와 등골뼈를 맞대고
당신과 내가 돌아누우면(①)
아테넷사람 플라톤이 생각난다.
잃어 버린 幼年, 잃어 버린 사름파리 한 쪽(㉮)을 찾아서
당신과 나는 어느 이데아 어느 에로스의 들창문을
기웃거려야 하나,
보이지 않는 것의 깊이와 함께
보이지 않는 것의 무게와 함께(ⓐ)
肉身의 밤과 精神의 밤(ⓑ)을 허우적거리다가
결국은 돌아와서 당신과 나는
한 시간이나 두 시간 피곤한 잠이나마
잠을 자야 하지 않을까,
당신과 내가 돌아누우면

등골뼈와 등골뼈가를 가르는(②)

嗚咽과도 같고, 잃어 버린 하늘

잃어 버린 바다와 잃어 버린 昨年의 여름(ⓗ)과도 같은

勇氣가 있다면 그것을 참고 견뎌야 하나

참고 견뎌야 하나, 결국은 돌아와서

한 시간이나 두 시간 내 품에

꾸겨져서 부끄러운 얼굴을 묻고

피곤한 잠을 당신이 잠들 때,

— 「타령조 8」(176쪽) 전문

위의 시는 여러 행에 걸쳐 동일한 구문이 반복되는 양상을 보이지는 않는다. 예컨대, 「타령조 3」에서처럼 1~7행의 구문이 10~16행에 동일하게 반복하거나, 「타령조 9」처럼 1~4행이 12~15행에서 한 번 더 반복되지도 않는다. 이처럼 「타령조 8」은 시 전체를 통어하는 구조적 리듬을 확인하기 어렵다. 그 대신에, 「타령조 2」를 지배하는 것은 유사 어구의 반복이 야기하는 리듬이다. 우선 ①은 ②에서 행의 순서가 바뀐 채 일부("등골뼈와 등골뼈를 가르는")가 변형되어 반복된다. 또한 4행의 ㉮가 15~16행의 ㉯로 수식어구가 점층적으로 누적되면서 반복되고 있다. 이 외에도 7~8행의 ⓐ와 9행의 ⓑ는 특정 어휘가 교체된 채 반복되는 대구의 형식을 보여준다. 이런 양상에 비한다면, 17~18행의 동일 어구의 2회 반복("참고 견뎌야 하나 / 참고 견뎌야 하나")은 극히 일부일 뿐인데, 이는 동일 구조의 반복 속에서 차이와 변조를 강화하는 경향성을 함축한다.

끝으로, 타령조 연작은 아니지만 『타령조打令調 · 기타其他』에서 두 개 이상의 음운이 각운의 형태로 교차하면서 리듬을 조성하는 경우가 있다. 「나의 하나님」이 대표적인 경우이다.

사랑하는 나의 하나님, 당신은/늙은 비애다./푸줏간에 걸린 커다란 살점이다./시
인 릴케가 만난/슬라브 여자의 마음 속에 갈앉은/놋쇠 항아리다./손바닥에 못을 박
아 죽일 수도 없고 죽지도 않는/사랑하는 나의 하나님, 당신은 또/대낮에도 옷을 벗
는 어리디어린/순결이다/삼월에/젊은 느티나무 잎새에서 이는/연둣빛 바람이다.

— 「나의 하나님」(179쪽) 전문

이 시의 각운은, 주로 평서형 종결을 나타내는 서술격 조사 '-이다'의 반복이
형성하고 있다. 예컨대, 2, 3, 6, 10, 13행의 "늙은 비애다", "커다란 살점이다",
"놋쇠 항아리다", "순결이다", "바람이다"를 보라. 모든 행에서 규칙적으로 나타
나는 정형적 반복은 아니지만, 위의 시에서 이런 유형의 반복은 독특한 리듬감
을 산출한다. 또한, '-이다'가 형성하는 각운은 다른 음운의 반복이 형성하는
그것과 교차하면서 중층적 리듬감을 조성하고 있다. 1, 4, 5, 7, 9, 12행의 "당
신은", "만난", "갈앉은", "않는", "어리디어린", "이는"에서의 '-는'과의 교차가
바로 그것이다. 이들 행은 모두 '-ㄴ'으로 종결되고 있는데, 일정한 순서로 증
폭되면서 '-다'와 교차되는 양상을 띤다는 점에서 시인의 의식적인 배치로 볼
수 있다. '-ㄴ'의 종결을 ⓐ, '-다'의 종결을 ⓑ, 기타의 경우를 ⓒ로 놓고 시행
의 구조를 살펴보면, 위의 시는 ⓐ/ⓑ/ⓑ/ⓐ/ⓐ/ⓑ/ⓐ/ⓒ/ⓐ/ⓑ/ⓒ/ⓐ/ⓑ의 각
운의 양상을 띤다. 초반부의 ⓐ/ⓑ/ⓑ와 ⓐ/ⓐ/ⓑ의 교차 대응 이후, ⓒ의 등장
하면서 ⓐ/ⓑ가 반복되는 양상을 확인할 수 있다. 의미론적 차원에서 본다면,
'-ㄴ'과 '다'가 교차 반복됨으로써 구현되는 이러한 리듬감은 "하나님"과의 거
리에 대한 음성적 대응, 곧 끊어지고 이어지는 관계의 음성적 효과를 야기한다
고 할 수 있겠다.

이러한 사례 중 극히 이례적인 것은 「타령조 12」에서 볼 수 있는 관형격 조사
'-의'의 분행이다. 이 시에서 "너울거리는 봄바다의 수소이온/의 어머니"는 "너

울거리는 봄바다의 산소이온/의 어머니"로 어휘(수소→산소)가 바뀐 채로 반복되고 있다. 또한 "당신의 음모/의 아마존강의 유역에서"와 "수련화 꽃잎/의 달님 같은 어머니"도 반복되고 있다. 이때 명사형 종결로 인한 의도적 분행은 관형격 조사 '-의'에 의한 두운을 조성하게 된다. 분행이 야기하는 효과, 곧 관형격 조사의 분절을 통한 대상의 전경화를 의도한 것으로 추정된다. 이러한 예들은 그의 시가 음절 및 음운 단위의 미시적 영역에서도 시적 리듬을 구현하고 있음을 명확히 보여준다.

> 主語를 있게 할 한 개의 動詞는
> 내 밖에 있다.
> 語幹은 아스름하고
> 語尾만이 몹시도 가까이에 있다.
>
> —「시법(詩法)」(208쪽) 부분

『타령조打令調·기타其他』의 마지막 시의 마지막 연이다. 인용문은 김춘수가 특정 어미에 집중하는 이유를 설명한다. 일반적으로 어간은 의미의 중심 지점이다. 이에 비해 어미는 의미보다는 어조 등 어김을 형성하는 역할을 수행한다. 따라서 "어간"은 멀고 흐릿하고, "어미語尾만이 몹시도 가까이에 있다"는 것은 자신의 '시법'은 의미보다는 어감을 드러내는 데에 있다는 의도를 드러낸다고 할 수 있다. 바로 여기가 그의 무의미시론과 연결되는 지점이다. 타령조 연작이 "관념시에서 '무의미의 시'로 전환하는 계기를 마련한 작품"[48]이라면, 타령조 등의 "기교적 실험"은 '무의미의 시'를 배태하는 태반의 기능을 수행한다고 할

---

48 이창민, 「김춘수의 연작시 「타령조」의 전통 수용 양상」, 『현대시의 전통과 창조』, 열화당, 1998, 310쪽.

수 있다. 김춘수의 시에서 시적 리듬의 양상을 규명할 때에 명증적인 의미의 확정보다는 불분명한 의미의 확산에 초점을 맞춰야 하는 이유를 여기에서도 찾을 수 있다.

6. 시적 리듬과 이미지

지금까지 우리는 『구름과 장미薔薇』에서부터 『타령조打令調·기타其他』에 이르는 김춘수 초기 시에서의 리듬의 실제적 양상을 살펴보았다. 이를 통해 그의 초기 시의 리듬이 구조적 리듬에서부터 내부적 리듬, 그리고 미시적 리듬 등 다양한 층위에서 실현되고 있음을 확인할 수 있었다. 우선, 구조적 리듬은 연 또는 시절 층위에서의 구문의 반복과 변주가 산출하는 리듬으로, 『구름과 장미薔薇』에서는 동일 구문의 반복이 주를 이루지만, 『늪』에서부터 점차 유사 구조의 변형이 점층적으로 나타남을 확인하였다. 주로 시행 층위에서의 어구의 반복으로 나타나는 내부적 리듬은 초기 시의 여러 시편들에서 지속적으로 등장하는데, 특히 동일 및 유사 어구의 2회 반복은 구조적 리듬 내부에서 리듬을 다양화하는 역할을 수행하고 있었다. 미시적 리듬의 대표적인 장치는 각운이다. 특별히 의문형의 종결 어미의 사용은 두드러지게 나타나는데, 이는 그의 시가 존재론적 질문에 터를 잡고 있음을 보여준다. 의문형 종결 어미는 호격이나 특정 부사를 동반하거나, 다른 음운들과 교차하면서 각운의 리듬적 효과를 다양화하고 있었다. 이러한 고찰을 통해 우리는 『타령조打令調·기타其他』가 음운에서부터 연 단위에 이르기까지 다양한 리듬적 효과를 산출하고 있음을 확인할 수 있었다. 특히 타령조 연작은 반복의 폭뿐만 아니라 그 빈도도 증가하는 양상을 띠고 있는데, 이는 시에서 리듬이 중층화되는 경향을 보여준다.

이러한 작업을 통해 우리는 김춘수 초기 시에 나타난 리듬이 '무의미시'의 추구와 연계된다는 것을 확인할 수 있었다. 이러한 작업은 '이미지'를 폐기하고 '주문呪文'을 얻으려 했던 그의 기획이 어떤 맥락과 의도를 지니는지를 설명하는 데, 이는 궁극적으로 리듬과 이미지의 관계를 해명하는 데에도 일조할 수 있을 것이다. 다만, 지면의 한계 때문에 이에 대한 상세한 논의는 개진되지 못한 채 단초만 제공하였다는 점은 이 글의 한계이기도 하다. 또한 장타령 연작과 처용 설화를 주제로 한 시편들의 관계, 즉, "'타령조'에서의 방황하는 비극적 인간상과 '처용'의 인고행의 보살상이 현대를 살아가는 비극적이고 실존적인 인간상과 만나 새로운 퍼소나로 전이되고 있는 것"[49]에 대해서는 제대로 논구하지 못했다. 김춘수의 무의미시론의 핵심을 관통하는 이런 문제들에 대해서는 추후의 작업을 통해 논구하고자 한다.

---

[49] 주영중, 「김춘수 시의 근원적 시간의식과 전통의 창조적 변용」, 『Journal of Korean Culture』 21집, 2012.11, 330쪽.

탄생 성립

제3부

리듬론의
정립과 발전

제1장
1920년대 시적 리듬 개념의 형성과정

1. 시적 리듬의 개념

시적 리듬poetic rhythm이란 무엇인가? 자유시와 산문시가 주종을 이루는 현대
시에서 시적 리듬을 말한다는 것은 무슨 의미가 있는가? 리듬을 시간의 축에서
발생하는 운율 자질prosodic feature들의 규칙적 반복으로 이해하는 전통적 이론
에게 있어 이 문제는 단순하고 자명해 보인다. 그들은 시적 리듬을 일종의 규격
화된 외적 형식인 율격律格 meter으로 이해하여 추상적인 규범 체계로 환원한다.
한국시의 기본 리듬을 시간적 등장성等長性 iso-chronism 개념에 기초한 음보율로
보는 이론은 그 의도에도 불구하고 개별 작품들이 지닌 미적 자질들을 해명하
지 못하는 것으로 보인다. 특히 현대시가 보여주는 다양하고 복잡한 리듬의 존
재 양상들은 음보율이라는 율격론의 인식틀을 초과하는 것으로 보인다.

시적 리듬에 대한 이해는 당위적인 차원에서가 아니라 실제적인 차원에서 시
의 존립과 관련된 문제이다. 이는 시와 노래가 미분화된 상태로 존재했던 전통
시가의 경우뿐만 아니라 자유시와 산문시가 주종을 이루는 현대시에도 타당하
게 적용된다. 물론 여기에는 시적 리듬에 대한 새로운 인식, 즉 율격으로서의
리듬과 비-율격으로서의 리듬 양자를 포괄하는 리듬 개념이 전제된다. 시적

리듬은 시를 '의미-형식의 통합체'[1]로 구성하고 조직하는데, 이것은 시적 리듬이 개별적인 시를 구성하고 조직하는 일련의 '작동기능'으로 이해되어야 함을 의미한다. 이로써 새로운 리듬론은 시의 형식과 의미를 분리하는 이분법적 사고를 지양한다.

시적 리듬에 대한 기존의 오해와 왜곡을 수정하는 것은 시급한 과제이다. 이를 위해 근대 자유시 성립 과정에서 시적 리듬이라는 개념이 출현하게 되는 과정과 양상을 추적할 필요가 있다. 이곳이 오해와 왜곡의 최초 발생 지점이기 때문이다. 1920년 전후에 김억, 주요한, 황석우 등이 프랑스 상징주의를 수용했을 때, 음악적 차원은 시의 본질적 계기이며 시적 형식의 요체로서 인식되었다. 이는 노래로서의 시라는 전통적 요인과 찬송가·창가 등 외래적 요인의 이중적 영향으로 해석될 수 있다. 여기에 1920년대 중반 카프의 성립과 국민문학파의 반발이라는 문학사적 맥락이 중첩된다. 민요시운동과 시조부흥운동은 문학 내적 차원으로 민족과 전통이란 개념을 끌고 들어옴으로써 외래와 전통의 이분법을 강화하고, 율격론을 시의 본질적·음악적·형식적 계기로서 격상시킨다. 이로써 '시의 본질=음악성=형식=율격=외형률=음수율'이라는 등식 체계가 완성된다.

---

1 앙리 메쇼닉의 '의미-형식의 통합체'로서 리듬 개념에 대해서는 다음의 책을 참조할 것. 앙리 메쇼닉, 김다은 역, 『모데르니테 모데르니테』, 동문선, 1999; 앙리 메쇼닉, 조재룡 역, 『시학을 위하여』1, 새물결, 2004; 루시 부라사, 조재룡 역, 『리듬의 시학을 위하여』, 인간사랑, 2007; 조재룡, 『앙리 메쇼닉과 현대비평』, 길, 2007; 조재룡, 「메쇼닉에 있어서 리듬의 개념」, 『불어불문학연구』54호, 2003; 조재룡, 「한국근대시와 프랑스 상징주의 시 사이의 상호 교류 연구」, 『불어불문학 연구』60호, 2004 겨울; 김유정, 「"척도 없는 리듬"-"율격의 시"에서 "시의 율격으로"」, 『불어불문학연구』56호, 2003 겨울.

2. 자유시의 성립과 '내용-형식'의 이분법

1928년 주요한은 문예가협회 주최 강연회에서 「조선시형朝鮮詩形에 관關하야」
라는 제목으로 강연을 한다. 거기에서 그는 조선시형이 서양시를 모방한 일본
시를 재차 모방한 '모방의 모방'에 지나지 않는다고 말하고, 이를 "원숭이 모양
으로 숭내"내었다고 비판한다. 문제는 그가 이러한 모방의 책임을 김억에게로
돌리는 지점이다.

> 그것은 잡지雜誌 「창조創造」에 발표發表된 군君의 시詩가 조선朝鮮서는 자유시형自由
> 詩形을 모방模倣한 첫 시험試驗인 만큼 군君 자신自身의 조선시형朝鮮詩形을 잘못되게 한
> 죄罪는 실實로 컷스니, 조선시인朝鮮詩人들을 대표代表해 이 점點에 대對하야 깁히 사과
> 謝過하지 아니할 수가 업다고 하엿습니다. 쏘 군君의 말을 빌건댄 군君의 수입輸入식
> 혀 노혼 조선시형朝鮮詩形(자유시自由詩)을 역시집譯詩集 「오뇌懊惱의 무도舞蹈」에 함부
> 로 사용使用하야 시단詩壇에 제일第一 죄罪 만은 사람은 이 글의 필자筆者인 김억金億이
> 라고 하엿습니다.[2]

주요한은 1920년대 후반기 "조선시형朝鮮詩形을 잘못되게 한" 대표지로서 자
신과 김억을 소환하고 있다. 주요한이 김억과 자신을 기소한 이유는 역설적이
게도 "자유시형自由詩形"의 도입 때문이었다. 통상적으로 최초의 근대 자유시 「불
놀이」의 작가로 불리는 주요한이 스스로를 단죄하는 이 역설적 상황의 이면에
는 근대를 지배하는 두 힘의 대립과 긴장이 있다. 그것은 외래와 전통, 모더니
즘과 전통주의, 이식문화론과 자생문화론 사이의 대립과 긴장[3]으로, 시적 차원

---

2 김억, 「"朝鮮詩形에 關하야"를 듯고서」, 박경수 편, 『김억 전집』 5, 한국문화사, 1927, 374~537쪽.
3 시적 리듬에 대한 이해는 근대시의 성립과정의 두 핵심축인 전통과 외래 사이의 상호작용을 보

에서 자유시-산문시와 민요-시조라는 계열의 대립과 긴장으로 현상한다. "조선시형朝鮮詩形" 혹은 "새로운 시형"의 확립이라는 과제는 양자가 아주 교묘히 접근하며 수렴하는 지점을 일컫는 말이다. 이것은 단지 시의 특수한 형태를 확정하는 차원의 문제로 국한되지 않는다. 여기에는 내재율과 외형률이라는 리듬의 차원, 내용과 형식의 관계라는 차원 그리고 시의 본질적 계기로서의 음악성이라는 거시적 차원의 문제가 내재하고 있다. 주요한이 김억을 호출하면서 건드린 것이 바로 이것이다.

1) '자유시'라는 새로운 형식의 필연성

서구 근대 자유시의 수입 과정은 기존의 시형이 지닌 한계를 극복하고 "새로운 시형"의 확립이라는 시대적 요구와 맞물려 있었다. 최남선의 창가와 신체시新體詩 역시 이러한 시대적 요청에 대한 응답이었다. 그러나 그의 창가가 일본의 전통적 율격인 7·5조를 모방하고 있다는 사실, 그리고 신체시가 실제로는 정형적 규칙에 토대를 두고 있다[4]는 사실 등은 그의 지향점을 '자유시vers-libre' 운동과 구별하게 만든다.

"새로운 시형"의 확립이라는 시대적 요청은 창가와 신체시를 거쳐 자유시로 이어진다. 황석우가 "제군諸君이여! 우리 시단詩壇은 적어도 자유시自由詩로부터 발족發足치 안으면 아니되겠습니다"[5]라고 자유시의 정립을 제창할 때, 이는 이론적 차원뿐만 아니라 실제적 차원에서 자유시에 대한 강력한 요구를 예증한

여 준다. 게다가 시적 리듬을 둘러싸고 벌어졌던 기존의 시 형식과 새로운 시 형식 사이의 갈등과 긴장은, 개인이라는 근대적 주체의 성립을 둘러싼 의식구조의 변화양상과도 대위적 관계를 이룬다. 한국 근대시를 외래와 전통, 모더니즘과 전통주의, 이식문화론과 자생문화론이라는 이분법적 도식으로 설명하는 이론틀을 극복할 가능성은 여기에 입각해야 한다.

4   말하자면 각 연 대응행의 음절수가 동일한 것. 김춘수, 『한국현대시형태론』, 해동문화사, 1958, 20~24쪽.

5   황석우, 「朝鮮詩壇의 發足點과 自由詩」, 『매일신보』, 1919.11.10, 4면.

다. 1910년대 후반 문단의 상황이 "신경과민神經過敏의 희생자犧牲者며 배덕심背德心 가득한 주도酒徒인 데카당스"[6] 문학을 중심으로 형성되고 있었다는 점을 고려한다면, 자유시에 대한 요구와 '데카당스' 문학의 융성 사이의 긴밀한 연관관계를 유추할 수 있다.

> 1910년대의 후반을 장식하는 시인들을 특색지우는 것은 그러므로 감정의 자유로운 유출과 그것에 합당한 시형식을 발굴하려는 노력이다. 그 노력의 결과로 생겨난 것이 자유시-산문시이다. 그것은 시인의 자연스러운 감정 유출과 자유로운 운을 가능케 해준다. 사설시조에서 보여준 정형의 붕괴와 자유로운 감정의 토로는 퇴폐시의 영향을 받은 자유시-산문시를 통해 새로운 시형을 발견한다.[7]

자유시라는 새로운 형식의 요청이 "감정의 자유로운 유출"에서 기인한다는 것은, 역으로 기존의 전통적 시 형식이 "감정의 자유로운 유출"을 억압했음을 보여준다. 시조와 가사와 한시 같은 전통적 시가, 그리고 창가와 신체시 같은 개화기 시가와 대비된 자유시의 가장 주요한 특징이 바로 여기에 있다. "감정의 자유로운 유출"에 맞는 형식적 자유로움. 자유시의 요청은 바로 새로운 시대의 새로운 사상·감정을 새로운 형식으로 표현할 시대적 요구와 맞닿아 있었던 것이다.

서양에서 자유시 운동의 역사는 상징주의와 밀접한 관련이 있다.[8] 우리의 경

---

6 김억, 「쓰란스 詩壇」(『태서문예신보』 10~11호, 1918.12.7~12.14), 앞의 책, 28쪽.
7 김윤식·김현, 『한국문학사』, 민음사, 2003, 214쪽.
8 마르셀 레몽은 "自由詩 le vers libre" 발생의 기원을 "한편은 〈그 모양을 일그러뜨리지 않은 채〉 자기의 생각을 올바르게 표현하려는 의지 ─ 그것은 오히려 〈데카당〉 정신을 대표한다고 할 수 있는 라포르그의 의도였는데 ─ 에서, 다른 한편은 음악적인 관심 ─ 귀스타브 칸 G. Kahn 및 상징주의자들의 경향 ─ 에서 생겨난 것"으로 파악한다. 마르셀 레몽, 김화영 역, 『프랑스 현대시사』, 문학과지성사, 1995, 63쪽.

우도 '자유시'라는 개념은 프랑스 상징주의의 소개와 함께 유입된다. 상징주의 이론의 소개는 주로 『태서문예신보』를 중심으로 전개되는데, 백대진은 「20세 기二十世紀 초두初頭 구주제대문학가歐洲諸大文學家를 추억追憶 흠」『신세계』 4~5호, 1916.5을 통해, 김억은 「요구要求와 후회後悔」『학지광』 10호, 1916.9를 통해 이 땅에 최초로 상징주의를 소개한다. 그러나 상징주의에 대한 본격적인 소개는 2년 후인 1918년 백대진의 「불란서 시단詩壇」『태서문예신보』 4~9호과 김억의 「쓰란스 시단詩壇」『태서문예신보』 10~11호에 와서야 비로소 가능해졌다. 특히 프랑스 상징주의 시와 시론의 소개에 있어 김억이 지닌 영향력[9]은 실로 지대한 것이었다.

> 엇지 하엿스나 상징피象徵派 시가詩歌에 특필特筆 훌 가치價値잇는데 재래在來의 시형詩形과 규정規定을 무시無視ㅎ고 자유자재自由自在로 사상思想의 미운微韻을 잡으랴 하는─다시 말하면 평측平仄라든가 압운押韻이라든가를 중시重視치 안이ㅎ고 모든 제약制約, 유형적有型的 율격律格을 바리고 미묘美妙한 「언어言語의 음악音樂」으로 직접直接, 시인詩人의 내부생명內部生命을 표현表現하랴 ㅎ는 산문시散文詩다.[10]

김억은 불란서 상징주의의 특질을 "재래在來의 시형詩形과 규정規定" 즉 "모든 제약制約, 유형적有型的 율격律格"으로부터의 해방으로 보고 있다. 여기서 "유형적有型的 율격律格"은 "평측平仄라든가 압운押韻"에서 보듯이 운韻, rhyme과 율律, meter을 포괄하는 운율 일반을 지칭하는 개념으로 이해될 수 있다. (1910년대 후반은 운율에 대한 엄밀한 개념과 구분이 미분화된 시기였다.) 이렇게 되면 상징주의 시의 특질은

---

9 ① "그의 譯詩集 「懊惱의 舞蹈」는 譯詩集의 價値를 띤 것이 아니었고 오히려 말하면 「詩敎科書」的 存在이었던 것" 이은상, 「岸曙와 新詩壇」, 『동아일보』, 1929.1.16.
② "岸曙의 新詩 建設에 對한 功績은 이 「懊惱의 舞蹈」 1卷으로 하여 磨滅할 수 없을 것이라고 믿는다." 이광수, 「文藝瑣談」, 『이광수전집』 16, 118쪽.

10 김억, 「쓰란스 詩壇」, 앞의 책, 32쪽.

현대적 의미에서의 율격으로부터 해방이 아니라 운율 일반으로부터의 해방이 된다. 당시에는 상징주의로 대표되는 자유시가 운율이 없는 비-운율적 시로 이해되었던 것이다. 자유시와 산문시의 혼동도 여기에서 비롯한다.[11] 서구에서 자유시verse-livre와 산문시poéme en prose는 동일한 개념이 아니다. 그러나 우리의 경우 '자유시=산문시'라는 등식은 '전통시=정형시(율격시)'라는 인식과 함께 근대 초기 상당히 일반적이었다. 여기에는 시의 음악성과 형식에 대한 근본적인 사유, 즉 '형식=운율=율격'이라는 인식이 내재해 있었다. 따라서 "유형적有型的 율격律格"을 버린 자유시는 시적 형식을 초과한 산문시와 동일한 개념으로 쓰일 수 있었던 것이다. 이러한 혼동은 시의 음악성과 리듬 개념의 미분화와 밀접한 관련이 있다.

근대 초기에 시의 개념은 노래와 명확하게 구분되는 것이 아니었다. 전통적으로 시는 가창歌唱 또는 음송吟誦의 방식으로 실현되어 왔다. 또한 근대 초기 신시의 형성과정이 서양식 찬송가와 창가의 직접적 영향권 안에서 이루어졌다는 사실을 주목할 필요가 있다.[12] 이러한 상황 하에서 음악을 시와 동일시하거나 최소한

---

11 한계전은 김억의 「밤과 나」(『학지광』, 1915.5.2)가 '산문시'라는 명칭으로 실린 사실을 근거로 산문시의 수용을 상징주의 수용과 무관한 것으로 이해한다. 그는 산문시의 수용이 "전적으로 러시아 散文詩의 詩人 두트세네프 한 사람만의 영향으로 이루어졌다고 단정"한다. 한계전, 『한국현대시론연구』, 일지사, 1990, 33~36쪽. 그러나 이러한 주장은 김억이 「쓰란스 詩壇」에서 상징주의시를 산문시로 규정하는 이유를 설명하지 못한다는 한계를 지닌다. 이런 점에서 정한모의 논의를 참조할 필요가 있다. "즉, 散文的인 敍述形式으로 된 작품이기 때문에 비록 行을 적당히 나누었다 하더라도 그것을 散文詩라고 한 것이 아니라 그들의 「散文詩」는 定型詩(散文詩)(韻文詩의 오식-인용자)에 대립되는 槪念으로 쓰여졌다고 보아야 할 것이다. 따라서 그들의 「散文詩」 속에는 自由詩와 散文詩가 同居하고 있었던 것이다. 이러한 쟝르 意識의 曖昧性은 詩人들 자신에게서 由來된 것인지 編輯者에게서 온 것인지는 모르지만 아마 後者에 속한다고 보아야 할 것이다." 정한모, 『한국현대시문학사』, 일지사, 1982, 257쪽.
12 자유시의 형성과정에서 찬송가와 창가가 끼친 영향 관계에 대해서는 다음을 참조할 것. 정한모, 앞의 책, 170~180쪽; 김병철, 「개화기 시가사상에 있어서의 초기 한국찬송가의 위치」, 『아세아연구』 42호, 1971; 예창해, 「개화기의 시가와 율격 의식」, 『관악어문연구』 9집, 1984; 홍정선, 「근대시 형성과정에 있어서의 독자층의 역할 연구」, 서울대 박사논문, 1992; 김영철, 『한국개화기시가연구』, 새문사, 2004.

시의 본질적 계기로 파악하는 태도는 상당히 자연스러웠을 것으로 보인다. 개화가사와 창가는 바로 이러한 시대적 맥락 속에서 출현한 장르들로 볼 수 있다.

프랑스 상징주의의 영향은 '음악으로서의 시'를 '음악적인 것으로서의 시'로 변모시킨다. "간단簡單하게 시가詩歌라는 것은 고조高潮된 감정感情(정서情緖)의 음악적音樂的 표현表現이라는 것이 넓혼 의미意味로 가장 온당穩當할듯합니다"[13]라는 김억의 표명은 이러한 사실을 예증한다. 여기서 "음악적 표현"은 '음악적인 것으로서의 시'가 지닌 교묘한 위치를 잘 보여준다. 김억은 베를렌느의 「시작詩作, Art Poétique」을 번역하면서 "무엇보다도 몬져 음악音樂을", "우리가 바라는 바는 색채色彩가 안이고 / 음조音調쌴이다, 그저 음조音調쌴"이라며 시의 요체를 음악성에서 찾는다. 김억에게 '음악적인 것'으로서의 시는 음악적 형식으로 환원가능한 시를 의미하는데, 이것은 그가 '음악적인 것'을 내용적 계기와 형식적 계기를 구분하고 있다는 것을 암시한다.

> 상징象徵派 시가詩歌의 특색特色은 의미意味에 잇지 안이하고, 언어言語에 잇다. 다시 말하면 음악音樂과 갓치 신경神經에 닷치는 음향音響의 자극刺戟 – 그것이 시가詩歌이다. 그러기에 이 점點에서는 「관능官能의 예술藝術」이다. 이나이니利那利那찰나刹那의 오자로 보임 – 인용자에 자극刺戟, 감동感動되는 정조情調의 음율音律 그것이 상징象徵派의 시가詩歌이기 째문에 자연自然 「몽롱朦朧」 안될 슈 업다.[14]

앞서 보았듯 자유시의 본질은 율격으로부터의 자유, 운율 일반으로부터의 일탈에 있다. 이때 "음악적 표현"이라는 자유시의 형식이 문제가 된다. "미묘美妙한 「언어言語의 음악音樂」"으로 이해된 자유시의 음악성은, "의미意味에 잇지" 않

---

13   김억, 「작시법 1~6」(『조선문단』 7~12호, 1925.4~1925.12), 앞의 책, 288쪽.
14   김억, 「쯔란스 詩壇」, 앞의 책, 31쪽.

고 "관능官能"이라는 청각적 "음향音響의 자극刺戟", 즉 "몽롱朦朧"이라는 "찰나찰나 刹那刹那에" 느끼는 "자극刺戟"[15]에 있다. 이를 요약하면 시의 음악성은 언어의 물리적 소리가 청각을 통해 일으킨 정서적 반응에 있다는 것이다. 이러한 생각에는 음악성이 시의 본질적 계기라는 사유가 내재해 있다. 노래로서의 시가 불가능한 시대에도 여전히 '음악적인 것'으로서 "언어言語의 음악音樂"이 시의 본질적 계기를 이룬다는 것이다. 이러한 생각의 기저에 있는 것이 내용과 형식의 이원론이다. 시의 음악성을 형식과 동일시하기 위해서는 내용과 분리된 순수 형식의 차원이 구비되어야 하기 때문이다.

이제 문제는 자유시와 산문시에서 "언어言語의 음악音樂"의 구체적 양상을 파악하는 것이다. 전통적 시가에서 율격화된 리듬은 음악성의 제1지표로 기능한다. 율격은 음악의 마디와 박자처럼 규칙적인 척도measure로 환원되기 때문이다. 그러나 기존의 전통적 율격을 부정하는 근대 자유시에서 시적 리듬은 규칙적인 척도인 율격으로 측정될 수 없다. 이제 우리는 자유시에서의 리듬의 문제, 즉 율격이 배제된 시적 형식에서의 음악성이라는 문제와 대면한다. 운문과 산문의 경계지점에 대한 사유도 이곳에서 파생된다.

사유시라는 형식으로 말하면 당시 주로 불린서 상징파의 주장으로 고래로 나려오는 각법과 「라임」을 폐하고 작자의 자연스러운 리듬에 마초아 쓰기 시작한 것입니다.[16]

주요한은 서구 상징주의에서 유래된 자유시의 특질을 "고래로 나려오는 각법

---

15 "나는 찰나찰나의 영의 정조적 음악이라고 하겠습니다. (…중략…) 시는 한마디로 말하면 정조 (감정, 정서, 무드)의 음악적 표현입니다. 그러기 때문에 시에는 이지의 분자가 있어서는 아니될 것입니다." 김억, 「『잃어버린 진주』 서문」, 김용직 편, 『해파리의 노래(외)』, 범우, 2004, 213쪽.
16 주요한, 「노래를지으시려는이에게 1」, 『조선문단』 창간호, 1924, 49쪽.

과 「라임」", 즉 서구 작시법versification의 폐기에서 찾고 있다. 그렇다면 자유시라는 시적 형식에서 시의 본질적 계기인 음악성은 어떻게 되는가? 우리가 자유시와 산문시에서 시적 리듬의 가능성을 확보하기 위해서는 율격이나 작시법보다 넓은 개념이 요청된다. 근대 자유시와 산문시에서 음악성은 변형과 다양성을 포괄하기 때문에 동일한 것의 규칙적 반복만을 뜻하는 율격 개념으로 한정될 수 없는 것이다. "작자의 자연스러운 리듬"이 보여주는 것은 바로 율격론에서 새로운 리듬론으로의 이행이다.[17] 1920년대 자유시가 갖는 의의는 율격이라는 외적 규제 장치를 제거함으로써 시적 리듬이 발현될 수 있는 공간을 확장했다는 점이다. 그렇다면 이제 문제는 시인의 "자연스러운 리듬"이 시에서 구현되는 메커니즘의 탐색에 있을 것이다. 1920년대가 최초로 대면한 이곳은 시가 내용과 형식으로 분화되는 길이며 동시에 시적 리듬이 '내재율'과 '음수율'로 양분되는 갈림길이었다.

2) '내재율'이라는 새로운 리듬의 출현

프랑스 상징주의라는 외적 계기에 의해 촉발된 근대 자유시 운동은 율격의 거부와 배척이라는 부정적 계기뿐만 아니라, 시적 리듬의 복원이라는 긍정적 계기를 포함하고 있다. 시의 음악성이 율격의 차원에서 리듬의 차원으로 이동해야 하는 것이다. 이러한 변이의 출발선상에 있는 이름이 '내재율'이다.

싸러 율律이라 흠도 이 자유시自由詩의 혹或 성율性律을 일음입니다. 이 율명律名에 지쏟ᄒ야는 사람의게 의衣ᄒ여 각개各個 내재율內在律, 혹或 내용율內容律, 혹或 내심율內心

---

[17] "우리는 율격의 개념과 리듬의 개념을 변별해야만 한다. 비록 율격이 전통적 규범이란 가치를 지니고 시를 읽는데 지속적인 충동으로 나타난다고 하더라도, 이것은 어느 면 우리가 결코 정확하게 이해할 수 없는 하나의 추상관념에 다름 아니다." 벤야민 흐루쇼브스키, 「현대시의 자유율」, 박인기 편역, 『현대시의 이론』, 지식산업사, 1992, 121쪽.

律, 혹或 내율內率, 심율心律이라고 호呼흡니다. 그러나 이는 모다 자유율自由律 곧 개성율
個性律을 형용形容ᄒᆞᄂᆞᆫ 동일 의미同一意味의 말임니다. 나는 차등종종此等種種의 명名을 포
함包含ᄒᆞ여 단單히 「영율靈律」이라 호呼흡려 흡니다.[18]

위의 인용문은 자유시에서 시적 리듬에 대한 최초의 명명 행위가 개인마다
다양했음을 보여준다. "내재율內在律, 혹或 내용율內容律, 혹或 내심율內心律, 혹或 내
율內率, 심율心律"은 "작자의 자연스러운 리듬", 곧 "자유율自由律 곧 개성율個性律"을
지시하는 용어들이다. 여기서 '내內', '안'이란 개념은 이 용어들을 관류하는 핵
심으로, 그것의 함의는 '내심율內心律'과 '내용율內容律'이란 두 용어로 대별될 수
있다. '내심율內心律'은 시인의 차원을 지시하는 개념으로 일반적으로 '영혼',
'시혼', '개성', '생명', '호흡' 등으로 통칭된다. '내용율內容律'은 텍스트의 차원
을 지시하는 개념으로 '내용', '사상 감정', '음률音律', '해조諧調' 등의 별칭으로
불린다. 시적 리듬의 두 존재 양상인 시인의 차원과 텍스트적 차원은 상당 기간
미분화된 채로 혼용되어 왔는데, 주요한의 "영율靈律"은 이러한 미분화 상태를
예시한다. 김억은 「시형詩型의 운율韻律과 호흡呼吸」에서 시적 리듬을 "시인詩人의
호흡呼吸"이라 칭함으로써 이미 그 전형적인 모습을 예기한다.

심甚하게 말하면 혈액血液 돌아가는 힘과 심장心臟의 고동鼓動에 말미암아서도 시詩
의 음률音律을 좌우左右하게 될 것임은 분명分明합니다. 여러 말할 것 업시 말하면 인
격人格은 육체肉體의 힘의 조화調和이고요 그 육체肉體의 한 힘, 호흡呼吸은 시詩의 음률
音律을 형성形成하는 것이겠지요.[19]

18 황석우, 「朝鮮詩壇의 發足點과 自由詩」, 『매일신보』, 1919.11.10, 4면.
19 김억, 「詩型의 韻律과 呼吸」, 앞의 책, 34쪽.

김억은 예술을 육체와 정신의 조화에서 파악하고 이를 토대로 동서양·민족·개인 간의 예술의 차이를 설명한다. 그는 인간이 찰나에 느끼는 충동과 정서의 차이를 토대로, 동서양·민족·개인 각자가 충동과 정서를 표현하는 방식의 차이를 설명한다. "문체文體와 어체語體" 그리고 "시체詩體"의 차이도 이러한 맥락에서 설명된다. 시는 "시인詩人의 호흡呼吸을 찰나刹那에 표현表現"한 것이기 때문에, "혈액血液 돌아가는 힘과 심장心臟의 고동鼓動"이라는 육체의 힘이 "시詩의 음률音律"을 결정하고, 다시 이 "시詩의 음률音律"이 "시체詩體"를 결정한다는 것이다. "시詩의 음률音律"이 시인의 호흡과 "시체詩體"를 매개한다는 말이다.

시적 리듬의 기원을 인간의 호흡이나 박동과 같은 육체의 힘으로 설명하는 방식은 1920년대에는 상당히 일반화된 방식이었다.[20] 이러한 이론은 자연현상과 생명현상이라는 우주적·인간적 차원의 리듬을 시적 차원의 리듬과 동일시한다. 낮과 밤의 교대, 들숨과 날숨의 교차가 시적 리듬이라는 현상과 직접적으로 동일시되는 것이다. 이렇게 되면 시적 리듬은 인간의 호흡·생명의 원리를 지배하는 자연적 법칙의 수준에서 정당성을 획득할 가능성을 얻는다. 그러나 이는 내포가 다른 두 범주를 동일시하는 오류로 볼 수 있다. 이러한 오류의 실제적인 결과물은, 낮과 밤의 교대 혹은 들숨과 날숨의 교차와 같은 규칙적인 반

---

20 몇 가지 예를 들면 다음과 같다. ① "시에는, 문자의 형식으로는 표현되지 않았을 지라도, 그 리듬의 고저·장단·억양이 포함되어 있습니다. 그 속에 시의 생명이 있으며, 시인의 호흡이 숨어 있는 것이올시다." 양주동, 「시란 어떠한 것인가?」(『금성』 2호, 1924.1.25), 『양주동 전집』 11, 동국대 출판부, 1998, 10쪽. ② "첫재 詩는 散文과 다른 一種의 固有한 形式이 잇다는 것을 닛지 안을 것이외다. 그 形式을 한마디로 말하면 韻律인데 오늘 우리의 試驗하는 自由詩에는 이 韻律이 다만 自然的 呼吸에 잇슬 쑨임으로 얼른 찻기가 어렵습니다. 그러나 그것이 缺한 것이면 決코 詩라 부를 수 업습니다." 주요한, 「시선후감」, 『조선문단』 11호, 1925.9.1, 95쪽. ③ "民族的 見地로 보아 朝鮮 사람에게는 다른 民族과는 다른 朝鮮사람의 固有한 一般的 呼吸이 잇슴을 니즐 수가 업스니" 김억, 「밟아질 조선시단의길」, 앞의 책, 367쪽. 한계전은 호흡론의 기원을 일본 상징주의자인 服部嘉香의 「리듬론」과 上田敏의 「자유시」에서 찾고 있다. 특히 上田敏은 프랑스 상징주의 시인 폴 클로델을 소개하면서 "verset"의 개념을 도입하는데, 여기서 "verset"은 "한 번의 호흡으로 리듬을 이루는 句" 또는 "힘껏 들이쉬었다가 나오는 호흡과 일치되는 리듬 언어의 파동"을 의미한다. 이것이 '호흡론'의 원형적 형태라는 것이다. 한계전, 앞의 책, 27쪽.

복, 즉 주기성으로 환원된 리듬 개념이다.

'영혼', '시혼', '개성', '생명', '호흡' 등의 '내심율內心律'은 그 자체로 시적 리
듬의 기원이나 내용이 될 수 없다. 그것의 유효성은 전통적 율격의 발생 기원을
설명하는 것으로 한정되어야 한다. 내재율의 존재 근거는 자연이나 시인과 같
은 추상적 차원에서 찾을 수 없는 것이다. 따라서 자유시에서의 시적 리듬은 텍
스트 차원의 '내용율內容律'('내용', '사상 감정' '음률音律', '해조諧調')로 이해되어야 한
다. 일반적으로 우리가 '내재율'로서 지시하는 것이 바로 이것이다. 그것은 텍
스트 차원에서 자신의 존립 기반을 확보해야 한다. 이때 언어는 내재율이 거주
하는 중심 공간이 된다.

(가) 형식운율이 관습적慣習的, 형식적 운율임에 반하여, 내용 운율은 개성적, 내
용적입니다. 내용율은 곧 시인 그 사람의 호흡이오, 생명입니다. 보통 우리가 리듬
이라 할 때에는 물론 음수율의 의미도 포함되는 것이지만, 그 주체는 이 내용율을
가리킴이 되리라고 생각할만치, 현대 자유시의 내용율과는, 밀접한 관계가 있습니
다. 참으로 내용율을 무시하고는 시의 내용─그 사상감정, 호흡생명을 알 수가 없
을 것입니다.[21]

(나) 아무리 리듬 없는 조선말이라 할지라도 그 발음이 있는 이상 문자의 배열에
서 일어나는 호흡, 또는 색향色響·리듬이 없다고는 말할 수 없으므로 그 호흡·색향
·리듬이 있지 않고서는 시가라고 할 수 없다 할 뿐이다. 그리하여 이것을 논한다는
것은 곧 자유시율론自由詩律論이 될 것이나 지금은 그 의미하는 바를 좁히어서 시가
의 음악적 방면의 근소 부분 소위 그 '방면'에만 접촉하여보고자 한다.[22]

---

21   양주동, 「시와 운율」, 『금성』 3호, 1924.5, 앞의 책, 27쪽.
22   김기진, 「詩歌의 音樂的 方面」, 『朝鮮文壇』 11호, 1925; 홍정선 편, 『金八峯文學全集』 1, 문학과

인용문은 각각 양주동과 김기진의 것으로 1920년대에 시적 리듬이 처한 위상을 보여준다. (가)는 1920년대 리듬론의 위상을 충실하게 재현하고 있다. "내용 운율은 개성적, 내용적"이라는 말은, 내재율이 시인의 차원과 텍스트의 차원을 연결하는 지점임을 보여준다. 즉 현대 자유시의 시적 리듬이 시인의 "호흡생명"과 텍스트의 "사상감정"이 결합하는 지점에 있다는 것이다. (나)는 "자유시율론自由詩律論"이란 용어로 당시 새로운 리듬론의 과제를 압축적으로 보여주고 있다. 여기서 "율론律論"이란 말은 현재의 운율론에서 사용하는 율격 개념으로 이해되지는 않는다. 왜냐하면 양주동에게 자유시의 리듬은 "문자의 배열에서 일어나는 호흡, 또는 색향色響·리듬"이라는 비율격적인 것을 의미하기 때문이다. 이는 자유시의 리듬이 "외적 형식에 있지 아니하고 그 '말'의 리듬에 있다"[23]는 주장과도 일맥상통한다. 따라서 그에게 "자유시율론自由詩律論"은 일종의 '내재율'이 텍스트 차원에서 실현되는 메커니즘의 탐색을 의미한다. "기실 일층 더 어려운 조건을 요구하는" 이 내용율의 탐색은 시적 리듬이 언어 차원에서 어떻게 구현되는지를 보여준다는 점에서 중요한 의의를 지닌다.

> 그리하여 시가에 있어서 음악적이라는 것은 별게 아니다. 강剛, 유柔, 청淸, 탁濁, 고高, 저底, 장長, 단短의 음을 사람의 감정을 능히 두드릴 만큼 묘하게 정돈하여놓는 것에 지나지 않는다. 세련된 언어를 배열하는 것에 지나지 않는다.[24]

김기진이 말하는 "강剛, 유柔, 청淸, 탁濁, 고高, 저底, 장長, 단短의 음"은 언어가 지닌 음색音色을 뜻한다. 그에 따르면 자음과 모음에 각각 자신의 고유한 음색을

지성사, 1988, 40쪽.

23 김기진, 「현 시단의 시인」, 『개벽』 57~58호, 1925.3~4, 앞의 책, 221쪽.
24 위의 책, 43쪽.

갖는데, 자음은 강유剛柔의 음색을 갖고 모음은 명암明暗의 음색을 갖는다고 한다. 실제로 자음 중"나, 라, 마, 사, 하"는 유柔, "가, 다, 바, 자"는 반강반유半剛半柔, 나머지는 강剛에 해당하고, 모음 중"아, 이, 에, 의"는 명明, "야, 여, 오, 요, 유, 으"는 반암반명半暗半明, "어, 우"는 암暗에 해당한다고 한다. 이러한 분류는 언어의 음가音價가 지닌 상징성에 대한 초보적이지만 의미 있는 탐색으로 볼 수 있다. 그러나 언어의 '음音'과 '색色'의 관계, 즉 양자가 자의적이냐 필연적이냐는 문제는 제기되지도 않은 채 단순 가정되고 있다는 점에서 한계를 노정한다. 시적 리듬에 대한 인식이 언어의 본질이라는 문제를 제기하고 있지만, 아쉽게도 김기진은 그 과녁을 빗겨가고 만다.

> 조선 말은 엄격한 의미에서 리듬이 없는 말이다. 다만 그 음악적 효과를 얻고자 할 때에는 자수― 서양어로 말하면 실라블 수― 로 조지調子를 맞추는 것이 가장 중요한 방법일 것이다. 4·4 혹은 4·5, 5·5, 6·5, 7·5…… 등의 조자로써 효과를 얻을 수 있다. 이것은 악센트가 명확하지 못한 국어의 필연한 운명이라고 나는 생각한다.[25]

역설적이게도 내재율의 구체적 내용을 만드는 자리에서 우리가 최종적으로 목격하는 것은 음수율이다. 이것은 자유시가 거부한 율격으로의 회귀를 뜻한다. "조선 말은 엄격한 의미에서 리듬이 없는 말", "악센트가 명확하지 못한 국어"란 구절에 주목해 보자. 우선 "엄격한 의미에서 리듬"이란 서양식 율격 개념을 지시하는 말로 볼 수 있다. 롯츠J. Lotz의 율격 분류에 따른다면,[26] 김기진의 주장은 우리말의 율격 체계가 단순 율격, 즉 '순수-음절 율격'이기 때문에 "엄

25　위의 책, 45쪽.
26　롯츠는 율격을, 음절의 수가 율격 단위를 형성하는 '순수-음절 율격(pure-syllabic meter)'과 운율 자질이 율격의 단위를 형성하는 '음절-운율 율격(syllabic-prosodic meter)'으로 구분한다. J. Lotz, "Metric Typology", *Style in language*, M.I.T Press, 1960, p.142.

격한 의미에서 리듬이 없는 말"로 간주되어야 한다는 것이다. 이는 분명 전통적 율격 개념으로의 회귀이다.

율격론으로의 회귀가 보여주는 것은 내재율이 처한 역설적 위상이다. 앞서 보았듯이 내재율이 자신의 근거와 토대를 텍스트의 밖(시인이든 자연이든)에서 구할 때, 그것은 추상성이라는 대가를 치러야 한다. 반면 내재율이 자신의 근거와 토대를 텍스트 내에 확립하고자 한다면, 그것은 모국어의 차원에서 적절한 운율 자질들을 확보해야 한다. 이것은 우리말의 변별적 운율 자질이 무엇이냐는 지난한 문제를 제기한다. 불행히도 1920년대는 시적 리듬을 음수율, 즉 단순 율격의 규칙적인 회귀와 반복으로 이해함으로써 이 난제 앞에서 좌절하고 만다. 이러한 궤적은 내재율에 대한 또 다른 이론인 양주동의 어음語音과 어세語勢에서 다시 한 번 반복된다.

> 첫째 어음을 보건대 같은 성질의 의미를 가진 말도 그 어음의 적은 변환으로써, 그 말의 강도intensity가 크게 달라집니다. 예를 들면 '흰' '히-얀' '하-얀' 같은 말을 보더라도 '백白'이란 형용사의 본뜻은 동일하나, 그 '백白'의 강도에는 경정逕庭이 있습니다. (…중략…) 다음에 어세, 이것이 실로 내용율의 주안입니다. 어세의 완급은 내용율과 지대한 관계가 있습니다. 바로 앞에 든 두 절의 시를 보아도 어세의 완급으로 인하야 어떻게 그 리듬이 달라지는지를 알 것입니다.[27]

'어음'은 단어의 강도intensity에 따른 어감語感의 차이를 일컫는 말로 이해될 수 있다. 이는 김기진의 '강유剛柔'라는 개념과 동궤의 것이다. 양주동의 '어음' 개념은 내재율이 어감과 밀접한 연관을 갖는다는 사실을 예시하지만, 특별히 이것 자체가 어떻게 시적 리듬으로 구현되는지에 대해서는 아무것도 설명하지

---

27 양주동, 앞의 책, 28쪽.

않는다. 율독sacnsion 차원에서의 완급을 의미하는 '어세'도 마찬가지다. "그러나 이 어세의 완급을 기계적으로 판별하는 방법이라든가, 또는 필연적으로 약속하는 규칙같은 것이 없으니까, 이것은 아직 조선시 운율의 미결문제"라는 고백은 이러한 사실을 반증한다. 여기서 "조선시 운율의 미결문제"는 근본적으로 자유시에서 내재율의 가능성, 곧 새로운 리듬론의 가능성[28]에 대한 탐색이라는 문제를 제기한다. 그러나 이 문제 역시 객관적 검증이 어렵다는 이유로 유보되고 만다.

운율 이야기를 끝마치기 전에 한 마디 사족으로 말씀하여 둘 것은, 내용율과 형식율의 조화입니다. 자유시를 쓸지라도, 시상이 형식율적으로— 예하면 7·5조적 기분으로 된 것은, 물론 7·5조의 형식율을 쓰는 것이 당연할 것입니다. 또 파격의 자유시에도, 그 이면에 형식율(음수율)이 숨겨 있는 것을 잊어서는 안되리라 생각합니다. 아직 조선시의 음수율의 기조가 무슨 조인지 판명치 않기 때문에, 나는 여기 밝혀 말함을 피합니다마는, 내용율과 형식율은 양존양립兩存兩立하고, 서로 조화되어야 하리라고 생각합니다.[29]

---

28 강홍기는 『현대시 운율 구조론』, 태학사, 1999, 26~27쪽에서 이러한 가능성에 대해 검토하고 있다. 그는 현대시에서 율격이 아닌 내재율의 存在를 인정허는 기운데, "내재율을 형성허는 여러 유형들"을 발견하고 이를 통해 "한국 현대시 형태 구조"에 대해 파악하고자 한다. 그러나 그의 작업은 시적 리듬에 개입하는 의미 자질을 형태론적 차원과 구문론적 차원으로 한정한다는 문제점을 안고 있다. 이렇게 되면 자유시에서 시적 리듬의 개념은 협애화되고 궁극적으로 소리와 무관한 수사적 차원으로 환원될 소지가 있다. 한편 얀 무카로브스키의 이론을 토대로 억양을 시적 리듬의 주요 구성요소로 간주하는 박인기의 견해도 참조할 만하다. 그는 시적 리듬이 "하나의 시적 흐름"임을 전제한 뒤, 억양이 "시행 또는 시 전체에 걸치는 변화의 선율"임을 명시한다. 이러한 이론이 지닌 장점은 자유시의 리듬이 "음성학적 통사론적 의미론적으로 결정되며, 동시에 문상적 요소도 작용"함을 보여줄 수 있다는 점이다. 박인기, 「한국현대시의 자유시론 전개 양상」, 『단국대 논문집』 33호, 단국대 출판부, 1998. 박인기, 「한국현대시와 자유 리듬」, 『한국 시학연구』 제1호, 한국시학회, 1998. 그러나 현대시에서 시적 리듬이 실현되는 구체적 지점을 억양으로만 한정지을 필요는 없을 듯하다. 지금 긴요한 것은 다양한 지점에서 시적 리듬이 구현되는 메커니즘의 탐색이기 때문이다. 그리고 억양이 외적 발화의 차원이 아니라 내적 발화의 차원에서 어떻게 실현되는지에 대한 구체적 탐색이 없다는 점은 또 다른 아쉬움으로 남는다.

그가 서 있는 '내용율'과 '형식율' 사이의 갈림길은 1920년대 자유시 일반이 서 있는 곳이기도 하다. 그의 유보적 태도는 다음과 같은 두 가지 사실을 암시한다. 첫째 내용과 형식의 이분법. '내용율'은 아직 실질적 내용을 확립하지 못한 추상성의 상태에 있다. 엄밀히 말해서 어음과 어세로서의 '내용율'은 언어 일반의 문제이지 시적 리듬 차원의 문제는 아니기 때문이다. 반면 '형식율'은 음수율이라는 율격 체계 하에서 자신의 기반을 다진다. 이는 율격을 시의 형식, 시의 음악성, 시의 본질로 보는 사유를 내포한다. 따라서 다음과 같이 말할 수 있다, 시적 리듬이 율격으로 이해되는 한 자유시에서 내재율은 허상의 자리를 점유할 수밖에 없다고. 둘째 이러한 상황 속에서 양자의 "양존양립兩存兩立"를 주장하는 것은 편향적인 결과를 초래할 수 있다. "또 파격의 자유시에도, 그 이면에 형식율(음수율)이 숨겨 있는 것을 잊어서는 안되리라"에서 드러나는 것은 '내용율'과 '형식율' 양자의 조화라기보다는 '형식율(음수율)'의 일방적 강조이다. 이런 점에서 향후의 과제가 "조선시의 음수율의 기조"를 판단하는 것이라는 주장은, 자유시의 리듬이 '리듬론'이 아닌 '율격론'으로 자리매김 됨을 암시한다. 따라서 다음과 같이 말할 수 있다, 내재율이 허상의 자리에 있는 한에서 율격론은 자신의 이론적 정당성을 확보할 수 있다고.

3. 율격론의 확립—민요시론과 시조부흥운동

'내재율'에서 '내', 즉 '안'의 개념은 시인의 차원'內心律'과 텍스트의 차원'內容律'을 아우르는 복합적인 개념이다. 여기서 문제의 관건은 전자가 후자의 차원으로 실현되는 구체적인 매개지점에 대한 분석에 있다. 그러나 '내재율'이란 개념

---

29 양주동, 앞의 책, 29쪽.

의 배후에는 시인과 텍스트, 내부와 외부, 내용과 형식의 이분법이 도사리고 있기 때문에, 우리는 '내재율'이란 개념을 매우 조심스럽게 사용해야 한다. 그것은 항상 '밖'이라는 개념을 호출하고 그 결과 '안'과 '밖'의 이분법을 각인할 가능성에 노출되어 있다. 율격론은 '외형률'이란 이름으로 '밖'을 추상화·절대화하여 '안'과 '밖'의 이분법을 더욱 공고히 한다. 여기가 시적 리듬에 대한 최초의 왜곡이 발생한 지점이다. 이러한 사태는 리듬론이 '내재율'이란 이름으로 '안'을 추상화·절대화한다고 해결되지는 않는다. 왜냐하면 反－율격론으로서 '내재율'은 시인과 시의 내부에 어떠한 논리로도 설명 불가능한 추상화된 공간을 설정하기 때문이다. 이것은 마치 외적 규범 체계라는 율격론의 절대화된 공간이 시인과 시의 내부로 단순 이동한 것처럼 보인다. 우리가 '내재율'이라는 말로 시인과 시 내부에 존재하는 율격과 같은 규칙과 형식을 염두에 둔다면 상황은 걷잡을 수 없게 된다. 실제로 이러한 일이 1920대 중반 '민요시운동'과 '시조부흥운동'란 이름으로 벌어졌다.

율격론에 의한 '내재율'의 침윤이라는 사태는 문학사적 맥락과 밀접하게 연관되어 있다. '데카당스' 문학의 폐해가 이러한 사태의 간접적 배경을 형성한다면, 국민문학파의 성립은 직접적 배경을 형성한다.

'데카당스' 문학에 대한 반성과 새로운 문학에 대한 모색은 율격론의 확립의 촉진제로 작용했다. 김윤식·김현의 지적대로 '데카당스' 문학이 자유시－산문시라는 새로운 시 형태를 요청했다면, 역으로 '데카당스' 문학의 폐해와 한계는 자유시－산문시라는 시 형식을 부정하는 계기로 작용했을 것이다. 김억이 "구드를 신고 갓을 쓴 듯한 창작創作도 번역飜譯도 아닌 작품作品"[30]이라고 했을 때, 주요한이 "이 외국문화 전제에서 버서나서 국민덕 독창문학을 건설"[31]하자고

---

30 김억, 「朝鮮心을 背景삼아」(『동아일보』, 1924.1.1), 앞의 책, 215쪽.
31 주요한, 「노래를지으시려는이에게 2」, 『조선문단』 2호, 1924, 49쪽.

했을 때, 그리고 양주동이 "재래와 같은 몽롱시체朦朧詩體를 일체 타파하고 민족 시적으로 시풍을 굳히"[32]자고 했을 때, 그들이 염두에 두고 있었던 것이 바로 '데카당스' 문학의 폐해였다. '데카당스' 문학에 대한 비판은 이후 민요시론과 시조부흥운동 성립의 간접적 계기가 된다.

카프 문학의 발흥과 '국민문학파'의 대두는 율격론을 확고히 정립하는 계기가 된다. 국민문학파는 카프 문학에 대항하여 민족 주체성을 옹호할 목적으로 '조선심'과 '전통'의 부흥을 도모한다. 이때 민요와 시조는 민족의 대표적 문화유산으로서 '전통'의 중심부를 차지하게 된다. 이것은 민요와 시조가 내적 필연성이 아니라 외적 필요성에 의해 도입되었음을 보여준다. 물론 이러한 외삽의 실제적 결과에 대한 평가는 엄밀한 논증이 요구되는 작업이다. 그러나 한 가지 분명한 것은 이들이 문학 안으로 '민족'과 '전통'을 끌고 들어옴으로써, 외래와 전통의 이분법이 강화됐다는 점이다. 이러한 이분법은 시적 리듬의 차원에서 내재율과 외형률의 이분법으로 현상한다. 민요시 운동과 시조부흥운동은 음수율이라는 외형률이 시적 리듬의 중심부를 차지하는 직접적 계기를 마련하는데, 이로써 '시의 본질=음악성=형식=율격=외형률=음수율'이라는 등식 체계가 완성된다. 결국 '민족'과 '전통'은 음수율로서의 율격론을 시적 형식으로 확립하고, 내재율로서의 리듬론을 일종의 허상으로 만든 일등공신이 된 것이다.

---

32 양주동, 「병인문단개관」, 앞의 책, 148쪽. 여기서 '몽롱체'는 현철이 황석우와 '신시논쟁'을 벌이는 가운데, 「所謂 新詩形과 朦朧體」(『개벽』 제8호, 1921.1, 129쪽)에서 사용한 용어이다. "黃君이 自稱詩人이라는 名目下에서 短行의 語句를 羅列하야 그 形式은 所謂自由詩라는 이름에 밀고 그 뜻은 象徵主義라는 看板에부텨 盛大히 朦朧體를 만들며 한편으로는 國民的色이니 國民詩歌이니 民族性에 觸하느니 世界詩形이니하야 現今朝鮮時局의 人心에 阿諛하려고 하는 그 心理야말로 참 可憐한 생각이 난다." 현철이 상징주의 문학을 비판할 때 그 이론적 근거는 '시의 본질=음악성=율격'이라는 등식에서 비롯한다는 사실을 파악하는 것이 중요하다. "어찌되엇던 以前에 우리에게 업던 舊律格보다는 다른 律語內에서 짜로이 한格을 創始하랴고 하는 것은 事實이다. 卽 다시말하면 在來의 舊體아닌 律語法이니 卽新型式을 取한 詩라고 할 수가 잇다. 新型式이나 舊形式이나 한가지로 詩라고 하는 것이 다가티 律格上律語로 組成된 以上에는 그처럼 큰 差別은 업슬듯하다."(132쪽)

1) 민요시론의 두 양상, 민족과 율격

> 민요시民謠詩는 그렇지 아니하고 종래從來의 전통적傳統的 시형詩形(형식상形式上 조
> 건條件)을 밟는 것입니다. 이 시형詩形을 밟지 아니하면 민요시民謠詩는 민요시民謠詩
> 다운 점點이 없는 듯 합니다. (…중략…) 단순성單純性의 그윽한 속에 또는 문자文字를
> 음조音調 고르게 배열排列한 속에 한限 없는 다사롭고도 아릿아릿한 무드가 숨어 있
> 는 것이 민요시民謠詩입니다.[33]

김억은 민요시의 요체를 "종래從來의 전통적傳統的 시형詩形(형식상形式上 조건條件)"
으로 파악하고 있다. 민요시를 민요시답게 하는 것이 "종래從來의 전통적傳統的
시형詩形"에 있다는 것이다. 근대 자유시의 열렬한 옹호자로서의 면모와 민요시
의 적극적 대변자로서의 면모 사이에는 상당한 괴리가 있는 것처럼 보인다. 그
러나 이러한 변화의 계기들은 이미 자유시의 옹호자였던 초창기의 이론 속에
구비되어 있었던 것으로 보인다. 이것이 가능한 것은 그의 '민족'과 '율격' 개념
때문인데, '민족'은 내용적 측면에서 '율격'은 형식적 측면에서 자유시 이론과
민요시 이론을 매개하는 연결고리로 기능한다. "종래從來의 전통적傳統的 시형詩形
(형식상形式上 조건條件)"에서 확인하는 것은 바로 이 매개의 두 지점이다.

우선 "종래從來의 전통傳統"은 '조선심朝鮮心'이라 불리는 "조선朝鮮의 사상思想과
감정感情"[34]을 의미한다. 최남선의 '조선심朝鮮心'이 김억에 이르면 민요시의 사상
적 내용으로 내재화되는 것이다. '조선심朝鮮心'으로 대표된 '민족' 개념이 자유
시론과 모순되지 않고 오히려 자유시론 성립의 한 축으로 기능하는 까닭은 그
에게 '민족'이란 개념이 애초부터 개인과 미분화된 상태로 존재하기 때문이다.

---

33 김억, 「『잃어버린 진주』 서문」, 김용직 편, 앞의 책, 206~208쪽.
34 김억, 「朝鮮心을 背景삼아」, 앞의 책, 215쪽.

이미 그는 "그 찰나剎那에 늣기는 충동衝動이 서로 사람마다 달를 줄은 짐작하니 다만은 광의廣義로의 한 민족民族의 공통적共通的되는 충동衝動은 갓틀 것"[35]이라며, 충동의 개별성을 전제하면서도 "민족民族의 공통적共通的되는 충동衝動"을 예외로 설정했었다. 개인과 민족의 가정된 등식관계가 "민족民族의 공통적共通的되는 충동衝動"을 예외항으로 성립시킨 것이다. 따라서 개인의 감정을 자유롭게 표현하는 자유시와 "조선朝鮮의 사상思想과 감정感情"을 완벽하게 표현하는 "조선朝鮮사람다운 시체詩體"[36]는 모순되는 개념이 아니다.

이러한 면모는 주요한에게서도 발견된다. 그에게 신시운동의 목표는 "첫재는 민족덕 정조와 사상을 바로 해석하고 표현하는것 둘재는 조선말의 미와 힘을 새로 차저내고 지어내는것"[37]이다. 개인의 자유로운 개성과 "민족덕 정조와 사상"이 즉각적으로 동일시되는 이곳이 신시운동의 첫 번째 굴절 지점, '민족'이라는 공동체가 출현하는 지점이다.

> 그러나 가장 안전한 「크라이틔리아」를 두가지만 말하자면 첫재는 개성에 충실하라 함이오 둘재는 조선사람된 개성에 충실하라 함이외다. (…중략…) 그러면 이제부터 나아갈 우리의 길은 다름이 아니라 이 외국문화 전제에서 버서나셔 국민덕 독창문학을 건설함에 잇습니다. (…중략…) 이런 의미에 잇셔셔 우리가 가진 유일한 발족뎜이 한시도아니오 시됴도아니오 민요와 밋동요라 함은 나의 젼부터 주장하는 바이외다.[38]

---

35 김억, 「詩型의 韻律과 呼吸」, 앞의 책, 34쪽.
36 "因襲에 起因되기 째문에 佛文詩와 英文詩가 달은 것이요, 朝鮮사람에게도 朝鮮사람다운 詩體가 생길 것은 毋論이외다." 위의 책, 34쪽.
37 주요한, 『조선문단』 창간호, 50쪽.
38 주요한, 『조선문단』 2호, 48~49쪽.

새로운 신시운동은 "외국문화 전제에서 버서나서" "개성에 충실"해야 한다. 이때 새로운 신시운동의 기준점이 되는 "개성"은 독립적 주체로서의 개성이 아니라 '민족'이라는 집단적 주체로서의 개성이다. "조선사람된 개성"이라는 모순된 표현에 내재하는 것은 바로 이러한 집단적 주체로서의 민족 개념이다. 이는 외래문화의 모방 속에서 전통문화를 계승하고자 하는 시대의식에 의해 요청된 것으로 볼 수 있다. 김억이 "민족民族의 공통적共通的되는 충동衝動"을 요청했던 것처럼, 주요한은 "조선사람된 개성"을 요청함으로써 현재와 과거, 개인과 민족, 외래와 전통 사이에 가교를 놓고자 한다. 그러나 "조선사람"과 "개성"에 가교를 놓아 '민족=개인'이란 등식이 성립하기 위해서는 민족을 구성하는 개인들 간의 차이가 소멸되어야 한다. 여기서 민족은 차이가 소멸된 개인들의 순수 형식이 될 수밖에 없다. 이러한 추상화는 '민족'이라는 개념이 시의 내적 필연성이 아니라 외적 필요성에 의해 이식되었기 때문에 발생한다. 양자의 간극을 메우기 위해 '자연적·생리적 필연성'[39]을 끌어들이는 것은 오히려 내적 필연성의 부재를 입증한다. 왜냐하면 자연적·생리적 필연성의 보편성은 '민족'이라는 특수성과 모순되기 때문이다.

김억과 주요한의 민요시론을 구성하는 '민족=개인'이라는 등식 관계는 내적 필연성에 의한 것이 아니기 때문에 잠정적일 수밖에 없다. 양자의 결합은 갈등과 균열의 계기를 내포하는데, 그 균열의 지점에서 민요시론과 격조시론이 출현하는 것이다. 물론 양자가 보여주는 갈등과 균열의 구체적 양상들은 상이하다. 주요한이 '민족'이라는 축에 입각하여 '개인'의 실제적 내용들을 무화시킴으로써 등식의 형식적 틀만을 유지하고 있다면, 김억은 '개인'과 '민족' 양자를

---

39 염상섭도 이러한 필연성을 가정한다. "生理的 條件에 約束된 「自然의 소리」 혹은 「自然의 노래」라는 것이다. 그러므로 그 民族이 가진 「소리」와 「노래」의 基本的 리듬은 自然-地理가 결정한 것이라고 할 것이다. 가장 자연히 自然이 결정한 것이다." 염상섭, 「時調와 民謠」, 이태극 편, 『時調研究論叢』, 을유문화사, 1965, 59쪽.

견지하는 가운데 양자의 결속력을 보정해 줄 제3의 수단을 모색한다고 말할 수 있다. 주요한이 "조선시형朝鮮詩形을 잘못되게 한 죄罪", "시단詩壇에 제일第一 죄罪만은 사람"으로 김억을 소환하는 이유가 여기에 있다.

(가) 그럼으로 엇던한 적은 「나」의 행동이던지 「사회」에 영향을 주지 아늠이 업슬 것이외다. 나는 우리 현재 사회에 「데까단」덕, 병덕 문학을 주기를 실혀합니다. 그럼으로 나는 「데까단」덕 경향을 가진 작가를 조하하지 아느며 자신도 그런 경향을 피하기로 주의하엿습니다.[40]

(나) 군君(주요한─인용자)은 조선시형朝鮮詩形을 모방模倣이라는 한마듸로 쓸어바리고 말앗습니다만은 나는 모방模倣이라는 것보다도 대세大勢의 엇지할 수 업는 사조思潮의 하나로 보고 조선시형朝鮮詩形이 그리 되지 아니할 수가 업다고 합니다. 더욱 근대近代에 와서 시인詩人이 시인詩人 자신自身의 자유自由롭은 내재율內在律을 무엇보다 존중尊重하는 점點에서 이 감感이 적지 아니 합니다.[41]

(가)와 (나)의 차이는 분명하다. (가)가 "「데까단」덕, 병덕 문학"의 존재 의의를 그것의 폐해 때문에 단순 부정하고 있다면, (나)는 "「데까단」덕, 병덕 문학"의 존재 의의를 그것의 폐해에도 불구하고 필연적인 것으로 긍정한다. 이러한 차이는 문학적 양식에 대한 평가 기준의 차이에서 오는 것으로 보인다. 주요한의 경우 문학 평가의 궁극적 잣대는 문학이 사회에 끼치는 영향 관계에 있다. "엇던한 적은 「나」의 행동이던지 「사회」에 영향을 주지 아늠이 업슬 것"에서 보듯, 개인 행동의 판단 기준이 사회에 끼치는 영향력에 의해 결정되는 것이다.

---

[40] 주요한, 「책끗헤」(『아름다운 새벽』 서문), 『한국현대시사자료집』 2권, 태학사, 1982, 182쪽.
[41] 김억, 「「朝鮮詩形에 關하야」를 듯고서」, 앞의 책, 375쪽.

이렇게 되면 개인의 행동은 개성적 행위가 아니라 사회적 기준들에 의해 판별된 행위들이 된다. 이는 문학의 가치평가의 척도가 사회적 영향력에 있음을 의미한다.

그러나 김억은 가치평가의 척도를 문학 바깥이 아니라 문학 안에서 찾는다. 자유시형은 그것의 폐해에도 불구하고 "대세大勢의 엇지할 수 업는", "조선시형朝鮮詩形이 그리 되지 아니할 수가 업"는 필연적 계기를 갖는 것으로 인식된다. 왜냐하면 형식은 사회적 영향이라는 외적 계기를 초월하여 시의 본질적 계기를 이루는 것이기 때문이다. 그에게 형식은 현재와 과거, 개인과 민족, 외래와 전통 사이의 간극을 가로지르는 시의 내적 계기이다. 그가 "시인詩人 자신自身의 자유自由롭은 내재율內在律"을 허용하는 것도 그것의 자유로운 개성 때문이 아니라 자유시와 내재율이라는 형식 자체의 불가피성 때문이다. 이는 "아직까지 적합適合한 것을 발견發見치 못한 조선시문朝鮮詩文"[42]이라는 시대 인식을 토대로 한다.

"조선시문朝鮮詩文"의 형식적 계기는 "종래從來의 전통적傳統的 시형詩形"에 대한 사고로 구체화된다. 이는 민요시론과 격조시론이 동일한 토대로 갖고 있다는 사실을 반증한다. 즉 김억에게 민요라는 "종래從來의 전통적傳統的 시형詩形"은 "조선시문朝鮮詩文"에 가장 "적합適合한 것을 발견發見"하라는 격조시론의 요청과 동궤를 이루는 것이다.[43] 따라서 자유시형에서 민요시형으로, 그리고 격조시형으로의 변화는 본질적인 차원의 변화가 아니라 개인적 → 전통적 → 조선적 형식이라는 범위와 양상 차원의 변화로 보아야 한다. 이것이 가능한 것은 그의 시론을 관류하는 '시의 본질=음악성=형식'이라는 등식 때문이다. 여기서 결정적인 것은 시에서 음악성이 어떠한 방식으로 형식화되는가를 파악하는 것이다. 김억

---

42 김억, 「詩型의 韻律과 呼吸」, 앞의 책, 35쪽.
43 "다시말하면 時調나 民謠의 形式 그것을 그대로 採用하지 아니하고 이 두가지를 混合 折衝하야 現代의 우리의 生活과 思想과 感情이 如實하게 담겨질 만한 詩形을 發見하는 것이 조치 아니할가 합니다" 김억, 앞의 책, 368쪽.

에게 시의 음악성과 형식을 매개하는 것이 바로 음수율이라는 율격이다.

> 자유시自由詩와 근본적根本的으로 다른 것은 어대까지든지 정형定型을 가젓기 째문에 음률미音律美가 잇지 아니할 수 업다는 점点에 잇는 것이외다. (…중략…) 언제나 산문散文과 혼동混同되기 쉬웁다는 것이외다 더욱 그것이 조선朝鮮말과 가티 음률적音律的으로 고저장단高低長短이 업는 것만큼 빈약貧弱하다는 감感을 금禁할 수 업는 언어言語에서는 그 염려念慮가 심甚하지 아니할가 합니다. 이러케 음률적音律的 빈약貧弱을 소유所有한 언어言語에는 자유自由롭은 시형詩形을 취取하는 것보다도 음절수音節數의 정형定型을 가지는 것이 음률적音律的 효과效果를 가지게 되는 것은 나의 혼자롭은 독단獨斷이 아닌 줄 압니다.[44]

김억에게 격조시형은 일정한 율격적 형식, 즉 "음절수音節數의 정형定型"을 가진 시형이다. 이렇게 성립한 '형식=율격'이라는 등식은 자유시를 무형식의 시로 규정하는 기준이 된다. 왜냐하면 자유시는 비율격적 시이기 때문이다. 여기서 문제는 율격이 시의 본질적 계기인 음악성 전체로 격상되어 시적 리듬 전체를 대체하게 된다는 것이다. 우리말은 서양어와 달리 "음률적音律的으로 고저장단高低長短이업는" "음률적音律的 빈약貧弱을 소유所有한 언어言語"로 정의되고, "음률적音律的 효과效果"를 가지기 위해서는 "음절수音節數의 정형定型"이라는 보상이 필요한 것으로 간주된다. 일반적으로 "음률적音律的 효과效果"를 시적 리듬이 야기하는 음악적 효과로 해석한다면 이것은 결국 "음절수音節數의 정형定型"이라는 율격이 시의 음악적 효과를 산출하는 동인이라는 것이다. 여기서 우리는 '음악성=형식=율격=(음수율)'이라는 보다 확장된 공식을 얻는다. 이는 주요한에게서도 분명히 드러난다. "문자중에서도 음률을 직히는 운문의 형식을위하야 할

---

44 김억, 「율격시형론 소고」(『동아일보』, 1930.1.16~30), 앞의 책, 423쪽.

것이외다. 적어도 이범위안에 잇는 것이라야 노래라 하엿지 그 범위를 버서나면 노래라 할수가 업겟습니다"[45]에서 보듯, '음률=운문의 형식=노래'로 이어지는 계열이 무비판적으로 전제된다.

이처럼 가정된 전제가 역으로 자유시의 시적 리듬의 위상을 결정한다. 자유시는 비율격적 시이기 때문에 무형식의 시로 간주되고, 결국 "음률적音律的 효과效果"가 없는 비음악적 시가 되는 것이다. 율격을 통해 운문의 독립성을 확립하려는 김억의 강박관념은 "아모리 내재율內在律을 존중尊重하지 안니할 수가 엄다 다하드라도 자유시형自由詩形의 가장 무섬은 위험危險은 산문散文과 혼동混同되기 쉬은 것"[46]이라는 진술로 표현되기도 한다. 김억이 자유시형의 필연성을 인정하면서도 격조시형으로 경화되는 궁극적 이유가 여기에 있다. 그는 시의 본질적 계기인 음악성이 율격이라는 형식을 통해서만 산출된다고 생각했던 것이다.[47] 그는 음수율이라는 율격을 시적 리듬과 혼동하고 시의 음악성을 음수율의 효과로 한정함으로써 결과적으로 자유시의 리듬인 내재율을 텅 빈 공간으로 만들어 버린 것이다.

이로써 김억은 '음악성=형식=율격=(음수율)'이라는 공식의 결정판에 더 가까이 다가간다. 새로운 "조선시형朝鮮詩形"의 확립이라는 역사적 도정에서 그는 '자유시'를 출발하여 '민요시'를 돌아 결국 '격조시'로 귀환한 것이다. 7·5조 율격의 정형성은 민요시에서 격조시로 이어지는 계보를 입증한다. 7·5조는 외래적인 것과 전통적인 것의 혼종이라는 특수성을 지닌 율격이다. 즉 그것의

---

45 주요한, 앞의 책, 47쪽.
46 김억, 앞의 책, 422쪽.
47 "「리듬「律」이란 英語의 Rhyrhm으로 一定한 拍子잇는 運動의 쯧입니다. 모든 것이 이 「리듬」하나으로 囚하야 음직힌다 하여야 올습니다. 音樂은 말할 것도 업슬어니와 詩歌의 本質도 어데잇느냐 하면 「音響」에 잇습니다." 김억, 「작시법」 1~6(『조선문단』 7~12호, 1925.4~1925.12), 앞의 책, 291쪽. 여기서 강조되는 것은 규칙성과 반복성을 특징으로 하는 율격 개념이며 그것의 절대성과 불변성이다.

발생은 일본적 전통 율격으로부터의 차입이지만, 그것의 실제적 전개는 민요조 율격이란 형태로 계승되었던 것이다. 이렇게 7·5조가 민요조 율격이란 틀로 수용됨으로써 그것은 격조시라는 보편적 시의 형식으로 보편화될 가능성을 획득한다.

2) '음수율'로서 율격 체계의 확립

민요시와 시조에 대한 요청은 국민문학파의 성립이라는 역사적으로 동일한 근원지에서 출발한다. 그러나 전자가 창작 활동에서 출발해 점진적으로 이론적 틀을 완비해 가는 '자연발생적 성격'[48]을 보여준다면, 후자는 처음부터 시대적 요청에 의해 이론적 틀로서 성립한 목적의식적 성격을 보여주고 있다. 시적 리듬의 차원에서 시조부흥운동은 음수율이라는 율격을 확립하는 결정적 계기를 이룬다. 이로써 '음악성＝형식＝율격＝(음수율)'이라는 공식이 시적 리듬의 중핵으로 급부상한다.

시조부흥운동의 당위적 필요성은 최남선의 주장에서 잘 드러난다. 그에게 시조는 "조선朝鮮의 풍토風土와 조선인朝鮮人의 성정性情이 음조音調를 빌어 그 와동渦動의 일一 형상形相을 구현具現"한 것으로, "조선심朝鮮心의 방사성放射性, 조선어朝鮮語의 섬유조직纖維組織이 가장 압착壓搾된 상태狀態에서 표현된 「공功든 탑塔」"[49]으로 격상된다. 여기서 중요한 것은 이러한 격상이 재래의 시조의 실제적 위상과 맺는 연관성이다. 시조부흥운동이 "국민문학國民文學의 전통적傳統的인 것을 찾으려고 하는" "복구운동復舊運動"[50]의 일환이라면, 이러한 "복구운동復舊運動"의 시대적 필연성이 무엇인가가 논구되어야 하는 것이다. 이는 시조부흥운동이 단지 전통

---

48 오세영, 『한국낭만주의시연구』, 일지사, 1997, 101쪽.
49 최남선, 「조선국민문학으로의 시조」(『조선문단』 16호, 1926.5), 『육당최남선 전집』 9, 현암사, 1974, 387쪽.
50 백철·이병기, 『국문학전사』, 신구문화사, 1961, 358쪽.

의 계승이라는 평면적 차원의 문제가 아니라, 근대적 시 형식을 수립하려는 시대적 요청과 관련된 입체적 차원의 문제라는 사실을 암시한다.

1927년 신민사가 주최한 '시조時調는 부흥復興할 것이냐?'라는 토론[51]은 이 점을 예증한다. 이병기, 염상섭, 이은상, 최남선 등이 주로 시조부흥의 당위성에 대해 원론적인 주장을 하는 것과 달리, 주요한, 손진태, 양주동, 정지용 등은 시대 상황에 맞는 시조 형식의 변화를 요구한다. 주요한이 시조의 현대화를 도모하자고 주장한 것, 손진태가 재래의 단형 시조만을 고집할 것이 아니라 장형 시조도 살려보라고 권고한 것, 양주동과 정지용이 시조의 내용을 개조하자고 요청한 것 등은 시조부흥의 필연성에 대한 논자들의 상이한 이해 방식을 보여준다. 이는 시조 부흥이 새로운 시대에 맞는 새로운 시 형식의 확립이라는 과제와 연계되었음을 의미한다. 시조부흥운동은 전통과 외래, 과거와 현재, 내용과 형식이라는 제계기들이 교직하는 교차점이 된 것이다. 이때 음수율이라는 율격은 이러한 계기들의 중심 교점을 가리키는 말이 된다.

> 설령 그 과거過去의 작품作品 즉 우리가 지금도 구가음송口歌吟誦하는 시요詩謠의 내용內容이 전부 파기破棄할 것이라도 시기詩歌 그것의 포옴이라는 것을 절대絶對 부인否認치 못할 것은 물론이요, 민요民謠 그 자체기 없어지거나 시요詩謠의 근본적根本的 리듬이 없어지지 않을 것은 물론이다.[52]

김기진의 계급문학론에 대한 반발로 쓰인 염상섭의 윗글은 시조부흥운동의 이론적 입각점을 여실히 보여준다. "시요詩謠의 내용內容이 전부 파기破棄할 것이라도 시기詩歌 그것의 포옴이라는 것을 절대絶對 부인否認치 못할 것"이라는 구절은

---

51 이병기 외, 「시조는 부흥할 것이냐」, 『신민』, 1927.3, 76~89쪽.
52 염상섭, 「시조와 민요」(『동아일보』, 1927.4.30), 이태극 편, 앞의 책, 57쪽.

시조부흥운동의 요체가 "포옴form"의 절대성의 확립에 있음을 보여준다. 물론 절대적인 형식이 성립하기 위해서는 내용과 형식의 이원론이 선행되어야 한다. 이때 형식은 내용과 무관한 하나의 실체로서 간주된다. 이렇게 실체화된 형식은 곧 "민요民謠 그 자체", "시요詩謠의 근본적根本的 리듬"과 동등한 것으로 격상되는데, 이렇게 해서 '음악성=형식=율격=(음수율)'이라는 공식이 시적 리듬의 중핵으로 공식화되는 것이다.

> 율격律格은 시형詩形을 이룬 것이고, 어음語音을 음악적音樂的으로 이용利用한 것인데, 그 음도音度나 혹은 음장音長을 기조基調로 한 음성율音性律과 그 음위音位를 기조基調로 한 음위율音位律과 그 음수音數를 기조基調로 한 음수율音數律과의 세 가지가 있다. 다시 말하면 한시漢詩의 평측법平仄法과 같은 것을 음성율音性律이라, 운각법韻脚法과 같은 것을 음위율音位律이라, 조구법造句法과 같은 것을 음수율音數律이라 한다.[53]

이병기는 위의 글에서 시조의 율격을 포함하여 율격 일반의 개념과 종류를 명시적으로 규정한다. 우선 율격은 시의 형식"詩形", 시적 리듬"語音을 音樂的으로 利用한 것"과 동격으로 인식된다. '음악성=형식=율격=(음수율)'이라는 공식이 재천명되는 것이다. 여기서 특징적인 것은 율격이 음성율·음위율·음수율이라는 삼항 체계[54]로 분류되고 있다는 점이다. 외형률의 기본 골격을 이루면서 지금까지도 지속되고 있는 이 삼항 체계는 하나의 단일한 기준에 의한 분류가 아니라는 점에서 문제가 있다. 그것들은 서로 다른 종차種差를 갖는, 서로 대등하게 묶일 수 없는 개념들이다.

---

53 이병기, 「율격과 시조」(『동아일보』, 1928.11.12), 이태극 편, 앞의 책, 324쪽.
54 양주동도 이러한 삼항 체계를 반복한다. "형식 운율은 1. 평측법 2. 압운법 3. 음수율로 나눌 수 있습니다." 양주동, 「시와 운율」, 앞의 책, 22쪽.

그러나 이보다 중요한 것은 시조의 율격이 형식적 차원, 즉 "조구법造句法"이라고 칭한 음수율로 환원된다는 사실이다. 여기서 '구句'는 시조의 각 장을 구성하는 "마루", "글을 읽어나가다 말과 뜻이 그치는 데"[55]를 가리키는 개념이다. 따라서 "조구법造句法"은 '구句'를 글자수에 맞춰 구성하는 방법을 의미한다. 그런데 문제는 시의 형식적 규범인 "造句法"이 시적 리듬 차원에서 발생하는 미적 효과를 설명하지 못한다는 것이다. 왜 글자수를 맞춰야 하는가? 이는 개별 작품들이 지닌 음성적 자질들의 실현과 관련된 문제이지, 형식적 규범의 준수라는 당위적 차원과 관련된 문제가 아니다. 동일한 음수율의 시에서도 시적 리듬의 미적 효과가 다르게 나타난다는 사실에 주목해야 한다. 이러한 효과의 차이는, 시적 리듬이 시를 '의미 – 형식의 통합체'로 조직하는 일련의 '작동기능'으로 이해되었을 때 온전히 설명될 수 있다. 시적 리듬의 한 특수한 형태인 음수율로 시적 리듬 전체를 환치할 때 발생하는 결락과 잉여는 이러한 사실을 반증하는 강력한 사례이다.

율격론이 보편적 규범 체계로서 자신의 위상을 정립하려 할 때, 그것은 항상 자신을 초과하는 어떤 것을 잉여생산함으로써 자신이 결락하는 부분이 무엇인지를 보여준다. "자수字數의 제한制限이 불일不一하여 혹은·3조三調, 혹은 4·4조四四調, 혹은 3·4조三四調, 혹은 3·5조三五調·4·5조四五調 등으로써 자구字句 사용에 자유롭"[56]다거나, "시조時調에는 4·4조四四調 외外에도 심甚히 복잡複雜한 조調가 있으니, 이 변화變化 많은 복잡複雜이야말로 시조時調의 음악적音樂的 형식미形式美의 주요主要한 요소要素가 되는 것"[57]이라는 주장은 율격론이 처한 곤궁을 적확하게 예시한다.

---

55 이병기, 이태극 편, 앞의 책, 327쪽.
56 염상섭, 「시조와 민요」, 이태극 편, 앞의 책, 58쪽.
57 이광수, 「時調의 自然律」(『동아일보』, 1928.11.2.~11.18), 이태극 편, 앞의 책, 167쪽.

그러나 시조時調의 조調는 무론毋論 음수音數로만 생기는 것이 아니니, 음질音質·단어單語·사의詞意도 크게 관계關係가 있는 것이다. 사의詞意라 함은 시조時調의 내용內容이 되는 사상思想과 감정感情이다. 더구나 우리가 흔히 향響이라고 일컫는 조調의 색色은 음질音質과 단어單語에서 생생함이 많고, 격格이라고 일컫는 내용적內容的 조調라 할 만한 것은 주主로 사의詞意에서 생생하는 것이다.[58]

이광수에게 '시조時調의 조調'를 구성하는 것은 '음수'라는 형태적 요소뿐만 아니라, '음질音質'이라는 음운론적 자질, 단어單語라는 형태론적 자질, '사의詞意'라는 의미론적 자질 등의 종합이다. 그가 말하는 "조調의 색色"과 "격格"은 각각 음운론적·형태론적 자질과 의미론적 자질을 지시하는 것으로 볼 수 있다. 비록 "색色"과 "격格"이라는 다소 추상적 어휘를 사용하고 있지만, 그의 글은 기본 취지에 있어 시적 리듬에 대한 현대적 인식과 맞닿아 있다. 물론 이것을 시적 리듬에 대한 현대적 인식의 체계화된 양상으로 보기는 어렵다. 음수율이 시조의 율격으로 확립되는 과정에서 노정된 시적 리듬의 미분화된 상태(내재율과 외형률의 혼종이자 미분화된 상태)로 보는 것이 타당할 것이다.

이러한 불안한 동거 상태는 조윤제의 「시조時調 자수고字數考」가 출현함으로써 급격히 파경을 맞는다. 주지하다시피 조윤제는 통계적 방법에 의거, 시조의 율격을 3장 6구 45자 내외의 음수율의 정형적 형식으로 정의함으로써 율격론의 가장 말단의 형식을 확립한다. 이것은 시조부흥을 둘러싼 여러 핵심적인 문제들이 음수율이라는 율격의 문제로 한정되었음을 의미한다.

그러나 우리는 좀 더 나아가 일견一見 혼돈混沌하고 부정돈不整頓하여 보이는 시조時調에서 정확正確한 그 자수字數는 얻기 어렵다 하더라도 시조時調 자신自身이 가지고

---

58 위의 책, 173쪽.

있는 운율韻律 상上 방불彷彿한 이념理念, Idea이라고도 할 만한 자수字數를 파악把握할 수 없을까. 만약萬若 그렇게 할 수 있다면 그는 시조時調 형식론形式論 상上 빼지 못할 한 시험試驗일 줄 생각한다. 나는 이러한 적은 욕망慾望으로 여기 「시조時調 자수고字數考」라는 제목題目 하下에서 나의 조그마한 의견意見을 앞으로 적어 보고자 한다.[59]

인용문은 조윤제가 시조를 보는 방식과 우리가 보는 방식이 서로 달랐다는 사실을 암시한다. 이것은 종류가 다른 두 시조를 본다는 것이 아니라 동일한 시조를 다른 방식으로 본다는 뜻이다. 지금 우리에게 시조는 고답적이고 규범적인 정형시이지만, 1930년 조윤제에게 시조는 "혼돈混沌하고 부정돈不整頓하여 보이는" 것이었다. 이러한 차이는 당시에 시조가 지금과 같은 율격적 규칙 체계로 간주되지 않았음을 의미한다. 즉 율격적 정형시로서의 시조 개념은 1930년 이후에야 비로소 만들어졌던 것이다. 「시조時調 자수고字數考」는 율격적 정형시로서의 시조 개념의 기획 의도가 무엇인지를 보여준다는 점에서 의의를 지닌다. 그것은 "운율韻律 상上 방불彷彿한 이념理念, Idea이라고도 할만한 자수字數를 파악把握" 하는 것, 즉 음수율이란 율격을 시조의 원형 또는 기본형으로 확립하는 것이다.

이것은 시조의 본질을 형식에서, 그리고 형식의 요체를 율격에서, 나아가 율격의 핵심을 음수율에서 찾는 태도의 전형적 모습이다. 결국 그가 말하는 "시조時調 형식론形式論 상上 빼지 못할 한 시험試驗"은 시조의 글자수를 산술적으로 계산하는 것으로 전락하고 만다. 실제로 그는 시조의 초장, 중장, 종장의 음수율을 각각 3 4 4(3) 4 / 3 4 4(3) 4 / 3 5 4 3으로 분석함으로써, "율격론에 의한 형식론의 완결판"[60]을 확립한다. 형식론의 완결판은 '음악성=형식=율격=(음수율)'이라 이전의 등식에 약간의 변형을 가함으로써 완성된다. 즉 스스로를

---

59 조윤제, 「時調 字數考」, 『도남조윤제 전집』 4, 태학사, 1988, 135쪽.
60 조창환, 『한국시의 깊이와 넓이』, 국학자료원, 1998, 20쪽.

율격의 한 양상으로 자리매김했던 음수율이, 이제는 괄호라는 제약을 탈각함으로써 시적 리듬과 대등한 위상을 갖게 되는 것이다. 이제 우리가 목도하는 것은 괄호가 제거된 '본질=음악성=형식=율격=음수율'이라는 완성된 판본이다. 음수율은 자신을 시의 율격 → 형식 → 본질로 격상시킴으로써 전통과 외래, 과거와 현재, 내용과 형식의 이분법을 최종적으로 완성한다.

물론 여기에는 지불해야 할 대가가 있다. 이것은 역설적으로 율격론이 입각한 토대의 진정한 위상이 무엇인지를 밝혀줄 것이다. 놀랍게도 조윤제는 "자수字數의 일정一定을 기모企謀하는 것"이 "한 妄想에 지나지 못할 것"이라고 단언하고, 자신의 작업이 "시조형時調形의 이념理念" 혹은 "기본基本"임을 명시한다.[61] 즉 '시조 자수율'은 시조의 실제적 변형과 다양성을 추상한 이념형이기 때문에 그것을 하나의 형태로 규정하는 것은 오류라는 것이다. 이런 면에서 이후의 율격론은 조윤제에 대한 오해로서 성립한다고 볼 수 있다. 그러나 조윤제의 율격론이 그 자체로 "자수字數의 일정一定을 기모企謀하는 것"의 위험성에 노출되어 있음을 간과해서는 안 된다. 그가 제시한 이념형기본형이 한갓 추상적 공간에 지나지 않을 지라도, 그 공간이 강력한 현실적 영향력과 강제력을 행사하고 있다는 점에서 조윤제는 "한 망상妄想"에 스스로를 노출시킨 책임을 져야한다. 이후 율격론은 그것이 음수율이든 음보율이든 보다 세련된 형식의 이분법을 토대로 함으로써 사태를 더욱 치명적인 것으로 만든다. 그들은 조윤제가 "시조형時調形의 이념理念"이란 이름으로 둘러친 울타리를 걷어냄으로써 이념형을 현실형의 차원으로 확산시킨 것이다. 이러한 이분법적 체계는 이후 50~60년대 정병욱, 이능우, 황

---

61 "따라서 朝鮮 詩歌에 있어서, 字數의 一定을 企謀하는 것은, 한 妄想에 지나지 못할 것이다. 或은 一時는 사람의 好奇心을 끌어 流行이 될지 모르나, 가까운 將來에 있어서는 亦是 저 諺文風月의 運命과 同一한 軌道를 밟지 않으면 아니될 것이다. 그러므로 나는 以上結論으로 얻은 三四四(三)四, 三四四(三)四, 三五四三은 時調形의 理念이라 할만한 것이고, 나아가서는 朝鮮 詩歌의 가장 根本된 格調로서 여기 基本을 두고, 幾多의 變調는 派生하여 나가야 될 줄 생각한다." 조윤제, 앞의 책, 173쪽.

희연, 김석연 등의 율격론을 통과해 70~80년대 김대행, 조동일, 성기옥 등의 율격론으로 귀결된다. 해결은 이것과는 정반대의 방식으로 진행됐어야 했다.

4. 율격론에서 새로운 리듬론으로

그렇다면 "조선시형朝鮮詩形을 잘못되게 한 죄罪"는 누구에게 물어야 하는가? 최초의 근대시 성립 과정에서 프랑스 상징주의와 자유시에 경도되어 전통적 시 형식을 온전히 계승하지 못했던 주요한, 황석우, 김억에게 그 죄가를 따져 물어야 하는가? 혹은 근대시가 성립되는 와중에 민요시운동과 시조부흥운동이란 기치로 근대 자유시 성립의 내적 흐름을 방해한 국민문학파에게 그 책임을 물어야 하는가? 아니면 조윤제가 말한 것처럼 "자수字數의 일정一定을 기모企謀"한 사람들에게 그 연대책임을 물어야 하는가?

그러나 우리는 데카당스에게도, 국민문학파에게도, 조윤제에게도 그 책임을 물을 수 없다. 왜냐하면 "조선시형朝鮮詩形을 잘못되게 한 죄罪"는 실재하지 않기 때문이다. 이는 "조선시형朝鮮詩形"이란 문제 설정의 허구성을 폭로한다. 시적 리듬에 내한 근본직인 두 오해인 내재율과 음수율은 바로 이리힌 허상 위에서 성립한다. 그것은 끊임없이 전통과 외래, 과거와 현재, 내용과 형식의 이분법에서 자양분을 얻으면서 스스로를 변주한다. 내재율과 음수율이란 도식은 상대방을 허상의 자리에 위치시킴으로써 자신의 존재 기반을 확보해 왔던 것이다.

이 모든 문제의 중심부에 시적 리듬에 대한 사유가 있다. 시적 리듬은, 시의 본질에 대한 인식과 근대시라는 새로운 형식에 대한 사유가 교직하는 결절점이다. 1920년대가 시적 리듬이란 이름으로 생산한 최초의 완성품은 음수율로서의 율격론이었다. 그러나 율격론은 현대의 자유시와 산문시의 리듬을 배제함으로써 성립한다. 기존의 율격론을 지양하고 새로운 리듬론을 정초할 필요성은 여기에서 나온다. 시적 리듬이 시를 '의미-형식의 통합체'로 구성하고 조직하는 내재적 '작동기능'으로 이해될 때, 시의 형식과 의미에 대한 이분법적 사고는 온당히 지양될 수 있을 것이다.

제2장
김억 시론의 리듬 의식 연구

1. 김억 리듬의 의식의 궤적

김억이 한국 근대문학의 선구자 가운데 하나라는 것은 부정할 수 없는 사실이다. 일찍이 그는 일본 유학 시절인 1914년에 「이별」『학지광』 2호, 1914.4이란 자유시를 상자하였을 뿐만 아니라, 「요구要求와 후회後悔」『학지광』 10호, 1916.9 · 「쯔란스 詩壇」『태서문예신보』 10호~11호, 1918.12.7~12.14을 써서 프랑스 상징주의를 소개한 바 있다. 또한 『태서문예신보』를 통해 외국 시와 이론을 번역 · 소개함으로써 이 땅에 본격적으로 '신시운동'을 일으키기도 하였다. 특히 번역시집 『오뇌의 무도』광익서관, 1921.3.20는 당시 문단과 대중들에게 심대한 영향을 끼쳤는데, 이광수와 이은상의 진술은 이를 명시적으로 보여주고 있다.[1]

주지하다시피 김억의 시와 시론은 양립 불가능한 것처럼 보이는 두 개의 중심축으로 분할된다. 하나는 1910년대 후반부터 서구 상징주의의 소개를 통해 근대 자유시의 개념과 이론을 정립하던 시기이고, 다른 하나는 1920년대 중반

---

1   "岸曙의 新詩 建設에 對한 功績은 이 「懊惱의 舞蹈」 1卷으로 하여 磨滅할 수 없을 것이라고 믿는다." 이광수, 「文藝瑣談」, 『이광수전집』 16, 삼중당, 1963, 118쪽; "그의 譯詩集 「懊惱의 舞蹈」는 譯詩集的 價値를 띤 것이 아니었고 오히려 말하면 「詩教科書」的 存在이었던 것" 이은상, 「岸曙와 新詩壇」, 『동아일보』, 1929.1.16.

부터 민족적 정조와 형식의 실험을 거쳐 1930년대 소위 '격조시형론'으로 귀착하던 시기이다. 전자가 자유시적 경향을 대표한다면 후자는 정형시적 경향을 대표한다고 말할 수 있다. 이러한 경향에 대한 기존의 평가는 오세영의 다음과 같은 진술이 잘 대변하고 있다.

첫째, 초기의 비교적 자유스러웠던 시형詩形과 자유율自由律은 경직되어 소위 격조시格調詩로 유형화된다. 둘째, 외래지향적外來指向的이던 문학관이 전통지향적傳統指向的 문학관文學觀으로 전향한다. 셋째, 서구시의 번역 소개로부터 우리의 고전古典 및 중국中國 한시漢詩의 번역 소개로 관심이 바뀐다.[2]

김억의 이론이 지닌 궤적과 한계에 대한 오세영의 평가는 대체적으로 수긍할 만하다. 그러나 그것이 단순 나열식에 그쳐, 내적 필연성에 대한 해명에까지 이르고 있지 못한 것은 분명한 한계로 보인다. 이러한 한계는 시와 시론의 변화의 동인을 외적 요인으로 한정하는 태도와 밀접한 관련이 있다. 즉 안서의 이론적 변모가 이론 체계 내부의 동기들에 의해 설명되는 것이 아니라, '조선심'이나 '민족혼'과 같은 체계 외부의 동기들에 의해 설명되는 것이다. 이것은 그의 이론적 변모를 서양 이론과의 비교문학적 영향 관계를 통해 설명하는 방식과 별다른 차이가 없어 보인다. 왜냐하면 양자 모두 변화의 동인을 시와 시론의 외부에서 찾기 때문이다.

김억의 이론적 변모의 동기와 이유를 온전히 파악하기 위해서는 외적 동인과

---

2 오세영, 『한국낭만주의시연구』, 일지사, 1986, 235쪽. 이와 함께 김은철과 조창환의 다음과 같은 진술도 참조할 만하다. "안서는 초기에 여러 가지 시형을 모색한 뒤, 자유시형을 취하다가 민요시적, 격조시로 나아갔으며" 김은철, 「안서시의 경직성에 관한 일고찰」, 『영남어문학』 13집, 1986, 574쪽; "김억은 1924년을 전후해서 민요시 쪽으로 방향을 돌리는데 이는 그의 초기 시에서 보인 퇴폐적 상징시 편력이 방향전환한 결과였다." 조창환, 「1920년대 시론의 전개」, 한국현대문학연구회 편, 『한국현대시론사』, 모음사, 1992, 120쪽.

더불어 내적 동인이 함께 논구되어야 한다. 이러한 점에서 시와 시론의 내부에서 변화의 계기를 찾는 최근의 움직임들은 주목할 만하다. 조용훈은 김억의 초기 시론에서부터 한국적 정서에 적합한 시와 시론을 모색하였다는 사실에 주목하여, "1925년 전·후로 그의 시의 급격한 전환 운운은 재고의 여지가 있다"[3]고 주장한다. 남정희는 김억의 격조시를 "초기에 생각했던 시의 내용과 형식론을 구체화하고 완성시킨 경우"로 간주하여, 그것을 "정형시가 아니라 전통율격을 이용하여 리듬을 강화시킨 자유시"로 파악한다.[4] 박승희와 서진영의 연구도 이러한 맥락의 연장선상에 있다.[5]

이러한 견해들은 김억 시와 시론의 내부적 동인에 대한 적극적 탐색이라는 긍정적 의의를 지닌다. 그러나 다음과 같은 두 가지 면에서 문제점을 지니고 있다.

첫째, 이러한 주장의 이론적 근거는, 김억의 초기 시론에 후기 시론의 단초가 발견된다는 것에 있다. 후기의 격조시형론의 핵심 사상이 초기의 자유시형론을 주장할 때부터 나타난다는 것이다. 그러나 이는 김억의 초기 시론을 일면적으로 파악하여 그 전체 요지를 왜곡할 우려가 있다. 「시형詩形의 운율韻律과 호흡呼吸」『태서문예신보』, 1919.1.13에 언급된 '민족적 시형'에 대한 요청을 확대 해석하는 것은 이러한 경향을 반영한다. 이 글에서 안서가 "조선朝鮮사람에게도 조선朝鮮사람다운 시체詩體기 생길 것"[6]이라고 말한 것은 '민족적 시형'에 당위적 요청으로 볼 수 있다. 다시 말해 '민족적 시형'에 대한 요청은 현실의 구체적 시형에 대한 언급이 아니라, 당위적 과제로서 이념형에 대한 언급인 것이다. 따라서 그

---

3 조용훈, 「근대시의 형성과 격조시론」, 김학동 편, 『김안서 연구』, 새문사, 1996, 107쪽.
4 남정희, 「김억의 시형론」, 『반교어문연구』 9집, 1998, 331쪽.
5 박승희, 「근대 초기 시의 '격조'와 '정형성' 연구」, 『우리말글』 39집, 2007; 서진영, 「한국 근대 시에 나타난 '격조론'의 의미 연구」, 『한국현대문학연구』 29호, 2009.
6 김억, 「詩形의 韻律과 呼吸」(『태서문예신보』, 1919.1.13), 박경수 편, 『안서김억전집』 5(이하 『전집』 5), 한국문화사, 1987, 34쪽. 이하 김억 글의 인용문 모두 이 책에서 인용한 것임을 밝혀 둔다.

의 핵심 의도는 '민족적 시형'이라는 이념형이 아니라 "진정眞正한 의미意味로 작자作者 개인個人이 표현表現하는 음률音律"[7]에 대한 요청에 있다고 봐야 한다. 이는 시가의 리듬을 순수 개인적 차원으로 간주하는 데에서도 확인할 수 있다.[8] 결국 그의 초기 시와 시론에서 방점은 '민족적 시형'이 아니라 '개인적 시형'에, '정형시형'이 아니라 '자유시형'에 찍혀있다고 봐야 한다. 물론 "적합適合한 것을 발견發見"할 때까지라는 단서가 붙기는 하지만 말이다. 여기서 20년대 중반 김소월의 출현이 '민족적 시형'과 '민요시형'의 전형으로서 "적합適合한 것"의 발견과 밀접한 관련이 있다는 것은 분명하다.[9]

둘째, 이러한 주장들은 김억의 의도를 지나치게 강조한 나머지, 자유시와 정형시의 개념 사용의 혼동을 초래하고 있다. 남정희가 격조시를 "전통율격을 이용하여 리듬을 강화시킨 자유시"로 파악하는 것은 이미 전술한 대로이다. 이러한 개념적 혼선은 김권동이 "격조시도 정형시가 아니라, 전통율격을 이용하여 리듬을 강화시킨 자유시로 평가하여야 한다"[10]는 주장에서 다시 한 번 반복된다. 이들의 주장이 자유시와 정형시의 개념을 혼동한 일종의 논리적 모순이라는 것은 분명해 보인다. 이는 김억의 「격조시형론소고」(『동아일보』, 1930.1.16~30나

---

7 위의 글, 위의 책, 35쪽.

8 김억, 「무책임한 비평」(『개벽』 32호, 1923.2.1), 202쪽. 그는 이 글에서 월탄의 「문단의 1년을 추억하며」를 비판하면서, 비평이 갖추어야 할 기본 소양으로서 작품에 대한 "근본적 이해"와 "객관적 태도"를 강조한다. 그리고 시평(詩評)의 요소로 다음의 세 가지를 제시한다. "詩評에는 (1) 分析. (詩想의) (2) 리듬 (한데 이 리듬은 詩人마다 各 다른 것을 認定하지 아니 할 수 업습니다.) (3) 무드, 의 세가지가 잇슬것입니다." 여기서 시의 리듬에 대한 인식은 개인적 차원으로 한정되어 있다. 즉 '민족적' 차원의 리듬과 시형에 대한 인식은 발견되지 않는 것이다.

9 엄밀히 말해 '민족적 시형'의 일환으로서 '민요조'에 대한 언급은 23년 말까지 거슬러 올라간다. 그는 「시단의 1년」(『개벽』 42호, 1923.12.1)에서 '민요조'에 대해 다음과 같이 언급하고 있다. "「朔州龜城」(開闢十月號)의 三聯詩는 君의 民謠詩人의 地位를 울니는 同時에 君은 民謠詩에 特出한 才能이 잇슴을 肯定식힙니다. (…중략…) 우리의 在來民謠調 그것을 가지고, 엇더케도 아릿답게 길이로 짜고 가로 역거, 곱은 調和를 보여주엇습닛가! 나는 作者에게 民謠詩의 길잡기를 간절히 바래는 바입니다."(208쪽) '민요시인', '민요시', '민요조'라는 말을 통해, 그가 1923년 말에 '민요시'를 하나의 시 장르로서 인식하고 있었음을 알 수 있다.

10 김권동, 「안서 시형에 관한 소고」, 『반교어문연구』 19집, 2005, 176쪽.

「시형·언어·압운」,『매일신보』, 1930.7.31~8.10을 일별해 보기만 해도 확인할 수 있는 사실이다.[11]

따라서 우리는 김억의 시와 시론이 자유시형(론)에서 민요시형(론)을 거쳐 격조시형(론)으로 이어지는 궤적을 그린다는 것을 인정하지 않을 수 없다. 그의 관심이 시적 언어의 내적 질서에서 외적 형태에 대한 것으로 경사된다는 것은 분명한 사실이다. "결국 자유시의 내재율을 부정하고, 일정한 형식의 제한에 의해 고정된 율격으로 나타나는 정형률"[12]로 귀착된다는 것 역시 부정할 수 없는 사실이다. 그러나 변화의 원인을 기존의 논의에서처럼 외부적 계기로만 한정할 필요는 없다. 중요한 것은 변화의 내부적 동기와 원인을 규명하는 데 있기 때문이다. 그렇다고 최근의 논의에서처럼 내부적 동인을 안서가 초기에 '민족적 시형'을 확립하려 했다는 의도의 차원으로 환원할 수도 없다. 문제의 핵심은 시와 시론의 체계 내부에서 변화의 실질적 원인을 규명하는 데에 있다. 다시 말해 시와 시론 내부의 무엇이 그의 사유의 변화를 야기했는지 그 실제적인 내용을 해명하는 것이다. 얼핏 모순적인 것처럼 보이는 그의 이론적 사유의 궤적을 통시적인 차원에서 재검토할 필요성은 바로 여기에서 나온다.

이에 따라 여기서의 논의는 다음과 같은 과정을 따른다. 2절에서는 자유시형의 출현의 내저 메커니즘을 살펴볼 것이다. 여기서 '자유율'이 시인의 '내재율'이라는 '원형적 리듬'으로 이해되는 구조를 확인하게 될 것이다. 3절에서는 민요시와 '민족적 시형'을 통한 굴절 현상을 고찰할 것이다. 민요시에 대한 실질적 내용이 부재함에도 불구하고, '민족적 시형'에 대한 관심과 모색은 이후 격조시형으로 전환하는 데 있어 핵심적 계기로 작용한다. 4절에서는 격조시와

---

11 "自由詩形을내어버리고 格調詩形이 잇지아니할수가업다고주장하는것", 김억, 「격조시형론소고 (3)」,『동아일보』, 1930.1.16~30, 423쪽; "이곳에서 나는 定型詩가 잇지 아니할 수가 업다고 主張합니다", 김억, 「시형·언어·압운」,『매일신보』, 1930.7.31~8.10, 468~469쪽.

12 박경수,『한국 근대 민요시 연구』, 한국문화사, 1998, 340쪽 참조.

'정형시형'으로 귀착하는 내적 계기들을 검토할 것이다. 여기서 언어의 문제는 핵심적인데, 특히 '조선어'의 운율 자질에 대한 인식이 결정적인 역할을 수행한다는 사실을 보게 될 것이다. 이상의 논의를 통해 우리는 안서의 '시형'에 관한 사유가 '시적 리듬'과 '언어'에 대한 이해와 직접적 함수관계 있음을 확인할 수 있을 것이다.

2. 자유시와 '내적 율동'의 출현

그의 시론의 출발은 자유시에 대한 인식에서부터 시작한다.

> 엇지 하엿스나 상징象徵派 시가詩歌에 특필特筆 흘 가치價値잇는데 재래在來의 시형詩形과 규정規定을 무시無視ㅎ고 자유자재自由自在로 사상思想의 미운微韻을 잡으랴 하는 —다시 말하면 평측平仄라든가 압운押韻이라든가를 중시重視치 안이ㅎ고 모든 제약制約, 유형적有型的 율격律格을 바리고 미묘美妙한 「언어言語의 음악音樂」으로 직접直接, 시인詩人의 내부생명內部生命을 표현表現하랴 ㅎ는 산문시散文詩다. 원문 그대로—이하 동일[13]

인용문에서 보듯, 김억은 자유시를 "재래在來의 시형詩形과 규정規定", 즉 "모든 제약制約, 유형적有型的 율격律格"으로부터 자유로운 시로 규정하고 있다. 이것은 자유시가 '평측'과 '압운'과 같은 전통적 작시법versification의 율격 체계와는 전혀 다른 질서와 체계를 갖는다는 것을 의미한다. 여기서 문제는 그 다른 질서와 체계의 실질적 내용이 과연 무엇이냐는 것이다. 전통적 시가에서 율격meter은 시를 다른 장르와 구별하는 핵심 자질로서 간주되어 왔다. 따라서 자유시를 "모

---

13 김억, 「쯔란스 詩壇」, 『태서문예신보』 10~11호, 1918.12.7~14, 32쪽.

든 제약制約, 유형적有型的 율격律格"으로부터의 자유로 간주하려면, 그것이 산문散文이 아닌 운문韻文인 까닭이 해명되어야 한다. 시의 운문적 성격에 대한 사유는 대체적으로 시의 음악성이라는 방향으로 수렴되는 경향을 띤다. 근대 초기 서구의 자유시를 수입·소개했던 김억의 경우도 마찬가지다. 김억은 음악성을 시를 시답게 만드는 본질적인 자질로 생각한다. 그에게 시는 시인의 생각과 감정을 자유롭게 표현한, "미묘美妙한 「언어言語의 음악音樂」"인 것이다. 이러한 인식은 베를렌느의 「시작詩作, Art Poétique」을 번역하면서 "무엇보다도 몬져 음악音樂을"[14]이라며 시의 요체를 음악성에서 찾는 태도에서도 찾을 수 있다.

그럼에도 불구하고 여전히 문제는 해결되지 않은 채로 있다. 왜냐하면 자유시가 전통적 율격을 버리고 "미묘美妙한 「언어言語의 음악音樂」"을 표현한다고 했을 때, 전통적 율격과 다른 차원의 음악성이 무엇인지 그 실질적 내용이 해명되지 않았기 때문이다. '리듬(자유율)'은 이러한 맥락에서 호출된 용어이다. 즉 리듬이라는 용어는 과거의 규칙적·정형적 율격 개념과 변별되는 자유시의 새로운 음악성을 규명하기 위해 요청된 용어인 것이다. 이제 문제는 다음과 같이 정식화된다. 자유시의 리듬의 실체를 규명할 것. 이는 자유시의 음악성이라는 시적 구성 요소에 대한 해명이며, 동시에 자유시형이라는 시적 형태의 본질을 규명하는 일이기도 하다.

일정一定한 규정規定과 제한制限이 잇는 것이 운문韻文이라 하면 그만일 듯합니다, 만은 다시 일보一步를 나외여 엇더한 것이 일정一定한 규정規定과 제한制限을 주느냐 하면 그것은 운율韻律입니다. 이 운율韻律은 시가詩歌을 형성形成하는 가장 큰 중요重要

---

14 베를렌느의 「시작(詩作, Art Poétique)」의 번역에 나타난 김억의 인식과 태도는 다음을 참조할 것. 정한모, 『한국현대시문학사』, 일지사, 1974, 283쪽; 김윤식, 『한국현대시론비판』, 일지사, 1996, 227~230쪽; 한계전, 『한국현대시론연구』, 일지사, 1990, 22쪽.

한 것으로 본질本質이라 하여도 과언過言이 아닙니다. 「리듬」을 써나서는 시가詩歌가 업겟고 시가詩歌를 써나서는 「리듬」(음악音樂을 제除하고는)이 업습니다. 「리듬」이란 무엇이냐 하는 것을 명백明白히 하는 것이 운문韻文의 본의本義를 말하는 것이며 또한 시가詩歌의 본질本質을 밝히는 것입니다.[15]

김억에게 리듬은 "운문韻文의 본의本義"와 "시가詩歌의 본질本質"을 이해하는 핵심 개념이다. 그것을 어떻게 규정하느냐에 따라 그의 시론은 자유시적 경향을 띤다고도, 그 반대로 정형시적 경향을 띤다고도 말할 수 있다. 다시 말해 리듬 개념이 "사상思想의 미운微韻"이나 "미묘美妙한 「언어言語의 음악音樂」"으로 이해되었을 때, 그것은 새로운 근대 자유시에 고유한 음악성으로 간주되는 반면, "일정一定한 규정規定과 제한制限"이 있는 "유형적有型的 율격律格"으로 이해되었을 때, 그것은 전통적 정형시에 고유한 음악성으로 간주되는 것이다. 이는 김억의 리듬 개념이 하나로 규정되는 단일한 개념틀이 아니라 이질적인 요소가 혼종하는 유동적인 개념틀이라는 것을 보여준다. 그의 사유가 자유시형론에서 민요시형론을 거쳐 격조시형론으로 이어지는 궤적을 그리는 것도 리듬 개념의 혼종성과 유동성 때문이다. 이는 역으로 그의 이론적 사유의 분절들이 서로 상이한 리듬 개념에 의해 구축되고 있음을 의미한다.

자유시의 리듬 개념에서 중요한 것은 자유율free rhythm이 '내재율'로 전유되는 과정이다. 자유율은 전통적 율격으로부터의 자유, 즉 정형률로부터의 해방과 일탈에 초점이 맞춰진 개념이다. 따라서 '정형과 자유'의 대립쌍 이외에 별도의 개념쌍을 요청하지 않는다. 그러나 '내재율'이란 용어는 '정형과 자유'라는 기본적 대립쌍 이외에 또 다른 개념적 대립쌍을 수반한다. 즉 '내재율'의 '안'이라는 개념은 그것과 대립되는 '밖'이라는 개념을 환기하며, 이로써 '내재

---

15 김억, 「작시법」, 『조선문단』 7~12호, 1925.4~12, 291쪽.

율'은 '정형과 자유'라는 대립쌍 이외에 '안과 밖'이라는 또 다른 대립쌍을 갖게 되는 것이다. 이러한 착종은 이후 자유율 개념의 혼돈을 야기하는 중요 계기로 작동한다.

'내재율'이 환기하는 '안과 밖'의 이항대립은 매우 위험한 개념쌍이다.[16] 왜냐하면 그것은 작게는 시의 내용과 형식이라는 이분법을, 크게는 시인의 내면세계와 그것의 외화라는 이분법적 체계를 확대 재생산하기 때문이다. 여기서 '안'이라는 개념은 이중적 함의를 띠는데, 시 내부의 공간으로서의 '안'과 시인 내부의 공간으로서의 '안'이 그것이다. '내재율'의 '안'이 시와 시인의 내부라는 이중적 공간을 소환한다는 사실은 단지 김억에게만 국한된 상황은 아니다. 이러한 사정은 1920년대 다른 시인들에게서도 발견되는데, 그 대표적인 예가 황석우의 '영율靈律'이다.[17]

이처럼 1920년대 초반 시적 리듬 개념은 자유율이 '내재율'과 착종됨으로써 매우 혼란스러운 모습을 띤다. 이는 시적 리듬 개념이 아직도 미분화된 상태에 있음을 예시하는데, 김억의 초기 시론에 나타난 자유율 개념도 이와 크게 다르지 않다. 초기에 자유시형론을 적극적으로 주창할 때의 리듬 개념은 앞서 인용한 「쯔란스 시단詩壇」에 잘 나타나 있다. 그가 자유시를 "자유자재自由自在로 사상思想의 미운微韻을 잡으랴 하는", 혹은 "직접直接, 시인詩人의 내부생명內部生命을 표현表現하랴 ᄒᆞ는 산문시散文詩"라고 규정했을 때, 이는 시적 리듬의 실제적 위상이 어디인지를 구체적으로 보여준다. 한 마디로 그곳은 외적 규정과 제약으로서의 율격의 정반대편, 시인의 영혼·생명·사상의 내부이다. 이러한 인식은 「시형의 음률과 호흡」에서 다음과 같은 형태로 구체화된다.

---

16 '내재율'의 '안'이라는 개념이 산출하는 이분법적 위험성에 대해서는 졸고, 「1920년대 시적 리듬 개념의 형성 과정」(『한국시학연구』 24호, 2009.4) 참조.
17 황석우, 「朝鮮詩壇의 發足點과 自由詩」, 『매일신보』, 1919.11.10, 4면.

형兄의 말슴과 갓치 시詩는 시인詩人 자기自己의 주관主觀에 맛길 세 비로소 시가詩歌의 미美와 음률音律이 생기지요. 다시 말하면 시인詩人의 호흡呼吸과 고동鼓動에 근저根底를 잡은 음률音律이 시인詩人의 정신精神과 심령心靈의 산물産物인 절대가치絶對價値를 가진 시詩 될 것이오. 시형詩形으로의 음률音律과 호흡呼吸이 이에 문제問題가 되는 듯합니다.[18]

김억에게 있어 시가의 '음률(리듬)'이 근저를 잡는 곳은 "시인詩人 자기自己의 주관主觀"이다. "시인詩人의 호흡呼吸과 고동鼓動에 근저根底를 잡은 음률音律"은 절대적 가치를 지닌 것으로 인식된다. 이는 시적 리듬 개념의 두 가지 양상을 전제하는데, 시인 내부의 영혼·생명·사상·호흡·고동 등에 기초한 '원형적 리듬'과 그것이 시적 형식으로 외화되었을 때의 '언표적 리듬'이 그것이다. 이 두 가지 리듬 개념 가운데 김억의 초기 자유시형론의 주조를 이루는 것은 전자이다. 번역시집 『잃어버린 진주』평문관, 1924.4의 「서문 대신에」는 이를 명시적으로 보여준다. 여기에서 그는 "자유시自由詩의 특색特色은 모든 형식形式을 쌔트리고, 시인詩人 자신自身의 내재율內在律을 중요重要시하는데 잇습니다"[19]라고 말함으로써, '내재율'의 '안'이 시인 내부를 지시하는 개념임을 명확히 하고 있다.

따라서 김억의 초기 시론에서 리듬 개념은 시인 자신의 내적 생명·영혼·호흡 등에 귀속하는 원형적 리듬으로 간주할 수 있다. 한 마디로, 그것은 "시적감동詩的感動에서흘너나오는 시상詩想 그대로의 가장 자연自然스럽은" "시인詩人 그 자신自身의 내적율동內的律動"이라고 할 수 있다.[20] 이러한 개념은 그의 특유의 '감정

---

18 김억, 「詩形의 韻律과 呼吸」, 35쪽.
19 김용직 편, 『해파리의 노래(외)』, 범우, 2004, 213쪽. 이러한 인식은 「朝鮮詩形에 관하야」에서도 반복된다. "詩人 自身의 自由롭은 內在律"(375쪽), "內生命을 內在律에 依하야 表現하지 아니할 수 업는 必然한 要求에서 생긴 것입니다"(376쪽)와 같은 구절 등이 그것이다.
20 김억, 「시형·언어·압운」, 468쪽.

표현론'21과 결합할 때, '내적 감정의 리듬론'이라는 독특한 형태의 이해를 낳는다.

> 감정感情 그 자신自身 속에 임의 「리듬」이 내재內在된 것이라 하지 아니할 수가 엄습니다. 이것은 감동感動을 밧으면 감동感動된 감정感情에는 엇썬 파동波動이 잇서 파동波動된 바 모든 감정感情의 현상現象 — 깃븜이니 설움이니 하는 곳에는 반듯이 감정感情으로 생기는 고유固有한 곡조曲調가 잇슴니다. 다시 말하면 「리듬」이란 그 속에 살아 활약活躍하는 것으로 설은 노래에는 설은 리듬이 잇고 깃븐 노래에는 깃븐 리듬이 잇는 것임니다.22

인용문은 감정 표출로서의 시와 리듬이 무엇인지를 보여준다는 점에서 흥미롭다. "감정感情 그 자신自身 속에 임의 「리듬」이 내재內在된 것"이라는 주장은 시인 안에 존재하는 원형적 리듬의 근원지가 어디인지를 예시한다. 인간 감정의 특색은 감정의 움직임에 의해 "엇썬 파동波動"이 생기고, 이곳에서 감정의 "고유固有한 곡조曲調", 즉 인간 감정의 리듬이 탄생한다는 것이다. 그렇다면 감정의 파동과 리듬과 곡조 사이에는 일종의 등치관계가 성립한다고 할 수 있다. 여기서 문제는 인간의 감정과 시적 리듬 사이에 일대일식의 직접적 대응 관계를 설정하고 있다는 점이다. "설은 노래에는 설은 리듬이 잇고 깃븐 노래에는 깃븐 리듬이 잇는 것"이란 구절에서 보듯, 김억은 감정의 원형적 리듬과 그것을 언어화

---

21 「시단의 1년」은 그 대표적인 예이다. "詩라는 것은 理智의 産物이 아니고, 感情의 恍惚인 까닭임니다."(206쪽); "나는 思想詩라는 것을 否定합니다"(211쪽); "詩는 理智가 아니며, 目的잇는 思想이 아닙니다."(212쪽) 또한 「작시법」에서도 이러한 인식이 표명된다. "이러한 意味로 詩歌는 感情의 高調나 動搖에 잇다하엿슴니다."(291쪽), "여긔에는 簡單하게 詩歌라는 것은 高潮된 感情(情緖)의 音樂的 表現이라는 것이 넓혼 意味로 가장 穩當할 듯합니다."(288쪽) 이는 시적 리듬이 시인의 내부, 특히 감정이라는 제한된 영역에 자리한다는 생각을 잘 보여준다.

22 김억, 「작시법」, 304쪽.

되었을 때의 언표적 리듬 사이에 차이를 인정하지 않는다. 이것은 일종의 원형과 복사본 사이의 동일시로서, 언어의 매개에 의해 산출되는 변형과 굴절을 보지 않는 것이다. 다시 말해 정조情調에서 산출되는 리듬과 어조語調에서 산출되는 리듬 사이에 일대일 대응관계를 가정함으로써, 양자 사이에 발생하는 간극과 틈을 부정하는 것이다.

　이로써 자유시의 자유율(내재율)은 시인의 정조가 직접적으로 표출된 것으로 이해된다. 그것은 정형시의 고정된 형식과 율격에서 벗어나 "시인詩人의 자유분방自由奔放한 감정感情의 내재內在 「리듬」을 그대로 표현表現하는"[23] 시로 간주된다. 자유율이라는 리듬이 시인의 내적 정조를 가장 자연스럽게 표현한다는 인식은 자유율이 지닌 장점이자 동시에 단점이기도 하다. 자유율은 "찰나찰나刹那刹那에 자극刺戟, 감동感動되는 정조情調의 음률音律"[24]을 직접적으로 표현함으로써, 시인과 시의 내밀한 결속을 보증한다는 장점을 지닌다. 그러나 시인의 정조와 시의 음조 사이에 직접적 일치를 가정함으로써, 언어의 굴절과 변형을 고려하지 않는다는 점에서 문제의 소지가 있다. 자유율이 지닌 이러한 곤란은 김억에게는 일종의 딜레마인 것처럼 보인다.

　　한마디로 말하자면 원시적原始的 표현방식表現方式에 지내지 아니한다 감感을 금禁할 수가 업습니다 자유시自由詩의 내재율內在律은 실實로 십인십색十人十色의 관觀을 정呈물하야 (또 그리되지 아니할 수 업는 것이 이 시형詩形의 특색特色입니다만은) 어떤 정도程度까지 진정眞正한 의미意味로의 내재율內在律을 자유시형自由詩形의 시가詩歌가 가지게 되는지 대단히 알기 어렴은 일이외다[25]

23　위의 글, 305쪽.
24　김억, 「오란스 詩壇」, 31쪽.
25　김억, 「격조시형론소고」, 422쪽.

자유시형을 "원시적原始的 표현방식表現方式"이라고 규정하는 것은 그것이 인간 정조情調의 직접적 표현이기 때문이다. 여기서 자유율은 이러한 정조의 리듬을 직접적으로 표현한 리듬으로 이해된다. 따라서 그것은 하나의 보편적이고 단일한 정조를 상정하지 않는 한, 개인에 따라 다양한 양상을 띨 수밖에 없다. 바로 이러한 차이, 개인의 감정과 정조를 하나의 개념으로 일반화할 수 없다는 것이 자유율이 지닌 근본적 특징이다. 그러나 김억에게 '자유시의 내재율'이 "십인 십색十人十色의 관觀을 정呈하야" 놓을 수밖에 없다는 사실은 일종의 난국으로 간주된다. 왜냐하면,

> 아모리 내재율內在律을 존중尊重하지 안니할 수가 엄다하드라도 자유시형自由詩形의 가장 무섬은 위험危險은 산문散文과 혼동混同되기 쉽은 것이외다 나는자유시自由詩를 볼째에 넘우도 산만散漫함에 어느 점點지가 산문散文이고 어느 점點지가 자유시自由詩인지 알 수가 업서 놀래는 일도 만습니다만은[26]

자유시형의 단점은 "산문散文과 혼동混同되기쉽"다는 것에 있다. 이는 자유시형과 내재율의 독특한 위상을 반증한다. 자유시는 외적 형태상으로는 운문보다는 산문과 가깝지만, 내적으로는 정조의 리듬을 직접적으로 표현한디는 점에서 독특한 음악성이 탐지되기 때문이다. 김억에게 자유시형이 딜레마로 간주되는 이유가 바로 여기에 있다. 즉 그는 내재율이라는 원형적 리듬의 존재는 인정하지만, 그것을 명시적으로 나타낼 외적 표지가 없다는 사실에 곤혹을 느끼는 것이다. 위의 "아모리 내재율內在律을 존중尊重하지 안니할 수가 엄다하드라도"라는 구절은 이러한 난국을 우회적으로 암시한다. 이러한 사태에 대한 김억의 태도는 절충적이다. "그러타고 나는 자유시형自由詩形을 내어버리자는 것은 아니외다

---

26 위의 글, 422쪽.

자유시형自由詩形에는 자유시형自由詩形 그 자신自身으로의 존재이유存在理由가 충분充分히 잇는 이상以上 어댓가지든지 새 길을 개척開拓해 나아갈 것"[27]에서 보듯, 그는 자유시에서의 리듬과 음률의 존재를 인정하면서도 그것의 탐색을 포기하는 절충적 태도를 취하는 것이다. 안서는 자신의 고찰 대상에서 자유시의 내재율을 방기함으로써, 근대 자유시에서 시적 리듬이 지닌 위상이라는 난제에서 빠져나오고 있다.

3. 민요시와 '민족적 시형'의 모색

김억이 자유시형에서 나와 새로운 시형을 모색하게 된 것은 시가의 음악성에 대한 인식 때문이다. 그는 음악성을 시의 본질적 요소로 생각했으며, 리듬을 시의 음악성을 대표하는 핵심적 요소로 간주했다. 그런데 문제는 자유시의 내재율의 경우 시의 음악성이 외화되는 방식이 정형시의 그것과는 상이하다는 점에 있다. 자유시의 내재율은 일체의 외적인 정형과 제약으로부터 해방된 리듬이며 더욱이 시인의 정조에 직접적으로 결속된 리듬으로 간주되기 때문에, 시 자체에서 인지되는 언표적 리듬을 확인하기가 매우 어렵다. 즉 자유시의 내재율은 시가의 본질로 간주되는 '음률미'가 인지되기 어려운 것이다. 이러한 이유 때문에, 초기 '새로운 시형의 모색'이란 모토로 자유시형을 적극적으로 탐색하던 그의 태도는 1930년 무렵에 이르면 격조시형이라는 정형시형의 탐색으로 전환하게 된다.

물론 전환이 급격하게 이루어지는 것은 아니다. 1920년대 중반 시조부흥운동과 민요시운동으로 촉발된 '민족적 시형'에 대한 관심과 모색은 이러한 전환

---

[27] 위의 글, 422쪽.

의 주요 매개가 된다. '민족적 시형'에 대한 탐색은 '새로운 시형의 모색'에서 개인과 민족이 어떻게 결속하고 있는지를 예시한다는 점에서 시사하는 바가 많다. 이에 격조시형에 대한 본격적 논의에 앞서 민요시로 대변되는 '민족적 시형'의 출현과 형성 과정을 탐구할 필요가 있다.

> 민요시民謠詩는 그렇지 아니하고 종래從來의 전통적傳統的 시형詩形(형식상形式上 조건條件)을 밟는 것입니다. 이 시형詩形을 밟지 아니하면 민요시民謠詩는 민요시民謠詩다운 점點이 없는 듯 합니다. (···중략···) 단순성單純性의 그윽한 속에 또는 문자文字를 음조音調 고르게 배열排列한 속에 한限 없는 다사롭고도 아릿아릿한 무드가 숨어 있는 것이 민요시民謠詩입니다.[28]

'민요시'는 내용적으로 조선적 사상과 감정을 "종래從來의 전통적傳統的 시형詩形"으로 표현한 시를 일컫는다. 민족적 사상과 감정에 대한 적극적 관심은 「조선심朝鮮心을 배경背景삼아」에서부터 출현하고 있다. 여기에서 김억은 "남의 고민苦悶과 오뇌懊惱를 가져다가 자기自己의 것을 삼는" 작품들을 "병신病身의 작품作品"으로 취급하고, "남의 작품作品을 모방模倣하야 자기自己의 작품作品을 만드랴는" 작가외 경향에 대해 우려를 표명한다.[29] '조선심'으로 대표되는 민족적 정서외 사상의 강조는 당시의 시대적 상황 속에서 민족의 정체성을 확립할 필요성에서 기인한 것으로 볼 수 있다. 또한 서양이론의 소개와 확산이라는 상황 속에서, 외래문명을 무분별하게 차용하는 사대주의적 경향들에 대해 일정한 경계를 설정할 필요성이 작용한 것으로도 볼 수 있다. 이러한 흐름이 내부적으로는 국민문학파의 성립과 매우 밀접한 관련이 있음은 주지의 사실이다.[30]

---

28 김억, 「『잃어버린 진주』서문」, 김용직 편, 『해파리의 노래(외)』, 범우, 2004, 206쪽.
29 김억, 「朝鮮心을 背景삼아」, 『동아일보』, 1924.1.1, 215쪽.

'조선심朝鮮心'에 대한 관심은 민요시에서 '향토혼'[31]과 '향토성'에 대한 관심으로 현상한다.

> 결국結局 한마디로 말하면 문예文藝에 업서서 아니될 고유固有의 향토성鄕土性이란 작품作品에 대對한 작가作家의 개성個性 그것과 가타서 그것이 업시는 그 나라이나 민족民族을 대표代表할 만한 고유固有한 문예文藝가 잇슬 수 업습니다. 이 점點에서 시가詩歌가 자기自己의 서야 할 자리되는 향토성鄕土性에 서지 못할 째에는『시기詩歌의 존재存在』조차 인정認定될 수가 업고 본즉 소위所謂『시기詩歌답은 시기詩歌』라는 것은 말할 것도 엄습니다.[32]

위의 인용문은 향토성이 단순히 시가의 하나의 속성에 불과한 것이 아니라는 것을 여실히 보여준다. 향토성은 "그 나라이나 민족民族을 대표代表할 만한 고유固有한 문예文藝"의 핵심 자질이며, 궁극적으로는 시가의 존재를 결정하는 본질적 요소이다. 향토성이 언어와 시형이라는 문제와 함께, 조선 문단의 급무急務로서 인식되고 있는 것이다.[33] 여기서 주목할 것은 "고유固有의 향토성鄕土性이란 작품作品에 대對한 작가作家의 개성個性 그것과 가타서"라는 구절이다. 왜냐하면 향토성이 개성과 동일한 차원에서 논의되고 있기 때문이다. 개인과 민족, 개성과 향토성은 그 개념의 내포와 외연의 차이 때문에 서로 치환될 수 없는 개념들이다. 다시 말해 개인에게 고유한 개성이 있는 것처럼 민족에게도 고유한 민족성향토성이 있다는 유추는 그 자체로서 성립하지 않는다는 말이다. 이것이 성립하기 위

---

30 이에 대해서는 다음을 참조할 것. 정한모, 『현대시론』, 민중서관, 1977(4판), 164~172쪽; 오세영, 『한국낭만주의연구』, 일지사, 1997, 267~272쪽.

31 김억, 「현시단」, 『동아일보』, 1926.1.4, 346면.

32 김억, 「밟아질 조선시단의 길」, 『동아일보』 1927.1.2~1.3, 367면.

33 "目下의 急務로는 言語鄕 土性과 詩形이 세 가지가 正路로 돌아오지 아니 할 수가 엄다고 主張합니다." 김억, 「밟아질 조선시단의 길」, 368쪽.

해서는 개인과 민족 사이의 동일성이 우선적으로 규명되어야만 한다. 그러나 김억은 개인과 민족의 동일성을 아무런 검증 없이 받아들인다. 개인과 민족의 차이를 한 번에 메우는 이러한 동일시는 이미 초창기 때부터 내재하고 있었다. "그 찰나刹那에 늦기는 충동衝動이 서로 사람마다 달를 줄은 짐작합니다만은 광의廣義로의 한 민족民族의 공통적共通的되는 충동衝動은 갓틀 것"[34]에서 보듯, 그는 개인적 충동과 민족적 충동을 근본적으로 상이한 개념으로 인식하지 않는다. "민족民族의 공통적共通的되는 충동衝動"이 '개인의 개성적 충동'과 등가적인 것으로 인식되기 때문에, 자유시형에서 민족적 시형으로의 전회가 논리적 모순이 아니라 지극히 당연한 현상으로 간주될 수 있었던 것이다.

'민요시'의 향토성에 대한 관심은 당연하게도 형식적으로 "종래從來의 전통적傳統的 시형詩形"에 대한 적극적 관심과 모색을 불러일으키는 계기가 된다. 여기서 시조와 민요는 전통적 시형의 대표자로 간주된다.

조선시기朝鮮詩歌의 시형詩形은 다른 곳에서 구求할 것이 아니고 조선朝鮮사람의 사상思想과 감정感情에 쪼는 호흡呼吸에 가장 갓갑은 시조時調와 민요民謠에서 구求하지 아니할 수가 업는 줄 압니다 다시 말하면 시조時調나 민요民謠의 형식形式 그것을 그대로 채용採用히지 아니히고 이 두 기지를 혼합절충混合折衝히야 현대現代의 우리의 생활生活과 사상思想과 감정感情이 여실如實하게 담겨질 만한 시형詩形을 발견發見하는 것이 조치 아니할가 합니다(이에 대對하야는 아직 이러한 생각만을 가지고 새롭은 시형詩形을 시험試驗해보지 못하엿슴으로 무엇이라고 단언斷言할 수는업고 지금只今 시험試驗하는 민요형民謠形의 시형詩形이 여의如意케 될 째에는 다시 시조時調로 돌아가서 시험試驗을 하며 토구討究도 하랴고 합니다)[35]

---

34 김억, 「詩型의 韻律과 呼吸」, 34쪽.
35 김억, 「밝아질 조선시단의 길」, 367쪽.

김억은 시조와 민요를 "조선朝鮮 사람의 사상思想과 감정感情에 쏘는 호흡呼吸에 가장 갓갑은" 형식으로 생각하고 있다. 그러나 이것이 그가 추구하는 "새롭은 시형詩形"이 곧 시조와 민요의 시형이라는 것을 의미하지는 않는다. 왜냐하면 시조와 민요와 같은 전통적 시형은 "현대現代의 우리의 생활生活과 사상思想과 감정感情"을 제대로 표현하는 데는 한계를 지니기 때문이다. 우선 시조형의 경우, "현대現代의 우리 사상思想과 감정感情을 담아 노키에는 자유自由롭지 못할 쑨아니라 무엇보다도 그 형식形式이 넘우 간단簡單하야 사용使用하기 어렵은 점點이 만"[36]기 때문에 조선에 적합한 새로운 시형으로 간주되지 않는다. 비록 시조가 우리 민족에 고유한 전통적 시가라고 할지라도, 그것은 새로운 시대에 적합한 새로운 시가의 형식은 아닌 것이다.[37] 민요의 경우는 명확하게 말하기 어려운데, 그것은 시조와는 달리 민요에는 공통적으로 정립된 내용이 없기 때문이다. 이는 민요가 하나의 단일한 외적 형식이 부재하다는 것을 보여준다. 김억이 「작시법」에서 민요에 대한 논의를 하지 못한 것[38]도 이러한 사정에서 기인하는 것으로 볼 수 있다. 따라서 민요적 시형에 대한 그의 언급은 단편적이고 추상적인 성격을 띨 수밖에 없다.[39]

민요시형이 과연 어떤 유형인가라는 것은 이론의 여지가 있다. 그러나 한 가지 분명한 사실은 김억이 민요시를 서정시에 속하는 장르로 인식하고 있었다는

---

36 김억, 「격조시형론소고」, 422쪽.
37 "前에 朝鮮詩歌의 固有한 詩形은 時調라 하엿습니다 西洋의 固定된 形式美의 詩形이 近代에 와서 쎄여지고 詩人의 自由奔放한 感情의 內在「리듬」을 그대로 表現하는 自由詩가 잇슴과 만찬가지로 우리가 새로운 詩歌를 求하며 時調의 形式을 取치 아니하는 것도 이러한 內的要求에 지내지 안니합니다." 김억, 「작시법」, 305쪽.
38 "무엇보다도 民謠에 對하야 이야기하여야 할 것을 말치 못하게 된 것이 가장 큰 遺憾입니다." 위의 글, 303쪽.
39 「시단의 1년」에서 김소월의 「삭주구성」을 두고 "우리의 在來民謠調 그것을 가지고, 엇더케도 아릿답게 길로 짜고 가로 역거, 곱은 調和를 보여주엇습닛가!"라고 하거나, 홍사용의 「흘으는물은 붓들고서」를 두고 "아릿아릿한 民謠體의 곱은 리듬으로 얽어진 詩作"이라고 하는 것 등이 그것이다. 김억, 「시단의 1년」, 208 · 210쪽.

점이다. 그는 『잃어진 진주』 서문에서 시의 장르를 서정시·서사시·희곡시로 구분하고, 전자를 다시 민중시·사상시·미래시·후기인상시·입체시·민요시·자유시·상징시·사실시·이지시로 세분한다.[40] 일본 시단의 영향으로 볼 수 있는 이러한 분류법은 「작시법」에 오면 다소 상이한 체계로 변모한다. 「작시법」에서 시가는 크게 서정시가와 서사시가로 양분되는데, 서정시가는 다시 '순정한 서정시가'와 '서사적 서정시가'로 구분된다.[41] 여기서 민요·시가·시조는 전자에, 사실시와 타령조는 후자에 속한다. 시 장르에 대한 이러한 인식의 변화는, 서양식 분류법에 따른 장르론에서 민족적 차원의 장르론으로의 관심의 이동을 반영한다. 특히 민요와 시조를 '순정한 서정시가'로 분류하는 것은 민족적·전통적 시가 양식에 대한 그의 특별한 관심을 보여준다. 그렇다면 '순정한 서정시가'로서 민요시는 형식적으로 어떤 양상을 띠는가?

> 민요시民謠詩는 문자文字를 좀 다슬이면 용이容易히 될듯합니다. 한데 민요시의 특색은 단순한 원시적 휴매니틔를 거즛업시 표백하는 것이 아닌가 합니다. …… 쯔랑스의 민요시인民謠詩人 폴 쪼르의 시詩 갓튼 것은(나는 민요시民謠詩라고 합니다) 근대화近代化된 민요시民謠詩인 동시同時에 자유시自由詩입니다. 그는 이상하게도 종래從來의 안덕산드리안시형詩形을 기지고 곱은 시詩를 씁니다. 엄정嚴正하게 말하면 그의 시詩는 어느 것이라 하기가 어렵습니다.[42]

앞에서 우리는 민요시가 "종래從來의 전통적傳統的 시형詩形 : 형식상(形式上) 조건(條件)을 밟는 것"임을 확인했다. 그러나 김억은 정형시형으로 생각되는 '종래從來의 전

---

40 김억, 「『잃어진 진주』 서문」, 김용직 편, 앞의 책, 202쪽.
41 김억, 「작시법」, 311쪽.
42 위의 글, 206쪽.

통적傳統的 시형詩形'을 그대로 답습하지 않는다. 그는 종래의 시형에 약간의 변화("문자文字를 좀 다슬이면")를 준, "근대화된" 형태의 민요시를 추구한다. 그가 프랑스의 시인 폴 포르의 시를 '민요시'로 규정하는 것도 이러한 맥락에서이다. 다시 말해 폴 포르는 종래의 정형적 시형("종래從來의 안넥산드리안시형詩形")을 변형한 시를 썼기 때문에 민요시인으로 간주되는 것이다.[43] 소월의 시 「금잔듸」와 「진달래꽃」을 민요시로 간주하는 것도 같은 이유 때문이다.[44] 김억의 민요시형이 정형적 시형을 근간으로 그것을 변형한 시형이라고 할 때, 우리는 그 변형이 어느 정도인지 가늠할 필요가 있다. 왜냐하면 그 변형의 정도와 양상에 따라 민요시형이 어떤 시형인지, 즉 정형시형인지 자유시형인지가 결정되기 때문이다. 폴 포르 시의 형태적 특징은 알렉산드리안 시형을 산문처럼 붙여 쓴다는 데에 있다. 말하자면 소네트의 한 연을 구성하는 4행을 연속적으로 붙여 씀으로써 형태적으로는 자유시형을, 율격적으로는 정형률을 유지하는 것이다. 이렇게 본다면 그가 말하는 '변형'은 행 배열상의 변형으로서, 그 변화의 정도는 매우 미미한 수준이라고 할 수 있다.

따라서 김억의 민요시형은 기본적으로 "종래從來의 전통적傳統的 시형詩形"에 근간을 둔 정형시형이며, 다만 음조에 맞게 행갈이에 변화를 준 시형이라고 규정할 수 있다. 안서가 민요시에 대해 자유시라는 용어를 사용한 것("민요시民謠詩인 동시同時에 자유시自由詩")도 이러한 맥락에서 이해될 수 있다. 즉 '근대화近代化된 민

---

43 폴 포르 시형의 특징에 대해서는 심원섭의 「주요한의 초기 문학과 사상의 형성 과정 연구」, 연세대 박사논문, 1992를 참조할 것.

44 주지하다시피 김소월의 「금잔듸」와 「진달래꽃」는 소위 7·5조를 창조적으로 변형한 시이다. 여기서 다소간의 오해가 발생할 여지가 있다. 김소월의 차용한 7·5조가 우리의 재래의 '민요조'라는 인식이 그것이다. 그러나 김억은 7·5조를 민요조라 언급한 적이 없다. 오히려 그는 조선의 재래 민요조를 4·4조로 본다. "朝鮮民謠가 대개는 四四調로 되엇고 童謠가 쏘한 그것을 번서나지못하야", 김억, 「격조시형론소고」, 428쪽. 7·5조가 민요조로 오인되어 온 과정에 대해서는 다음을 참조할 것. 장도준, 「1920년대 민요조 서정시인들의 민요의식과 7·5조 율조에 대하여」, 『논문집』 56집, 대구 효성카톨릭대, 1997.12; 윤여탁, 『시의 논리와 서정시의 역사』, 태학사, 1995, 107~131쪽.

요시民謠詩'는 "전통적인 시에 비해 상대적으로 자유롭다는 의미로서의 자유시"[45]이지, 모든 율격적 정형과 제약으로부터 자유롭다는 의미에서의 자유시는 아닌 것이다.[46] 결국 안서가 "민요시民謠詩인 동시同時에 자유시自由詩"라고 했을 때의 '자유시'는 초기 자유시를 주창할 때의 그것과는 변별되어야만 한다.

이상에서 본 것처럼, 김억이 추구하는 '근대적 민요시형'은 일종의 자유시형과 정형시형의 중간적 형태라고 할 수 있다. 1924~5년은 안서가 민요시형을 적극적으로 실험하고 모색하던 시기로, 이 시기를 기점으로 그의 시론은 일련의 변화를 겪는다.[47] 그의 시론은 초기의 자유시형의 탐색에서 1924~5년 무렵에 자유시형과 정형시형이 혼합된 형태인 민요시형에 대한 탐색으로 전환되는 것이다. 이러한 변화는, 이미 앞에서 논의한 대로 자유시형의 한계, 엄밀히 말해 자유시의 내재율의 한계에서 비롯한다. 시인의 정조를 직접적으로 표현하는 내재율의 경우, 외적으로 명확한 표지를 확증할 수 없다는 점이 이러한 변화의 동인으로 작용한 것이다. 이것은 리듬 개념의 이해에 있어 중심축의 변화를 암시한다. 즉 시인의 내적 영혼·생명·사상·호흡 등에 기초한 '원형적(정조적) 리듬'에서, 시의 언어와 형식에 기초한 '언표적(음조적) 리듬'으로의 전환이 그것이다. 주지하다시피, 이제 그의 관심은 민족적 정서를 표현하기에 적합한 정형적 시형과 율격이 무엇인가라는 '격조시형론'에 대한 탐색으로 이동하게 된다.

---

45 남정희, 「김억의 시형론」, 『반교어문연구』 9집, 1998, 339쪽.
46 따라서 민요시를 자유시(산문시)와 동일시하는 다음과 같은 주장은 재고할 필요가 있다. "그리고 김소월의 「금잔듸」와 「진달래꽃」을 예시하고 이것이 근대화한 민요시의 일종이며, 또한 자유시와 동일하다고 하였다. 그렇다면 안서는 자유시와 민요시, 그리고 산문시를 같은 개념으로 파악하고 있었음에 틀림없다." 조용훈, 「근대시의 형성과 격조시론」, 『김안서 연구』, 새문사, 1996, 116쪽.
47 이 시기가 정확히 언제인지는 확정하기 어렵다. 왜냐하면 '민요시', '민요체'에 대한 최초의 언급은 1923년 12월에 발표된 「시단의 일년」에서부터 나타나기 때문이다. 또한 민요시론을 본격적으로 개진하고 있는 『『잃어버린 진주』서문』이 1924년이 아니라 1922년에 쓰였다는 주장도 있다. 조용훈, 앞의 책, 113쪽.

4. 격조시와 '정형시형'으로의 귀환

'격조시'라는 용어가 처음으로 출현한 곳은 「「조선시형에 관하여」를 듯고서」이다. 김억은 유암流暗의 「만만파파식적萬萬波波息笛」과 「조선소녀朝鮮少女」의 유형을 지적하기 위해, 주요한의 "음절音節에 마초아 지은 격조시格調詩"[48]라는 용어를 차용한다. 여기서 격조시가 특정한 율격에 맞춘 정형시를 지시한다는 것은 분명해 보인다. 정형적 율격으로서 격조시라는 개념은 1930년에 이르러 본격적으로 개진되기 시작한다. "형식形式으로는 반듯시 일정一定한 것을 가지지 아니할 수 업는 것"[49]이라는 구절이 예증하듯, 정형적 형식과 율격의 유무가 격조시와 자유시의 차이를 규정한다.

> 자유시自由詩와 근본적根本的으로 다른 것은 어대까지든지 정형定型을 가젓기 째문에 음률미音律美가 잇지 아니할 수 업다는 점点에 잇는 것이외다 쏘 그러고 산문형散文形에 쏠어너허도 음절수音節數의 제한制限이 잇는 것만큼 산문화散文化시킬 수가 업는 줄 압니다 내가 산문散文과 혼동混同되기 쉬운 것은 자유시형自由詩形을 내어버리고 격조시형格調詩形이 잇지 아니할 수가 업다고 주장主張하는 것도 이 점點에 잇습니다[50]

우리는 앞에서 자유시형의 한계가 "산문散文과 혼동混同되기 쉬운 것"에 있음을 확인했다. 이러한 인식은 「격조시형론소고」에 오면 "산문散文과 혼동混同되기 쉬운 것"이란 형태로 다시 한 번 반복된다. 자유시형의 한계가 "자유시형自由詩形을 내어버리고" 정형시형으로서 격조시형을 선택하는 직접적 계기가 되는 것

---

48 김억, 「「조선시형에 관하여」를 듯고서」, 375쪽.
49 김억, 「시형·언어·압운」, 469쪽.
50 김억, 「격조시형론소고」, 423쪽.

이다. 그렇다면 자유시형의 어떤 점이 산문과의 구별을 어렵게 만드는가? 여기서 우리가 1차적으로 확인해야 할 것은 시와 산문의 차이, 즉 시를 산문과 구별하는 기준이 무엇이냐는 것이다. 인용문은 이에 대한 해답을 제공한다. "정형定型을 가젓기 째문에 음률미音律美가 잇지 아니할 수 업다는 점点"에서 보듯, 정형적 시형이 산출하는 '음률미'가 시를 시답게 만드는 본질적 자질로 간주된다. 이는 시인의 원형적 리듬에서 시의 언표적 리듬으로의 관심의 이동을 반영한다. 일반적으로 시의 음악성은 시적 리듬에 의해 산출되고, 시적 리듬은 자유율과 정형률(내재율과 외형률)로 분할된다. 양자는 자신의 고유한 존재 이유를 갖는 독자적 리듬 체계로 간주할 수 있다. 문제는 자유율이 정형률에 비해 구체성과 명증성에 있어 상대적으로 불분명하다는 점, 즉 원형적 리듬을 표현할 언표적 리듬을 확정하기 어렵다는 점에 있다. 이러한 이유로 김억은 자유율이 정형률보다 '음률미'가 약하다고 판단한다. 이러한 판단의 기저에는 시의 외적 형태가 시의 '음률', 운율, 리듬에 직접적으로 관여한다[51]는 의식이 전제되어 있다. 따라서 시적 형태를 명확히 규정할 수 없는 자유율은 상대적으로 '음률', 운율, 리듬이 부족한 리듬으로 간주되고, 정형률은 '음률미'가 좋은 리듬으로 간주되는 것이다. "격조시형格調詩形의 음률적音律的 효과效果가 자유시형自由詩形의 그것보다는 우수優秀한 것"[52]이라는 판단은 이러한 인식에서 비롯한다.

그렇다면 격조시의 정형률을 산출하는 정형적 형태의 구체적인 양상은 무엇인가? 다시 말해 정형률을 구성하는 요소에는 어떠한 것들이 있는가?

> (가) 자유自由롭은 시형詩形을 취取하는 것보다도 음절수音節數의 정형定型을가지는것
> 이 음률적音律的 효과效果를 가지게 되는 것은 나의 혼자롭은 독단獨斷이 아닌 줄 압니다

---

51 "이 點에서 詩形論은 音律(韻律)問題를 말치 아니할 수가 업게됩니다" 위의 글, 423쪽.
52 위의 글, 425쪽.

(나) 나로 보면 조선朝鮮말로는 결決코 압운押韻할 수 업는 것이 아니고 얼마든지 가능可能하다고생각합니다

(다) 정형시定型詩에는 음절수音節數와 압운押韻 가튼 구속拘束이 잇는 것만치 언어 言語의 선택選擇과 함씌 어데까지든지 산문散文과는 혼동混同할 수 업는 입체적立體的 표현表現으로의 단적端的 긴장미緊張味가 잇습니다.[53]

김억에게 정형률을 구성하는 요소는 크게 두 가지이다. 하나는 음절수의 정형에서 산출되는 음수율이고, 다른 하나는 음의 위치의 정형에서 산출되는 압운이다. (가)는 음수율이 "음률적音律的 효과效果"를 산출한다는 것을, (나)는 우리말에서도 압운이 가능하다는 사실을 보여주는 예문이다. (다)는 음수율과 압운이 "입체적立體的 표현表現으로의 단적端的 긴장미緊張味"를 산출한다는 사실을 종합적으로 표명한다. 결국 안서에게 격조시의 음률적 효과는 음수율과 음위율(압운)의 정형성에 의해 산출된다고 할 수 있다.[54] 이중에서 음수율에 의한 정형적 음률의 실험과 모색은 그가 특별히 심혈을 기울인 부분이다.

경쾌가련輕快可憐한 것으로는 4·4조四四調(단조單調는 하나마)와 3·4조三四調, 4·5조四五調, 5·5조五五調, 이나 4·5조四五調와 3·4조三四調가 제일第一 조혼 듯합니다 보드랍은 직접적直接的 정서情緖를 노래하기에는 6·5조六五調, 7·5조七五調, 8·5조八五調 그러고 얼마큼 묵사黙思적 기색氣色이 잇기는 하나마 7·7조七七調 가튼 것일 줄 압니다 그 남어지 14음절十四音節 이상以上되는 시형詩形으로는 어대까지든지 깁흔 사

---

53 (가) 위의 글, 423쪽. (나) 위의 글, 436쪽. (다) 김억, 「시형·언어·압운」, 469쪽.
54 이는 다음에서도 명시적으로 드러난다. "이것은 七五調의 格調詩외다. 韻은 交韻이외다." 김억, 「작시법」, 『동광』 36호, 1932.8, 556쪽.

유思惟나 무겁은 추억追憶이나 그러치 아니하면 사상적思想的 엣 것을 묵짓하게 노래할 수가 잇는 것이와다[55]

인용문에서 주의 깊게 봐야 할 것은 각각의 음수율이 특정의 정서와 대응하고 있다는 사실이다. 이를 테면 "경쾌가련輕快可憐한" 정서에는 4·4조가, "보드랍은 직접적直接的 정서情緒"에는 7·5조가 대응한다는 식이다. 이것은 격조와 정서, 어조와 정조, 음률과 정조, 그리고 어향語響과 어의語意의 대응 관계를 설정하는 것과 대위적이다.

이것은 한마듸로 말하면 시형詩形과 전체全體의 의미意味는 나타낫스나 그것들을 조화調和식힐 만한 음조미音調美가 업기 째문이외다. 고럿습니다. 시기詩歌에는 전체全體의 의미意味를 명시明示하는 정확精確한 단어單語와 시형詩形 이외以外에 음조音調를 보지 아니할 수가 업습니다. 웨 그런고 하니 시기詩歌란 엇던 의미意味만을 전傳하는 것이 아니요 의미意味와 음조音調와의 완전完全한 조화調和로의 감동感動에 업서서는 아니되기 째문이외다. 그런데 우리가 사용使用하는 언어言語에는 어의語意와 어향語響 (음조音調) 두 가지가 잇서 하나는 내부적內部的이라 할 만하고 다른 하나는 외부적外部的이리고 할 만한 것이외다.[56]

김억에게 시적 감동은 단어, 시형, 음향(음조), 의미 등의 요소들이 독립적으로 작용해서 얻어지는 것이 아니다. "의미意味와 음조音調와의 완전完全한 조화調和로의 감동感動"에서 보듯, 시적 감동은 각각의 시적 구성 요소들이 조화되고 일치될 때 산출된다. "어의語意와 어향語響(음조音調)"의 조화에 대한 인식은 음조와

---

55 김억, 「격조시형론소고」, 430쪽.
56 김억, 「어감과 시가」, 『조선일보』 1930.1.1~1.2, 413면.

정조情調의 조화에 대한 인식으로 이어지고, '어감'에 대한 인식으로 귀결된다. "시가詩歌에서처럼 조화調和된 어감語感의 언어言語가 중요重要한 것은 업습니다(여 긔에 어감語感이라 함은 언어言語의 어의語意와 어향語響과 어미語美를 니름이외다)"라는 구절 에서 보듯, 어감은 시의 의미와 소리가 조화되었을 때 나타나는 미적 자질이다. 이러한 생각이 시의 내부(내용)와 외부(형식)의 조화와 일치를 전제한다는 것은 당연한 것처럼 보인다. 바로 이러한 조화에서, 즉 "음률音律과 내용內容과의 혼연 渾然히 조화調和된 곳"[57]에서 '완전한 시형'이 탄생한다.

김억의 "음률音律과 내용內容"의 혼연한 조화라는 말로써 일반적 의미의 '내용 과 형식의 조화'를 포괄하자고 한다면, 이는 그의 실제적 의도를 왜곡할 우려가 있다. 일반적으로 내용과 형식의 통일은 양자의 상호 작용에 의한 필연적 결합 관계를 요청한다는 점에서 쌍방향적 매개라고 말할 수 있다. 그러나 안서에게 있어 이러한 매개는 내용에 대한 형식의 일방향적 규제로 전치되어 있다. 이것 은 형식을 규제하는 것으로서, 내용 이외에 작품 바깥의 제3의 요소를 호출한 다는 점에서 문제적이다. 더군다나 그가 말하는 형식은 양적 차원에서 '형태'의 범주를 벗어나지 못하고 있다. 이런 의미에서 김억이 생각하는 조화는 내용과 형식의 자연스러운 통일이라기보다는 인위적인 규율과 대응에 가깝다.

> 나는 언제나 시적詩的 요소要素에 딸아서 시형詩形의 음절수音節數를 정정定定하고 맙니 다. 웨 그런고 하니 옷이 몸에 꼭 마저야 하는 모양으로 시적詩的 요소要素의 엇더함 을 딸아서 그 그릇인 시형詩形과 언어言語를 먼저 선택選擇하지 안을 수 업는 까닭입 니다.[58]

---

57 김억, 「격조시형론소고」, 421쪽.
58 김억, 「조선시형에 관하여」, 381쪽.

얼핏 보면 위의 인용문은 시적 내용에 의해 그 형식이 규제된다는 것을 표명하는 것처럼 보인다. "나는 언제나 시적詩的 요소要素에 딸아서 시형詩形의 음절수音節數를 정定하고 맙니다"는 이러한 해석을 지지한다. 그러나 우리가 "먼저"라는 단어에 주목할 경우, 이와는 정반대의 해석이 가능하다. 즉 "시형詩形과 언어言語를 먼저 선택選擇"하고 그것에 의해 시적 요소들을 구성한다고. 이처럼 두 가지 모순적인 해석이 가능한 것은, '시적 요소'와 '시형과 언어' 사이에 일대일 대응 관계가 상정되기 때문이다. 다시 말해 개개의 '시적 요소'가 특정한 시형 혹은 언어와 무매개적으로 동일시됨으로써, 시적 내용에 의한 규제든 또는 시적 형식에 의한 규제든 양자 사이에는 별다른 차이가 발생하지 않는 것이다. 「격조시형론소고」에서 내용과 형식의 조화가 시인의 정서와 율격 사이의 일대일 대응관계로 치환되는 것도 이와 동궤를 이룬다. 따라서 김억의 음률과 형식 개념은 일종의 선험적으로 규정된 '외형'으로 간주될 수 있다. 이러한 개념은 율격과 정서의 다양한 결합 관계를 제한한다는 점에서 문제의 소지가 있다.

"구속拘束 잇는 시형詩形"[59] 안에서 자유를 추구하려는 그의 시도 또한 이러한 맥락과 밀접한 관련이 있다. 자유시형에서 정형시형으로 전환하지만, 자유시형이 지닌 자유와 개성까지는 포기할 수 없었던 고충. 이것은 격조시라는 정형시가 갖는 형식성과 도식성을 완화히려는 시도로서, 일종의 고육지책으로 볼 수 있다. 이러한 시도는 격조와 정서, 어조와 정조, 음률과 정조, 그리고 어향語響과 어의語意의 대응으로 나타난다. 그러나 그의 의도에도 불구하고, 내용과 형식의 조화는 선험적으로 가정된 일대일 대응으로 귀결되고 만다. 폴 포르와 아더 시몬즈에 대해 "자유시형을 채용採用하다가 얼마 아니하야 그것을 바리고 정형시定型詩의 압운押韻을 하게되"[60]었다고 평가했을 때, 이는 자유시형에서 정형시형으

---

59 "自由롭은 詩想을 拘束잇는 詩形에 담아노흐되 가장 自由롭은 것을 일허바리지 아니하도록 努力하는 곳에 보다 더 自由로움이 잇는 것이외다" 김억, 「시형·언어·압운」, 473쪽.

로의 전환이 보편적인 현상임을 보여주기 위한 시도로 볼 수 있다. 또한 "산문散文과 혼용混用되기 쉬운 자유시自由詩보다는 제한制限있는 격조시格調詩가 읊기에 훨씬 좋다는 이유理由로 이 시집에는 전부 음절音節을 마초아 노핫습니다"[61]라고 진술했을 때, 이는 정형시형으로의 귀환이 이론 차원에서 뿐만 아니라 실제적 차원에서도 필연적 결과임을 보여주기 위한 장치라고 할 수 있다. 환언하면 그의 시가 지닌 율격적 경직성[62]은 자유시형에서 정형시형으로의 전환을 보여주는 방증의 사례인 것이다.

자유시형에서 정형시형으로의 전환이 내용과 형식의 일대일 대응을 전제하고 있다는 것은 김억의 이론적 틀 내에서 필연적인 것처럼 보인다. 그렇다면 그가 자유시형을 버리고 정형시형으로 전환하게 된 계기는 무엇인가? 우선 외적으로 일본 시단에 의한 영향을 지적할 수 있다. 김억 스스로 "이 소고小考에는 토거土居씨氏 문학서설文學書說에서 얼마큼 암시暗示 바닷다"[63]고 말할 정도로, '격조시형론'의 형성과 전개에 있어 일본 도이고우찌土居光知의 영향은 상당한 것으로 보인다. 음보foot와 등장성, 반음半音과 전음全音, 기수조奇數調와 우수조偶數調 등의 개념은 도이고우찌에게서 직접적으로 영향받은 것들이다.[64] 이 밖에 가와지류 코川路柳虹의 '정음자유시'가 끼친 영향도 무시할 수 없는 것으로 보인다.[65]

외적 영향 관계보다 중요한 것은 내적 동기와 이유들이다. 우리는 지금까지 언표적 리듬의 차원에서 '음률미'의 정도가 이러한 전환을 야기한 내적 동기였음을 보아왔다. 자유율이라는 무정형적 형식으로는 시의 리듬감음률미을 표현할

---

60 위의 글, 473쪽.

61 김억, 「卷頭小言」, 『안서시집』, 한성도서, 1929.

62 안서 시의 율격적 경직성에 대해서는 다음을 참조할 것. 김은철, 「안서시의 경직성에 관한 일고찰」, 『영남어문학』 13집, 1986; 김영미, 「김상서서시연구」, 이화여대 박사논문, 2000.12.

63 김억, 「격조시형론소고」, 431쪽.

64 土居光知, 「시형론」, 『文學序說』, 동경 : 岩波書店, 1969, 237~339쪽.

65 구인모, 『한국 근대시의 이상과 허상』, 소명출판, 2008, 217~219쪽 참조.

수 없다는 인식이 핵심적 동인으로 작용한 것이다. 이는 원형적 리듬에서 언표적 리듬으로의 관심의 이동을 반영하는데, 여기서 내적 계기를 이루는 것이 조선어의 성격에 대한 인식이다. 조선어의 운율 자질prosodic features에 대한 인식은, 김억이 자유시형의 한계를 인정하고 정형시형으로 귀착하는 데 있어 결정적 동인이 된 것이다.

> 조선朝鮮 말에는 고저高低와 장단長短이 업스니(간혹間或 잇기는 합니다마는 그것은 전체全體로의 문제問題가 되지 못합니다) 자연自然히 불어佛語 그것과 가티 음절수音節數의 제한制限을 보지 아니할 수가 업습니다 이러한 고저高低와 장단長短이 업는 언어言語는 음률적音律的으로 보아 대단히 빈약貧弱한 점點이 만습니다 그러나 이것은 인력人力으로 어찌할 수 업는 것이니 그대로 맛지 아니할 수업는 운명運命이외다.[66]

김억은 우리말의 운율적 특징을 "고저高低와 장단長短이 업"는 것에서 찾는다. 우리말의 운율 자질은 고저高低, 장단長短, 강약强弱과 같은 질적 자질이 아니라, 음절수라는 양적 자질에 의해 규정된다는 것이다. 우리말의 음률적 빈약("음률적音律的으로 보아 대단히 빈약貧弱한 점點")은 여기에서 비롯한다. 영어와 중국어와의 단순 비교[67]에 의한 것으로 보이는 이러한 인식에는 일본식 언어관과 율격이론이 착종되어 있다고 할 수 있다. 음수율이라는 개념 자체가 우리의 전통적 율격론이나 작시법에서 도출된 용어가 아님은 분명하다. 우리의 시가에서 음절수를 제한하여 시가의 리듬을 표출한다는 의식이나 규칙이 없었음에도 불구하고, 그는 우리말의 음률적 빈약을 "인력人力으로 어찌할 수 업는" 운명으로 인식하고,

---

66 김억, 「격조시형론소고」, 423쪽.
67 "도로혀 그것보다는 朝鮮 말에 長短은 잇스나 高低가 업는 것이 詩作上律動으로 보아서 英詩나 漢詩와 가튼 效果를 줄 수 업는 것이 朝鮮 말의 적지아니한 弱點인 것을 깁히 섫어할 만하외다." 김억, 「시형·언어·압운」, 『전집』 5, 471쪽.

이를 "음절수音節數의 제한制限"을 통해 보상하려고 하기 때문이다.

한 편의 시는 해당 국가의 고유한 언어의 특수한 조직이기 때문에, 해당 언어의 운율 자질의 빈약성은 그 시가의 음률적 빈약성을 낳는다는 결론은 자연스러워 보인다. 고저·장단·강약과 같은 운율 자질들의 부재는 필연적으로 시가의 음악성(리듬, 음률)에 대한 부정적 인식으로 귀결되는 것처럼 보인다. 여기에는 시가의 음률이 언어 자체에 내재하는 특질에 의해 결정된다는 인식이 내재해 있다. 김억이 "시가詩歌의 음률音律(운율韻律) 언어言語의 성질性質로 결정決定되게 되는 것"[68]이라고 인식한 것도 이와 같은 이유에서이다. 이러한 언어의 특질은 시적 형식을 결정하는 요인으로도 기능한다. 왜냐하면 시적 형식은 해당 시의 음률의 형태적 외화로 인식되기 때문이다. 이는 "나라마다 시형詩形이 다른 것은 무엇보다도 언어言語의 성질性質에 기인起因된 것인 줄 압니다"[69]라는 구절에서 확인할 수 있다. 게다가 이러한 생각은 각 시에 고유한 언어가 시적 정서를 결정한다는 생각으로까지 나아간다. "언어言語야말로 그 자신自身의 고저高低 강약强弱 음조音調 음수音數와 가튼 것으로 시적감정詩的感情으로 율동律動을 여실如實하게 표현表現할둘도 업는 단單 하나이외다"[70]는 이를 명시적으로 보여준다. 결국 김억은 각 언어의 고유한 운율 자질이 시의 음률과 형식과 정서를 결정한다고 생각하는 것이다. 이러한 전제로부터 어떤 결론이 도출될지는 자명하다.

더욱그것이 조선朝鮮 말과 가티 음률적音律的으로 고저장단高低長短이 업는 것만큼 빈약貧弱하다는 감感을 금禁할 수 업는 언어言語에서는 그 염려念慮가 심甚하지 아니할가 합니다 이러케 음률적音律的 빈약貧弱을 소유所有한 언어言語에는 자유自由롭은 시형詩

---

68 김억, 「격조시형론소고」, 423쪽.
69 김억, 「작시법」, 305쪽.
70 김억, 「시론」, 『대조』 2~5호, 1930.4.15~8.1, 446쪽.

形을 취취하는 것보다도 음절수音節數의 정형定型을 가지는 것이 음률적音律的 효과效果를 가지게 되는 것은 나의 혼자롭은 독단獨斷이 아닌 줄 압니다.[71]

시의 음조와 형태를 결정하는 데 있어 조선어가 중요한 역할을 한다는 인식은 이미 초기에서부터 존재하고 있었다.[72] 우리말이 산출하는 고유한 "음률적音律的 효과效果"에 대한 적극적 관심과 모색은 그 맹아적 형태를 예시한다. 엄밀히 말해, 언어의 규정력과 중요성에 대한 인식은 그의 사유의 전숓시기를 가로지른다고 말할 수 있다. 그러나 조선어의 운율 자질에 대한 명확한 표명이 나타나는 시기는 격조시형을 적극적으로 모색하던 1930년 전후라고 볼 수 있다. 이는 우리말의 운율 자질에 대한 탐색이 새로운 시형의 모색과 병행한다는 사실을 보여준다. 즉 우리말의 운율 자실의 빈약에 대한 인식이 시형론과 리듬론의 변화를 설명하는 내적 동기가 되는 것이다.

우리는 지금까지 우리말이 "음률적音律的으로 고저장단高低長短이업는" 언어라는 인식이, 시적 리듬에 대한 인식과 맞물리면서 자유시형론에서 정형시형론으로 전환하는 핵심 계기로 작용하는 메커니즘을 살펴보았다. 여기에는 리듬 개념의 변화, 즉 시인의 생명과 호흡을 표현하는 내적 율동으로서의 원형적 리듬에서 시의 음률과 직접적으로 견속된 언표적 리듬 개념으로의 전환이 내재해 있다. 이때 시적 언어는 양자를 매개하는 역할을 수행한다. 따라서 문제의 핵심은 시인의 정조와 음률이 시적 언어의 매개를 통해 시적 형식으로 외화되는 방식에 있다고 할 수 있다. 다시 말해 정조와 음률, 시어와 시형이 서로 유기적으로 연관되는 필연적 연결고리를 찾는 것이다. 그러나 김억에게 우리말은 "음률

---

71 김억, 「격조시형론소고」, 423쪽.
72 "朝鮮 말로의 엇더한 詩形이 適當한 것을 몬저 살펴야 합니다." 김억, 「詩型의 韻律과 呼吸」, 34·35쪽.

적음률的으로 고저장단이 업는"언어이기 때문에, 시적 음률을 표현하는 유일한 가능성은 음수율과 압운과 같은 제한된 방법밖에 없었다. 이러한 사고가 시의 정조, 음률, 언어, 시형 사이에 일대일 대응으로 수렴된다는 것은 자명해 보인다. 그리고 이는 최종적으로 조선에서의 작시법의 부정이란 형태로 귀결되고 만다. 김억에게 "조선어朝鮮語에 작시법作詩法을 세운다는것"은 하나의 불가능한 이상이었던 것이다.[73] '번역불가능론'도 이러한 사고의 필연적 산물 가운데 하나이다.

5. 새로운 시형과 자유율의 실체

우리는 지금까지 내적 계기들을 중심으로 김억 시론의 변화 양상을 고찰해 왔다. 주지하다시피 그의 시와 시론은 자유시형에서 정형시형(격조시형)으로의 전환이라는 궤적을 그린다. 이때 변화의 결정적인 계기는 리듬 개념과 언어에 대한 인식의 변화에 있다. 시인 내부의 원형적 리듬에서 시적 형식으로 표출된 언표적 리듬으로의 이동. 전자가 자유시형의 특징이자 한계라고 한다면, 후자는 격조시형의 의의와 한계를 규정한다고 할 수 있다. 자유시형에서 격조시형으로의 이론적 궤적의 변화는, '새로운 시형'의 확립을 통해 시인의 내적 정조를 표현하려는 그의 적극적 의지를 반영한다.

민족의 정서와 호흡을 반영한, 새로운 시대의 '새로운 시형'의 확립이란 과제는 김억이 전 생애를 기울여 도달하고자 한 이상이었다. 근대 초기 상징주의 시와 시론을 소개할 때부터 해방 후 민족 문학의 건설이라는 과제를 제창할 때까지 그는 '새로운 시형'의 확립에 모든 노력을 아끼지 않았다.[74] 그러나 이러한

---

73 김억, 「작시법」, 『삼천리』 70~74호, 1936.2~6, 649쪽.

이상과 노력은 그의 이론적 한계 때문에, 격조와 정서, 어조와 정조, 음률과 정조, 어향語響과 어의語意의 일대일 대응으로 귀착되고 만다. 음수율과 압운이라는 정형률로의 복귀는 이러한 사정의 필연적 결과물이다. 여기에서 우리말이 "음률적音律的으로 고저장단이 업는" 언어라는 인식은 결정적인 계기를 제공한다.

김억의 시와 시론을 논하는 데 있어, '정형'의 의미가 '정형定型'이냐 '정형定形'이냐 '정형整形'이냐는 것은 유의미한 질문일 수 있다.[75] 그러나 이보다 더 중요한 것은 시적 리듬이 표출되는 방식이다. 즉 시적 리듬이란 정형적 형식에 의해서만 산출될 수밖에 없는가, 만약 그 반대의 경우가 성립한다면 비정형적 형식으로 표출되는 리듬의 구체적인 모습은 무엇인가라는 것이다. 이것은 흔히 형태가 없는 것으로 간주되는 현대시의 자유율의 실체에 대한 문제제기이기도 하다. 김억이 좌절한 곳은 바로 이곳이다.[76] 그의 실패는 선험적으로 규정된 정조, 그리고 특정 정조와 일대일로 대응하는 형식과 리듬이란 애초부터 불가능하다는 것을 보여주는 하나의 강력한 사례이다.

74　"이 點에서 우리는 三十餘年이나 詩歌를 製作은 햇슬망정 消化한 것시 아니요 한 個의 숭내에 지내지 아니할 줄 압니다. 이것으로써 보면 우리에게는 아직 詩歌가 틀이 잡히지 못하야 「朝鮮的詩歌」는 압날에 잇는 줄압니다." 김억, 「시의 족적 삼십년」, 『중앙신문』, 1947.11.1.

75　김권동은 「안서 시형에 관한 소론」에서, 안서가 '定型'과 '定形'을 혼용하였다는 점에 착안, 그의 시를 엄격한 율격적 규칙성이 있는 '定型'이 아니라 "아직 型을 얻기 이전의 시형"(178쪽)인 '定形'으로 규정한다. 여기서 型이 변화하지 않는 고정된 틀의 의미라면, 形은 무형을 유형으로 표상한다는 차원에서의 틀을 의미한다. 이런 맥락에서 박승희는 「근대 초기 시의 '격조'와 '정형성' 연구」에서, 안서의 격조시형의 定形이 "전통시가 율격의 定型性을 지향하는 것이 아니라 자유시의 산문화를 억제하고 시 장르의 리듬과 음률을 복원하기 위한 시적 언어의 정제적 형식"(359쪽), 즉 "整形"의 의미를 지닌다고 주장한다. 이들의 주장은 안서 시와 시론이 지닌 "拘束 잇는 詩形" 안에서의 '자유'를 적극적으로 표명한다는 점에서 의의를 지닌다. 그러나 안서의 많은 시들이 엄격한 의미의 정형시(定型詩)(75조 압운시)의 형태를 띠고 있다는 점에서 한계를 노정한다.

76　"내가 詩人으로 懺悔할 것도 많거니와 初期 作品에 있어서는 後悔하는 것도 많습니다. 너머 남의 흉내를 내고 自信없는 作을 낸 것이 나로서는 깊이 懺悔하는 바이오 또는 不滿이 생각하는 바입니다. 이제부터는 定型詩를 버리고 보다 自由러운 立體的 自由詩를 쓰렵니다." 김억, 「나의시단 생활25년기」, 『시인문학』 2호, 1934.9.11, 783쪽.

제3장

김기림의 모더니즘 시론에서 시적 리듬의 위상

1. 현대의 내적 리듬

김기림의 모더니즘 시론에서 시적 리듬이 놓인 위상을 탐색하는 일은 얼핏 도로徒勞에 지나지 않는 것처럼 보일 수도 있다. 왜냐하면 모더니즘이라는 새로운 시론의 출발점이 전통적 시론의 전면적 부정에 있는 것처럼 보이기 때문이다. 이는 전통시에서 모더니즘 시로의 이행이 음악성의 탈각과 회화성의 체득으로 이해되는 현상과 밀접한 관련을 지닌다. 즉 그의 모더니즘 시론은 '과거/미래' 및 '전통/외래'의 이항대립에서 '과거'와 '전통'을 부정하고 '미래'와 '외래'를 긍정하는 것으로 이해되는데, 이때 음악성과 회화성이 전통시와 모더니즘 시를 분별하는 기준이자 잣대로 기능하고 있는 것이다. 이러한 사실은 다음과 같은 말에서 보다 극적인 형태로 예시되고 있다.

> 과거에 있어서는 시의 본질이며 생명이라고까지 규정되어 있던 시적 「리듬」(운율)이라든지 격식을 쓰레기통에 집어넣는 것은 현대의 시인에게 있어서는 결코 상찬할 만한 모험도 아무것도 아니다. 그것은 벌써 한개의 상식으로 화하였다.이하 원문그대로[1]

인용문은 모더니즘 시에서 "시적 「리듬」(운율)"이 존재하고 있는 곳이 어디인지를 적확하게 예시한다. 그곳은 시의 '쓰레기장', 즉 이미 용도가 폐기된 사물들의 집합장인 것이다. 상황이 이렇다면, 그의 모더니즘 시론에서 시적 리듬의 위상을 탐색하는 일은 "쓰레기통"을 뒤지는 넝마꾼의 작업과 별다른 차이가 없다. 결국 본고의 작업은 시의 "쓰레기통"에 버려진 "시적 「리듬」(운율)이라든지 격식"이 무엇인지를 확증하는 것에 다름 아니다.

그러나 넝마꾼의 비유가 현재의 탐색이 무용하다거나 도로에 지나지 않는다는 것을 의미하는 것은 아니다. 오히려 사정은 정반대이다. 모더니즘 시론에서 시적 리듬의 위상을 탐색하는 것은 자유율free rhythm 성립의 가능성에 대한 이론적 정초라는 의미를 지닌다. 이것은 1930년대 시적 리듬이 처한 위상과 밀접한 관련이 있다. 보다 구체적으로 말해 1920년대 시적 리듬이 정형률과 자유율로 분화된 이후, 정형률은 민족문학의 계승과 발전이라는 차원에서 시조의 율격으로 체계화되는 양상을 띤다. 이에 비해 자유율은 이론적·실제적 차원에서 구체적인 내용을 담지하지 못한 채, 소멸과 발전의 기로에 서게 된다. 이때 김기림의 모더니즘은, 과거의 전통적 시와 구별되는 새로운 시에 적합한 리듬이 무엇인가라는 문제를 제기함으로써 자유율 성립의 가능성을 판단하는 시금석의 기능을 수행했던 것이다. 여기에는 정형률과 자유율이라는 리듬 차원의 문제뿐만 아니라, 리듬·이미지·의미가 통합된 '전체로서의 시'에 대한 사유, 나아가 시어와 일상어의 관계라는 거시적 차원의 문제들이 내재되어 있다.

주지하다시피 김기림 시론에서 시적 리듬의 위상에 대한 기존의 연구는 부정적인 평가가 대세를 이룬다. 임화의 비판 이래 송욱과 김윤식을 거치면서, 서준섭·문덕수·한계전·김용직·김학동·정순진·강은교 등의 연구가 대체적으

---

1 김기림, 「현대시의 표정」(『조선일보』, 1933.8.9~10), 『김기림 전집 2-시론』, 심설당, 1988, 87쪽. 이하 김기림 글의 인용은 이 책의 표기와 양식에 따른 것임을 밝혀둔다.

로 이러한 경향을 띤다.[2] 이들은 김기림의 운율 부정을 시의 음악성 전체에 대한 부정으로 간주하고, 반전통·반역사적 차원에서 그것의 가치를 폄하한다. 이러한 경향 속에서도 김기림의 전통적 운율 부정을 일상 회화의 도입과 자유율의 정초라는 맥락에서 그 의미와 가치를 발견하려는 시도들이 존재했는데, 이재철·김인환·조달곤 등이 그 대표적인 경우라고 할 수 있다.[3] 이들은 김기림의 '내적 리듬'에 대한 요청, 즉 일상 회화를 반영한 자연스러운 리듬에 대한 요청을 긍정적으로 평가하고, 김기림을 리듬 부정론자로 간주하는 기존 이론의 오류를 지적한다. 이들의 비판은, 김기림의 언어와 리듬에 대한 기존의 편견을 수정하고 그것이 지닌 가치를 적확하게 파악하였다는 점에서 긍정적인 의의를 지닌다. 그러나 일상 회화를 바탕으로 한 '내적 리듬'이 구체적으로 무엇을 말하는지, 그것의 실질적 내용과 의미에 대한 탐색으로 논의를 진전시키지 못하고 있다. 이러한 한계, 본고의 문제의식은 바로 이곳에서 출발한다.

시적 리듬을 시의 "쓰레기통"에 버리는 일은 쉬운 일이다. 그리고 그것을 '쓰레기'로 취급하여 폐기처분하는 것은 더 쉬운 일이다. 문제는 용도 폐기된 것들 가운데 아직 쓸모가 있는 것, 또는 부주의로 잘못 버려진 것들이 있을 수도 있다는 점이다. 따라서 시의 "쓰레기통"에 잘못 버려진 것들이 무엇인지를 가려내는 일이 요구된다. 다시 말해 시의 "쓰레기통"에 버려진 "시적 「리듬」(운율)이라든지 격식"이 무엇이고, 그것이 버려질 수밖에 없다면 그 이유가 무엇인지를 확인하는 것, 이것이 이 장의 일차적 과제인 것이다.

---

2 이에 대한 구체적 서지 및 세부적 논의는 본론에서 다루어질 것이다.
3 이재철, 「모더니즘 시론소고」, 『시문학』, 1976.9~10; 김인환, 「김기림의 비평」, 정순진 편, 『김기림』, 새미, 1999, 187~211쪽.

2. 과거의 시와 새로운 시 - '신산문시'의 제창

주지하다시피 김기림의 시론은 부정否定의 시학에서 출발한다.

> 「모더니즘」은 두 개의 부정을 준비했다. 하나는 「로맨티시즘」과 세기 말 문학의
> 말류인 「센티멘탈 · 로맨티시즘」을 위해서고, 다른 하나는 당시의 편내용주의偏內容
> 主義의 경향을 위해서였다. 「모더니즘」은 시가 우선 언어의 예술이라는 자각과 시는
> 문명에 대한 일정한 감수를 기초로 한 다음 일정한 가치를 의식하고 쓰여져야 된다
> 는 주장 위에 섰다.[4]

김기림의 모더니즘이 준비한 "두 개의 부정"은 "로맨티시즘"과 "편내용주의偏
內容主義의 경향"을 대상으로 한다. "로맨티시즘"과 "편내용주의偏內容主義"가 부정
되는 것은 이들이 모더니즘의 중핵을 이루는 '문명'과 '언어'란 요소를 간과하기
때문이다. 즉 전자는 "내용의 진부와 형식의 고루固陋" 때문에, 후자는 "내용의 관
념성과 말의 가치에 대한 소홀"[5] 때문에 부정되는 것이다. 이것은 역으로, 모더
니즘이 새로운 내용과 형식으로 무장한 새로운 시적 형태라는 사실을 보여준다.
다시 말해 모더니즘은 새로운 "문명에 대한 일정한 간수"를 내용으로 하고, 새로
운 "언어"를 형식으로 한 시적 형태라는 것이다. 여기서 제기되는 문제는 모더니
즘에서 내용의 형식화, 즉 '새로운 문명'이란 내용이 '새로운 언어적 질서'로 형
식화될 때, 과거의 시와 구별되는 구체적 형태가 무엇인가라는 점이다.

이를 알기 위해서는 과거의 시와 새로운 시를 구별하는 기준이자 잣대로서
기능하는 음악성[6]과 회화성에 대해서 살펴보아야 한다.

---

4   김기림, 「「모더니즘」의 역사적 위치」(『인문평론』, 1939.10), 『전집』 2, 55쪽.
5   위의 책, 56쪽.

① 음악적인 것, 그것은 비유적으로는 사라져 가는 것, 불안한 것, 동요하는 것이다. 회화적인 것, 그것은 영속하는 것, 고정하는 것이다.

② 시에 있어서 그것이 가진 공간성이 중요하게 보여지기 시작한 것은 20세기에 들어서의 중요한 신시운동의 산물이 아닌가 한다. 시간적이라고 하는 것은 필연적으로 음악적인 것 다시 말하면 가청적인 것을 의미한다.[7]

① 은 시의 음악성과 회화성에 대한 김기림의 기본 관점과 태도가 무엇인지를 보여준다. 특히 전자를 "사라져 가는 것"으로, 후자를 "영속하는 것"으로 규정하는 태도는 "회화적인 것"에 대한 그의 선호를 매우 선명하게 보여준다. ② 는 그가 이러한 편애에 가까운 판단을 하는 이유가 무엇인지를 예시한다. 그는 "회화적인 것"의 기본 전제가 되는 "공간성"을 "20세기에 들어서의 중요한 신시운동의 산물"로 보고 있다. 이것은 그가 '음악성＝시간성'에서 '회화성＝공간

6　여기서 시의 음악성과 관련된 용어들을 정리할 필요가 있다. 김기림은 시의 음악성을 나타내기 위해서 '소리, 음향, 음, 음악적인 것, 노래, 리듬, 운율, 압운' 등의 용어를 다양하게 사용한다. 그가 이러한 용어들의 정확한 개념을 정의하고 있지는 않지만, 그것의 사용에 있어 나름대로의 정합성과 체계성을 보이고 있다. 우선, '소리, 음향, 음'은 말의 청각적 양상을 지시하는 용어로서 가장 광의의 의미를 지닌다. 그것은 시의 음(音) 뿐만 아니라 음악의 음 등 세상의 모든 소리를 지시하는 말이다. 둘째 '음악적인 것'은 이중적 의미를 지니는 것으로 보인다. 즉 음악적 차원과 반(半)음악적 차원이 그것인데, 말하자면 전자는 노래로서의 시를 의미하고 후자는 언어로서의 시가 갖는 음악성을 의미한다. 시의 음악성을 논하는 데에서 문제가 되는 것은 후자의 '음악적인 것'이다. 셋째, '리듬'은 이 후자의 '음악적인 것'과 관련한다. 즉 음악과 노래 자체는 아니지만, 언어의 소리가 산출하는 음악적인 양상을 지시하는 말이 바로 '리듬'인 것이다. 광의의 '리듬'은 전통적 리듬과 새로운 리듬으로 분류될 수 있는데, 이때 전자를 지시하는 말이 '운율'이다. '운율'은 '압운(rhyme)'과 '율격(meter)'을 합친 말로서, 외적으로 명시적으로 드러나는 정형적 리듬을 일컫는다. 이에 비해 새로운 리듬은 정형적 형태를 취하지 않는 '내적 리듬'을 지시하는데, 이러한 개념이 협의의 리듬 개념에 해당한다. 김기림은 '리듬'이라는 용어를 율격과 내적 리듬 양자를 지시하기 위해 사용하지만, '운율'이라는 말은 전자의 경우로만 한정하여 사용하고 있다. 이렇게 본다면 본고가 사용하는 '시적 리듬'이라는 용어는 김기림이 사용하는 광의의 '리듬' 개념에 해당한다고 할 수 있을 것이다.

7　① 김기림, 「1930년대 掉尾의 시단 동태」(『인문평론』, 1940.10), 『전집』 2, 69쪽.
　② 김기림, 「1933년 시단의 회고」(『조선일보』, 1933.12.7~13), 『전집』 2, 62쪽.

성'으로의 전이를 시대적 필연성의 결과로서 인식하고 있다는 것을 의미한다. 따라서 "문명의 아들" 혹은 "도회의 아들"[8]로서 모더니즘 시는 과거의 낡은 내용과 형식을 폐기하고 새로운 내용과 형식으로 형상화한 시를 일컫는 말이 된다. 이때 '새로운 문명'이란 내용적 요소는 주로 '공간화 혹은 시각화'란 형식적 장치에 의해 표상된다. 이러한 규정에서 문제가 되는 것은 시의 음악성과 회화성에 대한 이분법적 도식성이다. 주지하다시피 김기림의 모더니즘 시론은 '과거/미래', '전통/외래', '내용/형식'의 이항대립에 기초하고 있다는 점에서 형식화와 도식화의 위험을 지니고 있다. 과거와 전통에 대한 일방적 부정은 이러한 도식성에서 비롯하는 것으로 볼 수 있다. 과거의 운율에 대한 철저한 부정역시 이러한 일면이 있음은 부정할 수 없는 사실이다.

우스운 일은 많은 사람들은 운율이야말로 시의 본질인 것처럼 생각하고 있는 일이다. 세상의 수없는 시의 시작자試作者(시작자詩作者의 오기로 보임-인용자)들은 운율은 밟아서 말을 나열함으로써 시를 지었다고 생각한다. 그래서 세상에는 괴상한 망령들이 운율의 제복을 입고는 시라고 자칭하면서 대도大道를 횡행한다. 그때 시신詩神은 아마도 그들의 부엌에서 슬프게 울는지 모른다.[9]

그가 말하는 "운율의 제복을 입"은 "괴상한 망령"들은 과거의 '로맨티시즘', 특히 '센티멘탈·로맨티시즘' 시의 리듬이다. 그가 "「날라리와 꽹과리」의 조잡한 음악들"[10]로 부른 과거의 전통적 리듬은 근본적인 성격에 있어 새로운 시대에 부합하지 않는다. 이러한 생각의 기저에 시간적 차원에서 '전근대/근대', 공

---

8   김기림, 「「모더니즘」의 역사적 위치」(『인문평론』, 1939.10), 『전집』2, 56쪽.
9   김기림, 「시의 회화성」(『시원』, 1934.5), 『전집』2, 105쪽.
10   김기림, 「시의 「모더니티」」(『신동아』, 1933.7), 『전집』2, 82쪽.

간적 차원에서 '동양/서양'이라는 이분법적 도식이 자리하고 있음은 물론이다. 즉 김기림은 새로운 모더니즘 시학을 정립하기 위해, "전근대를 상징하는 '동양'이 근대문학의 타자로 인식"[11]하고 있었던 것이다. 그가 "일세를 횡행하던 너무나 「로맨틱」한 「센티멘탈」한 망국적인 「리듬」은 지적인 투명한 비약하는 우리의 시대와 함께 뛰놀 수 없었다"[12]고 단언하는 것도 이러한 맥락에서 이해될 수 있다. 이러한 생각의 기저에는 "20세기 시의 가장 혁명적인 변천은 실로 그것이 음악과 작별한 때부터 시작된 것 같다"[13]는 시의 음악성과 회화성에 대한 이원론이 내재하고 있음은 물론이다.

'과거/미래', '내용/형식', '음악/회화'의 이분법에 기초한 모더니즘 시는 "음악과 작별"함으로써 '신산문시론'으로 귀착한다.

> 서정시가 직접한 감정의 표현으로서의 명예에 만족하지 않고 점차로 감정을 세탁해버리면서 있는 동안에 그것은 어느새 서정시가 아니고 따라서 차츰 그것이 생명처럼 존귀해 하던 음악성조차를 잃어버리며 왔고, 드디어는 음악성과 결별했다. 그래서 필경에는 신산문시新散文詩의 제창을 봄에 이르렀다.[14]

위의 인용문은 서정시를 구성하는 두 가지 핵심적 요소가 무엇인지 잘 보여주고 있다. "직접한 감정의 표현"과 "생명처럼 존귀해 하던 음악성"이 보여주는 것처럼, 내용적 요소로서 정서의 표출과 형식적 요소로서 음악성의 구현이 바로 그것이다. 따라서 서정시에서 '신산문시'로의 이행, 즉 "신산문시新散文詩의

---

11 김진희, 「김기림 문학론에 나타난 타자의 지형과 근대문학론의 역사성」, 『우리어문연구』 32집, 2008, 373쪽.
12 김기림, 「시의 「모더니티」」(『신동아』, 1933.7), 『전집』 2, 81쪽.
13 김기림, 「시의 회화성」(『시원』, 1934.5), 위의 책, 105쪽.
14 위의 책, 104쪽.

제창"은 감정의 "세탁"과 음악성과의 "결별"로 특징지을 수 있다. "신산문시新散文詩의 제창"은 시의 본질과 관련된 매우 급진적인 생각을 포함한다. '신산문시'가 폐기하고자 하는 대상 중에 음악성은 시적 본질의 요체로서 간주되어 왔기 때문이다. 그렇다면 그가 '신산문시론'을 통해 기획하는 것은 시 자체의 폐기인가? 여기서 우리는 '음악성'의 실제적 내용을 확증할 필요가 있다. 이를 위해서는 '신산문시'와 자유시의 차이가 무엇인지부터 살펴보아야 한다.

일부의 사람들은 자유시는 운율을 버린 것처럼 말하지만 그것은 오해다. 자유시는 다만 정형시에 있어서의 운율의 구속을 깨뜨리고 자유로운 호흡에 맞는 자유로운 운율을 창조하려고 하였을 따름이다. 운율의 본질에 한층 더 가까워간 점에 있어서는 자유시는 차라리 정형시보다도 더 충실한 운율의 봉사자였다.[15]

김기림은 자유시가 운율 자체를 폐기한 것은 아니라고 주장한다. 자유시가 폐기한 것은 "정형시에 있어서의 운율의 구속"이지 운율 자체가 아니라는 것이다. 따라서 자유시는 "자유로운 호흡에 맞는 자유로운 운율을 창조"하려 한 "충실한 운율의 봉사자"로 간주될 수 있다. 이러한 인식은 에즈라 파운드의 이미지즘 시 제3규칙과 일맥상통한다.[16] 즉 자유시에서 시적 리듬(음악성)은 '작시법'이라는

---

15 위의 책, 104쪽. 이와 유사한 다음과 같은 진술도 좋은 참조가 된다. "정서의 갖는 움직임과 「뉴앙스」는 그때그때 안으로부터 우러나오는 형식에 대한 내재적인 요구로서 스스로의 「운율」을 찾아낸다는 것이다. 그리하여 자유시론자는 운율 무용론을 주장한 것이 아니라, 한 시 속에서도 자유자재한 운율의 변화를 인정한 것이 된다." 김기림, 「시조와 현대」(『國都新聞』, 1950.6.9~11), 『전집』 2, 342쪽.
16 에즈라 파운드의 이미지즘 시 제3규칙은 다음과 같다. "리듬에 있어서는 '메트로놈'의 順序에 따르지 말고 音樂的인 語句의 順序의 依하여 만들 것." 이에 대해서는 한계전, 『한국현대시론연구』, 일지사, 1990, 162쪽을 참조할 것. 김기림도 이 규칙을 알고 있었다. 그는 『문학개론』에서 이 제3규칙을 韻律에 대해서는 음악적 어법에 좇도록 하되 「메트로놈」에 좇지 않을 것"으로 번역하고 있다. 김기림, 「문학의 「장르」」, 『전집』 3, 42쪽. 이러한 사실은 이미 이재철에 의해 입증된 바가 있다. 그는 「모더니즘론 시론소고」에서, 김기림의 리듬에 대한 의식이 "英美 이미지스트의

외재적 규칙이 아니라, "음악적音樂的인 어구語句의 순서順序"와 같은 시 자체의 내재적 요인에 의해 성립한다는 생각이다. 이렇게 본다면 에즈라 파운드의 이미지즘 시 제3규칙에 의거하야 김기림을 비판하는 주장은 그 논리적 근거가 빈약하다고 할 수 있다.[17] 아무튼 자유시는 '자유율'이라는 새로운 운율을 구성 원리로 하는 시를 일컫는다. 그렇다면 "우리는 또 다시 자유시까지 버릴 때가 왔다"[18]라는 "신산문시新散文詩의 제창"은 일차적으로 운율 일반의 포기라는 의미를 지닌다고 볼 수 있다. 다시 말해 운문韻文, verse으로서의 시의 포기이다.

'신산문시'에 대한 이러한 급진적 생각은 그의 시론의 초창기부터 내재하고 있었다. 1931년 1월 27일에 『조선일보』에 실린 「'피에로'의 독백—'포에시'에 대한 사색의 단편」을 보자.

> 31. 「리듬」 사망 : 「리듬」은 「생볼리즘」의 용만冗漫한 음악과 함께 사망했다. 이 시세는 그렇게 「로맨틱」하기에는 너무나 급한 「템포」로 초월적인 비약을 사랑한다. (…중략…)
>
> 33. 산문화散文化 : 「리듬」은 시의 귀족성이며 형식주의다. 민중의 일상 언어의 자연스러운 상태에서 발견하는 미와 탄력과 조화가 새로운 산문예술이다. 강조는 인용자[19]

音樂的 의식, 즉 메트로놈(拍節器)보다 音樂的 分節(musical phrase)에 의해 형성된 리듬을 重視하는 의식"과 깊은 관련이 있음을 보여주고 있다. 이재철, 「모더니즘론 시론소고 2」, 『시문학』, 1976.10, 83쪽.

17 김용직은 김기림의 모더니즘 시론을 '논리적 모순', '넌센스', '시행착오 현상' 등으로 규정하는데, 그것은 그가 "전적으로 음악성을 배제한 시가 가능하기라도 한 듯한 착각에 사로잡혀 있었다."는 판단 때문이다. 이러한 공격의 배후에, 에즈라 파운드의 이미지즘 시 제3규칙이 이론적 근거로서 자리하고 있다. 김용직, 「모더니즘의 시도와 실패」, 정순진 편, 『김기림』, 새미, 1999, 18~22쪽.

18 김기림, 「「피에로」의 독백」(『조선일보』, 1931.1.27), 『전집』 2, 302쪽.

19 위의 책, 303쪽.

그가 "「리듬」 사망"을 선고했을 때, 여기에는 전통시가의 정형률뿐만 아니라 자유시의 자유율도 포함한다. 이것은 운율에 대한 그의 인식을 보여주는데, "「리듬」은 시의 귀족성이며 형식주의다"라는 구절은 그 일단을 예시한다. 반복하자면 그것은 운문韻文으로서 시적 리듬의 포기로 요약할 수 있다. 우리는 이러한 포기를 어떻게 평가해야 하는가? 그것은 "실패의 전형"[20]으로 간주되어야 하는가, 아니면 "새로운 산문예술"에 대한 선취로서 의의를 지니는가? 우리가 선택의 기로에서 고민하는 이유는, "새로운 산문예술"이 "민중의 일상 언어의 자연스러운 상태에서 발견하는 미와 탄력과 조화"라는 반–귀족적이고 반–형식적인 지향점을 갖기 때문이다. 이러한 지향점은 언문일치로서의 시어의 확장이라는 문제와 매우 밀접한 연관관계를 맺는다. 나아가 문학(시)과 현실의 관계에 대한 새로운 인식틀의 도입과도 긴밀한 상관관계가 있다. 최소한 그는 언어의 영역에서 만큼은 기교주의와 형식주의에 갇혀 있지 않았다. 오히려 그는 "문학이라는 창을 통해서 현실을 바라본 것이 아니라 현실 속에서 문학을 바라보려"[21] 함으로써 일종의 코페르니쿠스적 전회를 이룩한다. 이러한 인식의 전환은 당대의 현실에 비춰 봤을 때 매우 혁신적인 것이다. 그것은 시어와 일상어 사이의 경계, 그리고 문학과 현실의 경계에 대한 기존의 사고에 대한 부정을 내포한다. 실제로 김기림은 자신의 신문기사를 행만 바꾸어 시로 발표한 경우도 여러 번 있었다.[22] 이러한 맥락에서 김기림이 시와 문학을 "하나의 열려진 체

---

20 "김기림이 추구한 모더니티의 문제 가운데 視覺的인 이미지를 통한 시의 繪畵化는 한국시의 空間的 造形을 발견하게 하고 그것을 심화시키는데 있어서 시사적 의의를 획득했다고 볼 수 있으나 音樂性과 繪畵性을 도식적으로 결합시킴으로써 '新散文詩'를 단편적인 산문의 토막으로 만들어낸 것은 그의 왕성한 실험의식 및 전위의식이 빚어낸 실패의 전형으로 평가하지 않을 수 없을 것이다." 강은교, 『1930년대 김기림의 모더니즘 연구』, 연세대 박사논문, 1987, 76쪽.
21 신범순, 「30년대 모더니즘에서 '산책가'의 꿈과 재현의 붕괴」, 『시와 시학』 3호, 1991, 85쪽.
22 시 「편집국의 오후 한시 반」(『신동아』 3권 11호, 1933.11)이 대표적인 경우이다. 이에 대해서는 다음의 글을 참조할 것. 조영복, 「김기림의 언론활동과 초기 글들의 성격」, 『한국시학연구』 11집, 2004, 380~382쪽; 이명찬, 『1930년대 한국 시의 근대성』, 소명출판, 2000.

계"로 간주했다는 주장은 시사하는 바가 많다.[23]

그러나 그의 산문시론에 대한 기존의 평가는 대체로 부정적인 양상을 띤다.

> 그 이유로 말하면 지금까지 여러 번 되풀이해서 말한 바와 같이, 동적動的인 전통
> 의식傳統意識과 내면성內面性이 그에게는 없었던 까닭이다. 그리고 낡은 리듬을 부정
> 하려고 한 나머지 그는 리듬이 없는 〈쪼각난 산문〉을 쓰고 말았다. 물론 이 산문散文
> 은 재치있고 그럴듯한 시각적視覺的 이매쥐로서 가득 차 있기는 하다. 그러나 내면성
> 內面性없이 시각적視覺的 이매쥐만으로서 시詩가 되기는 어려운 것이다. 그는 언어言語
> 의 음악성音樂性도 아울러 사용했어야 좀더 효과를 나타낼 수 있었을 것을……. 그렇
> 지만 그는 이러한 음악성音樂性에 대한 치밀한 검토를 거치지 않았으며, 날카로운 귀
> 와 음악성音樂性의 구성構成에 관한 법칙法則을 가지고 있지도 않았다.[24]

송욱은 김기림의 시를 "리듬이 없는 '쪼각난 산문'"으로 규정하고, 그 원인을 "낡은 리듬을 부정"하는 태도에서 찾는다. 같은 맥락에서 김용직은 "김기림은 마치 전적으로 음악성을 배제한 시가 가능하기라도 한 듯한 착각에 사로잡혀 있었다"[25]고 그의 이론을 강력하게 비판하였고, 문덕수는 "김기림이 반음악, 반 운율을 주장한 것을 그의 큰 오류"[26]임을 천명하였다. 이러한 비판의 중심부에 는 시의 음악성의 요체를 운문으로 사고하는, 운문과 산문의 전통적 이원론이

---

23 "문학은 김기림에게 '구어적 의사소통'의 특수한 양상으로 이해된다. 문학의 재료는 실제의 생
    활세계에서 직접적이고 포괄적으로 쓰이는 '말'이지 그로부터 유리된 추상적인 '글'이 아니다.
    김기림은 문학의 재료로 '말'을 제시함으로써 자신의 문예학적 방법론을 사회적, 역사적인 경험
    의 관계망 속에 정초시키려는 의도를 나타낸다. 김기림은 의식적으로 '의사소통'을 주장하고
    '구어'를 말함으로써 시를 하나의 열려진 체계로 간주하고 있음을 알 수 있다." 박성창, 「근대 이
    후 서구수사학 수용에 관한 고찰」, 『비교문학』 41집, 2007, 23~24쪽.
24 송욱, 『시학평전』, 일조각, 1983, 192쪽.
25 김용직, 「모더니즘의 시도와 실패」, 정순진 편, 『김기림』, 새미, 1999, 20쪽.
26 문덕수, 『한국 모더니즘시 연구』, 시문학사, 1992, 236쪽.

있음은 자명해 보인다. 다시 말해 시는 산문散文인 일상 언어와는 다른 언어(운문)이기 때문에 시의 음악성을 구성하는 것은 운문이라는 사고가 그것이다. 이러한 맥락에서 '신산문시론'은 시적 리듬(음악성)의 포기, 나아가 시적 형식의 포기로 간주되어 온 것이다. 이러한 비판들은 김기림 시론의 한계에 대한 매우 타당하고 유효적절한 지적인 것처럼 보일 수도 있다. 그러나 이것의 정당성은 어디까지나 운문과 산문의 전통적 이원론의 테두리 내에서만 존재한다. 만약 운문과 산문의 경계가 불분명하거나 혹은 경계를 설정하는 것 자체가 불가능하다면 어떻게 되는가?[27]

3. 전체시론과 운문/산문의 이원론

김기림의 '신산문시론'이 제기하는 본질적 문제는 새로운 시에서 리듬(음악성)의 위상이다. 다시 말해 모더니즘 시가 "음악과 작별"했다고 했을 때, 그것이 시의 음악성 자체를 전면적으로 배제하는 것인지, 아니면 기존의 전통적 음악성에 대해 부정하는 것인지 확증할 필요가 있다. 전자의 경우에는 시의 본질과 관련해 비非 음악적인 시가 기능한거리는 원론적 문제가 제기된다. 후자의 경우에는 모더니즘 시에서 음악성이 존재하는 양상에 대한 추가적 해명이 요청된다. 즉 기존의 전통적 운율과 변별되는 새로운 시적 리듬의 구체적인 양태들을 확증해야 하는 것이다.

이는 모더니즘 시의 기본 특질에 대한 생각뿐만 아니라 시적 형상화 방법이라

---

27 운문과 산문의 경계 설정에 대한 문제는 다음을 참조할 것. 조재룡, 『앙리 메쇼닉과 현대 비평』, 길, 2007; 장만호, 「산문시의 형식과 근대 문학 담당층의 산문시 인식」, 『한국시학연구』 15집, 2006.

는 창작방법론상의 문제, 그리고 시적 언어의 본질에 대한 사고를 가로지르는 중대한 문제를 제기한다. 궁극적으로 이는 현대시에서 시적 리듬의 성립가능성과 구체적 양상에 대한 타진이라는 의미를 지닌다. 이렇게 중대한 의미를 지니는 문제에서 김기림의 선택은 무엇인가? 이를 규명하기 위한 일차적 관문은 소위 그의 '전체시론'에 대한 이해에 놓여 있다.

> 위에서 나는 주로 「로맨티시즘」 이후의 시의 기술의 발전과 그것의 방향을 살펴 왔다. 그래서 그것이 음악성에서 회화성에로, 대체로 그러한 방향을 더듬어 온 것을 구명했다. 그러면 금후 시는 기술적 방면에 있어서 어떠한 길을 걸어가고 말 것인가. // 그것을 판단하는 것은 매우 곤란한 일이다. 다만 나의 신념信念을 표명해 둠으로써 그치려고 한다. 즉 시에 있어서 음악성만을 고조하는 것은 병적病的이다. 단순한 외형적인 형태미에로 편향하는 「포말리즘」은 더욱 기형적이다. 그렇다고 의미의 곡예에 그치는 것도 부분적인 일 밖에 아니된다.[28]

위의 인용문은 새로운 시의 구체적인 형태와 내용("기술적 방면")에 대한 시도와 모색을 보여준다는 점에서 중요한 의미를 지닌다. 비록 그것의 실질적 내용을 규명하기까지에는 이르지 못하고 있지만, 새로운 시의 구성요소가 무엇이며 그것을 규제하는 틀이 무엇인지는 어느 정도 가늠할 수 있게 해주기 때문이다. 즉 새로운 시의 가늠자이자 조감도로서의 역할을 수행하고 있는 것이다. 우선 인용문은 "음악성만을 고조하는 것", "단순한 외형적인 형태미에로 편향"하는 것, "의미의 곡예에 그치는 것"에 대한 비판으로 요약될 수 있다. 이것들은 시의 세 가지구성요소인 소리와 형태와 의미적 요소에 대한 표명이다. 따라서 "나의 信念"의실제적 내용은 시를 구성하는 각 요소들이 분리되어서는 안 되며, 하나의 전체로

---

28 김기림, 「「피에로」의 독백」(『조선일보』, 1931.1.27), 『전집』 2, 107쪽.

서 통합되어야 한다는 것이다. 이것이 소위 '전체시론'의 중심내용이다.

이미 그 역사적 의의를 잃어버린 편향화偏向化한 기교주의는 한 전체로서의 시에 종합되어야 할 것이다. 그것은 한 조화있고 충실한 새 시적 질서에의 지향이다. 전체로서의 시는 우선 기술의 각 부면을 그 속에 종합 통일해 가지고 있어야 할 것이다. 그러한 전체로서의 시는 그 근저에 늘 높은 시대정신이 연소하고 있어야 할 것이다.[29]

위의 인용문에서 "전체로서의 시"는 "기술의 각 부면을 그 속에 종합 통일해 가지고" 있는 시로 정의된다. 그의 전체시론은 시를 구성하는 부분의 단순한 합合이 아니라 하나의 통일을 지향한다. 즉 전체는 소리와 형태와 의미라는 각 구성요소들의 통일로서의 전체인 것이다. 여기서 소리와 형태와 의미의 3요소는 사상과 형식이라는 이항 대립쌍으로 변전 · 치환된다.[30] 이러한 사실은 "내용과 형식=사상과 기술의 혼연한 통일체로서만 시를 이해하려는 의견은 한 통일주의, 전체주의라고 불러도 좋을 것"[31]이라는 단언에서 잘 드러난다. 내용과 형식의 통일로서의 전체라는 인식은, 사상성 중심의 편내용주의와 기교 위주의 형식주의에 대한 지양과 종합이라는 의의를 띤다. 즉 '전체시론'은 문학사적 차원에서 "전대의 경향파와 「모더니즘」의 종합"[32]이라는 시대적 요청을 반영하는

---

29 김기림, 「기교주의 비판」(『조선일보』, 1935.2.10~14), 『전집』 2, 99쪽.
30 "이것을 分析하면 詩는 單語와 行과 聯의 音과 意味와 形(惑은 色)의 三要素로 分析할 수 잇겟다 그래서 音과 意와 形은 다시 두 개의 範疇에 包括된다 意는 「이데」의 問題에 音과 形은 「포-ㅁ」의 問題에 各各 區分할 수가 잇다" 김기림, 「시의 기술, 인식, 현실 등 제문제」, 『조선일보』, 1931.2.11.
31 김기림, 「속 오전의 시론」(『조선일보』, 1935.9.17~10.4), 『전집』 2, 187쪽.
32 "全詩壇的으로 보면 그것은 그 전대의 경향파와 「모더니즘」의 종합이었다. 사실로 「모더니즘」의 말경에 와서는 경향파 계통의 시인 사이에도 말의 가치의 발견에 의한 자기반성이 「모더니즘」의 자기비판과 거의 때를 같이하여 일어났다고 보인다. 그것은 물론 「모더니즘」의 자극에 의한 것이라고 보여질 근거가 많다. 그래서 시단의 새 진로는 「모더니즘」과 사회성의 종합이라는

것이다.

　게다가 이러한 생각은 지성과 감정을 종합한 하나의 '전체적 인간'과 그러한 인간의 '시대의식'과의 종합에 대한 조망으로까지 나아간다.[33] 그가 지향하는 시세계는 내용과 형식이라는 텍스트 내적 차원에 한정되는 것이 아니라, 주체와 세계라는 텍스트 외적 차원에 대한 조망을 견지한다. "지난날의 시는 「나」의 정신세계의 일부분이었다. 새로운 시는 「나」를 여과하여 구성된 세계의 일부분이다. 그것은 새로운 세계다"[34]라는 진술은 김기림이 '나'와 '세계'의 종합에 대해 얼마나 적극적으로 사고했는지를 명시적으로 보여준다. 여기서 언급해야 할 중요한 사실 하나는 이 글의 발표 시기가 1933년이라는 점이다. 이는 주체와 세계의 종합에 대한 사유가 그의 초기 시론에도 관통하고 있음을 보여주는 예로서, 이러한 문제의식은 그의 가장 초기작에 해당하는 「시와 인식」(원제 「시의 기술, 인식, 현실 등 제문제」)에서도 확인할 수 있다. "개념의 정당한 내포內包에 있어서 현실이라 함은 주관까지를 포함한 객관의 어떠한 공간적 · 시간적 일점을 의미한다. 바꾸어 말하면 그것은 역사적 · 사회적인 일초점一焦點이며 교차점이다"[35] 인용문은 김기림이 초기에서부터 현실을 바라보는 데 있어 사회적 · 역사적 시각과 태도를 견지하고 있었음을 잘 보여준다. 이러한 점에서 후기 이론에 나타나는 사회와 역사에 대한 적극적 관심은 외삽된 것이 아니라, 그의 사유 체계 내부의 자체적 메커니즘에 의해 형성된 것으로 볼 수 있다.[36]

　　뚜렷한 방향을 찾았다. 그것은 나아가야 할 오직 하나인 바른 길이었다." 김기림, 「「모더니즘」의 역사적 위치」(『인문평론』, 1939.10), 『전집』 2, 57~58쪽.

33　김기론, 「시의 장래」(『조선일보』, 1940.8.10), 『전집』 2, 339쪽.
34　김기림, 「시의 「모더니티」」(『신동아』, 1933.7), 『전집』 2, 83쪽.
35　김기림, 「시와 인식」(『조선일보』, 1931.2.11~14), 『전집』 2, 77쪽.
36　이에 대해서는 오형엽의 「김기림 초기 시론 연구」(『어문논집』 39집, 1999)를 참조할 수 있다. 그는 김기림의 초기 시론이 '현실중시의 시관'이며, "유동하는 현실과 주체의 상호침투 속에서 시대정신을 발견하고, 그것을 내용으로 삼아 다시 언어를 매개로 시적형식으로 전이"(192쪽)시켰다고 평가한다. 이를 바탕으로 그는 모더니즘에 대한 통념인 형식 위주의 관점으로 김기림의 초기 시론을 평가하는 것에 대해 경계와 비판의 태도를 보인다. 이러한 평가는, 김기림의 후기의

김기림의 '전체시론'의 요체는 "언어가치의 중시, 인간성 중시, 현실적 토대의 중시"[37] 등으로 요약할 수 있다. 여기서 문제는 이러한 규정이 갖는 당위성과 추상성에 대한 이해이다. '전체시론'은 아직 구현되지 않은 새로운 시에 대한 규정이므로, 그것의 실질적인 내용은 추상의 형태로 존재하거나 부정의 형태[38]로 존재할 수밖에 없고, 우리는 그러한 사실을 감안해야만 한다. 즉 '전체시론'은 "새 시적 질서에의 지향"으로서 시의 본질에 관한 추상적 정의로서 간주되어야 하는 것이다. 이러한 측면에서 '전체시론'에 대한 임화의 비판은 '전체시론'이라는 틀 자체를 넘어선 것이다.

> 그러나 이 통일統一도 씨氏의 근본적根本的 견해見解의 결함缺陷에 의依하야 결국結局 진정眞正한 의미意味의 통일統一이 아니라 단순單純한 시詩의 기술적技術的인 「질서회秩序化」의 기도企圖에 시종始終식히고 만다.[39]

임화는 김기림의 전체에 대한 지향을 "진정眞正한 의미意味의 통일統一"이 아니라 "기술적技術的인 「질서회秩序化」의 기도企圖"로 간주한다. 임화는 '전체시론'을 하나의 추상적인 도식으로 간주하는데, 그 이유는 "씨氏의 근본적根本的 견해見解의 결함缺陷" 때문이다. 여기서 말하는 "씨氏의 근본적根本的 견해見解의 결함缺陷"은

'침묵'을 친일적 행로로 볼 것인지 아니면 소극적 저항으로 볼 것인지에 대해서도 일정정도의 유의미한 해결책을 제시한다. 이에 대해서는 다음을 참조할 것. 김재용, 「친일문학과 근대성」, 『협력과 저항』, 소명출판, 2004; 홍기돈, 「식민지 시대 김기림의 의식 변모 양상」, 『어문연구』 48집, 2005.8.

37 차호일, 「김기림의 모더니즘 시론 연구」, 『새국어교육』 63호, 2002, 361쪽.
38 "시는 본질적으로 음의 순수예술인 음악도 아니며, 형의 순수예술인 조각이나 회화도 아니며 그리고 의미의 완전하고 단순한 형태인 수학일 수도 없다."(김기림, 「감상에의 반역」, 『전집』 2, 74쪽), "그러나 음악성이나 외형같은 각각 기술의 일부면에 지나지 않는 것을 추상하여 고조하는 것은 시의 순수화가 아니고 차라리 일면화(편향화)라고 할 수밖에 없다"(김기림, 「기교주의 비판」, 『전집』 2, 99쪽).
39 임화, 「曇天下의 詩壇 一年」, 『신동아』, 1935.12, 174쪽.

일차적으로 사상과 내용적 차원의 결함으로 볼 수 있다. "오직 이 '내용內容과 기교技巧의 통일統一' 가운데는 양자가 등가적等價的으로 균형되어 있는 것이 아니라, 이 통일은 우선 전체로서의 양자兩者를 가능케 하는 물질적, 현실적 조건으로 성립하고 그것에 의존하며, 동시에 내용의 우위성優位性 가운데서 양자가 스스로 형식논리학적形式論理學的이 아니라 변증법적辨證法的으로 통일되는 것"[40]이라는 진술은 이를 명시적으로 보여준다. 이러한 비판의 이면에는 실천praxis이 부재한 이론에 대한 경계가 자리하고 있다. 이러한 사실은 "씨氏(김기림-인용자)의 지성知性이란 비행동성非行動性의 산물産物이며 감정感情, 정서情緒에의 기피忌避는 곧 행동行動에의 기피忌避인 것"[41]이라는 진술에서 구체적으로 확인할 수 있다. 김윤식의 비판도 그 근본 취지에 있어 이와 동궤를 이룬다.

> 요컨대 그는 시론다운 시론의 첫머리에서 부르조아와 프롤레타리아의 감각을 함께 인정한 것이다. 이 점을 놓치면 그가 어째서 전체시全體詩를 주장하고 나설 수 있었는가를 설명하기 어렵게 된다. 그러니까 그가 대담하게도 또는 단순하게도 낡은 시와 새로운 시를, 소학생의 산술모양 이분법으로 다음과 같이 도식화한 것이 그 나름의 의미를 갖는 것은 부르조아감각(시)과 프롤레타리아감각의 승인이 전제되어 있었던 탓이다.[42]

이러한 비판이 토대로 삼고 있는 이론적 근거가 무엇인지는 명약관화하다. 이데올로기적 기반을 문제시함으로써 사상적 기반을 침식하는 것. 김기림의 '전체시론'은 임화의 비판 이후에 이러한 이데올로기적 비판에서 벗어나지 못

---

40 임화, 「기교파와 조선 시단」(『중앙』, 1936.2), 『문학의 논리』, 서음출판사, 1989, 392쪽.
41 임화, 「曇天下의 詩壇 一年」, 『신동아』, 1935.12, 174쪽.
42 김윤식, 「전체시론」, 『한국근대문학사상사』, 한길사, 1993, 458쪽.

한 것처럼 보인다. 이것이 한국문학사에서 김기림의 '전체시론'이 놓인 실제적 위상이다. 이러한 비판의 타당성에 대한 논의는 본고의 범위와 필자의 능력을 초과한다. 다만 한 가지 분명한 사실은, 이러한 비판이 '전체시론'에 대한 규제 원리로 작용해서는 안 된다는 것이다. 다시 말해 어떠한 선입견에 의해 '전체시론'의 실내용을 간과하거나 왜곡해서는 안 된다는 것이다. 그렇다면 그의 '전체시론'에는 "소학생의 산술모양"의 이분법적 도식을 뛰어넘는 어떤 것이 존재한다는 말인가?

다음을 보자.

> 우리가 위에서 회화와 음악을 대립시킨 것은 해석의 편의상 쓴 한 비유에 지나지 않는다.[43]

주지하다시피 그의 모더니즘 시와 시론은 음악과 회화의 이분법적 대립에 기초하고 있는 것으로 생각되어 왔다. 그러나 인용문은 그가 음악과 회화의 이분법적 대립의 문제점에 대해 의식하고 있었음을 간접적으로 보여준다. 이러한 사실은 시의 이미지와 소리에 대한 다음과 같은 진술에서 보다 명시적으로 표현된다.

> ① 우리는 지금까지 「이미지」라는 말을 시각적인 「이미지」에 한해서 써왔는데 심리학의 용어예用語例를 채용한다면 청각의 「이미지」라는 말도 쓸 수가 있다. 그러면 음악과 회화에 있어서 다른 것은 「이미지」의 종목이고 형상이라는 점에서는 마찬가지다.

---

43 김기림, 「1930년대 掉尾의 시단 동태」(『인문평론』, 1940.10), 『전집』 2, 69쪽.

② 음악의 대상은 순수한 음 즉 의미를 초월한 추상적 음과 그러한 음 상호간의 관계다. 즉 음악의 음은 음 자체며 시의 음은 의미있는 단어의 언어적 사실로서의 구상적 음을 말함이다.[44]

① 은 '이미지'라는 개념의 확장, 즉 "시각적인 「이미지」에 한해서" 사용해 온 이미지가 다른 감각적 차원을 포괄하는 개념으로 확장되었음을 보여준다. 이제 이미지즘 시는 회화의 시각적 이미지뿐만 아니라 음악의 청각적 이미지를 포괄하게 된다. 이것은 과거의 시와 새로운 시의 구분, 혹은 전통 시와 이미지즘 시의 구분이 소리와 이미지의 이분법적 도식에 기초하고 있지 않음을 보여준다. ② 는 시에서의 '음音'이 음악에서의 순수한 추상적 음과는 달리, 시의 다른 구성 요소들이 매개된 '음'이라는 것을 명시적으로 보여준다. "의미있는 단어의 언어적 사실"이란 구절이 보여주듯이, 시의 음은 처음부터 시의 의미가 매개된 차원의 소리인 것이다. 이러한 관계는 시의 이미지와의 관계에서도 동일하다. 우리가 "구상적 음"을 사물들의 구체적 형상을 의미하는 '구상具象'으로 해석한다면,[45] 위의 구절은 시의 소리가 이미지와 불가분의 결합 관계임을 보여준다고 할 수 있다.

위의 인용문들은 과거의 전통적 시와 새로운 모더니즘 시의 이분법적 구분이 절대적이지 않음을 암시한다. 왜냐하면 이러한 구분의 토대를 이루는 소리와 이미지의 경계가 상대적이기 때문이다. 따라서 그의 '전체시론'에서 말하는 소

---

44 ① 김기림, 「1930년대 掉尾의 시단 동태」(『인문평론』, 1940.10), 『전집』 2, 69쪽.
　② 김기림, 「감상에의 반역」(『조선일보』, 1931.2.11~14), 『전집』 2, 73쪽.
45 '구상'이 '構想'이 아니라 '具象'인 것은 다음과 같은 구절이 명시적으로 보여주고 있다. "그 시대의 「이데」는 그것에 가장 적응한 구상작용으로서의 양식을 요구한다."(73쪽) 혹은 "想念을 어떻게 객관화하고 구상화할까에 최대한도의 노력을 집중하는 것이다."(75쪽) "그런데 감정의 동기에는 항상 구체적인 사건이 있겠지만 감정 자체는 지극히 추상적인 것이다. // 그것은 음악에 있어서 가장 적의한 具象者를 발견한다."(104쪽), "「포에시」는 자기의 정열까지를 객관적으로 구상화하는 철저한 기술이다."(299쪽)

리와 이미지와 의미의 종합을 일견하여 "기술적技術的인 「질서화秩序化」의 기도企圖에 시종始終"하고 있다고 단정하기에는 무리가 따른다. 새로운 시의 방향성에 대한 그의 이론은 원칙론적 차원에서의 이론적 접근의 결과로 인식될 필요가 있다. 이러한 이론적 논구의 타당성은 실제적인 차원에서의 구체적이고 객관적인 분석과 논증들에 의해 보증되어야 함은 재론의 여지가 없다. 그리고 이것이 이론적 논구의 도식성과 추상성을 판단할 최종 지점이라는 것도 자명한 사실이다.

그렇다면 김기림 시론에서 이론적 논구의 타당성을 보증하는 최종 지점은 어디인가? 그곳은 언어가 거주하는 곳, 보다 정확히 말해 현실의 일상 회화가 존재하는 곳이다. 왜냐하면 그곳이야말로 "살아서 뛰고 있는 탄력과 생기에 찬 말"[46]이 거주하는 장소이기 때문이다. 그는 일상 회화라는 실제 현실의 언어를 시적 언어의 원천으로 간주할 뿐만 아니라, 양자 사이의 경계를 무화시키는 데까지 나아간다.[47] 이때 시적 언어는 기존의 인위적인 운율을 탈각하고, 일상 회화에 기초한 새로운 리듬을 수용할 가능성을 획득하게 된다. 이런 의미에서 시적 리듬은 새로운 언어에 의해 창조된 새로운 시를 나타내는 가장 명징적인 징표가 된다. 따라서 우리의 오해와는 달리 김기림의 리듬론rhythmology은 나름대로의 체계를 갖춘 것으로 평가할 수 있다. 김인환의 진술대로 김기림은 "기실에 있어서는 저 나름의 리듬에 대한 생각을 가지고 있었"[48]던 것이다. 그의 리듬론

---

46 김기림, 「시의 용어」(『조선일보』, 1935.9.27), 『전집』 2, 172쪽.
47 "사물의 인식에 있어서는 가장 정확한 「심볼」로서의 物理語를 쓰고 실천생활에 있어서는 시 그 것을 회화로 쓰는 때가 온다고 하면 그래서 시가 벌써 쓰여지지 않는다고 하면 그것은 오히려 시의 행복스러운 종언일 것이다. 왜 그러냐 하면 거기서는 사람들은 일상대화 자체에 있어서 시를 쓰고 있으니까." 김기림, 「시의 르네상스」(『조선일보』, 1938.4.10), 『전집』 2, 128쪽.
48 김인환, 「김기림의 비평」, 정순진 편, 『김기림』, 195쪽. 김인환은 리듬 개념을 협의와 광의의 것으로 구분하는데, 기존의 전통적 율격에 해당하는 전자와는 달리 후자는 천체(天體)와 호흡의 운동을 포괄하는 매우 폭넓은 개념으로 사용한다. 이러한 구분을 바탕으로 그는 김기림의 시론이 부정한 것은 협의의 리듬 개념, 즉 "기계적이고, 도식적인, 좁은 의미의 리듬"(196쪽)이었다고 규정한다. 따라서 그는 김기림이 "리듬 자체를 시에서 제거하려고 하지 않았으며, 오히려 우리의 호흡에 맞는 새로운 리듬을 탐구하였다"고 결론짓는다.

은 운문의 바깥으로 간주되어 온 일상 언어를 직접적으로 시의 내부와 연결시킴으로써, 운문과 산문의 경계에 대한 우리의 기존의 인식틀을 수정한다. 한마디로 그의 리듬론은 기존의 운문/산문의 이원론은 초과한다. 여기에 그의 리듬론의 혁신성이 있다.

> 오늘의 시인은 인공적인 외면적인 부자연한 「리듬」에는 일고도 보내지 않고 언어의 가장 자연스러운 구체적인 상태에서 시적 관계를 발견한 것이다. 그래서 새로운 시는 비로소 내면적인 본질인 「리듬」을 담게 될 것이다.(이것은 인간생활의 실제의 회화를 미화하는 부차적 효과도 가지고 있다.)[49]

인용문은 현재·과거·미래의 시에서 리듬과 언어가 차지하는 위상을 매우 명시적인 형태로 보여준다. 우선 과거의 시가 "인공적인 외면적인 부자연한 「리듬」"을 갖는데 비해, 오늘의 시는 "내면적인 본질인 「리듬」"을 담게 된다. 주지하다시피 과거의 시는 작시법versification이라는 외적이고 형식적인 율격 체계를 따른다. 이에 비해 '자유시 운동' 이후 새로운 시는 전통적 작시법이라는 인위적인 규범 체계와 결별하고, 일상 언어에 기초한 자유로운 리듬을 구현한다. 김기림의 소위 '리듬 부정론'은 이런 경향을 반영한다. 조달곤의 지적처럼, 그가 부정한 것은 "재래시의 정형률 곧 '율격'이며, 결코 시의 음악성 자체를 배격한 것"[50]은 아니다. 여기서 "내면적인 본질인 「리듬」"은 인위적이고 형식적인 율격 체계 이전의 언어, 즉 우리의 실제 생활에서의 구체적이고 자연스러운 언어의 리듬을 지시한다. 새로운 시는 바로 이러한 "언어의 가장 자연스러운 구체적인 상태"를 바탕으로 "내면적인 본질인 「리듬」"을 구현한 시를 의미하는 것

---

49 김기림, 「시의 「모더니티」」(『신동아』, 1933.7), 『전집』 2, 82쪽.
50 조달곤, 『의장된 예술주의』, 경성대 출판부, 1998, 36쪽.

이다. 따라서 김기림을 "현대 자유시의 리듬형성 문제에 상당한 관심과 예리한 통찰력을 보여준 이론가요 시인"[51]으로 간주하는 것은 매우 정당한 평가라고 할 수 있다.

그런데 여기서 한 가지 주의할 것은 새로운 시가 날것으로서의 "언어의 가장 자연스러운 구체적인 상태" 그 자체와 동일하지는 않다는 사실이다.[52] 새로운 시는 "내면적인 본질인 「리듬」"이라는 새로운 구성 요소를 지니기 때문에 현실의 일상 언어로 환원되지 않는다. 이러한 요인 때문에 새로운 시는 "인간생활의 실제의 회화를 미화하는" 효과를 지닐 수 있는 것이다. 김기림에 따르면, 일상 회화의 미화조직화로서의 시적 경향은 "1930년 직전"[53]에 와서야 비로소 시작된 것으로 파악된다. 이렇게 본다면 그가 지향하는 새로운 시는 매우 급진적인 양상을 띤다고 말할 수 있다. 특히 운문이라는 율격 체계를 시의 본질적 요소로서 간주하던 당시의 시대상에 비춰볼 때 더욱 그러하다. 그의 이론은 당시에 만연해 있던, 운문과 산문의 이분법에 대한 전면적으로 부정함으로써, 운문과 산문의 경계 설정에 관한 인식의 전환을 보여준다고 할 수 있다.[54]

이때 무엇보다도 중요한 것은 "언어의 가장 자연스러운 구체적인 상태"에서 "내면적인 본질인 「리듬」"으로의 전환에 대한 이해이다. 즉 새로운 시가 "인간

---

51 위의 책, 107쪽.
52 김기림에게 있어, 문학을 통한 현실의 반영은 직접적이거나 일방적 관계로서 성립하지 않는다. 이것은 문학적 형상화 때문인데, 그가 문학의 '대상'보다 '매체'와 '방법'을 중시한 것은 이것 때문으로 볼 수 있다.
53 "현대의 말 가운데에서도 더군다나 일상의 회화 속에서 말을 주어서 쓰고 또 회화에까지 가까워 가려는 노력은 우리 시단에 역시 1930년 직전에서 기작된 것으로 기억한다. 시가 「아름다운 회화」임으로써 일상의 회화를 미화시킨다고 하면 그것은 결코 시가 억지로 피할 일은 아닐 것이다." 김기림, 「오전의 시론」(『조선일보』, 1935.9.27), 『전집』 2, 171쪽.
54 이원조의 다음과 같은 진술은 김기림의 신산문시론이 당시에 얼마나 큰 파장을 일으켰는지를 잘 보여준다. "그러니 이야기가 여기 이르면 우리는 한개의 마지막 岐路에 다다렀읍니다. 詩는 韻文이냐? 아니냐? 하는. 그러나 혹시는 韻文이란 것의 語義解釋에 있어 서로 얼마간의 互讓이 있을넌지 모르겠읍니다마는 나는 如何間 韻文의 法則을 떠나서 詩를 이야기할 수는 없을 것 같습니다." 이원조, 「시의 고향」, 김학동, 『김기림 연구』, 새문사, 1988, 221쪽.

생활의 실제의 회화를 미화하는" 효과를 창출할 수 있는 까닭이 무엇인가를 밝히는 것이다. 기존의 '운문/산문'의 이분법은 그 구조와 이유를 밝힐 수 없는 한계를 지니고 있다. 왜냐하면 '운문/산문'의 이원론은 전통적 율격 체계인 운문의 구조에만 집중하지, 우리의 실제적 일상 언어를 구성하는 리듬 체계에 대해서는 무지하기 때문이다. 그렇다면 이제 논의의 방향은 "인간생활의 실제의 회화"를 구성하는 리듬 체계가 무엇이며, 이것이 "내면적인 본질인 「리듬」"으로 전환되는 메커니즘에 대한 탐색으로 수렴될 것이다.

4. 내재적 리듬의 두 양상 – 템포와 억양

김기림에게 있어 정지용은 "상징주의의 몽롱한 음악 속에서 시를 건져"내고, "우리의 시 속에 「현대의 호흡과 맥박」을 불어넣은 최초의 시인"[55]이다. 그는 과거의 낡은 시에서 벗어나 새로운 시대에 맞는 현대적 시를 쓰는 모더니즘의 시인으로 간주된다.

> 지용씨의 시는 또한 우리들의 시각에 「아필」하다느니보다는 차라리 우리의 청각에 「아필」한다. 그러므로 시의 독자는 이러한 시에서는 그 시의 음악성을 즐길 줄 알아야 한다. 그러나 그 음악성은 소박한 자연발생적인 시인들의 소박한 음악성과는 달라서 작자의 작시술作詩術 속에서 개개의 말은 가장 주밀하게 취사 선택되어서 그 개개의 말이 가진 특이한 음향音響을 가지고 적당한 위치에 배열되어 효과를 나타내고 있는 것을 발견하리라.[56]

---

55 김기림, 「1933년 시단의 회고」(『조선일보』, 1933.12.7~13), 『전집』 2, 62쪽.
56 김기림, 「현대시의 발견」(『조선일보』 하기예술강좌, 1934.7.12~22), 『전집』 2, 331쪽.

위의 인용문에서 인상적인 것은 정지용 시의 현대성을 상찬하는 구체적인 지점이 시각적 차원이 아니라 청각적 차원이라는 점이다. 더욱이 독자들에게 "그의 시의 음악성을 즐길" 것을 당부하기까지 한다. 이것은 우리가 상식적으로 알고 있는 이미지를 중시한다는 모더니즘 시론과 모순되는 것처럼 보인다.[57] 우리는 이것을 이론적 층위와 작품 분석 층위에서의 자가당착으로 해석할 수 있는가? 그러나 이러한 평가는 일종의 편견에 기초하는 것으로 보인다. 왜냐하면 그의 시론을 면밀히 검토해 보면 그의 이론이 모순적이지도 자가당착에 빠지지도 않았다는 것을 쉽게 확인할 수 있기 때문이다. 오히려 그의 리듬론은 매우 정합적인 체계를 갖고 있어서, 정지용 시에 대한 평가는 그의 리듬론에서 정당하게 파생된 것으로 볼 수 있다.

우리는 앞에서 그의 '전체로서의 시'가 소리와 이미지와 의미가 하나의 전체로 종합·통일된 시를 일컫는다는 것을 보았다. 그리고 그것이 소리의 차원에서 "의미있는 단어의 언어적 사실로서의 구상적 음"으로 표현된다는 사실도 확인했다. 이 소리의 차원이 위의 인용문에서는 "그 개개의 말이 가진 특이한 음악音響을 가지고 적당한 위치에 배열되어 효과를 나타내고 있는 것"으로 표현되고 있다. 하나의 규범 체계로서의 작시술이 아니라 시 하나하나에 독특한 미적 효과를 창출하는 깃으로시의 리듬, 이것이 "소박한 지언발생적인 시인들의 소박한 음악성"과 구별되는 정지용 시의 개성인 것이다. 한편 각각의 작품에 독특한 효과를 창출하는 내재적 리듬은 현대시의 핵심적 지표 가운데 하나이다. 따라서 정지용 시의 개성적 리듬은 김기림의 '전체시론'과 모순되지 않으며, 오히려 그의 이론은 현대시의 시적 리듬의 존재 양상을 예시하는 대표적인 경우라고

---

57 "초기 비평에서 되풀이해서 나타나는 金起林의 생각은 시의 회화성 추구였다. 그것은 시가 막연한 생각이나 감정의 산물이 아니라 그림처럼 선명한 형상으로 이루어져야 한다는 생각이었다. 그런데 정지용을 다시 읽는 순간 金起林은 바로 그런 시의 본보기를 발견한 것이다." 김용직, 『김기림』, 건국대 출판부, 1997, 35쪽.

할 수 있다. 그렇다면 도대체 왜 정지용의 시는 "우리의 청각에 「아필」"하는가?

> 그래서 그는 안서岸曙 등이 성하게 써오던 「하여라」 「있어라」로써 끝나는 시행詩
> 行에서부터 오는 부자연하고 기계적인 「리듬」의 구속을 아낌없이 깨어버리고 **일상**
> **대화의 어법을 그대로 시에 이끌어 넣어서 생기있고 자연스러운 내적 「리듬」을 창조하**
> **였다.** 강조는 인용자[58]

정지용 시의 우수성은 "기계적인 「리듬」의 구속"을 깨뜨리고 "일상 대화의 어
법"을 차용하였다는 사실에 있다. 앞 장에서 우리는 "신산문시新散文詩의 제창"이
리듬의 폐기가 아니라 새로운 리듬의 창출일 가능성에 대해 언급했다. 그리고
"언어의 가장 자연스러운 구체적인 상태"라는 날 것으로서의 언어가 기존의 운
문과 산문이라는 이분법적 틀을 초과하는 것임을 조심스럽게 제기한 바 있다.
이때 문제의 관건은 "언어의 가장 자연스러운 구체적인 상태"에서 "내면적인
본질인 「리듬」"으로의 전환에 대한 이해에 있었다. 우리는 지금 그 문제의 중심
부에 있다. 다시 묻자. "일상 대화의 어법"을 차용하는 것이 어떻게 "우리의 청
각에 「아필」"할 수 있는가? 위의 인용문에서 보는 것처럼, 그것은 "생기있고 자
연스러운 내적 「리듬」"을 창출하기 때문이다. "언어의 가장 자연스러운 구체적
인 상태"인 일상의 언어에는 "생기있고 자연스러운 내적 「리듬」"을 창조하는
그 무엇이 있다.

> 말의 음으로서의 가치, 시각적 영상, 의미의 가치, 또 이 여러가지 가치의 상호작
> 용에 의한 전체적 효과를 의식하고 일종의 건축학적 설계 아래서 시를 썼다. 시에
> 있어서 말은 단순한 수단 이상의 것이다. 「모더니즘」은 이러하여 전대의 운문韻文을

---

58 김기림, 「1933년 시단의 회고」(『조선일보』, 1933.12.7~13), 『전집』 2, 63쪽.

주로 한 작시법에 대항해서 그 자신의 어법을 지어냈다. 말의 함축이 달라졌고 문명의 속도에 해당하는 새 「리듬」을 물결과 범선의 행진과 기껏해야 기마행렬을 묘사할 정도를 넘지 못하던 전대의 「리듬」과는 딴판으로 기차와 비행기와 공장의 조음燥音, '조음(躁音)'-인용자과 군중의 규환을 반사시킨 회화會話의 내재적 「리듬」 속에 발견하고 또 창조하려고 했다.[59]

기존의 산문과 운문의 이원론에 따르면, 일상 생활의 언어인 산문은 운문에 비해 음악성이 떨어지는 단조로운 언어이다. 그러나 김기림은 이에 반대한다. 오히려 그에게 일상 생활의 언어는 "죽은 말의 집단이 아니고 산 말語'-인용자"[60] 이다. "기차와 비행기와 공장의 조음燥音, '躁音'-인용자과 군중의 규환을 반사시킨 회화會話"는 일상 회화의 '살아 있음'[61]을 보여주는 한 가지 양상이다. 즉 "말의 함축이 달라졌고"에서 보는 것처럼, 일상 회화는 일차적으로 의미론적 차원에서 현실 문명을 내용적으로 반영한다. 이러한 생각은 새로운 문학이 "문명 속에서 형성되어가는 새로운 감각, 정서, 사고"[62]를 지향해야 한다는 것과 동궤를 이룬다. 또 한편 일상 회화는 리듬론적 차원에서 현실 문명의 내용을 반영한 "그 자신의 어법"을 창출해 낸다. 시대의 변화에 따른 언어의 변화는 당연한 현상이다. 이러한 변화에 대응하여 현대의 시는 현대적 내용을 현대적 리듬으로 표현해야 한다는 것, 다시 말해 "문명의 속도에 해당하는 새 「리듬」"을 창조해

---

59 김기림, 「「모더니즘」의 역사적 위치」(『인문평론』, 1939.10), 『전집』 2, 56쪽.
60 "일찌기 우리는 시를 언어의 한 형태라 했다. 거기서 언어라고 한 것은 물론 구식 언어학자가 말하는 죽은 말의 집단이 아니고 산 말—다시 말하면 회화를 기초해 두고 한 말이다. 이런 의미에서 언어는 한 개의 사회적 행동이다. 역사적 사회라는 일정한 배경 아래서 바꾸어지는 사람과 사람의 교섭이다." 김기림, 「시와 언어」(『조선일보』, 1937.2.21~26), 『전집』 2, 20쪽.
61 이러한 생각은 그의 초기 시 「시론」(『조선일보』, 1931.1.16)에 매우 인상적인 형태로 표현되고 있다. "한개의 날뛰는 名詞 / 금틀거리는 動詞 / 춤추는 形容詞 / (이건 일즉이 본 일 업는 훌륭한 生物이다) / 그들은 詩의 다리(脚)에서 / 生命의 불을 / 뿜는다."
62 김기림, 「「모더니즘」의 역사적 위치」(『인문평론』, 1939.10), 『전집』 2, 56쪽.

야 한다는 것이 그의 생각의 요지인 것이다. 여기서 이러한 새 리듬이 시에서 '속도의 리듬'으로 현상한다는 것은 매우 자명해 보인다. "기차와 비행기와 공장의 조음燥音과 군중의 규환을 반사시킨 회화會話의 내재적 「리듬」"이란 다름 아니라 '속도의 리듬'인 것이다.

김기림은 속도'스피드'를 "현대 그것의 타고난 성격"[63]으로 간주할 정도로 현대 문명의 속도에 경사되어 있었다. 속도에 대한 이러한 경사는 20세기 아방가르드 운동, 그 중에서도 특히 마리네티의 미래주의와 상당한 친연관계가 있다.[64] 마리네티는 '미래주의 선언문'『르피가로』, 1909.2.20에서 현대 문명의 속도가 지닌 아름다움에 대한 극찬의 태도를 보여주는데, 실제로 총 11개의 선언 중 '속도'에 관한 4번 항목은 다음과 같다. "4. 우리는 새로운 아름다움, 다시 말해 속도의 아름다움 때문에 세상이 더욱 멋지게 변했다고 확언한다. 폭발하듯 숨을 내쉬는 뱀 같은 파이프로 덮개를 장식한 경주용 자동차─포탄 위에라도 올라탄 듯 으르렁거리는 자동차는 「사모트라케의 니케」보다 아름답다"[65] 현대 기계문명을 대표하는 자동차의 속도와 역동성이 "「사모트라케의 니케」보다 아름답다"는 평가는 매우 인상적이다. 김기림이 이러한 미래파의 속도 개념을 정확하게 인식하고 있었다는 것은 분명해 보인다. "우리 시단에는 일찍기 미래파적인 돌기─폭음─섬광閃光─그러한 것들을 지상에 폭발시킨 대담한 운동이 없었던 까닭에"[66]라는 구절에서 보듯 그는 '미래파'라는 용어를 직접적으로 사용하고 있을 뿐만 아니라, 미래파 사상의 핵심인 '기계'와 그것의 동력학에 대한 열렬한 찬사와 경의를 표하고 있기 때문이다.

---

63 김기림, 「시의 「모더니티」」(『신동아』, 1933.7), 『전집』 2, 81쪽.
64 한상규, 「김기림 문학론과 근대성의 기획」, 『한국학보』 76집, 1994, 153~154쪽 참조.
65 마리네티, 「미래주의 선언문」(『르피가로』, 1909.2.20), 이택광, 『세계를 뒤흔든 미래주의 선언』, 그린비, 2008, 65쪽에서 재인용.
66 김기림, 「시의 「모더니티」」(『신동아』, 1933.7), 『전집』 2, 82~83쪽.

우리는 여기서 리듬의 제1차적 요소인 템포tempo를 확인할 수 있다. 여기서 말하는 템포는 율독scansion, 律讀 차원의 상대적 빠르기를 지시하는 템포와는 구분되어야 한다. 다시 말해 "개별적인 낭독에 있어서의, 자의적으로 발표되며 또 변화될 수 있는 말씨의 객관적인 속도"와 "텍스트에 내재하는 리듬의 특성들에 의해서 규제되며 또 리듬에 의해서 예정된, 리듬에 〈고유한〉 속도" 사이의 구분[67]이 그것이다. 그렇다면 시 텍스트 안에서 템포의 성격을 규제하는 요소는 무엇인가? 범박하게 말해, 음운론적 차원에서 음운의 길이, 통사론적 차원에서 문장의 배열과 길이, 의미론적 차원에서 시의 내용상의 흐름 등이 그것들이다. 이중에서 가장 중요한 요소는 의미론적 차원에서의 내용상의 흐름이라고 할 수 있다. 현대시에서는 음악의 박자처럼 시의 템포를 규율하는 외재적 요소가 존재하지 않는다. 그러므로 각각의 시는 그 시의 내용과 주제에 적합한 고유한 템포를 가져야 한다. "문명의 속도에 해당하는 새 「리듬」"은 바로 이러한 현대시의 고유한 내재적 템포에 대한 요청으로 볼 수 있다.

실제로 김기림은 이러한 템포의 원리에 따라 스티븐 스펜더의 시 「급행열차Express」와 엘리어트의 시 「프루프록 연가The love song of J. A. Prufrock」를 분석한다.[68] 여기서 그는 이미지의 비약적 전개가 시적 템포에 의해 수렴되고 집중되는 현상을 관찰한다. 템포는 작품의 분석뿐만 아니라 실제 시의 창작에 있어서도 중심 원리로 기능한다. 그는 자신의 시 「서반어의 노래」의 창작 방법을 설명하면서, "이 시는 속도를 나타내려고 했다. 속도를 나타내는 방법으로는 활자의 직선적 횡렬橫列, 음향의 단속斷續 등 외적 방법과 '이미지'의 비약에 의한 내적 방법의 두 가지를 필자는 시험해보았다"[69]고 진술한다. 이것은 그가 템포를 실

---

67   로만 인가르덴, 이동승 역, 『문학예술작품』, 민음사, 1985, 70쪽.
68   김기림, 『시의 이해』, 『전집』 2, 240~243쪽·251~254쪽.
69   김기림, 「속도의 시 문명비판」(『조선일보』 하기예술강좌, 1934.7.12~22), 『전집』 2, 334쪽.

제 시의 창작 상에 있어서의 원리로 인식하고 있었음을 예증한다. 이처럼 김기림은 현대시의 분석과 창작 양자에 있어 "문명의 속도에 해당하는 새 「리듬」"인 템포를 시험하고 적용하였다. 이를 통해 우리는 그가 일상 회화의 리듬을 반영한 "내면적인 본질인 「리듬」"에 얼마나 많은 관심과 주의를 기울였는지를 알 수 있다.

지금까지 우리는 일상 회화가 시적 리듬으로 변용되는 구체적 지점으로서 템포에 대해 살펴보았다. 템포가 "회화의 내재적 리듬"의 첫 번째 양상이라면, 억양은 그 두 번째 양상을 이룬다.

> 나는 다른 기회에 독립하여 이 문제를 생각해 보려고 하지만 우리말의 운율은 「가나」(가명假名)와 같이 장단으로만 이루어지는 것이 아니고, 차라리 억양에 의하여 생기는 것이 아닌가 한다. 이 시를 읽어보아도 그 운율은 상하로 굴곡이 많은 것을 알 것이다. 그런 의미에서 우리말은 고저와 장단에 있어서 각각 풍부한 가능성을 가지고 있어서 매우 음영陰影이 다채한 말이라고 생각하며 그것을 증명할 사람은 금후의 젊은 시인이라고 생각한다.[70]

"억양에 의하여 생기는 것", "상하로 굴곡이 많은 것"이란 구절에서 명시적으로 드러나는 것처럼, 김기림은 억양intonation을 우리말과 우리시의 리듬을 규정하는 핵심적 자질로 파악한다. 일반적으로 소리의 높낮이의 연속적 배치 혹은 흐름으로 규정할 수 있는 억양은 템포와 함께 시적 리듬의 중심 요소 가운데 하나이다. 템포가 주로 수평적 차원의 양적 리듬으로 이해된다면, 억양은 수평과 수직을 통합한 차원의 질적 리듬으로 이해된다. 그만큼 억양은 현대시의 시적 리듬을 이해하는 데 있어 가장 필수적이고 중심적인 지위를 차지한다고 할 수

---

70 김기림, 「현대시의 발견」(『조선일보』 하기예술강좌, 1934.7.12~22), 『전집』 2, 331쪽.

있다.[71] 이러한 억양이 우리말과 우리시의 리듬의 핵심 자질로 규정된다는 것은 대단한 의의를 지닌다. 우리말을 "고저와 장단에 있어서 각각 풍부한 가능성을 가지고 있어서 매우 음영陰影이 다채한 말"로 규정함으로써, 우리시의 음성적 풍요로움과 아름다움을 규명하는 기초 토대를 확립하기 때문이다. 비유컨대 억양은 우리말과 우리시의 음성적 아름다움을 잉태하는 태반과 같은 곳이다.

그러나 아쉽게도 우리말과 우리시의 억양에 대한 보다 구체적인 탐색은 이루어지지 않는다. 그는 이 문제의 해명을 "금후의 젊은 시인"의 몫으로 돌림으로써, 리듬론의 핵심 문제를 방기하고 만다. 결국 "다른 기회에 독립하여 이 문제를 생각해 보려"는 그의 약속은 지켜지지 않은 것이다. 그럼에도 불구하고 우리말의 운율자질prosodic feature을 "고저와 장단"으로 파악하고 우리말을 "매우 음영陰影이 다채한 말"로 규정한 것은, 당시의 시대 상황에 비추어 봤을 때 매우 혁신적인 사건임은 분명하다. 이는 1930년 조윤제가 통계적 방법에 따라 시조의 음수율을 3 4 4(3) 4 / 3 4 4(3) 4 / 3 5 4 3으로 분석함으로써[72] 정형률의 기초 토대를 확립한 것과 극명한 대조를 이룬다. 또한 근대 자유시의 새로운 리듬을 규정하려는 김억의 시도가 결국 '격조시론'이라는 또 다른 정형률로 귀착되는 사태[73]와 비교했을 때 그 진가를 확인할 수 있다.

물론, 그의 리듬론이 우리말과 우리시의 "고저와 장단"에 대한 구체적인 탐색에까지 이르지 못하다는 점에서 이론적 한계를 노정하기도 있다. 그러나 이것이 우리말과 우리시에서 본격적으로 템포와 억양이라는 시적 리듬의 새로운 차원을 제기했다는 그의 공훈을 훼손시키는 것은 아니다. 시대상을 반영하는 일

---

71 현대시에서 억양이 차지하는 위상에 대해서는 다음의 글을 참조할 것. 얀 무카로브스키, 「시어란 무엇인가」, 조주관 편역, 『시의 이해와 분석』, 열린책들, 1994.

72 조윤제, 「時調 字數考」, 『도남조윤제 전집』 4, 태학사, 1988, 173쪽.

73 "이러케 音律的 貧弱을 所有한 言語에는 自由롭은 詩形을 取하는 것보다도 音節數의 定型을 가지는 것이 音律的 效果를 가지게 되는 것은 나의 혼자롭은 獨斷이 아닌 줄 압니다." 김억, 「율격시형론 소고」(『동아일보』, 1930.1.16~30), 박경수 편, 『김억 전집』 5, 한국문화사, 1987, 423쪽.

상 언어를 시의 언어로 적극적으로 도입한 것, 이로써 산문과 운문의 이분법적 도식성을 침식한 것, 더욱이 일상 언어가 시의 내적 리듬으로 변용되는 지점에 대한 실제적 탐색은 부정할 수 없는 그의 공적이다. 특히 "장단과 고저"를 우리 말과 우리시의 운율자질로서 규명한 것은 리듬론의 역사에 있어 누락되어서는 안 될 주요 업적 가운데 하나임에 틀림없다. 억양과 템포는 자유시와 산문시가 주종을 이루는 현대시에서 시적 리듬의 실체를 해명하는 중추적 기관이기 때문이다.

5. 새로운 리듬 성립의 가능성

우리는 지금까지 시의 "쓰레기통"에 버려진 "시적「리듬」(운율)이라든지 격식"이 무엇인지를 살펴보았다. 김기림은 과거의 낡은 전통적 리듬을 용도 폐기하고, 새로운 시대에 합당한 현대적 리듬을 정초하려는 시도를 보여준다. 주지하다시피 그의 모더니즘 시론은 소위 '과거/미래', '전통/외래', '음악/회화'라는 이분법적 도식성을 노정하는 것으로 간주되어 왔다. 이러한 평가의 연장선상에서 "새로운 산문 예술"의 정립을 주장하는 '신산문론'은 부정적 평가의 대상이 되어 왔다. 그러나 '신산문론'은 일상 언어와 시어의 관계에 대한 매우 혁신적인 사고를 포함하고 있다. 산문과 운문의 경계 설정에 대한 기존의 이론은 시어를 운문으로 간주하고, 일상어를 산문과 동일시하는 이원론적 한계에 갇혀 있었다. 김기림의 '신산문론'은 바로 이러한 이원론적 도식에 대한 근본적인 문제를 제기하고 있는 것이다.

이러한 판단의 핵심에는 일상 회화의 시적 리듬으로의 변용이 자리하고 있다. 일상어의 "가장 자연스러운 구체적인 상태"가 시의 "생기있고 자연스러운 내적 「리듬」으로 전환되는 메커니즘에 대한 이해가 바로 그것이다. 김기림은 우리말의 운율자질을 "고저와 장단"으로 파악하고 우리말을 "매우 음영陰影이 다채한 말"로 규정함으로써, 전통적 율격론을 넘어 새로운 리듬론의 가능성을 확립하고 있다. 비록 그것이 구체적인 규명에는 이르지 못한다고 할지라도, 템포와 억양에 대한 이해가 현대 리듬론의 선구적 자리를 차지함은 부정할 수 없다. 우리는 여기서 시의 내용과 형식을 통합하고 각각의 구성요소들을 하나의 전체로 조직하는 원리로서 기능하는 시적 리듬의 가능성을 목격한다.

제4장

김춘수 시론에서의 리듬 의식 연구

1. 무의미시론과 시적 리듬

무의미시론은 김춘수의 대표적인 시론이자 창작 방법론이다. 무의미시론은 김춘수의 시와 시론을 이해하는 관문임에 틀림없다. 이승훈은 무의미시론이 지닌 의의를, "김춘수가 보여주는 이런 현대성은 그후 그가 60년대에 전개하는 '무의미 시론'으로 발전하면서 우리 시의 모더니즘에 한 획을 긋는다"[1]고 요약한 바 있다. 그러나 무의미시론의 개념적 불명확성은 그의 시론에 대한 부정적 평가의 원인이 되어 왔음도 부정할 수 없는 사실이다. "김춘수金春洙의 경우는 이런 본질적인 의미의 무의미의 추구를 하는 것이 아니라, 먼저부터 〈의미〉를 포기하고 들어간다"[2]는 김수영의 비판은 이를 잘 보여준다. "소위 '무의미의 시론'이라는 것 역시 대부분은 초현실주의 시론을 다른 용어로 재탕한 것"[3]이라는 혹평 또한 이와 동궤를 이룬다.

김춘수의 시와 시론에 대한 연구는 무의미시론을 중심으로 전개되어 왔다고 해도 과언이 아니다. "김춘수 시 연구에 관한 논의는 모두 직간접적으로 '무의

---

1   이승훈, 「1950년대 한국 모더니즘시 연구」, 『동아시아 문화연구』 33호, 1999, 83쪽.
2   김수영, 『김수영 전집 2 산문』, 민음사, 1981(2000), 245쪽.
3   오세영, 「김춘수의 무의미시 연구」, 『한국현대문학연구』 15호, 2004, 380쪽.

미시', '처용', '존재론'에 관련되어 있다"[4]는 진술은 이를 요약하고 있다. 그만큼 무의미시론은 김춘수의 대표적 시론으로서 그의 시와 시론을 이해하는 핵심 지점이 되어 왔다. 그러나 무의미시론에로의 집중과 경사는 역설적으로 그의 시론 전체[5]를 조망하는 데 방해 요인이 되어 왔음 또한 부정할 수 없다. 무의미 시론에서 리듬이 주변부의 문제로 치부되어 온 사정은 이와 무관치 않은데, 리듬 연구의 부진은 이러한 현상의 결과로 볼 수 있다.[6] 주지하다시피, 리듬은 시

---

4   이강하, 「김춘수 시 연구의 현황과 전망」, 『국어문학』 46호, 2009, 185쪽, 각주 12번.
5   여기에서 김춘수의 시론 전체를 도해하는 것은 불가능하다. 이것은 김춘수의 시론이 방대하기 때문이기도 하지만, 그의 시론이 창작방법론과 혼재되어 다양한 접근을 요구하기 때문이기도 하다. 이런 이유로 김춘수 시론에 대한 기존의 연구는 그의 시와 시론과 창작방법론에 대한 탐색을 병행하여 왔다. 이러한 사정은 김춘수의 시론의 전체에 대한 도해가 그의 시와 창작방법론과 동시적으로 이루어져야 한다는 것을 의미한다. 따라서 본고에서는 김춘수 시론의 일단을 보여주는 의미 있는 연구 성과들을 소개하는 것으로 전체적인 조망을 갈음하고자 한다. 강은교, 「김춘수 시의 모티브 연구」, 『현대문학의 연구』 7호, 1996; 노철, 「김수영과 김춘수의 시작방법 연구」, 고려대 박사논문, 1998; 문혜원, 「김춘수의 시와 시론에 나타나는 이미지 연구」, 『한국현대문학연구』 3호, 1994; 신상철, 김춘수의 시세계와 그 변모」, 『현대시의 연구와 비평』, 새미, 1997; 오형엽, 「김춘수와 김수영 시론 비교 연구」, 『한국문학이론과 비평』 16호, 2002; 이강하, 「김춘수 시 연구의 현황과 전망」, 『국어문학』 46호, 2009; 이승훈, 「존재의 기호학」, 『문학사상』, 1984. 8; 이은정, 「김춘수와 김수영 시학의 대비적 연구」, 이화여대 박사논문, 1993; 조강석, 「비화해적 가상으로서의 김수영과 김춘수 시학 연구」, 연세대 박사논문, 2008; 진수미, 「김춘수 무의미시의 시작 방법 연구」, 서울시립대 박사논문, 2003; 최라영, 「김춘수 무의미시 연구」, 서울대 박사논문, 2004.
6   김춘수 시론에서 리듬에 대한 연구는 극히 미비한 실정이다. 이런 상황에서 다음의 연구들은 좋은 참조가 된다. 윤지영, 「자유시의 리듬에 관한 시론」, 『현대문학이론연구』 40호, 2010; 최석화, 「김춘수 시 연구-리듬과 이미지를 중심으로」, 중앙대 박사논문, 2013.2; 김윤정, 「물(物) 자체에 이르는 도정으로서의 김춘수의 무의미시론 연구」, 『한민족어문학』 71호, 2015. 윤지영의 「자유시의 리듬에 관한 시론」은 김춘수 시의 리듬의 양상 가운데 "통사체의 발화 속도 패턴"(112쪽)을 집중적으로 분석하고 있는 글이다. 그러나 김춘수의 시론에서의 리듬의 위상에 대한 전체적인 조망에 이르지는 못하고 있다. 최석화의 박사논문 「김춘수 시 연구-리듬과 이미지를 중심으로」는 김춘수의 이미지와 리듬을 동시적으로 논구하고 있다는 점에서 중요한 시도라고 할 수 있다. "김춘수는 자신이 정의한 '리듬'과 '이미지'의 개념에 따라 시를 창작하고 이 두 요소를 극단적인 상황으로 몰고 가는 시적 실험을 하였다"(7쪽)에서 보듯, 김춘수의 시론에서의 리듬에 대한 사유가 '시 작창의 변화 과정'에 어떠한 영향을 끼쳤는지를 집중적으로 탐색하고 있다. 이는 김춘수의 리듬과 이미지에 대한 관념이 시의 창작과 어떻게 길항하고 있는지에 대한 통찰을 보여주지만, 김춘수의 리듬과 이미지에 대한 사유의 변화의 궤적 자체를 본격적으로 심구하지 못하는 한계를 노정하고 있다. 김윤정의 「물(物) 자체에 이르는 도정으로서의 김춘수의 무의미시론 연구」는 무의미시론에서 리듬을 "진리에 대한 강한 염결성"(692쪽)을 바탕으로 한 "절대 세계에 도달하기 위한 방법"(699쪽)으로 간주한다. 그러나 무의미시론에서 리듬

의 본질 및 개념 정의와 관련된 시의 핵심적 구성요소이다. 그럼에도 불구하고 현대 자유시와 산문시에서 리듬 연구는 상당히 미흡한 실정이다.

이러한 맥락에서 김춘수의 리듬 의식은 현대 자유시와 산문시에서의 새로운 리듬론의 출현을 예기하고 있다는 점에서 적지 않은 의의를 지닌다. 실제로 김춘수의 시와 시론에서 리듬은 매우 중요한 위치를 점하고 있다. 이론적 층위에서 리듬은 시의 형태와 장르를 규정하는 중핵으로 간주되고 있으며, 의미·이미지와 함께 시의 본질을 결정하는 핵심적 요소로 기능하고 있는 것이다. 특히 무의미시론의 전개와 부정에 있어 리듬은 간과할 수 없는 중요성을 지닌다. 이러한 의의는 시작詩作의 방법론적 층위에서도 마찬가지이다. 김춘수의 시작의 편력에서 리듬의 문제는 시 창작의 방법론의 핵심적 문제로 작동해 왔다. 초기의 관념적 경향에서 출발해 서술적 이미지에 집중하여 무의미시의 창작에 몰두했던 시기, 그리고 다시 무의미시에서 후기 산문시의 창작에 이르는 시기까지,[7] 리듬은 시적 전회의 고비마다 창작 방법론의 상수常數와 같은 기능을 담당해 왔다고 할 수 있다. 따라서 김춘수의 시론과 창작 방법론에서 리듬에 대한 사유를 변별하는 것은 중요한 의미를 지닌다. 그것은 무의미시론의 결여지점에 대한 보완을 통해 그의 시론과 시적 방법론에 대한 전체적인 조망을 가능케 할 것이다.

이를 위해 이 장에서는 김춘수 시론의 주요 저작들에 나타난 리듬 의식의 변천 과정을 집중적으로 논구하고자 한다. 분석 대상이 되는 텍스트는 1950년대 후반부터 1980년대 이전에 출간된 시론집이다. 즉 『한국현대시형태론』해동문화사, 1959에서부터, 『시론(작시법)』문호사, 1961과 『시론(시의 이해)』송원문화사, 1971을 거

이 어떻게 그것을 가능케 하는지에 대한 논구가 부재한 점, 김춘수의 시론 전체에서 리듬이 차지하는 위상에 대한 논의가 없다는 점에서 본고의 논의와 궤를 달리한다.

7 이러한 시기 구분은 「거듭되는 회의」에서의 김춘수 자신의 구분법에 따른 것이다. 김춘수 시의 시기 구분에 대해서는 다음을 참조할 것. 정효구, 「김춘수 시의 변모 과정 연구」, 『개신어문연구』 13호, 1996. 시기 구분과 관련한 문제에 대해서는 다음을 참조할 것. 이강하, 「김춘수 무의미시의 정체성 재규정」, 『인문사회과학연구』 16권 4호, 2015.11.

쳐, 『의미와 무의미』문학과지성사, 1976와 『시의 표정』문학과지성사, 1979이 주요 분석 대상이다. 1950년대부터 1970년대는 리듬에 대한 다양한 이론적 모색과 변화가 이루어진 시기이다. 1959년 정병욱이 음보론을 주창한 이래, 어문학자와 고전문학의 연구자를 중심으로 한국식 리듬론을 정립하기 위한 다양한 이론들이 개진된 바 있다. 김춘수의 리듬에 대한 사유는 실제 시작에서의 창작 방법론의 일환이라는 점에서 음보율과 같은 율격론의 사유와는 현저한 차이가 있다. 이는 현대 자유시와 산문시의 리듬 개념을 정초하는 데 매우 중요한 의의를 지니는데, 현대 리듬론이 봉착한 결여지점을 보완해 주는 역할을 할 수 있기 때문이다.

2. 시의 형태, 장르, 율격─음수율의 궤적

『한국현대시형태론』은 김춘수의 초기 시론의 요체를 보여주는 글이다. 이 책은 시의 형태 구분에서 시작해 산문과 운문의 차이를 해명하는 데로 나아간다. 여기서 리듬은 산문과 운문을 변별하는 핵심 기준으로 인식되고 있다.

> 산문散文이건 운문韻文이건 리듬에 관심關心히는 이상 언어言語의 음악성音樂性을 노리고 있는 것일 것인데, 산문散文이 보다 자연음自然音의 그것이라고 하면 운문韻文은 자연음自然音을 그 언어言語의 질질에 따라 보다 논리적論理的으로 조직組織한 메커니즘의 그것일 것이다. 즉 산문散文보다는 운문韻文은 보다 음악音樂인 것이다. 이렇게 자연음自然音을 보다 세련된 음악音樂에까지 미회美化하여 그 효과를 즐긴다는 것은 몹시 인간적人間的이다. 산문散文의 리듬이 자연自然의 질서라고 하면, 운문韻文의 리듬은 인간人間의 질서秩序다.
>
> ─15쪽[8]

산문과 운문에서의 리듬이 "언어言語의 음악성音樂性"과 관련된다는 것은 재론의 여지가 없다. 흥미로운 것은 운문의 리듬이 산문의 리듬보다 음악적이라는 판단이다. 이는 산문의 리듬이 "자연음自然音"에 의한 언어의 음악성과 관련되는 반면, 운문의 리듬은 "자연음自然音을 그 언어言語의 질質에 따라 보다 논리적論理的으로 조직組織한 메커니즘"에 의한 언어의 음악성과 관련된다는 판단에서 비롯한다. 즉 김춘수는 인간적·논리적 조직에 의한 자연음의 변용이 "언어言語의 음악성音樂性"을 구현하는 데 있어 효과적이라고 판단하고 있는 것이다. 이는 자연음의 발화에 의해 산출되는 산문의 자연발생적 리듬보다 자연음의 변용에 의해 산출되는 운문의 인위적·기교적 리듬이 보다 세련된 미적 효과를 지닌다는 판단이기도 하다. 이러한 판단에는 운韻과 율律이라는 규칙과 규범에 의한 리듬의 산출이라는 서양식 작시법versification에 대한 용인이 내재해 있다.

김춘수에게 있어 시의 형태는 운문의 이러한 인위적·기교적 리듬의 양상과 밀접한 관련을 지닌다. 그리고 이는 시의 본질 및 장르 규정과 동궤를 이루고 있다.

> 문체文體를 제외한 시詩에 있어서의 형태形態란? 운율韻律 meter의 유무有無를 우선 가리고, 있으면 어떻게 있는가, 없으면 어떻게 없는가 하는 그 운율韻律의 있고 없는 대로의 시詩의 청각적聽覺的 시각적視覺的 양상樣相이다. 운율韻律, 즉 음성율音聲律(평측법平仄法), 음위율音位律(압운법押韻法), 음수율音數律(조구법造句法) 중 어느 하나를 가지고 있더라도 그 시詩를 정형시定型詩라고 하고 있는 동시에 이 중의 어느 하나도 가지고 있지 않은 시를 자유시自由詩 혹은 산문시散文詩라고 하고 있는 것이다. 그러니까 정형시定型詩의 정형定型의 양상, 자유시自由詩 혹은 산문시散文詩의 정형定型 아닌 각 양상이 시詩에 있어서의 형태形態인 것이다. 그런데 정형시定型詩에 있어서는 완전한 정

---

8 김춘수, 『김춘수 전집 2 시론』, 문장, 1982, 15쪽. 이하 이 책의 인용은 본문에 쪽수만 표기함.

형시定型詩와 불완전한 정형시定型詩의 2종이 있을 것이다. 서구西歐의 14행시行詩 sonnet와 같은 것이나 한시漢詩의 7언言, 5언절구言絶句나 율律 같은 것은 전자前者에 속할 것이고, 한국韓國의 시조류時調類는 후자後者에 속할 것이다. 엄격한 입장에서 따진다면 한국韓國의 시詩는 한국어의 성격상 음성율音聲律과 음위율音位律을 가지기 곤란할 뿐 아니라, 가진다고 하더라도 별다른 효과를 거둘 수가 없을 것이다.

—20~21쪽

우선 지적해 둘 것은 김춘수가 시의 형태 문제를 거론할 때 문체style의 영향을 인정하면서도 그것을 제외하고 있다는 점이다. 이는 시의 형태의 정의에 있어 문체와 같은 개별적 자질들에 의한 변수를 고려치 않으려는 의도를 보여준다. 이럴 경우 시의 형태를 가늠하는 척도는 리듬, 곧 "운율韻律의 있고 없는 대로의 시詩의 청각적聽覺的 시각적視覺的 양상樣相"이 된다. 이는 시의 형태적 본질이 리듬에 있다는 생각, 즉 리듬이야말로 시의 본질 및 장르 규정의 관건이라는 생각을 전제한다. 여기서 '시의 형태=운율=본질=장르'이라는 등식이 성립한다.

따라서 시의 종류는 시의 형태를 규정하는 리듬의 양상에 따라 분류될 수 있다. 다시 말해 '정형시'와 '자유시 혹은 산문시'라는 시의 종류는, 리듬의 세 가지 양상인 "음성율音聲律, 평측법(平仄法), 음위율音位律, 압운법(押韻法), 음수율音數律, 조구법(造句法)"에 의해 정의될 수 있는 것이다. 여기서 고려할 것은 리듬을 음성률, 음위율, 음수율이라는 3분법으로 구획하는 분류법이다. 이러한 구분법은 상당히 오래된 것으로 1920년대 근대 자유시의 성립 단계에서부터 이미 정립되어 왔다. 예컨대,

(가) 그리고 새롭은 시기詩歌라 함은 필경畢竟 규율規律에 대對한 상반어相反語로 고전적古典的 엄밀嚴密한 시형詩形의 약속約束에 대對한 말이니 측광仄廣이니 압운押韻이

니 음절제한音節制限이니 하는 까닭스러운 것을 파괴破壞하야 바리고 재래시형在來詩形의 온갖 구속拘束과 제한制限과 규정規定을 버서버린 극極히 자유自由롭은 시형詩形이라는 데 지내지 아니함니다.[9]

　(나) 율격律格은 시형詩形을 이룬 것이고, 어음語音을 음악적音樂的으로 이용利用한 것인데, 그 음도音度나 혹은 음장音長을 기조基調로 한 음성율音性律과 그 음위音位를 기조基調로 한 음위율音位律과 그 음수音數를 기조基調로 한 음수율音數律과의 세 가지가 있다. 다시 말하면 한시漢詩의 평측법平仄法과 같은 것을 음성율音性律이라, 운각법韻脚法과 같은 것을 음위율音位律이라, 조구법造句法과 같은 것을 음수율音數律이라 한다.[10]

　(가)는 김억의 「작시법」의 일절이고, (나)는 이병기의 「율격과 시조」에서의 일절이다. (가)에서 김억은 새로운 시가, 곧 자유시를 "재래시형在來詩形의 온갖 구속拘束과 제한制限과 규정規定을 버서버린 극極히 자유自由롭은 시형詩形"으로 정의하고 있다. 이때 "재래시형在來詩形의 온갖 구속拘束과 제한制限과 규정規定"은 "측광仄廣이니 압운押韻이니 음절제한音節制限"과 같은 율격에서 찾아진다. 여기서 "측광仄廣"은 '평측平仄'이라는 소리의 높낮이와 '광협廣狹'이라는 소리의 길이를 합친 말로 볼 수 있다. (나)에서 이병기는 율격 일반의 개념과 종류를 명시적으로 규정하고 있는데, 김억과 마찬가지로 음성율, 음위율, 음수율이라는 3분법을 따르고 있다. 여기서 "음도音度나 혹은 음장音長을 기조基調로 한 음성율音性律"은 김억이 "측광仄廣"이란 말로 지시했던 것과 같은 의미이다. 즉 음의 고저와 음의 길이의 규칙적 반복에 의해 형성되는 율격meter을 지시하는 말이다. 이는 양주동의 경우도 마찬가지인데, 그는 운율을 형식 운율과 내용 운율로 나누고, 전자에 "1.평측

9　김억, 「작시법」, 『안서김억전집』 5, 한국문화사, 1987, 305쪽.
10　이병기, 「율격과 시조」, 『時調硏究論叢』, 을유문화사, 1965, 324쪽.

법 2.압운법 3.음수율"[11]을 귀속시킨다. 엄격히 말한다면 이런 3분법은 단일한 기준에 의한 분류가 아니라는 점에서 비체계적인 분류법이라고 할 수 있다.[12]

보다 세밀히 살펴야 할 것은 '음수율'을 '조구법造句法'과 등치시키고 있다는 사실이다. '구句'는 시조의 장을 구성하는 부분으로, "글을 읽어나가다 말과 뜻이 그치는 데"[13]를 가리키는 개념이다. 이러한 '구'의 개념이 음수율과 연결된다는 것은 시조의 작시법을 음수율에 의한 율격 체계로 이해하기 시작하였음을 암시한다. 여기에서 우리는 서양식 율격 개념과 우리의 전통적 작시법 사이의 착종을 발견할 수 있다. 이러한 사정은 한국어가 지닌 언어적 한계, 보다 정확히 말하면 음운 자질의 결핍에 대한 자각에서 비롯한다. "조선朝鮮말로는 성질상 性質上 서시西詩와 한시漢詩 갓치, 억양抑揚과 압운押韻할 수는 업슴니다"[14]라는 김억의 말은 이를 명시적으로 보여주는데, 이러한 인식이 1950년대 후반 김춘수의 시론에서도 그대로 발견되는 것이다.

서양 언어와의 비교는 "한국어의 성격상 음성율音聲律과 음위율音位律을 가지기 곤란"하다는 생각의 토대가 된다. 그리고 이는 정형시의 정형의 완전성의 정도에 따른 구분, 곧 완전한 정형시와 불완전한 정형시의 구분으로 이어진다. 소네

---

11 양주동, 「시와 운율」, 『양주동 전집』 11, 동국대 출판부, 1998, 22쪽.

12 운율은 운(rhyme)과 율(meter)로 나뉜다. 전자는 동일한 음이 특정 위치에 반복하는 현상을 지시하는 말이고, 후자는 고저, 장단, 강약과 같은 음운 자질(prosodic feature)의 규칙적 반복, 즉 음보(foot)의 규칙적 실현을 일컫는 말이다. 율격은 후자에 해당하는 말이다. 따라서 1920년대의 율격의 3분법은 엄밀한 의미에서 비체계적이다. 먼저 운과 율의 개념의 착종이 지적될 수 있고, 다음으로 소리의 높낮이인 평측을 음성율의 대표로 간주하는 혼동이 지적될 수 있을 것이다. 흥미로운 것은, 이러한 비논리성에도 불구하고 3분 체계가 1920년대에 공인되어 현재까지도 지속되고 있다는 사실이다.

13 이병기, 앞의 책, 327쪽.

14 김억, 앞의 책, 303쪽. 다음의 구절을 참조할 것. "朝鮮 말에는 高低와 長短이 업스니(間或 잇기는 합니다마는 그것은 全體로의 問題가 되지 못합니다) 自然히 佛語 그것과 가티 音節數의 制限을 보지 아니할 수가 업습니다 이러한 高低와 長短이 업는 言語는 音律的으로 보아 대단히 貧弱한 點이 만습니다 그러나 이것은 人力으로 어찌할 수 업는 것이니 그대로 맛지 아니할 수 업는 運命이외다." 김억, 앞의 책, 423쪽.

트와 한시를 전자로, 시조를 후자로 규정하고 있는 이유가 여기에 있다. 이는 시조의 정형성의 척도가 되는 "음수율音數律, 조구법造句法"을 완전하지 못한 율격으로 간주하고 있음을 암시적으로 보여준다. 김춘수가 음수율을 시조의 '구' 단위로 인식하는 것도 이러한 사정에서 비롯한다. 즉 그는 음수율을 3·3조, 3·4조, 4·4조, 7·5조와 같은 '구' 단위에서의 음조로 이해하고 있는 것이다.

이러한 관점은 김소월의 '민요조 운율'을 다루는 지점에서 보다 구체적으로 드러난다. 김춘수는 김소월의 출현을 한국 시사의 기인한 현상으로 간주하는데, 그 이유를 자유시와 산문시가 본격적으로 발흥하던 시기에 "홀로 전통적傳統的 정형률定型律로 정형시定型詩를 썼"[15]다는 데서 찾고 있다. 즉 김춘수는 소월의 시를 자유시가 아니라 정형시로 이해하고 있는 것이다. 김소월의 시가 보여주는 특정 음수율, 곧 7·5조의 음수율을 "전통적傳統的 정형률定型律"로 판단하는 것도 같은 맥락에서이다.[16]

> 소월素月의 시형태詩形態는 시詩의 내용과 불가분리의 관계에 있다.
>
> 정서情緖의 한국적韓國的 원형原型을 보여 준 그는 시형태詩形態의 한국적韓國的 원형原型을 또한 보여 주었다. 한국韓國의 전통적 시가詩歌의 형태形態는 음수율音數律에 있다. 고려가요高麗歌謠의 3·3조, 3·4, 3·2 등 3음音을 중심한 것, 시조時調의 3·4조, 민요民謠의 7·5조, 가사歌詞의 4·4조.
>
> — 103쪽

---

15 "4250년대의 中末期에 걸쳐 이상한 現像이 하나 나타났다. 金素月의 出現이 그것이다. 自由詩 내지 散文詩의 방향으로 발전해갈 수밖에는 없는 듯이 보인 大勢에 있어 素月은 홀로 傳統的 定型律로 定型詩를 썼다."(37)
16 7·5조의 기원이 어디인지는 불분명하다. 최남선의 신체시는 7·5조가 외래의 것, 곧 일본으로부터의 박래품임을 보여준다. 그러나 1920년대 중반 김억을 중심으로 한 민요시 운동은 일본의 율격인 7·5조를 우리의 전통적 율격인 민요조로 정립한다. 김춘수도 이를 무비판적으로 수용하고 있다.

인용문은 김소월의 시형태를 "한국적韓國的 원형原型"의 계승으로 간주하고, 그 것의 실제를 "음수율音數律"에서 찾고 있음을 명시적으로 보여준다. 이는 김소월 의 '민요조 시인'으로 간주하는 김억의 이해 방식과 다르지 않다. 그러나 김춘 수는 김소월의 시에 음수율의 변형에 대한 인식이 포함되어 있음을 간과하지는 않는다. "자유시自由詩의 호흡呼吸이 충분充分히 적용適用되었다"39쪽는 인정이 그것 인데, 이러한 인식은『시론(작시법)』문호사, 1961에 이르면 다음과 같은 형태로 변 주되고 있다.

> 7 · 5의 음수율인데 이것은 제1연에서는 3 · 4 · 5의 3행으로 구분하고, 제2런에
> 서는 4 · 3 · 5로 역시 3행으로 구분하고, 제3연에서는 제1행이 4 · 3 · 5고, 다음은 4
> · 4 · 5로 제2행과 제3행을 구분하고 있다. 그 심정이 훨씬 절실하게 울려 오는 것
> 이다. 일종의 정형시이긴 한데 그 7 · 5의 음수를 적절히 행 구분하여 미묘한 분위
> 기를 자아내고 있는 점, 자유시의 호흡呼吸을 잘 섭취하고 있다고 할 것이다. 김씨가
> 자기대로 생각하고 있었던 시 그것이 이러한 형태를 만들어 간 것이다. 형태가 먼저
> 있어 가지고 그에 맞추어 된 시가 아님을 알 수 있지 않은가?
>
> —129쪽

김소월의 「가는길」의 형태에 대한 설명에서 흥미로운 것은, 이 시를 정형시 로 규정하면서도 7 · 5의 음수율의 변형의 적절한 배치와 "자유시의 호흡呼吸"이 란 점 때문에 정형시의 변형으로 간주하고 있다는 사실이다. 이것은 운율에 대 한 이해에 있어 중요한 함의를 띠는데, 음수율의 변형을 정형시의 율격체계가 아니라 자유시의 유입에 따른 영향으로 이해하고 있기 때문이다. 이는 정형시 의 리듬에 대한 사유가 엄격한 율격적 질서를 조금씩 탈피하고 있음을 의미한 다. 다시 말해, 김춘수는 정형시 내부에 율격의 변이와 일탈이라는 자유시의 리

듬을 포함시킴으로써 율격론의 변화를 예기하고 있는 것이다.

이러한 이해는 한국의 율격론의 변화 지점, 곧 음수율에서 음보율로의 변화와 조응한다. 1930년에 조윤제는 한국의 전통적 시가인 시조의 율격을 음수율로 규정한 바 있다.[17] 김춘수의 『한국현대시형태론』은 이러한 사유의 연속선상에서 이해될 수 있는 것이다. 그러나 1960년대에 이르면 김춘수는 자유시의 리듬에 대해서만큼은 조윤제의 음수율적 이해와 차이를 보이게 된다. 『시론(작시법)』은 이러한 변화의 점이지대의 양상을 다음과 같이 서술하고 있다.

> 영시에서는 음보가 몇 개 합해지면 행 line을 이루는데, 이것을 verse라고 한다. 이때 이 verse이자 행은 운율을 나타내고 있는 것은 물론이거니와 의미의 한 단위나 구분이기도 한 것이다. 시조의 경우에는 3·4라는 음보가 두 개 합해져서 한 행을 이루고 있는데, 이것은 시조가 나타내고 있는 운율의 모습인 동시에 그것은 또한 시조에 의한 구성에 있어서의 한 단락이기도 하다. 이 입장으로 본다면 시조의 한 장章은 연stanza에 해당된다고 할 것이다. 하여간에 정형시에 있어서는 행은 이러한 구실을 맡고 있는데, 자유시라고 이러한 구실이 가지는 근본정신에서 벗어나 있는 것은 아니다. 자유시에 있어서의 행은 정형시에서와 같이 문장의 리듬과 의미와 깊은 관계를 가지고 있다. 자유시에서는 또 하나 이미지의 교체交替와 관계가 적다고는 할 수 없다. 한국에서도 특히 최근의 시에서 그것을 더 많이 볼 수 있는 것이다.
>
> — 131쪽

위의 구절에서 가장 먼저 주목할 것은 '음보音步'라는 용어의 출현이다. "영시에서는 음보가 몇 개 합해지면 행 line을 이루는데"에서 보듯, 서양의 시와 한국의 전통 시조의 운율을 규정하는 데 '음보foot'라는 개념을 차용하고 있는 것

---

17 조윤제, 「時調 字數考」, 『도남조윤제 전집』 4, 태학사, 1988.

이다. '음보'라는 용어에 대한 명시적인 정의는 없지만, 인용문은 율격론의 주요 변화 양상을 적시하고 있다. 이는 『한국현대시형태론』에서 등장한 "음수율音數律, 조구법(造句法)"이 새로운 방식의 이해로 대체되고 있음을 의미한다. 물론 여기서의 '음보'는 '조구법'에서의 '구句'의 대체라는 점에서, 1980년대의 음보론과는 구분되어야 한다. "시조의 경우에는 3·4라는 음보가 두 개 합해져서 한 행을 이루고 있는데"에서 보듯, 김춘수는 '음보'를 3·4라는 음수로 이루어진 '구'로 이해하고 있는 것이다. "이 시조는(모든 시조가 다 그렇듯이) 2구(2음보) 1행으로 리듬을 이루고 있다"188쪽에서의 '2구(2음보)' 또한 이를 잘 보여준다.

주지하다시피, 정병욱은 「고시조 운율론 서설」『국문학산고(國文學散藁)』, 1959에서 조윤제의 음수론을 비판하고 음보론을 제시함으로써 한국 운율론의 새로운 전기를 마련한 바 있다.

(가) 시가형태를 구성하는 기본단위가 음보音步라면 그것이 몇이 모여서 보다 더 높은 단위를 구성하는 것이 시행Verse이다. 그런데 이 시행詩行은 고래의 표기방법이 시행詩行의 구획區劃을 짓는 의식意識이 없었기 때문에 때로는 주관적主觀的인 자의 성恣意性을 피할 길이 없을 듯하니 대체로는 문법적文法的 어구語句(Grammatical Phrase)와 논리적論理的 휴지休止(Logical pause)에 의하여 결정지울 수 있는 것[18]

(나) 이상으로써 국문학에 있어서의 시가운율의 성립적成立的 근거를 국어와 고유음악固有音樂의 특징적 성격으로 미루어 강약强弱의 변화에서 찾을 수 있다 함을 보았고, 고악보古樂譜의 기사방법記寫方法과 가사歌詞의 métre와의 관계에서 시행詩行을 구성하는 Foot가 등장等張한 시간단위時間單位인 것을 보았다.[19]

---

18 정병욱, 「고시가 운율론 서설」, 『國文學散藁』, 신구문화사, 1959, 130쪽.
19 위의 책, 139쪽.

서양에서 'verse'라는 용어는 외연이 넓은 말이다. 시 자체에서부터 연stanza 및 행line에 이르기까지 의미의 폭이 상당히 넓다. (가)에서 정병욱은 이 'verse'를 시행line과 동일시하고 있다. 이는 "시가형태를 구성하는 기본단위가 음보音步라면 그것이 몇이 모여서 보다 더 높은 단위를 구성하는 것이 시행Verse"이란 구절에서도 확인할 수 있다. 그런데 이러한 이해 방식은, 전술한 "영시에서는 음보가 몇 개 합해지면 행 line을 이루는데, 이것을 verse라고 한다"는 김춘수의 이해와 정확히 일치한다. 이는 김춘수가 정병욱의 이론을 알고 있었음을 암시한다. 정병욱의 주장은 (나)에 잘 요약되어 있는데, 여기서 음보foot 개념은 서양의 작시법의 그것과 동일하다. 즉 우리말의 운율자질이 "강약强弱의 변화"이기 때문에, 우리 시의 율격 또한 강약의 반복에 기초한 음보율이라는 것이다. 그런데 이는 김춘수의 음보 이해와는 상이하다. "3·4라는 음보가 두 개 합해져서 한 행을 이루고 있는데"에서 보듯, 김춘수의 '음보'는 글자수의 획정에 의한 '구句'의 형성과 동일한 개념이다. 여기에는 서양식 음보 개념의 핵심인 운율 자질의 규칙적 반복이라는 의식이 없다. 그렇다면 김춘수의 '음보' 개념은 정병욱이 제시한 서양식 작시법의 'foot'이라는 용어를 차용하고 있지만, 기존의 전통적 개념인 '조구법'을 실질적인 내용으로 하고 있다고 할 수 있다.

이상에서 보듯, 『시론(작시법)』의 '음보'라는 용어의 출현은 음수율에서 음보율로의 율격 연구의 방향 전환을 야기한 정병욱의 문제의식의 반향이라고 할 수 있다. 『한국현대시형태론』에서는 '음보'라는 말이 전혀 등장하지 않는다는 점을 고려할 때, 이는 그 자체로 중요한 변화라고 할 만하다. 그러나 우리는 여기에서 리듬 개념의 착종, 곧 '음보'를 서양식 'foot'이 아니라 시조의 '구'와 동일시하는 태도를 발견한다. 이러한 태도는 전통적 율격과 서양식 율격의 혼종, 곧 음수율과 음보율의 착종의 결과라고 할 수 있다. "우리말은 말의 성격상 음수가 음보를 이루는 것"136쪽이라는 단언 또한 이러한 면모를 분명히 보여주는

데, 이는 『시론(작시법)』의 리듬 개념이 음수율에서 음보율로의 전환의 과정에 따른 과도기적 상태에 있음을 암시한다.

이와 함께 『시론(작시법)』에서 주목할 것은 행line을 중심으로 자유시의 리듬을 설명하는 부분이다. "자유시에 있어서의 행은 정형시에서와 같이 문장의 리듬과 의미와 깊은 관계를 가지고 있다"에서 보듯, 그는 행을 시의 의미와 리듬을 분절하는 중심지점으로 사유하고 있다. 시행은 자유시와 산문시를 분별하는 핵심 지점이라는 점에서 뿐만 아니라, 추상화된 자유시의 리듬을 실체화한다는 점에서도 중요한 의의를 지닌다. 주지하다시피 내재율과 자유율은 자유시의 리듬을 개념화하기 위해 만들어진 용어이다. 그러나 이러한 용어들은 자유시의 리듬의 존재를 인정하면서도, 그 실체가 무엇인지에 대해서는 특별히 해명해 주는 바가 없다. 이것은 자유시의 리듬 자체가 지닌 추상성 때문이라기보다는, 자유시의 리듬을 '안'과 '자유'와 같은 추상적 용어로 개념화하기 때문에 벌어지는 현상이다. 이러한 추상화의 경향은 자유시의 리듬을 전통적 율격론의 대척점으로 놓는 운문/산문의 이원론에서 비롯한다. 이런 맥락에서 자유시의 시행의 기능과 역할에 대한 강조는 자유시의 리듬을 실체화하는 작업으로서의 의의를 지닌다고 할 수 있다. 시의 구성 요소인 시행은 시의 객관적 표지로서 실체화될 수 있기 때문에, 시행을 중심으로 시의 의미와 리듬의 긴장을 탐색하는 일은 필연적으로 리듬의 외화를 야기할 수밖에 없기 때문이다.

이런 의미에서 『시론(작시법)』의 의의를 "자유시에서는 정형시의 운율을 벗어나고 의미와 이미지를 포함하는 리듬을 인식하면서 행이 가지는 기능을 강조"[20]하였다는 데서 찾을 수 있을 듯하다. 실제로 김춘수는 현대시에서 분행分行에 의한 의미와 이미지와 리듬의 분절 양상을 관찰하고 있다. 노자영의 시에 나타난 분행의 양상과 효과에 대한 분석은 이를 예증하는데, "호흡(리듬이라고 할

---

[20] 최석화, 앞의 글, 30쪽.

수 있는)의 속도가 급해지고 의미가 부질러져 의미의 구분을 세밀히 보이고 싶은 심정이 짐작된다"131쪽와 같은 구절이 대표적이다. 여기서 주목할 것은 분행에 의한 의미와 리듬의 변주 양상으로, "호흡의 속도"를 자유시의 리듬의 한 양상으로 간주하는 태도이다. 분행에 의한 호흡 패턴의 변화는 자유시의 리듬이 실체화되는 대표적인 지점 가운데 하나이다. 이는 부분적이기는 하지만 자유시에서의 리듬의 효용에 대한 인정이라는 점에서 의미가 있다. 시적 리듬의 효용과 필요성을 기술하고 있는 다음의 구절들도 마찬가지이다.

> (가) 주문呪文이 말 그것으론 뭐가 뭔지 알 수 없는데도 어떤 가락을 붙여 되풀이함으로 사람의 정신에 얼마큼이나마 영향을 미치는 것인데, 일종 리듬의 힘이라 하겠다.
>
> —142쪽

> (나) 그건 그렇다 하고, 이상으로도 언어의 음악적 요소(리듬)로써 시의 일면을 나타내 보여 줄 수 있는 것이라는 것을 알았는데(그 한에 있어서 리듬은 필요하다), 그러나 이것을 너무나 절대시할 적에는 이미 말한 바와 같이 시가 무의미해질 위험이 있다는 것을 명심해 두어야겠다. 언어의 의미성을 다치지 않을 한도 내에서 리듬을 중시해야 할 것이다.
>
> —143쪽

(가)는 '주문呪文'의 반복성이 갖는 "리듬의 힘"에 대한 인정이다. 이는 특정 운율자질이 아니라 "어떤 가락을 붙여 되풀이함으로"써 얻어지는 효과라는 점에서, 율격으로서의 리듬이라기보다는 '언어의 반복'에 의한 주술적 효능에 대한 인정으로 볼 수 있다. 즉 특정 가락을 동반한 언어적 반복이 일으키는 "언어의 음악적 요소(리듬)" 일반에 대한 인정인 것이다. 이러한 인정은 김춘수의 리

듬 의식에서 중요한 의미를 지니는데, '무의미시론'에서의 리듬의 위상이라는 문제와 '타령조'에 대한 관심과 모색의 원형적 형태를 이루기 때문이다. 이는 다음 절에서 보다 자세히 기술할 것이다.

(나)는 시적 리듬의 필요성에 대한 인정에도 불구하고, 시적 리듬만을 절대 시하는 경향에 대한 비판적 견해를 보여주고 있다. 시적 리듬의 추구는 "언어의 의미성을 다치지 않을 한도 내에서"라는 제약 하에서 추구되어야 한다는 것이다. 여기서 핵심은 "시가 무의미해질 위험이 있다"에서 보듯, 리듬이 시의 의미와 분리되어서는 안 된다는 사유이다. 시적 리듬의 독자성은 인정하지만, 그것을 절대시하면 시의 의미가 훼손될 수 있음에 대해 주의를 환기하고 있다고 볼 수 있다. 이러한 당위론적 요청은 그 자체로 재론의 여지가 없다. 그러나 창작 과정에서 시의 리듬과 의미의 균형을 도모하는 것은 쉬운 일이 아니다. 오히려 리듬과 의미의 괴리와 이반 현상이 빈번히 목격되는데, 이는 리듬과 의미의 조화가 당위론적 요청으로 해소되는 문제가 아님을 보여준다. 실제로 김춘수는 자신의 창작 과정에서 리듬과 의미가 배반하는 현상에 대한 체험을 다음과 같이 기술하고 있다.

> 지금 생각하서 의미와 음률에 모순을 느낀다. 〈꽃처럼 곱게 눈을 뜨고〉의 〈원한 怨恨의 눈을 뜨고〉는 반대의 의미다. 그런데도 이것들을 연결시켜 놓은 그 당시의 나는 시詩를 언어들이 빚어내는 음률을 통하여 보다 느끼고 있었던 듯하다. 그러나 지금은 시詩를 느끼는 태도가 그때보다는 다소 복잡해져서 〈원한怨恨〉이란 말을 다른 것으로 대치하여 의미상의 모순을 없애고 싶으나 잘 되지가 않는다. 음률은 음률 대로 의미와는 밀접한 관계를 안 가지고도 질서를 유지하며 시詩의 일면을 보여 줄 수가 있다는 것을 실제에 있어 체득한 셈이다.

—560쪽[21]

인용문은 『구름과 장미』행문사, 1948의 「서시序詩」의 일절("가자. 꽃처럼 곱게 눈을 뜨고, 아버지의 할아버지의 원한의 그 눈을 뜨고 나는 가자.")에 대한 창작 경험의 회고이다. 이 술회의 요지는 "지금 생각하여 의미와 음률에 모순을 느낀다"라는 딜레마에 명시적으로 표현되어 있다. 구체적으로 말해 〈꽃처럼 곱게 눈을 뜨고〉와 〈원한怨恨의 눈을 뜨고〉"는 의미의 층위에서는 모순이지만, "언어들이 빚어내는 음률"의 층위에서는 전혀 모순되지 않는다는 것이다. 만약 양자의 의미적 상충을 정정하기 위해 '원한'을 다른 말로 대체한다면 그 결과는 음률성의 파괴가 될 것이다. 이로부터 김춘수는 "음률은 음률대로 의미와는 밀접한 관계를 안 가지고도 질서를 유지하며 시詩의 일면을 보여 줄 수가 있다"는 일반론을 도출해 내고 있다. 이러한 결론은, 전술한 "언어의 의미성을 다치지 않을 한도 내에서 리듬을 중시해야 할 것"이라는 생각과 충돌한다. 후자가 리듬의 의미에의 복속에 초점이 맞춰져 있다면, 전자는 리듬의 의미로부터의 자율에 방점이 찍혔기 때문이다. 이러한 문제를 해결하는 방법은 리듬에 대한 김춘수의 사유에서 표층과 심층의 괴리를 가정하는 것이다. 즉 그는 표층에서는 리듬을 의식적으로 제어하여 의미에 복속할 것을 지향하고 있지만, 심층에서는 의식적으로 제어되지 않고 산출되는 자연발생적 리듬의 불가피성을 인정하고 있었다고 볼 수 있는 것이다.

하여간에 음률이건 의미건 어느 한쪽에만 너무 부담을 지게 하면 언어는 불구가 되기 쉽다. 언어 생리의 건전을 생각하여 시詩와의 최대의 유리한 계약을 맺을 일이다.

—561쪽

---

21 인용문은 「시의 전개」의 일부분인데, 「시의 전개」는 원래 『시론(작시법)』(1961)의 부록에 실렸던 것이나, 일부를 제외하고 『시의 표정』(1979) 2부에 재수록되었다. 『김춘수 전집』 2(문장, 1982)에서는 원문을 『시론(작시법)』(1961)이 아니라 『시의 표정』(1979)에 단독으로 수록했다. 혼선을 피하기 위해, 위의 인용문의 원출처가 『시론(작시법)』(1961)임을 밝혀둔다.

이 짧은 인용문은, "언어의 생리"를 생각할 때 시의 음률과 의미의 동조와 조화를 도모하는 것이야말로 "시詩와의 최대의 유리한 계약"이 된다는 생각을 표현한다. 그런데 다 알다시피, 김춘수는 시의 의미를 배제한 '무의미시론'을 주창한다. 그렇다면 그의 '무의미시론'은 "언어 생리의 건전"을 담보로 한 "시詩와의 최대의 유리한 계약"의 파기이다. 여기서 다음과 같은 질문이 제기된다. 만약 그의 주장처럼 시에서 의미를 의식적으로 배제排除하는 것이 가능하다면, 시에 잔존하는 것은 무엇인가? 이미지와 리듬. 김춘수의 사유는 우선 후자를 배제한 채 전자로 향한다. '무의미시론'에서 이미지와 리듬의 문제를 사유해야 할 또 다른 이유가 여기에 있다.

3. 관념, 대상, 의미 – 이미지에서 리듬으로의 전회

김춘수의 『시론(시의 이해)』송원문화사, 1971은 『한국현대시형태론』과 『시론(작시법)』의 종합이라고 볼 수 있다. 이 책은 총 3부로 구성되어 있는데,[22] 현재의 논의와 관계하는 것은 제1부 〈운율·이미지·유추類推〉이다. 제1부에는 운율의 정의 및 종류, 행과 연의 기능, 시의 장르 구분 등이 기술되어 있다. 제1부에서 특별히 주목할 것은 기존 저작과의 변별점이자 무의미시론의 전조라 할 수 있는 시적 이미지에 대한 서술 부분이다. 여기에서 김춘수는 시적 이미지를 비유적 metaphoric·서술적descriptive 이미지로 구분하고 있다. 그는 전자를 "관념觀念을 말하기 위하여 도구道具로서 쓰여지는 심상心象"247쪽으로, 후자를 "심상心象 그 자

---

22 제1부 〈운율·이미지·類推〉는 시의 구성요소에 대한 원론적 탐색이고, 제2부 〈한국의 현대시〉는 19세기 초반부터 60년대 김수영 및 김종길에 이르는 현대시의 역사의 개괄이며, 제3부 〈시인론〉은 이상화, 김소월, 박남수 등에 대한 시인론으로 할애되어 있다. 시의 본질에 대한 논의에서부터 현대시의 역사와 개별 시인을 아우르려는 종합적 사유를 엿볼 수 있다.

체自體를 위한 심상心象"243쪽으로 정의한다. 이러한 구분이 지닌 문제점은 이미 여러 논자들에 의해 지적된 바 있다.[23] 흥미로운 것은 이러한 구분이 '원시적 이미지'와 '래디컬radical 이미지'라는 또 다른 구분에 의해 착종되고 있다는 사실이다. 그는 '원시적 이미지'를 자아와 외계의 미분리에 의한 "외계外界의 인상印象과 그 성질性質과를 기계적機械的으로 재현再現"하는 252쪽 이미지로 정의하고, '래디컬 이미지'를 "본의本義와 유의喩義와 연속성連續性에 있어 그 범위範圍가 좁은"254쪽 이미지로 정의한다. 이때 원시적 이미지와 서술적 이미지의 등치에 따른 서술적 이미지의 분화가 발생한다.

> 원시적原始的 심상心性에 있어서는 자아自我는 외계外界로부터 또렷하게 떨어져 있지 않다. 외계外界의 인상印象과 그 성질性質의 포로捕虜다. 따라서 자발성自發性을 배제排除하고 외계外界의 인상印象과 그 성질性質과를 기계적機械的으로 재현再現하게 된다. 서술적敍述的 심상心象은 이러한 사정事情 속에서 발견發見되어져야 할 것이다.
>
> 이러한 원시적原始的 서술적敍述的 심상心象이 차차 자아自我와 피아彼我의 구별區別이 생기고 주관主觀과 객관客觀이 의식내부衣食內部에서 분간分揀이 된 뒤에까지도 시詩에 나타나게 되었는데, 원시적原始的인 그것이 보다 자연발생적自然發生的 기계적機械的 본능적本能的인 그것이라고 한다면 이것은 보다 의식적意識的, 창조적創造的, 지적知的인 그것이라고 할 것이다.
>
> ─252쪽

'원시성'과 '서술성'을 병치시키고 있는 "원시적原始的 서술적敍述的 심상心象"이

---

23 김춘수의 이러한 구분이 지닌 용어의 문제는 이미 지적된 바 있다. "이미지를 양대별하는 경우, 서술적이라기보다는 묘사적이라는 말이 적절하다." 김종길, 「시의 곡예사」, 『시에 대하여』, 민음사, 1986, 273쪽.

란 용어의 출현에 주의하자. 주목할 것은 이러한 심상이 "주관主觀과 객관客觀이 의식내부衣食內部에서 분간分揀이 된 뒤에까지도" 사라지지 않고 재출현한다는 생각이다. 이는 "원시적原始的 서술적敍述的 심상心象"이 두 가지로 분별될 수 있음을 암시한다. 즉 "자연발생적自然發生的 기계적機械的 본능적本能的인 그것"과 "의식적意識的, 창조적創造的, 지적知的인 그것"으로의 분화가 그것이다. 그러니까 '서술적 이미지'는 원시적 형태의 자연발생적 심상과, 현대적 형태의 의식적 심상으로 구별된다는 것이다. '비유적 이미지'에서 '본의'와 '관념'을 탈각하고 '유의'만으로 이루어진 '래디컬 이미지'는 바로 후자에 속한다. 따라서 엄밀한 의미에서 "심상心象 그 자체自體를 위한 심상心象"으로서의 '서술적 이미지'는 후자에 한정되어야 한다.

서술적 이미지의 두 층위의 구별은 김춘수의 '무의미시론'을 이해하는 관건이 된다. 왜냐하면 이러한 구분을 근간으로『의미와 무의미』문학과지성사, 1976에서의 핵심 논지가 개진되기 때문이다.

> 같은 서술적 이미지라 하더라도 사생적寫生的 소박성이 유지되고 있을 때는 대상과의 거리를 또한 유지하고 있는 것이 되지만, 그것을 잃었을 때는 이미지와 대상은 거리가 없어진다. 이미시가 곧 내상 그것이 된다. 현대現代의 무의미 시詩는 시詩와 대상과의 거리가 없어진 데서 생긴 현상이다. 현대現代의 무의미 시詩는 대상을 놓친 대신에 언어와 이미지를 시詩의 실체로서 인식하게 되었다고 할 수 있다. 그 가장 처음의 전형典型을 우리는 이상李箱의 시詩에서 본다.
>
> ─369쪽

서술적 이미지는 대상에 대한 "사생적寫生的 소박성"의 유지 여부에 따라 재현적 이미지와 그렇지 않은 것으로 대별된다.[24] "현대現代의 무의미 시詩"는 후자에 속하는데, 이때 시(이미지)와 대상의 거리는 영점零點이 된다. 이러한 구별은 앞의 '원시적 · 래디컬 이미지'의 구별을 상기시키는데, 이런 맥락에서 "현대現代의 무의미 시詩"는 '본의'와 '관념'을 탈각하고 '유의'로만 구성된 '래디컬 이미지'로 이루어진 시와 동궤라고 할 수 있다. 이로써 '무의미시'는 관념과 대상을 배제하고 "언어와 이미지를 시詩의 실체"로 하는 시가 된다. 여기에서 우리는 또다른 이분법, 즉 '대상'을 척도로 하는 의미/무의미의 이분법을 발견할 수 있다. 요컨대, 김춘수의 무의미시론은 비유적 이미지에서 '관념'을 배제하여 서술적 이미지를 적출한 뒤, 다시 서술적 이미지에서 '대상'을 배제하여 무의미 시를 적출하는 방법론으로 구축된 것이다. 이는 서론에서 밝힌 "나는 약 10년 가까운 세월 동안 매우 아슬아슬한 실험적實驗的 태도態度를 고집해 왔다"349쪽고 했을 때의 '실험적 태도'의 실제적 내용이 무엇인지를 보여준다.

이러한 의미에서 무의미시론은 "이분법적 구분을 통한 배제의 원리"[25]를 바탕으로 하고 있다고 할 수 있다. 이분법에 기초한 '배제의 시학'[26]이 지닌 근본적 문제는 언어라는 기호와 지시대상referent의 관계에서 '의미'의 개념에 혼선을 초래한다는 데에 있다. 만약 무의미시를 시니피에signifié와 시니피앙signifiant이라는 언어의 층위에 따라 재구한다면, 무의미시는 시인의 주관적 관념(사상과 가치관)을 배제한 시이며, 나아가 지시대상referent과의 관계가 봉쇄된 시가 된다. 여기서 문제는 주관적 관념과 지시대상을 상실한 시가 무의미시와 등치될 수 있는가이다. 시의 의미는 주관적 관념과 지시대상과 밀접한 관련을 갖지만,

---

24 "이미지를 서술적으로 다룬 詩들 중에는 大別하여 두 개의 類型이 있다. 그 하나는 대상의 인상을 재현한 그것이고 다른 하나는 對象을 잃음으로써 對象을 無化시킨 결과 자유를 얻게 된 그것이다."(375)
25 오형엽, 「김춘수와 김수영 시론 비교 연구」, 『한국문학이론과 비평』 16호, 2002, 182쪽. 여기서 오형엽은 "김춘수의 무의미시론이 의미(현실, 역사, 관념 등)를 끊임없이 배제하고 소거하는 작업을 극단으로 전개하는 데서 생성되는 유희와 자유와 허무의 공간"(195)으로 파악하고 있다.
26 "관념을 말하고 싶지 않다. 배제하고 싶을 뿐이다."(395)

그렇다고 그것으로만 한정되는 것은 아닌데, 바로 시니피에의 존재 때문이다. 말하자면 시인의 주관적 관념과 지시대상은 시의 의미를 구현하는 충분조건이 될 수 있지만 필요조건인 것은 아니다. 만약 무의미시가 시니피에를 포함한 의미 전체를 배제하려면, 시니피에를 주관적 관념이나 지시대상에 귀속시키는 오류를 범할 수밖에 없다.

여기서 파생되는 또 다른 문제는 관념과 지시대상, 그리고 시니피에마저도 배제했을 경우에 시에 잔류하는 것이 무엇인가 라는 것이다. 김춘수는 그것을 "언어言語와 이미지"로 보고 있다. 그의 무의미시론이 시인의 관념과 지시대상을 시의 의미와 등치시키는 것에서 출발하고 있다면, 여기서 '언어'는 시니피앙과 시니피에를 모두 포함하는 것이 아니라 시니피앙만을 지시하는 것으로 봐야한다. 그렇다면 무의미시는 시니피에가 배제된 시니피앙과, 지시대상이 소거된 이미지의 흐름과 배열을 실체로 하는 시가 된다. 여기서 우리는 일차적으로 의미가 배제된 소리와 이미지의 배열이 과연 가능할 것인가의 문제와 대면하게 된다. 그리고 그 속에는 기표의 배열과 이미지의 배열의 관계라는 매우 미묘한 문제가 내재해 있다.

(가) 대상이 없으니까 그만큼 구속의 굴레를 벗어난 것이 된다. 연상聯想의 쉬임 없는 파동이 있을 뿐 그것을 통제할 힘은 아무 데도 없다. 비로소 우리는 현기증나는 자유와 만나게 된다.

―377쪽

(나) 언어言語에서 의미意味를 배제하고 언어言語와 언어言語의 배합, 또는 충돌에서 빚어지는 음색音色이나 의미意味의 그림자나 그것들이 암시하는 제2第二의 자연自然 같은 것으로 말이다.(이런 시도試圖를 상징象徵派의 유수有數한 시인詩人들이 조

금씩은 하고 있었다.

—378쪽

(가)와 (나)는 「대상·무의미·자유」의 일절이다. 「한국현대시의 계보」의 주석이기도 한 이 글은 김춘수의 무의미시론의 실체를 파악하는 데 매우 중요한 의미를 지닌다. 우선 (가)는 무의미시의 실체를 "연상聯想의 쉬임 없는 파동"에 있음을 보여준다. 이는 초현실주의의 자동기술법Automatism과 관련 있다. 김춘수는 무의미시론을 설명하기 위해 자동기술법을 여러 차례 호출하고 있다.[27] 그런데 흥미로운 것은 그가 자동기술법을 일종의 '통일'이자 '종합'[28]으로 간주하고, 이를 무의미시의 "연상聯想의 쉬임 없는 파동"과 구분하고 있다는 점이다. 이러한 구분은 자동기술법이 "마음의 순수한 자동현상"[29]임을 고려한다면 결코 타당한 설정이라고 할 수 없다. 그럼에도 불구하고, 그가 이러한 구분을 설정하고 있는 것은 '무의미시'의 방법론적 특수성을 강조하기 위함으로 보인다. 곧 '무의미시'는 '통일'과 '종합'을 배제한 시이고, 자유연상에 의한 "연상聯想의 쉬임 없는 파동"은 그것의 결과인 것이다. 여기서 우리는 목표와 방법의 간극을 발견할 수 있다. 요컨대, 그의 무의미시론은 자유 연상에 의한 관념과 대상의 소거를 목적으로 하나, 각 이미지의 연결과 통일을 배제하는 의지와 의식의 통

---

27 다음을 참조할 것. "遊戲·自由·放心狀態 등의 낱말들은 方法論的으로는 自動技術을 가리키는 것이 된다."(380), "매우 아이러니컬하지만 이리하여 自動記述이 하나의 技巧로서 유행을 보게 된다."(381)

28 "자동 기술이란 결국 이들 분열 또는 대립의 상태에 있는 我들을 변증법적으로 지양시켜 통일케 하는 어떤 작용이다. 그것은 또한 實存의 渾身的 投射라고도 할 수 있다. 이때의 實存이란 하나의 綜合이다."(555)

29 「초현실주의 선언」(1924)에서 앙드레 브르통은 자동기술법(自動記述法 Automatism)을 "마음의 순수한 자동현상으로서, 이것으로 인하여 사람이 입으로 말하든 붓으로 쓰든 또는 다른 어떤 방법에 의해서든 간에 사고의 참된 움직임을 표현하는 것. 이것을 또 이성에 의한 어떠한 감독도 받지 않고, 심미적인, 또는 윤리적인 관심을 완전히 떠나서 행해지는 사고의 구술"로 정의하고 있다.

제를 허여한다. 역설적이게도 자유연상은 "의지의 기수旗手"387쪽가 되고 있는 것이다.

　이는 '액션페인팅'의 경우도 마찬가지이다. 김춘수는 무의미시를 액션페인팅에 빗대고 있지만, 그에게 그것은 순수한 비동기적 행위라고 할 수 없다.[30] 왜냐하면 액션페인팅은 그 자체로는 비의도적 행위들의 소산이지만, 김춘수에게는 각 행위들 사이에 조화와 통일을 해체하려는 의지와 의식이 개입하기 때문이다. 여기서 우리는 다시 한 번 무의미시론의 의도와 방법 사이의 간극을 발견할 수 있다. 즉 그의 무의미시론은 "시작詩作의 진정한 방법方法과 단순한 기교技巧의 차이", 곧 "방심상태放心狀態, 자유와 그것의 위장僞裝의 차이"372쪽를 노정하고 있는 것이다. 결국, 자유연상이든 액션페인팅이든 '무의미시'의 최종 지향점은 완전한 방임상태에 있지만, 그것을 추구하는 과정에서 의식적·의도적 배제의 방법이 사용되고 있는 것이다. 황동규의 지적대로, 김춘수가 지향하는 시작의 완전한 '방심상태자유'는 일정한 제어에 의해 유지되고 있다고 할 수 있다.[31] 이는 궁극적으로 김춘수가 자유의 구현으로서 완전한 방심상태에 이르지 못함을 암시한다.[32]

　(나)는 '무의미시'의 실체가 무엇인지를 판가름하는 데 있어 관건이 되는 구절이다. 관념·대상·의미가 배제된다면 시에서 최종적으로 남는 것은 '기표'의 운농과 그것들의 상호작용에 의한 효과라고 할 수 있다. "언어言語와 언어言語의 배합, 또는 충돌"은 바로 이러한 기표들의 상호 작용을 의미한다. 김춘수는 그 결과

30　"이것이 나의 修辭요 나의 기교라면 기교겠지만 그 뿌리는 나의 自我에 있고 나의 의식에 있다. 書道나 禪에서와 같이 동기는 고사하고, 그러한 그 행위 자체는 액션 페인팅에서도 볼 수 있다."(388~389)

31　황동규, 「감상의 제어와 방임」, 『창작과 비평』 12권 3호, 1977, 176쪽.

32　어쩌면 김춘수는 이러한 방임상태를 의식적·무의식적으로 거부하고 있는지도 모른다. 그의 기질에 의한 결과이든, 서술적 이미지에서 출발하여 무의미에 도달하려는 방법론에 내재한 문제의 결과이든, 분명 그는 완전한 방임상태에 대한 불안과 두려움을 보여주고 있다. 이에 대해서는 다음을 참조할 것. 정한아, 「빵과 차-무의미 이후 김춘수의 문학과 정치」, 연세대 박사논문, 2016.

를 "음색", "의미意味의 그림자", "제2第二의 자연自然" 세 가지로 구별하고 있다.

먼저, "제2第二의 자연自然"의 경우. 수식어구 "그것들이 암시하는"에서 '그것들'은 구문론적·의미론적 차원에서 볼 때 "언어言語와 언어言語의 배합, 또는 충돌"로 보는 것이 타당하다. "이런 시도試圖를 상징象徵派의 유수有數한 시인詩人들이 조금씩은 하고 있었다"로 추정컨대, "제2第二의 자연自然"은 가시적 자연세계가 상징하는 관념의 세계를 뜻하는 것으로 볼 수 있다. 상징주의에 대한 김춘수의 언급들을 참조하자면, "제2第二의 자연自然"은 '형이상학적 이데아'에 대한 다른 표현이라고도 할 수 있다.[33] 이는 관념의 세계를 배제하려는 '무의미시론'과 모순되는 것처럼 보인다. 만약 우리가 상징주의에서 현상계와 상징계 사이의 관계에 주목한다면, "제2第二의 자연自然"은 현상계의 관념으로 존재하는 것이 아니라 '암시'와 같은 형태로 존재하는 것이라고 가정해 볼 수 있다. 그렇다면 김춘수가 말한 "제2第二의 자연自然"은 언어에 의해 암시된 상징적 세계가 된다.[34]

다음으로, "의미의 그림자"의 경우. "의미의 그림자"는 대상의 부재에도 불구하고 시에 잔존하는 의미의 잔여물을 지시하는 용어로 볼 수 있다. 만약 이것이 기표와 기의의 환유적 속성에 대한 고백이라면, 이는 매우 중요한 의미를 지닌다. 의지와 의식에 의해 제어될 수 없는 의미생산의 잉여지점에 대한 인정이라는 점에서, 궁극적으로 무의미시의 불가능성을 암시하기 때문이다. 시작의 과정에서 태동하는 자유와 불안의 이원적 감정은 여기에서 비롯한다. "관념으로부터 떠나면 떠날수록 내 눈 앞에서는 대상이 무너져 버리곤 버리곤 한다. 속이 시원하기도 하고, 때로는 불안하기도 하다. 이 불안 때문에 언젠가는 나는 또

---

33 다음의 구절은 이를 명시적으로 보여준다. "그러나 보들레르의 詩世界의 形而上學적 面은 거의 건드리지 못하고 만 것이 實情인 듯하다. (…중략…) 보들레르의 詩 「交感」에서처럼 플라톤的인 이데아의 세계에 대한 探究가 되기도 한다."(277)

34 이에 대해서는 보다 세밀한 논증이 필요하다. 왜냐하면 이는 김춘수의 초기의 관념론적 세계에 대한 강박이 지속되고 있음을 암시하기 때문이다.

관념으로 되돌아가야만 하리라"398쪽에서 보듯, 관념·의미·대상으로부터의 탈주의 시도는 자유와 함께 불안을 초래하고 있다. 역설적이게도 관념으로부터의 탈주가 산출하는 불안이 관념으로의 회귀를 초래하고 있는 것이다. 이는 무의미시의 근원적 불가능성을 보여주는데, 여기에는 불안에 대한 김춘수의 기질적 거부반응이 내재해 있다.

끝으로, "음색"의 경우. 음색은 관념·의미·대상에서 벗어난 무의미시의 음성적·음악적 효과라고 할 수 있다. 이것은 기표들의 흐름과 배열이 산출하는 순수 효과에 해당한다. 음색이 기표들에 의해 산출되는 음성적·음악적 효과라고 한다면, 이는 리듬이 무의미시의 실체라는 말이 된다. 그리고 이것이 시적 언어가 자체적으로 생산하는 유일한 내적 효과이다. 전술한 "제2第二의 자연自然"이 형이상학적 상징계를 요청하고, "의미의 그림자"가 배제된 대상의 잔존물의 영향이라면, "음색"은 기표 자체가 불러일으키는 효과이기 때문이다. 여기서 한 가지 간과해서는 안 되는 것은 이미지에 의한 효과가 부재하다는 점이다. 무의미시의 최종 잔여물이 관념과 대상이 제거된 상태의 리듬과 이미지의 흐름이라면, 양자의 관계에 대해 질문하는 것은 당연한 일이다.

한 행行이나 두 행行이 어울려 이미지로 응고되려는 순간, 소리(리듬)로 그것을 처단하는 수도 있다. 소리가 또 이미지로 응고하려는 순간, 하나의 장면으로 처단하기도 한다. 연작連作에 있어서는 한 편의 시詩가 다른 한 편의 시詩에 대하여 그런 관계에 있다. 이것이 내가 본 허무의 빛깔이요 내가 만드는 무의미의 시詩다. 잭슨 폴록의 그림에서처럼 가로세로 얽힌 궤적軌跡들이 보여 주는 생생한 단면 — 현재, 즉 영원이 나의 시詩에도 있어 주기를 나는 바란다. 허무는 나에게 있어 영원이라는 것의 빛깔이다.

—389쪽

리듬론에서 흥미로운 것은 리듬과 이미지의 상호 간섭 현상이다. 이는 두 가지로 대별되는데, 하나는 "한 행行이나 두 행行이 어울려 이미지로 응고되려는 순간, 소리(리듬)로 그것을 처단하는" 것이고, 다른 하나는 "소리가 또 이미지로 응고하려는 순간, 하나의 장면으로 처단"하는 것이다. 전자는 이미지들의 배열에서의 소리의 간섭 현상을 지시한다. 이때 리듬은 이미지에 의한 의미의 고착 혹은 응고를 파열하는 힘을 지닌 것으로 상정된다. "언어의 의미성을 다치지 않을 한도 내에서 리듬을 중시해야 할 것"143쪽이라는 초기의 사유와, "형이상학적形而上學的인 관념적觀念的인 몸짓"으로부터 탈피하여 "이미지 위주의 아주 서술적敍述的인 시세계詩世界"351쪽를 구축하려는 중기의 사유와 비교할 때, 이는 매우 중요한 변화라고 할 수 있다. 왜냐하면 이미지의 응고, 대상에 대한 통일, 관념으로의 경사를 제어하고 무의미시에 도달하는 실질적 방법이 리듬에 있음을 예시하기 때문이다. 후자는 소리의 배열에서의 이미지의 간섭 현상을 지시한다. 그러나 이미지에 의해 소리의 파동이 제어될 수 있다는 생각은 문제적이다. 왜냐하면 "소리가 또 이미지로 응고하려는 순간"이 불가능하기 때문이다. 무의미시론에서 '소리'는 처음부터 대상에 대한 이미지가 배제된 상태로 존재한다. 그렇다면 전자, 곧 리듬에 의한 이미지의 처단만이 무의미시에 도달하는 유일한 방법이 될 것이다. 무의미시론이라는 배제와 부정의 시학은 최종적으로 '리듬'의 잔여를 선언할 수밖에 없는 것이다.

염불을 외우는 것은 이미지를 그리는 것일까? 이미지가 구원救援에 연결된다는 것일까? 아니다. 염불念佛을 외우는 것은 하나의 리듬을 탄다는 것이다. 이미지로부터 해방된다는 것이다. 탈脫이미지고 초超이지다. 그것이 구원이다. 이미지는 뜻이 그리는 상이지만 리듬은 뜻을 가지고 있지 않다. 뜻으로부터 우리를 해방시켜 준다. 이미지만으로는 시詩가 되지만, 리듬만으로는 주문呪文이 될 뿐이다. 시詩가 이미지로 머무는 동안은 시詩는 구원이 아닐는지도 모른다. 어떻게 하면 좋을까?

　　이미지를 지워 버릴 것. 이미지의 소멸−이미지와 이미지의 연결이 아니라(연결
은 통일을 뜻한다), 한 이미지가 다른 한 이미지를 뭉개 버리는 일. 그러니까 한 이
미지를 다른 한 이미지로 하여금 소멸消滅해 가게 하는 동시에 그 스스로도 다음의
제3의 그것에 의하여 꺼져가야 한다. 그것의 되풀이는 리듬을 낳는다. 리듬까지를
지워 버릴 수는 없다. 그것은 무無의 소용돌이다. 이리하여 시詩는 행동이고 논리다.
동양인東洋人의 숙명일는지 모른다.

　　　　　　　　　　　　　　　　　　　　　　　　　　　　　—394~395쪽

　　'염불'과 '주문'에 대한 사유로부터 이미지와 리듬의 관계에 대한 미세한 변
화가 감지된다. 우선 "이미지만으로는 시詩가 되지만, 리듬만으로는 주문呪文이
될 뿐이다"는 기본 전제이다. 김춘수는 이미지를 '시', 리듬을 '주문'에 연결시
킴으로써, 무의미시의 마지막 이분법에 도달한다. 전술했듯, 그는 『시론(작시
법)』에서 이미 '주문'이 갖는 주술적 힘을 리듬의 힘으로 규정한 바 있다. 그런
데 『의미와 무의미』에 이르러서는 '주문'의 리듬적 효과를 무의미시론 안으로
적극 포섭하고 있다. 이는 무의미시가 처한 곤궁, 즉 이미지만으로 무의미시에
도날하려는 실험이 처한 진퇴양난의 상황을 임시적으로 보여준다. 인용문은 이
미지를 통한 구원의 불가능성을 예시하는데, 여기에는 이미지와 리듬에 대한
새로운 이해가 내재해 있다. "이미지는 뜻이 그리는 상이지만 리듬은 뜻을 가지
고 있지 않다"는 구절은 이를 축약한다.[35] 이미지 자체가 '뜻의미'을 배제할 수

35　이 구절이 김춘수의 시론에서 지니고 있는 의미는 크다. 서술적 이미지이든 래디컬 이미지이든,
　　김춘수는 줄곧 이미지에서 의미를 제거하는 일에 몰두해 왔기 때문이다. 이때 서술적 이미지와
　　래디컬 이미지는 의미의 결여지점으로 간주되어 왔다. 그런데 여기에서는 이미지가 의미 생산
　　의 장소로 정의되고 있는 것이다. 그 의도가 의미의 생산을 차단한다는 것에 있다는 점은 동일하
　　지만, 의미와 이미지의 결속과 그러한 결속을 이미지 내에서 해체하려는 것의 불가능을 인정하
　　였다는 점에서 무의미시론의 전회 지점으로 간주될 수 있을 듯하다.

없다면, 이미지를 통해서 방임상태와 같은 구원에 도달하는 것은 요원한 일이 된다. 그렇다면 '구원'을 위해 '시이미지'를 포기하고 '주문리듬'을 선택할 것인가, "어떻게 하면 좋을까?"

"이미지를 지워 버릴 것", 곧 "이미지의 소멸"은 이러한 곤궁을 타개하기 위한 선택처럼 보인다. 이미지의 생성 자체를 막을 수 없고 그 결과 의미의 출현을 제어할 수 없다면, 선택가능한 유일한 방법은 "이미지와 이미지의 연결"통일을 해체하는 것이다. 이는 이미지들의 관계 자체를 차단함으로써 이미지와 의미의 소멸을 도모하는 작업이라고 할 수 있다. "한 이미지가 다른 한 이미지를 뭉개 버리는 일"은 이를 의미한다. 이러한 작업은 일회적으로 종료될 수 없는데, 제1의 이미지의 소멸과 동시에 제2의 이미지의 소멸도 요구되기 때문이다. 물론 제2의 이미지도 "다음의 제3의 그것에 의하여 꺼져가야" 하는 운명에 처할 것이다. 이런 의미에서 이러한 해체는 "상이한 이미지의 병치, 비동시적인 것의 동시적 제시"[36]라고 할 수 있다.

이때 이미지의 소멸 운동에 의한 새로운 리듬이 탄생한다. "그것의 되풀이는 리듬을 낳는다. 리듬까지를 지워 버릴 수는 없다"는 이를 보여주는데, 이때의 리듬은 이미지의 출현과 소멸이라는 반복 운동이 그리는 궤적이라고 할 수 있다. 이미지에 의한 이미지의 소멸이 최종적으로 생산하는 것은 반복적 소멸 운동이고, 그러한 반복 운동의 잉여 생산물인 리듬은 소거가 불가능한 시의 최종 잔여물로 선언되고 있는 것이다. "무無의 소용돌이"에서 보듯, 무의미시는 일종의 '허무'의 "행동이고 논리"이자 "동양인東洋人의 숙명"이라는 세계관적 표현으로 격상되고 있다. 초기의 율격론적 사유, 그리고 이미지의 연쇄와 배치에 의한 심리적 효과로서의 리듬에 대한 사유와 비교할 때, "무無의 소용돌이"로서 리듬은 매우 현격한 변화를 보여준다. 이미지에서 리듬으로의 중심축의 이동은 무

---

36 양인경, 「한국 모더니즘 시의 영화적 양상 연구」, 한남대 박사논문, 2008, 73쪽.

의미시의 방법론적 전회, 곧 관념·대상·의미에서 벗어나는 방법론상의 전회라고 할 수 있다. 김춘수의 배제의 시학은 삭제 불가능한 리듬의 현존 앞에서 근본적 변화를 겪고 있는 것이다.

> 나는 여기에 이르러 이미지를 버리고 주문을 얻으려고 해보았다. 대상의 철저한 파괴는 이미지의 소멸 뒤에 오는 것으로 생각하게 되었다. 이미지는 리듬의 음영에 지나지 않는다. 물론 그 이미지는 그대로의 의미도 비유도 아니라는 점에서 넌센스일 뿐이다. 그러니까 어떤 상태의 묘사도 아니다. 나는 비로소 묘사를 버리게 되었다.
>
> —398쪽

인용문은 '주문呪文'의 리듬에의 복속을 명시적으로 보여준다. '주문'이 지닌 주술성은 그것의 의미에 있지 않다. 부적符籍의 의미가 문자 자체에 있지 않은 것처럼, '주문'을 발화하는 행위 자체가 주술행위의 핵심이다. 이런 의미에서 '주문'은 처음부터 의미와 이미지를 배제한 소리의 흐름이라고 할 수 있다. 따라서 '주문'에의 복속은 기표들의 순수한 운동 자체에 대한 복무이자, 리듬이 일으키는 "마술적인 힘"[37]에 대한 복속이라고 할 수 있다. 결국 김춘수는 무의미시에서 리듬의 발견을 통해 '주문의 시학'[38]에 도달하고 있는 것이다.

---

[37] 프리드리히 니체, 「이러한 맥락에 관한 추정」, 『니체 전집』 1, 책세상, 2003, 26쪽. 언어의 리듬에 대한 니체의 사유는 흥미롭다. 「이러한 맥락에 관한 추정」이라는 짧은 글에서, 그는 언어 내부의 리듬이 지닌 음악적 효과에 대해 개괄하고 있다. 신과의 소통, 곧 제의(祭儀)와 리듬의 관계에서 출발해, 세속적인 노래에서의 '마술적 힘'으로서의 리듬의 효과, 그리고 '연민과 공포'와 같은 감정의 고양에 의한 정화의 효과에 대한 인정을 통해, 마침내 "리듬을 향한 인류의 성향이 근절될 수 없다"(28)는 결론에 도달하고 있다. 이러한 니체의 사유는 비록 단편적이기는 하지만, 현대시에서의 리듬의 가능성을 탐색하는 저자의 연구에 매우 좋은 참조가 될 것이다.

[38] 이를 위해 한 가지 단서를 달아야 할 필요가 있다. '주문'이 기표들의 연쇄적 발화라는 점에서 그것은 처음부터 의미와 이미지를 배제한다. 그러나 무의미시는 이미지들의 파편의 연쇄라는 점에서 볼 때, 여전히 의미의 잔영과 흔적들이 존재한다. 이러한 차이에도 불구하고, 김춘수의 무의미시는 관념·대상·의미·이미지의 "철저한 파괴"를 지향하고 있다는 점에서 '주문의 시

이런 의미에서 "이미지는 리듬의 음영에 지나지 않는다"는 선언이 지닌 함의
는 크다. 그것은 시에서 이미지의 소거는 가능하지만 리듬의 소거는 불가능함
을 선포하기 때문이다. 이는 그가 리듬을 "시의 순수성을 구현하는 최종 계기이
자 탈의미성과 즉물성을 보장하는 시의 핵심적인 요소"[39]로 간주하게 되었음을
암시한다. 여기서 우리는 무의미시론의 최종 귀착지를 가늠할 수 있다. 리듬은
관념과 의미와 대상을 소거하고 '주문'에 이르는 유일한 방법이다. 마침내 리듬
은 무의미시의 최종 산물이자, 무의미시론의 핵심적 방법론이 되었다. 이를 위
해 그는 너무 먼 길을 에둘러 왔는지도 모른다.[40]

4. 내면의 리듬, 기교와 충동의 사이

그렇다면 김춘수의 대표적 시론인 무의미시론의 의의는 무엇인가? "자신들
의 시론이 독창적이라는 인상을 주기 위하여 일종의 지적 속임수를 썼다"[41]는
단정은 무의미시론의 출현 배경에 대한 지적으로서 타당성을 지닌다. 그러나
이런 비판이 의미와 무의미라는 용어상의 혼돈에 대한 지적으로 그친다면, 그
것은 무의미시론의 본의와 핵심에 대해서는 여전히 아무 말도 하지 않는 것과
같다. 김춘수의 무의미시론이 "형식주의적이고 기술주의적인 방법론과 가치

학'이라고 명명할 수 있겠다.

39 김윤정, 「물(物) 자체에 이르는 도정으로서의 김춘수의 무의미시론 연구」, 『한민족어문학』 71
호, 2015, 698쪽. 이 글에서 김윤정은 무의미시론에서의 리듬을 "진리에 대한 강한 염결
성"(692)을 바탕으로 한 "절대 세계에 도달하기 위한 방법"(699)으로 간주한다. 그러나 "이미지
마저 초월한 리듬의 언어가 곧 신과 만나는 언어"(702)인지는 재고의 여지가 있다.

40 『시의 표정』(문학과지성사, 1979)은 본격적인 시론으로 보기는 어렵다. 제1부는 시인론의 묶음
이고, 제2부 「시의 전개」는 1961년 『시론』의 재수록이다. 제3부는 자신의 시작, 특히 '처용'에
대한 설명이다. 또한 리듬에 대한 새로운 사유의 개진이 없다는 점에서, 본고에서는 이에 대한
고찰을 생략한다.

41 오세영, 앞의 글, 338쪽.

규준이 도달할 수 있는 최종적인 한계점"[42]이라는 사실은 재론의 여지가 없다. 다만 무의미시론이 왜 그런 한계를 노정할 수밖에 없었는지에 대한 면밀한 검토가 선행될 필요가 있다. 김춘수의 시론에서 리듬이 지닌 위상 및 이미지와의 관계에 대한 재구가 요청되는 것은 이러한 까닭에서이다.

이런 맥락에서 본고는 김춘수의 시론에서 리듬 개념의 변화 양상을 추적하였고, 그러한 변화의 리듬론적 의의와 가치를 고찰하였다. 먼저, 『한국현대시형태론』과 『시론(작시법)』에서는 시의 형태와 장르에 기초한 리듬론이 개진되었다. 여기서 음수율을 기저로 한 정형시의 음보율과 자유시의 시행의 기능에 대한 고찰이 리듬론의 중심을 이루고 있었다. 한편, 『시론(시의 이해)』에서 처음으로 제시된 서술적 이미지와 비유적 이미지의 구별은 『의미와 무의미』의 리듬론의 출발점을 이루었다. 이미지를 통해 관념·대상·의미를 제거하려는 그의 실험은 이미지가 리듬의 음영에 불과하다는 사실을 확증함으로써 결국 리듬론으로 귀착하는 것이다. 이로써 무의미시에서 리듬은 이미지의 소멸을 위한 방법이자 소멸 운동의 최종 잔여물이라는 것을 확증할 수 있었다.

김춘수의 시론에서 리듬의 위상에 대한 고찰은 우리에게 추가로 중요한 과제를 제기한다. 즉 무의미시에서 리듬의 구현 방식에 대한 탐구. 이는 시작의 원리로서 리듬의 작동 방식에 내한 실제직 담구이다. 민약 "김춘수의 모든 시는 음악적이다. 그는 시에서 특히 반복 원리를 재치 있게 살리고 있다"[43]는 주장이 타당하다면, 김춘수의 시에서 리듬의 문제는 간과할 수 없는 중요성을 지닌다. 이는 내재율과 같은 용어로 추상화된 자유시의 리듬의 실체를 규명한다는 의의를 지닌다. 나아가 리듬과 충동의 관계를 해명하는 단초를 제공한다. 김춘수의 시에서 리듬의 반복적 출현과 시적 주체의 내면세계의 강박적 충동은 긴밀히

---

42 이찬, 「20세기 후반 한국 현대시론 연구」, 고려대 박사논문, 2005, 186쪽.
43 오세영, 앞의 글, 379쪽.

호응한다. 그러나 이에 대한 본격적인 논구는 아직 미흡한 실정이다. 김춘수 시에서 리듬의 연구는 이러한 미해명 지점에 대한 기초를 제공할 것이다.

참고문헌

강은교, 『1930년대 김기림의 모더니즘 연구』, 연세대 박사논문, 1987.

강홍기, 『현대시 운율 구조론』, 태학사, 1999.

구인모, 「김억의 격조시형론에 대하여」, 한국문학연구 29집, 2005.

_____, 『한국 근대시의 이상과 허상』, 소명출판, 2008.

김권동, 「안서 시형에 관한 소론」, 『반교어문연구』 19집, 2005.

김기림, 「모더니즘의 역사적 위치」, 『김기림 전집』 2, 심설당, 1988.

_____, 『김기림 전집』 1, 심설당, 1988.

_____, 『김기림 전집』 2, 심설당, 1988.

김기진, 홍정선 편, 『金八峯文學全集』 1, 문학과지성사, 1988.

김병철, 「개화기 시가사상에 있어서의 초기 한국찬송가의 위치」, 『아세아연구』 42호, 1971.

김수영, 「죽음에 대한 해학」, 『창작과 비평』, 2001년 여름.

_____, 『김수영 전집』 1, 민음사, 1981(1995).

_____, 『김수영 전집 2 산문』, 민음사, 1981(2000).

김승구, 「이상 문학에 나타난 욕망과 기호생성의 상관성 연구」, 서울대 박사논문, 2004.

김승희 편, 『김수영 다시 읽기』, 프레스 21, 2000.

김신정, 『정지용 문학의 현대성』, 소명출판, 2000.

김 억, 「詩는 機智가아니다」, 『매일신보』 1935.4.11.

_____, 박경수 편, 『안서김억전집』, 한국문화사, 1987.

_____, 『民謠詩集』, 한성도서, 1948.12.

_____, 『봄의 노래』, 매문사, 1925.9.

_____, 『岸曙詩集』, 박문서관, 1929.7.

_____, 『안서시초』, 박문서관, 1941.7.

_____, 『해파리의 노래』, 조선도서, 1923.6.

김영랑, 『영랑시집』, 시문학사, 1935.

김영미, 「김안서시연구」, 이화여대 박사논문, 2000.12.

김영철, 『한국개화기시가연구』, 새문사, 2004.

김영희, 「김수영 시의 리듬 연구」, 한국어문학국제학술포럼, 2007.6.

김용직 편, 『해파리의 노래(외)』, 범우, 2004.

_____, 『김기림』, 건국대출판부, 1997.

김용직, 『한국현대시연구』, 일지사, 1974.

_____, 『현대시원론』, 학연사, 1991.

김원희, 「불가리어 발달에서 공명도의 역할과 위상」, 『슬라브어 연구』 10권 27호, 2005.

김유정, 「"척도 없는 리듬Rhythme sans mesure" ―"율격의 시"에서 "시의 율격으로"」, 『불어불문학연구』 56호, 한국불어불문학회, 2003.

김유중 편저, 『김기림』, 문학세계사, 1996.

_____, 『김수영과 하이데거―김수영 문학의 존재론적 해명』, 민음사, 2007.

김윤식·김현, 『한국문학사』, 민음사, 1973.

_____, 「'지도의 암실' 해제」, 『이상문학전집』 2, 문학사상사, 1991.

_____, 「식민지의 허무주의와 시의 선택」, 『문학사상』 8호, 1973.5.

_____, 『한국근대문학사상사』, 한길사, 1993.

_____, 『한국현대시론비판』, 일지사, 1996.

김윤정, 「물(物) 자체에 이르는 도정으로서의 김춘수의 무의미시론 연구」, 『한민족어문학』 71호, 2015.

김은철, 「안서시의 경직성에 관한 일고찰」, 『영남어문학』 13집, 1986.

김재용, 「친일문학과 근대성」, 『협력과 저항』, 소명출판, 2004.

김재홍, 『한용운 문학연구』, 일지사, 1982.

김정은, 「해체와 조합의 시학」, 『문학사상』, 1985.12.

김종길, 「시의 곡예사」, 『시에 대하여』, 민음사, 1986.

김주연, 「깨어진 거울의 혼란」, 『68문학』, 한명출판사, 1968.

김준오, 『시론』, 삼지원, 1997.

김진희, 「김기림 문학론에 나타난 타자의 지형과 근대문학론의 역사성」, 『우리어문연구』 32집, 2008.

김춘수, 「김춘수 전집 1 시」, 문장, 1982.

_____, 『김춘수 전집 2 시론』, 문장, 1982.

_____, 『한국현대시형태론』, 해동문화사, 1958.

김학동 편저, 『모란이 피기까지는』, 문학세계사, 1981.

_____, 『김기림 연구』, 새문사, 1988.

_____, 『김안서 연구』, 새문사, 1996.

_____, 『한국근대시의 비교문학적 연구』, 일조각, 1981.

김 현, 『한국문학사』, 민음사, 1973(1996).

_____, 「공명도 및 관련 음운 현상에 대한 음성학적 접근」, 『어문연구』 39권 4호, 2011.

김현자, 「영랑 시와 민족 언어」, 한국시학회 편, 『남도의 황홀한 달빛』, 우리글, 2008.

김혜순, 「김수영 시의 연구」, 동국대 박사논문, 1993.

나희덕, 「김수영 시의 리듬구조에 나타난 행과 연의 문제」, 『현대문학의 연구』 37호, 2009.

남정희, 「김억의 시형론」, 『반교어문연구』 9집, 1998.

로만 야콥슨, 박인기 편역, 『현대시의 이론』, 지식산업사, 1992.

로만 인가르덴, 이동승 역, 『문학예술작품』, 민음사, 1985.

루시 부라사, 조재룡 역, 『앙리 메쇼닉 리듬의 시학을 위하여』, 인간사랑, 2007.

_____, _____ 역, 『리듬의 시학을 위하여』, 인간사랑, 2007.

문덕수, 「오감도 시제1호」, 『현대시의 해석과 감상』, 이우출판사, 1982.

_____, 『현대시의 해설과 감상』, 이우출판사, 1982.

_____, 『한국 모더니즘시 연구』, 시문학사, 1992.

문종혁, 「심심산천에 묻어주오」, 『여원』, 1969.4.

문호성, 「이상 시의 텍스트성」, 『한국 문학이론과 비평』 8호, 2000.

박경수, 『한국 근대 민요시 연구』, 한국문화사, 1998.

박성창, 「근대 이후 서구수사학 수용에 관한 고찰」, 『비교문학』 41집, 2007.

박승희, 「근대 초기 시의 '격조'와 '정형성' 연구」, 『우리말글』 39집, 2007.

박용철, 「문단 1년의 성과」, 『조광』 14호, 1936.12.

_____, 「신미시단의 회고와 비판」, 『중앙일보』, 1931.12.6.

_____, 「신미시단의 회고와 비평(2)」 『중앙일보』, 1931.12.8.

_____, 「영랑에게의 편지」, 『박용철 전집』 2, 현대사, 1940.

박인기, 「한국현대시와 자유 리듬」, 『한국시학연구』 1호, 한국시학회, 1998.

_____, 「한국현대시의 자유시론 전개양상」, 『논문집』 33호, 단국대 출판부, 1998.

박태원, 「이상의 편모」, 『조광』, 1937.6.

박현수, 「이상 시학의 기원에 이르는 통로」, 『13인의 아해가 도로로 질주하오』, 수류산방, 2013.

백   철·이병기 공저, 『국문학전사』, 신구문화사, 1961.

벤야민 호루쇼브스키, 「현대시의 자유율」, 박인기 편역, 『현대시의 이론』, 지식산업사, 1989.

볼프강 카이저, 김윤섭 역, 『언어예술작품론』, 대방출판사, 1982.

서우석, 『시와 리듬』, 문학과지성사, 1981.

서정주, 『미당 서정주 전집』 1·2, 민음사, 1983.

_____, 『서정주 문학 전집』, 일지사, 1972.

_____, 『花蛇集』, 한성도서, 1941.

서준섭, 「김영랑시에 대한 비교문학적 고찰」, 『국어교육』 33호, 1978.

서준섭, 「한용운의 상상세계와 〈수의 비밀〉」, 김학동 편, 『한용운 연구』.

서진영, 「한국 근대시에 나타난 '격조론'의 의미 연구」, 『한국연대문학연구』 29집, 2009.

성기옥, 『한국시가 율격의 이론』, 새문사, 1986.

송 욱, 『시학평전』, 일조각, 1983.

심원섭, 「주요한의 초기 문학과 사상의 형성 과정 연구」, 연세대 박사논문, 1992.

앙리 르페브르, 정기현 역, 『리듬 분석』, 갈무리, 2013.

앙리 메쇼닉, 김다은 역, 『모데르니테 모데르니테』, 동문선, 1999.

_____, 조재룡 역, 「리듬의 시학 – 앙리 메쇼닉 인터뷰」, 『문학사상』, 문학사상사, 2004.12.

_____, _____ 역, 『시학을 위하여』 1, 새물결, 2004.

앤드류 스펜서, 김경란 역, 『음운론』, 한신문화사, 1999.

얀 무카로브스키, 「시적 언어란 무엇인가」, 조주관 편역, 『시의 이해와 분석』, 열린책들, 1994.

양병호, 「김영랑 시의 리듬 연구」, 『한국언어문학』 28집, 1990.

_____, 「김영랑 시의 인지시학적 연구」, 『현대문학이론 연구』 42호, 2010.

_____, 「한용운 시의 리듬 연구」, 전북대 석사논문, 1988.

양왕용, 『현대시 교육론』, 삼지원, 2000.

양인경, 「한국 모더니즘 시의 영화적 양상 연구」, 한남대 박사논문, 2008.

양주동, 『양주동 전집』 11권, 동국대학교 출판부, 1998.

예창해, 「개화기 시가의 율격의식」, 『관악어문연구』 9집, 1984.

오세영, 「김춘수의 무의미시」, 『한국현대문학연구』 15호, 2004.

_____, 『한국 낭만주의 시연구』, 일지사, 1980.

오하근, 「김영랑의 '모란이 피기까지는'의 음운과 구조와 의미 분석 연구」, 전북대 석사논문, 1974.

오형엽, 「김기림 초기 시론 연구」, 『어문논집』 39집, 1999.

_____, 「김수영 시의 반복과 변주 연구」, 『한국언어문화』 51집, 2013.

_____, 「김춘수와 김수영 시론 비교 연구」, 『한국문학이론과 비평』 16호, 2002.

원명수, 「이상시의 형식고」, 『김춘수교수회갑논문집』, 형설출판사, 1982.

유리 로트만, 『시 텍스트의 분석 – 시의 구조』, 가나, 1987.

_____, 『예술 텍스트의 구조』, 고려원, 1991.

유종호, 『서정적 진실을 찾아서』, 민음사, 2001.

_____, 『시란 무엇인가』, 민음사, 1995.

윤여탁, 『시의 논리와 서정시의 역사』, 태학사, 1995.

윤재근, 「만해시의 운율적 연구」, 『현대문학』 343호, 1983.7.

윤지영, 「자유시의 리듬에 대한 시론」, 『현대문학이론연구』 40호, 2010.

이강하, 「김춘수 무의미시의 정체성 재규정」, 『인문사회과학연구』 16권 4호, 2015.11.

_____, 「김춘수 시 연구의 현황과 전망」, 『국어문학』 46호, 2009.

이경훈, 「소설가 이상 씨(MONSIEUR LICHAN)의 글쓰기」, 『사이間SAI』 17호, 2014.11.

_____, 『이상, 철천의 수사학』, 소명출판, 2000.

이광수, 「文藝瑣談」, 『이광수전집』 16, 삼중당, 1963.

이기철, 『시학』, 일지사, 1993.

이명찬, 『1930년대 한국 시의 근대성』, 소명출판, 2000.

이병기, 「율격과 시조」, 『時調研究論叢』, 을유문화사, 1965.

이 상, 「권두언」, 『시와 소설』 창간호, 1936.3.

_____, 김윤식 편, 『이상문학전집』, 문학사상사, 1991.

_____, 김주현 주해, 『정본 이상문학 전집』, 소명출판, 2005.

이승규, 「김수영 시의 리듬 의식 연구」, 『어문론총』 46호, 2007.6.

이승훈, 「〈오감도 시제1호〉의 분석」, 김윤식 편, 『이상문학전집』 4, 문학사상사, 1995

_____, 「1950년대 한국 모더니즘시 연구」, 『동아시아 문화연구』 33호, 1999.

이양하, 「바라든 지용 詩集」, 『조선일보』, 1935.12.7~15.

이어령, 「이상의 소설과 기교」, 『문예』 1권 2호, 1978.

이원조, 「시의 고향」, 김학동, 『김기림 연구』, 새문사, 1988.

이은상, 「岸曙와 新詩壇」, 『동아일보』, 1929.1.16.

이재철, 「모더니즘론 시론소고」, 『시문학』, 1976.10.

이 찬, 「20세기 후반 한국 현대시론 연구」, 고려대 박사논문, 2005.

이태극 편, 『時調研究論叢』, 을유문화사, 1965.

이택광, 『세계를 뒤흔든 미래주의 선언』, 그린비, 2008.

임 화, 「曇天下의 詩壇 一年」, 『신동아』, 1935.12.

장도준, 「1920년대 민요조 서정시인들의 민요의식과 7·5조 율조에 대하여」, 『논문집』 56집, 대구 효성카
        톨릭대, 1997.12.

장만호, 「산문시의 형식과 근대 문학 담당층의 산문시 인식」, 『한국시학연구』 15집, 2006.

장보미, 「서정주의 시 「귀촉도」의 음상 분포 분석」, 『민족문화연구』 62호, 2014.

장석원, 「김수영 시의 '반복' 연구」, 『한국근대문학연구』 2권 2호, 2001.

_____, 「한용운 시의 리듬」, 『민족문화연구』 48호, 2008.

장철환, 「1920년대 시적 리듬 개념의 형성과정」, 『한국시학연구』 24호, 2009.4.

장철환, 「김소월 시의 리듬연구」, 연세대 박사논문, 2009.12.

_____, 「김억 시론의 리듬 의식 연구」, 『어문론총』 53호, 2010.12.

_____, 「오감도, 난해, 기타」, 『계간 파란』 창간호, 2016 봄.

_____, 「이상 글쓰기의 방법적 원리로서 '대칭성' 연구」, 『한국학연구』 39호, 2015.11.

_____, 『김소월 시의 리듬 연구』, 소명출판, 2011.

정병욱, 「고시가 운율론 서설」, 『國文學散藁』, 신구문화사, 1959.

정순진 편, 『김기림』, 새미, 1998.

정지용, 「영랑과 그의 시」, 『정지용 전집』 2, 민음사, 1988.

_____, 『백록담』, 문장사, 1941.

_____, 『정지용 시집』, 시문학사, 1935.

_____, 『정지용 전집 1. 시』, 민음사, 1988.

_____, 『정지용 전집 2. 시론』, 민음사, 1988.

정한모, 『한국현대시문학사』, 일지사, 1974.

_____, 『현대시론』, 민중서관, 1977(4판).

_____ · 김용직, 『한국 현대시요람』, 박영사, 1974.

정한아, 「빵과 차—무의미 이후 김춘수의 문학과 정치」, 연세대 박사논문, 2016.

정효구, 「김춘수 시의 변모 과정 연구」, 『개신어문연구』 13호, 1996.

조달곤, 『의장된 예술주의』, 경성대 출판부, 1998.

조동구, 「안서 김억 연구」, 연세대 박사논문, 1989.2.

조동일, 「김소월 · 이상화 · 한용운의 님」, 『문학과지성』, 1976년 여름호.

_____, 『한국 시가의 전통과 율격』, 한길사, 1984.

조선문단 기자, 「문사방문기 2」, 『조선문단』 4권 3호, 1927.3.

조성문, 「김영랑 시의 음운론적 특성 분석」, 『동아시아 문학연구』 47집, 2010.5.

조영복, 「김기림의 언론활동과 초기 글들의 성격」, 『한국시학연구』 11집, 2004.

조용훈, 「한국 시의 원형탐색과 그 의의」, 김학동 편, 『김안서 연구』, 새문사, 1996.

조윤제, 『도남조윤제 전집』 4, 태학사, 1988.

조재룡, 「메쇼닉에 있어서 리듬의 개념」, 『불어불문학 연구』 54호, 2003.

_____, 『앙리 메쇼닉과 현대 비평』, 길, 2007.

조주관 편역, 『시의 이해와 분석』, 열린책들, 1994.

조창환, 「1920년대 시론의 전개」, 『한국현대시론사』, 모음사, 1992.

_____, 「김영랑 시의 운율적 위상」, 『남도의 황홀한 달빛』, 우리글, 2008.

조창환, 『한국시의 깊이와 넓이』, 국학자료원, 1998.

주요한, 「노래를지으시려는이에게」 1-2, 『조선문단』 창간호-2호, 1924.

_____, 「시선후감」, 『조선문단』 11호, 1925.9.1.

_____, 「시조부흥운동은 신시운동에 까지 영향」, 『신민』, 1927.3.

_____, 「愛의祈禱, 祈禱의愛 下-韓龍雲氏近作『님의沈黙』讀後感」, 『동아일보』, 1926.6.26.

_____, 「책씃헤」(『아름다운 새벽』 서문), 『한국현대시사자료집』 2, 태학사, 1982.

_____, 『조선문단』 2호, 1924.11.

차호일, 「김기림의 모더니즘 시론 연구」, 『새국어교육』 63호, 2002.

최남선, 『육당 최남선 전집』 9, 현암사, 1974.

최석화, 「김춘수 시 연구-리듬과 이미지를 중심으로」, 중앙대 박사논문, 2013.2.

최현식, 『서정주 시의 근대와 반근대』, 소명출판, 2003.

페르디낭드 뒤 소쉬르, 최승언 역, 『일반언어학 강의』, 민음사, 1997.

한계전, 『한국현대시론연구』, 일지사, 1990.

한국현대문학연구회 편, 『한국현대시론사』, 모음사, 1992.

한상규, 「김기림 문학론과 근대성의 기획」, 『한국학보』 76집, 1994.

한수영, 「1920년대 시의 노래화 현상 연구」, 『비평문학』 24집, 2006.12.

한용운, 최동호 편, 『한용운전집』, 신구문화사, 1973.

_____, 『님의 沈黙』, 회동서관, 1926.

허 웅, 『국어음운학』, 정음사, 1965(1977).

현 철, 「所謂 新詩形과 朦朧體」, 『개벽』 8호, 1921.1.

홍기돈, 「식민지 시대 김기림의 의식 변모 양상」, 『어문연구』 48집, 2005.8.

홍정신, 「근대시 형성과정에 있어서의 독지층의 役할 연구」, 서울대 박사논문, 1992.

황동규 편, 『김수영의 문학』, 민음사, 1983.

_____, 「감상의 제어와 방임」, 『창작과 비평』 12권 3호, 1977.

황석우, 「朝鮮詩壇의 發足點과 自由詩」, 『매일신보』, 1919.11.10.

황정산, 「김수영 시의 리듬」, 『김수영』, 새미, 2003(2015).

A. Preminger, *The New Princeton Encyclopedia of Poetry and Poetics*, Princeton Univ. Press, 1974(Enlarged Edition).

J. Lotz, "Metric Typology", *Style in language*, M.I.T Press, 1960.

土居光知, 「시형론」, 『文學序說』, 동경, 岩波書店, 1969.

찾아보기

인명 색인

(재)한국연구원 한국연구총서 목록